EXCALIBUR

Herausgegeben von
Melissa Andersson
und
Gerd Rottenecker

Die Chroniken von Thomas Covenant im Knaur Verlag:

1. *Der Fluch des Verächters*
2. *Der Siebte Kreis des Wissens*
3. *Die letzte Walstatt*
4. *Das verwundete Land*
5. *Der einsame Baum*
6. *Der Ring der Kraft*

Stephen R. Donaldson

DIE CHRONIKEN VON THOMAS COVENANT 4

Das verwundete Land

Ins Deutsche übertragen von
Horst Pukallus

Knaur

Die amerikanische Originalausgabe erschien 1980
unter dem Titel »The Wounded Land«
bei Ballantine Books, New York

Deutsche Erstveröffentlichung 12/98

Umschlagkonzept: Melissa Andersson
Umschlaggestaltung: Agentur Zero, München
Umschlagillustration: Peter Goodfellow
Karte: Dieter Jüdt
Satz: Ventura Publisher im Verlag
Druck und Bindung: Clausen & Bosse, Leck
Printed in Germany
ISBN 3-426-70117-0

2 4 5 3

Inhalt

Dritter Teil: Ziel

KARTE

NORDLANDEBENEN
WESTLANDGEBIRGE
SCHWELGENSTEIN
GRIMMERDHORE WALD
HÜTERSTIEG
MAERL
WEISSER FL.
GRAUER FL.
SEELENTROST
LLURALLIN
SCHWELGENHOLZ
ANDELAIN
RILL
LETZTE HÜGEL
SCHWARZER FL.
HOLZHEIM HOCHERHABE
WÜRGERKLUFT
MELENKURION HIMMELSWEHR
SÜDLANDEBENEN
MITHIL
SPALTFELSEN
UNHEILSWINKEL
KEVINS BLICK
N
STEINHAUSEN MITHIL
MEMMENECK
DORIENDOR KORISCHEW
DAS LAND

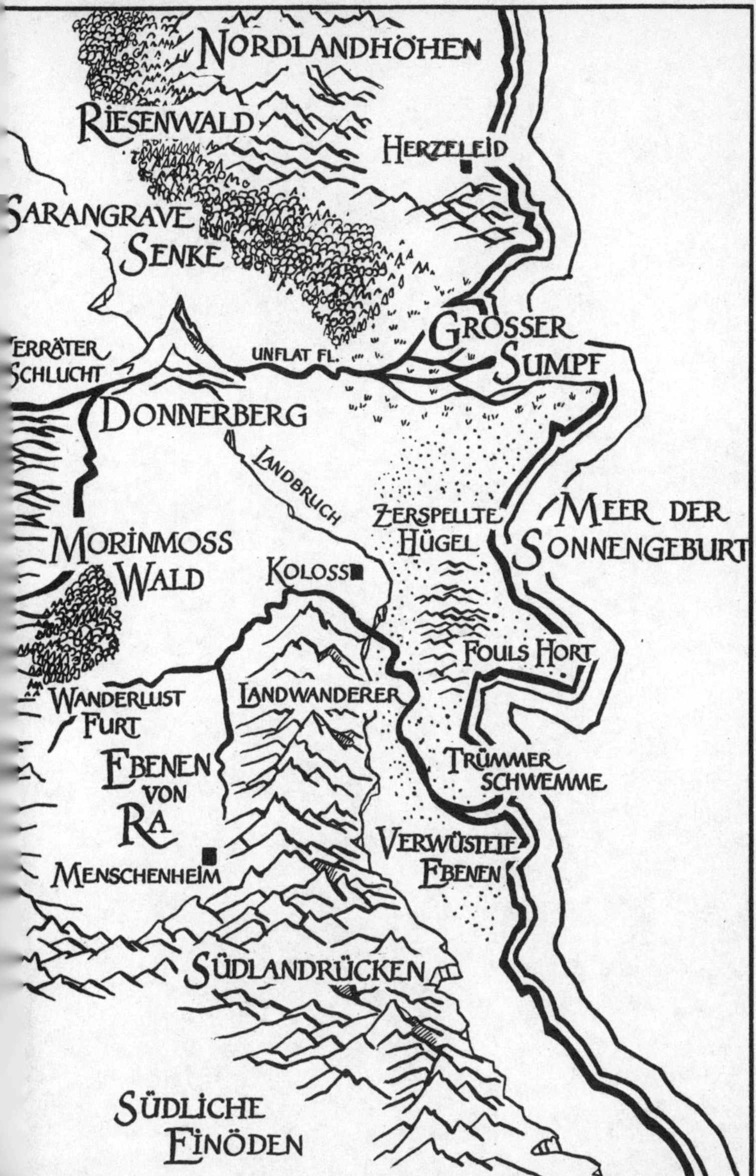
NORDLANDHÖHEN
RIESENWALD
HERZELEID
SARANGRAVE SENKE
VERRÄTER SCHLUCHT
UNFLAT FL.
GROSSER SUMPF
DONNERBERG
LANDBRUCH
ZERSPELLTE HÜGEL
MEER DER SONNENGEBURT
MORINMOSS WALD
KOLOSS
FOULS HORT
LANDWANDERER
WANDERLUST FURT
EBENEN VON RA
TRÜMMER SCHWEMME
VERWÜSTETE EBENEN
MENSCHENHEIM
SÜDLANDRÜCKEN
SÜDLICHE EINÖDEN

WAS ZUVOR GESCHAH

Nachdem eine Infektion die Amputation zweier Finger erforderlich gemacht hat, erfährt Thomas Covenant, daß er an Lepra leidet. Bis dahin ein beliebter Autor, wird er nun in seiner Gemeinde zum Ausgestoßenen. Seine Frau Joan läßt sich von ihm scheiden.

Einsam und verbittert begegnet er einem alten Bettler, der ihm sagt, er solle ›getreu‹ bleiben. Durch die merkwürdige Begegnung verwirrt, läuft er vor ein Auto und kommt auf einem hohen Berg in einer fremden, seltsamen Welt wieder zur Besinnung. Sobald die boshafte Stimme jemandes mit Namen Lord Foul ihm eine Botschaft des Unheils für die Lords des Landes aufgetragen hat, geleitet das Mädchen Lena ihn hinunter in das Dorf Steinhausen Mithil. Dort sieht man in Covenant die Reinkarnation des legendären Berek Halbhand, des ersten Hoch-Lords, und seinen Ehering aus Weißgold hält man für einen mit großer Macht ausgestatteten Talisman, der wilde Magie ermöglicht.

Lena heilt Covenant mit Heilerde. Seine plötzliche Gesundung ist mehr, als er ertragen kann, und er vergewaltigt Lena. Trotzdem erklärt sich Atiaran, Lenas Mutter, dazu bereit, Covenant nach Schwelgenstein zu bringen, dem Sitz der Lords. Covenant bezeichnet sich als Zweifler, weil er nicht an die Magie des Landes zu glauben vermag. Er befürchtet, daß es sich dabei nur um eine durchs Delirium entstandene Flucht vor der Wirklichkeit handelt.

Ein freundlicher Riese namens Salzherz Schaumfolger befördert Covenant nach Schwelgenstein, wo man ihn als Ur-Lord willkommen heißt. Die Lords sind über Fouls Botschaft entsetzt, die besagt, daß ein bösartiger Höhlenschrat den machtvollen Stab des Gesetzes besitzt, ohne den sie Fouls Plan, das Land in den Untergang zu stürzen, nicht vereiteln können. Sie müssen den Stab aus den unterm Donnerberg gelegenen Kavernen der Höhlenschrate holen. Covenant geht mit ihnen, beschützt von Bannor, einem der Bluthüter, die schon in alten Zeiten einen Eid geschworen haben, die Lords zu verteidigen.

Nach zahlreichen Auseinandersetzungen mit Fouls bösen Kreaturen gelingt es, den Höhlenschrats den Stab zu entreißen. Die Lords können fliehen, weil Covenant irgendwie – ohne selbst zu wissen, auf welche Weise – die wilde Magie seines Rings anwendet. Covenant jedoch verschwindet aus jener Welt und erwacht einige Stunden nach dem Autounfall in einem Krankenhausbett, während im Land der Lords Monate vergangen sind.

Ein paar Wochen später stolpert Covenant, als er allzu hastig einen Telefonanruf Joans entgegennimmt, und verliert durch den Sturz das Bewußtsein. Erneut gelangt er ins Land der Lords, in dem mittlerweile vierzig Jahre verstrichen sind. Die Lords befinden sich in einer verzweifelten Lage. Foul hat den Weltübel-Stein gefunden, einen Quell übelwirksamer Kraft, und bereitet den Angriff vor. Das schwächere Heer der Lords wird von Hile Troy befehligt, der ebenfalls aus der ›wirklichen Welt‹ stammt. Hoch-Lord ist inzwischen Elena, Covenants von Lena geborene Tochter. Sie begrüßt ihn als Retter.

Man schickt eine Abgesandtschaft von Lords und Bluthütern nach *Coercri,* um den Beistand der Riesen zu erbitten. Dort jedoch hat Foul Gewalt über die drei Riesen erlangt, in denen die Seelen seiner drei uralten Gehilfen hausen, der Wütriche. Die übrigen Riesen werden schauerlich hingemetzelt. Der überlebende Lord der Abgesandtschaft erschlägt einen Riesen-Wütrich, und die Bluthüter können sich ein Stück des

Weltübel-Steins aneignen, das sie nach Schwelgenstein schaffen. Doch der Lord stirbt, ehe er sie vor der Gefährlichkeit des Bruchstücks warnen kann.

Hile Troy führt sein Heer gen Süden, begleitet von Lord Mhoram, Covenants Freund. Fouls Heer steht unter dem Befehl eines der Riesen-Wütriche, und Troy wird zum Rückzug zur Würgerkluft gezwungen, einem Wald, den ein uralter, geheimnisvoller Forsthüter bewahrt, Caerroil Wildholz. Der Forsthüter rettet Troys Heer, fordert aber als Gegenleistung, daß Troy sein Forstgeselle wird.

Elena hat mit Covenant und Bannor den *Melenkurion* Himmelswehr aufgesucht, einen Berg in der Nähe der Würgerkluft. Im Innern des Berges trinkt Elena vom Wasser, das man Blut der Erde nennt, und erhält dadurch die Macht des Gebots. Sie beschwört den Geist Kevins, eines Lords aus alter Zeit, und gebietet ihm, Foul zu vernichten. Aber Foul überwältigt Kevin und sendet ihn zurück, damit er Elena und den Stab des Gesetzes unter dem Berg ins Verderben stürzt.

Covenant und Bannor entkommen auf einem Fluß und treffen Mhoram wieder. Da verschwindet Covenant von neuem aus dem Land und erwacht in seinem Wohnzimmer.

Aus Schuldgefühl vernachlässigt sich Covenant und streift des Nachts durch die Umgebung. Da sieht er ein kleines Mädchen von einer Schlange bedroht. Er hilft ihm, wird aber selbst gebissen. Daraufhin gerät er abermals ins Land der Lords, auf den Kevinsblick, wie beim erstenmal, als es ihn dorthin verschlug. Schaumfolger, der mit dem Leben davongekommen ist, und Triock, Lenas einstiger Liebhaber, der seinen Haß gegen Covenant zum Wohle des Landes gemeistert hat, haben ihn gerufen. Im Steinhausen Mithil findet Covenant Lena vor, eine Umnachtete, die behauptet, aus Liebe zu Covenant jung geblieben zu sein, obwohl sie längst alt ist.

Im Laufe der sieben Jahre, seit der Stab des Gesetzes nicht mehr zur Verfügung steht, haben sich die Dinge für das Land verschlechtert. Zu Schwelgenstein erwartet Mhoram die Belagerung, und nirgendwo gibt es noch Sicherheit. Die Lords glauben, daß nur Covenant mit der Macht seines Rings Foul eine Niederlage bereiten kann. Schließlich macht sich Covenant auf den Weg nach Fouls Hort fern im Osten; ihn begleiten Schaumfolger, Triock und Lena. Sie suchen die Unterstützung der Ramen, eines Volks, das den großen Ranyhyn dient, den Wildpferden der Ebenen. Aber die Ramen fallen einem Verrat zum Opfer. Lena gibt ihr Leben für Covenants Leben hin, doch er wird schwer verletzt.

Ein Freischüler nimmt sich seiner an und heilt ihn. Covenant kann Schaumfolger und Triock wiederfinden, doch sie werden zu Gefangenen eines Wütrichs und von ihm zum Koloß gebracht, der das Oberland bewacht. Der Geist Elenas, von Foul versklavt, versucht ihnen den Garaus zu machen. Dank seines Rings kann Covenant Elena niederringen und den in ihrem Besitz befindlichen Stab des Gesetzes zerstören.

Er und Schaumfolger ziehen ins Unterland und nach Fouls Hort weiter. Sie erhalten Hilfe durch die *Jheherinn,* klägliche Geschöpfe aus lebendigem Schlamm, und vermögen zu guter Letzt in Fouls Bastion einzudringen. Dort begreift Covenant endlich, bestärkt durch Schaumfolgers Beherztheit, wie er die Macht seines Rings benutzen kann, wenngleich er sie noch immer nicht vollends versteht. Danach kämpft er Foul nieder und tilgt den Weltübel-Stein aus.

Dabei droht auch ihm das Ende. Doch der Schöpfer jener Welt – der alte Bettler, der ihm anfangs empfahl, ›getreu‹ zu sein – gewährleistet seine Rettung. Nachdem er Covenant gezeigt hat, daß auch Mhoram – durch den Gebrauch des *Krill,* eines infolge von Covenants Anwesenheit im Lande zur Wirksamkeit erweckten Schwerts – über die Kräfte des Bösen zu triumphieren vermochte, entläßt der Schöpfer ihn zurück in die eigene Welt.

In der Überzeugung, daß das Land überdauern wird, und damit zufrieden, stellt sich Covenant bereitwillig der Herausforderung, sich in Raum und Zeit seiner Welt mit dem Leben als Leprotiker zurechtfinden zu müssen. Und etwa zehn Jahre lang bewältigt er diese Aufgabe, ohne noch einmal ins Land der Lords gerufen zu werden.

PROLOG

Wahl

1
Tochter

Als Linden Avery jemanden an ihre Tür klopfen hörte, stöhnte sie laut auf. Sie befand sich in düsterer Stimmung und legte keinen Wert auf Besucher. Sie wollte eine kalte Dusche und Ruhe – eine Gelegenheit, sich an die planmäßige Kargheit ihrer Umgebung gewöhnen zu können.

Sie hatte den Großteil des Nachmittags eines für die Mitte des Frühlings ungewöhnlich trüben Tages damit zugebracht, in diese Wohnung einzuziehen, die durch die Klinik für sie gemietet worden war, ihre spärliche Ausstattung an Kleidungsstücken, ihr unzureichendes Mobiliar und eine knochenbrecherische Anzahl von Pappkartons voller Fachliteratur aus ihrem mittelalten Sedan über die Außentreppe in den zweiten Stock des alten Holzhauses zu schleppen.

Das Haus kauerte inmitten seines Umfelds aus Unkraut wie ein verkrüppelter Pilz, spatig vom ehrwürdigen Greisentum; und als sie die Wohnung zum erstenmal aufgeschlossen hatte, war sie von drei Zimmern und einem Bad mit schmuddelig gelben Wänden, nur von im Abflocken begriffener, beiger Farbe bedeckten Dielen sowie einer Atmosphäre des Außergebrauchseins, die an Unwürdigkeit grenzte, empfangen worden – und einem Stück Papier, das jemand unter der Tür durchgeschoben haben mußte.

Dicke rote Striche wie von Lippenstift oder frischem Blut befanden sich auf dem Papier, bildeten ein großes, grobes Dreieck, in dem ein Satz stand:

JESUS IST DER RETTER

Einen Moment lang hatte sie den Zettel betrachtet, ihn dann in der Tasche zerknüllt. Sie besaß keinen Bedarf an Heilsversprechungen. Ihr lag an nichts, das sie nicht verdiente.

Aber der Zettel, zusammen mit der diesigen Luft, der ausgedehnten Anstrengung, ihre Besitztümer die Treppe hinaufzuwuchten, und die Wohnung als solche hinterließen in ihr das Gefühl, zum Morden imstande zu sein. Die Zimmer erinnerten sie ans Haus ihrer Eltern. Aus diesem Grund war ihr die Wohnung zuwider. Doch sie paßte zu ihr, und deshalb beschloß sie, sich mit ihr abzufinden. Sie verabscheute und begrüßte zugleich die Angemessenheit ihrer Situation. Deren persönliche Härte war gerecht.

Linden war Ärztin und hatte gerade ihre assistenzärztliche Tätigkeit hinter sich gebracht, und sie war mit Absicht auf eine Stellung aus gewesen, die es ihr ermöglichte, sich in einem kleinen, halb ländlichen, halb verschlafenen Ort wie diesem hier niederzulassen – einer Ortschaft wie jener, in deren Nähe sie zur Welt kam und ihre Eltern starben. Obwohl sie erst dreißig war, fühlte sie sich alt, unattraktiv und voller Ernst. Das war angebracht; sie blickte auf ein unschönes und ernstes Leben zurück. Ihr Vater war gestorben, als sie acht, ihre Mutter, als sie fünfzehn war. Nach drei Jahren der Leere in einem Waisenhaus hatte sie das College und ein Medizinstudium absolviert, dann das Praktikum gemacht und eine Tätigkeit als Assistenzärztin ausgeübt, sich unterdessen auf familienärztliche Betreuung spezialisiert. Sie war einsam gewesen, solange sie zurückdenken konnte, und das Alleinsein hatte sich ihr im großen und ganzen eingefleischt. Ihre zwei oder drei Liebesabenteuer waren mehr wie hygienische Routine oder physiologische Experimente ausgefallen; sie war davon innerlich unberührt geblieben. Aufgrund dessen sah sie nichts als Strenge, wenn sie sich heute anschaute, und die Folgen von Gewaltsamkeit.

Hartes Arbeiten und unterdrückte Gefühle hatten die unerbetene Weiblichkeit ihres Körpers nicht beeinträchtigen, ebensowenig den von innen kommenden Glanz ihres schulterlangen, weizenblonden Haars abstumpfen oder die gewachsene Schönheit ihres Gesichts mindern können. Ihr betriebsames, genügsames Leben hatte nichts an der Weise verändert, wie ihre Augen sich beinahe ohne Veranlassung zu verschleiern und mit Nässe zu füllen pflegten. Aber schon kennzeichneten Falten ihr Gesicht und versahen sie mit einem fortwährenden Stirnrunzeln der Konzentration über dem Rücken ihrer geraden, zierlichen Nase und Grübchen, die Andeutungen von Schmerz glichen, auf beiden Seiten des Mundes – eines Mundes, der ursprünglich für etwas Üppigeres geformt worden war als das Dasein, das sie hatte führen müssen. Und ihre Stimme war ausdruckslos geworden, so daß sie eher einem Werkzeug der Diagnostik ähnelte, einer Methode zum Ermitteln zweckdienlicher Daten, als einem Mittel zur Verständigung.

Doch die Art ihres Lebens hatte ihr mehr gegeben als bloß Einsamkeit und die Neigung zu trübseligen Stimmungszuständen. Sie hatte sie gelehrt, an die eigene Kraft zu glauben. Linden war Ärztin; sie hatte Leben und Tod in ihren Händen gehalten und gelernt, wie man sich mit beiden richtig auseinandersetzte. Sie vertraute auf ihre Fähigkeit, Bürden zu tragen. Als sie das Pochen an der Tür hörte, stöhnte sie laut auf. Aber dann glättete sie ihre schweißdurchtränkte Kleidung, als zöge sie ihre Gefühle zurecht, und ging zur Tür, um sie zu öffnen.

Sie erkannte den stämmigen, leicht krummen Mann, der auf dem Treppenabsatz stand. Er war Julius Berenford, der Chefarzt des Kreiskrankenhauses, der Mann, der für ihre Einstellung gesorgt hatte, damit sie für ihn die Hausbesuche und die Ambulanz übernahm. In einer Klinik in einer eher städtischen Gegend wäre es ungewöhnlich gewesen, für einen solchen Posten eine Familienbetreuerin einzustellen. Dieses Kreiskrankenhaus jedoch war für eine Region zuständig, in der hauptsächlich Farmer und Hinterwäldler wohnten. Diese Ortschaft – das Kreisstädtchen – litt seit zwanzig Jahren an stetiger Überalterung. Dr. Berenford brauchte eigentlich einen Allgemeinmediziner.

Seine Schädeldecke befand sich in der Höhe von Lindens Augen, und er war doppelt so alt wie sie. Die runde Feistigkeit seines Bauchs widersprach der Dünne seiner Gliedmaßen. Er erweckte den Eindruck einer mißgelaunten Güte, als fände er das menschliche Verhalten ebenso unbegreiflich wie liebenswert. Wenn er unter seinem weißen Schnauzbart lächelte, strafften sich unterhalb der Augen die Tränensäcke zu einem Ausdruck von Ironie.

»Dr. Avery«, sagte er, nach dem mühsamen Treppensteigen etwas außer Atem.

»Dr. Berenford …« Sie wollte ihren Unwillen über die Störung durchblicken lassen; deshalb geschah es mit deutlich gepreßter Stimme, als sie »Bitte treten Sie ein!« hinzufügte und ihm den Eingang freigab.

Er kam in die Wohnung und schaute umher, während er zu einem Stuhl strebte. »Sie sind schon eingezogen«, stellte er fest. »Gut. Ich hoffe, jemand hat Ihnen geholfen, alles hier raufzuschaffen.«

Sie nahm auf einem Stuhl in seiner Nähe Platz und setzte sich aufrecht hin, als wäre sie im Dienst. »Nein.« Wen hätte sie denn um Hilfe bitten können?

Dr. Berenford machte Ansätze zu einer Äußerung der Entrüstung. Sie unterbrach ihn mit einer Geste des Abtuns. »Kein Problem. Ich bin ja so was gewohnt.«

»Naja, so dürfte es aber wohl nicht sein.« Sein Blick, der auf ihr ruhte, bezeugte vielschichtige Interessiertheit. »Sie haben erst kürzlich Ihre assistenzärztliche Tätigkeit in einer bestens angesehenen Klinik beendet und dort hervorragende Arbeit geleistet. Da ist es doch das wenigste, was Sie vom Leben erwarten können müßten, daß jemand Ihnen dabei hilft, Ihre Möbel die Treppen hinaufzutragen.«

Sein Tonfall war nur halb humorig; aber Linden durchschaute die Ernsthaftigkeit, die sich darin verbarg, denn die Frage, die dahinter steckte, war während der Einstellungsgespräche mehr als einmal zur Sprache gekommen. Wiederholt hatte er gefragt, warum jemand mit ihren Empfehlungen sich um eine Stelle in einem minderbemittelten Kreiskrankenhaus auf dem Lande bewarb. Ihre für ihn zurechtgelegten, glattzüngigen Antworten hatten ihm nicht genügt; schließlich war sie gezwungen gewesen, ihm die Tatsachen zumindest annähernd einzugestehen. »Meine Eltern sind beide in der näheren Umgebung so einer Ortschaft wie hier gestorben«, hatte sie gesagt. »Sie waren kaum in mittleren Jahren. Hätten sie unter der Obhut einer guten hausärztlichen Betreuung gestanden, könnten sie heute noch am Leben sein.«

Das war sowohl die Wahrheit wie auch unwahr, und es hatte mit den Wurzeln der Zwiespältigkeit zu tun, infolge der sie sich so alt fühlte. Wäre das Melanokarzinom ihrer Mutter früh genug richtig diagnostiziert worden, hätte man sie durch eine Operation mit neunzigprozentiger Aussicht auf Erfolg retten können. Und wären die Depressionen ihres Vaters frühzeitig von jemandem mit Sachkenntnis oder hinlänglichem Gespür beobachtet worden, hätte sein Selbstmord sich vielleicht verhindern lassen. Umgekehrt jedoch ergab sich gleichfalls eine Wahrheit; nichts hätte ihre Eltern zu retten vermocht. Sie hatten sterben müssen, weil sie ganz einfach zu untüchtig für ein längeres Leben gewesen waren. Wann immer Linden über derartige Dinge nachdachte, schien es ihr, als würden ihr die Knochen mit jeder Stunde morscher.

Sie war in dies Kaff gezogen, weil sie den Wunsch verspürte, Menschen wie ihren Eltern zu helfen. Und weil sie das Bedürfnis hatte zu beweisen, daß sie in solchen Verhältnissen zu wirksamer Arbeit imstande war – daß sie anders war als ihre Eltern. Und weil sie sterben wollte.

»Na gut«, sagte Dr. Berenford, als sie keinen Ton verlauten ließ, »das ist gelaufen.« Anscheinend bereitete die Humorlosigkeit ihres Schweigens ihm Unbehagen. »Jedenfalls bin ich froh, daß Sie da sind. Kann ich irgendwas für Sie tun? Ihnen helfen, sich zurechtzufinden?«

Linden war drauf und dran, sein Angebot abzulehnen – aus Gewohnheit, nicht aus Überzeugung –, da entsann sie sich des Zettels in ihrer Tasche. Wie infolge einer Eingebung klaubte sie ihn heraus und reichte ihn ihm. »Das hier hat man mir unter die Tür geschoben. Vielleicht sollten Sie mir verraten, was mir womöglich noch alles bevorsteht.«

Er betrachtete das Dreieck und die Schrift, las kaum vernehmlich ›Jesus ist der Retter‹ ab, seufzte dann. »Eine der Begleiterscheinungen des hiesigen Lebens. Ich gehe in diesem Ort seit vierzig Jahren getreulich in die Kirche. Aber weil ich ein Mann mit qualifizierter Ausbildung und anständigem Einkommen bin, versuchen einige der guten Leutchen hier ständig …« – er schnitt eine kauzige Grimasse – »mich zu bekehren. Unwissenheit ist die einzige Form von Unschuld, die sie kennen.« Er hob die Schultern und gab ihr den Zettel zurück. »Dieser Landstrich befindet sich seit langem im Niedergang. Mit der Zeit fangen Menschen in niedergedrückter Verfassung sonderbare Sachen zu treiben an. Sie versuchen, die Bedrückung in eine Tugend umzuwandeln – sie brauchen irgend etwas, wodurch sie sich weniger hilflos fühlen. In dieser Gegend suchen sie meistens ihr Heil, indem sie den Erweckungspredigern nachlaufen. Leider dürfte es kaum zu vermeiden sein, daß Sie es hier mit Leuten zu schaffen bekommen, die sich Sorgen um Ihre Seele machen. In einer Kleinstadt ist niemandem ein ausgesprochenes Privatleben vergönnt.«

Linden nickte; doch sie hörte ihren Besucher so gut wie gar nicht. Sie hatte sich in eine plötzliche Erinnerung an ihre Mutter verrannt, wie sie in abstoßendem Selbstmitleid herumweinte. Ihre Mutter hatte Linden die Schuld am Tod ihres Vaters zugeschoben …

Mit finsterer Miene verdrängte sie die Erinnerung. Ihr Abscheu war so stark, daß sie sich jederzeit bereit erklärt hätte, diese Erinnerungen aus ihrem Gedächtnis herausschneiden zu lassen. Aber Dr. Berenford sah sie an, als ob sich die Reaktion auf ihrem Gesicht widerspiegle. Um ihre inneren Vorgänge zu verhehlen, überzog sie ihre Gesichtszüge mit Disziplin wie mit der Maske eines Chirurgen. »Was kann ich für Sie tun, Dr. Berenford?«

»Naja, zunächst einmal«, sagte er, indem er sich trotz ihres Tonfalls zur Jovialität zwang, »Sie können mich Julius nennen. Ich werde Linden zu Ihnen sagen, also dürfen Sie's andersherum auch so halten.«

Sie fügte sich mit einem Achselzucken. »Julius.«

»Linden.« Er lächelte; doch das Lächeln half ihm nicht aus seinem Unbehagen. »Ich bin tatsächlich«, ergänzte er einen Moment später hastig, als gedenke er die Schwierigkeit seines Anliegens auf diese Weise zu überrunden, »aus zwei Gründen zu Ihnen gekommen. Natürlich war's meine Absicht, Sie hier bei uns im Ort willkommen zu heißen. Aber das hätte ich auch später erledigen können. Die eigentliche Wahrheit ist, ich möchte Sie an die Arbeit schicken.«

Arbeit? dachte Linden. Das Wort rief in ihr unwillkürliche Auflehnung hervor. *Ich bin gerade erst eingetroffen. Ich bin müde und gereizt, und ich weiß nicht, wie ich diese Wohnung ertragen soll.* »Heute ist Freitag«, erwiderte sie mit Vorsicht. »An sich brauche ich erst am Montag anzufangen.«

»Diese Angelegenheit steht nicht mit dem Krankenhaus im Zusammenhang. Sie müßte es, aber es ist nicht der Fall.« Sein

Blick streifte ihr Gesicht wie eine flehentliche Berührung. »Es geht mir um einen persönlichen Gefallen. Die Sache ist mir über. Ich habe so viele Jahre damit verbracht, mich mit dem Leben meiner Patienten zu beschäftigen, daß ich anscheinend nicht mehr zu objektiven Entscheidungen fähig bin. Oder vielleicht bin ich einfach hinter der Zeit zurück ... Möglicherweise sind meine medizinischen Kenntnisse nicht auf dem neuesten Stand. Ich habe den Eindruck, ich muß die Meinung eines anderen einholen.«

»Worüber?« erkundigte sich Linden, auf eine sachliche Tonlage bedacht. Doch inwendig stöhnte sie. Ihr war bereits klar, daß sie zu bewerkstelligen versuchen würde, um was er sie zu bitten beabsichtigte, was es auch sein mochte. Er sprach einen Teil ihres Innern an, der nie gelernt hatte, sich zu weigern.

Verdrossen legte er die Stirn in Falten. »Unglücklicherweise kann ich's Ihnen nicht mitteilen. Es ist vertraulich.«

»Oh, hören Sie bloß auf!« Sie befand sich in keiner Stimmung für Ratespiele. »Ich habe den gleichen Eid wie Sie abgelegt.«

»Ich weiß.« Er hob die Hände, wie um sich ihrer Verärgerung zu erwehren. »Ich weiß. Allerdings dreht's sich diesmal nicht um diese Art von Vertraulichkeit.«

Sie musterte ihn, für den Moment völlig ratlos. Sprach er gar nicht von einem medizinischen Problem? »Das klingt ja, als ob es sich um eine ziemlich große Gefälligkeit handelte.«

»Kann sein. Das hängt von Ihnen selbst ab.« Bevor Linden die geeigneten Worte fand, um ihn zu fragen, wovon er überhaupt rede, stellte Dr. Berenford unvermittelt die Frage. »Haben Sie jemals den Namen Thomas Covenant gehört? Er schreibt Romane.«

Sie spürte, wie er sie beobachtete, während sie ihr Gedächtnis durchforschte. Doch sie sah keinen Weg, um seinem

Gedankengang zu folgen. Seit der Bewältigung des am College erforderlichen Pensums an Literatur hatte sie keinen Roman mehr gelesen. Sie hatte so wenig Zeit. Um Sachlichkeit bemüht, schüttelte sie den Kopf.

»Er wohnt hier in der Umgebung«, sagte der Chefarzt. »Er hat außerhalb der Ortschaft ein Haus auf einem Stück Land, das Haven Farm heißt. Man biegt dorthin rechts von der Hauptstraße ab.« Er vollführte eine vage Geste in Richtung der Kreuzung, die er meinte. »Wenn man den Ort durchquert hat, gelangt man nach ungefähr drei Kilometern hin. Auf der rechten Seite. Er ist Leprotiker.«

Beim Wort *Leprotiker* gabelte sich Lindens Denken. Das war ein Resultat ihrer Ausbildung – ihrer entschiedenen Hingabe, dank der sie hatte Ärztin werden können, ohne an ihrer Einstellung zu sich selbst etwas zu ändern. *Hansens Krankheit,* konstatierte sie insgeheim und suchte sich aus ihrer Erinnerung Informationen zusammen.

Mycobacterium leprae. Leprose. Die Erkrankung breitete sich im Körper aus, indem sie Nervengewebe abtötete; bei typischem Verlauf in den Extremitäten und den Hornhäuten der Augen. In den meisten Fällen konnte die Krankheit mittels eines langfristig angelegten therapeutischen Programms zum Stillstand gebracht werden, einer Behandlung, in deren Mittelpunkt DDS standen – Diaminodiphenylsulfonamide. Gelang es nicht, der Ausbreitung des Leidens Einhalt zu gebieten, vermochten die Degenerationserscheinungen Muskelschwund und Deformationen, Veränderungen der Hautpigmentierung und Blindheit herbeizuführen. Ferner sah der Erkrankte sich einer ganzen Reihe sekundärer Heimsuchungen ausgesetzt, am häufigsten Infektionen, die zusätzlich anderes Gewebe zerstörten, so daß das Opfer allmählich ein Äußeres erhielt – mit allen Konsequenzen –, als sei es lebendigen Leibes angefressen worden. Ansteckungen traten außerordentlich selten auf; Leprose war keine im herkömmlichen Sinne übertragbare Krankheit. Die vielleicht einzige statistisch erhebliche Weise, sie sich zuzuziehen, war die, als Kind in den Tropen einen längeren Aufenthalt in einer dichtbevölkerten Region mit ungesunden sanitären Existenzbedingungen durchgemacht zu haben.

Während jedoch ein Teil ihres Gehirns einiges vom Knäuel ihres Fachwissens abspulte, befand sich ein anderer Teil in einem Gewirr von Fragen und Emotionen. *Ein Leprotiker? Hier? Warum erzählt er mir das?* Sie fühlte sich zwischen heftigem Ekel und Mitleid hin- und hergerissen. Das Leiden übte auf sie eine ebenso anziehende wie abschreckende Wirkung aus, weil es unheilbar war – so wenig zu kurieren wie der Tod. Sie mußte tief Atem holen, ehe sie ihre Frage stellen konnte. »Und was möchten Sie in bezug auf diesen Fall von mir unternommen haben?«

»Tja ...« Dr. Berenford betrachtete sie, als glaube er, sie könne wirklich noch irgend etwas tun. »Nichts. Das ist nicht der Grund, weshalb ich mit Ihnen darüber spreche.« Urplötzlich stand er auf und begann sein Unbehagen auf den abgeflockten Dielen des Fußbodens abzumessen. Obwohl er kein schwerer Mann war, quietschten sie andeutungsweise unter seinem Gewicht. »Die Erkrankung ist bei ihm rechtzeitig diagnostiziert worden ... Er hat nur zwei Finger verloren. Einer unserer tüchtigeren Mitarbeiter im Labor hat sie erkannt, hier im Kreiskrankenhaus. Jetzt ist Covenants Lepra schon seit über neun Jahren nicht mehr akut. Der Grund, warum ich Ihnen davon erzählt habe, war lediglich, herauszufinden, ob Sie – empfindlich sind, was Leprotiker angeht.« Er sprach mit verzerrter Miene. »Ich war's früher. Aber ich habe genügend Zeit gehabt, um's zu überwinden.« Er räumte ihr keine Gelegenheit zu einer Antwort ein. Statt dessen redete er weiter, als lege er eine Beichte ab. »Heute habe ich einen Punkt erreicht, an dem ich in ihm nicht mehr die Personifizierung der Lepra sehe, wenn ich an ihn denke. Allerdings vergesse ich auch nie, daß er Leprotiker ist.« Er ließ sich über etwas aus, das er sich selbst bislang nicht hatte verzeihen können. »Zum Teil ist das seine Schuld«, fügte er trotzig hinzu. »Er vergißt es ebensowenig jemals. Er sieht in sich nicht den Schriftsteller, den Mann, den Menschen Thomas Covenant. Er sieht sich ausschließlich als den Leprotiker Thomas Covenant.« Als sie ihn unverwandt ausdruckslos anschaute, senkte er den Blick. »Aber das ist's nicht, worum es geht. Es geht mir darum, ob es Ihnen etwas ausmachen würde, ihn aufzusuchen.«

»Nein«, gab sie streng zur Antwort; doch die Strenge galt ihr selbst, nicht Dr. Berenford. *Ich bin Ärztin. Der Umgang mit Kranken ist meine Aufgabe.* »Mir ist allerdings immer noch nicht klar, weshalb Sie wünschen, daß ich ihn aufsuche.«

Die Tränensäcke unter seinen Augen gerieten ins Zittern, als wolle er Linden um Nachsicht anbetteln. »Ich kann's Ihnen nicht sagen.«

»Sie können mir's nicht sagen.« Die Ruhe ihres Tonfalls verleugnete ihre schlechte Laune. »Inwiefern glauben Sie, daß ich irgendwie von Nutzen sein könnte, wenn ich nicht einmal weiß, warum ich mit ihm reden soll?«

»Sie können möglicherweise *ihn* zum Reden bringen.« Dr. Berenfords Stimme klang nun ganz nach der Kläglichkeit eines hilflosen alten Mannes. »Das ist es, woran mir liegt. Ich möchte, daß er zu Ihnen Vertrauen faßt … und Ihnen erzählt, was mit ihm vorgeht. Damit ich meine Versprechen nicht zu brechen brauche.«

»Nun lassen Sie mich mal im Klartext reden.« Sie wendete keine weitere Mühe auf, um ihren Ärger zu verheimlichen. »Sie möchten, daß ich dort hinaus und zu ihm gehe und ihn rundheraus darum ersuche, mir seine Geheimnisse auszuplaudern. Eine völlig Fremde erscheint an seiner Tür und will wissen, was mit ihm los ist – aus keiner anderen Veranlassung, als daß Dr. Berenford eine zusätzliche Meinung einzuholen wünscht. Ich könnte von Glück reden, wenn er mich nicht wegen unbefugten Betretens seines Grund und Bodens verklagt.«

Einen Augenblick lang nahm der Chefarzt ihren Sarkasmus und ihre Entrüstung still hin. Dann stieß er einen Seufzer aus. »Ich weiß. Genauso ist er – er würde Ihnen niemals von sich aus etwas verraten. Er hat sich schon seit so langem in sich selbst zurückgezogen ...« Im nächsten Moment klang seine Stimme aus schmerzlichem innerem Aufruhr regelrecht heftig. »Aber ich bin der Überzeugung, daß er einem *Irrtum* unterliegt.«

»Dann sagen Sie mir, um was es sich dreht!« beharrte Linden.

Dr. Berenford öffnete den Mund und schloß ihn wieder; seine Hände machten beinahe flehentliche Gesten. Aber da gewann er die Beherrschung zurück. »Nein. Das kommt später. Zuerst muß ich wissen, wer von uns im Irrtum ist. Soviel bin ich ihm schuldig. Mrs. Roman ist mir keinerlei Unterstützung. Es geht hier um eine ärztliche Entscheidung. Aber ich kann sie nicht fällen. Ich hab's versucht, aber ich kann's nicht.«

Die Unumwundenheit, mit der er seine Unzulänglichkeit eingestand, belegte sie mit einem Bann. Sie war müde, verschwitzt und verbittert, und ihre Gedanken beschäftigten sich mit irgendeiner gangbaren Ausflucht. Doch diese Hilfsbedürftigkeit appellierte zu stark an die Antriebsmomente ihres gesamten Daseins. Sie hielt die Hände fest gefaltet wie eine Bekundung von Gewißheit. Einen Moment später schaute sie zu Berenford auf. Seine Gesichtszüge waren erschlafft, als hätte die Last seiner Sterblichkeit ihm die Muskeln ausgelaugt. »Liefern Sie mir einen Vorwand«, forderte Linden in ihrem professionellen Ton, »unter dem ich ihn aufsuchen könnte!«

Sie vermochte Berenfords Aufseufzen der Erleichterung

kaum auszuhalten. »Das kann ich tun«, versicherte er und entfaltete beflissene Lebhaftigkeit. Er langte in eine Jackentasche, holte ein Taschenbuch hervor und händigte es Linden aus: Die Schriftzüge auf dem langweiligen Titelbild lauteten:

THOMAS COVENANT
Oder meine Seele
gegen Schuld zu tauschen

»Bitten Sie ihn um ein Autogramm.« Der ältere Chefarzt hatte nun seinen Sinn für Ironie wiedergefunden. »Versuchen Sie, ihn zum Reden zu bringen. Wenn Sie es schaffen, seine Abwehrhaltung zu durchdringen, wird sich sicherlich so etwas ergeben.«

Innerlich verwünschte Linden sich selbst. Sie hatte keine Ahnung von Romanen, sie wußte nicht einmal, wie man mit Fremden über irgend etwas anderes sprach als ihre Krankheitssymptome. Die Aussicht auf Situationen des Verlegenseins erfüllte sie schon jetzt mit einem Vorgeschmack von Scham. Doch sie hatte sich so lange inwendig gehärtet, daß kein Respekt mehr für jene Bestandteile ihres Innenlebens übrig war, die noch Scham empfinden konnten. »Wenn ich bei ihm gewesen bin«, sagte sie lasch, »möchte ich mit Ihnen über diese Sache sprechen. Ich habe noch kein Telefon. Wo wohnen Sie?«

Angesichts ihrer Bereitwilligkeit nahm Dr. Berenford wieder sein vorheriges Gebaren an; von neuem wirkte er schrullig und betulich. Er erklärte ihr den Weg zu seinem Haus, wiederholte sein Angebot, ihr seinerseits, wenn möglich, behilflich sein zu wollen, und dankte ihr für die Bereitschaft, sich für Thomas Covenants Angelegenheiten zu interessieren. Als er sich verabschiedete, verspürte sie eine unbestimmte Verwunderung, weil er allem Anschein nach die Zwangslage durchaus nicht so widerwärtig fand, die ihn dazu genötigt hatte, vor ihr seine Ratlosigkeit zu offenbaren.

Und doch verursachte das Geräusch seiner Schritte, als er die Außentreppen hinabstieg, ihr ein Gefühl des Verlassenwerdens, als wäre sie allein mit einer Last zurückgeblieben, deren Natur sie nie vollends begreifen können sollte.

Böse Vorahnungen befielen sie, aber sie achtete nicht darauf. Sie hatte keine annehmbaren Alternativen. Einen Moment lang saß sie noch, wo sie die ganze Zeit hindurch gesessen hatte, besah sich die stumpfen, gelben Wände ringsumher, dann ging sie unter die Dusche.

Nachdem sie von ihrer Mißgestimmtheit soviel heruntergewaschen hatte, wie sich mit Seife und Wasser auflösen ließ, zog sie ein eintönig graues Kleid an, das alle Effekte ihrer Weiblichkeit minimalisierte, und brachte noch ein paar Minuten damit zu, den Inhalt ihrer Arzttasche zu überprüfen. Immer empfand sie ihn als unzureichend – es gab so viele Dinge, die sie vorstellbarerweise brauchen könnte, die sich aber unmöglich dauernd mitführen ließen –, und nun kam er ihr erst recht vor wie eine allzu unzulängliche Ausstattung wider das Unbekannte. Aber aus Erfahrung wußte sie, daß sie sich ohne ihre Arzttasche nackt fühlen würde. Mit einem Seufzen der Müdigkeit schloß sie die Wohnung ab und stieg die Treppe hinab zu ihrem Auto.

Indem sie langsam fuhr, um sich Zeit zum Kennenlernen einprägsamer örtlicher Besonderheiten zu lassen, folgte sie der Richtungsweisung Dr. Berenfords, und wenig später durchquerte sie das Zentrum der Ortschaft.

Die spätnachmittägliche Sonne und die Dunstigkeit der Luft bewirkten, daß die Häuser aussahen, als ob sie schwitzten. Die Geschäfte schienen sich vor den warmen Gehwegen zurückzulehnen, als hätten sie allen Enthusiasmus und sogar die Zugänglichkeit vergessen, deren sie zum Überleben bedurften;

und das Gerichtsgebäude mit seinem matten weißen Marmor und dem von riesigen steinernen Häuptern auf verfälschten griechischen Säulen getragenen Dach erweckte nicht den Eindruck, seinen Verantwortlichkeiten gewachsen zu sein.

Auf den Bürgersteigen herrschte relativ viel Betriebsamkeit – Menschen strebten von der Arbeit nach Hause –, aber nur eine kleine Gruppe von Personen vor dem Gerichtsgebäude erregte Lindens erhöhte Aufmerksamkeit. Eine verwelkte Frau mit drei kleinen Kindern stand auf den Stufen. Sie trug ein formloses Hemd, anscheinend aus Sackleinen gefertigt; und die Kinder waren in so etwas wie Sackkleider aus grober Juteleinwand gehüllt. Das Gesicht der Frau war gräulich und bar jeglichen Ausdrucks, als hätten Armut und Ermattung sie für die Ausgezehrtheit ihrer Kinder unempfindlich gemacht. Alle vier hielten in den Händen kurze hölzerne Stäbe, die versehen waren mit kruden Zeichen.

Die Zeichen wiesen rote Dreiecke auf. In jedem Dreieck stand ein Wort: BEREUE.

Die Frau und ihre Kinder mißachteten die Straßenpassanten. Sie standen nur wie benommen auf den Stufen des Gerichts, als wäre ihnen eine Strafe zugesprochen worden, die sie nahezu gelähmt hatte. Lindens Herz empfand im Angesicht ihrer seelischen und körperlichen Not sinnlose Pein. Für solche Leute konnte sie nichts tun.

Drei Minuten später befand sie sich außerhalb der Ortsgrenze.

Dort begann die Straße durch bestellte Täler, die zwischen waldigen Hügeln lagen, zu verlaufen. Außerhalb der Ortschaft waren die für die Jahreszeit ungewöhnliche Wärme und Feuchtigkeit allem zuträglicher, das sie berührten; sie brachten die Luft zum Flimmern, so daß sie wie ein Etwas von innewohnendem Charakter über den frisch bestandenen Feldern schwebte, an den mit einem Gewirr von Grasarten und Kräutern bewachsenen Hängen der Hügel, zwischen den im Knospen begriffenen Bäumen; und Lindens Gemütsverfassung hob sich beim Anblick der Weise, wie die Landschaft im Nahen des Abends glänzte. Sie hatte soviel von ihrem Leben in Städten zugebracht. Weiterhin fuhr sie langsam; sie wollte die schwache Hoffnung auskosten, hier etwas gefunden zu haben, an dem sie Freude verspüren konnte.

Nach rund drei Kilometern gelangte sie an ein zur Rechten gelegenes Feld, dicht überwuchert von Gänsedisteln und wildwüchsigem Senf. Jenseits des Felds stand, ungefähr einen halben Kilometer entfernt, vor einer Kette von Bäumen ein weißes Farmhaus. Noch zwei oder drei andere Häuser grenzten an das Feld, näher an der Landstraße gelegen; aber es war das weiße Gebäude, das sofort ihre Aufmerksamkeit beanspruchte, als sei es das einzige bewohnbare Bauwerk in der ganzen Gegend.

Ein unbefestigter Weg durchzog das Feld. Abzweigungen verliefen zu den anderen Häusern, aber der Hauptweg führte direkt zum weißen Gebäude.

Neben der Abfahrt ragte ein Holzschild auf. Trotz der Verblichenheit der Farbe und mehrerer alter Astlöcher, die Einschüssen glichen, war die Aufschrift noch lesbar: Haven Farm.

Linden nahm allen Mut zusammen und bog in den Feldweg ab.

Ohne jede Vorwarnung erhaschte sie im Augenwinkel den flüchtigen Anblick von etwas Ockerfarbenem. Bei dem Schild stand eine Gestalt in etwas ähnlichem wie einer Robe.

»Was …?«

Der Mann befand sich auf einmal an der Stelle, als wäre er soeben mitten aus der Luft erschienen. Noch einen Augenblick zuvor hatte Linden nichts als das Schild gesehen.

Völlig überrascht riß sie unwillkürlich das Lenkrad herum,

versuchte einer Gefahr auszuweichen, die schon vorüber war; unverzüglich lenkte sie den Sedan wieder herum und trat aufs Bremspedal. Ihr Blick huschte hinauf zum Rückspiegel.

Sie sah einen Greis in einem ockerfarbenen Gewand. Er war hochgewachsen und hager, barfüßig und verdreckt. Der lange graue Bart und das dünne Haupthaar umwehten seinen Kopf als Gewirbel.

Er tat einen Schritt auf den Weg, auf den Wagen zu, dann packte er sich plötzlich krampfhaft an die Brust und brach zusammen.

Linden entfuhr ein Ausruf, obwohl weit und breit niemand war, der ihn hätte hören können. Indem sie sich mit einer Schnelligkeit bewegte, die sich wie Zeitlupe anfühlte, schaltete sie den Motor ab, ergriff ihre Arzttasche und stieß die Wagentür auf. Angespannte Erregung brodelte in ihr empor, Furcht vor Tod, vor Versagen; aber ihre Ausbildung unterdrückte diese Anwandlungen. Einen Moment darauf befand sie sich an der Seite des Alten.

Er wirkte hier auf dem Feldweg sonderbar fehl am Platze, als gehöre er nicht in die Zeit dieser Welt, die Linden kannte. Das Gewand war sein einziges Kleidungsstück; es sah aus, als liefe er schon seit Jahren darin herum. Seine Gesichtszüge besaßen scharfe Konturen, die grimmig waren durch Auszehrung oder Fanatismus. Das im Schwinden befindliche Sonnenlicht färbte seine welke Haut wie totes Gold.

Er atmete nicht.

Lindens Disziplin trieb sie zum Handeln. Sie kniete sich neben ihn und tastete nach seinem Puls. Aber in ihrem Innern war sie außer sich. Dieser Greis zeichnete sich durch eine Ähnlichkeit mit ihrem Vater aus, die ihr schwer zu schaffen machte. Hätte ihr Vater lange genug gelebt, um alt und verrückt zu werden, möglicherweise wäre er auch eine so deprimierende, hinfällige Erscheinung geworden.

Der Puls schlug nicht.

Der Greis stieß sie ab. Ihr Vater hatte Selbstmord begangen. Nach ihrer Überzeugung verdienten Menschen, die sich umbrachten, den Tod. Der Anblick des Alten weckte in ihr Erinnerungen an ihre eigenen Schreie, die in ihren Ohren widerhallten, als könnten sie niemals wieder verstummen.

Aber er lag im Sterben. Schon waren seine Muskeln erschlafft, die schmerzliche Verkrampfung des Anfalls lockerte sich. Und Linden war Ärztin.

Mit einer Sicherheit, die sie ihrer harten Ausbildung verdankte, und mit genügend Selbstverleugnung, um ihren Abscheu zu meistern, öffnete sie die Arzttasche. Sie entnahm ihr den Leuchtstab und untersuchte die Pupillen des Hingestreckten.

Sie waren gleich und reagierten. Er konnte noch gerettet werden.

Rasch legte sie seinen Kopf zurecht, bog ihn nach hinten, um die Kehle innen freizumachen. Dann faltete sie die Hände auf seinem Brustbein, verlagerte ihr ganzes Körpergewicht auf die Arme und begann mit einem Wiederbelebungsversuch.

Die Rhythmik der Herzmassage hatte sich ihr längst so tief verinnerlicht, daß sie sie einhielt, ohne sich bewußt darum bemühen zu müssen: fünfzehnmal fest die Handballen aufs Brustbein gestemmt; danach zweimaliges langes Ausatmen in den Mund des Lebensgefährdeten, dabei seine Nase verschließen. Allerdings roch es außerordentlich schlecht aus dem Mund – faulig und übel, als wären seine Zähne kariös oder hätten Geschwüre seinen Gaumen befallen. Beinahe stockte Linden in ihren Anstrengungen. Im selben Augenblick verstärkte sich ihr Widerwille zu akutem körperlichem Unwohlsein, als koste sie die Absonderungen einer Eiterbeule. Doch sie war Ärztin; das hier gehörte zu ihrer Arbeit.

Fünfzehn. Zwei.

Fünfzehn. Zwei.

Sie erlaubte sich kein einziges Aussetzen.

Durch den Ekel schwoll in ihr Furcht auf. Ermüdung. Scheitern. Ein derartiger Wiederbelebungsversuch verschlang soviel Kraft, daß keine Einzelperson ihn länger als für ein paar Minuten durchzuführen vermochte. Wenn die Wiederbelebung nicht bald eintrat …

Atmen, verdammt noch mal! schalt sie inwendig zwischen den Druckausübungen. *Fünfzehn. Zwei. Verfluchter Kerl. Atme!* Noch immer blieb der Pulsschlag aus.

Ihre eigene Atmung geriet zusehends unregelmäßiger; ein Schwindelgefühl befiel sie, als rolle eine Flut aus Finsternis näher. Die Luft schien ihren Lungen zu widerstreben. Schwüle und Trübnis des nahen Sonnenuntergangs ließen den Alten vor Lindens Augen verschwimmen. Sein gesamter Muskeltonus war dahin, alle Anzeichen von Leben waren aus ihm gewichen.

Atme!

Unvermittelt unterbrach sie die Massage und riß ihre Arzttasche heran. Ihre Arme zitterten; mit gewaltsamer Verkrampftheit hielt sie sie still, während sie eine Wegwerfspritze, eine Ampulle mit Adrenalin und eine Herzkanüle auspackte. Sie rang um Ruhe, füllte die Spritze, indem sie die Luft hinauspreßte. Trotz der gebotenen Eile nahm sie sich einen Moment Zeit, um auf dem schmalen Brustkorb des Mannes eine Stelle der Haut mit Alkohol zu säubern. Dann schob sie ihm die Nadel behutsam zwischen die Rippen und injizierte das Adrenalin ins Herz.

Sie legte die Spritze weg und riskierte es, dem Alten einmal die Faust aufs Brustbein zu schlagen. Doch der Hieb blieb ohne Wirkung.

Linden stieß einen Fluch aus und nahm den Wiederbelebungsversuch wieder auf.

Sie brauchte Unterstützung. Aber es war unmöglich, sich welche zu verschaffen. Wenn sie aufhörte, um ihn erst in den Ort zu fahren, oder um ein Telefon ausfindig zu machen, würde er sterben. Doch wenn sie hier allein ihre Kräfte erschöpfte, mußte er ebenfalls sterben.

Atme!

Er atmete nicht. Sein Herz schlug nicht. Sein Mund war so stinkig wie der Rachen eines Leichnams. Diese ganze Zumutung wirkte aussichtslos.

Linden gab nicht auf.

All die Düsternis ihres gesamten Lebens ballte sich nun in ihr zusammen. Zu viele Jahre hindurch hatte sie sich gelehrt, eine tüchtige Widersacherin des Todes zu sein; sie konnte jetzt schlichtweg nicht kapitulieren. Um ihren Vater zu retten, war sie zu jung, zu schwach und zu unwissend gewesen, ihre Mutter hatte nicht gerettet werden können; nun jedoch, da sie wußte, was sich tun ließ und wie man es machte, beabsichtigte sie nicht nachzugeben, ihr Leben nicht mit dem Makel eines vorzeitigen Erlahmens zu beschmutzen.

Dunkle Flecken begannen durch ihr Blickfeld zu tanzen; Feuchtigkeit und Mangelhaftigkeit erfüllten die Luft. Ihre Arme fühlten sich wie Blei an; ihre Lungen bäumten sich jedesmal auf, wenn sie dem Alten Atem in die Kehle stieß. Er lag leblos da. Tränen hilflosen Zorns rannen Linden heiß die Wangen hinab. Dennoch ließ sie nicht locker.

Sie befand sich nur noch halb bei Besinnung, als plötzlich ein Zittern den Greis durchlief und er mit einem heiseren Laut nach Luft schnappte.

In derselben Sekunde brach Lindens Willenskraft. Blut schoß ihr in den Kopf. Sie spürte nicht, wie sie zur Seite sank.

Als sie wieder genug Gewalt über sich erlangt hatte, um den Kopf zu heben, verschleierte Gequältheit ihren Blick, und ihr Gesicht war ölig vom Schweiß. Der Alte ragte hochaufgerichtet über sie auf. Seine Augen betrachteten sie; ihr tiefes Blau schien sie zu umfangen wie eine mitleidige Hand. Er sah unvorstellbar groß und kerngesund aus; schon seine Haltung schien leugnen zu wollen, er sei jemals dem Tode nahe gewesen. Sanft faßte er sie an und zog sie auf die Beine empor. Als er seine Arme um sie legte, sackte sie gegen ihn, völlig außerstande, sich seiner Umarmung zu widersetzen.

»Ach, meine Tochter, hab keine Furcht.« Seine Stimme klang rauh aus Mitgefühl und Sanftmut. »Du wirst nicht scheitern, wie arg er dich auch bedrängen mag. Es gibt in der Welt auch Liebe.« Dann gab er sie frei und trat zurück. Seine Augen verwandelten sich in Gebote. »Bleib getreu!«

Benommen sah sie ihm nach, als er sich abwandte und ins Feld entfernte. Für einen Moment streiften Gänsedisteln und wilder Senf sein Gewand. Sie vermochte ihn durch die Verschwommenheit ihrer Sicht kaum zu erkennen. Ein leichter Wind, der nach Moschus roch, rührte an sein Haar, erzeugte im Lichtschein des Sonnenuntergangs eine Art von Strahlenkranz rings um sein Haupt. Dann entschwand er im Dunst und war auf einmal fort.

Linden wollte ihm etwas nachrufen, aber die Erinnerung an seine Augen hielt sie zurück.

Bleib getreu!

Tief in ihrem Busen begann Lindens Herz zu erbeben.

2
Etwas Zerbrochenes

Einen Moment später erfaßte das Zittern Lindens Glieder. Die Oberfläche ihrer Haut fühlte sich erhitzt an, als wären die Strahlen der Sonne allein auf sie konzentriert. Die Muskeln ihres Unterleibs zogen sich zusammen.

Der Greis war verschwunden. Er hatte seine Arme um sie gelegt, als besäße er dazu ein Recht, und dann war er verschwunden.

Sie befürchtete, ihr werde sich der Magen umdrehen.

Doch da fiel ihr Blick langsam auf die Stelle, wo der Alte im Staub gelegen hatte. Dort sah sie die gebrauchte Spritze, den zum Sterilisieren verwendeten Tupfer, die leere Ampulle. Die Erde wies den schwachen Abdruck eines Körpers auf.

Ein Schaudern ging durch Linden, und sie begann sich zu entkrampfen.

Also war er wirklich vorhanden gewesen. Er hatte sich nur scheinbar so spurlos aufgelöst. Ihre Augen hatten getrogen.

Sie hielt nach ihm in der Umgebung Ausschau. Er sollte jetzt nicht einfach herumlaufen; er bedurfte der Fürsorge, der ärztlichen Beobachtung, bis seine Verfassung sich stabilisiert hatte. Doch sie konnte ihn nirgends erspähen. Indem sie eine sonderbare Zurückhaltung überwand, stapfte sie durch den wilden Senf in die Richtung, in die er sich abgesetzt hatte. Aber als sie den Flecken erreichte, wo er zuletzt zu sehen gewesen war, fand sie dort nichts und niemanden.

Entgeistert kehrte sie zurück zum Feldweg. Es mißfiel ihr, ihn nun sich selbst überlassen zu müssen; anscheinend jedoch hatte sie diesbezüglich keine Wahl. Sie murmelte vor sich hin, während sie ihre Arzttasche holte.

Sie stopfte die Überbleibsel der vorgenommenen Hilfeleistung in eines der Plastiktütchen, die sie für diesen Zweck stets dabei hatte. Anschließend begab sie sich wieder zum Auto. Als sie auf dem Fahrersitz Platz nahm, umfaßte sie das Lenkrad fest mit beiden Händen, um sich an seiner harten Wirklichkeit anzuklammern und Halt zu verleihen.

Sie entsann sich nicht mehr, weshalb sie eigentlich zur Haven Farm gefahren war, bis das Taschenbuch auf dem Beifahrersitz ihre Aufmerksamkeit erregte.

Ach, verdammt!

Sie fühlte sich vollkommen unvorbereitet, um jetzt bei Thomas Covenant vorzusprechen.

Für einen Moment zog sie in Erwägung, die Gefälligkeit, die sie Dr. Berenford zugesagt hatte, ganz einfach zu unterlassen. Sie warf sogar schon den Motor an und drehte am Lenkrad. Aber der Gedanke an die Eindringlichkeit in den Augen des Greises veranlaßte sie zum Innehalten. Jenes Blau würde das Brechen von Versprechungen mißbilligen. Und sie hatte ihn gerettet. Damit hatte sie sich selbst ein Beispiel gesetzt, das wichtiger war als alle Sorgen um Schwierigkeiten oder Kränkungen. Als sie den Sedan anfahren ließ, steuerte sie ihn über den Feldweg geradeaus auf das weiße Fachwerkhaus zu, hinter ihrem Rücken eine Staubwolke und den Sonnenuntergang.

Das abendliche Licht warf eine leichte rötliche Färbung auf das Haus, als befände es sich mitten in dem Prozeß, in irgend etwas anderes umgewandelt zu werden. Sobald sie den Wagen geparkt hatte, mußte sie ein erneutes Zögern niederringen. Sie mochte nichts mit Thomas Covenant zu schaffen haben – nicht etwa, weil es sich bei ihm um einen Leprotiker handelte, sondern weil er Unbekanntes und Bedrohliches verkörperte, etwas von solcher Außergewöhnlichkeit, daß sogar Dr. Berenford ihn fürchtete.

Doch sie hatte sich längst festgelegt. Sie nahm das Buch,

stieg aus dem Auto und schritt zur Vordertür des Hauses, in der Hoffnung, die übernommene Aufgabe abwickeln zu können, noch ehe vollständige Dunkelheit herrschte.

Sie verbrachte einige Sekunden damit, ihr Haar zu glätten. Dann klopfte sie an.

Im Haus blieb es still.

Lindens Schultern pochten unter dem Druck innerlicher Belastung. Müdigkeit und Verlegenheit machten ihr die Arme so schwer, als könne sie sie nicht mehr anheben. Sie mußte die Zähne zusammenbeißen, bevor sie es über sich brachte, noch einmal zu klopfen.

Urplötzlich vernahm sie von drinnen Schritte. Füße stapften durchs Haus auf sie zu. Sie konnte den Schritten schon im voraus Verärgerung anmerken.

Jemand riß die Haustür auf, und ein Mann trat vor sie, eine hagere Gestalt in einer alten Jeans und einem T-Shirt, etliche Zentimeter größer als sie. Ungefähr vierzig Jahre. Er besaß ein bemerkenswertes Gesicht. Sein Mund war so gerade wie eine steinerne Tafel; angestaute Mühsal furchte die Wangen; seine Augen glichen zum Aufglühen fähigen Kohlen. Das Haar über seiner Stirn war sichtlich angegraut, als wäre er mehr durch die eigenen Gedanken gealtert als durch die Zeit.

Er befand sich offenkundig im Zustand der Erschöpfung. Nahezu unwillentlich nahm sie von der Rötung seiner Augen und Lider Kenntnis, der Fahlheit seiner Haut, der zittrigen Abgehacktheit seiner Bewegungen. Entweder war er krank oder stand unter extremem Streß.

Linden tat den Mund auf, um etwas zu sagen, aber dazu kam sie gar nicht. Der Mann schenkte ihrer Anwesenheit nur eine Sekunde lang seine Beachtung, ehe er sie anschnauzte. »Gottverdammt, wenn ich Gäste aufnehmen wollte, würde ich ja wohl ein Schild aufstellen!« Damit knallte er ihr die Tür vor der Nase zu.

Einige Augenblicke lang zwinkerte sie verdutzt, während sich hinter ihr die abendliche Dämmerung vertiefte, und ihre Unsicherheit schlug in Wut um. Da schlug sie so wuchtig gegen die Tür, daß das Holz in seinem Rahmen ratterte.

Fast sofort kam er zurück. Seine Stimme glich Säurespritzern. »Vielleicht verstehen Sie kein Englisch. Ich ...«

Sie begegnete seinem wüsten Blick mit ätzend sarkastischem Lächeln. »Müssen Sie kein Glöckchen läuten oder so was?«

Das bremste ihn. Seine Lider verengten sich, als er sie zum zweitenmal betrachtete. Er sprach langsamer, als er von neuem den Mund aufmachte, als versuche er die Gefahr einzuschätzen, die von ihr ausging. »Wenn Sie Bescheid wissen, bedürfen Sie keiner Warnung.«

Sie nickte. »Mein Name ist Linden Avery. Ich bin Ärztin.«

»Und Sie fürchten sich nicht vor Leprotikern.«

Sein Hohn besaß die Heftigkeit eines Keulenhiebs; doch sie blieb ihm nichts schuldig. »Würde ich mich vor Kranken fürchten, könnte ich keine Ärztin sein.«

Sein finsterer Blick war ein Inbegriff seines Unglaubens. »Ich brauche keinen Arzt«, erwiderte er kurz angebunden und machte Anstalten, die Tür erneut zu schließen.

»Also sind in Wahrheit Sie es«, sagte sie schroff, »der sich fürchtet.«

Seine Miene verdüsterte sich. »Was wünschen Sie, Doktor?« fragte er nach, indem er jedes einzelne Wort verwendete wie einen Dolch.

Zu ihrem Verdruß brachte seine beherrschte Vehemenz sie ins Wanken. Das zweite Mal während dieses Sonnenuntergangs ruhten Augen auf ihr, deren Blick zu energisch war für sie. Dieser Blick flößte ihr Beschämung ein. Sie hielt das Buch – den Vorwand für ihr Aufkreuzen – in der Hand; doch sie verbarg die Hand hinterm Rücken. Sie vermochte die Lüge nicht auszusprechen, die Dr. Berenford vorgeschlagen hatte. Und sie wußte keine andere Antwort. Sie konnte überdeutlich sehen, daß Covenant Hilfe brauchte. Aber solange er nicht darum ersuchte, welche Möglichkeiten standen ihr dann noch offen?

Da jedoch durchfuhr eine Intuition ihr Bewußtsein. Sie sprach aus, was ihr in den Sinn gekommen war, bevor sie die Eingebung in Frage stellen konnte. »Der Greis«, erklärte sie, »hat zu mir ›Bleib getreu‹ gesagt.«

Covenants Reaktion verblüffte sie. In seinen Augen glommen Überraschung und Furcht auf. Seine Schultern zuckten zusammen; das Kinn fiel ihm herab. Dann hatte er urplötzlich hinter sich die Haustür geschlossen. Er stand unmittelbar vor ihr, das Gesicht in hitziger Erregung nach vorn geschoben. »Welcher Greis?«

Sie widerstand seiner Heftigkeit. »Ich habe ihn draußen an der Abzweigung zu Ihrer Zufahrt getroffen … einen alten Mann in ockerfarbenem Gewand. Kaum hatte ich ihn gesehen, erlitt er einen Herzanfall.« Für einen Augenblick berührte die kalte Hand des Zweifels ihr Inneres. Der Alte hatte sich viel zu schnell erholt. War es denkbar, daß er ihr bloß Theater vorgespielt hatte? Ausgeschlossen! Sein Herz hatte stillgestanden. »Ich habe mich gehörig abschinden müssen, um ihn durchzubringen. Und dann ist er einfach weggegangen.«

Covenants Feindseligkeit schwand. Sein Blick haftete nun an ihr, als sei er ein Ertrinkender. Er hielt die Hände gespreizt vor sich hingestreckt. Erstmals bemerkte Linden, daß seiner rechten Hand die beiden äußeren Finger fehlten. An dem, was früher der Mittelfinger der Rechten gewesen war, trug er einen Ehering aus Weißgold. Seine Stimme ähnelte einem schmerzhaften Krächzen in seiner Kehle. »Er ist fort?«

»Ja.«

»Ein alter Mann in einem ockerfarbenen Gewand?«

»Ja.«

»Sie haben ihm das Leben gerettet?« Seine Gesichtszüge entglitten in abendliches Dunkel, als die Sonne unter den Horizont sank.

»Ja.«

»Was hat er zu Ihnen gesagt?«

»Das habe ich Ihnen doch schon genau erzählt.« Ihre Unsicherheit machte sie ungeduldig. »›Bleib getreu!‹ hat er gesagt.«

»Das hat er zu Ihnen gesagt?«

»Ja.«

Covenants Blick löste sich von ihrem Gesicht. »Hölle und Verdammnis!« Er sackte in seiner Haltung ein, als sei ihm eine unmenschliche Last aufgebürdet worden. »Haben Sie mit mir Erbarmen. Ich kann's nicht ertragen.« Er wandte sich ab, schlurfte zur Haustür, öffnete sie. Dort blieb er stehen. »Weshalb *Sie?*«

Dann hatte er wieder das Haus betreten, die Tür schwang zu, und Linden stand allein in der Dunkelheit des Abends, als sei sie erst jetzt plötzlich verwaist.

Sie regte sich nicht, bis der Drang, überhaupt irgend etwas zu tun, irgendwie zu handeln, um ihre Vertrautheit mit der Welt wiederherzustellen, sie bewog, zum Wagen zu gehen. Sobald sie wie gelähmt hinterm Lenkrad saß, versuchte sie nachzudenken.

Weshalb Sie?

Was für eine Art von Fragestellung sollte das sein? Sie war Ärztin, und der Alte hatte ärztlichen Beistand benötigt. Das war doch wirklich ganz einfach. Was hatte Covenant gemeint?

Aber *Bleib getreu* war nicht alles, was der Greis gesagt hatte. *Du wirst nicht scheitern,* hatte er außerdem geäußert, *wie arg er dich auch bedrängen mag.*

Er? War das auf Covenant gemünzt gewesen? Hatte der Alte

sie vor irgend etwas zu warnen beabsichtigt? Oder bestand irgendein anderer Zusammenhang zwischen ihm und dem Schriftsteller? Was hatten die beiden miteinander zu schaffen? Oder mit ihr?

Niemand konnte einen Herzstillstand vortäuschen!

Hart zügelte sie ihre verworrenen Gedankengänge. Die gesamte Situation ergab keinerlei Sinn. Mit Sicherheit ließ sich lediglich festhalten, daß Covenant den Alten anhand ihrer Beschreibung gleich gekannt hatte. Und daß man in bezug auf Covenants geistiges Gleichgewicht eindeutig gewisse Bedenken haben mußte.

Das Lenkrad entschlossen gepackt, warf sie den Wagen an, setzte zurück, um zu wenden. Nunmehr hegte sie die Überzeugung, daß Covenant sich mit einem sehr ernsten Problem herumzuplagen hatte; diese Überzeugung jedoch machte sie nur um so verärgerter über Dr. Berenfords Weigerung, ihr über die Natur des Problems Aufschluß zu geben. Im fortgeschrittenen Zwielicht der Abenddämmerung ließ sich der Feldweg kaum noch erkennen; als sie den Sedan in einen anderen Gang schaltete, um das Wendemanöver zu vollenden, knipste sie die Scheinwerfer an.

Ein Schrei wie ein Mundvoll zerbrochenes Glas brachte sie ruckartig zum Verharren, er durchdrang das Brummen ihres Autos. Scherben von Lauten schnitten in ihr Gehör. Eine Frau schrie aus Schmerz oder im Wahnsinn.

Der Schrei war aus Covenants Haus gekommen.

Einen Augenblick später stand Linden neben dem Wagen und wartete ab, ob sich der Schrei wiederholen werde.

Sie hörte nichts. Aus einigen Fenstern des Hauses drang Lichtschein; aber keine Schatten bewegten sich hin und her. Keine Geräusche von Brutalitäten durchdrangen verräterisch die abendliche Stille. Linden verweilte in der Bereitschaft, zum Haus zurückzulaufen. Ihre Ohren lauschten hinaus in die

Weite. Doch die Dunkelheit hielt den Atem an. Kein zweiter Schrei ertönte.

Eine Zeitlang hielt Unentschiedenheit Linden an Ort und Stelle fest. Sollte sie Covenant zur Konfrontation zwingen, von ihm Rede und Antwort verlangen? Oder einfach abfahren? Sie hatte seine Feindseligkeit kennengelernt. Welches Recht konnte sie besitzen …? Jedes Recht, falls er eine Frau mißhandelte. Aber wie mochte es möglich sein, Gewißheit zu erlangen? Dr. Berenford hatte von einem medizinischen Problem gesprochen.

Dr. Berenford …

Verwünschungen zischelnd sprang sie wieder ins Auto, trat vehement aufs Gaspedal und brauste in einer Staubwolke davon, begleitet durch das Geklapper von Kieselsteinchen.

Zwei Minuten später war sie zurück im Ort. Dort mußte sie jedoch langsamer fahren, um nach den Straßenschildern ausschauen zu können.

Als sie vor dem Haus des Chefarztes eintraf, konnte sie gegen den dunklen Abendhimmel nur den Umriß des Gebäudes sehen. Die vordere Fassade wirkte abweisend finster, als sei auch dies eine Stätte, an der es Geheimnisse zu hüten gab. Aber sie zögerte nicht. Sie stieg die Stufen hinauf und hämmerte an die Eingangstür. Die Tür führte auf eine vergitterte Veranda, die den Eindruck einer neutralen Zone zwischen dem Wohnhaus und der Außenwelt erweckte. Nachdem sie Einlaß begehrt hatte, gingen auf der Veranda Laternen an. Dr. Berenford öffnete die innere Tür, schloß sie hinter sich und kam durch die Veranda, um Linden einzulassen.

Er lächelte zur Begrüßung; doch er mied ihren Blick, als habe er Anlaß zu Befürchtungen; und in den Tränensäcken unter seinen Augenhöhlen konnte sie seinen Pulsschlag pochen sehen.

»Dr. Berenford«, sagte sie grimmig.

»Bitte!« Er vollführte eine bittstellerische Gebärde. »Julius.«

»Dr. Berenford.« Sie war sich nicht sicher, ob ihr an der Freundschaft dieses Mannes lag. »Wer ist sie?«

Sein Blick glitt unstet umher. »Sie?«

»Die Frau, die ich in seinem Haus schreien gehört habe.«

Berenford war anscheinend völlig außerstande, ihr ins Gesicht zu blicken. »Er hat Ihnen also nichts verraten«, sagte er mit leiser, matter Stimme.

»Richtig.«

Dr. Berenford überlegte für einen Moment, dann winkte er Linden in die Richtung der beiden Schaukelstühle, die am einen Ende der Veranda standen. »Bitte, nehmen Sie Platz. Hier draußen ist's kühler.« Seine Gedanken schienen abzuschweifen. »Diese absonderliche Hitzewelle kann ja wohl nicht ewig dauern.«

»Doktor!« fuhr sie ihn an. »Er quält diese Frau!«

»Nein, keineswegs.« Plötzlich zeigte der ältere Arzt Unmut. »Schlagen Sie sich das unverzüglich aus dem Kopf! Er tut für sie, was er nur kann. Was es auch ist, das sie quält, er ist es nicht.«

Linden erwiderte seinen mißmutigen Blick, bis sie die Überzeugung verspürte, daß er Thomas Covenants Freund war, mochte er nun der ihre sein oder nicht. »Dann erzählen Sie mal«, forderte sie in sachlichem Tonfall.

Nach und nach nahm seine Miene wieder den Ausdruck gewohnheitsmäßiger Ironie an. »Möchten Sie sich nicht setzen?«

Mit schroffem Gebaren schritt sie die Veranda hinab und ließ sich in einem der Schaukelstühle nieder. Sofort schaltete Berenford die Laternen aus, und Dunkelheit fiel durch die Abschirmung auf die Veranda. »Im Dunkeln kann ich besser denken.« Bevor sich Lindens Augen der Veränderung anpaßten, hörte sie den anderen Schaukelstuhl an ihrer Seite quietschen, als er sich hineinsetzte.

Eine Zeitlang blieben das gedämpfte Klagen seines Schaukelstuhls und das Gezirpe der Grillen die einzigen vernehmlichen Geräusche. »Einige Dinge werde ich Ihnen nicht sagen«, meinte er unvermittelt. »Zum Teil, weil ich's nicht kann, und teilweise, weil's nicht geht. Aber Sie haben sich jetzt in dieser Geschichte engagiert. Ich bin Ihnen einige Auskünfte schuldig.«

Danach sprach er weiter wie eine Stimme der Nacht; und sie lauschte ihm in angespanntem Zustand, halb mit ihrer Aufmerksamkeit bei ihm, so wie sie sich auf Patienten, die Symptome beschrieben, zu konzentrieren pflegte, halb mit ihren Gedanken bei der Erinnerung an jenen hageren, ungestümen Mann, der sie mit soviel Verwunderung und Pein gefragt hatte: *Weshalb Sie?*

»Vor elf Jahren war Thomas Covenant ein Autor mit gerade einem Bestseller, einer reizenden Frau mit Namen Joan und einem Söhnchen namens Roger. Der Roman gefällt ihm nicht mehr – heute nennt er ihn unreif –, aber die Frau und das Kind liebt er noch immer. Oder jedenfalls nimmt er das an. Ich persönlich bezweifle es. Er ist ein Mann mit starkem Treuegefühl. Was er Liebe nennt, würde ich jedoch eher als Anhänglichkeit ans eigene Leid bezeichnen. Und ebenfalls vor elf Jahren hat sich also eine Infektion an seiner rechten Hand als Leprose herausgestellt, so daß ihm zwei Finger amputiert werden mußten. Man hat ihn ins Leprosorium in Louisiana eingewiesen, und seine Frau hat sich von ihm scheiden lassen, weil Roger nicht in der Gemeinschaft mit einem Leprakranken aufwachsen sollte. Wie Covenant es darstellt, war ihre Entscheidung ganz und gar verständlich und einleuchtend. Natürliche Sorge einer Mutter um ihr Kind. Ich glaube, daß er sich das einredet. Ich bin der Ansicht, daß sie nichts als blanke

Furcht hatte. Wie ich annehme, hat die Vorstellung, was Hansens Krankheit aus ihm machen könnte – ganz zu schweigen von ihr und Roger –, sie zu sehr entsetzt. Sie ist praktisch weggelaufen.« Sein Tonfall verriet ein gleichzeitiges Achselzucken. »Aber das sind bloß Vermutungen. Tatsache ist, sie hat die Scheidung eingereicht, und er war damit einverstanden. Nach ein paar Monaten konnte seine Erkrankung zum Stillstand gebracht werden, und er kam zurück zur Haven Farm. Allein. Das war für ihn keine gute Zeit. Sämtliche Nachbarn zogen weg. Einige Leute in diesem hübschen Städtchen haben sogar versucht, ihn fortzuekeln. Ein paarmal mußte er noch zu uns ins Krankenhaus, das zweite Mal war er halbtot ...« Es hatte den Anschein, als zucke Dr. Berenford bei der Erinnerung daran zusammen. »Die Lepra war wieder akut geworden. Wir mußten ihn noch einmal ins Leprosorium einweisen. Als er dann wieder zurückkam, war alles anders. Allem Anschein nach hatte er sein inneres Gleichgewicht wiedergefunden. Seit zehn Jahren ist er nun gesund. Vielleicht ein bißchen bitter – nicht gerade, was man leutselig nennen würde –, aber immerhin zugänglich, vernünftig und sogar mitfühlend. Jedes Jahr bezahlt er für einige unserer mittellosen Patienten die Rechnungen.« Der Chefarzt seufzte: »Wissen Sie, es ist merkwürdig. Dieselben Leute, die mich andauernd bekehren möchten, glauben offenbar, daß sie auch *ihm* das Heil bringen müssen. Er ist Leprotiker und geht nicht in die Kirche, und obendrein hat er Geld. Einige unserer hiesigen Evangelisten betrachten das nahezu als Beleidigung des Allmächtigen.«

Der professionelle Teil von Lindens Innerem nahm die Tatsachen in sich auf, die Dr. Berenford berichtete, schied sie von seinen subjektiven Auffassungen. Aber ihr Sinnen ließ vor ihr in der Dunkelheit Covenants Gesicht aufkommen. Allmählich gewann dies von Not gekennzeichnete Gesicht für sie einen realeren Charakter. Sie erkannte die Falten von Einsamkeit und Verbitterung in seiner Miene. Sie reagierte auf die harte Strenge seiner Erscheinung, als habe sie einen Leidensgefährten gesehen. Immerhin war auch sie vertraut mit Bitternis, Verlust und Vereinsamung.

Doch zur gleichen Zeit gaben die Ausführungen des Chefarztes ihr neue Fragen ein. Sie wünschte zu wissen, was Covenant seine innere Festigkeit verliehen hatte. Wodurch war er verändert worden? Wo hatte er eine Antwort gefunden, die bedeutsam genug war, um ihn gegen die Armut seines Daseins zu immunisieren? Und was war nun vor kurzem geschehen, so daß er seinen Halt wieder verloren hatte?

»Seitdem hat er noch sieben Romane veröffentlicht«, erzählte Berenford weiter, »und die sind's, woran man wirklich den Unterschied erkennen kann. Oh, er hat einmal drei oder vier andere Manuskripte erwähnt, aber darüber weiß ich nichts genaues. Der Punkt, um den's mir geht, ist der, daß man nicht glauben würde, daß sein Bestseller und die sieben später geschriebenen Bücher von demselben Mann stammen, wüßte man es nicht. In bezug auf sein erstes Buch hat er durchaus recht. Plattes Geschreibsel ... oberflächliche Melodramatik. Aber die anderen ... Falls Sie die Gelegenheit finden, *Oder meine Seele gegen Schuld zu tauschen* zu lesen, werden Sie feststellen, daß er dahingehend argumentiert, Unschuld sei eine wunderbare Sache, nur wäre sie machtlos. Schuld ist Macht, sagt er. Alle tatkräftigen Menschen sind ihm zufolge schuldig, weil der Gebrauch von Macht zur Schuld führt, und ausschließlich Schuldige können wirksam handeln. Wirksam zum *Guten,* bitte ich zu beachten. Nur die Verdammten können erlöst werden.«

Linden wand sich an ihrem Platz. Sie verstand zumindest eine Art von Beziehung zwischen Schuld und Leistungsfähigkeit. Sie hatte Mord begangen, und sie war Ärztin geworden, weil sie Mord begangen hatte. Sie wußte, daß der Drang, ihre

Schuld zu tilgen, Menschen wie sie zur Machtausübung trieb. Doch hatte sie nichts gefunden – weder Linderung noch Genugtuung –, das zu bestätigen imstande gewesen wäre, daß Verdammte erlöst werden konnten. Es mochte sein, daß Dr. Berenford von Covenant irregeführt worden war; vielleicht *war* er verrückt, ein Irrer, der eine raffinierte Maskierung der Normalität trug. Oder womöglich kannte er etwas, von dem sie nichts wußte.

Irgend etwas, dessen sie bedurfte.

Dieser Gedanke erzeugte in ihr eine Aufwallung von Furcht. Auf einmal war sie sich überdeutlich der angebrochenen Nacht bewußt, der Streben in der Lehne des Schaukelstuhls, die ihren Rücken drückten, der Grillen. Es verlangte sie danach, sich dem Erfordernis, Covenant wiederzubegegnen, zu entziehen. Mögliche Gefahren schienen die Finsternis zu erfüllen. Aber sie mußte die Art der Bedrohung wenigstens verstehen können. Als Dr. Berenford schwieg, erduldete sie die Stille, solange sie dazu in der Lage blieb, dann wiederholte sie ihre anfängliche Frage.

»Wer ist die Frau?«

Der Chefarzt ließ einen Seufzlaut vernehmen. Sein Schaukelstuhl gab Anzeichen von Erregung an die Luft weiter. Aber vollständige Stille trat ein, ehe er antwortete. »Seine Ex-Frau Joan.«

Linden zuckte zusammen. Diese einzelne Information lieferte ein ganzes Bündel von Erklärungen für Covenants abgezehrte, fiebrige Erscheinung. Doch sie genügte noch immer nicht. »Warum ist sie zu ihm zurückgekehrt? Was ist mit ihr los?«

Der ältere Mediziner fing wieder an zu schaukeln. »Nun sind wir genau an dem Punkt, mit dem wir heute nachmittag den Einstieg gemacht haben. Ich kann's Ihnen nicht sagen. Ich kann Ihnen nicht verraten, weshalb sie zurückgekommen ist, weil er es mir ausschließlich unter dem Siegel der strengsten Verschwiegenheit erzählt hat. *Sollte* er recht haben …« Seine Stimme sank herab, ehe er einen neuen Satz begann. »Ich bin nicht dazu in der Lage, Ihnen darüber Aufschluß zu geben, was mit ihr ist, weil ich selbst keine Klarheit darüber habe.«

Sie starrte hinüber zu seinem unerkennbaren Gesicht. »Und darum haben sie mich darauf angesetzt.«

»Ja.« Seine Antwort klang wie ein Bekenntnis von Fehlbarkeit.

»Hier hat's noch mehr Ärzte. Oder Sie könnten einen Spezialisten kommen lassen.« Plötzlich schnürte es ihr die Kehle zu; sie mußte mühsam schlucken, bevor sie ihre nächste Frage auszusprechen vermochte. »Weshalb mich?«

»Naja, ich nehme an …« Sein Ton verwies auf ein verzerrtes Lächeln. »Ich könnte sagen, wegen Ihrer guten Ausbildung. Aber Tatsache ist, ich dachte, Sie sind für so was die richtige Person. Sie und Covenant, Sie sind dazu imstande, miteinander zu reden … vorausgesetzt, Sie geben sich gegenseitig eine Chance.«

»Verstehe.« Inmitten der Stille stöhnte sie lautlos vor sich hin. *Ist das alles so offensichtlich? Nach alldem, was ich getan habe, um es zu verbergen, merkt man es noch?* Um Auflehnung zu zeigen, erhob sie sich aus dem Schaukelstuhl. Alte Bitterkeit verlieh ihrer Stimme einen zänkischen Klang. »Ich hoffe, Sie haben Ihren Spaß daran, den lieben Gott zu spielen.«

Er schwieg für einen langen Moment und antwortete dann in aller Ruhe. »Wenn es das ist, was ich … Nein, das ist nicht der Fall. Wenigstens sehe ich's nicht so. Diese Angelegenheit ist mir einfach über. Deshalb habe ich Sie um Ihre Hilfe ersucht.«

Hilfe, schnob Linden innerlich. *Herrgott!* Doch sie verschwieg ihre Entrüstung. Erneut war es Dr. Berenford gelungen, an ihre empfindsame Stelle zu rühren, hatte er seinen

Finger auf die Nerven gelegt, die ihr Handeln lenkten. Weil sie weder ihre Schwäche, ihren Verdruß noch ihren Mangel an freier Wahl eingestehen wollte, strebte sie an ihm vorbei zur Ausgangstür der Veranda. »Gute Nacht«, sagte sie ausdruckslos.

»Gute Nacht, Linden.« Er erkundigte sich nicht danach, was sie nun anzufangen gedenke. Oder vielleicht begriff er es ohnehin. Oder möglicherweise fehlte es ihm an Mut.

Linden stieg ins Auto und fuhr zur Haven Farm zurück.

Sie fuhr langsam, versuchte irgendein Gespür für etwaige Aussichten zu entwickeln. Gewiß, sie besaß nun keine Wahl mehr; doch das lag nicht an ihrer Hilflosigkeit. Der Grund war vielmehr, daß sie ihre Entscheidung bereits gefällt hatte – schon vor langem, nämlich als sie sich dazu entschloß, Ärztin zu werden. Freiwillig hatte sie sich dafür entschieden, so zu sein, wie sie jetzt war; wenn einige Folgeerscheinungen ihrer Entscheidung ihr heute Qualen verursachten – nun, die ganze Welt war voller Qual. Sie verdiente jedweden Schmerz, den sie durchzustehen hatte.

Erst als sie den Feldweg erreichte, fiel ihr auf, daß sie völlig vergessen hatte, Dr. Berenford nach dem Greis zu fragen.

Sie konnte in Covenants Haus Licht sehen. Das Haus stand erleuchtet vor dem dunklen Hintergrund aus Bäumen wie ein Schimmer, der alsbald von Wald und Nacht verschlungen werden sollte. Der Mond verstärkte diesen Eindruck noch; sein nahezu volles Rund verwandelte das Feld in einen See aus Silber, gespenstisch und grundlos tief, aber sein Helligkeitsschein drang weder zwischen die Bäume noch zu dem Haus vor, das in ihrem Schatten lag. Linden fröstelte in der kühlen Luft, klammerte die Hände beim Fahren verkrampft ums Lenkrad, und ihre Sinne waren bis zum äußersten angespannt, als stünde ihr eine ernste Krise bevor.

Zwanzig Meter vor dem Haus bremste sie den Wagen und parkte ihn dort, so daß er sich im offenen Mondschein befand.

Bleib getreu.

Sie wußte nicht wie.

Die Annäherung des Scheinwerferlichts mußte Covenant gewarnt haben. Als sich Linden der Haustür näherte, ging vor dem Haus eine Laterne an. Covenant kam heraus und trat ihr entgegen. Seine Haltung war hochaufgerichtet und voller Zurückweisung; sie zeichnete sich gegen die gelbliche Beleuchtung hinter seinem Rücken ab. Sie konnte sein Gesicht nicht erkennen.

»Dr. Avery …« Seine Stimme kratzte wie eine Säge. »Gehen Sie.«

»Nein.« Ihre unregelmäßigen Atemzüge führten dazu, daß sie abgehackt sprach, jedes Wort einzeln hervorstieß. »Nicht, bevor ich sie gesehen habe.«

»Sie?« wiederholte er.

»Ihre Ex-Frau.«

Einen Moment lang bewahrte er Schweigen. »Was hat der Lump Ihnen sonst noch erzählt?« wollte er dann barsch erfahren.

Sie achtete nicht auf seinen Zorn. »Daß Sie Hilfe benötigen.«

Seine Schultern wölbten sich, als verkneife er sich eine heftige Entgegnung. »Er irrt sich. Ich brauche keine Hilfe. Ich brauche Sie nicht. Gehen Sie!«

»Nein.« Linden gab nicht nach. »Er hat vollkommen recht. Sie stehen am Rande der Erschöpfung. Es ist zu anstrengend für Sie, sich ganz allein um sie zu kümmern. Ich kann Ihnen helfen.«

»Sie können's nicht«, widersprach er gedämpft, aber mit allem Nachdruck. »Sie braucht keinen Arzt. Sie muß in Ruhe gelassen werden.«

»Das glaube ich erst, wenn ich mich davon überzeugt habe.«

Covenant spannte sich an, als ob sie Anstalten mache, zur Tat zu schreiten und an ihm vorbei ins Haus zu gehen. »Sie benehmen sich aufdringlich. Wenn Sie jetzt nicht endlich gehen, verständige ich den Sheriff.«

Die Unrechtmäßigkeit ihrer Position brachte Linden in Wut. »Gottverdammt«, brauste sie auf, »wovor fürchten Sie sich eigentlich?«

»Vor Ihnen.« Seine Stimme klang unheilvoll und kalt.

»Mir? Sie kennen mich doch gar nicht.«

»Und Sie kennen mich nicht. Sie wissen nicht einmal, was hier vorgeht. Sie würden's auch absolut nicht begreifen können. Und Sie sind wider Willen hier.« Seine Vorhaltungen glichen Klingen. »Berenford hat Ihnen das aufgedrängt. Und der Alte ...« Er schluckte. »Sie haben ihn gerettet, aber er hat Sie ausgewählt«, schnauzte er dann, »und Sie haben nicht die geringste Ahnung, was das *bedeutet*. Ihnen fehlt's an der leisesten Vorstellung, wofür er Sie ausgewählt hat. Zur Hölle, ich habe nicht die Absicht, dafür geradezustehen! *Gehen* Sie!«

»Was hat das mit Ihnen zu tun?« Sie versuchte, seinen Äußerungen einen Sinn abzugewinnen. »Wieso kommen Sie darauf, daß dieser Vorfall in einem Zusammenhang mit Ihnen steht?«

»Weil *ich* Bescheid weiß.«

»Über was wissen Sie Bescheid?« Linden mochte die herablassende Art seiner Verweigerung nicht hinnehmen. »Was ist an Ihnen so außergewöhnlich? Die Lepra? Glauben Sie, daß Sie Leprotiker sind, gibt Ihnen ein besonderes Vorrecht auf Einsamkeit und Leid? Seien Sie nicht so überheblich. Auf der Welt haben noch mehr Menschen zu leiden, und man braucht kein Leprotiker zu sein, um für sie Verständnis aufzubringen. Was ist denn so gottverdammt Besonderes an Ihnen?«

Lindens Zorn mäßigte Covenant. Noch immer ließ sich seine Miene nicht erkennen; doch es hatte den Anschein, als denke er neu über sich nach, verändere sich seine Einstellung.

»Durchaus nichts«, erwiderte er einen Moment später ruhig. »Aber ich stecke in dieser Sache drin, und Sie nicht. Ich weiß, um was es geht. Sie dagegen nicht. Man kann's nicht erklären. Sie wissen nicht, was Sie tun.«

»Dann sagen Sie's mir. Machen Sie's mir verständlich, damit ich die richtige Entscheidung treffen kann.«

»Dr. Avery.« Nun hörte seine Stimme sich jäh und heiser an. »Kann sein, daß Leiden keine private Angelegenheit ist. Es mag sein, daß Krankheit und Not öffentliche Belange sind. Aber *diese* Sache ist privat.«

Seine Eindringlichkeit brachte sie zum Schweigen. Insgeheim rang sie mit ihm und fand keine Möglichkeit, ihn irgendwie in den Griff zu bekommen. Er wußte mehr als sie – hatte mehr durchgemacht, mehr Erfahrungen erworben, im Leben mehr dazugelernt. Aber es war ihr unmöglich, das Ganze nun aufzugeben. Sie mußte irgendeine Erklärung haben. Die Nachtluft war dunstig und feucht, machte das bedeutsame Blinken der Sterne verschwommen. Weil Linden kein anderes Argument mehr besaß, konfrontierte sie Covenant zu guter Letzt mit ihrem eigenen Nichtbegreifen. »›Bleib getreu‹«, bekannte sie, »ist nicht das einzige, was der Alte gesagt hat.«

Covenant prallte regelrecht zurück. Linden blieb stumm, bis die Spannung ihn zu einer in unterdrücktem Ton gestellten Frage trieb. »Was denn noch?«

»›Hab keine Furcht‹, hat er außerdem gesagt. ›Du wirst nicht scheitern, wie sehr er dich auch bedrängen mag.‹« Damit verstummte sie, weil sie keine Bereitschaft verspürte, auch den Rest auszusprechen. Covenants Schultern begannen zu beben. Unerbittlich nutzte Linden die Situation. »Wen hat er gemeint? Sie?« Covenant gab keine Antwort. Er bedeckte das Gesicht mit den Händen. »Oder hat er von jemand anderem geredet? Hat irgend jemand Joan etwas angetan?« Ein Laut der Pein glitt wie eine Scherbe über Covenants Lippen, ehe er sich wieder beherrschen und sie zusammenpressen konnte. »Oder soll irgend etwas mit mir geschehen? Was gehe ich den Alten überhaupt an? Warum haben Sie gesagt, ich wäre von ihm ›auserwählt‹ worden?«

»Er benutzt Sie für seine Zwecke.« Covenants Hände verundeutlichten seine Stimme. Doch er bekam sich wieder in die Gewalt. Als er die Arme sinken ließ, war sein Tonfall matt, seine Stimme schwach, ganz wie zusammengesunkene Asche. »Er ist genauso wie Berenford. Er glaubt, ich brauche Hilfe. Ich könnte es diesmal allein nicht schaffen, meint er.« Eigentlich hätte seine Stimme, so merkte man, nach Verbitterung klingen müssen; aber anscheinend hatte er vorübergehend sogar diese Eigenschaft abgelegt. »Der einzige Unterschied ist, daß er weiß … was ich weiß.«

»Dann verraten Sie's mir«, drängte Linden. »Lassen Sie mich versuchen, es auch zu verstehen.«

Mit einer Aufbietung von Willenskraft straffte sich Covenant, so daß er sich aufrecht gegen den Lichtschein der Beleuchtung abhob. »Nein. Vielleicht kann ich Sie nicht zurückhalten, aber so viel steht fest, ich muß nicht auch noch nachhelfen. Ich werde nichts dazu beitragen. Wenn's sich nicht vermeiden läßt, daß Sie sich in dieser Geschichte betätigen müssen, werden Sie sich was auszudenken haben, wie Sie's ohne mich tun.« Er verstummte, als sei er fertig. Dann jedoch heischte er sie noch einmal an. »Und richten Sie diesem Halunken Berenford aus, er soll mir zur Abwechslung mal Vertrauen schenken!«

Widerworte entstanden in Lindens Kehle. *Warum sollte er?* wollte sie zurückschreien. *Sie trauen ja auch niemandem!* Doch als sie gerade die Lungen mit Luft füllte, um ihm den Vorwurf entgegenzuschleudern, durchstach ein Schrei die Luft.

Eine Frau stieß einen wüsten, gräßlichen Schrei aus. Es

schien unmöglich, daß jemand so extremes Grauen empfinden und dennoch bei Verstand bleiben konnte. Der Schrei schrillte wie ein Gellen mitten aus dem Herzen der Nacht.

Noch ehe er verhallte, befand sich Linden an Covenant vorüber unterwegs zur Haustür.

Er packte Linden am Arm; doch sie befreite sich vom Zugriff seiner halben Hand, schüttelte ihn ab. »Ich bin *Ärztin.*« Indem sie ihm weder zum Erteilen einer Einwilligung noch zum Aussprechen eines Verbots Zeit ließ, riß sie die Tür auf und betrat das Haus.

Jenseits der Tür gelangte sie ins Wohnzimmer. Trotz der Teppiche und Bücherregale wirkte es kahl; keine Bilder und keinerlei dekorative Gegenstände waren vorhanden; das einzige wirkliche Mobiliar bestand aus einem übermäßig gepolsterten, langen Sofa und einem davor aufgestellten Kaffeetisch. Beide nahmen die Mitte der Räumlichkeit ein, wie um den Platz rund um sie begehbar zu machen.

Linden widmete dem Raum einen flüchtigen Blick, dann durchmaß sie einen kurzen Gang bis in die Küche. Auch dort beanspruchten nur ein Tisch und zwei Stühle mit senkrechten Rückenlehnen den Mittelpunkt des Raumes. Sie strebte daran vorbei und ging in einen weiteren Korridor. Covenant kam ihr nachgeeilt, als sie an zwei geöffneten Türen vorüberschritt – dem Bad, seinem Schlafzimmer – und am Ende des Korridors eine weitere Tür erreichte. Sie war geschlossen.

Ohne zu zögern griff Linden nach dem Türknopf.

Covenant umklammerte ihr Handgelenk. »Hören Sie zu.« Seine Stimme mußte irgendwelche inneren Regungen zum Ausdruck gebracht haben – Eindringlichkeit, Besorgnis, irgend etwas –, doch Linden bekam davon nichts mit. »Soviel müssen Sie verstehen. Es gibt nur einen Weg, um einen Menschen zu verletzen, der bereits alles verloren hat. Man gibt ihm etwas zerbrochen zurück.«

Linden umfaßte den Türknopf mit ihrer freien Hand. Covenant ließ von ihr ab. Sie machte die Tür auf und trat in das dahinter befindliche Zimmer. Alle Lichter waren eingeschaltet.

Joan saß in der Mitte des Zimmers auf einem Bett mit eisernem Gestell. Ihre Fußknöchel und Handgelenke waren mit Stoffstreifen auf eine Art und Weise gefesselt, die es ihr ermöglichten, sich aufzusetzen oder auszustrecken, es jedoch nicht gestatteten, die eine an die andere Hand zu bringen. Das lange baumwollene Nachthemd, das ihre dürren Glieder bedeckte, war durch beständiges Aufbäumen um sie gewickelt worden. An einem silbernen Kettchen hing ein Ehering aus Weißgold um ihren Hals.

Sie achtete nicht auf Covenant. Ihr Blick zuckte Linden entgegen, und wahnwitzige Wut verzerrte ihr Gesicht. In ihren Augen saß Wildheit, es waren die Augen einer geistig umnachteten Löwin. Gewimmer stöhnte durch ihre Kehle. Die bleiche Haut spannte sich straff über ihre Knochen.

Gefühlsmäßiger Abscheu flößte Linden Entsetzen ein. Sie vermochte keinen klaren Gedanken zu fassen. An so barbarische Wildheit war sie nicht gewöhnt. Sie verstieß gegen ihre gesamten Vorstellungen von Krankheit oder Leid, lähmte Linden in ihrem Handeln. Hier lag keine herkömmliche menschliche Gesundheitsstörung, kein Leiden vor, gesteigert bis zur Verzweiflung; dies war nackte, ungestüme Unbändigkeit, geballt und mörderisch. Linden mußte sich zum Nähertreten richtiggehend zwingen. Doch als sie sich der Frau nahte und versuchsweise eine Hand ausstreckte, biß Joan nach ihr wie eine angebundene Katze. Unwillkürlich schrak Linden zurück.

»Lieber Gott!« keuchte sie. »Was ist denn mit ihr nicht in Ordnung?«

Joan hob den Kopf und gab einen Schrei von sich, der an die Qualen der Verdammten denken ließ.

Covenant brachte kein Wort heraus. Kummer entstellte seine Gesichtszüge. Er suchte Joans Seite auf. Indem er an dem Knoten nestelte, band er Joans linke Hand los, machte ihren Arm frei. Augenblicklich schlug sie mit den Fingernägeln nach ihm, reckte ihren ganzen Körper, um ihn erreichen zu können. Covenant wich ihr aus, packte ihren Unterarm.

Linden sah mit lautlosem inneren Jammern zu, wie er Joan gestattete, mit ihren Fingernägeln seinen rechten Handrücken aufzureißen. Blut quoll aus den Kratzwunden. Joan beschmierte sich die Finger mit dem Blut. Dann zuckte die Hand an ihren Mund, und sie begann das Blut mit der Gier einer Süchtigen abzulecken.

Der Geschmack des Blutes stellte anscheinend ihre geistige Klarheit wieder her. Fast unverzüglich verschwand der Wahnsinn aus ihrer Miene. Ihr Blick milderte sich, ihre Augen füllten sich mit Tränen; ihre Lippen bebten. »Oh, Tom«, klagte sie schwächlich. »Es tut mir so leid. Ich kann nichts … Er ist in meinem Geist, und ich kann ihn nicht verscheuchen. Er haßt dich. Er macht … macht mich …« Sie schluchzte stoßweise. Ihr lichter Moment war für sie sichtlich ein grausames Erlebnis.

Covenant setzte sich neben ihr auf das Bett und legte seine Arme um sie. »Ich weiß.« Seine Stimme verlieh dem Zimmer Schmerzlichkeit. »Ich versteh's.«

»Tom …« Sie weinte. »Tom, hilf mir.«

»Das werde ich tun.« Sein Tonfall verriet, daß er jede Prüfung auf sich zu nehmen gedachte, jedes Opfer zu bringen, jedes Verbrechen zu begehen. »Sobald er bereit ist. Ich werde dich von ihm befreien.«

Allmählich entkrampften sich Joans gebrechlich gewordene Gliedmaßen. Ihr Schluchzen verebbte. Sie war erschöpft. Als Covenant sie aufs Bett hinstreckte, schloß sie die Lider und schlief ein, die Finger im Mund wie ein Kind.

Covenant entnahm einer Schachtel, die auf einem Tisch nahe beim Bett stand, ein Tüchlein und preßte es auf seinen Handrücken. Dann zog er sanft Joans Finger aus ihrem Mund und fesselte wieder ihr Handgelenk. Erst anschließend hob er seinen Blick zu Linden.

»Es schmerzt nicht«, sagte er. »Meine Handrücken sind schon seit vielen Jahren gefühllos.« Das Gemartertsein war mittlerweile aus seiner Miene gewichen; sie zeigte nun nichts außer der lange angestauten Müdigkeit einer Quälerei, die er nicht zu beheben vermochte.

Während Linden zuschaute, wie das Tüchlein das Blut aufsaugte, war sie sich darüber im klaren, daß eigentlich sie es sein sollte, die seine Verletzung behandelte. Doch ein wesentlicher Teil ihrer selbst hatte versagt, sich Joans Heimsuchung als nicht gewachsen erwiesen; sie brachte es nicht über sich, Covenant anzufassen. Sie wußte für das, was sie hier mitangesehen hatte, keine Erklärung. Einen Moment lang konnte sie aus Tränen der Hilflosigkeit nicht richtig sehen. Nur die alte Gewohnheit ihrer Strenge verhinderte, daß sie wirklich zu weinen anfing. Allein die Not der Situation hinderte sie daran, einfach hinaus in die Nacht zu fliehen. »Und nun werden Sie mir endlich verraten«, fühlte sie sich dadurch grimmig zu fordern bewogen, »was es mit ihr auf sich hat.«

»Ja«. antwortete Covenant leise. »Das werde ich wohl.«

3
Erfülltes Versprechen

Covenant geleitete Linden wortlos nach vorn ins Wohnzimmer. Seiner Hand, die sie sachte am Arm führte, ließ sich Scheu anmerken, als fürchte er schon diese harmlose menschliche Berührung. Sobald Linden auf dem Sofa saß, deutete er auf seine Verletzung und ließ sie allein. Linden war froh darum, für einen Moment allein sein zu dürfen. Ihr Versagen hatte sie außer Fassung gebracht; sie brauchte Zeit, um sich wieder auf sich selbst zu besinnen.

Was war mit ihr geschehen? Sie verstand das Böse als solches nicht, sie glaubte nicht einmal an diesen Begriff; und doch hatte sie es vorhin in Joans räuberischer Gier erblickt. Gemäß ihrer Ausbildung war sie darauf eingestellt, die Welt in den technischen Termini von Funktionsstörungen und Erkrankungen wahrzunehmen, von Medikation und Behandlung, Erfolg oder Tod. Wörter wie *gut* oder *böse* bedeuteten ihr nichts. Aber Joan …! Woher mochte so bösartige Wildheit stammen? Und wie …?

Als Covenant zurückkam, die Rechte mit einem weißen Verband umwickelt, starrte sie ihn an, forderte stumm Aufschluß. Er blieb vor ihr stehen, mied ihren Blick. Die Mattigkeit seiner Körperhaltung verlieh ihm ein Aussehen von Verlassenheit; die Haut an seinen Augenwinkeln war gefurcht, als runzle sie ihm der Verdruß. Aber seinem Mund war gewohnheitsmäßiger Trotz eingefleischt; er war verzerrt von innerer Verweigerung. »Jetzt sehen Sie«, sagte er nach einem Moment gedämpft, »weshalb ich nicht wollte, daß Sie von ihrem Zustand erfahren.« Er begann hin- und herzuschreiten. »Niemand weiß davon …« Die Äußerungen kamen über seine

Lippen, als müsse er sie der Abgeschiedenheit seines Herzens mühselig entringen. »Außer Berenford und Mrs. Roman. Das Gesetz ist Leuten, die andere Menschen gefangenhalten, nicht gerade günstig gesonnen. Ich besitze keinerlei Rechte, was Joan angeht. Eigentlich müßte ich sie den zuständigen Stellen überantworten. Aber ich habe so lange ohne die Vorzüge der Gesetze auskommen müssen, daß das alles mir völlig gleichgültig ist.«

»Was fehlt ihr?« Linden vermochte nicht das Zittern aus ihrer Stimme fernzuhalten; sie war zu verkrampft, um ruhig sprechen zu können.

Covenant seufzte. »Sie hat den Drang, mich körperlich zu verletzen. Sie ist regelrecht verrückt danach … deshalb verhält sie sich so gewalttätig. Das ist der beste Weg, den sie sieht, um sich selbst zu bestrafen.«

Mit einem Ruck fing Lindens analytisches Gespür sich wieder bemerkbar zu machen an. *Paranoia,* sagte sie sich mit insgeheimem Stöhnen. *Er ist paranoid.* »Aber wieso denn?« hakte sie laut nach. »Was ist mit ihr passiert?«

Covenant blieb stehen und musterte sie, als wolle er ihre Empfänglichkeit für die Wahrheit einschätzen, dann setzte er sein Hin- und Herwandern fort. »Natürlich betrachtet Berenford den Fall ganz anders«, sagte er leise. »Er meint, es handle sich um ein psychiatrisches Problem. Der einzige Grund, warum er darauf verzichtet, sie abholen zu lassen, ist der, daß er dafür Verständnis hat, warum ich mich selbst um sie kümmere. Oder wenigstens zum Teil. Seine Frau ist querschnittsgelähmt, und ihm fiele es auch nie ein, die damit verbundenen Probleme auf andere Leute abzuwälzen. Von Joans Gier nach Blut habe ich ihm gar nicht erzählt.«

Er wich der Fragestellung aus. Linden bemühte sich um Geduld. »Ist es denn *kein* psychiatrisches Problem? Hat Dr.

Berenford physische Ursachen ausschließen können? Oder was könnte sonst vorliegen?«

Covenant zögerte. »Er hat keine Ahnung davon«, erwiderte er dann gedankenschwer, »was vor sich geht.«

»Das sagen Sie andauernd. Sie machen's sich zu leicht.«

»Nein«, widersprach er, »es ist nicht leicht, sondern ganz einfach die Wahrheit. Ihnen fehlt's an den Hintergrundkenntnissen, um diese Sache verstehen zu können.«

»Wieso sind Sie dessen so gottverdammt sicher?« Die Gewaltsamkeit von Lindens Selbstbeherrschung ließ ihre Stimme rauh klingen. »Ich habe mein halbes Leben damit herumgebracht, mich mit den Leiden anderer Menschen zu befassen.« *Wollen Sie nicht endlich kapieren*, hätte sie gerne hinzugefügt, *daß ich Ärztin bin?* Aber die Bemerkung erstickte in ihrer Kehle. Sie hatte eben erst versagt …

Als bereite Covenant der Gedanke Unbehagen, sie könnte tatsächlich über einen ausreichenden Hintergrund verfügen, schaute er für eine Sekunde betroffen drein; doch dann schüttelte er nachdrücklich den Kopf. Sie konnte ihm, als er erneut den Mund öffnete, nicht ansehen, für welche Art von Antwort er sich entschieden hatte.

»Ich wüßte selbst nichts davon«, erklärte er, »hätten mich nicht ihre Eltern verständigt. Vor ungefähr einem Monat. Sie haben wenig für mich übrig, aber sie waren vollkommen außer sich vor Ratlosigkeit. Deshalb haben sie mir alles erzählt, was sie wußten. Es ist an sich eine alte Geschichte, würde ich sagen. Neu ist daran lediglich die Weise, wie sie Leid bereitet. Joan hat sich von mir scheiden lassen, als sich herausstellte, daß ich Leprose hatte. Das war vor elf Jahren. Sie hat Roger genommen und ist zu ihrer Familie zurückgezogen. Sie hielt das für angebracht … Ach, zum Teufel, *ich* selbst habe jahrelang geglaubt, es sei gerechtfertigt. Immerhin sind Kinder ja für Leprose anfälliger als Erwachsene. Sie hat sich also von mir scheiden lassen. Um Rogers willen. Aber es ging nicht gut. Tief in ihrem Inneren kam sie zu der Überzeugung, mich im Stich gelassen zu haben. Es fällt schwer, sich selbst zu verzeihen, daß man jemanden im Stich gelassen hat, den man liebt – der den anderen braucht. Dadurch wird die Selbstachtung zersetzt. So etwas ist genau wie Lepra. Es frißt einen auf. Nicht lange, und man ist moralisch zum Krüppel geworden. Joan hat eine ganze Zeit lang durchgehalten. Dann fing sie an, nach Abhilfe zu suchen.«

Seine Stimme und die Informationen, die er ihr damit vermittelte, flößten Linden Beruhigung ein. Während Covenant auf- und niederstapfte, fiel ihr mit der Zeit die Art und Weise auf, wie er sich verhielt, die Vorsichtigkeit und Eigentümlichkeit all seiner Bewegungen. An dem Kaffeetisch ging er vorbei, als verkörpere er für ihn eine Gefahr. Und wiederholt begutachteten seine Augen die eigene Gestalt, betrachteten der Reihe nach jede Hand, jeden Arm, die Beine, seinen Brustkorb, als rechne er damit, sich irgendwo, irgendwie unbemerkt verletzt zu haben.

Linden hatte über dergleichen in der Fachliteratur gelesen. Diese Selbstüberwachung hieß VBG – Visuelle Beobachtung der Gliedmaßen. Wie die Umsicht, mit der er sich bewegte, war sie ein Bestandteil der Disziplin, deren er bedurfte, um seine Krankheit in Schach zu halten. Wegen der Schäden, welche die Lepra seinen Nerven zugefügt hatte, bestand die größte einzelne Gefahr für seine Gesundheit in der Möglichkeit, sich zu stoßen, zu verbrennen, aufzukratzen, zu schneiden oder anzuschrammen, ohne es zu merken. Dann würde die Infektion, weil keine sofortige Behandlung erfolgte, von neuem zum Ausbruch kommen. Deshalb bewegte sich Covenant mit aller Vorsicht, deren er fähig war, und deswegen war sein Haus lediglich mit einem Minimum an Mobiliar ausgestattet, so daß das Risiko von Ecken, Kanten und Hindernissen sowie etwaigen Unfällen möglichst gering blieb. Und er hielt seinen Körper unter regelmäßiger Beobachtung, achtete ständig auf Anzeichen akuter Gefährdung.

Ihm bei seiner sachlichen, nachgerade fachkundigen Tätigkeit zuzuschauen, half Linden dabei, ihr Gefühl für das eigene Ich wiederzugewinnen. Allmählich empfand sie es als erträglicher, seinen eher indirekten Erläuterungen ohne Ungeduld zu lauschen. Er hatte keine Pause eingelegt. »Zuerst versuchte sie's mit der Psychologie«, berichtete er. »Sie hätte am liebsten geglaubt, die Schwierigkeiten bestünden nur in ihrer Seele, und man könne die Seele heilen wie einen gebrochenen Arm. Sie hat dann im Laufe der Zeit alle möglichen psychologischen Richtungen mitgemacht, ähnlich wie andere Leute es mit Autos halten, die jedes Jahr einen neuen, anderen Wagen kaufen. Als wäre ihr Problem wirklich geistiger statt spiritueller Natur. Ihre Eltern sahen in all dem nicht den mindesten Sinn, aber sie versuchten, tolerant zu sein, genauso wie sie sich bemühten, Roger ein anständiges Zuhause zu bieten. Folglich dachten sie, es sei nun wieder alles mit Joan in Ordnung, als sie mit dem Psychokram aufhörte und mit Frömmelei anfing. Sie sind sowieso seit jeher der Auffassung, daß die Religion für alles die Lösung ist. Na schön, für die meisten Menschen genügt sie anscheinend tatsächlich, aber Joan konnte sie nun einmal nicht geben, was sie brauchte. So wäre es schlichtweg zu einfach gewesen. Es wurde fortwährend schlimmer mit ihr. Vor einem Jahr verkam sie dann zur Fanatikerin. Nahm Roger und schloß sich einer Kommune an. Einer dieser Einrichtungen, wo die Leutchen lernen, in der Demütigung Ekstase zu finden, und das Oberhaupt Liebe und Massenfreitod predigt. Sie muß unglaublich verzweifelt gewesen sein … Während der meisten Zeit ihres Lebens war das einzige, woran sie wirklich glauben wollte, die Überzeugung gewesen, mit ihr habe alles vollauf seine Ordnung. Aber was blieb ihr nach all den Jahren voller

Fehlschläge noch an Möglichkeiten übrig? Was hatte sie noch zu verlieren?«

Linden nahm ihm die Darstellung nicht ganz ab. Sie besaß für Gott nicht mehr Verwendung als für Begriffe von Gut und Böse. Doch Covenants Leidenschaftlichkeit hatte sie in ihren Bann geschlagen. Seine Augen waren feucht von innerem Aufruhr und Gram; sein Mund war so dünn wie eine Klinge. Er glaubte, was er sagte.

Lindens Miene mußte einiges von ihrem Zweifel widerspiegeln; Covenants Stimme schien plötzlich durch ein Echo von Joans Wildheit begleitet zu werden. »Man braucht nicht gottgläubig zu sein, um sich ausmalen zu können, was sie durchgemacht haben muß. Sie litt unter einer Heimsuchung, gegen die es kein herkömmliches Mittel gab. Sie konnte der Zerrüttung, die sie inwendig zerfraß, keinen Einhalt gebieten. Vielleicht wußte sie überhaupt nicht, was es war, das sie zu heilen versuchte. Sie hoffte auf Magie, irgendeine Kraft, die auf ihr Inneres einwirken und sie gesund machen könne ... Wenn man alle Hilfsmittel der Welt erprobt hat und sie nichts genutzt haben, beginnt man wohl zwangsläufig irgendwann ans Feuer zu denken, um das Übel auszubrennen. Sie strebte danach, sich zu strafen, nach irgendeiner Art von Erniedrigung, wie sie ihrem Zustand persönlichen Verfalls entsprach ...« Seine Stimme brach; aber er errang die Gewalt über sie unverzüglich zurück. »Ich weiß alles über dergleichen Dinge. Aber ihr stand zu ihrem Schutz gar nichts zur Verfügung. Sie hat ihm praktisch Tür und Tor geöffnet, er hat gesehen, daß sie ein tadellos geeignetes Werkzeug ist, und er gebraucht sie – *gebraucht* sie, obwohl sie zu sehr in Mitleidenschaft gezogen ist, um überhaupt zu begreifen, wofür sie gebraucht wird.«

Gebraucht sie? Linden verstand nichts. *Er?*

Langsam meisterte Covenant seinen aufgekommenen Zorn. »Natürlich wußten ihre Eltern davon nichts. Wie hätten sie denn auch? Sie haben nur mitgekriegt, daß Joan – vor ungefähr sechs Wochen – mitten in der Nacht aufstand, sie weckte und wirr zu faseln anfing. Sie sei eine Prophetin, eine Vision habe sie gehabt, und der Herr hätte sie mit einer Mission beauftragt. Weh und Vergeltung den Schlechten, Tod den Krankhaften und Ungläubigen. Das einzige, was sie wirklich kapierten, war ihr Wunsch, daß sie sich Rogers annehmen sollten. Dann ist sie verschwunden. Seitdem haben sie sie nicht mehr gesehen. Nach ein paar Wochen haben sie schließlich mich angerufen. Ich hatte Joan in der Zwischenzeit auch nicht wiedergesehen – das war das erste Mal, daß ich von diesen Vorgängen etwas erfuhr. Aber etwa zwei Wochen später ist sie hier aufgekreuzt. Schlich sich in der Nacht in mein Schlafzimmer und versuchte, mir das Gesicht zu zerkratzen. Wäre sie nicht schon so schwach gewesen, es wäre ihr auch wahrhaftig gelungen. Sie muß den gesamten Weg zu Fuß zurückgelegt haben.«

Mittlerweile wirkte Covenant selbst zu erschöpft, um noch länger hin- und herzustapfen. Seine rot umrandeten Augen verliehen ihm ein krankes Aussehen, und ihm zitterten die Hände. Wie lange lebte er schon ohne ausreichenden Schlaf oder eine gewisse Erholung? Zwei Wochen? Als er sich ans andere Ende des Sofas setzte, wandte Linden sich ihm zu, so daß sie ihn weiterhin beobachten konnte. Sie begann sich Hintergedanken darüber zu machen, auf welchem Wege sie ihm ein Beruhigungsmittel verabreichen könne.

»Seitdem kümmern Berenford und ich uns um sie«, sagte Covenant mit gedehntem Seufzen. »Ich habe ihn hinzugezogen, weil er der einzige Arzt ist, den ich gut kenne. Er ist der Meinung, daß ich mich in bezug auf sie irre, aber jedenfalls hilft er mir. Oder hat mir geholfen. Bis er Sie in diese Sache verwickelt hat.« Covenant war zu müde, um etwas von seiner Bitterkeit in seine Stimme einfließen zu lassen. »Ich versuche auf jede Weise, die mir möglich ist, günstig auf sie einzuwirken, und Berenford gibt ihr Medikamente, die ihren Verstand klären sollen. Oder sie wenigstens beruhigen, so daß ich sie füttern kann. Ich lasse hier ständig die Beleuchtung an. Wenn sie im Dunkeln allein ist, geschieht irgend etwas mit ihr. Sie verfällt in wahre Raserei … Ich mache mir Sorgen, daß sie sich einen Arm bricht oder etwas ähnliches passiert.«

Er verstummte. Anscheinend war er am Ende seiner Geschichte angelangt – oder seiner Kräfte. Linden hatte das Gefühl, daß es seiner Erklärung an Vollständigkeit mangelte, doch sie hielt ihre Fragen zurück. Er benötigte Beistand, eine Entlastung von dem Druck, unter dem er stand. »Vielleicht wäre sie in einer Klinik tatsächlich besser aufgehoben«, meinte Linden bedächtig. »Ich bin sicher, daß Dr. Berenford unternimmt, was in seiner Macht steht. Allerdings gibt's alle möglichen diagnostischen Verfahren, die er hier an Ort und Stelle nicht anwenden kann. Wäre sie in einer Klinik …«

»Wenn sie in einer Klinik wäre« – er drehte sich ihr so schroff zu, daß Linden zurückschrak – »würde man sie in eine Zwangsjacke stecken, sie dreimal täglich zwangsernähren und mit Drogen vollpumpen, bis sie den eigenen Namen nicht mehr kennt, nicht einmal wenn Gott selbst nach ihr riefe, und das alles wäre nicht die kleinste Hilfe für sie! Gottverdammt, sie war meine *Frau!«* Er schwang seine rechte Faust. »Ich trage noch immer den verfluchten Ring!«

»Sie glauben, daß es das ist, was Ärzte tun?« Linden geriet in Fahrt; ihr Versagen gab ihr Unmut ein. »Kranke schikanieren?«

Covenant zeigte sich gewillt, seinen Grimm aufrechtzuerhalten. »Ärzte sind darauf aus, gesundheitliche Probleme auszubügeln, ganz gleich, ob sie sie verstehen oder nicht. Das klappt nicht immer. Das hier ist nichts, was durch einen Arzt behoben werden könnte.«

»Tatsächlich?« Sie hatte nicht die Absicht gehabt zu höhnen; doch die eigenen inneren Zwänge trieben sie dazu. »Dann verraten Sie mir einmal, welche Hilfe *Sie* ihr denn erweisen können.«

Covenant zuckte zusammen. Zorn und Pein wüteten in ihm; doch er unterdrückte sie. »Sie ist zu mir gekommen«, entgegnete er lediglich.

»Sie hat nicht gewußt, was sie tat.«

»Aber ich weiß es.« Seine Erbitterung trotzte Linden. »Ich verstehe es sehr gut. Ich bin der einzige, der ihr helfen kann.«

In Linden kam ein Gefühl der Ohnmacht auf. *»Was* verstehen Sie?«

Mit einem Ruck sprang Covenant hoch. Er glich einer Leidensgestalt, wie er da stand, trotz seiner Schwäche aufrecht und eindrucksvoll, gestützt durch die Kraft seines Herzens. Seine Augen ähnelten Meißeln; als er sprach, fiel jedes Wort mit der entschiedenen Endgültigkeit eines Splitters Granit.

»Sie ist besessen.«

Linden blinzelte ihn an. »Besessen?« Diesmal hatte er sie in der Tat um das letzte Fassungsvermögen gebracht. Er schien eine Sprache zu reden, die sie nicht verstand. Sie lebten im zwanzigsten Jahrhundert; seit mindestens hundert Jahren hatte die medizinische Wissenschaft sich nicht mehr ernsthaft mit *Besessenheit* beschäftigt. Linden stand ebenfalls auf. »Sind Sie verrückt?«

Sie hatte erwartet, er werde einlenken. Aber er besaß noch unverbrauchte Reserven an Hartnäckigkeit. Er hielt ihrem Blick stand, und sein Gesichtsausdruck – erfüllt und gleichzeitig geläutert durch irgendeine Gewißheit, von der er zehrte – machte ihr unangenehm die eigene moralische Armut bewußt. Als er den Blick abwandte, geschah es nicht, weil er sich in Verlegenheit gebracht oder zum Nachdenken genötigt gefühlt hätte; er schaute weg, um ihr die Implikationen seines Wissens zu ersparen.

»Sehen Sie?« meinte er leise. »Es ist eine Frage der Erfahrungen. Ihnen fehlen die Voraussetzungen, um die Sache verstehen zu können.«

»Bei Gott!« brauste Linden voller Trotz auf. »Das ist die arroganteste Äußerung, die ich je gehört habe. Sie stehen hier und reden den ungeheuerlichsten Unsinn daher, und wenn ich ihn in Frage stelle, nehmen Sie mit der größten Selbstverständlichkeit an, bei mir sei irgendwas nicht ganz richtig. Woher haben Sie eigentlich den Nerv, mir mit …?«

»Dr. Avery.« Seine Stimme klang leise und bedrohlich. »Ich habe keineswegs behauptet, bei Ihnen sei etwas nicht richtig.«

Linden hörte nicht hin. »Sie leiden an klassischer Paranoia, Mr. Covenant.« Jedes einzelne Wort quetschte sie mit Gehässigkeit hervor. »Sie bilden sich ein, daß jeder, der Sie anzweifelt, nicht richtig im Kopf ist. Das ist ein Fall, so typisch wie aus dem Lehrbuch.«

In blindwütigem Zorn machte sie auf dem Absatz kehrt und stapfte zur Tür, floh vor ihm, insgeheim erbittert darum bemüht, sich einzureden, sie fliehe nicht. Aber er kam ihr nach, packte sie an den Schultern. Sie wirbelte herum, als habe er sie tätlich angegriffen.

Doch es verhielt sich nicht so. Die Hände fielen ihm an die Seiten herab und zuckten, als läge ihnen dringlich daran, irgendwelche flehentlichen Gebärden zu vollführen. Covenants Gesicht wirkte offen und verletzlich, intuitiv erkannte Linden, daß sie ihn in diesem Moment alles hätte fragen können, und daß er ihr nach bestem Wissen geantwortet hätte.

»Bitte«, sagte er im Flüsterton. »Sie befinden sich in einer unmöglichen Situation, und ich habe sie Ihnen nicht erleichtert. Aber ich bitte Sie um eines. Nehmen Sie die Möglichkeit, daß ich weiß, was ich tue, zumindest ernst.«

Eine unfreundliche Entgegnung durchbrandete ihren Mund, doch sie zerstob und verebbte. Linden war wütend, nicht weil sie dazu ein Recht gehabt hätte, sondern weil Covenants Auftreten ihr zeigte, wie weit sie in Ungerechtigkeit abgeirrt war; sie schluckte, um ein Aufstöhnen zu unterdrücken, und fast streckte sie ihm eine Hand entgegen, um sich zu entschuldigen. Aber er verdiente etwas Besseres als eine bloße Entschuldigung. »Ich werde darüber nachdenken«, sagte sie in sachlichem Ton. Sie vermochte seinen Blick nicht zu erwidern. »Ich verspreche Ihnen, nichts zu unternehmen, bevor ich mich noch einmal mit Ihnen unterhalten habe.«

Damit verließ sie das Haus, ergriff unverhohlen die Flucht vor Covenants unfaßbaren Überzeugungen. Ihre Hände sträubten sich wie ertappte Verräter, als sie die Autotür öffnete, hinters Lenkrad rutschte.

Den Geschmack des Versagens in ihrem Mund wie das Symptom einer Krankheit, fuhr sie zurück zu ihrem Wohnsitz. Sie bedurfte des Trostes; aber es gab keinen Trost zwischen den vergilbten Wänden, auf den abgeblätterten, abgeschälten Dielen des Fußbodens, die unter ihren Füßen ächzten wie niedergetretene Opfer. Sie hatte diese Wohnung genommen, eben weil sie keinerlei Trost bot; doch die Frau, die sie gewesen war, als sie diesen Entschluß fällte, hatte sich den Anforderungen ihres Berufs nie beugen müssen. Nun jedoch, zum erstenmal seit jenem Augenblick des Mordes vor fünfzehn Jahren, als ihre Hände die Bürde des Blutes entgegennahmen, sehnte sie sich nach Tröstung. Sie lebte in einer Welt, die keinen Trost kannte.

Weil sie nicht wußte, was sie sonst hätte tun können, ging sie ins Bett.

Erregung und klamme Bettdecken hielten sie noch lange

wach; und als sie endlich schlief, liefen all ihre Träume auf Schweiß und Furcht inmitten schwüler Nacht hinaus. Der Greis, Covenant, Joan – alle plapperten sie von *Ihm,* versuchten sie zu warnen. *Ihm,* von dem Joan besessen war, zu Zwecken, die zu scheußlich waren, um Näheres erfahren zu können. *Ihm,* der ihnen allen Schaden zuzufügen gedachte. Zuletzt aber sank sie in tieferen Schlummer, und die Bedrohung zog sich zurück in ihr Versteck.

Linden erwachte durch Klopfen an ihre Tür.

Ihr Kopf fühlte sich an, als sei er von Alpträumen geschwollen, und das Pochen zeichnete sich durch eine gewisse Zaghaftigkeit aus, als glaube derjenige, der da anklopfte, in der Wohnung lauere Gefahr. Nichtsdestotrotz besaß das Klopfen für Linden einen gebieterischen Klang. Sie war Ärztin.

Sobald sie die Augen aufschlug, drang ihr die Helligkeit des späten Morgens ins Hirn. Mit einem Ächzen stieg sie aus dem Bett, schob die Arme in ihren Bademantel und ging die Tür aufmachen.

Auf dem Treppenabsatz stand schüchtern eine kleinwüchsige Frau mit flattrigen Händen und scheuen Augen. »Dr. Avery?« fragte sie mit zittriger Stimme. »Dr. Linden Avery?«

Mühsam räusperte sich Linden. »Ja.«

»Dr. Berenford hat mich angerufen.« Anscheinend hatte die Frau keine Ahnung, um was es sich bei dem, was sie vortrug, eigentlich drehte. »Ich bin seine Sekretärin. Samstags arbeite ich nicht, aber er hat mich angerufen. Sie haben ja noch kein Telefon. Er möchte, daß Sie sich mit ihm treffen. An sich müßte er jetzt die Visite durchführen.«

»Ihn treffen?« Beunruhigung durchfuhr Linden. »Wo?«

»Er hat gesagt, Sie wüßten wo.« Eigensinnig sprach die Frau weiter. »Ich bin seine Sekretärin. Ich arbeite samstags nicht, aber ich bin jederzeit froh, wenn ich ihm irgendwie helfen kann. Er ist ein prächtiger Mensch … ein guter Arzt. Seine

Frau hat Polio gehabt. Er müßte wirklich eigentlich die Visite machen.«

Linden schloß die Augen. Wäre sie imstande gewesen, genug Kraft aufzubringen, hätte sie *Warum tun Sie mir so etwas an?* ausgerufen. Aber sie fühlte sich durch die üblen Träume und ihre Zweifel ausgelaugt. »Vielen Dank«, nuschelte sie und drückte die Tür zu.

Für ein Weilchen rührte sie sich nicht; sie lehnte sich an die Tür, als müsse sie sie mit dem eigenen Leib verbarrikadieren, und am liebsten hätte sie geschrien. Aber Dr. Berenford hätte sich nicht solchen Umständen unterzogen, um sie zu benachrichtigen, würde es sich nicht tatsächlich um Dringendes handeln. Sie mußte hin.

Während sie die Kleidung anzog, in der sie schon am Vortag herumgelaufen war, und mit einem Kamm durch ihr Haar fuhr, erkannte sie, daß sie eine Entscheidung gefällt hatte. Im Laufe der vergangenen Nacht hatte sie irgendwie mit Covenant ein Bündnis geschlossen. Sie verstand nicht, was mit Joan los war, und wußte nicht, was sich für sie tun ließ; aber sie fühlte sich zu Covenant getrieben. Von derselben Kompromißlosigkeit, die sie so aufgebracht hatte, war sie auch tief berührt worden; sie fühlte sich durch die sonderbare Anziehungskraft seines Grimms angesprochen, seiner Außergewöhnlichkeit, seiner auf paradoxe Weise wilden und gleichzeitig mitleidigen Entschlossenheit, seiner Ex-Frau die Treue zu halten.

Rasch trank Linden ein Glas Orangensaft, um sich den Kopf zu klären, dann stieg sie die Treppe hinunter zu ihrem Auto.

Schon jetzt war der Tag unnatürlich warm; der Sonnenschein stach schmerzlich in Lindens Augen. Ihr war seltsam überhöht und leichtsinnig gleichgültig zumute, so als durchlebe sie nur eine Halluzination, während sie in den staubigen Feldweg abbog und sich Covenants Haus näherte. Zuerst traute sie ihren Augen nicht so recht, als sie die dunkle Verfärbung an der Außenwand erspähte.

Sie parkte ihren Wagen neben Dr. Berenfords Auto und stieg aus, um genauer hinzuschauen.

In der Nähe der Haustür beschmutzte ein großes, grobes Dreieck die Mauer; es war von schwärzlichem Rot, hatte die Farbe geronnenen Blutes. Die Vehemenz, mit der die Flüssigkeit verschmiert worden war, überzeugte Linden umgehend davon, daß es sich um Blut handeln mußte. Sie begann zu laufen.

Als sie ins Wohnzimmer stürmte, sah sie, daß man auch dort gewütet und es beschmutzt hatte. Die Möbel waren unbeschädigt; aber alles war überschüttet und getränkt mit Blut. Es mußte eimerweise Blut ins Zimmer gespritzt worden sein. Süßlicher Geruch machte die Luft stickig.

Am Fußboden lag neben dem Kaffeetisch eine Flinte.

Lindens Magen bäumte sich auf. Sie schlug sich die Hände auf den Mund, um nicht laut aufzuschreien. Soviel Blut konnte unmöglich aus einem einzigen, normalen menschlichen Körper stammen. Irgendeine Greueltat …?

Da sah sie Dr. Berenford. Er saß in der Küche am Tisch, zwischen seinen Händen eine Tasse. Er blickte zu Linden herüber. Sie eilte zu ihm. »Herrje, was ist denn …?« hob sie mit ihren Fragen an.

Er unterbrach sie mit einer Geste der Warnung. »Leise!« sagte er unterdrückt. »Er schläft.«

Einen Moment lang starrte sie dem Chefarzt ins Gesicht. Aber sie war Notfälle gewohnt; ihre übliche Selbstbeherrschung kam rasch wieder zum Tragen. Indem sie vorging, als müsse sie Berenford beweisen, daß sie Ruhe zu bewahren verstand, nahm sie sich eine Tasse, goß sich aus der Kanne, die auf einer Warmhalteplatte stand, dann setzte sie sich auf den zweiten Stuhl an dem alten, mit lackierter Oberfläche versehenen Tisch. »Was ist los gewesen?« erkundigte sie sich in nüchternem Tonfall.

Berenford trank von seinem Kaffee. Sämtlicher Humor war aus ihm gewichen, und seine Hände zitterten. »Ich vermute, er hat doch die ganze Zeit recht gehabt.« Er mied ihren Blick. »Sie ist fort.«

»Fort?« Für eine Sekunde schwand Lindens Beherrschtheit. *Fort?* Ihr Herz wummerte so wuchtig, daß ihr nahezu der Atem wegblieb. »Ist jemand nach ihr auf der Suche?«

»Die Polizei«, antwortete Berenford. »Mrs. Roman … Habe ich sie schon erwähnt? Sie ist seine Anwältin. Nachdem ich hier eingetroffen bin, ist sie in den Ort zurückgefahren … ist jetzt etwa zwei Stunden her. Um dem Sheriff ein bißchen Zunder zu geben. Inzwischen ist wahrscheinlich jeder körperlich einsatzfähige Polizist des Landkreises für die Suchaktion eingeteilt. Der einzige Grund, warum Sie hier keine Fahrzeuge sehen, ist der, daß unser Sheriff – Gott segne sein gütiges Herzchen – seine Leute nicht so nah am Wohnsitz eines Leprakranken parken lassen wollte.«

»Na schön.« Linden besann sich auf ihre Ausbildung, griff gewissermaßen mit beiden Händen darauf zurück. »Erzählen Sie mir, was geschehen ist.«

Berenford reagierte mit einer Gebärde der Hilflosigkeit. »Ich weiß es selbst nicht richtig. Mir ist nur bekannt, was er Mrs. Roman mitgeteilt hat – was ich von ihr erfahren habe. Es ergibt keinen vernünftigen Sinn.« Er seufzte. »Naja, er hat die folgende Darstellung gegeben. Einige Zeit nach Mitternacht habe er vor der Haustür Fremde gehört. Er habe einen Großteil des Abends mit dem Versuch herumgebracht, Joan zu baden, danach jedoch wäre er eingeschlafen. Aufgewacht sei er erst wieder, als sich draußen die Leute aufzuführen anfingen, wie wenn sie die Tür einzuschlagen beabsichtigten. Nach seiner Aussage gab es keine Veranlassung, erst danach zu fragen, worauf sie's abgesehen hätten. Ich nehme an, er hat mit so was schon gerechnet, seit Joan sich hier bei ihm aufhielt. Jedenfalls nahm er seine Flinte … Wußten Sie, daß er eine Flinte hat? Erst in der vergangenen Woche hat er sie von Mrs. Roman für sich kaufen lassen. Zur Selbstverteidigung – als wäre die bloße Tatsache, daß er Leprotiker ist, nicht mehr Schutz vor unerbetenen Annäherungen, als jemand sich überhaupt wünschen kann.« Berenford bemerkte Lindens Ungeduld und kam zurück zur Sache. »Also, er nahm die Flinte und schaltete die gesamte Beleuchtung an. Dann machte er die Haustür auf. Sie kamen herein – wohl ein halbes Dutzend Personen. Er sagt, sie seien in Sack und Asche gehüllt gewesen.« Dr. Berenford schnitt eine Grimasse. »Falls er jemanden von ihnen erkannt hat, schweigt er sich darüber aus. Er hat ihnen die Flinte unter die Nase gehalten und gesagt, sie könnten sie nicht haben. Aber diese Leute sollen sich benommen haben, als legten sie's geradezu darauf an, erschossen zu werden. Und als der entscheidende Moment da war, brachte er's nicht fertig, auf sie zu schießen. Nicht einmal, um seine Ex-Frau zu schützen.« Der Oberarzt schüttelte den Kopf. »Folglich hat er versucht, sich der Eindringlinge mit den bloßen Fäusten zu erwehren, aber als einer gegen sechs hatte er natürlich keine große Chance. Irgendwann heute am frühen Morgen kam er lange genug zu Bewußtsein, um Mrs. Roman anzurufen. Er redete unbegreifliches Zeug – bestand darauf, sie solle eine Suche veranlassen, könne aber nicht sagen, weshalb –, hatte aber immerhin soviel Verstand, daß er einsah, er benötigte Hilfe. Danach verlor er wieder die Besinnung. Als Mrs. Roman hier ankam, fand sie ihn ohnmächtig auf dem Fußboden vor. Überall Blut. Wer die Leute auch waren, sie müssen eine ganze Kuh haben ausbluten lassen.« Berenford trank Kaffee, als wäre das Getränk ein Arzneimittel gegen den Gestank in der Luft. »Tja, es ist ihr gelungen, ihn wieder auf die Beine zu stellen, und er bat sie, nach Joan zu schauen. Joan war fort. Ihre Fesseln waren durchgeschnitten worden.«

»Man hat sie nicht umgebracht?« fragte Linden dazwischen.

Berenford sah sie an. »Nein, behauptet Covenant. Woher er diese Gewißheit nimmt, das weiß ich so wenig wie Sie.« Nach kurzem Schweigen sprach er weiter. »Auf jeden Fall, anschließend hat Mrs. Roman mich angerufen. Als ich hier war, fuhr sie zurück in die Ortschaft, um zu sehen, was sie ihrerseits tun könnte, damit man Joan findet. Ich habe Covenant inzwischen untersucht, offenbar fehlt ihm nichts. Er leidet so sehr unter allgemeiner Erschöpfung wie an allem anderen.«

Linden tat ihre Bedenken hinsichtlich Covenants Zustand mit einem Schulterzucken ab. »Ich werde ein Auge auf ihn haben.«

Berenford nickte. »Darum habe ich Sie hergebeten.«

Um sich eine gewisse Stetigkeit zu verleihen, trank Linden einige Schlucke von ihrem Kaffee. »Haben Sie eine Ahnung«, fragte sie dann nach, »wer diese Leute gewesen sind?«

»Ich habe Covenant das gleiche gefragt«, antwortete Berenford mit gerunzelter Stirn. »Alles, was er erwidert hat, war: ›Zur Hölle, woher soll ich das wissen?‹«

»Na schön, und was könnten diese Leute mit ihr vorhaben?«

Für einen Moment überlegte Berenford. »Wissen Sie«, meinte er dann, »am schlimmsten an der ganzen Geschichte ist … ich glaube, er weiß es.«

Der Frust machte Linden aufsässig. »Warum will er's uns denn bloß nicht verraten?«

»Schwer zu sagen«, entgegnete der Chefarzt nachdenklich. »Meine Vermutung lautet, daß *er* annimmt, wir würden versuchen, wenn wir wüßten, was los ist, ihn an diesem oder jenem zu hindern.«

Linden schwieg dazu. Ihre Bereitschaft, Covenant an irgend etwas zu hindern zu versuchen, war mittlerweile gleich Null.

Doch umgekehrt war sie bis zum äußersten entschlossen, unbedingt die Wahrheit über Joan herauszufinden, über ihn und – ja, und den Greis in dem ockerfarbenen Gewand. In ihrem eigenen Interesse. Und um Covenants willen. Trotz seiner abweisenden Selbständigkeit vermochte sie sich der festen Überzeugung, daß er Beistand benötigte, nicht zu entledigen.

»Das ist ein zusätzlicher Grund, aus dem Sie bei ihm bleiben sollten«, sagte der ältere Arzt leise, indem er aufstand. »Ich muß jetzt gehen. Aber irgend jemand muß darauf achtgeben, daß er keine Verrücktheiten begeht. Manchmal …« Seine Stimme sank herab und verstummte, ertönte danach mit plötzlichen Anklängen gereizter Verdrossenheit. »Mein Gott, manchmal glaube ich, der Mann braucht keinen Arzt, sondern einen Aufseher.« Zum erstenmal seit Lindens Ankunft blickte Berenford sie direkt an. »Werden Sie auf ihn aufpassen?«

Sie konnte ihm ansehen, daß er auf die Zusicherung Wert legte, sie teile mit ihm sein Gefühl der Verantwortlichkeit für Covenant und Joan. Doch eine solche Zusage vermochte sie nicht zu geben. Aber sie fühlte sich dazu imstande, ihm zumindest etwas Ähnliches zu versprechen. »Na ja, jedenfalls werde ich nicht zulassen«, antwortete sie ernst, »daß er sich mir entzieht.«

Berenford nickte unsicher. Er schaute sie nicht länger an. »Haben Sie Geduld mit ihm«, bat er gedämpft, während er zur Tür schlenderte. »Er hat lange Zeit niemanden gekannt, der sich nicht vor ihm fürchtet, und er weiß wohl nicht so genau, wie er mit einem solchen Menschen zurechtkommen soll. Sorgen Sie dafür, daß er etwas ißt, wenn er aufwacht.« Damit verließ er das Haus und strebte zu seinem Auto.

Linden sah ihm nach, bis der Wagen in der Richtung zur Landstraße im aufgewirbelten Staub außer Sicht geriet. Dann kehrte sie zurück ins Wohnzimmer.

Was konnte sie tun? Sie wußte es so wenig wie Covenant. Aber sie hatte vor, es in Erfahrung zu bringen. Der Geruch nach Blut ließ sie sich unrein fühlen; doch sie unterdrückte ihr Unbehagen lange genug, um sich zunächst ein Frühstück zu bereiten. Anschließend machte sie sich daran, das Wohnzimmer zu putzen.

Mit einem Schrubber und einem Eimer voller Seifenlauge säuberte sie es von den großen Flecken, als seien sie für sie eine persönliche Beleidigung. Tief in Lindens Innerem, wo ihre Schuldgefühle und Zerknirschung wurzelten, saß auch das Empfinden, daß Blut gleich Leben war – ein Gegenstand von Wert, zu kostbar, um verschwenderisch und geringschätzig damit umzugehen, so wie ihre Eltern es vertan und weggeworfen hatten. Linden schrubbte mit echtem Grimm an der Hinterlassenschaft des Irrsinns oder der Bosheit herum, mit der diese Räumlichkeit besudelt war, versuchte sie zu beseitigen.

Wenn sie das Bedürfnis verspürte, eine Pause einzulegen, ging sie still zu Covenant, um ihn zu betrachten. Die blauen Blutergüsse gaben seinem Gesicht ein mißgestaltetes Aussehen. Anscheinend schlief er unruhig, doch zeigte er keinerlei Anzeichen der Gefahr, möglicherweise wieder in ein Koma abzugleiten. Gelegentlich verrieten die Bewegungen seiner Augen, daß er träumte. Er schlummerte mit offenem Mund, als ob er einen lautlosen Schrei ausstieße; und einmal waren seine Wangen feucht von Tränen. Es rührte Lindens Herz, ihn da so ausgestreckt liegen zu sehen, angreifbar und ohne jeden Trost. Er hegte so wenig Achtung vor der eigenen Sterblichkeit.

Kurz nach der Mittagsstunde, während sie sich noch an der Arbeit befand, kam Covenant aus seinem Schlafzimmer. Sein ganzes Gebaren bezeugte Benommenheit, Schlaftrunkenheit machte seinen Gang schwerfällig. Er blinzelte sie quer durchs Zimmer an, als läge ihm daran, ärgerlich zu werden; aber seine

Stimme spiegelte nichts als Resignation wider. »Jetzt läßt sich Ihrerseits nichts mehr für sie tun. Sie können genausogut heimgehen.«

Linden richtete sich auf und wandte sich ihm zu. »Ich möchte Ihnen helfen.«

»Ich werde schon selbst mit der Sache fertig.«

Linden schluckte ihren Mißmut wie einen widerlichen Klumpen und gab sich Mühe, jeden Unterton von Spott aus ihrer Stimme fernzuhalten. »Irgendwie machen Sie auf mich keinen entsprechenden Eindruck. Sie konnten nicht verhindern, daß man sie fortschleppte. Wie wollen Sie's dann jetzt fertigbringen, sie zurückzuholen?«

Covenants Augen weiteten sich; diese Äußerung hatte ihn getroffen. Aber er wankte nicht. Er wirkte nahezu unmenschlich gefaßt – oder wie ein Verdammter. »Von ihr wollen sie gar nichts. Sie ist nur ein Mittel, um an mich zu gelangen.«

»An Sie?« War er etwa doch paranoisch? »Soll das heißen, daß das alles ausschließlich Ihretwegen passiert ist? Wieso?«

»Das habe ich noch nicht herausgefunden.«

»Nein, ich meine, weshalb glauben Sie, daß diese Vorgänge um Joan mit Ihnen zusammenhängen? Wenn diese Leute es auf Sie abgesehen haben, warum haben sie nicht einfach Sie und nicht Joan mitgenommen? Sie hätten's ja offenbar nicht verhindern können.«

»Weil ich freiwillig kommen muß.« Seine Stimme zeichnete sich durch die angespannte Zittrigkeit eines überlasteten Kabels in starkem Sturm aus. Er hätte längst zusammenklappen müssen. Doch er sprach nicht wie ein Mann, der einfach zusammenbrach. »Er kann mich nicht so ohne weiteres zwingen. Ich muß mich von mir aus dafür entscheiden. Joan …« Ein Wallen von Düsternis trübte seine Augen. »Sie dient nur als Druckmittel. Er muß die Möglichkeit in Betracht ziehen, daß ich mich weigere.«

Er. Linden atmete mühsam. »Dauernd sagen Sie ›er‹. Wer ist *er?*«

Sein Stirnrunzeln ließ sein Gesicht noch entstellter wirken. »Lassen Sie's gut sein.« Offenkundig versuchte er sie zu warnen. »Sie glauben nicht an Besessenheit. Wie soll ich Sie dann dazu bringen, an jemanden zu glauben, von dem Menschen besessen werden können?«

Linden nahm seine Warnung zur Kenntnis, aber sie legte sie anders aus, als er sie meinte. Unerwartet erhellten ansatzweise Wege eines Vorgehens – halb Mutmaßungen, halb Schlußfolgerungen – ihre Gedanken. Sie sah eine Verhaltensmöglichkeit, durch die sie vielleicht zur Wahrheit vordringen konnte. *Wenn's sich nicht vermeiden läßt,* hatte er zu ihr gesagt, *daß Sie sich in dieser Geschichte betätigen müssen, werden Sie sich was auszudenken haben, wie Sie's ohne mich tun.* Nun gut, bei Gott, wenn es das war, was sie machen mußte, dann mußte sie eben genau das tun und nichts anderes.

»Na schön«, sagte sie und blickte ihn voller Herausforderung an, um ihre Absichten zu verhehlen. »Ich kann Sie nicht zwingen, mir vernünftige Auskünfte zu erteilen. Aber beantworten Sie mir wenigstens eine Frage. Wer war der Alte? Sie kennen ihn.«

Covenant erwiderte ihren Blick, als gedenke er ihr die Antwort zu verweigern. Doch dann gab er unfreundlich Auskunft.

»Eine Art von Herold. Oder Warner. Sobald er aufkreuzt, hat man nur noch zwei Alternativen. Man vergißt alles, was man bisher für selbstverständlich gehalten hat, und sieht zu, was man daraus macht. Oder man nimmt Reißaus und läuft um sein Leben. Der Haken dabei ist bloß« – seine Stimme nahm einen seltsamen Klang an, als versuche er, mehr auszusagen, als er in Worte fassen konnte – »gewöhnlich vergeudet er keine

Zeit damit, die Sorte Leute anzusprechen, die das Weglaufen vorziehen. Und Sie können unmöglich wissen, auf was Sie sich einlassen.«

Insgeheim erschrak Linden, von der Sorge befallen, Covenant habe ihre Absichten vielleicht erraten. Aber sie ließ sich nichts anmerken. »Warum sagen Sie's mir nicht?«

»Ich kann's nicht.« Seine Eindringlichkeit war dahin, erneut von Resignation abgelöst worden. »Es ist wie das Unterzeichnen eines Blankoschecks. Alles Vertrauen, alle Kühnheit, aller Reichtum, was auch immer, es nutzt alles nichts, solange Sie nicht wissen, auf welche Summe der Scheck zuletzt lauten wird. Entweder unterschreiben Sie ihn oder nicht. Was glauben Sie, welche Summe Sie verkraften könnten?«

»Na, ich habe keinesfalls vor« – sie zuckte mit den Schultern – »irgendwelche Blankoschecks auszustellen. Fürs erste habe ich genug damit geleistet, dies Zimmer zu putzen. Ich fahre nach Hause.« Sie fühlte sich unfähig, seinen aufmerksamen Blick zu erwidern. »Dr. Berenford wünscht, daß Sie jetzt etwas essen. Werden Sie's tun, oder muß ich ihn noch einmal zu Ihnen schicken?«

Er mißachtete ihre Frage. »Guten Tag, Dr. Avery.«

»Ach, mein Gott«, begehrte sie in einer plötzlichen Anwandlung von Kummer über seine Einsamkeit auf. »Wahrscheinlich werde ich mir für den Rest des Tages Sorgen um Sie machen. Nennen Sie mich wenigstens Linden.«

»Linden.« Seine Stimme blieb bar jeglichen Gefühls. »Ich komme schon klar.«

»Ich weiß«, sagte sie leise, jedoch halb zu sich selbst. Sie begab sich hinaus in den dunstigen Nachmittag. *Ich bin diejenige, die Hilfe braucht.*

Während der Rückfahrt zu ihrem Wohnsitz fiel ihr auf, die Frau und die Kinder, die gemeinsam zur Reumütigkeit aufriefen, waren nirgends mehr zu sehen.

Mehrere Stunden später, als der Sonnenuntergang bereits ins Zwielicht hinüberdämmerte, die Straßen der Kleinstadt mit schmuddligem Orange und Rosa streifte, saß Linden wiederum hinterm Steuer ihres Autos. Sie hatte geduscht und sich ausgeruht; angezogen hatte sie ein kariertes Flanellhemd, eine robuste Jeans und ein Paar widerstandsfähige Wanderschuhe. Sie fuhr gemächlich, ließ dem Abend Zeit, vollends dunkel zu werden. Schon einen Kilometer vor der Haven Farm löschte sie die Scheinwerfer des Wagens.

Nachdem sie von der Landstraße abgebogen war, nahm sie die erste Abzweigung der Zufahrt und lenkte das Auto zu einem der leerstehenden Häuser abseits des Fachwerkgebäudes. Dort parkte sie den Wagen und schloß ihn ab, um ihre Arzttasche und ebenso die Handtasche vor unbefugtem Zugriff zu schützen.

Zu Fuß näherte sie sich Covenants Haus. So gut es möglich war, verbarg sie sich unterwegs zwischen den Bäumen, die an dieser Seite des Gebäudes standen. Sie verließ sich darauf, daß sie nicht zu spät kam, daß die Leute, von denen Joan entführt worden war, im Laufe des Nachmittags nichts unternommen hatten. Aus dem Sichtschutz der Bäume hastete sie verstohlen zur Mauer des Hauses. Sie fand dort ein Fenster, durch das sie Einblick ins Wohnzimmer erhielt, ohne daß sie sich dem unsicheren Bereich der Haustür aussetzen mußte.

Die Lichter brannten. Mit aller gebotenen Vorsicht lugte sie zu Thomas Covenant hinein.

Er kauerte mitten auf dem Sofa, den Kopf gesenkt und die Hände in den Taschen, als warte er auf irgend etwas. Seine Blutergüsse waren dunkler geworden, so daß er aussah wie ein Mann, den man bereits überwunden hatte. Die Muskeln seines Kiefers ballten und lockerten sich, verkrampften sich erneut. Offenbar strebte er danach, sich in Geduld zu fügen; doch nach einem Weilchen trieb die Anspannung ihn zum Aufstehen. Er begann das Sofa und den Kaffeetisch zu umkreisen. All seine Regungen liefen steif ab, leugneten die vergängliche Menschlichkeit seines Herzens.

Um ihm nicht zuschauen zu müssen, hockte sich Linden auf den Erdboden, lehnte sich rücklings an die Wand. Versteckt in der Dunkelheit, wartete sie gemeinsam mit Covenant.

Ihr mißfiel, was sie tat. Sie beging eine Verletzung seiner Privatsphäre, verstieß gegen ihr Berufsethos. Aber ihre Unwissenheit und seine Halsstarrigkeit waren nicht zu ertragen. Linden verspürte das Bedürfnis, sich unbedingt Klarheit darüber zu verschaffen, was es war, das sie in derartige Bestürzung versetzt hatte, als sie Joan gegenübertrat.

Linden brauchte nicht lange auszuharren. Kaum ein paar Minuten waren verstrichen, seit sie sich am Haus niedergelassen hatte, da näherten sich schroffe Schritte dem Gebäude. Das aufgeregte Schlagen ihres Herzens brachte Linden beinahe zum Verzagen. Aber sie widerstand. Achtsam hob sie wieder ihren Kopf ans Fenster, und in derselben Sekunde hämmerte jemandes Faust an die Haustür. Bei dem Pochen zuckte Covenant zusammen. Beunruhigung ließ sein Gesicht knotig aussehen. Der Anblick seiner Reaktion entgeisterte Linden. Covenant war eine unerhört kraftgeladene Persönlichkeit, besaß allem Anschein nach zahlreiche Stärken, an denen es ihr mangelte. Wie war er so geworden? Schon im nächsten Moment unterdrückte er seine Furcht, als zerträte er einer Natter den Kopf. Er trotzte seiner Schwäche und stapfte zur Tür.

Jemand öffnete sie, noch bevor er sie erreichte. Ungebeten betrat aus der Dunkelheit ein einzelner Mann das Haus. Linden konnte ihn deutlich erkennen. Er war in Sackleinen gehüllt wie in ein Totenhemd. Asche war ungleichmäßig in sein Haar gerieben, dick auf seinen Wangen verschmiert. Sie betonte die Leblosigkeit seiner Augen, so daß er wie ein Ghul in Maskerade aussah. »Covenant?« Wie seine Miene war auch seine Stimme aschen und tot.

Covenant trat dem Mann entgegen. Auf einmal wirkte er größer, als habe sein festes Anklammern ans Leben ihn aufgerichtet. »Ja.«

»Thomas Covenant?«

Der Schriftsteller nickte ungeduldig. »Was wünschen Sie?«

»Die Stunde des Gerichts ist nah.« Der Mann stierte ins Zimmer, als sei er blind. »Der Meister ruft nach deiner Seele. Wirst du kommen?«

Covenants Mund verzog sich zu einem bösen Lächeln. »Dein Meister weiß, was ich mit ihm anstellen kann.«

Der Mann reagierte nicht auf diese Äußerung. Er sprach weiter, als wäre seine Stimme längst auf Beerdigung programmiert. »Die Frau wird geopfert, sobald der Vollmond am Himmel steht. Es gilt Sünde zu tilgen. Wenn nicht du, dann wird sie büßen. So lautet das Gebot des Herrn über Tod und Leben. Wirst du kommen?«

Geopfert? Fassungslos starrte Linden ins Haus. *Tilgung von Sünden?* Eine Aufwallung von Entrüstung durchlief ihre Haut wie ein Hitzeschauer. *Herrgott, was …?*

Covenants Schultern wölbten sich knorrig. In seinen Augen glommen unsägliche Verheißungen und Drohungen.

»Ich komme.«

Keine Regung irgendeiner bewußten Kenntnisnahme belebte die grauen Gesichtszüge des Fremden. Wie eine Marionette drehte er sich um und entfernte sich hinaus in die Nacht.

Für einen Moment stand Covenant nur reglos da. Er drückte die Arme an den Brustkorb, als müsse er einen Aufschrei ersticken; den Kopf hatte er wie in höchster Pein in den Nacken gebogen. Die Blutergüsse kennzeichneten sein Gesicht wie Male der Trauer. Dann aber setzte er sich in Bewegung. Mit einer Brutalität, die Linden zusammenfahren ließ, sie entsetzte, schlug er sich selber mit seiner Halbhand auf die Wange. Er gab sich einen Ruck und stürmte dem Boten hinterdrein in die Finsternis.

Fast hätte Linden die Gelegenheit verpaßt, sich den beiden anzuschließen. In ihrer Betroffenheit fühlte sie sich nahezu wie gelähmt. *Der Meister …? Geopfert?* Befürchtungen und Zweifel brachten ihre Haut zum Kribbeln wie Ungeziefer. Der Mann im Sackleinen hatte so stumpfsinnig ausgesehen – seelenloser als jedes Tier. *Drogen? Oder …?*

Wie arg er dich auch bedrängen mag … Hatte Covenant recht? Bezüglich des Alten und auch der Besessenheit? Hinsichtlich der Zwecke …? *Sie ist nur ein Mittel, um an mich zu gelangen,* hatte Covenant behauptet. *Geopfert? O mein Gott!* Der in Sackleinen gekleidete Mann hatte verrückt genug, abgeirrt genug gewirkt, um gefährlich zu sein. Und Covenant? Covenant war zu allem fähig.

Lindens Mutmaßung im Hinblick auf das, was Covenant nun zu tun im Begriff war, scheuchte sie hoch. Furcht um ihn verdrängte ihre persönlicheren Befürchtungen, und sie eilte um die Ecke des Gebäudes, um den zwei Männern zu folgen.

Der Bote hatte Covenant in die entgegengesetzte Richtung der Landstraße geführt, fort vom Haus und in den Wald. Linden konnte die beiden das Gesträuch durchqueren hören; ohne Licht war es ihnen unmöglich, lautlos zu sein. Indem Lindens Augen sich der Dunkelheit anpaßten, vermochte sie das Paar ein Stück voraus zu erkennen, wie es gleich Schatten die verschiedenen Abstufungen des Dunkels durchmaß. Linden hielt Anschluß.

Blindlings drauflos wanderten die Männer durchs Gehölz, überquerten Anhöhen und strebten Täler entlang. Sie mieden Weg und Steg; Linden hatte den Eindruck, als würden sie wie in Orientierung an einer zuvor vermessenen Luftlinie zu ihrem Ziel marschieren. Und während sie dahinzogen, schien sich ringsherum die Nacht zu erheben, mit fortschreitender Störung ihrer Ruhe immer feindseliger zu werden. Die Bäume und das Gebüsch wirkten nach und nach bedrohlicher, als ob die nächtlichen Wanderer mit der Zeit in eine vollkommen andere Welt überwechselten, eine Umgebung der Gefahren und Böswilligkeit. Schließlich lag ein weiterer Hügel auf der eingeschlagenen Strecke. Covenant und der Bote erstiegen ihn und verschwanden jenseits des Hügelkamms in einem merkwürdigen Lohen orangeroter Helligkeit. Es entriß sie für einen flüchtigen Moment der Dunkelheit und verschlang sie dann, als habe ein Augenblick eines Übergangs stattgefunden. Durch das Aufleuchten gewarnt, erklomm Linden den Hang langsamer. Das Vibrieren ihrer Nerven kam ihr in der Finsternis nachgerade laut vor. Die letzten paar Meter legte sie auf Händen und Knien zurück, blieb in der Deckung des Unterholzes.

Als sie den Kopf über die Höhe der Hügelkuppe schob, schlug ihr das Geflacker von Feuer entgegen. Ein Feuer, das einen Viertelmeter vorher noch unsichtbar gewesen war, leuchtete ihr ins Gesicht, als hätte sie gerade die Grenzen des Traums durchstoßen. Für kurze Zeit blendete der Lichtschein sie, lähmte sie das Schweigen. Die Nacht schluckte jeden Laut, entzog der Luft jedes Anzeichen von Leben.

Linden zwinkerte wütend und spähte über die Hügelkuppe. Darunter lag eine tiefe, kahle Geländemulde. Ihre Hänge entbehrten vollständig aller Gräser, Sträucher und Bäume, als wäre das Erdreich mit Säure versengt worden. Auf dem Grunde der Mulde brannte ein Feuer. Seine Flammen loderten empor wie Lust, flackerten wie Wahnsinn; aber es erzeugte kein Geräusch. Bei diesem Anblick meinte Linden unwillkürlich, sie sei plötzlich taub geworden. Sie hielt es für unmöglich, daß ein solches Feuer völlig lautlos brennen konnte.

Nahe beim Feuer erstreckte sich eine unregelmäßige Fläche

natürlichen Felsgesteins mit einem Durchmesser von etwa drei Meter. In Rot war ein großes Dreieck darauf gemalt worden – in einem Farbton, so dunkelrot wie frisches Blut. Innerhalb des Dreiecks lag auf dem Rücken Joan. Sie rührte sich nicht, war anscheinend bewußtlos; nur das langsame Heben und Senken ihres Brustkorbs unter dem Nachthemd zeigte an, daß sie lebte.

Menschen standen um sie gedrängt, zwanzig oder dreißig Personen. Männer, Frauen, Kinder – alle in Bekleidung aus Sackleinen, alle gesprenkelt mit Grau, als hätten sie sich in Asche regelrecht gewälzt. Sie waren abgehärmt wie Ikonen des Hungers. Sie blickten aus Augen, die dermaßen leblos wirkten, als sei ihnen hinter den Augäpfeln der Geist gründlich ausgetrieben worden; aus Augen, die man selbst jeden Rests von Willen oder Beseeltheit beraubt hatte. Sogar die Kinder standen nur herum, als wären sie bloß Puppen, und ließen keinen Ton vernehmen.

Ihre Gesichter waren einer Stelle zur Linken Lindens zugewandt. Thomas Covenant entgegen.

Covenant war auf halber Höhe des Abhangs stehengeblieben, beobachtete über die Kahlheit der Mulde hinweg das Feuer. Seine Schultern glichen beinahe einem Buckel, die Hände waren an seinen Seiten zu Fäusten geballt, und den Kopf hatte er kämpferisch nach vorn gereckt. Seine Brust wogte, als wäre sie übervoll mit Anschuldigungen.

Niemand regte sich, sagte etwas; niemand zuckte auch nur mit den Wimpern. Die Luft war mit Schweigen geladen wie mit konzentrierter Gewalttätigkeit.

»Ich bin da«, knirschte Covenant auf einmal durch die Zähne. Aufgrund der Eingeschnürtheit seiner Kehle klang jedes Wort wie eine selbstzugefügte Wunde. »Laßt sie frei.«

Bewegung ließ Linden ihre Aufmerksamkeit ruckartig wieder dem Grunde der Mulde widmen. Ein Mann, der etwas kräftiger aussah als die restlichen Anwesenden, veränderte seinen Standort, bezog an der Felsenfläche am spitzen Ende des Dreiecks Aufstellung, über Joans Kopf. Er hob beide Arme, enthüllte dabei einen langen, krummen Dolch in seiner rechten Faust. Mit schriller Stimme, ganz wie jemand, der sich am Rand der Ekstase befindet, fing er an zu schreien. »Es ist an der Zeit! Wir sind der Wille des Herrn über Leben und Tod! Dies ist die Stunde, da wir unseren Lohn empfangen, die Stunde der Läuterung und des Blutes! Laßt uns den Weg für die Ankunft des Meisters bereiten!« Die Nacht schien seine Stimme direkt aus der Luft zu saugen, hinterließ statt dessen eine Stille, die so scharf war wie ein Einschnitt. Einen Moment lang geschah überhaupt nichts. Covenant tat einen Schritt abwärts, verharrte jedoch urplötzlich wieder.

Eine Frau beim Feuer schlurfte nach vorn. Fast entfuhr Linden ein lautes Keuchen, als sie in ihr jene Person erkannte, die mit ihren Kindern auf den Stufen des Gerichtsgebäudes gestanden und die Bürger zur Reuigkeit ermahnt hatte. Die drei Kinder hinter sich, näherte sie sich der Glut. Sie verneigte sich davor wie eine Tote. Dann streckte sie, ohne daß ihr irgendeine Anteilnahme anzumerken gewesen wäre, ihre rechte Hand in die Flammen. Ein Schrei der Pein zerriß die Nacht. Die Frau zuckte vom Feuer zurück und stürzte, vom Schmerz überwältigt, auf den kahlen Untergrund. Wie Zuckungen der Begierde durchwallte ein rötliches Wabern die Flammen. Es hatte den Anschein, als lodere das Feuer, genährt durch den Schmerz der Frau, noch höher an den Himmel.

Lindens Muskeln spannten sich zum Aufspringen. Sie wollte ihr Entsetzen herausschreien, diesem Greuel Einhalt gebieten. Doch ihre Glieder waren wie erstarrt. Bilder der Verzweiflung oder des Bösen bannten sie dort, wo sie auf der Erde kauerte. Diese Menschen waren allesamt wie Joan.

Schließlich erhob sich die Frau, stand so stumpfsinnig wie

zuvor am Feuer, als wären die Nerven ihrer verbrannten Hand zertrennt worden. Ihr Blick kehrte zurück zu Covenant wie eine wiederholte Forderung, setzte ihn unter den Druck ihres Anspruchs. An ihrer Stelle trat das älteste ihrer Kinder ans Feuer. *Nein!* wollte Linden schreien, versuchte das Schweigen vergeblich zu brechen. Der Junge verbeugte sich und schob seinen abgezehrten Arm in die Glut. Sein Aufheulen zerstörte Lindens letzte Willenskraft, und sie keuchte nur noch in hilflosem Grauen vor sich hin. Sie vermochte sich nicht zu rühren, nicht einmal den Blick abzuwenden. Abscheu in einem Maße, daß sie ihn nicht hätte beschreiben können, hielt sie ganz und gar gepackt.

Die jüngere Schwester des Jungen ahmte nach, was er getan hatte, als besäße sein Schmerz für sie keinerlei Bedeutung. Und danach kam das dritte verwahrloste Kind an die Reihe, lieferte sein Fleisch der Willkür des Feuers aus, als wäre es bloß totes Gewebe, nur ausschließlich vorübergehend zum Zwecke der Opferung belebt.

Da endlich war es soweit, daß Linden gehandelt hätte. Und der Widerwille, der in Covenants starrer Haltung zum Ausdruck kam, zeigte an, daß auch er jetzt bereit war, zur Tat zu schreiten. Doch das Feuer verhinderte, daß sie etwas unternahmen. Mit jedem Mal, wenn es den Geschmack lebendigen Fleischs kostete, durchfuhr es ein Auflodern wie von Lust; die Flammen schossen stets noch höher empor. Im Herzen der Lohe begann sich eine Gestalt abzuzeichnen.

Noch mehr Leute nahten sich dem Feuer, um ihm den Schmerz ihrer Hände zu opfern. Währenddessen nahm die Gestalt ein immer klareres Aussehen und eine scheinbar feste Natur an. Inmitten des Flackerns konnte man sie nie ganz deutlich erkennen; dennoch sah man in leuchtenden roten Umrissen unverkennbar einen Mann in weiter Gewandung. Wie mit Blut gezeichnet, ragte seine Gestalt mitten im Wüten der Flammen auf, die Arme überm mächtigen Brustkorb verschränkt, durch Schmerz geschaffen aus Feuer und Selbstaufgabe.

Der Fanatiker mit dem Dolch sank auf die Knie. »Meister!« schrie er in höchster Begeisterung.

Die Augen der Gestalt glichen Fängen, waren faulig und gelb; und ihr Blick gloste mit äußerster Bosheit aus den Flammen. Ihre Bösartigkeit zwang Linden zum Ducken wie eine Tätlichkeit gegen ihre Unversehrtheit, ein Angriff auf ihre Vorstellungen von Gesundheit und Leben. Diese Augen waren tollwütig und voller verwerflichem Vorsatz, etwa wie eine mit Absicht zugezogene Krankheit, wie zweckbestimmte Verderbnis. Nichts in Lindens ganzem bisherigen Leben hatte sie auf den Anblick von solchem, nachgerade mit Händen greifbaren Haß vorbereitet.

»Foul!« hörte sie Covenant wutentbrannt knirschen, die Stille durchdringen. »Auch Kinder?!« Aber sein Grimm konnte den Bann der Furcht nicht brechen, der Linden zurückhielt. Für sie hallten in dem mit Gewalt getränkten Schweigen noch die Schreie der Menschen nach, die sich die Hände verbrannt hatten.

Da begann sich jenseits der Mulde, Linden gegenüber, der Mond zu zeigen. Ein Streifen seines Runds, weiß wie Gebein, schob sich über die Anhöhe auf der anderen Seite, lauerte gleichsam scheel in die Mulde herab. Der Mann mit dem Dolch sprang wieder auf die Beine. Erneut reckte er die Arme himmelwärts, schwang das Messer. Seine persönliche Verzückung näherte sich ihrem Höhepunkt. »Die Stunde der Apokalypse ist gekommen!« verkündete er mit einem Aufbrüllen, das einem Stöhnen ähnelte. »Der Meister ist erschienen! Das Verhängnis ist nah für jene, die danach trachten, Seinem Willen zu widerstreben! Nun werden wir Zeugen der Vergeltung gegen Sünde und sündiges Leben sein, die wir in Seinem

Namen die Sündhaftigkeit mitangesehen und geharrt und gelitten haben! Wir haben das Feuer berührt und sind geläutert worden!« Seine Stimme schwoll an, bis sie klang wie das Kreischen jener, die den Flammen ihre Hände ausgesetzt hatten. »Nun laßt uns alle Schlechtigkeit in Blut und ewige Strafe verwandeln!«

Er ist irrsinnig. Linden klammerte sich an diesen Gedanken, darum bemüht, in diesen Leuten nichts anderes zu sehen als Fanatiker, durch Mangel und Furcht zur Raserei getrieben. *Sie sind ausnahmslos irre. Was hier geschieht, ist einfach unmöglich.* Aber nach wie vor vermochte sie sich nicht zu regen.

Und ebensowenig tat Covenant etwas. Linden wünschte sehnlichst, daß er irgend etwas unternähme, irgendwie die sonderbare Trance bräche, Joan rette, auch sie selbst aus dieser unerträglichen Situation befreie. Doch er blieb reglos, beobachtete das Lodern des Feuers, als stäke er unentrinnbar fest zwischen wilder Wut und Hilflosigkeit.

Die Gestalt inmitten der Glut vollführte eine Bewegung. Ihre Augen schienen wie zwei Narben des Maliziösen den Flammen einen Fokus zu verleihen, durch den sie alles ringsum mit ihrer Verachtung sengten. Der rechte Arm machte eine Gebärde, deren Endgültigkeit wirkte wie ein Befehl zu sofortiger Hinrichtung.

Unverzüglich fiel der noch einigermaßen bei Kräften befindliche Fanatiker mit dem Dolch erneut auf die Knie. Er beugte sich über Joan und entblößte ihre Kehle. Schlaff lag Joan unter ihm, in ihrer Zerbrechlichkeit allem ausgeliefert und ohne Schutz verloren. Die Haut an ihrem Hals glänzte im Feuerschein wie ein Flehen um Beistand. Indem er schlotterte, als wäre er hemmungslos begierig oder selbst voller Grausen, drückte der Mann seine Klinge gegen Joans weißliche Kehle. Die übrigen Versammelten in der Mulde glotzten jetzt mit leeren Blicken seine Hände an. Ihr Interesse an Covenant war anscheinend gänzlich dahin. Ihr Schweigen war gräßlich. Die Hände des Mannes bebten.

»Halt!« Covenants Zuruf schnitt durch die Luft wie eine Sense. »Ihr habt genug getan. Laßt sie gehen!«

Die unheilvollen Augen der Gestalt im Feuer richteten sich auf ihn, erfaßten ihn mit einem Blick voller Verunglimpfung. Der Fanatiker an Joans Kehle schaute aus bleicher Miene auf. »Sie gehen lassen?« krächzte er. »Warum?«

»Weil ihr das nicht auch noch zu tun braucht.« Zorn und Flehentlichkeit machten Covenants Stimme schwerfällig. »Ich weiß nicht, wodurch ihr zu alldem getrieben worden seid. Ich habe keine Ahnung, was mit eurem Leben schiefgegangen ist. Aber ihr braucht's nicht zu tun.« Der Mann blinzelte nicht einmal; mit absichtsträchtiger Bedächtigkeit krallte er seine freie Hand in Joans Haar. »Also gut!« schnauzte Covenant ohne Zögern. »Na gut. Ich bin einverstanden. Ich mache den Handel mit. Mich gegen sie.«

»Nein.« Linden hatte laut rufen wollen, aber über ihre Lippen drang kaum ein Flüstern. *»Nicht.«*

Die Fanatiker blieben so stumm wie Grabsteine. Langsam erhob sich der Mann mit dem Messer. Anscheinend war nur er dazu fähig, Triumph zu empfinden. »Es ist, wie der Meister vorausgesagt hat«, meinte er und verzog das Gesicht zu einem barbarischen Grinsen. Er trat zurück.

Im selben Augenblick ging ein Zittern durch Joan. Sie hob den Kopf, starrte umher. Ihre Miene war frei von jeder Besessenheit. Mit unbeholfenen Bewegungen stand sie auf. Furchtsam und verwirrt suchte sie nach einem Fluchtweg, nach irgend etwas, das sie begreifen konnte. Sie erblickte Covenant. »Tom!« Sie sprang von der Gesteinsfläche und lief zu Covenant, warf sich in seine Arme.

Er drückte Joan, umschlang sie mit verkrampften Armen, als könne er es nicht ertragen, sie wieder loslassen zu müssen.

Aber dann schob er sie nachdrücklich von sich. »Geh nach Hause«, sagte er im Befehlston. »Es ist vorbei. Du bist jetzt außer Gefahr.« Er drehte sie in die entsprechende Richtung und drängte sie zum Gehen. Sie zauderte und schaute ihn an, bat ihn stumm, mit ihr zu kommen. »Mach dir um mich keine Sorgen.« Gequälte Sanftheit mäßigte seinen Ton. »Du bist nicht mehr in Gefahr – das ist momentan am wichtigsten. Es wird alles gut werden.« Irgendwie brachte er ein Lächeln zustande. Nur seine Augen legten von seiner inneren Pein Zeugnis ab. Der Feuerschein warf Schatten der Selbstverleugnung auf seine von Blutergüssen verdunkelten Gesichtszüge. Und doch widerspiegelte sein Lächeln soviel Tapferkeit und Bedauern, daß sein Anblick Linden schier das Herz zu zerreißen drohte.

Auf den Knien, den Kopf gesenkt, heiße Tränen auf ihren Wangen, ahnte Linden mehr, daß Joan die Mulde verließ, als es zu sehen. Linden vermochte nicht mitanzuschauen, wie Covenant den Hang vollends hinabstieg. *Ich bin der einzige,* hatte er versichert, *der ihr helfen kann.* Er ging in eine Art von Freitod.

Freitod. Lindens Vater hatte Selbstmord begangen. Ihre Mutter hatte um den Tod gebettelt. Lindens Widerwille gegen derartige Dinge waren eine Triebkraft ihres Daseins geworden. Aber Thomas Covenant hatte sich dafür entschieden, in den Tod zu gehen. Und er hatte gelächelt. Um Joans willen. Noch nie hatte Linden erlebt, daß jemand für einen anderen Menschen soviel tat. Und sie konnte es nicht erdulden. Es klebte schon zuviel Blut an ihren Händen. Sie schüttelte sich die Tränen aus den Augen und blickte auf.

Covenant trat in die Mitte der Versammlung, als befände er sich jenseits jeder Hoffnung. Der mit dem Dolch bewaffnete Mann führte ihn zu dem Dreieck aus Blut. Die faulig-gelben Augen der Gestalt im Feuer leuchteten lebhafter. Es war schlichtweg zuviel. Mit einem leidenschaftlichen Ruck durchbrach Linden den Bann ihrer inneren Erschütterung und sprang senkrecht auf die Hügelkuppe. »Hierher!« schrie sie. »Polizei hierher! Schnell! Hier unten sind sie!« Sie fuchtelte mit den Armen, als winke sie Personen zu, die sich irgendwo hinter ihr aufhielten.

Der Blick aus den Augen der Gestalt in den Flammen fiel mit unwiderstehlicher Gewalt auf sie, traf sie wie ein Peitschenhieb. Linden fühlte sich in diesem Moment völlig entblößt, ihr war zumute, als würden all ihre innersten Geheimnisse enthüllt und aufgesaugt. Aber sie achtete nicht auf die Augen. Sie lief in die Mulde hinunter, auch auf die Gefahr hin, daß die Fanatiker womöglich merkten, sie war allein. In dem Dreieck fuhr Covenant herum. Jede einzelne Kontur seiner ganzen Haltung schrie *Nein!*

Menschen kreischten auf. Lindens Sturmlauf, so hatte es den Anschein, brach die vom Feuer aufrechterhaltene Trance. Die Fanatiker gerieten in Verwirrung. Sie flohen nach allen Seiten, zerstreuten sich, als hätte Linden sie dem Druck eines weitreichenden, starken Protests ausgesetzt. Einen Augenblick lang erfüllte das Emporschäumen von Zuversicht Linden. Der Mann mit dem Dolch jedoch ergriff nicht die Flucht. Das Flackern des Feuers nährte seine exaltierte Verfassung. Er warf die Arme um Covenant und stieß ihn auf die steinerne Fläche des Untergrunds nieder, gab ihm einen Tritt, und Covenant blieb ausgestreckt liegen. *Das Messer …!* Covenant war zu benommen, um sich wehren zu können. Linden stürzte sich auf den Bewaffneten, versuchte, seine Arme zu packen; aber er war so dick mit Asche eingerieben, daß ihre Hände von ihm abrutschten, und sie verlor an ihm jeden Halt.

Covenant versuchte sich herumzuwälzen. Hastig bückte der Mann sich über ihn, drückte ihn mit einer Hand auf den Boden, hob mit der anderen Faust den Dolch. Erneut fiel Linden ihm in den Arm, verhinderte so, daß er zustach. Ihre Fingernägel zerschrammten dem Mann das Gesicht. Er heulte auf und gab ihr einen Hieb, der sie der Länge nach aufs Gestein schleuderte. Alles ringsum schien ins Kreiseln zu geraten. Von allen Seiten brach Finsternis über Linden herein. Sie sah den Dolch aufblitzen.

Da funkelten die Augen der Gestalt im Feuer sie an, und Linden verlor sich in ihrem gelben Triumph, der brauste wie der Feuerofen der Sonne.

ERSTER TEIL

Not

4
»Du bist mein«

Rotglühender Schmerz bohrte sich mitten durch Thomas Covenants Brust. Er merkte, daß er schrie. Aber das Feuer loderte zu hell; er konnte sich selbst nicht hören. Von der Stichwunde aus jagte Glut durch seinen Körper, vermaß das Netzwerk seiner Nerven wie ein Territorium der Qual. Er konnte keinen Widerstand leisten.

Er mochte auch keinen Widerstand entgegensetzen. Er hatte Joan gerettet. Joan gerettet. Dieser Gedanke erfüllte ihn voll und ganz, tröstete ihn über die unvertreibbare Schauerlichkeit seiner Verwundung hinweg. Zum erstenmal seit elf Jahren hatte er mit seiner Ex-Frau Frieden geschlossen. Er hatte die alte Schuld zwischen ihnen bis an den Rand seiner Sterblichkeit beglichen; er hatte alles gegeben, was er besaß, um das unverschuldete Verbrechen seiner Leprose wiedergutzumachen. Mehr konnte man nicht von ihm verlangen.

Doch das Feuer verfügte über eine Stimme. Zuerst erscholl sie viel zu lautstark, um verständlich zu sein. Sie mahlte durch sein Gehör wie das Zerbersten von Felsbrocken. Mit jedem seiner immer schwächeren Atemzüge inhalierte er sie, und sie hallte mit jedem Senken seiner Brust in seinem Innern wider. Allmählich jedoch erklang sie klarer. Sie sprach Worte, so schwer wie Stein.

»Dein Wille ist mein –
Ohne mich hast du keine Hoffnung auf Leben,
Hast ohne mich weder Hoffnung noch Leben.
Alles ist mein.

Dein Herz ist mein –
In dir wohnt keine Liebe und kein Frieden,
In dir wohnt weder Liebe noch Frieden.
Alles ist mein.

Deine Seele ist mein –
Träumen kannst du nicht von deiner Rettung,
Nicht flehen kannst du um Errettung.
Du bist mein.«

Die Arroganz dieser Worte flößte Covenant Auflehnung ein. Er kannte die Stimme. Zehn Jahre hatte er damit zugebracht, sich gegen sie zu feien, seinen Griff um die Wahrheitlichkeit von Liebe und Zorn gefestigt, die ihn befähigt hatte, Sieger über sie zu werden. Und doch verfügte sie noch immer über die Macht, ihn zu erschrecken. In ihr schwang Vergnügen am Elend Lepraleidender mit. Sie forderte ihn und würde ihn niemals in Ruhe lassen.

Nun wollte er Gegenwehr leisten. Er wollte leben. Die Vorstellung, daß diese Stimme mit ihm Schindluder trieb, vermochte er nicht auszuhalten. Aber das Messer hatte ihn zu tief getroffen; die Wunde war von vollendeter Wirkung. Taubheit kroch durch Covenant, und das rote Feuer wich Nebelschwaden. Er spürte seinen Puls nicht mehr, seine Lungen besannen sich nicht länger aufs Atmen. Er konnte nicht …

Inmitten der Nebelgespinste erinnerte er sich an Linden Avery. *Hölle und Verdammnis!* Sie war ihm gefolgt, obwohl er sie gewarnt hatte – trotz der Tatsache gewarnt, daß sie offensichtlich auserwählt worden war, um eine wesentliche Rolle zu spielen. Innerlich war er, was sie betraf, so zerrissen gewesen – ihr Auftauchen hatte seinem Dilemma eine schwer verkraftbare neue Wendung gegeben, und sie hatte ihn mit ihrer Entschlossenheit, in Angelegenheiten mitzumischen, die sie nicht begreifen konnte, verdrossen und in Wut versetzt. Und doch war sie innerhalb von zehn Jahren die einzige Frau, der er begegnete, die sich nicht vor ihm fürchtete. Sie war neben ihm hingestürzt, nachdem sie versucht hatte, ihm das Leben zu retten. Der Mann hatte sie geschlagen; und das Feuer sie erfaßt, als es nach ihm griff. Wenn sie mit ihm ins Land geriet …! Natürlich, das war der Fall. Wofür hätte der Alte sie sonst ausgewählt haben sollen? Aber sie besaß weder genug Wissen noch Macht, um sich verteidigen zu können, ihr fehlte es sogar an den Voraussetzungen, um zu verstehen, was mit ihr geschah.

Blindwütig kämpfte Covenant gegen die Gefühllosigkeit an, entbot der Stimme Widerstand. Linden hatte sein Leben zu retten versucht. Er konnte sie ihrem Verhängnis nicht allein überlassen. Grimm über die Grausamkeit ihres Schicksals erfüllte sein Herz. *Zur Hölle!* tobte er. *So etwas kann man doch nicht machen!*

Urplötzlich brach aus ihm ein Auflohen von Feuer, eine weiße Flamme, das Feuer seiner inneren Not. Es konzentrierte sich in der vom Dolch zugefügten Wunde, stach mit einem Sengen durch seine Brust wie eine Verherrlichung; oder wie eine Kauterisation. Hitze drang auf sein Herz ein, seine Lungen, seine halbierte Hand. Sein Körper bäumte sich aus Zorn und Schmerz auf.

Im nächsten Augenblick war die Krise vorüber. Merkliche Erleichterung durchströmte ihn. Der Schmerz wich, ließ ihn matt, während er keuchte, auf dem Stein zurück. Bosheit strudelte durch den Nebel, der ihn umgab, doch er tastete ihn nicht an.

»Ah, du bist noch voller Trotz«, höhnte die Stimme, in ihrer Geringschätzung so persönlich, daß sie aus seinem eigenen Bewußtsein hätte zu ihm dringen können statt aus der mit Weihrauch geschwängerten Luft. »Weit trotziger, als ich es in meinen teuersten Wünschen anzustreben vermöchte. Mit einem Schlag hast du deinen Untergang besiegelt. Mein Wille gebietet nun über dich, und du bist verloren. Kriecher!«

Covenant zuckte unter der Gehässigkeit der Worte zusammen. Lord Foul!

»Mißfällt dir der Titel, den ich dir verliehen habe?« Der Verächter sprach leise, kaum lauter als im Flüsterton; doch seine gemäßigte Lautstärke unterstrich seinen heftigen Haß lediglich. »Du wirst ihm voll und ganz gerecht werden. Nie zuvor bist du vollständiger mein gewesen. Du glaubst, dem Tode nahe gewesen zu sein. Das ist falsch, Kriecher! Dir würde ich nicht gestatten zu sterben. Dein Leben wird mir weit besser dienlich sein.«

Covenant wollte nach dem Nebel schlagen, ihn verscheuchen. Doch er war zu schwach. Er lag auf dem Stein, als wären seine Gliedmaßen ausgeblutet. Es kostete ihn bereits alle Willenskraft, mühselig nur die Stimme zu erheben. »Ich kann's nicht glauben«, röchelte er heiser. »Du kannst nicht blödsinnig genug sein, um's noch einmal zu versuchen.«

»Ach, du glaubst es nicht«, spottete Lord Foul. »Dann zweifle getrost daran. Bezweifle es, und ich werde dir die Seele selbst aus dem Leibe reißen!«

Nein! begehrte Covenant stumm auf. *Ich hatte zehn Jahre Zeit, um zu begreifen, was das letzte Mal geschehen ist. So brauchst du mir nicht noch einmal zu kommen.*

»Du wirst vor mir kriechen«, verhieß der Verächter, »und darin Freude finden. Dein einstiger Sieg über mich war ein Nichts. Er hat meinen Zwecken gut gedient. Die Pläne, welche ich im Zustand meiner Qual geschmiedet habe, beginnen nunmehr Früchte zu tragen. Die Welt ist nicht wie einst. Die Zeit hat Wandlungen beschert. Du hast dich gewandelt, Zweifler.« Der Nebel machte die Bezeichnung *Zweifler* zu einem Inbegriff unüberbietbarer Verachtung. »Du bist nicht länger frei. Du hast dich verkauft für jenes jämmerliche Weib, dem du zuwider bist. Als du von mir ihr Leben als Geschenk entgegennahmst, hast du dich zu meinem Werkzeug erniedrigt. Ein Werkzeug besitzt keine Freiheit der Wahl. Hat mein Feind dir nicht die Unentbehrlichkeit der freien Wahl erläutert? Schon deine Gegenwart an diesem Ort gibt mir die Macht, dein Herr und Meister zu sein.«

Covenant erschrak. Lord Foul sprach die Wahrheit; er war unfrei. Als er den Handel einging und an Joans Stelle trat, hatte er sich etwas unterworfen, das er weder ermessen noch widerrufen konnte. Am liebsten hätte er aufgeschrien; doch er empfand zuviel wütende Erbitterung, um sich soviel Schwäche anmerken zu lassen.

»Wir sind Widersacher, du und ich«, sprach Lord Foul weiter, »Gegner bis ans Ende. Doch das Ende wird dein sein, Zweifler, nicht mein. Das zu glauben, wirst du lernen. Zwanzig Jahrhunderte lang lag ich in jenem Land begraben, das mir so widerwärtig ist, zu nichts befähigt außer Abscheu. Mit der Zeit aber habe ich mich zu meinem alten Selbst wiederaufrichten können. Fast noch einmal so viele Jahrhunderte hindurch habe ich daran gewirkt, die Vergeltung vorzubereiten. Wenn es zum Letzten kommt, wirst du das Werkzeug meines Sieges sein.«

Hölle und Verdammnis! Covenant war, als müsse er an der Undurchdringlichkeit des Nebels und Lord Fouls Häme ersticken. Doch an seiner leidenschaftlichen Entschiedenheit änderte sich nichts. *Das werde ich nicht zulassen!*

»Vernimm nun meine Worte, Kriecher. Höre meine Prophezeiung. Nur für deine Ohren ist sie bestimmt, denn – gib acht! – da ist niemand mehr im Lande, dem du sie übermitteln könntest.« Diese Eröffnung traf Covenant zutiefst. *Niemand?* Was war aus den Lords geworden? Aber der Verächter setzte seine Darlegungen unerbittlich fort, spottete Covenants allein schon durch die Gemäßigtheit seiner Stimme. »Nein, ausschließlich zu dir spreche ich: Erbebe in deinem Herzen, denn deiner harrt das Übel, das du am meisten fürchtest! Dein einstiger Sieg hat nichts bewirkt, als für diese Stunde den Weg zu bereiten. Ich bin Lord Foul der Verächter, und ich spreche das eine Wort der Wahrheit. Und ich sage dir: Die wilde Magie hat wider mich nicht länger Macht! Sie kann dir nicht mehr von Nutzen sein. Keine Kraft ist gegen mich noch stark genug. Du vermagst mir nicht zu widerstehen, Zweifler. Zu guter Letzt wirst du nur noch eine Wahl haben, und in deiner Verzweiflung wirst du sie treffen. Aus eigenem Entschluß wirst du das Weißgold meiner Hand ausliefern.«

Nein! wütete Covenant. *Nein!* Aber es gelang ihm nicht, Lord Fouls Überzeugung zu erschüttern.

»In voller Kenntnis dessen, daß ich die Macht des Weißgoldes verwenden werde, um die Erde zu vernichten, wirst du es in meine Hand geben, und keine Hoffnung, keine Möglichkeit unter dem ganzen weiten Bogen der Zeit besteht, die es verhindern könnte. Ja, erbebe, Kriecher! Dich erwartet Verzweiflung, die jedes Maß übersteigt, das dein kleines sterbliches Herz zu erdulden vermag!« Das haßerfüllte Raunen drohte Covenant am steinernen Untergrund zu zerquetschen. Er heulte Weigerungen und Verwünschungen, aber sie blieben wirkungslos, konnten den Weihrauch nicht aus seiner Kehle stoßen. Da begann Lord Foul gedämpft zu lachen. Das Verderben des Todes verlieh der Luft stickige Schwere. Für einen ausgedehnten Moment würgte Covenant so fürchterlich, als müßten ihm in der Brust die Muskeln zerspringen. Aber während er noch keuchte, trieb das Gehöhne von ihm ab. Wind säuselte hinein, zerriß den Nebel. Der Wind war kühl, als ob mit ihm ein frostiges Gelächter wehe, lautlose Echos erzeuge; die Atmosphäre ringsum erhellte sich in dem Maße, wie der Nebel zerfranste und schwand. Covenant lag auf dem Rücken unter einem leuchtend blauen Himmel und einer befremdlichen Sonne.

Die Sonne stand hoch am Himmel. Das mittlere Leuchten ihres Lichts war Covenant bekannt und vertraut. Doch es wies eine blaue Korona auf, als wäre die Sonne von einem Ring aus Saphir umgeben; und die Strahlen dieser Korona trübten den gesamten Rest des Himmels, so daß er die Beschaffenheit von Taft zu besitzen schien. Benommen zwinkerte Covenant an den Himmel, zu bestürzt und verblüfft, um sich zu regen oder sonstwie zu reagieren. *Aus eigenem Entschluß ...* Die Aura der Sonne beunruhigte ihn auf eine Art und Weise, die er selbst nicht richtig zu definieren verstand. *Die Pläne, welche ich im Zustand meiner Qual geschmiedet habe ...* Indem sie sich bewegte, als habe sie ihren eigenen Willen, ertastete seine rechte Hand langsam die Stelle seines Körpers, in die sich das Messer gebohrt hatte.

Seine Finger waren zu gefühllos, um ihm irgendeinen Aufschluß zu geben. Aber er spürte ihr Gewicht auf seiner Brust. Er spürte ihre Berührung, als sie durch den Schlitz in der Mitte des T-Shirts glitten. Er hatte keine Schmerzen. Er zog die Hand zurück und löste den Blick vom Himmel, um seine Finger anzuschauen. An ihnen klebte kein Blut. Mit einem Ruck, von dem ihm sofort schwindelte, setzte er sich auf. Er mußte sich erst einmal mit den Armen abstützen. Er blinzelte durch das sonderbare Sonnenlicht und senkte den Blick auf die Brust. Sein T-Shirt war zerschnitten; knapp unterhalb des Brustbeins befand sich ein Schlitz von der Breite einer Hand. Darunter sah er den weißlichen Strich einer frischen Narbe. Er starrte sie an. *Wie ...?*

Du bist noch voller Trotz. Hatte er sich selber geheilt? Mit wilder Magie? Er wußte es nicht. Er hatte keineswegs bewußt irgendeine Kraft aufgeboten. Bestand die Möglichkeit, daß er so etwas unbewußt zustande gebracht hatte? *Du bist das Weiß-*

gold, hatte Hoch-Lord Mhoram einmal zu ihm gesagt. Bedeutete das, er war dazu in der Lage, eine solche Macht anzuwenden, ohne es zu wissen? *Hölle und Verdammnis!*

Ein ganzes Weilchen verstrich, ehe er merkte, daß er mit dem Gesicht vor einer Brüstung saß. Er hockte an der Seite eines runden Steinbodens, den ein niedriges Mäuerchen umrandete, das ihm im Sitzen bis in Brusthöhe reichte. Schlagartiges Wiedererkennen riß ihn aus seiner Entgeisterung. Er kannte diese Stätte. Es war der Kevinsblick.

Warum hier? fragte er sich im ersten Augenblick. Dann jedoch fiel ihm wieder eine Kette von Zusammenhängen ein, und er fuhr erregt herum, sah Linden Avery hinter sich besinnungslos ausgestreckt liegen. Fast geriet er in Panik. Sie lag völlig reglos da. Ihre Augen waren offen, aber sie nahm offenkundig nichts wahr. Die Muskeln ihrer Gliedmaßen hingen erschlafft auf den steinernen Boden. Das Haar bedeckte wirr ihr Gesicht. Langsam sickerte hinter ihrem linken Ohr tröpfchenweise Blut auf den Boden.

Du bist mein.

Plötzlich war Covenant inmitten der kalten Luft in Schweiß gebadet. Er packte Linden Avery an den Schultern und schüttelte sie, dann ergriff er hastig ihre linke Hand und tätschelte kräftig das Handgelenk. Die Frau rollte, wie um Unmut zu bekunden, den Kopf hin und her. Ein Wimmern preßte ihre Lippen zusammen. Sie begann sich zu winden. Covenant ließ ihren Arm los und nahm ihr Gesicht fest zwischen seine Hände, um zu verhindern, daß sie sich am Steinboden den Kopf anschlug. Urplötzlich blickte sie auf. Mit einem harschen Keuchlaut schnappte sie nach Luft und schrie. Ihr Schrei klang unter dem gewaltig weiten Himmel und der so sonderbar blau umkränzten Sonne wie ein geballter Ausdruck von Elend. »Linden!« herrschte Covenant sie an. Sie rang erneut um Atem, um nochmals zu schreien. »Linden!«

Ihr Blick heftete sich voller Widerstreben auf Covenant, loderte aus Entsetzen und Wut auf, als bedrohe er sie mit Leprose. Erbittert schlug sie ihn auf die Wange. Er schrak zurück, mehr aus Überraschung als aus Schmerz. »Du Lump«, keuchte Linden, indem sie sich auf die Knie hochraffte. »Hast du nicht einmal genug Mumm zum Weiterleben?« Sie holte tief Luft, um ihn noch einmal anzufahren. Doch bevor sie ihrem Zorn freien Lauf lassen konnte, verzerrte Betroffenheit ihre Gesichtszüge. Ihre Hände zuckten zum Mund empor, verhüllten dann ihr Gesicht. Sie ließ ein gedämpftes, dumpfes Stöhnen vernehmen. »O mein Gott!«

Verwirrt betrachtete Covenant sie. Was war mit ihr geschehen? Am liebsten hätte er ihr unverzüglich Fragen gestellt, Antworten verlangt. Aber die Situation war viel zu kompliziert. Und die Frau war vollkommen unvorbereitet auf all diese Dinge. Covenant erinnerte sich noch lebhaft an sein erstes Versetztwerden ins Land. Hätte nicht Lena ihm ihre Hand angeboten, er wäre an Höhenangst und Wahnsinn gestorben. Sich mit so etwas abzufinden, mußte jedermanns Verstand nachgerade überfordern. Hätte die Ärztin nur auf ihn gehört, wäre sie der Gefahr aus dem Wege gegangen …

Doch sie hatte nicht auf ihn gehört. Sie war hier und in Not. Und dabei besaß sie noch gar keine Vorstellung vom Ausmaß ihrer Bedrängnis. Aus Rücksicht auf sie nötigte er seiner Stimme einen Ton auf, der an Sanftheit grenzte. »Sie wollten verstehen, obwohl ich Ihnen wiederholt erklärt habe, daß Ihnen die Voraussetzungen fehlen. Ich glaube, jetzt werden Sie verstehen müssen, ob's Ihnen paßt oder nicht.«

»Covenant«, stöhnte sie durch ihre Hände. »Covenant.«

»Linden.« Behutsam berührte er ihre Handgelenke, bewog sie zum Senken der Arme.

»Covenant …« Sie entblößte ihr Gesicht. Ihre Augen waren

braun, abgründig und naß, getrübt vom Nachhall der Furcht. Im ersten Moment machte sie Anstalten, vor ihm zurückzuweichen, besann sich jedoch und verharrte. »Ich muß geträumt haben.« Ihre Stimme zitterte. »Ich dachte, Sie wären mein Vater.« Er lächelte ihr zuliebe, obwohl der innere Druck, unter dem er stand, ihn bis in die wie zerschlagenen Knochen schmerzte. *Vater?* Er hätte sich gerne genauer darüber informiert, was dahinterstak, sah jedoch davon ab. Andere Fragen waren dringlicher. Doch bevor er dazu kam, sich zu überlegen, wie er mit seinen Fragestellungen verfahren sollte, begann Linden ihre Fassung zurückzugewinnen. Sie pflügte mit ihren Händen durchs Haar, zuckte zusammen, als sie die Verletzung hinter ihrem Ohr streifte. Für einen Moment besah sie sich das an ihre Finger geschmierte Blut. Dann kamen ihr andere Erinnerungen. Ihr entfuhr ein scharfes Aufkeuchen. Ruckartig fiel ihr Blick auf Covenants Brust. »Das Messer ...« Ihre Eindringlichkeit lief nahezu auf einen Angriff hinaus. Linden faßte zu, riß das T-Shirt an der beschädigten Stelle noch weiter auf, starrte auf die frische Narbe unter Covenants Brustbein. Sie war sichtlich betroffen. Ihre Hände wollten die Narbe betasten, ließen jedoch davon ab. Ihre Stimme glich einem heiseren Geflüster. »Das ist doch nicht möglich.«

»Hören Sie zu.« Mit der Linken hob Covenant ihren Kopf an, brachte sie dazu, seinen Blick zu erwidern. Ihm lag daran, sie abzulenken, auf das Bevorstehende vorzubereiten. »Was ist mit Ihnen passiert? Der Mann hat Sie geschlagen. Das Feuer hat uns erfaßt. Was ist danach gewesen?«

»Was ist mit Ihnen geschehen?«

»Eins nach dem anderen.« Die Mühe, die er aufwenden mußte, um Ruhe zu bewahren, flößte seinem Tonfall Grimm ein. »Es gibt zu viele andere Dinge, die Sie vorher begreifen müssen. Bitte lassen Sie mir Gelegenheit, sie Ihnen zu erklären. Sagen Sie mir, was passiert ist.«

Sie ging auf Abstand. Ihr ganzer Körper lehnte sich gegen seine Frage auf. Mit zittrigem Zeigefinger deutete sie auf seine Brust. »Das ist unmöglich.«

Unmöglich. Er hätte sie in diesem Moment mit lauter Unmöglichkeiten überhäufen können. Doch er sah davon ab. »Genauso wie Besessenheit«, entgegnete er lediglich.

Kläglich erwiderte sie seinen Blick. Dann schloß sie die Augen. »Ich muß ohnmächtig geworden sein«, sagte sie mit leiser Stimme. »Ich habe von meinen Eltern geträumt.«

»Sie haben nichts gehört? Keine Stimme, die Drohungen ausgestoßen hat?«

Verblüfft schlug sie die Augen wieder auf. »Nein. Wieso das?«

Covenant senkte, um seinen inwendigen Aufruhr zu verheimlichen, den Kopf. Foul hatte nicht zu ihr gesprochen? Die Implikationen dieser Tatsache erleichterten ihn ebenso wie sie ihn beunruhigten. War diese Frau irgendwie von Foul unabhängig? Frei von seiner Beeinflussung? Oder war er sich ihrer so vollständig sicher? Als Covenant aufschaute, galt Lindens Aufmerksamkeit bereits der Brüstung des Kevinsblicks, der Sonne, dem weiten Himmel. Langsam erstarrten ihre Gesichtszüge. Linden begann aufzustehen. *»Wo sind wir?«*

Covenant ergriff ihre Arme, drängte sie zum Sitzenbleiben. »Sehen Sie mich an.« In heftiger Verneinung schüttelte Linden nachdrücklich den Kopf. Covenant fühlte sich von den Anforderungen der heiklen Situation ganz in Beschlag genommen; überall lauerten offene Fragen. Doch in diesem Augenblick hatte die krasse Hilfsbedürftigkeit, die sich in Lindens Miene widerspiegelte, vor allen anderen Dingen Vorrang. »Dr. Avery.« Wahnsinn lag in der Luft; er wußte es aus eigener Erfahrung. Wenn er Linden nicht sofort half, sich zurechtzufinden, würde er ihr womöglich überhaupt nicht mehr helfen können. *»Schauen* Sie mich an.« Sein Verlangen lenkte ihren wilden Blick auf ihn zurück. »Ich kann Ihnen Erklärungen geben. Sie müssen mir nur dazu die Gelegenheit lassen.«

Ihre Stimme war wie ein zweiter Messerstich. »Also erklären Sie.«

Beschämt duckte sich Covenant; es war seine Schuld, daß sie jetzt hier war – und auf alles gänzlich unvorbereitet. Doch er zwang sich dazu, ihr mit äußerlicher Ruhe zu begegnen. »Ihnen alles früher zu erzählen, war einfach nicht möglich.«

Die Kompliziertheit dessen, worüber er ihr Aufschluß zu erteilen hatte, machte den Ton, den er anschlug, ein wenig grob. »Es war schlichtweg ausgeschlossen, daß Sie mir geglaubt hätten. Und jetzt ist alles so schwierig ...« Lindens Augen klammerten sich an sein Gesicht wie Klauen. »Es gibt zwei völlig verschiedene Erklärungen«, sagte Covenant so sachlich wie möglich. »Eine äußere und eine innere Erklärung. Die erstere anzunehmen wird Ihnen vielleicht leichter fallen.« Er holte tief Atem. »Sie und ich liegen noch immer in dem Dreieck.« Die Grimasse, die er zog, drückte auf seine Blutergüsse. »Wir sind bewußtlos. Und während unserer Bewußtlosigkeit träumen wir. Es ist ein und derselbe Traum, in dem wir uns befinden.« Ungläubigkeit verkrampfte Lindens Miene. »Das ist nicht so weit hergeholt, wie Sie meinen«, fügte Covenant hastig hinzu. »Tief drunten in ihrem Innern – eben dort, wo die Träume entstehen – haben die meisten Menschen sehr viel miteinander gemeinsam. Deshalb lassen sich ja so viele unserer Träume in Begriffe auflösen, die von anderen Menschen verstanden werden können. So etwas ist es, was gegenwärtig mit uns vorgeht.« Er redete auf sie ein, durchaus nicht, um sie zu überzeugen, sondern weil er wußte, daß sie Zeit brauchte, irgendeine beliebige Auskunft, wie unwahrscheinlich sie auch sein mochte, um über den anfänglichen Schock ihrer Situation hinwegzukommen. »Wir haben einen gemeinsamen Traum. Und nicht nur wir.« Er gab ihr keine

Gelegenheit, ihren Unglauben in Worte zu kleiden. »Joan hat Bruchstücke desselben Traums gehabt. Und auch der Alte – der Greis, dem Sie das Leben gerettet haben. Wir sind alle in einen unterbewußten Vorgang einbezogen.« Lindens Blick drohte abzuschweifen. »Sehen Sie mich an!« schnauzte er. »Ich muß Ihnen als erstes erklären, was für eine Art von Traum das ist. Er ist gefährlich. Sie können daran Schaden nehmen. Diese Dinge, die tief in uns verborgen stecken, sind machtvoll und voller Gewalt, und hier werden sie zum Vorschein kommen. Das Dunkle in uns – unsere destruktive Seite, der Aspekt unseres Ichs, den wir unser ganzes Leben lang in unserem Innersten verschlossen halten – führt hier in dieser Welt ein eigenständiges Dasein. Jeder Mensch hegt in seinem Innern ein gewisses Maß an Haß gegen sich selbst. Hier ist dieser Selbsthaß personifiziert – eben externalisiert, wie das so bei Träumen geschieht. Diese Personifizierung nennt sich Lord Foul der Verächter, und er will uns ins Unheil stürzen. Er ist es, von dem Joan immerzu geredet hat. Lord Foul. Und auch der Alte hat von ihm gesprochen, als er sagte: ›Wie arg er dich auch bedrängen mag, bleib getreu.‹ Uns treu bleiben, dem Verächter nicht dienen, uns nicht von ihm zugrunde richten lassen – das ist es, was wir tun müssen.« Covenant flehte sie regelrecht an, die Konsequenzen dessen, was er erläuterte, zu akzeptieren, selbst wenn sie es vorziehen sollte, die Erklärung anzuzweifeln. »Wir müssen integer bleiben, an uns selbst festhalten, das verteidigen, was wir sind, was wir glauben und wonach wir trachten. Bis es vorüber ist. Bis wir das Bewußtsein wiedererlangen.« Er verstummte, gestand ihr widerwillig Zeit zum Besinnen zu.

Linden richtete ihren Blick erneut auf seine Brust, als wäre die Narbe für das, was er erzählte, ein Prüfstein. Schatten von Furcht machten sich in ihrer Erscheinung bemerkbar. Unvermittelt hatte Covenant das Gefühl, daß Linden mit Selbsthaß wohlvertraut war. »Sie haben so etwas schon einmal erlebt«, sagte sie gepreßt. Covenant nickte. Linden hob nicht den Kopf. »Und Sie glauben daran?«

Teilweise, hätte er am liebsten geantwortet. *Wenn man beide Erklärungen aneinanderfügt, ergeben sie zusammen annähernd das, was ich glaube.* Aber er meinte, sie in ihrer gegenwärtigen Verfassung nicht mit Einsprüchen verunsichern zu dürfen. Statt dessen stand er auf, zog sie mit sich hoch, um vom Kevinsblick Ausschau zu halten. In ihrem Schreck taumelte Linden verkrampft gegen Covenant.

Sie befanden sich auf einer steinernen Platte, die mitten in der Luft zu schweben schien. Darüber erstreckte sich der Himmel in so enormer Ausdehnung, als stünden sie auf dem Gipfel eines Berges. Der unheimliche Strahlenkranz der Sonne verlieh dem Brodeln eines Meers grauer Wolken, das etwa achtzig Meter unterhalb der Steinplatte einherrollte, eine beängstigende farbliche Schattierung. Die Wolken wälzten sich dahin wie ein Unwetter und verhüllten die Erde vom einen bis zum anderen Horizont. Ein Schwindelanfall suchte Covenant heim; er entsann sich mit unerfreulicher Klarheit daran, daß er achthundert Meter hoch über den Vorhügeln stand. Doch er mißachtete das akute Unbehagen und die drohende Panik, konzentrierte sich auf Linden. Sie war fassungslos, wie gelähmt. Die übergangslose Versetzung aus einer nächtlichen Waldlandschaft in einen Morgen inmitten solcher Naturgewalten überwältigte sie ungeheuer stark. Gerne hätte Covenant seine Arme um sie gelegt, ihr Gesicht an seiner Brust geborgen, um ihr Schutz zu bieten; aber ihm war klar, daß er es nicht tun konnte, er ihr nicht die Kraft zu spenden vermochte, die sie benötigte, um etwas zu ertragen, das ihn selbst einmal fast um den Verstand gebracht hatte. Sie mußte von sich aus zum Durchhalten imstande sein. Grimmig drehte er Linden, um ihren Blick in die entgegengesetzte Richtung zu lenken.

Der Anblick der Berge, die dort auf dramatische Weise emporragten, wirkte auf Linden wie ein Fausthieb. Nur einen Steinwurf vom Kevinsblick entfernt erhoben sie sich eindrucksvoll aus den Wolken. Ihre Gipfel waren zerklüftet und schroff. Von der Felsklippe aus, die dem Kevinsblick am nächsten war, wichen sie nach beiden Seiten in den Hintergrund zurück, so daß sie einem Keil ähnelten, türmten sich in der Ferne immer höher auf. An der rechten Seite verlief eine Ausbuchtung der Bergkette noch einmal ein Stück weit durch die Wolken herüber zum Kevinsblick.

Linden starrte die Klippe an, als drohe sie auf sie herabzustürzen. Covenant spürte, wie es unter Lindens Rippen tobte; sie fühlte sich vom Irrsinn bedrängt und konnte unter all diesem freien Himmel nicht genug Luft finden, um Atem zu schöpfen und aufzuschreien. Aus Sorge, sie könne sich von ihm losreißen und womöglich über die Brüstung fallen, zog Covenant sie wieder herunter auf den sicheren steinernen Boden. Sie sackte auf die Knie, schnappte lautlos nach Luft. Ihre Augen blickten fürchterlich glasig und hohl drein.

»Linden!« Weil Covenant nichts besseres in den Sinn kam, brüllte er sie an. »Haben Sie denn nicht genug Mut zum Weiterleben?« Sie keuchte und atmete heftig ein. Wie zwei Schwerter, die aus ihren Scheiden fuhren, schlug ihm nun ihr Blick entgegen. Das sonderbare Sonnenlicht ließ ihr Gesicht nach finsterster Wut aussehen. »Entschuldigung«, sagte Covenant kloßig. Ihre Reaktion schmerzte ihn ebensosehr wie die eigene Hilflosigkeit. »Sie waren so …« Unwissentlich hatte er in ihr an etwas gerührt, das anzutasten er keinerlei Recht besaß. »Ich habe nicht gewollt, daß Ihnen dergleichen zustößt.«

Sie verwarf sein Bedauern mit einem zornigen Kopfschütteln. »Und nun«, forderte sie zwischen Gekeuche, »werden Sie mir die andere Erklärung verraten.«

Covenant nickte. Bedächtig ließ er Linden los und trat

zurück, um sich hinzusetzen und mit dem Rücken an das Ringmäuerchen zu lehnen. Er begriff die merkwürdige Kombination von Stärke und Schwäche nicht, die in dieser Frau stak; im Moment jedoch war seine Verständnislosigkeit unwichtig. »Die innere Erklärung, ja.« Tiefgehende Mattigkeit breitete sich in ihm aus. Mühevoll rang er um die Worte, deren es bedurfte. »Wir sind in einer Gegend, die sich schlicht das Land nennt. Es handelt sich um eine andere Welt, so ähnlich, als wäre man auf einem anderen Planeten. Diese Berge sind der Südlandrücken, sie bilden die südliche Grenze des Landes. Der gesamte Rest des Landes liegt westlich, nördlich und östlich von hier. Dieser Ausguck trägt den Namen Kevinsblick. Unter uns, etwas nach Westen, muß ein Dorf namens Steinhausen Mithil liegen. Schwelgenstein ist …« Aber der Gedanke an Schwelgenstein rief ihm gleichzeitig die Lords in Erinnerung; deshalb scheute er den Gedanken. »Ich war schon einmal hier. Das meiste von dem, was ich Ihnen erzählen kann, dürfte für Sie wenig Sinn ergeben, solange Sie diese Dinge nicht selbst gesehen haben. Über eine wichtige Sache müssen Sie sich jedoch unbedingt sofort klar werden. Das Land hat einen Erzfeind. Lord Foul.« Covenant musterte Linden, darauf bedacht, ihre Reaktion abzuschätzen. Doch aus ihren Augen schlug ihm nur Düsternis entgegen, sonst nichts. »Seit Tausenden von Jahren«, berichtete Covenant weiter, »versucht Foul, das Land zu vernichten. Es ist für ihn … eine Art von Gefängnis. Er will ausbrechen.« Inwendig stöhnte er angesichts der Undurchführbarkeit dessen auf, jemandem das, was er zu sagen hatte, einsichtig zu machen, wenn es demjenigen völlig an vergleichbaren Erfahrungen mangelte. »Er hat uns aus unserer in diese Welt versetzt. Uns hergebracht. Er will, daß wir ihm zu Diensten sind. Er glaubt, er kann uns so manipulieren, daß wir ihm dabei helfen, dem Land den Untergang zu bereiten. Wir besitzen hier Macht.« Er hoffte, daß er noch die

Wahrheit sprach. »Weil wir von außerhalb kommen, sind wir durch die hiesigen Gesetze nicht gebunden, nicht der natürlichen Ordnung unterworfen, die alles zusammenhält. Das ist der Grund, weshalb Foul es so auf uns abgesehen hat, warum er darauf aus ist, uns für seine Zwecke einzuspannen. Wir können hier Dinge tun, zu denen sonst niemand in der Lage ist.« Um sich die Bürde von Lindens Zweifeln zu ersparen, stützte Covenant seinen Kopf an die Brüstung und hob den Blick zu den Bergen. »Die Notwendigkeit der Freiheit«, sagte er leise. »Solange wir nicht durch irgendein Gesetz oder an irgend jemanden gebunden sind oder durch irgendwelche Erklärungen ...« – letzteres fügte er hinzu, um sein Gewissen zu entlasten – »besitzen wir Macht.« *Aber ich bin nicht mehr frei. Ich habe bereits eine Wahl getroffen.* »Darauf kommt es an. Macht. Die Kraft, die mich geheilt hat. Der Greis ... er weiß irgendwie über alles Bescheid, was im Land vor sich geht. Und er ist Fouls Gegenspieler. Er hat Sie für irgend etwas auserwählt ... Ich weiß nicht, was. Oder vielleicht will er sich nur beruhigen. Herausfinden, meine ich, ob Sie die richtige Person sind, um von Foul manipuliert werden zu können. Was Joan betrifft, sie war nur das Mittel, durch das Foul mich diesmal hergebracht hat. Sie war ihm ausgeliefert. Nach dem, was sich ereignet hat, als ich das erste Mal hier war, konnte er an mich nicht direkt ran. Also hat er Joan benutzt, um mich dahin zu bringen, aus freiem Entschluß in das Dreieck zu treten. So daß er mich in diese Welt versetzen konnte.« *Ich verstehe nur nicht,* seufzte er insgeheim, *weshalb es diesmal so ablaufen mußte. Beim erstenmal war es nicht so.* »Kann sein, 's ist ein Zufall, daß Sie auch hier sind. Aber ich bezweifle es.«

Linden betrachtete den Steinboden, wie um sich zu vergewissern, daß er greifbare Festigkeit besaß, dann berührte sie die Platzwunde hinter ihrem Ohr. Sie runzelte die Stirn und setzte sich hin. Den Blick hatte sie wieder von Covenant genommen. »Ich kapier's nicht«, sagte sie unnachgiebig. »Erst behaupten Sie, das sei ein Traum – dann sagen Sie, es ist Realität. Erst liegen sie dort im Wald im Sterben – dann werden Sie auf einmal durch ... durch irgendeine Art von Magie geheilt. Erst soll Lord Foul ein Phantasieprodukt sein – dann wieder ist er real.« Trotz ihrer Beherrschtheit bebte ihre Stimme leicht. »Wie ist es denn nun? Beides können Sie nicht haben.« Sie ballte die Hände zu Fäusten. »Sie könnten tatsächlich im Sterben liegen.«

Ach, aber ich muß beides haben, sagte sich Covenant. *Es verhält sich damit wie mit der Höhenangst. Die Lösung verbirgt sich im Widerspruch. Im Mittelpunkt des Paradoxons.* Doch er verschwieg seine Überlegungen.

Nichtsdestoweniger erleichterte ihn Lindens Frage. Der unermüdliche Sinn dieser Frau – der starrsinnige Drang, der sie dazu bewogen hatte, seine Bemühungen, sie zu warnen, zu mißachten, ihm statt dessen ins Verhängnis zu folgen – begann sich bereits ernsthaft mit der veränderten Situation auseinanderzusetzen. Wenn sie genug Kraft aufbrachte, um vernünftige Fragen zu stellen, war ihre Krise durchgestanden; jedenfalls bis auf weiteres. Covenant merkte, daß er trotz seiner Sorgen lächelte. »Eigentlich spielt's gar keine Rolle«, meinte er. »Vielleicht ist es real, vielleicht nicht. Glauben Sie, was Sie wollen. Ich biete Ihnen lediglich so was wie ein Bezugssystem, in dessen Rahmen Sie damit anfangen können, sich mit den Verhältnissen zurechtzufinden.«

Lindens Hände blieben in fortwährender Bewegung, befühlten die eigene Gestalt, den Stein, als bedürfe es dieser sinnlichen Wahrnehmung, um der persönlichen Existenz noch sicher sein zu können. »Sie waren schon einmal hier«, sagte sie nach einem Weilchen. Ihr Zorn hatte sich in Jammer verwandelt. »Das hier ist Ihr Leben. Verraten Sie mir, wie ich das alles verstehen lernen kann.«

»Finden Sie sich damit ab«, empfahl Covenant ohne zu zögern. »Blicken Sie nach vorn. Stellen Sie fest, was sich abspielt, auf was es ankommt. Was für Sie von Bedeutung ist.« Aus eigener Erfahrung wußte er, daß es keinen anderen Schutz gegen den Wahnsinn gab; Realität und Unwirklichkeit des Landes ließen sich nicht miteinander versöhnen. »Geben Sie sich eine Chance, einmal herauszufinden, wer Sie sind.«

»Ich weiß, wer ich bin.« Lindens Kiefer drückte Verstocktheit aus. Die Umrisse ihrer Nase wirkten plötzlich weniger zart und entschieden kantiger; ihr Mund spiegelte gewohnheitsmäßige Strenge wider. »Ich bin Ärztin.« Aber sie stand vor etwas, mit dem sie nicht fertig zu werden wußte. »Ich habe nicht einmal meine Arzttasche dabei.« Sie schaute ihre Hände an, als frage sie sich, wozu sie überhaupt gut seien. Als sie Covenants Blick erwiderte, war ihrer Frage sowohl Forderung wie auch Bittstellung anzumerken. »Und was glauben Sie?«

»Ich glaube …« – Covenant verzichtete nun auf jede Anstrengung, seine Härte zu verbergen – »daß wir einen Weg finden müssen, um Fouls Pläne zu vereiteln. Das ist wichtiger als alles andere. Er ist drauf aus, das Land zu vernichten. Ich werde das nicht zulassen. Das ist es, was *ich* bin.«

Bei seiner Zusicherung starrte Linden ihn aufmerksam an. »Warum? Was hat das mit Ihnen zu schaffen? Wenn dies bloß ein Traum ist, bleibt das alles doch völlig bedeutungslos. Und wenn es …« Das Weiterreden bereitete ihr Schwierigkeiten. »Wenn's real sein sollte, muß 's trotzdem nicht Ihr Problem sein. Sie brauchen sich nicht darum zu kümmern.«

Covenants Gaumen kostete alten Grimm. »Foul verlacht Leprotiker.«

Da glomm in Lindens Augen ein Funke von Verständnis auf. Niemand hat das Recht, Kranke zu verlachen, sagte ihre finstere Miene mit aller Deutlichkeit. »Was machen wir nun?« fragte sie mit gepreßter Stimme nach.

»Jetzt?« Covenant war aus Ermüdung schwach; aber Lindens Frage schreckte ihn auf. Sie verfügte über Verstand, Kräfte, Potential. Offenbar hatte der Alte sie nicht ohne Grund ausgesucht. »Jetzt steigen wir hinunter, falls es mir gelingt, mein Schwindelgefühl zu überwinden«, entgegnete er voller Grimm, »und sehen zu, daß wir in Erfahrung bringen, in welchem Schlamassel wir stecken.«

»Hinunter?« Linden blinzelte ihn an. »Ich weiß nicht einmal, wie wir hinaufgekommen sind.«

Statt einer Antwort nickte er nur hinüber zu den Bergen. Als Linden sich umwandte, sah sie in der Richtung der Klippe die Lücke in der Brüstung. Covenant beobachtete, wie sie zu der Lücke kroch und das erblickte, von dem er längst wußte, es war vorhanden. Der Ausguck krönte die Spitze eines langen steinernen Vorsprungs, der sich unterhalb der Plattform zur Klippe hin abschrägte. In der Oberseite des Vorsprungs waren rohe Stufen gehauen. Covenant gesellte sich zu Linden. Ein einziger Blick zeigte ihm, daß es ihm auch diesmal nicht leichtfallen würde, seine Höhenangst zu meistern. Achtzig Meter unter ihm verschwand die Treppe zwischen den Wolken wie ein Wasserfall im Trüben.

5
Donner und Blitz

Ich gehe voran.« Tief drin in den Knochen bebte Covenant. Er vermied es, Linden anzusehen. »Die Treppe führt zu der Felswand – aber wenn man stürzt, geht's tausend Meter oder so abwärts. Ich komme in Höhen nicht gut zurecht. Falls ich ausrutsche, will ich Sie nicht mit hinabreißen.«

Bedächtig setzte er sich in die Lücke der Einfassung, die Füße nach vorn, um sich hindurchzuschieben. So verharrte er erst einmal, bemühte sich, das Schwindelgefühl zu verdrängen, indem er sich einer VBG unterzog. Doch diese Maßnahme rief in ihm lediglich die für Lepraleidende typische Besorgtheit hervor. Unter der bläulich verfärbten Sonne besaß seine Haut eine düstere blaurote Tönung, als habe die Lepra sich unterdessen in seine Arme emporgefressen, beeinflusse die Färbung der Haut, töte die Nerven ab. Plötzliche Entkräftung befiel seine Muskeln, brachte seine Schultern ins Zittern. Die charakteristische Taubheit seiner abgestorbenen Nerven hatte sich nicht verändert, war weder besser noch schlimmer geworden. Aber die kränkliche Verfärbung seines Fleischs wirkte fatal und irgendwie prophetisch; er empfand sie als eine unverhoffte Eingebung. Eine der Fragen, die ihn beschäftigten, beantwortete sich von selbst. Warum war Linden hier? Weshalb hatte der Alte, statt mit ihm, mit ihr gesprochen? Weil ihre Anwesenheit notwendig war – um das Land zu retten, falls er, Covenant, daran scheiterte. *Die wilde Magie hat wider mich nicht länger Macht.* So also war es um seine Macht beschaffen. Er hatte sich Lord Fouls Machenschaften bereits ausgeliefert. Ein Aufstöhnen entfuhr ihm, ehe er es zwischen den Zähnen ersticken konnte.

»Covenant?« Besorgnis ließ Lindens Stimme scharf klingen. »Sind Sie in Ordnung?« Er vermochte nicht zu antworten. Die bloße Tatsache, daß sie sich um ihn sorgte, dazu imstande war, sich um ihn zu sorgen, während sie selbst unter solcher Belastung stand, vervielfachte das Unbehagen in seinen Knochen. Sein Blick klammerte sich regelrecht an den Stein, als suche er darin nach Kraft. »Covenant!« Lindens Zuruf glich einem Schlag ins Gesicht. »Ich weiß nicht, wie ich Ihnen helfen kann. Sagen Sie mir, was ich tun soll.«

Was sie tun soll. Nichts von alldem war ihre Schuld. Sie verdiente eine Antwort. Er schleppte sich innerlich ins Zentrum seiner Müdigkeit und des Schwindelgefühls. Hatte er, als er an Joans Stelle trat, sein Schicksal wirklich besiegelt? Er mußte doch sicher nicht unabwendbar versagen? Einer Macht, für die er einen so hohen Preis entrichtet hatte, konnte er sicherlich nicht so einfach verlustig gehen? »Am Ende der Treppe«, knirschte er hervor, ohne den Kopf zu heben, »verläuft ein Felssims an der Klippe entlang. Seien Sie vorsichtig.« Er zwang sich zum Handeln, rutschte durch die Lücke.

»Verdammt, warum müssen Sie sich so unzugänglich benehmen?« hörte er Linden unterdrückt, aber erbittert äußern, als sein Kopf sich unterhalb des Ausgucks befand. »Alles was ich will, ist helfen.« Ihr Tonfall klang, als hänge ihre geistige Gesundheit von der Fähigkeit zur Hilfeleistung ab. Aber er durfte es sich jetzt nicht erlauben, an sie zu denken; die Gefährlichkeit der Stufen beanspruchte seine ganze Aufmerksamkeit. Er kletterte die Treppe mit den Füßen voran hinunter, als wäre er auf einer Leiter, stützte sich mit den Händen ab, setzte jeden Fuß sehr nachdrücklich auf, um sich seines Halts zu versichern, ehe er ihm traute. Er nahm seinen Blick nicht von den Händen. Sie stemmten sich gegen die Stufen, so daß die Sehnen sich abzeichneten wie Male der Verzweiflung. Die Leere ringsum schien bodenlos zu sein. Er konnte dem Wind die Weiträumigkeit anhören. Und das geschwinde Wirbeln des Gewölks unter ihm schien eine nahezu hypnotische Anziehungskraft auszuüben, beeinträchtigte sein Konzentrationsvermögen. Überall rund um ihn klafften tiefe Abgründe. Doch er kannte diese Art von Furcht bereits. Mit angehaltenem Atem tauchte er in die Wolken ein – in die ruhige Mitte seiner Höhenangst. Schlagartig verblaßte die Sonne und verschwand dann vollends. Mit jedem Schritt von Covenants Abstieg verdüsterte sich die graue Trübnis, bis sie in beinahe mitternächtliche Dunkelheit überging. Ein fahles Aufblitzen durchfuhr das naßkalte Wolkenmeer, fast sofort gefolgt von Donnergrollen. Der Wind gewann an Stärke, fegte feucht heran, als wolle er Covenant von dem steinernen Vorsprung wehen. Der Stein wurde glitschig. Covenants gefühllose Finger konnten keinen Unterschied feststellen, doch die Nerven in seinen Handgelenken und Ellbogen bemerkten jedes Abgleiten seines Zugriffs. Erneut schoß ein Blitzstrahl neben ihm herab, erhellte das wüste Gebrodel und die Schnelligkeit der Wolken. Der Himmel dröhnte. Instinktiv preßte sich Covenant an den Stein. Irgend etwas in Covenants Innerem heulte auf, aber er wußte nicht, ob es laut geschah. Indem er qualvoll durch die furchtbare Wucht des Sturms abwärts kroch, setzte er den Weg nach unten fort.

Er ermaß sein Vorankommen an der zunehmenden Schwere des Regens. Das kalte Prickeln feinen Geniesels in seinem infolge der Blutergüsse überempfindlichen Gesicht wich einem Schauer aus dicken Tropfen, der ihm vorkam wie ein Hagel von Kieseln. Nicht lange, und er war klatschnaß und fühlte sich wie durchgeprügelt. Über ihm tosten Donner und Blitz, verliehen ihrer Wüstheit ungehemmt Ausdruck. Doch die Verheißung, die das Felssims für ihn darstellte, trieb Covenant weiter abwärts.

Endlich ertastete sein Fuß das Sims. Er stieß sich von der

Treppe ab und drückte sich rücklings an die Wand der Klippe, schaute nach oben. Ein Zucken blauweißen Feuers enthüllte inmitten der Finsternis Linden. Sie befand sich unmittelbar oberhalb von Covenants Kopfhöhe. Als sie das Sims erreichte, fing er sie ab, damit sie nicht über den Rand torkelte. Eindringlich hielt sie ihrerseits ihn fest. »Covenant!« Der Wind zerstob ihren Ruf; er konnte ihn kaum hören. »Ist alles klar mit Ihnen?«

Er schob seinen Mund an ihr Ohr. »Bleiben Sie mit dem Rücken zur Wand! Wir müssen uns irgendeinen Unterschlupf suchen!«

Sie nickte mit Nachdruck. Covenant packte ihre rechte Hand mit seiner Linken, kehrte der Tiefe den Rücken zu und begann auf dem Felssims nach Westen zu schlurfen. Über ihren Köpfen flackerten Blitze und verschafften ihnen diesen und jenen flüchtigen Ausblick auf die Umgebung. Das Sims war ungefähr einen halben bis einen Meter breit und verlief mehr oder weniger eben an dem steilen Berghang entlang. Darüber verschwand der Berg in der Grenzenlosigkeit der Wolken. Das Donnern brüllte auf Covenant ein wie die Stimme seiner Höhenangst, gebot ihm, das Gleichgewicht zu verlieren. Wind und Regen, chaotisch schrill, peitschten ihm den Rücken. Doch Lindens Hand war für ihn wie ein Anker. Covenant schmiegte sich an die Felswand, als gelte ihr all sein Verlangen, und tappte langsam vorwärts. Bei jedem Blitzschlag spähte er durch den Regen voraus und versuchte die Stelle zu erkennen, wo das Sims endete. Dort: ein senkrechter Einschnitt, der einer Narbe im Fels ähnelte. Sobald er ihn erreichte, zog er Linden um die Ecke, dann einen schlammigen, mit Geröll durchsetzten Hang hinauf, über den Wasser herabsprudelte wie in einem Flußbett. Unverzüglich sank der Wind zu einem gepreßten Pfeifen ab. Das nächste bläuliche Aufflammen des Himmels offenbarte, daß sie in einen schmalen Hohlweg gelangt waren, der in völlig durchtränktem Zustand schräg durch den

Berghang nach oben führte. Wie in Stromschnellen brandete Wasser gischtig an den Felsbrocken vorüber, die den Untergrund des Hohlwegs behäuften. Covenant kämpfte sich vorwärts, bis er und Linden an einen Findling kamen, der groß genug war, um einen gewissen Schutz zu bieten. Dort machte er halt und ließ sich im Schäumen des Wassers nieder, lehnte den Rücken an die felsige Wand des Hohlwegs. Linden tat das gleiche. Wasser floß ihnen über die Beine; der Regen blendete ihre Augen. Covenant war es egal; er brauchte die Pause.

Schon nach wenigen Augenblicken regte sich Linden wieder, näherte ihr Gesicht seinem Ohr. »Und jetzt?«

Und jetzt? Covenant wußte es nicht. Erschöpfung lähmte seinen Verstand. Aber Linden hatte recht, wo sie sich jetzt befanden, konnten sie nicht bleiben. »Hier ist irgendwo ein Pfad!« Er brachte die lasch gerufene Antwort nur mühsam heraus.

»Sie kennen den Weg nicht? Sie haben doch gesagt, Sie sind hier schon einmal gewesen!«

»Vor zehn Jahren!« Und beim zweitenmal war er bewußtlos gewesen; Salzherz Schaumfolger hatte ihn getragen.

Für eine Sekunde erhellte ein Blitz Lindens Gesicht; es war vom Regen verdreckt. »Was sollen wir jetzt machen?«

Der Gedanke an Schaumfolger, den Riesen, der sein Freund gewesen war, gab Covenant, was er in diesem Moment brauchte. »Es versuchen!« Indem er sich auf Lindens Schulter stützte, raffte sich Covenant hoch. Linden verkraftete sein Gewicht anscheinend ohne Mühe. »Vielleicht fällt mir der Weg wieder ein!«

Linden richtete sich an seiner Seite auf, beugte sich zu ihm herüber. »Dieser Sturm will mir nicht gefallen!« schrie sie. »Er ist irgendwie nicht geheuer!«

Ist nicht …? Durch den Regen zwinkerte Covenant sie an. Im ersten Augenblick verstand er sie nicht. Für ihn war das lediglich ein Gewitter, eine Naturgewalt wie jede andere. Doch dann begriff er, was sie meinte. Sie hatte das Gefühl, der Sturm sei *un*natürlich. Er verstieß in ihr gegen irgendwelche instinktmäßige Empfindungen. Linden eilte ihm bereits voraus; ihre Sinne stellten sich anscheinend zusehends auf das Land ein, wogegen seine in ihrer Wahrnehmung oberflächlich und stumpf blieben, blind für den Geist dessen, was sie ringsum bemerkten. Vor zehn Jahren war er zu dem imstande gewesen, was ihr möglich war: zum Unterscheiden der Richtigkeit oder Falschheit physischer Dinge und Abläufe, ihrer Gesundheit oder Verderbtheit, von Wind, Regen, Stein, Holz und Fleisch. Diesmal jedoch spürte er nichts außer der Vehemenz des Sturms, als besäße eine solche Gewalt keine Bedeutung, keine Hintergründe. Keine Seele. Covenant murmelte matte Flüche vor sich hin. Verlief die Anpassung seiner Sinne nur langsamer? Oder hatte er die Fähigkeit verloren, mit dem Land im Einklang zu existieren? Hatten Leprose und Zeit ihn dieser Sensitivität vollkommen beraubt? *Hölle und Verdammnis!* schalt er ebenso abgeschlafft wie verbittert. Wenn Linden sehen konnte, wo er blind war … Während er noch vom alten Gram seiner Untüchtigkeit kostete, riß er sich zusammen. Er rechnete damit, daß Linden ihn frage, was nicht stimme. Und auch dieser Gedanke schmeckte ihm bitter; er mochte ihr seine Schwächen und Befürchtungen, die Verkehrtheit, die ihm innewohnte, nicht enthüllen. Aber sie fragte nicht. Sie war aus Überraschung oder Schrecken mitten im Schritt verharrt. Sie blickte den Hohlweg hinauf.

Covenant fuhr herum und bemühte sich, durch das Herabrauschen des Regens etwas zu erkennen. Er sah es sofort: ein schwaches, gelbliches Licht in einiger Entfernung. Allmählich kam sein Flackern näher, schien sich den Pfad abwärts durch den Hohlweg mit großer Vorsicht zu suchen. Nach einem Weilchen offenbarte ein mehrere Sekunden langes Blitzen, daß es sich um eine Fackel in der Hand eines Menschen handelte. Dann brachen wieder Schwärze und Donner herab, und Covenant sah erneut nur die seltsame Flamme. Trotz des sintflutartigen Regens und der Stärke des Sturms brannte sie mit nachgerade unmöglicher Beständigkeit. Sie näherte sich, bis sie nahe genug war, um Licht auf den Mann zu werfen, der sie hielt. Er besaß eine untersetzte, gebeugte Gestalt und stak in einem durchnäßten Gewand. Regen strömte ihm durchs spärliche Haupthaar und den verfilzten Bart, rann ihm in regelrechten Rinnsalen durch die Falten des alten Gesichts, gab ihm das Aussehen eines Geisteskranken. Er blinzelte Covenant und Linden an, als wären sie zu seinem Schrecken irgendwelchen Alpträumen entsprungene Erscheinungen.

Covenant blieb reglos stehen und erwiderte stumm den Blick des Alten. Linden berührte Covenants Arm, als wolle sie ihn vor irgend etwas warnen. Plötzlich hob der Alte mit einem Ruck die rechte Hand, die Handfläche nach vorn, und spreizte die Finger. Covenant ahmte die Geste nach. Er hatte keine Ahnung, ob Lord Foul diese Begegnung für ihn eingefädelt hatte oder nicht; aber sie brauchten eine Zuflucht, etwas zu essen, Informationen. Und er hegte die Bereitschaft, sich mit jedem einzulassen, der in diesem Regen eine Fackel am Brennen halten konnte. Als er seine Halbhand in die Nacht erhob, glänzte am zweiten Finger schwach sein Ring auf.

Dieser Anblick schockte den Alten. Er zuckte zusammen, brabbelte bei sich etwas, wich aus Furcht einen Schritt zurück. Dann deutete er tattrig auf Covenants Ring. »Weißgold?« rief er. Seine Stimme bebte.

»Ja!« antwortete Covenant.

»Halbhand?«

»Ja!«

»Wie nennt man dich?« greinte der Alte.

Covenant wandte alle Anstrengung auf, um jedes einzelne

Wort seiner Erwiderung durch den Sturm verständlich zu machen. »Ur-Lord Thomas Covenant, Zweifler und Träger des Weißgolds!«

»Übelender?« keuchte der Mann, als drohe der Regen ihn zu ersticken. »Bewahrer des Lebens?«

»Ja!«

Der Greis tat noch einen Schritt rückwärts. Im Fackelschein wirkte sein Gesicht wie ein vollendeter Ausdruck der Bestürzung. Unvermittelt drehte er sich um und begann wacklig durch Wasser und Schlick wieder nach oben zu klimmen. »Kommt!« heulte er über die Schulter.

»Wer ist das?« erkundigte sich Linden kaum vernehmlich.

Covenant schenkte der Frage so gut wie keine Beachtung. »Weiß ich nicht.«

Linden musterte ihn. »Vertrauen Sie ihm?«

»Bleibt denn eine Wahl?« Bevor sie etwas entgegnen konnte, stieß er sich vom Stein ab, bot alle Kräfte auf und zwang sich dazu, dem Alten zu folgen. Covenants Mund war voller Regen und dem bitteren Geschmack der Schwäche. Die Belastungen der vergangenen Wochen hatten seine Kondition beeinträchtigt wie vorzeitiger Verfall. Aber der Fackelschein half ihm dabei, an der Felswand und den Felsbrocken mit den Händen Halt zu finden. Mit Lindens Unterstützung schaffte er es, sich durch das schwere Herabrauschen des Regens nach oben zu schleppen. Langsam kamen sie voran.

Eine Strecke weiter oben betrat der Alte einen Einschnitt im Gelände, der vom Hohlweg nach rechts abzweigte. Eine grob in die Seite der Kluft gehauene Treppe führte hinunter auf ihre Sohle. Endlich gegen die Ströme von Regen abgeschirmt, brachte Covenant genug Mut auf, um sich zu fragen: *Traue ich ihm?* Die Fackel jedoch galt ihm als eine gewisse Sicherheit. Außer den Meistern des Holzwissens kannte er niemanden im Land, der fähig gewesen wäre, in solchem Wetter das Feuer einer Fackel zu behaupten. Es sei denn, die Lords. Covenant war jedem zu vertrauen bereit, der seinen Dienst an Holz oder Stein mit so nachdrücklicher Kraft verrichtete.

Umsichtig folgte er dem Greis durch den Grund des Einschnitts, der sich immer mehr verengte, bis er die Beschaffenheit einer tiefen, kahlen Furche im Gestein des Berges besaß. Dann wechselte die Geländerinne abrupt die Richtung und mündete in ein kleines, schmales Tal. Die Gipfel, die sich ringsum emportürmten, schützten das Tal vor dem Wind; aber vorm Regen gab es keinen Schutz. Er prasselte Covenant auf den Kopf und die Schultern wie mit Keulenhieben. Während der Alte das Tal durchquerte, konnte Covenant hinter ihm das Licht der Fackel kaum noch erkennen.

Gemeinsam mit Linden watete Covenant durch einen angeschwollenen Bach; und wenige Augenblicke später erreichten sie ein flaches, steinernes Haus, an einen Berghang gebaut. Der Eingang wies keine Tür auf; Feuerschein fiel ihnen aus dem Innern der Behausung entgegen, als sie sich näherten. Mit erhöhter Eile hasteten sie, zerzaust und triefnaß, in die einzige Räumlichkeit des Bauwerks. Der Alte blieb mitten im Raum stehen und umklammerte noch immer die Fackel, obwohl hinter ihm in einem Kamin ein helles Feuer brannte. Er stierte Covenant in banger Erwartung an, sichtlich bereit zum Ducken, ganz wie ein Kind, das mit Bestrafung rechnet.

Covenant verharrte. Sein wie zermarterter Leib lechzte nach der Nähe des Feuers; doch er verweilte auf der Stelle, um sich in der Räumlichkeit umzuschauen. Augenblicklich erlitt er eine Aufwallung starker Betroffenheit. Schon jetzt konnte er sehen, daß sich in der Tat im Land etwas verändert hatte. Ganz fundamental verändert. Das Haus war mit einem unvermuteten Gemisch von Holz und Stein möbliert. Steinerne Schüsseln und Töpfe standen in hölzernen, an den Seitenwänden befestigten Regalen; in einer aus Stein gemauerten Ecke umgaben hölzerne Stühle einen Holztisch. Und da war Eisen – in den Regalen befanden sich eiserne Gebrauchsgegenstände, Eisennägel staken in den Stühlen. Früher hatten die Meister von Stein und Holz, die Steinhausener und Holzheimer, sich ausschließlich an ihr jeweiliges eigenes Wissen gehalten – nicht aus dem Wunsch, damit für sich zu sein, sondern weil ihre besonderen Begabungen und Kenntnisse ihre vollständige Hingabe erforderten. Für einen Moment wandte sich Covenant dem Mann zu, ertrug den greisenhaften, halbwilden Blick. Auch Linden beobachtete den Alten, versuchte unsicher, ihn einzuschätzen. Allerdings wußte Covenant, daß sie sich gänzlich andere Fragen stellte als jene, die ihn beschäftigten. Waren die Steinhausener und Holzheimer irgendwie zu einer Gemeinschaft zusammengewachsen, hatten sie ihr Wissen verschmolzen? Oder waren sie …?

Die Welt ist nicht wie einst. Banges Grausen packte Covenants Herz. Schlagartig bemerkte er den Rauch, nach dem es im Haus roch. *Qualm!* Er drängte sich an dem Alten vorüber, stürzte zum Kamin. Auf einem Haufen Asche lag Holz geschichtet und brannte, verbreitete Wärme. Verkohlte Stücke knackten und fielen von den Scheiten, rotes feuriges Gewürm fraß das Fleisch der Bäume. Ab und zu kräuselten sich Rauchschwaden aus dem Kamin ins Haus. Der Regen erzeugte im Abzug ein gedämpftes Zischgeräusch. *Hölle und Verdammnis!* Die Menschen, die er damals im Land kennengelernt hatte, hätten niemals und für keinen Zweck absichtlich Holz verfeuert. Immer hatten sie danach gestrebt, das Leben des Holzes, die Erdkraft, die darin wohnte, für sich zu nutzen, ohne es zu zerstören. Holz, Erde, Stein, Wasser – die Bewohner des Landes hatten jede Manifestation von Leben in hohen Ehren gehalten.

»Ur-Lord«, stöhnte der alte Mann. Covenant drehte sich heftig um. Der Kummer wütete in ihm, als wäre er in Wirklichkeit Zorn. *Was hast du getan?* hätte er jetzt gerne den

Verächter angebrüllt. Doch sowohl Linden wie auch der Alte starrten ihn an. Lindens Blick spiegelte Sorge wider, als befürchte sie, sein Verstand sei nun über die Grenze zur Wirre abgekippt. Und der Alte war ganz befangen im Bann der eigenen Besorgnis. Mit Entschiedenheit meisterte Covenant seine leidenschaftliche Aufgewühltheit. Aber man merkte seinem Tonfall die Mühe seiner Selbstbeherrschung an.

»Was hält die Fackel am Brennen?«

»Ich bin beschämt!« Die Stimme des alten Kerls klang brüchig, als wäre er den Tränen nah. Ihm entging Covenants Frage; das eigene Mißbehagen nahm ihn vollauf in Anspruch. »Das Heiligtum«, schnaufte er, »erbaut durch die entferntesten Ahnen von meines Vaters Vater … in Vorbereitung auf … Nichts haben wir getan! Andere Bauten sind zu Ruinen verfallen, geweihte Räume …« Fieberhaft schüttelte er die Fackel. »Wir haben nichts getan. Nichts während Dutzender von Geschlechterfolgen. Nur diese elende Behausung ist geblieben … deiner unwürdig. Wir haben nicht an die Verheißung geglaubt, die uns vertrauensvoll überliefert worden ist … Geschlechterfolge um Geschlechterfolge von Freischülern, zu memmenhaft, um selbst auf die stolzesten Weissagungen Vertrauen zu setzen. Wie recht wäre es von dir getan, mich zu zerschmettern!«

»Dich zerschmettern?« Covenant war entrüstet. »Nein.« Hier gab es zu vieles, das er nicht verstand. »Was ist los? Warum fürchtest du dich vor mir?«

»Covenant«, sagte Linden plötzlich sehr leise. »Sehen Sie mal. Seine Hand.« Wasser troff von der Gestalt des Alten; Wasser sickerte an ihnen allen dreien hinab. Aber die Tropfen, die vom unteren Ende der Fackel fielen, waren rot.

»Ur-Lord!« Der Mann warf sich auf die Knie. »Ich bin unwert.« Er bibberte vor innerem Aufruhr. »Ich habe mir Kenntnisse aus dem Wissen der Verderbten angeeignet, Kraft wider das Sonnenübel von jenen verschafft, welche die Verheißungen schmähen, die zu hüten ich geschworen habe. Ach, verschone mich! Ich bin zutiefst beschämt.« Er ließ die Fackel fallen, zeigte Covenant die linke Hand. Die Fackel erlosch in derselben Sekunde, als sie seiner Faust entfiel. Sobald sie am Boden aufschlug, löste sie sich in Asche auf. Der Handteller des Alten hatte zwei lange Schnittwunden. Blut quoll daraus hervor, als wolle es sich niemals stillen lassen.

Covenant schrak zurück. In der Ferne rumpelte wütiger Donner. Von der Fackel war nichts außer Asche übrig. Sie war nur dank der Kraft, die der Alte ihr zugeführt hatte, zusammengehalten worden, nur durch sie in einem Stück und entflammt geblieben. Kraft aus seinem Blut? Um Covenants Hirn schien sich auf einmal alles zu drehen. Eine plötzliche Erinnerung an Joan kam ihm – an Joan, wie sie ihm den Handrücken aufkratzte, seine blutigen Finger ableckte. Schwindel beraubte ihn seines Gleichgewichts. Schwerfällig setzte er sich nieder, sackte mit dem Rücken an die nächstbefindliche Wand. Der Regen erzeugte in seinen Ohren einen Hall. Blut? *Blut?*

Linden untersuchte die Hand des alten Knaben. Sie hielt sie in den Feuerschein, spreizte die Finger; ihr Griff um sein Handgelenk verlangsamte den Blutstrom. »Die Verletzungen sind sauber.« Ihre Stimme klang ausdruckslos und unpersönlich. »Man muß einen Verband anlegen, um die Blutung zu stoppen. Aber sie sind nicht infiziert.«

Nicht infiziert, wiederholte Covenant bei sich. Seine Gedanken hinkten wie Krüppel. »Woran sehen Sie das?«

Linden konzentrierte sich auf die Wunden. »Was?«

Mühselig faßte Covenant zu einem vollständigen Satz zusammen, was er meinte. »Woran erkennen Sie, daß die Schnitte nicht infiziert sind?«

»Keine Ahnung.« Seine Frage, so hatte es den Anschein,

verdutzte Linden. »Ich kann's sehen. Ich sehe …« Ihre Verwunderung nahm zu. »… den Schmerz. Aber die Schnitte sind sauber. Wieso …? Können Sie's nicht sehen?«

Covenant schüttelte den Kopf. Lindens Äußerungen bestätigten seinen anfänglichen Eindruck; ihre Sinne stellten sich auf die Verhältnisse im Land ein. Seine dagegen nicht. Warum nicht? Er schloß die Lider. In ihm pochte altes Selbstmitleid. Er hatte vergessen gehabt, wie peinvoll Gefühllosigkeit sein konnte. Einen Moment später bewegte sich Linden umher; Covenant hörte, wie sie in der Räumlichkeit nach irgend etwas suchte. Als sie an die Seite des Alten zurückkehrte, zerriß sie ein Tuch, um die Fetzen als Verband zu verwenden.

Du wirst nicht scheitern … Covenant hatte das Gefühl, bereits als verloren aufgegeben worden zu sein. Diese Vorstellung war wie in sein wundes Herz gestreutes Salz. *Rauch? Blut? Es gibt nur einen Weg, um einen Menschen zu verletzen, der bereits alles verloren hat. Man gibt ihm etwas zerbrochen zurück. Verdammnis!*

Der Alte versuchte, Covenants Aufmerksamkeit auf sich zu ziehen. Er hatte sein nasses graues Haupt auf den steinernen Fußboden gesenkt. Seine Hände tasteten nach Covenants Stiefeln. »Ur-Lord«, stöhnte er. »Ur-Lord …! Endlich bist du gekommen. Das Land ist gerettet.«

Seine Unterwürfigkeit brachte Covenant von seinen Überlegungen ab. Er durfte es sich nicht erlauben, sich von Unwissenheit oder Verlusten unterkriegen zu lassen. Und erst recht konnte er es nicht ertragen, wie ein Heilsbringer behandelt zu werden; mit einem solchen Bild von sich vermochte er nicht zu leben. Er rappelte sich auf, packte dann den Greis an den Armen und zog ihn hoch, bis er wieder auf den Beinen stand. Der Mann verdrehte voller Furcht die Augen, die im Feuerschein schimmerten. Um ihn zu beruhigen, sprach Covenant in gleichmäßigem, sachlichem Tonfall. »Sag mir, wie du heißt.«

»Ich bin Nassic, Sohn des Jous, Prassans Sohn«, gab der Alte mit unsicherer Stimme Auskunft. »Sohn um Sohn stammen wir in ununterbrochener Nachkommenschaft vom Freischüler ab.«

Covenant fuhr zusammen. Die Freischüler, die er gekannt hatte, waren Einsiedler gewesen, aller herkömmlichen Verantwortung ledig, so daß sie nichts anderem nachgingen als ihren ureigensten Visionen. Ein Freischüler hatte ihm einmal das Leben gerettet – und dabei selbst den Tod gefunden. Ein anderer hatte seine Träume gedeutet – und ihm mitgeteilt, er träume die Wahrheit. Covenant rang angestrengt um Fassung. »Welchem Freischüler? Was war seine Berufung?«

»Er sah deine Rückkehr voraus, Ur-Lord. Deshalb suchte er diese Stätte auf – dies Tal unterm Kevinsblick, der seinen Namen in so ferner Vergangenheit erhielt, daß niemand mehr seine Bedeutung kennt.« Für eine Weile sprach Nassic mit einer gewissen Festigkeit der Stimme, als sage er etwas auf, das er vor langem gründlich auswendig gelernt hatte. »Er erbaute das Heiligtum als Ort des Willkommens für dich und als Tempel des Heilens, denn in jenen Jahren war unter den Menschen noch nicht vergessen, daß deine Welt voller Gefahren und Prüfungen ist und nicht einmal ihren Helden Beschwernisse erspart. Er sah in seinem Gesicht das arge Verhängnis des Sonnenübels voraus, wenngleich es ihm so unfaßbar blieb wie ein Alptraum, und er sah, daß der Zweifler, Ur-Lord Übelender, Bewahrer des Lebens, wiederkehren würde, um dagegen zu streiten. Von Sohn zu Sohn überlieferte man sein Gesicht weiter, vertraute auf …« Da befiel ihn von neuem Jammer. »Ach, welche Schmach«, klagte er dumpf. »Heiligtum … Glaube … Heilkunde … Land … alles dahin.« Dann jedoch richtete so etwas wie Empörung ihn wieder auf. »Allein Narren flehen um Gnade. Sie verdienen Strafe. Denn sieh! Der Zweifler ist gekommen. Möge die Sonnengefolgschaft mitsamt all ihren Werken heulen und um Schonung winseln! Möge die Sonne selbst in ihrer Bahn wanken! Es wird nichts nutzen. Weh euch, ihr Verderbten und Mißratenen! Der …«

»Nassic!« Covenant nötigte den Alten, mit seinem Sermon aufzuhören. Linden beobachtete sie mit höchster Wachsamkeit. In ihrem Gesicht standen zahllose Fragen geschrieben; doch Covenant achtete nicht darauf. »Nassic«, fragte er ins bleiche, stiere Angesicht des Alten, »was ist das Sonnenübel?«

»Das Sonnenübel?« Vor lauter Staunen verlor Nassic alle Furcht. »Du fragst …? Wie sollte es sein, daß du nicht …?« Seine Hände zupften am Bart. »Warum sonst bist du gekommen?«

Covenant verstärkte den Griff, in dem er den Alten hielt. »Sag mir, was es ist.«

»Es ist … nun, es ist … ja, es …« Nassics Gestammel verstummte, dann schrie er unvermittelt jämmerlich auf. »Ur-Lord, was ist es nicht? Es ist Sonne und Regen, Blut und Ödnis, Furcht und das Klagen der Bäume.« Erneut wand er sich vor tiefempfundener Erniedrigung. »Es war … das Feuer meiner Fackel. Ur-Lord!« Elend zog sein Gesicht zusammen wie eine Faust. Er wollte von neuem auf die Knie fallen.

»Nassic.« Covenant hielt ihn aufrecht, suchte insgeheim nach irgendeiner Möglichkeit, wie sich der Alte beruhigen ließe. »Wir haben nicht vor, dir irgendwas zu tun. Geht das nicht in deinen Kopf?« Da kam Covenant plötzlich etwas anderes in den Sinn. Er erinnerte sich an Lindens Kopfverletzung, die eigenen Prellungen. »Deine Hand blutet noch immer«, sagte er zu Nassic. »Wir beide sind auch verletzt worden. Und ich …« Fast hätte er eingestanden: *Ich kann nicht sehen, was sie sieht.* Aber das Bekenntnis blieb ihm im Hals stecken. »Ich bin lange nicht im Land gewesen. Hast du Heilerde?«

Heilerde? fragte Lindens Miene.

»Heilerde?« wiederholte Nassic. »Was ist Heilerde?«

Was ist …? Trübsal zerfurchte Covenants Gesichtszüge. *Was …?* Gezeter schäumte in ihm auf, als erschöllen Schreie der Not. *Heilerde! Erdkraft! Leben!* »Heilerde«, raunzte er roh. »Die Lehmerde, die Heilkraft besitzt.« Sein Zugriff schüttelte Nassics gebrechliche Gestalt gehörig durch.

»Vergib mir, Ur-Lord. Zürne mir nicht. Ich …«

»Sie war da! Hier in diesem Tal!« Lena hatte ihn damit geheilt.

Nassic errang für einen Moment so etwas wie Würde. »Ich kenne keine Heilerde. Ich bin ein alter Mann, aber ich habe noch nie von dergleichen reden hören.«

»Verdammnis!« brauste Covenant auf. »Als nächstes wirst du wohl behaupten, du hättest noch nie von der Erdkraft gehört.«

Der Alte schien zusammensacken zu müssen. »Erdkraft?« meinte er kaum vernehmlich. »Erdkraft?«

Covenants Fäuste drückten seinen Kummer und seine Entgeisterung Nassics dürren Armen ein. Linden sprang an seine Seite, suchte seinen Griff zu lösen. »Covenant! Er sagt die Wahrheit.« Covenants Blick fuhr wie eine Peitsche in Lindens Gesicht. Sie preßte angestrengt die Lippen aufeinander, wich jedoch nicht zurück. »Er weiß nicht, wovon Sie sprechen.«

Damit brachte sie ihn zur Ruhe. Er glaubte ihr; sie vermochte die Wahrheit in Nassics Stimme zu hören, so wie sie seinen Schnitten ansah, sie waren nicht infiziert. *Keine Heilerde?* Ihm war, als blute er inwendig. *Vergessen? Verloren?* Bilder der Schändung suchten ihn heim. Erbarmen. Das Land ohne Heilerde. *Ohne Erdkraft?* Die Gewichtigkeit von Nassics Enthüllung war für ihn zuviel. Er sank auf den Fußboden wie ein Invalide.

Linden stand neben ihm. Sie bemühte sich sichtlich um

Erkenntnisse, Entschlüsse; aber er war nicht dazu in der Lage, ihr zu helfen. »Nassic«, sprach sie einen Moment später den Alten an. Ihr Ton war streng. »Hast du etwas zu essen?«

»Essen?« entgegnete er, als habe sie ihn an seine Unzulänglichkeit erinnert. »Ja. Nein. Es ist unwürdiges Zeug.«

»Wir brauchen irgend etwas zu essen.«

Ihre Feststellung blieb ohne Widerspruch. Nassic verneigte sich, ging zur Wand gegenüber und begann den Regalen robuste Schüsseln und Töpfe zu entnehmen. Linden kam zu Covenant, kniete sich vor ihn. »Was ist?« erkundigte sie sich beunruhigt. Offenbar konnte er nicht verhindern, daß die Verzweiflung, die er empfand, sich in seinem Gesicht widerspiegelte. »Was ist denn nicht in Ordnung?«

Covenant mochte darauf nicht antworten. Zu viele Jahre hatte er, bedingt durch seine Leprose, in Isolation zugebracht; Lindens Bemühen, ihn zu verstehen, verstärkte bloß seinen Schmerz. Er konnte es nicht ertragen, sich so zu entblößen. Ebensowenig jedoch vermochte er der Härte von Lindens Mund, ihren sanften Augen zu widerstehen. Ihr Leben stand genauso wie seines auf dem Spiel. »Später«, sagte er unter Aufbietung einiger Willenskraft. Seine Stimme mußte sich durch seine Zähne zwängen. »Ich brauche erst einmal Zeit, um darüber nachzudenken.«

Linden preßte die Kiefer aufeinander; Düsternis verwundete ihre Augen. Covenant schaute beiseite, um sich nicht zum Sprechen gezwungen zu fühlen, bevor er die Selbstbeherrschung vollständig zurückgewonnen hatte.

Kurz darauf brachte Nassic Schüsseln voller Dörrfleisch, Früchten und ungesäuertem Brot, die er äußerst zaghaft anbot, als bezweifle er nicht, daß derlei Speisen es verdienten, vom Ur-Lord zurückgewiesen zu werden. Linden nahm, was Nassic ihr bot, mit gequältem Lächeln entgegen; doch der Alte wagte sich nicht zu rühren, bis Covenant sich aufraffte und zum

Zeichen seiner Billigung nickte. Danach erst nahm der Greis Töpfe, um Regenwasser aufzufangen, damit sie zu trinken bekamen.

Covenant stierte sein Essen an, ohne es zu sehen, ohne davon zu kosten. Er hatte das Gefühl, keinen Grund zu haben, sich die Mühe zu machen und etwas zu essen. Doch er wußte, das war nicht wahr; vielmehr stak er randvoll mit Gründen. Aber die Unmöglichkeit, ihnen allen gerecht werden zu können, ließ seine Entschlossenheit wanken. Hatte er tatsächlich seine Seele dem Verächter verkauft …?

Doch er war Lepraleidender; viele Jahre waren darüber verstrichen, für seine Hilflosigkeit Lösungen zu finden. Lepra war unheilbar. Daher mußten sich Leprotiker einer harten Disziplin unterwerfen, um zu lernen, ihren unmittelbaren Bedürfnissen peinlich genaue Aufmerksamkeit zu schenken. Sie mußten die abstrakte Ungeheuerlichkeit ihrer Bürde ignorieren und ganz in der Gegenwart leben, sich auf jeden einzelnen Moment konzentrieren. An dieser pragmatischen Weisheit hielt er sich fest. Er kannte keine andere Antwort. Desinteressiert schob er sich ein Stück einer Frucht in den Mund und fing zu kauen an. Danach halfen Gewohnheit und Hunger ihm nach. Vielleicht war seine Antwort nicht besonders gut; aber sie gab ihm Halt, und er klammerte sich daran. Mit ihr stand oder fiel er; er wußte nicht, was.

Besorgt und demütig wartete Nassic, während Covenant und Linden aßen. »Ur-Lord«, sagte er jedoch, kaum daß sie beide fertig waren, »ich bin dein Diener.« Sein Ton bezeugte Eifer. »Der gesamte Sinn meines Lebens ist's, dir zu Diensten zu sein, so wie's der Sinn des Lebens meines Vaters Jous und seines Vaters Prassan war, all meiner Ahnen seit den Tagen des Freischülers.« Die Zittrigkeit seiner Stimme war ihm anscheinend gar nicht bewußt. »Du bist nicht zu früh wiedergekehrt. Im Lande vervielfachen sich die Schrecknisse des Sonnenübels. Was gedenkst du zu tun?«

Covenant seufzte. Er fühlte sich noch viel zu unvorbereitet, um sich mit solchen Fragen zu befassen. Doch das Ritual des Essens versah ihn mit einer gewissen inneren Festigung. Und die beiden, Nassic ebenso wie Linden, hatten das Recht auf eine Antwort. »Wir werden nach Schwelgenstein gehen ...«, sagte er bedächtig. Er sprach den Namen nur mit Zögern aus. Würde er Nassic etwas besagen? Wenn es keine Lords mehr gab ... Vielleicht existierte Schwelgenstein nicht mehr. Oder womöglich hatten sich alle Namen geändert. Genug Zeit war vergangen, um alle erdenklichen Veränderungen eingetreten sein zu lassen.

»Ja!« krächzte jedoch Nassic unverzüglich. »Strafgericht über die Sonnengefolgschaft! So ist's wohlbegonnen!«

Sonnengefolgschaft? wunderte sich Covenant. Doch er verkniff sich eine Frage. Statt dessen nannte er, um die Zustände zu überprüfen, einen anderen altvertrauten Namen. »Aber vorher müssen wir nach Steinhausen Mithil ...«

»Nein!« unterbrach ihn der Greis. Seine Heftigkeit verwandelte sich augenblicklich in Zerknirschung und Einspruch. »Dorthin darfst du nicht. Dort sind sie verderbt ... verderbt! Anbeter des Sonnenübels. Sie sagen, sie verabscheuen die Sonnengefolgschaft, doch ist's unwahr. Sie bestellen ihre Felder mit Blut.«

Wieder Blut; das Sonnenübel; Sonnengefolgschaft. Zu vieles, mit dem Covenant sich nicht auskannte. Dennoch konzentrierte er sich auf die Dinge, an deren Klärung ihm lag. Allem Anschein nach waren die Namen, an die er sich entsann, Nassic trotz ihres Alters geläufig. Das bereitete seiner schwachen Hoffnung in bezug auf das Schicksal der Erdkraft ein Ende. Ihn befiel eine neue Anwandlung von Aussichtslosigkeit. Wie sollte er gegen Lord Foul kämpfen, wenn ihm keine Erdkraft zur Verfügung stand? Nein, es war noch schlimmer – gab es ohne Erdkraft überhaupt noch irgend etwas, für das es sich zu kämpfen lohnte?

Aber Nassics kummervoller Blick und Lindens krampfhaft bemühtes Schweigen verlangten Stellungnahmen. Covenant schnitt eine Grimasse und verdrängte seine Stimmung der Ratlosigkeit. Mit Hoffnungslosigkeit, Unmachbarkeit und Bitternis war er auf beinahe intime Weise vertraut; er wußte, wie er ihre Macht über ihn einzuschränken vermochte. Er holte tief Atem. »Es gibt keinen anderen Weg«, sagte er. »Wir können diese Gegend nicht verlassen, ohne Steinhausen Mithil zu durchqueren.«

»Ach, wie wahr!« Der Alte stöhnte auf. »Das ist wahr.« Er wirkte fast verzweifelt. »Doch du darfst nicht ... Sie sind verderbt! Sie gehorchen den Worten der Sonnengefolgschaft – Worten der Abscheulichkeit. Sie höhnen aller alten Verheißungen und sagen, der Zweifler sei nur ein Irrwitz im Denken der Freischüler. Du darfst nicht zu ihnen.«

»Und wie ...?« Covenant runzelte grimmig die Stirn. *Was ist nur aus den Leuten geworden? Ich hatte dort Freunde.*

Auf einmal kam Nassic zu einem Entschluß. »Ich werde hingehen. Zu meinem Sohn. Sein Name ist Sunder. Er ist verderbt, so wie der Rest. Aber er ist mein Sohn. Er besucht mich, wenn ihm danach der Sinn steht, und ich spreche zu ihm, erzähle ihm, was seine Berufung ist. Er ist nicht gänzlich verderbt. Er wird uns helfen, am Steinhausen vorüberzugelangen. Ja.« Ohne Säumen machte er ernst und eilte zum Ausgang.

»Warte!« Covenant sprang auf die Füße. Linden tat das gleiche.

»Ich muß gehen«, rief Nassic eindringlich.

»Warte wenigstens, bis der Regen aufhört.« Covenant versuchte, sich gegen die hektische Erregung durchzusetzen, die sich in Nassics Augen spiegelte. Der Mann erweckte einen zu mitgenommenen Eindruck, als daß man ihm weitere Strapazen hätte zumuten können. »So eilig ist das alles nicht.«

»Der Regen wird erst am Abend aufhören. Ich muß mich sputen!«

»Dann nimm zumindest eine Fackel mit.«

Nassic fuhr zusammen, als habe er sich verbrannt. »Ach, du behäufst mich mit verdienter Schmach, Ur-Lord! Ich kenne den Weg. Ich muß für meine Zweifel Wiedergutmachung erbringen.« Ehe Linden oder Covenant ihn aufhalten konnten, lief er hinaus in den Regen.

Linden wollte ihm folgen; doch Covenant hielt sie zurück. Am Nachthimmel zuckten Blitze. In ihrem Leuchten sah man Nassic wie einen Rasenden zur Mündung des Tals torkeln. Dann krachten Donner und Finsternis herab, und er verschwand, als wäre er ausgetilgt worden. »Lassen Sie ihn gehen«, meinte Covenant und seufzte. »Wenn wir ihm nachlaufen, fallen wir wahrscheinlich bloß irgendwo die Klippe hinunter.« Er gab Linden erst frei als sie nickte. Dann begab er sich müde an den Kamin.

Linden kam zu ihm. Als er seinen Rücken an den Kamin lehnte, trat sie vor ihn. Die Nässe ihres Haars verdüsterte ihr Gesicht, betonte die Falten zwischen ihren Brauen, beiderseits neben ihrem Mund. Er rechnete mit Ärger, Aufbegehren, irgendeinem Ausbruch gegen die Unerträglichkeit ihrer Situation. Aber als sie den Mund öffnete, klang ihre Stimme ausdrucksarm und beherrscht. »Hier ist's anders, als Sie erwartet haben.«

»Ja.« Covenant verwünschte sich selbst, weil er sich nicht aus der bitterlichen Enttäuschung emporzuringen vermochte. »Allerdings. Irgend etwas Schreckliches ist geschehen.«

Linden ließ sich damit nicht abspeisen. »Wie kann das sein? Sie haben gesagt, Sie wären hier das letzte Mal vor zehn Jahren gewesen. Was kann denn innerhalb von zehn Jahren passieren?«

Ihre Fragen erinnerten Covenant daran, daß er ihr gegenüber noch nichts von Lord Fouls Prophezeiung erwähnt hatte. Aber jetzt war dafür nicht der richtige Zeitpunkt; sie hatte noch zu viele Unbegreiflichkeiten zu verkraften. »Zehn Jahre in unserer Welt.« Aus Rücksicht auf sie sagte er nicht: *in der realen Welt.* »Hier läuft die Zeit anders ab. Sie vergeht schneller ... ungefähr so, wie Träume nur wenige Sekunden dauern. Ich bin ...« Es fiel ihm schwer, Lindens Blick standzuhalten; sogar die Kenntnisse, die er ihr voraus hatte, empfand er als Schande. »Ich bin tatsächlich schon dreimal hier gewesen. Jedesmal war ich ein paar Stunden lang bewußtlos, aber hier sind währenddessen Monate vergangen. Zehn Jahre für mich, das heißt also ... Oh, Hölle und Verdammnis!« *Zwanzig Jahrhunderte lang,* hatte der Verächter gesagt. *Fast noch einmal so viele Jahrhunderte.* »Wenn die Proportionen unverändert geblieben sind, ist die Rede von drei- oder viertausend Jahren.«

Linden nahm die Auskunft hin, als sei sie lediglich eine weitere Einzelheit, die allem Rationalen widersprach. »Na, und was kann sich mittlerweile ereignet haben? Was ist so wichtig an dieser Heilerde?«

Am liebsten hätte Covenant sein Gesicht bedeckt, seine Pein verborgen; er fühlte sich der erneuten Aufmerksamkeit von Lindens besonderem Wahrnehmungsvermögen zu sehr ausgeliefert. »Die Heilerde war eine spezielle Art von lehmiger Erde, die heilen konnte ... so gut wie alles heilen.« Zweimal während seiner Aufenthalte im Land hatte sie seine Lepra geheilt. Aber er scheute das gesamte Thema des Heilens. Wenn er Linden erzählte, was die Heilerde in der Vergangenheit an ihm bewirkt hatte, mußte er ihr auch erklären, weshalb sie ihn nicht auf Dauer hatte gesundmachen können. Er würde ihr erläutern müssen, daß das Land eine materiell eigenständige Existenz besaß – es keine feststellbare Verbindung zu ihrer Welt aufwies. Die Heilung der Stichwunde in seiner Brust bedeutete gar nichts. Sobald sie beide das Bewußtsein zurückerlangten, würden sie sich in ihrer Welt in völliger körperlicher Kontinuität wiederfinden. Alles würde genauso wie vorher sein.

Und wenn sie nicht beide bald wieder zu Bewußtsein kamen, würde sie keine Zeit zur Behandlung seiner Wunde erhalten.

Aber weil sie ohnehin solchen Belastungen ausgesetzt war, ersparte er ihr diese Erkenntnis. Nichtsdestotrotz konnte er seine Bitterkeit nicht verhehlen. »Das ist aber nicht das Wesentliche, um das es geht. Sehen Sie da.« Er zeigte in den Kamin. »Qualm. Asche. Die Menschen, die ich hier früher kannte, haben nie Feuer benutzt, das Holz verbrannte. Sie hatten so was nicht nötig. Für sie war alles rings um sie – Holz, Wasser, Stein, Fleisch, jeder Bestandteil der physischen Welt – mit etwas erfüllt, das sie Erdkraft nannten. Der Kraft des Lebens. Sie konnten Feuer entfachen – oder Boote flußaufwärts lenken, Botschaften übermitteln –, indem sie sich der im Holz befindlichen Erdkraft bedienten, nicht des Holzes selbst. Das hat sie zu dem gemacht, was sie waren. Die Erdkraft war der Inbegriff des Landes.« Erinnerungen kamen ihm, Erinnerungsbilder der Lords, der Meister des Stein- und Holzwissens. »Für sie war das Land so lebendig, ein solcher Quell des Lebens, daß sie jederzeit ihr eigenes Leben für es hingaben. Sie taten alles, um ihm zu dienen, statt es auszubeuten. Für sie war es Kraftfülle, Empfindung, Leidenschaft. *Leben.* Ein Feuer wie das hier hätte ihnen Entsetzen eingeflößt.« All die Worte blieben vollkommen ungenügend. Er konnte seine Sehnsucht nach einer Welt, in der man Espen und Granit, Wasser und Erde, der Natur selbst inneres Verständnis entgegenbrachte, sie wegen ihrer Kraft und Schönheit verehrte, nach einer Welt mit einer Seele, die Wertschätzung verdiente, nicht begreiflich machen.

Linden betrachtete ihn, als fasele er wirrköpfig irre Reden daher. Mit insgeheimem Aufknurren verzichtete er darauf, den Versuch einer Erklärung fortzusetzen. »Anscheinend haben sie die Beherrschung der Erdkraft inzwischen verloren«, sagte er. »Sie vergessen. Oder sie ist abgestorben. Jetzt haben sie dieses sogenannte Sonnenübel. Falls ich kapiert habe, was gesagt worden ist – und da bin ich mir noch nicht sicher –, war's das Sonnenübel, was Nassics Fackel im Regen am Brennen gehalten hat. Und er mußte sich zu diesem Zweck die Hand aufschneiden. Und das Holz ist trotzdem verbrannt. Er hat behauptet, das Sonnenübel sei an diesem Regen schuld.« Unwillkürlich schauderte Covenant zusammen; der Feuerschein, der vom Kamin durch den Zugang des Hauses hinaus ins unablässige Herabschütten fiel, verlieh dem Stürmen einen unerträglichen Eindruck von Bösartigkeit.

Lindens Augen forschten in seiner Miene. Die Knochen ihres Gesichts schienen gegen die Haut zu drücken, als ob ihr Schädel selbst gegen so zahlreiche fremdartige Gegebenheiten zu protestieren beabsichtige. »Was mich angeht, ich verstehe überhaupt nichts. Das alles ist völlig ohne Sinn.« Zaghaftigkeit befiel sie; Covenant konnte ihr ansehen, daß Gefahren und Bedrohungen die Grenzen ihrer Wahrnehmung beschlichen. »Es ist absolut unmöglich. Ich kann nicht ...« Sie warf einen gehetzten Blick durch die Räumlichkeit, raufte sich mit beiden Händen das Haar, als wolle sie ihrem Gesicht nahe Hysterie fernhalten. »Ich werde verrückt.«

»Ich weiß.« Er kannte ihre Verzweiflung. Die eigene Durchgedrehtheit nach seinem ersten Verschlagenwerden ins Land hatte ihn dazu getrieben, die schlimmsten Verbrechen seines Lebens zu begehen. Es verlangte ihn danach, Linden zu berühren, ihr irgendwie Schutz zu bieten, doch der Gedanke an die Taubheit seiner Hände hielt ihn davon ab. »Geben Sie nicht auf«, riet er statt dessen mit Nachdruck. »Stellen Sie

Fragen. Versuchen Sie's. Ich werde Ihnen alles sagen, was ich sagen kann.«

Für einen Moment verlangte ihr Blick nach ihm wie die Arme eines verlassenen Kindes. Aber dann verkrampfte sie die Hände zu Fäusten. Ihr Gesicht verzog sich zu einer Grimasse, die wie eine Zusammenstellung von Kompromißlosigkeit wirkte. »Fragen«, sagte sie durch die Zähne. Mit einer herben Anstrengung errang sie Gefaßtheit. »Ja.« Ihr Tonfall klang so vorwurfsvoll, als ob sie Covenant für ihre Schwierigkeiten verantwortlich mache. Er akzeptierte die Verantwortung. Es wäre seine Sache gewesen zu verhindern, daß sie ihm in den Wald folgte; vorausgesetzt, er hätte genug Courage gehabt. »Also schön«, knirschte Linden. »Sie waren schon mehrmals hier. Weshalb sind Sie so wichtig? Was haben Sie damals getan? Was will Foul von Ihnen? Was ist ein Ur-Lord?«

Inwendig seufzte Covenant – ein Ausdruck seiner Erleichterung über Lindens Entschlossenheit zum Überleben. Das war es, was er von ihr wollte. Plötzliche Schwäche trübte ihm die Sicht; doch er kümmerte sich nicht darum. »Ich habe als der wiedergeborene Berek gegolten.« Die Erinnerung daran war ihm keineswegs angenehm; zuviel Schuld war damit verbunden, zuviel Gram und Unheil. Aber er wehrte sich nicht dagegen. »Berek war in alten Zeiten ein Held des Landes – Tausende von Jahren, ehe ich hier aufgekreuzt bin. Den Sagen zufolge hat er die Erdkraft entdeckt und den Stab des Gesetzes gemacht, mit dem sie sich meistern ließ. Alles Wissen bezüglich der Erdkraft stammt von ihm. Er war der Lord-Zeuger, der Gründer des Großrates der Lords. Der Großrat leitete die Verteidigung des Landes gegen Foul.« *Der Großrat,* stöhnte er innerlich, entsann sich an Mhoram, Prothall, Elena. *Hölle und Verdammung!* Seine Stimme zitterte, als er weiterredete. »Als ich ins Land kam, hat man mich als so was wie Bereks Wiederverkörperung begrüßt. Er soll die zwei äußeren Finger seiner rechten Hand im Krieg verloren haben.« Lindens Blick verschärfte sich flüchtig; sie sah jedoch davon ab, Covenant zu unterbrechen. »Deshalb bin ich vom Großrat zum Ur-Lord ernannt worden. Die meisten anderen Titel habe ich erst später erhalten. Nachdem ich Foul geschlagen hatte. Zweifler war der einzige Beiname, den ich mir selber zugelegt habe. Am Anfang war ich hier lange Zeit ganz sicher, nur zu träumen, aber ich wußte nicht, was ich dagegen unternehmen sollte.« Er sprach leiser und mit unverhohlenem Mißmut weiter. »Ich hatte davor Furcht, in die hiesige Angelegenheiten verwickelt zu werden. Das hing damit zusammen, daß ich Leprotiker bin.« Er hoffte, sie werde diese nichtssagende Begründung durchgehen lassen; er legte keinerlei Wert darauf, ihr von seinen Verbrechen zu erzählen. »Aber das war falsch. Solange man einen Begriff davon hat, was ringsherum geschieht, ist's gleichgültig, ob es ›real‹ oder ›unwirklich‹ ist. Man muß für das, was einem etwas bedeutet, trotzdem einstehen. Macht man das nicht, kommt einem die Kontrolle darüber abhanden, wer und was man ist.« Er verstummte, erwiderte ihren aufmerksamen Blick, um ihr die Festigkeit seiner Überzeugung zu zeigen. »Heraus kam dabei, daß mir schließlich sehr viel am Land lag.«

»Wegen der Erdkraft?«

»Ja.« Verlust traf Covenants Herz wie mit Stichen. Ermüdung und Überforderung beraubten ihn aller Gegenwehr. »Das Land war unglaublich schön. Und die Weise, wie seine Bewohner es liebten, ihm dienten … auch das war schön. Leprotiker …« – diese letzte Bemerkung fügte er in ätzendem Ton hinzu – »sind empfänglich für Schönheit.« Auf ihre Art kam ihm auch Linden schön vor.

Sie hatte ihm gelauscht wie eine Ärztin, die eine seltene Krankheit zu diagnostizieren versucht. »Sie haben sich als ›Zweifler‹ und ›Träger des Weißgoldes‹ bezeichnet«, sagte sie, als er schwieg. »Was hat Weißgold mit alldem zu schaffen?«

Unwillentlich schnitt Covenant eine finstere Miene. Um seinen Schmerz zu überspielen, ließ er sich auf den Fußboden nieder, setzte sich rücklings an den Kamin. Diese Frage wühlte ihn tief auf, und er fühlte sich zu ermattet, um den Mut aufzubringen, den es erforderte, sich ihr zu stellen. Aber Lindens Bedürfnis nach Wissen war von gebieterischem Charakter. »Mein Ehering«, sagte er gedämpft. »Nachdem Joan sich von mir hatte scheiden lassen, bin ich nicht dazu imstande gewesen, ihn auszuziehen, nie. Ich war Lepraleidender – ich mußte mit dem Bewußtsein weiterzuleben versuchen, daß ich alles verloren hatte. Ich habe meine einzige verbliebene Verbindung zur Menschheit in dem Umstand gesehen, einmal verheiratet gewesen zu sein. Aber in dieser Welt ist der Ring so was wie ein Talisman. Ein Werkzeug zur Anwendung dessen, was man hier wilde Magie nennt … der ›wilden Magie, die den Frieden stört‹. Ich kann's nicht erklären.« Insgeheim verfluchte er seinen armselig beschränkten Mut.

Linden setzte sich in seiner Nähe auf den Boden, erforschte seine Miene. »Sie glauben, ich würde mit der Wahrheit nicht fertig.«

Covenant duckte sich nahezu unter der scharfen Treffsicherheit ihrer Beobachtung. »Ich weiß es nicht. Aber ich weiß, wie schwer sie zu verkraften ist. Für mich jedenfalls ist sie verdammt nicht leicht zu ertragen.«

Draußen prasselte der Regen mit beständiger Wucht ins Tal herab; Blitz und Donner jagten einander über die Berge dahin. Im Innern der steinernen Hütte jedoch war die Luft warm, angereichert mit Rauch wie mit einem schwach narkotischen Duftstoff. Und Covenant hatte tagelang keine richtige Erholung gefunden. Er schloß die Augen, zum Teil aus Fügung in seinen Erschöpfungszustand, teilweise aber auch, um sich vorübergehend Lindens wachsamer Musterung zu entziehen.

Aber noch gönnte sie ihm keine Ruhe. »Nassic …« Ihre Stimme klang so direkt, als berühre sie ihn körperlich. »Er ist verrückt.«

»Wie kommen Sie darauf?« erkundigte sich Covenant mit erheblicher Aufbietung von Willenskraft.

Linden gab keine Antwort, bis Covenant die Augen aufschlug und sie anschaute. »Ich kann's spüren«, erteilte sie da erst trotzig Auskunft. »Die Störung des geistigen Gleichgewichts in ihm. Sie nicht? Man merkt's in seinem Gesicht, seiner Stimme, in allem. Ich hab's sofort bemerkt. Schon als er uns durch den Hohlweg entgegengekommen ist.«

Grimmig schüttelte Covenant seine Mattigkeit ab. »Und was wollen Sie damit sagen? Daß wir ihm nicht vertrauen können? Nicht glauben?«

»Kann sein.« Nun war es Linden, die seinen Blick nicht zu erwidern vermochte. Sie betrachtete ihre auf den Knien gefalteten Hände. »Ich bin mir nicht sicher. Ich weiß bloß, daß er geisteskrank ist. Er war zu lange allein. Und er glaubt alles, was er daherredet.«

»Da ist er nicht der einzige«, sagte Covenant leise. Bedächtig streckte er sich aus, um es sich bequemer zu machen. Er war bei weitem zu müde, um sich wegen Nassics geistiger Verfassung zu sorgen. Doch er schuldete Linden wenigstens noch eine Antwort. »Nein«, sagte er, bevor er sich völlig seiner Ermattung auslieferte. »Ich kann's nicht.« Während die Müdigkeit ihn schlagartig vollends überwältigte, bemerkte er noch, daß Linden aufstand und neben seiner erschlafften Gestalt hin- und herzuschreiten begann.

Stille weckte Covenant. Der Regen hatte aufgehört. Einen Moment lang regte sich Covenant nicht, genoß das Ende des Unwetters. Der Schlaf hatte ihm gutgetan; er fühlte sich kräftiger, fähiger.

Als er den Kopf hob, sah er Linden unterm Eingang stehen,

dem Tal und der klaren, kühlen Nacht zugewandt. Ihre Schultern waren verkrampft; innere Anspannung kennzeichnete die Haltung, in der sie am Gemäuer lehnte. Sie drehte sich um, als sich Covenant aufrappelte. Während er schlief, mußte sie neue Scheite ins Kaminfeuer geschoben haben. Es war hell im Haus; er konnte ihr Gesicht deutlich erkennen. An ihren Augenwinkeln sah er Fältchen, als habe sie längere Zeit damit zugebracht, verkniffen irgend etwas anzustarren, das ihr Mißbehagen verursachte.

»Der Regen hat aufgehört, als der Abend angebrochen ist.« Mit einer Kopfbewegung verwies sie auf das veränderte Wetter außerhalb des Häuschens. »In dieser Beziehung hat er recht behalten.«

Ihre unverkennbare Besorgnis beunruhigte Convenant. »Worüber haben Sie nachgedacht?« Er bemühte sich, als er die Frage stellte, um einen beiläufigen Tonfall.

Linden zuckte mit den Schultern. »Nichts Neues. ›Finden Sie sich damit ab. Blicken Sie nach vorn. Stellen Sie fest, was sich abspielt.‹« Ihr Blick war nach innen gekehrt, galt irgendwelchen Erinnerungen. »Ich lebe schon seit Jahren so. Das ist der einzige Weg, wie sich herausfinden läßt, wieviel das kostet, dem man zu entkommen versucht.«

Covenant betrachtete sie, forschte nach irgendeinem Anhaltspunkt der Bedeutung dessen, was sie gesagt hatte. »Wissen Sie was?« meinte er bedächtig. »Sie haben mir bis jetzt wenig von Ihnen erzählt.«

Linden versteifte sich, nahm ein Gebaren abweisender Strenge an, als hebe sie zu ihrem Schutz einen Schild. »Nassic ist noch nicht zurück.« Ihr Tonfall überging seine Äußerung vollkommen.

Für einen Moment dachte Covenant über ihre Weigerung nach. Hatte sie soviel vergangenes Weh zu verbergen? Wehrte sie sich gegen ihn oder sich selbst? Aber da drang ihm das

Schwerwiegende ihrer Bemerkung ins Bewußtsein. »Nicht?« Auch ein alter Mann hätte in der inzwischen vergangenen Zeit die Strecke zum Steinhausen und zurück zweimal schaffen müssen.

»Ich habe ihn nicht gesehen.«

»Verdammnis!« Covenants Kehle war plötzlich trocken. »Zur Hölle, was ist denn bloß mit ihm passiert?«

»Woher soll ich das wissen?« Lindens Unmut verriet die Angespanntheit ihrer Nerven. »Haben Sie vergessen, daß ich es bin, die noch nie hier gewesen ist?«

Fast hätte Covenant sie angefahren; aber er beherrschte sich voller Grimm. »So habe ich's nicht gemeint. Vielleicht ist er von der Klippe gestürzt. Oder vielleicht sind die Leute in Steinhausen Mithil noch gefährlichere Typen, als er gedacht hat. Kann sein, er hat gar keinen Sohn.«

Er konnte Linden anmerken, wie sie ihre Gereiztheit unterdrückte, wohl aus dem Wunsch, frei von allem Druck zu sein.

»Was sollen wir jetzt machen?«

»Welche Wahl bleibt uns? Wir müssen eben allein hinunter.« Ernst zwang er sich dazu, Lindens Zweifel an Nassic anzuerkennen. »Für mich ist's schwer, auf einmal zu glauben, daß wir den Menschen dort unten nicht trauen können. Sie waren meine Freunde, als ich's gar nicht verdient hatte, irgendwelche Freunde zu haben.«

Linden schaute ihn an. »Das war vor dreitausend Jahren.«

Ja, bekannte er trostlos. Und außer mit Unheil hatte er ihre Freundschaft mit kaum etwas vergolten. Falls sich überhaupt noch jemand an ihn erinnerte, wäre es gerechtfertigt, hätte man nur das Unheil in Erinnerung behalten.

Mit einer plötzlichen Anwandlung von Übelkeit sah er ein, er würde Linden erzählen müssen, was er dem Steinhausen Mithil, was er Lena, Atiarans Tochter, angetan hatte. Die Ärztin war seit zehn Jahren die einzige Frau, die ihn nicht fürchtete.

Und sie hatte sein Leben zu retten versucht. Welche weitere Sicherheit gegen seine Person könnte er ihr bieten? Doch ihm fehlte der Mut. Ihm gingen die Worte durch den Kopf, die er zu gebrauchen gedachte, aber er vermochte sie nicht auszusprechen. Um Lindens Blick zu fliehen, stapfte er schroff an ihr vorüber und verließ Nassics steinerne Hütte.

Die Nacht glich einem Gewölbe aus Kristall. Alle Wolken waren verschwunden. Die Luft war kalt und stach auf der Haut; in der makellosen Weite glitzerten Sterne wie Splitter zerschellter Freude. Sie spendeten eine gewisse Helligkeit. Covenant konnte unter den düsteren Umrissen der Berggipfel den angeschwollenen Bach die Ausdehnung des Tals durchströmen sehen. Er folgte seinem Verlauf; an diesen Teil des Weges entsann er sich noch deutlich genug. Aber nach einer Weile verlangsamte er seinen Schritt, als er merkte, daß Linden sich ihm nicht angeschlossen hatte.

»Covenant!« Ihr Schrei durchbrach die Stille der Nacht. Von den Hängen hallten Echos wider.

In rücksichtslosem Lauf kehrte Covenant zu ihr zurück. Linden kniete auf einem Trümmerhaufen, der sich neben dem Haus wie ein Hügelgrab erhob – den zerbrochenen Überresten des Heiligtums, das Nassic erwähnt hatte, zerfallen zu Schutt. Sie untersuchte eine dunkle Gestalt, die in seltsamer Verrenkung auf den Trümmern lag. Covenant stürzte hinzu und starrte die Gestalt aus der Nähe an. *Hölle und Verdammnis!* stöhnte er inwendig. *Nassic.* Der Alte schien, wie er da lag, die Trümmerstücke zu umarmen. Aus der Mitte seines Rückens ragte der Griff eines Messers. »Fassen Sie's nicht an«, keuchte Linden. »Es ist noch heiß.« Ihr Mund war voller zerbissenem Entsetzen.

Noch ...? Covenant verdrängte nachgerade gewaltsam seinen Schrecken. »Nehmen Sie seine Beine. Wir tragen ihn ins Haus.« Linden regte sich nicht. Sie wirkte inmitten der Nacht klein und kläglich. »Ich habe Ihnen gesagt«, schnauzte Covenant sie an, um sie zum Handeln zu bewegen, »daß die Sache gefährlich ist! Dachten Sie, ich reiße Witze?! Nehmen Sie die Beine!«

»Er ist tot.« Lindens Stimme ähnelte einer kalten Mitteilung der nächtlichen Dunkelheit. »Wir können nichts mehr für ihn tun.«

Ihr Ton völliger Trostlosigkeit erstickte seine Verärgerung. Einen Augenblick höchster Anspannung lang befürchtete er, sie nun verloren zu haben – ihr Verstand sei zuletzt doch in die Brüche gegangen. Aber da rührte sich Linden. Ihr Haar fiel nach vorn, verbarg ihr Gesicht, als sie sich bückte und die Arme unter Nassics Beine schob. Covenant griff ihn sich unter den Schultern. Gemeinsam trugen sie ihn ins Haus. Schon hatte Totenstarre den Leichnam befallen.

Vorsichtig ließen sie ihn mitten im Haus auf den Fußboden nieder. Covenant schaute sich ihn genauer an. Die Haut des Toten war eiskalt. Rund um das Messer klebte kein Blut in seinem Gewand; es mußte vom Regen fortgespült worden sein. Nassic mußte ziemlich lange tot im Regen gelegen haben. Linden beachtete Covenant nicht. Ihr Blick haftete auf dem schwarzen, eisernen Messer. »Der Stich hat ihn nicht sofort getötet«, sagte sie heiser. »Er hat ihn nicht richtig getroffen. Er ist verblutet.« Die Knochen ihres Gesichts schienen vor innerer Aufgewühltheit zu pochen. »Dahinter steckt Bosheit.«

Die Weise, wie sie das Wort *Bosheit* aussprach, jagte Covenant eisige Furcht über den Rücken. Er verstand, was sie meinte; früher war er selbst dazu imstande gewesen, solche Besonderheiten zu erkennen. Linden sah die Grausamkeit der Faust, die das Messer gehalten, die begierige Bösartigkeit, mit der sie den Stich geführt hatte. Und wenn das Eisen noch heiß war … Mühsam schluckte Covenant. Nassics Mörder mußte jemand mit beträchtlicher und brutaler Kraft gewesen sein.

Covenant suchte nach Erklärungen. »Wer das auch getan hat, er wußte, daß wir da sind. Weshalb hätte er ihn sonst hier draußen zurückgelassen? Er wollte, daß wir den Toten finden … wenn er selbst fort ist.« Covenant schloß die Augen, um dem Wirbeln seiner Gedanken eine gewisse Klarheit aufzuzwingen. »Nassic ist wegen uns umgebracht worden. Um zu verhindern, daß er im Steinhausen von uns erzählt. Oder daß er uns irgendwas verrät. Alle Teufel, dieser Fall stinkt nach Foul.«

Linden hörte nicht zu; sie befand sich ganz im Griff ihrer eigenen Reaktion. »Kein Mensch macht so etwas.« Ihre Stimme klang verwaist, verwüstet von Furcht.

Covenant hörte die Befremdung in ihrem inneren Aufbäumen; aber er konnte nicht an sich halten. Sein alter Zorn über die Opfer der Verächtlichkeit riß ihn mit. »Nur eine ganz besondere Art von Mörder kann ein heißes Messer hinterlassen«, knurrte er. »Foul hat viele Helfer dieser Sorte. Er ist ohne weiteres dazu fähig, Nassics Tod zu befehlen, um zu verhindern, daß wir zuviel Informationen erhalten. Oder um uns irgendwie zu manipulieren.«

»Niemand tötet so. Zum Vergnügen.« Tiefe Erschütterung machte Lindens Ton ausdruckslos, ihr Gesicht dumpf. »So etwas tun Menschen nicht.«

»Natürlich nicht.« Endlich bemerkte Covenant ihre Mitgenommenheit; aber die Zerbrechlichkeit von Nassics toten Gliedmaßen erbitterte ihn bis ins Mark seiner Knochen, und seine Entgegnung fiel dennoch heftig aus. »Wahrscheinlich hat er beschlossen, im Regen ein Nickerchen einzulegen, und das Messer ist zufällig vom Himmel auf ihn gefallen.«

Doch Linden blieb für seinen Sarkasmus taub; sie war zu gründlich schockiert, um davon überhaupt Kenntnis zu nehmen. »Menschen töten aus Hunger. Aus Furcht.« Sie rang darum, sich wider das nicht wegzuleugnende Eisenmesser in ihrer Auffassung zu bestätigen. »Aufgrund irgendwelcher Bedrängnis. Weil irgendwer, irgend etwas sie zwingt.« Ihr Ton verschärfte sich, als wolle sie zu schreien anfangen. »Aber niemand hat daran Vergnügen.«

»Doch.« Der Anblick von Lindens Zermürbung trieb Covenant an ihre Seite. Er versuchte, sich ihrer immer stärkeren Haltung des Verneinens entgegenzustellen. »Alle finden daran Vergnügen. Jeder hat Freude an der Macht. Aber die meisten Menschen können sich beherrschen. Weil sie diese Dinge gleichzeitig hassen. Dieser Mord hier unterscheidet sich nicht von anderen Morden. Bloß ist seine Genüßlichkeit weniger verhohlen.«

Eine Anwandlung von Abscheu verzerrte Lindens Gesicht; seine Äußerungen, so hatte es den Anschein, fügten ihr Pein zu. Erneut befürchtete Covenant für einen Moment, ihr Geist werde zerbrechen. Doch dann hob sie ihren Blick langsam in sein Gesicht. Die Anstrengung, die es sie kostete, sich zusammenzunehmen, machte ihre Augen so düster, als seien sie blutunterlaufen. »Ich will …« Ihre Stimme bebte; roh nötigte sie sie zur Gleichmäßigkeit. »Ich will den Schweinehund kennenlernen, der das getan hat. Um mich selber davon zu überzeugen.«

Covenant nickte, knirschte in eigener schwarzer Wut vor sich hin. »Ich glaube, dazu werden Sie die Gelegenheit kriegen.« Auch ihm lag daran, Nassics Mörder kennenzulernen. »Es hat keinen Zweck, daß wir nur versuchen, Foul zu durchschauen. Er weiß mehr als wir. Und hier können wir nicht bleiben. Aber jetzt haben wir unseren einzigen Kontakt verloren – die einzige Möglichkeit zu erfahren, was eigentlich los ist. Also müssen wir nun allein nach Steinhausen Mithil. Da der Mörder uns hier nicht angegriffen hat« – diese Äußerung fügte er grimmig hinzu – »wartet er wahrscheinlich im Dorf auf uns.«

Für ein ausgedehntes Weilchen blieb Linden vollständig reglos, sammelte anscheinend all ihre Kräfte. »Dann wollen wir gehen«, sagte sie zu guter Letzt mit gepreßter Stimme.

Covenant zögerte nicht. Nassic war nicht einmal die Würde eines anständigen, raschen Todes zugestanden worden. Covenant stapfte, Linden an seiner Seite, hinaus in die Nacht.

Doch trotz der Empörung in seinem Innern gestattete sich Covenant keine überstürzte Hast. Die Sterne verstrahlten nicht gerade ein Übermaß an Licht; und die Talsohle war vom Regen schlickig und schlüpfrig. Der Weg zum Steinhausen Mithil war riskant. Covenant hatte nicht die Absicht, durch reine Unachtsamkeit zu Schaden zu kommen.

Er hielt sich unbeirrt talwärts; und am Ende des Tals folgte er dem Lauf des Bachs in einen gewundenen, mit nahezu senkrechten Wänden versehenen Einschnitt des Geländes, dann wandte er sich in eine Felsspalte, die im rechten Winkel vom Bach fort und abwärts führte. Die Felsspalte war eng und schwer begehbar, in der lediglich vom Sternenschein durchdrungenen Finsternis eine unerfreuliche Strecke; nach kurzer Zeit jedoch gelangten sie auf ebenen Untergrund, etwas später allerdings wieder auf ein Gefälle. Nicht lange, und sie betraten einen weitläufigen, steilen Abhang – die Ostseite des Mithiltals. Drunten in der Ferne ließ sich schwach erkennen, daß das Tal sich keilförmig nach Norden ausdehnte und dort an eine Ebene grenzte. Das besonders tiefe Schwarz längs der Mitte des Tals mußte der Fluß sein. Neben dem Fluß, etwas weiter rechts, sah man eine Ansammlung winziger Lichtlein.

»Steinhausen Mithil«, sagte Covenant leise. Dann aber zwang ihn ein Schwindelanfall, zur linken Seite zu gehen und einen kaum sichtbaren Pfad zu nehmen. Er vermochte seine Erinnerung an den Zeitpunkt, als er diesen Pfad zusammen mit Lena beschritten hatte, nicht zu verscheuchen. Solange er Linden das, woran er sich erinnerte, was er getan hatte, nicht offenbarte, konnte sie nicht wissen, wer er war, würde sie dazu außerstande bleiben zu entscheiden, in welcher Beziehung sie zu ihm zu stehen wünschte. Oder zum Land. Sie mußte sein Verhältnis zum Land begreifen. Er brauchte ihre Unterstützung, ihre Fähigkeiten, ihre Kraft. Weshalb sollte sie sonst auserwählt worden sein?

Kalte, durchdringende Feuchtigkeit machte die Luft dunstig; doch die Mühe des Laufens hielt Covenant warm. Und der Pfad erwies sich, indem er sich der Tiefe des Tals näherte, als zusehends weniger heikel. Als sich der Mond über die Gipfel der Berge erhob, verzichtete Covenant auf seine so umständliche Vorsicht. Statt dessen trachtete er danach, genug Mut zu sammeln, um Linden sagen zu können, was er ihr sagen mußte.

Nach einiger Zeit bog der Pfad von den Hängen ab und verlief durch eine Kurve, um an den Fluß zu stoßen und neben ihm weiter in die Richtung der Ebenen zu führen. Dann und wann sah Covenant heimlich Linden an, fragte sich, woher sie diese Zähigkeit und Klugheit oder verzweifelte Tollkühnheit erworben haben mochte, die sie dazu befähigte oder trieb, ihn mit solcher Entschiedenheit zu begleiten. Er begehrte dringlich das Vermögen, ihr die Wahrheit sagen zu können, zu klären, ob ihre Ernsthaftigkeit einer Überzeugung oder bloß reiner Furcht entstammte. Sie glaubte nicht an das Böse. Er besaß keine Wahl; er mußte es ihr sagen.

Während er sich mit innerlichem Schelten dazu zwang, faßte er nach Lindens Arm, veranlaßte sie zum Stehenbleiben. Sie sah ihn an. »Linden …« Im Mondschein wirkte sie wie aus Alabaster – bleich und unantastbar. Covenants Mund zuckte. »Es gibt etwas, das ich Ihnen sagen muß.« Er hatte das Gefühl, sein Gesicht bestünde aus altem Granit. »Ehe wir weiterlaufen.« Schmerz ließ seine Stimme zu einem Flüstern herabsinken. »Als ich zum erstenmal hier war, bin ich einem Mädchen begegnet. Lena. Sie war kaum mehr als ein Kind … aber freundschaftlich zu mir eingestellt. Sie hat dafür gesorgt, daß ich droben auf dem Kevinsblick, als ich vor lauter Grausen so aus dem Häuschen war, daß ich dadurch hätte umkommen können, am Leben blieb.« Seine langjährige Einsamkeit wehrte sich gegen seine Selbstanschuldigung. »Ich habe sie vergewaltigt.«

Linden starrte ihm ins Gesicht. Lautlos bewegten sich ihre Lippen: *Vergewaltigt …?* Covenant konnte sehen, wie er sich in ihren Augen in ein Scheusal verwandelte.

Er merkte nichts von dem Schatten über ihren Köpfen, nichts warnte ihn vor der Gefahr, ehe das Netz über sie beide fiel, sich augenblicklich um sie zusammenzog. Aus der Dunkelheit ringsherum sprangen Gestalten. Einer der Angreifer schlug ihnen etwas in die Gesichter, das platzte und stank wie faule Melone. Dann blieb Covenant der Atem weg. Er sackte nieder, Linden in seinen Armen, als wären sie Liebende.

6
Der Steinmeister

Covenant erwachte mit Schrecken, mit Matsch im Gesicht, der ihn zu ersticken drohte, und er bemühte sich, die Arme zu bewegen und den Dreck abzuwischen. Aber ihm waren die Hände auf den Rücken gefesselt. Für einen Moment röchelte er hilflos, bis er feststellte, daß er atmen konnte. Die trockene, kühle Luft fuhr ihm harsch in die Lungen. Aber er genoß sie. Nach und nach verdrängte sie seine Übelkeit.

»Sie sind gesund und unversehrt«, hörte er irgendwo in der Nähe Linden sagen. »Man muß uns mit irgendeiner Art von Betäubungsmittel überwältigt haben. Es ist wie Äther … es wird einem davon schlecht. Aber das geht vorbei. Ich glaube, wir haben keinen Schaden genommen.«

Covenant verschnaufte für ein kurzes Weilchen auf dem kalten Stein, auf dem er bäuchlings lag, dann wälzte er sich herum und kämpfte sich in eine Sitzhaltung empor. Die Fesseln erschwerten all seine Bewegungen; eine Woge von Benommenheit suchte ihn heim. »Freunde«, nuschelte er. Doch die Luft klärte ihm den Kopf rasch. »Nassic hatte völlig recht.«

»Nassic hatte recht«, wiederholte Linden, als ob Worte sie nicht im mindesten interessierten.

Sie befanden sich in einem Raum, der sich durch die Enge einer Zelle auszeichnete. Ein schwerer Vorhang verhüllte den Zugang; doch auf der anderen Seite drang durch ein vergittertes Fenster das fahle Grau der Morgendämmerung herein, des späten Dämmerns eines durch die Berge verzögerten Sonnenaufgangs. Die Gitterstäbe des Fensters waren aus Eisen. Linden saß Covenant gegenüber, die Arme auf dem Rücken; auch ihre Hände waren gefesselt. Immerhin war es ihr trotzdem gelungen, sich das Gesicht weitgehend von dem Matsch zu säubern. Klumpen davon klebten auf den Schultern ihres Hemdes. Covenants Gesicht trug die getrocknete Maische wie die Gefühllosigkeit der Lepra. Er setzte sich so zurecht, daß es ihm möglich war, sich an die Wand zu lehnen. Die Fesseln schnitten in seine Handgelenke. Er schloß die Augen. *Eine Falle,* stellte er bei sich fest. *Nassics Ermordung war eine Falle.* Der Alte war umgebracht worden, damit er, Covenant, und Linden den Wachen Steinhausen Mithils in die Arme liefen, man sie gefangennahm. *Was hat Foul vor?* fragte Covenant in die Dunkelheit unter seinen Lidern. *Uns zum Kampf gegen diese Leute anzustiften?*

»Warum haben Sie das getan?« fragte auf einmal Linden. Ihre Stimme klang gleichmäßig, als hätte sie ihr bereits alle Emotionen ausgetrieben. »Warum haben Sie mir von dem Mädchen erzählt?«

Ruckartig öffnete Covenant die Augen, um Linden anzusehen. Im trüben Zwielicht war es jedoch unmöglich, ihre Miene zu erkennen. *Lassen Sie's gut sein,* hätte er am liebsten gesagt. *Wir haben jetzt andere Sorgen.* Doch sie hatte ein absolutes Recht darauf, über ihn die Wahrheit zu wissen. »Weil ich mit Ihnen ehrlich sein wollte.« Ihm krampften sich bei der Erinnerung die Eingeweide zusammen. »All das, was ich hier während meiner früheren Aufenthalte getan habe, hat Einfluß auf das, was jetzt geschehen wird. Foul vergißt nicht. Und ich habe befürchtet ...« Seine Stimme versagte ihm den Dienst, als wäre ihr der Preis seiner Offenheit zu hoch. »... Sie könnten mir womöglich Vertrauen schenken, ohne zu ahnen, wem Sie trauen. Ich wollte Sie nicht betrügen ... indem ich dulde, daß Sie mich anders sehen, als ich bin.« Linden antwortete nicht. Ihre Augen waren Schatten, die ihm nichts verrieten. Auf einmal begann seine unverminderte Bitterkeit Worte aus ihm hervorzuquetschen, als wären sie versehentlich geschluckte Haken. »Nachdem meine Leprose diagnostiziert worden war und Joan mich verlassen hatte, war ich jahrelang impotent. Dann gelangte ich ins Land. Es geschah etwas, das ich nicht begreifen konnte. Das Land heilte bei mir Teile, die schon so lange wie tot gewesen waren, daß ich sie vergessen hatte. Und Lena …« Der Gedanke an sie brannte wie Säure. »Sie war so schön, daß ich davon noch heute Alpträume bekomme. Die erste Nacht im Land … Es war zuviel für mich. Leprotiker sind eigentlich nicht potent.« Er gab Linden keine Gelegenheit zu einer Äußerung; er sprach weiter, als erlebe er seine einstige Selbstverurteilung noch einmal. »Alle Beteiligten haben darunter leiden müssen. Ich konnte den Konsequenzen nicht entgehen. Ihre Mutter ging schließlich in so etwas wie einen Freitod. Das Leben ihres Vaters verlief unglücklich. Der Mann, der sie heiraten wollte, verlor alles. Sie selbst kam um den Verstand. Aber damit war ich noch lange nicht fertig. Später habe ich ihren Tod verschuldet, und ebenso den Tod ihrer Tochter Elena … *meiner* Tochter. Weil ich immerzu versucht habe, mich vor den Konsequenzen zu drücken. Alle weigerten sich, mich zu bestrafen. Ich war halt der wiedergeborene Berek. Man wollte, daß ich das Land rette. Lena …« *O Lena!* »Sie fand den Tod, indem sie mir das Leben rettete.«

Linden hatte reglos zugehört. Sie wirkte vor der Wand wie eine Statue aus Stein, ungerührt und ohne Vergebung, als könnten bloße Schuldbekenntnisse sie nicht beeindrucken. Doch sie preßte ihre Knie fest und wie zur Abwehr an ihren Brustkorb.

»Sie hätten's mir nicht erzählen sollen«, sagte sie schwerfällig, als Covenant schwieg.

»Ich mußte.« Was könnte er sonst sagen? »Ich bin so und nicht anders.«

»Nein.« Sie widersprach, als sei zwischen ihnen ein Vorwurf von Schlechtigkeit zur Diskussion gekommen. »So sind Sie nicht. Sie haben's nicht vorsätzlich getan, nicht wahr? Und Sie haben das Land gerettet, oder?«

Covenant schaute sie aus offener Miene an. »Ja. Zum Schluß.«

»Dann ist es damit vorbei. Ausgestanden.« Lindens Kopf sank auf ihre Knie. Sie drückte den Kopf auf die Kniescheiben, als beabsichtige sie, das Gepoche ihrer Gedanken zu mäßigen. »Lassen Sie mich in Ruhe.«

Covenant betrachtete die Oberseite ihres Kopfes, die Weise, wie ihr das Haar über die Schenkel fiel, und bemühte sich, sie zu begreifen. Er hatte erwartet, sie werde ihm wegen der Dinge, die er getan hatte, Vorwürfe machen, und nicht dafür, sie eingestanden zu haben. Weshalb war sie in dieser Hinsicht so empfindlich? Er wußte zu wenig über sie. Aber wie sollte er sie nach etwas fragen, von dem sie offenbar glaubte, andere Menschen dürften davon nichts wissen? »Ich verstehe Sie nicht.« Aus Verunsicherung klang seine Stimme barsch. »Wenn Sie so darüber denken ... Warum sind Sie dann wiederholt zu mir gekommen? Sie haben sich einer Menge Unannehmlichkeiten unterzogen, um herauszufinden, was ich zu verheimlichen hatte.«

Linden hielt ihr Gesicht verborgen. »Ich habe gesagt, Sie sollen mich in Ruhe lassen.«

»Das geht nicht.« Eine Regung von Ärger machte sich in Covenant bemerkbar. »Sie wären nicht hier, hätten Sie sich nicht dazu hinreißen lassen, mir zu folgen. Ich muß wissen, warum Sie das getan haben. Damit ich entscheiden kann, ob ich Ihnen vertrauen darf.«

Lindens Kopf fuhr hoch. »Ich bin Ärztin.«

»Das genügt nicht«, entgegnete Covenant mit Härte.

Das Morgenlicht, das durchs Fenster hereinfiel, nahm allmählich an Helligkeit zu. Covenant konnte nun gewisse Einzelheiten in Lindens Miene erkennen; ihr Mund war zusammengepreßt und drückte Strenge aus, ihre Augen glichen unter der Stirn düsteren Vertiefungen. Sie musterte ihn, als bedränge er ihre ureigenste persönliche Sphäre. »Ich bin Ihnen gefolgt«, sagte sie nach längerem Schweigen mit leiser Stimme, »weil ich dachte, Sie wären stark. Jedesmal wenn ich Sie gesehen habe, machten Sie auf mich den Eindruck jemandes, der an sich der Länge nach am Boden liegen müßte, aber unfaßbarerweise noch immer auf den Beinen steht. Sie hatten verzweifelt Hilfe nötig. Aber Sie standen da, als könne nicht einmal totale Erschöpfung Sie umwerfen.« In ihrer Stimme schwang Verbitterung mit. »Ich dachte, Sie seien *stark*. Und nun stellt sich heraus, daß Sie nur vor Ihren Schuldgefühlen davonlaufen, genau wie jeder andere. Sie versuchen, sich in den Zustand der Unschuld zurückzuversetzen, indem Sie sich für Joan opfern. Was hätte ich denn tun sollen?« Zorn floß ihrem Tonfall ein. »Sie Selbstmord begehen lassen?« Sie redete weiter, bevor er antworten konnte. »Sie machen sich die Schuldgefühle auf gleiche Weise zunutze wie die Lepra. Sie wollen, daß die Menschen Sie abweisen, von Ihnen Abstand halten – aus Ihnen ein Opfer machen.« Langsam wich ihre Eindringlichkeit einem mürrischen Geraune. »Von dergleichen habe ich schon mehr erlebt, als ich ertragen kann. Wenn Sie glauben, daß ich eine ernste Gefahr für Sie bin, lassen Sie mich doch wenigstens in Ruhe.« Sie verbarg wieder ihr Gesicht auf den Knien.

Stumm starrte Covenant sie an. Ihre Einschätzung seiner Person kränkte ihn, als habe man ihm Lügenhaftigkeit nachgesagt. War es *das*, was er tat – lieferte er ihr einen moralischen Grund für gegen ihn gerichteten Abscheu, weil sie sich vom körperlichen Sachverhalt seiner Leprose nicht abschrecken ließ? Fürchtete er sich so sehr vor Hilfe und Vertrauen anderer Menschen? Vor fremder Sorge um ihn? Während er noch inwendig dies ganz neue Bild von sich selbst anglotzte, stand er mühsam auf, schleppte sich zum Fenster, als habe er das

Bedürfnis, seine Augen zu behüten, indem er ihren Blick etwas anderem zuwandte. Doch was er sah, unterstrich lediglich seine Erinnerungen. Es bestätigte, daß er und Linden sich im Steinhausen Mithil befanden. Gleich gegenüber erblickte er die Außenwand und das Dach eines anderen steinernen Gebäudes; zu dessen beiden Seiten sah er die Ecken weiterer Steinhäuser. Ihre Mauern waren uralt, durch den Lauf der Jahrhunderte verwittert und in Mitleidenschaft gezogen. Sie waren ohne Mörtel errichtet worden, bestanden aus großen Gesteinsplatten und Felsklötzen, die durchs eigene Gewicht zusammengehalten wurden, und wiesen ausnahmslos flache Dächer auf. Und jenseits der Dächer erspähte Covenant die Berge. Der Himmel über ihnen besaß eine bräunliche Färbung, als wäre er voller Staub. Covenant war hier schon gewesen und vermochte die Wahrheit nicht zu leugnen: Er fürchtete sich tatsächlich. Zu viele Menschen, die sich um ihn gekümmert hatten, waren für den ihm geleisteten Beistand schrecklich gestraft worden.

In seinem Rücken schien Lindens Schweigen zu pochen wie ein schmerzhafter blauer Fleck; aber Covenant blieb still, beobachtete stumm, wie Sonnenschein ins Tal herabströmte. »Ich frage mich«, meinte er schließlich, als ihm die Spannung unerträglich geworden war, »was sie mit uns anstellen werden.«

Wie zur Antwort erhellte die Räumlichkeit sich plötzlich, als jemand am Eingang den Vorhang zur Seite schob. Covenant drehte sich um und sah unter der Tür einen Mann stehen. Der Steinhausener war etwa so groß wie Linden, jedoch breiter und muskulöser als Covenant. Die Farbe, die sein steifes ledernes Wams und die Beinkleider hatten, betonte seine dunkle Haut und das schwarze Haar. An den Füßen trug er nichts. In der rechten Hand hielt er, wie um seiner Autorität Nachdruck zu verleihen, einen langen, hölzernen Stab. Er wirkte, als sei er ungefähr dreißig Jahre alt. Seine Gesichtszüge machten einen noch jugendlichen Eindruck; dem widersprachen jedoch zwei tiefe Falten eines erstarrten Stirnrunzelns über seinem Nasenrücken und die Stumpfheit seiner Augen, deren Licht durch zuviel angestauten, zwecklosen Kummer getrübt worden zu sein schien. Die Muskeln an den Ecken seines Kinns sahen irgendwie geschwollen aus, als knirsche er bereits seit Jahren unablässig mit den Zähnen. Der linke Arm hing ihm an der Seite. Vom Knöchel des Handgelenks bis zum Ellbogen war er von feinen weißen Narben zerkerbt. Der Mann sprach kein Wort; er stand da und schaute Covenant und Linden an, als erwarte er, daß sie wüßten, weshalb er sie aufsuchte.

Linden raffte sich hoch. Covenant trat zwei Schritte vor, so daß sie beide Schulter an Schulter vor dem Steinhausener standen. Der Mann zögerte und musterte Covenants Gesicht. Dann kam er herein. Er hob die Linke zu Covenants verunstalteter Wange. Covenant zuckte schwach zusammen, dann hielt er still, während der Steinhausener ihm vorsichtig den getrockneten Matsch vom Gesicht schälte. Covenant empfand für diese Maßnahme eine Regung von Dankbarkeit; er hatte das Gefühl, sie gäbe ihm mehr Würde zurück, als er verdiente. Aufmerksam erforschte er das braune, energische Angesicht des Steinhauseners, versuchte zu ergründen, was dahinterstak. Sobald der Mann fertig war, drehte er sich um und verließ die Räumlichkeit, hielt für Covenant und Linden den Vorhang beiseite. Covenant blickte Linden an, um zu sehen, ob sie einer Ermutigung bedürfe. Doch sie mied seinen Blick. Sie strebte bereits zum Ausgang. Covenant atmete tief durch und folgte ihr aus der Behausung.

Draußen gelangten sie gleich an den Rand des weiten, runden, offenen Platzes im Zentrum von Steinhausen Mithil. Sein Aussehen stimmte im großen und ganzen noch mit Covenants Erinnerung überein. Alle Häuser waren mit den

Vorderfronten der Mitte zugewandt; und jene außerhalb des inneren Rings von Gebäuden standen so, daß sie einen möglichst direkten Zugang zur Ortsmitte gestatteten. Nun jedoch konnte Covenant ersehen, daß einige Bauten sich im Zustand starker Baufälligkeit befanden, als verstünden ihre Bewohner, anders als früher, sie nicht mehr zu bewahren. Falls das stimmte ... Covenant schnob vor sich hin. Wie konnten diese Leute ihr Steinwissen vergessen haben?

Über die östliche Bergkette hinweg schien die Sonne Covenant ins Gesicht. Er blinzelte auf indirekte Weise zur Sonnenscheibe hinauf und sah, daß die blaue Aura nun fehlte. Statt dessen trug sie wie einen durchsichtigen Überwurf helles Braun. Das Steinhausen schien verlassen zu sein. An sämtlichen Eingängen waren die Türvorhänge geschlossen. Nichts rührte sich – im Dorf nicht, nicht an den Abhängen, auch nicht in der Luft. Man konnte nicht einmal den Fluß hören. Das Tal lag unterm trockenen Morgen, als sei es mit Lähmung geschlagen worden. Langsam begann akute Furcht Covenants Nerven anzufransen wie ein Scheuern.

Der Mann mit dem Stab stapfte auf den Platz hinaus, winkte unterwegs Covenant und Linden, ihm über den bloßen steinernen Untergrund zu folgen. Als sie der Aufforderung nachkamen, hielt der Mann mürrisch rundum in die Ortschaft Ausschau. Er stützte sich auf seinen Stab, als wären die Sehnen, die seinem Leben Zusammenhalt gaben, längst ermüdet. Einen Moment später jedoch gab er sich einen Ruck. Bedächtig hob er den Stab über seinen Kopf. »Dies ist die Mitte«, sagte er im Tonfall von Entschiedenheit.

Sofort öffneten sich überall die Vorhänge. Zielstrebig traten Männer und Frauen aus ihren Heimen. Allesamt waren sie stämmige, dunkelhäutige Menschen, angetan mit ledernen Kleidungsstücken. Sie bildeten am Rande des Platzes einen Ring und starrten Covenant und Linden an, als zögen sie um das Paar eine Schlinge zusammen. Ihre Mienen waren wachsam und düster, drückten Feindseligkeit aus. Einige Steinhausener hatten stumpfe Wurfspieße dabei, fast nur Stecken; aber andere Waffen sah man nicht. Der Mann mit dem Stab gesellte sich zu den übrigen Bewohnern des Steinhausens. Gemeinsam setzte sich der Kreis aus Steinhausenern, die Beine überkreuzt, auf den Boden. Nur ein Mann blieb stehen. Er stand hinter den anderen Leuten, lehnte an der Außenwand eines Hauses, die Arme achtlos auf der Brust verschränkt. Seine Lippen zeigten ein mörderisches Lächeln, als rechne er binnen kurzem mit Blutvergießen. Unwillkürlich mutmaßte Covenant, dieser Mann sei im Steinhausen Mithil so etwas wie ein Scharfrichter.

Die Dorfbewohner ließen keinen Ton verlauten. Sie betrachteten Covenant und Linden, ohne sich zu regen, nahezu selbst ohne mit den Wimpern zu zucken. Ihr Schweigen erfüllte die Luft gleichsam überlaut, wie ein Schrei aus einer Kehle, die keine Stimme besaß. Die Sonne begann Covenants Kopfhaut Schweiß zu entlocken. »Sage doch jemand was«, murrte er durch die Zähne.

Unvermittelt stieß Linden ihn am Arm an. »Das ist es ja, worauf sie warten. Hier soll eine Verhandlung gegen uns stattfinden. Man will hören, was wir zu sagen haben.«

»Phantastisch.« Covenant akzeptierte Lindens intuitive Erklärung sofort; ihr war eine Sicht zu eigen, deren er ermangelte. »Und wessen klagt man uns an?«

»Vielleicht haben sie Nassic gefunden«, sagte Linden grimmig.

Covenant entfuhr ein Stöhnen. Das ergab einen Sinn. Möglicherweise war Nassic genau aus dem Grund ermordet worden, um das Verbrechen ihm und Linden in die Schuhe zu schieben. Und doch ... Covenant zerrte an seinen Fesseln und wünschte, seine Arme wären frei, um sich den Schweiß vom Gesicht wischen zu können. Und doch war das keine hinlängliche Erklärung dafür, wie es eigentlich dazu hatte kommen können, daß man sie gefangennahm. Das Schweigen war schier nicht zu ertragen. Die Berge und die Häuser umschlossen die Mitte der Ortschaft, als handle es sich um eine Arena. Die Steinhausener saßen unbewegt wie Ikonen des Gerichts da. Covenant musterte ihre Runde, während er aufzubieten versuchte, was er an geringer restlicher Würde noch hatte. Dann begann er zu sprechen. »Mein Name ist Ur-Lord Thomas Covenant, Zweifler und Träger des Weißgoldes. Meine Begleiterin ist Linden Avery.« Mit voller Absicht verlieh er ihr einen Titel. »Die Auserwählte. Sie ist eine Fremde im Land.« Die dunkelhäutigen Steinhausener erwiderten seinen Blick ausdruckslos. Der Mann, der an einem der Häuser lehnte, bleckte die Zähne. »Aber ich bin kein Fremder«, ergänzte Covenant in plötzlichem Zorn. »Ihr feindet mich auf eigene Gefahr an.«

»Covenant«, sagte Linden kaum vernehmlich und in einem Ton, als müsse sie ihn zurechtweisen.

»Ich weiß«, meinte Covenant unterdrückt. »Ich sollte so was nicht sagen.« Er wandte sich von neuem an die Versammelten. »Wir sind von Nassic, Jous' Sohn, willkommen geheißen worden. Er war nicht euer Freund – oder besser, ihr seid nicht seine Freunde gewesen, denn er war bei Gott ein harmloser Mensch.« Nassic hatte im Tode so verlassen ausgesehen … »Aber er hat erwähnt, er hätte hier einen Sohn. Einen Sohn namens Sunder? Ist Sunder hier? Sunder?« Er blickte sich nach allen Seiten um. Niemand reagierte. »Sunder«, raunzte Covenant, »wer du auch bist – weißt du, daß dein Vater ermordet worden ist? Wir haben ihn vor seinem Haus gefunden, ein eisernes Messer im Rücken. Das Messer war noch heiß.« Irgendwer in dem Kreis von Steinhausenern gab ein gedämpftes Aufstöhnen von sich; doch es entging Covenant, wer das tat. Linden schüttelte den Kopf; sie hatte es auch nicht bemerkt. Mittlerweile war der Himmel vom einen bis zum anderen

Horizont hellbraun geworden. Die Hitze der Sonne war von irgendwie staubtrockener Eigentümlichkeit. »Ich glaube, daß der Mörder hier unter euch weilt. Ich glaube, einer von euch ist der Mörder. Oder ist euch das auch scheißegal?« Auch darauf reagierte niemand. Jede einzelne Miene musterte ihn, als wäre er irgendein Unhold. Vollkommenes Schweigen herrschte. »Verdammnis ...« Covenant wandte sich Linden zu. »Ich mache mich bloß zum Narren. Haben Sie 'ne bessere Idee?«

Lindens Blick zeichnete sich durch gequälte Flehentlichkeit aus. »Überhaupt nicht ... Ich war ja vorher noch nie hier.«

»Ich scheinbar auch nicht.« Covenant konnte seinen Ärger nicht zurückhalten. »Nicht in einem derartig miesen Kaff. Früher galten Gastfreundschaft und Höflichkeit hier so viel, daß sich Leute schämten, wenn sie so was nicht zu bieten hatten.« Er entsann sich daran, welches Willkommen Trell und Atiaran, Lenas Eltern, ihm in ihrem Heim bereitet hatten, und biß die Zähne zusammen. Mit einem lautlosen Fluch richtete er sein Wort erneut an die Steinhausener. »Ist's in den anderen Orten auch so?« wollte er wissen. »Ist das gesamte Land krank vor Argwohn? Oder ist dies hier die einzige Ortschaft, wo man selbst den schlichtesten Anstand vergessen hat?« Der Mann mit dem Stab senkte seinen Blick. Sonst regte sich niemand. »Herrgott, wenn ihr uns nicht ausstehen könnt, laßt uns gehen! Wir werden unseres Weges ziehen und uns garantiert kein einziges Mal umschauen. Man wird uns in einem anderen Dorf geben, was wir brauchen.« Der Mann außerhalb des Kreises der Versammelten erlaubte sich ein Grinsen der Gehässigkeit und des Triumphs. »Verdammnis«, murmelte Covenant vor sich hin. Das Schweigen drohte ihn in den Wahnsinn zu treiben. Sein Schädel fing an zu pochen. Das ganze Tal glich einer Wüste. »Ich wollte, Mhoram wäre hier.«

»Wer ist Mhoram?« erkundigte Linden sich matt. Ihr Blick

war auf den Mann im Hintergrund gerichtet. Er zog ihre Aufmerksamkeit an wie eine offene Wunde.

»Einer der Lords von Schwelgenstein.« Covenant fragte sich, was sie wohl an dem Mann sah. »Auch ein Freund. Er hatte ein richtiggehendes Talent dafür, mit komplizierten Situationen fertigzuwerden.«

Linden löste ruckartig ihren Blick von dem Mann, der so hämisch grinste, und starrte Covenant an. Frust und Verdruß machten ihre Stimme herb. »Er ist tot. Ihre Freunde sind alle tot.« Ihre Schultern wölbten sich, als sie sich in ihren Fesseln wand. »Sie sind seit dreitausend Jahren tot. Sie leben in der Vergangenheit. Wie schlimm muß das alles eigentlich noch werden, bis Sie aufhören, die Verhältnisse so zu sehen, wie sie damals waren?«

»Ich versuche zu begreifen, was sich ereignet hat!« Ihr Verweis verursachte ihm ein Schamgefühl. Er war ungerecht; trotzdem hatte er ihn verdient. Was er auch sagte, es verriet lediglich seine Unzulänglichkeit. Er kehrte sich von Linden ab. »Hört mich an!« beschwor er die Steinhausener. »Ich war schon früher hier – vor langer Zeit, während des großen Krieges gegen den Grauen Schlächter. Ich habe gegen ihn gekämpft. Damit das Land geheilt werden konnte. Und Männer und Frauen des Steinhausens Mithil haben mir geholfen. Eure Vorfahren. Das Land ist durch die Tapferkeit von Steinhausenern und Holzheimern, von Lords und Riesen, Bluthütern und Ranyhyn gerettet worden. Aber offensichtlich ist seitdem irgend etwas geschehen. Es ist etwas faul im Lande. Deshalb sind wir hier.« Er entsann sich an die alte Ballade um Kevin Landschmeißer. »›Daß nicht Übelschwämme‹«, fügte er in förmlichem Ton hinzu, »›aufs Schöne abfärben.‹« Mit Stimme und Gesichtsausdruck, mit seiner ganzen Haltung erflehte er irgendeine Reaktion, eine Kenntnisnahme seiner Worte aus dem Kreis der Versammlung, einen Kommentar. Doch die Steinhausener blieben ungerührt von seinem bittstellerischen Ersuchen. Covenants aufgeregte Bewegungen hatten die Fesseln um seine Handgelenke noch fester angezogen und dadurch die Taubheit seiner Hände verstärkt. Die Sonne begann in der Ferne Hitzewallen zu erzeugen. Covenant schwindelte; er fühlte sich überflüssig. »Ich weiß nicht, was ihr wollt«, keuchte er mit schwerer Zunge. »Ich habe keine Ahnung, wessen ihr uns für schuldig haltet. Aber was sie angeht, irrt ihr euch.« Mit dem Kopf wies er auf Linden. »Sie ist noch nie hier gewesen. Sie ist unschuldig.« Ein Schnauben der Geringschätzung unterbrach Covenant. Sofort fiel sein Blick auf den Mann, der hinter dem Kreis der Steinhausener stand. Ihre Blicke trafen sich wie das Aufeinanderprallen zweier Waffen. Der Mann hatte zu grinsen aufgehört; er stierte Covenant denunziatorisch und voller Verachtung an. In den Armbeugen hielt er Gewalt bereit. Doch Covenant schrak nicht vor ihm zurück. Er reckte den Rücken, straffte die Schultern und erwiderte die unverhohlene Drohung im Blick des Mannes. Nach einem Moment äußerster Anspannung schaute der Mann zur Seite. »Nicht wir sind es, die hier vor Gericht stehen«, sagte Covenant leise. »Vielmehr seid ihr's. In euren Händen habt ihr den Untergang des Landes, aber ihr seid dafür blind.«

Ein weiterer Moment völliger Stille schloß sich an; das Dorf, das gesamte Tal schien den Atem anzuhalten. »Müssen wir noch mehr vernehmen?« rief da plötzlich der einzelne Mann im Hintergrund. In seinem Ton vereinten sich Verachtung und Furcht. »Er hat genug Verderbtheit ausgesprochen, um das Schicksal von zweimal zehn Fremdlingen zu besiegeln. Laßt uns nun das Urteil fällen!«

Unverzüglich sprang der Mann mit dem langen Stab auf. »Schweig, Marid!« ordnete er streng an. »Ich bin der Steinmeister von Steinhausen Mithil. Es obliegt mir, die Probe des Schweigens zu beginnen – und ebenso, sie zu beenden.«

»Es ist genug!« erwiderte Marid. »Kann es noch größere Schlechtigkeiten als jene geben, die er bereits ausgesprochen hat?«

Eine übellaunige Regung der Zustimmung ging durch die Runde. Linden schob sich näher zu Covenant. Ihr Blick haftete auf Marid, als erfülle er sie mit einem Grausen, dem sie sich nicht zu entziehen vermochte. Widerwille zuckte in ihren Mundwinkeln. Covenant sah sie an, dann Marid, und versuchte zu ergründen, was sich zwischen den beiden abspielte.

»Nun wohl.« Der Steinmeister trat einen Schritt vor. »Es sei genug.« Er setzte seinen Stab auf den Untergrund aus Stein. »Sprecht zu dem, Steinhausener, was ihr vernommen habt.«

Für einen Moment blieb es ruhig. Dann erhob sich bedächtig ein alter Mann. Er rückte sich das Wams zurecht, um feierliches Gehabe bemüht. »Ich habe die Predigt na-Mhorams vernommen, wie sie uns von den Gefolgsleuten der Sonnengefolgschaft wiedergegeben wird. Sie haben gesagt, daß die Ankunft des Mannes mit der Halbhand und dem weißen Ring uns allen Unglück ohne Ende ankündigt. Sie haben gesagt, es sei besser, diesen Mann im Schlafe zu erschlagen, sein Blut ohne Nutzen zur Erde fließen zu lassen, als ihm nur einen ungehinderten Atemzug zu gestatten, mit dem er Übles aussprechen könnte. Nur der Ring muß bewahrt und den Gefolgsleuten ausgehändigt werden, auf daß man alle Lästerungen vom Lande abzuwenden vermag.«

Lästerungen? Sonnengefolgschaft? Aussichtslos rang Covenant mit dem Tatbestand seiner mangelhaften Kenntnisse. Wer außer Nassics Freischüler-Urahn konnte die Rückkehr des Zweiflers noch vorausgesagt haben?

Der Alte beschloß seinen Redebeitrag, indem er dem Steinmeister zunickte. Ihm gegenüber stand nun eine Frau mittleren Alters auf. »Er hat den Namen des na-Mhoram genannt und ihn einen Freund geheißen«, rief sie und deutete mit dem

Finger auf Covenant. »Sind nicht der na-Mhoram und all seine Sonnengefolgschaft eine Bitternis für Steinhausen Mithil? Berauben nicht seine Gefolgsmänner uns unseres Blutes – und nicht etwa des Blutes der Alten, die dem Tode nahe sind, sondern der Jungen, deren Leben kostbar ist? Mögen diese beiden sterben! Unsere Herde leidet schon lange ohne Futter.«

»Torheit!« entgegnete ihr der Alte. »Wenn das nächste Mal der Gefolgsmann kommt, wirst du nicht so sprechen. Das wird bald sein – unsere Zeit rückt von neuem näher. Im ganzen Lande besitzt nur die Sonnengefolgschaft Macht über das Sonnenübel. Die Bürde ihrer Opferungen ist für uns schwer – doch sollte sie davon Abstand nehmen, das Blut der Dörfer zu vergießen, müßten wir dem Leben gänzlich entsagen.«

»Aber offenbart sich hier nicht ein Widerspruch?« mischte sich der Steinmeister ein. »Er nennt den na-Mhoram einen Freund – und doch spricht die Predigt der Sonnengefolgschaft in höchstem Zorn wider ihn.«

»Um so mehr müssen beide sterben!« schnauzte sofort Marid dazwischen. »Der na-Mhoram ist nicht unser Freund, aber außer Frage steht seine Macht!«

»Richtig!« bestätigten ringsum Stimmen. »Ja.«

»Fürwahr.«

Linden streifte Covenant mit der Schulter. »Der Mann dort hinten«, flüsterte sie. »Marid. Irgend etwas an ihm … Sehen Sie's nicht?«

»Nein«, antwortete Covenant durch die zusammengebissenen Zähne. »Ich habe Ihnen doch gesagt, daß ich dergleichen nicht sehen kann. Was ist denn mit ihm?«

»Ich weiß es nicht.« Lindens Stimme klang furchtsam. »Irgendwie …«

Eine andere Frau richtete sich auf und ergriff das Wort. »Er will, daß wir ihn ziehen lassen, damit er in ein anderes Steinhausen gehen kann. Sind nicht alle anderen Dörfer unsere

Widersacher? Zweimal während der Sonne der Fruchtbarkeit hat Steinhausen Windwais unsere Felder heimgesucht, so daß uns die Bäuche schrumpften und unsere Kinder des Nachts weinten. Laßt die Freunde unserer Feinde sterben!«

»Ja«, murmelte es von neuem unter den Steinhausenern. »So ist's recht!«

»Sie haben Nassic gemordet, Sunders Vater!« schrie plötzlich Marid durch das Raunen der Stimmen. »Sind wir etwa Leute, die einen Mord hinnehmen, ohne ihn zu rächen? Sie müssen sterben!«

»Nein!« Lindens augenblicklich erhobener Einspruch fuhr über die Häupter der Versammelten hinweg wie das Zischen einer Sense. »Wir haben den harmlosen Alten nicht umgebracht!« Covenant drehte sich ihr mit einem Ruck zu. Aber sie beachtete ihn nicht. Marid beanspruchte ihre volle Aufmerksamkeit.

Im Tonfall beißenden Spotts wandte sich Marid an Linden. »Fürchtest du den Tod, Linden Avery die Auserwählte?«

»Was ist das nur?« knirschte Linden zurück. »Was bist du?«

»Was sehen Sie?« fragte Covenant eindringlich. *»Sagen Sie's mir!«*

»Etwas …« Ihre Stimme verriet, daß sie nach Worten suchte. Aber ihr Blick wich nicht von Marid. Über ihrer Stirn war ihr Haaransatz feucht und dunkel von Schweiß geworden. »Es ist wie der Sturm. Voller Bösartigkeit.«

Eingebungen flimmerten wie Flecken, als blende die Sonne seinen Verstand, durch Covenants Bewußtsein. »Heiß.«

»Ja!« Lindens Blick, unverändert auf Marid geheftet, war voller wütender Anklage. »Wie das Messer.«

Covenant fuhr herum, drehte sich Marid zu. Plötzlich erfüllte ihn Ruhe. »Du«, rief er. »Marid. Komm her!«

»Nicht, Marid«, sagte der Steinmeister im Befehlston zu dem Mann.

»Hölle und Verdammnis!« schalt Covenant mit eisiger Stimme. »Meine Hände sind gefesselt. Fürchtet ihr euch davor, die Wahrheit zu erfahren?« Er schaute nicht den Steinmeister an; er setzte Marid allein unter den Druck seines Willens. »Komm her! Ich werde euch zeigen, wer Nassic umgebracht hat.«

»Geben Sie acht!« flüsterte Linden. »Er will Ihnen etwas tun.«

Hohn verzerrte Marids Gesicht. Für einen Moment regte er sich nicht. Doch inzwischen waren die Augen aller Steinhausener auf ihn gerichtet; man beobachtete sein Verhalten. Und Covenant ließ nicht locker. Eine Zuckung von Furcht oder Schadenfreude durchfuhr Marids Miene. Urplötzlich kam er nach vorn, verharrte vor Covenant und dem Steinmeister. »Sprich deine Lügen aus«, spottete Marid. »Sie werden dir im Halse steckenbleiben, noch ehe du stirbst.«

Covenant zögerte nicht im geringsten. »Nassic ist mit einem eisernen Messer in den Rücken gestochen worden«, sagte er mit gedämpfter Stimme. »Es war ein übler Stich … er ist verblutet. Als wir ihn verlassen haben, war das Messer noch heiß.«

Marid schluckte heftig. »Du bist ein Narr. Welcher Mann oder welche Frau in Steinhausen Mithil könnte ein Messer verwenden, in dem noch Feuer glüht? Aus deinem eigenen Munde wird über dich das Urteil gefällt.«

»Steinmeister«, sagte Covenant, »berühre ihn mit deinem Stab!« Ringsherum erhoben sich die Steinhausener auf die Füße.

»Zu welchem Zweck?« fragte der Steinmeister unsicher. »Er besteht nur aus Holz. Er besitzt keine Eigenschaften, dank welcher man Schuld oder Unschuld feststellen könnte.«

Covenant behielt Marid fest im Bann seines Blicks. *»Tu's!«*

Widerwillig befolgte der Steinmeister die Aufforderung. Als sich das untere Ende des Stabes Marid näherte, erschrak der Mann. Da jedoch befiel ein Ausdruck wüster Erregung sein

Gesicht, und er hielt still. Der Stab berührte seine Schulter. Im selben Augenblick brach rotes Feuer aus dem Holz.

Verdutzt wich der Steinmeister zurück. Rundum keuchten Steinhausener auf, klammerten sich aneinander, um sich gegenseitig Mut einzuflößen. Mit wuchtigem Schwung schlug Marid seinen Handrücken an die Seite von Covenants Kopf. Die unnatürliche Kraft, die in dem Hieb stak, schleuderte Covenant rückwärts. Er taumelte nieder und prallte schwer auf den steinernen Boden. Schmerz strömte wie Säure durch seinen mißhandelten Schädel. »Covenant!« schrie Linden in merklicher Furcht.

Covenant hörte den Steinmeister einschreiten. »Marid!« Er hörte, wie sich die Ängstlichkeit der Steinhausener in Zorn verwandelte. Dann aber schwoll der Schmerz zu einem Brausen an, das ihn taub machte. Für eine Weile fühlte er sich zu benommen, um auch nur die kleinste Bewegung auszuführen. Doch er widersetzte sich der Glut, rappelte sich auf die Knie hoch, so daß jeder das Mal sehen konnte, das Marids Schlag zwischen seinen übrigen blauen Flecken hinterlassen hatte. »Saubere Arbeit, du Schuft«, krächzte er. Seine Stimme schien keinen Laut zu erzeugen. »Wovor hast du dich gefürchtet? Hast du gedacht, er könne uns eine große Hilfe sein? Oder hast du dir bloß einen Spaß erlaubt?« Er bemerkte, daß ringsum dunkles Stimmengewirr ertönte, vermochte aber keine Worte zu unterscheiden. Marid stand mit auf der Brust verschränkten Armen da und grinste. Covenant erhob seine Stimme über das Durcheinander. »Warum verrätst du uns nicht deinen wirklichen Namen? Lautet er Herem? Jehannum? Oder vielleicht Sheol?« Linden befand sich neben Covenant. Fieberhaft bemühte sie sich, ihre Hände zu befreien; doch die Fesseln hielten. Ihr Mund fauchte unterdrückt alle möglichen Flüche. »Nun komm!« ergänzte Covenant, obwohl er Marid durch all den Schmerz kaum erkennen konnte. »Geh auf mich los! Nutze die

Gelegenheit! Vielleicht habe ich vergessen, wie man's anwendet.«

Unvermittelt begann Marid zu lachen; sein Gelächter war so eiskalt wie sein Haß. Es drang in Covenants Gehör und hallte in seinem Schädel wie eine Reihe dumpfer Erschütterungen wider. »Du wirst nichts erreichen!« brüllte Marid. »Der Tod ist dir gewiß! Du kannst mir nichts anhaben!«

Der Steinmeister schwang seinen entflammten Stab in Marids Richtung. »Hast du meinen Vater Nassic erschlagen?« hörte Covenant den Mann wie aus weiter Ferne wutentbrannt Auskunft fordern.

»Mit wahrer Freude!« Der Wütrich lachte. »Ah, wie es mir behagte, meine Klinge in seinen Rücken zu bohren!«

Eine Frau schrie gellend auf. Ehe jemand es verhindern konnte, überquerte sie mit wehenden grauen Haaren die offene Weite des Platzes und stürzte sich auf Marid. Er brach zusammen, als habe ihr Angriff ihn auf der Stelle getötet. Covenants Kräfte schwanden. Er fiel auf den Rücken, blieb liegen und keuchte mühselig. Da verdarb der Gestank verbrannten Fleisches die Luft. »Sunder!« zeterte ein Steinhausener. »Ihre Hände!«

»Ist er erschlagen?« wollte ein anderer wissen.

»Nein!« kam die Antwort.

»Laßt mich frei!« schimpfte Linden. »Ich bin Ärztin! Ich kann ihr helfen!« Ihr Ton klang nach Raserei. »Wißt ihr nicht, was ein Arzt ist?«

Im folgenden Moment packten Hände Covenants Arme, stellten ihn auf die Beine. Durch den Schleier der Pein trieb ein Steinhausener auf ihn zu; langsam gewann sein Gesicht an Deutlichkeit und erwies sich als das des Steinmeisters. Seine Stirn glich einem Knoten des Zorns und Grams. »Marid ist ohne Besinnung«, sagte er grob. »Meine Mutter hat sich arg verbrannt. Verrate mir, was das alles zu bedeuten hat!«

»Ein Wütrich.« Covenants Atmung bebte in seinen Lungen. »Hölle und Verdammnis!« Er vermochte nicht aufrichtig zu denken, nicht die Worte zu finden, deren es bedurfte.

Der Steinmeister grub seine Fäuste in Covenants Hemd. »Sprich!«

»Gottverdammt«, schnauzte irgendwo nahbei Linden, »lassen Sie ihn in Frieden! Sehen Sie nicht, daß er verletzt ist?«

Covenant rang um geistige Klarheit. »Bindet sie los!« sagte er zum Steinmeister. »Sie ist eine Heilerin.«

Am Kinn des Steinmeisters verkrampften sich die Muskeln, lockerten sich wieder. »Ich habe keinen Grund, ihr zu vertrauen. Sprich zu mir von Marid!«

Marid. Covenant röchelte. »Hör zu!« Schweißbedeckt, gemartert von Schwindel und Übelkeit, verdrängte er den Schmerz aus seiner Wahrnehmung. »In ihm war ein Wütrich.« In den Augen des Steinmeisters stand vollkommenes Nichtbegreifen. »Wenn er aufwacht, wird er wahrscheinlich wieder normal sein. Vielleicht entsinnt er sich nicht einmal daran, was passiert ist. Ein Wütrich hatte ihn übernommen. Der Wütrich kann jetzt praktisch überall sein. Er ist ungeschoren geblieben. Man braucht eine Menge Kraft, um einen von ihnen auszuschalten, selbst nur vorübergehend. Ihr müßt auf ihn achten. Er kann jeden übernehmen. Beobachtet jeden, der sich merkwürdig zu verhalten anfängt. Gewalttätig. Bleibt solchen Personen fern. Ich mein's ernst.« Der Steinmeister hatte zunächst mit intensiver Aufmerksamkeit, dann mit sichtlichem Verdruß gelauscht. Erbitterung pulste in den Adern seiner Schläfen. Noch ehe Covenant verstummt war, machte der Steinhausener auf der Stelle kehrt und entfernte sich. Sogleich zerrten die Fäuste, die Covenants Arme umklammerten, ihn aus der Mitte des Dorfes. Linden war vor ihm. Sie zappelte zwecklos zwischen zwei stämmigen Männern. Man brachte sie beide zurück in ihr Gefängnis. »Verdammnis«, sagte Covenant. Seine Stimme war kraftlos. »Ich versuche euch zu warnen.« Die Männer, die ihn hielten, scherten sich nicht darum. Sie stießen ihn hinter Linden in das Haus, ließen ihn einfach fallen. Er sackte zu Boden.

Die kühle Düsternis der Räumlichkeit schlug über ihm zusammen. Infolge der Plötzlichkeit, mit der er dem bräunlichen Druck der Sonne entzogen worden war, schien der Boden unter ihm zu kreiseln. Doch er preßte seinen Schmerz an den kalten Boden; und allmählich vermittelte diese gleichmäßige Berührung ihm eine gewisse Festigkeit.

Linden fluchte in der Stille bitterlich vor sich hin. Covenant strengte sich an, den Kopf zu heben. »Linden ...«

Sofort kam sie an seine Seite. »Versuchen Sie nicht aufzustehen. Lassen Sie mich bloß nachsehen.« Covenant drehte den Kopf, um ihr das Mal zu zeigen. Sie beugte sich über ihn. Er spürte ihren Atem auf seiner Wange. »Das ist 'ne Verbrennung, aber sie sieht nicht so ernst aus. Erster Grad.« Ein Gemisch von Grauen und Hilflosigkeit kennzeichnete ihren Tonfall. »Die Knochen sind alle unverletzt. Wie fühlen Sie sich?«

»Mir schwindelt«, antwortete er lasch. »Ich fühle mich wie betäubt. Wird schon besser werden.«

»Freilich«, versicherte sie ungnädig. »Vermutlich haben Sie eine Gehirnerschütterung. Ich nehme an, Sie möchten am liebsten schlafen.« Covenant murmelte etwas zur Zustimmung. Die Finsternis in seinem Schädel bot ihm kühle Friedlichkeit, und er lechzte danach, in ihr unterzugehen. Linden saugte durch ihre Zähne Atem ein. »Setzen Sie sich hin.« Covenant regte sich nicht; es fehlte ihm an Kraft, um ihren Wunsch zu erfüllen. Linden stieß ihn mit dem Knie an. »Das ist mein Ernst. Wenn Sie einschlafen, könnten Sie in ein Koma sinken, und dagegen kann ich nichts tun. Sie müssen wach bleiben. Setzen Sie sich.« Die barsche Brüchigkeit ihrer Stimme klang nach drohender Hysterie. Indem Covenant die Zähne zusammenbiß, versuchte er sich aufzuraffen. Glutheißer Schmerz loderte auf den Knochen seines Schädels; dennoch kämpfte er sich hoch, sank dann zur Seite, so daß er mit der Schulter an der Wand lehnte. »Gut.« Linden seufzte. Das Wummern in Covenants Kopf schuf zwischen ihnen eine Kluft. Linden erregte den Eindruck von Kleinheit und Vereinsamung, verstärkt durch den Verlust jener Welt, die sie verstand. »Und nun versuchen Sie, unbedingt wachzubleiben. Reden Sie mit mir.« Sie schwieg einen Augenblick lang. »Erzählen Sie mir«, fügte sie dann hinzu, »was geschehen ist.«

Covenant sah ein, daß sie diesbezüglich ein dringendes Bedürfnis haben mußte. Marid hatte der Furcht, die durch Nassics Ermordung in ihr hervorgerufen worden war, Gestalt verliehen. Der Mann war von einem Wesen besessen gewesen, das sich vom Haß nährte, in Gewalt und Qual zu schwelgen pflegte. Linden besaß keinerlei Ahnung von dergleichen Dingen. »Ein Wütrich.« Covenant bemühte sich, seine Stimme möglichst unbeeinträchtigt durch das Hindernis seiner Schmerzen zu quetschen. »Ich hätt's mir denken sollen. Marid ist ein gewöhnlicher Steinhausener. Aber er war von einem Wütrich besessen.«

Linden ging von ihm auf Abstand, setzte sich an der anderen Wand zurecht. Ihr Blick ruhte auf seinem Gesicht. »Was ist ein Wütrich?«

»Das sind Diener Fouls.« Er schloß die Lider, schmiegte den Kopf an den Stein, um sich auf das, was er sagte, konzentrieren zu können. »Es gibt drei. Herem, Jehannum und Sheol … sie haben noch 'ne Menge anderer Namen. Sie besitzen keine eigenen Körper, deshalb nisten sie sich in anderen Leuten ein … auch in Tieren, glaube ich. Was sie halt kriegen können. Deshalb treten sie immer in irgendeiner Tarnung auf.« Er seufzte – ganz schwach, um die nachteilige Wirkung auf seinen Kopf gering zu halten. »Ich hoffe bloß, daß die Leutchen hier begreifen, was das heißt.«

»Also war es der Wütrich«, vergewisserte Linden sich nachdenklich, »was ich in Marid gesehen habe? Deshalb kam er mir so … so widernatürlich vor?«

»Ja.« Wenn Covenant seine Aufmerksamkeit ganz ihrer Stimme widmete, spürte er den Schmerz weniger; er brannte heißer, gleichzeitig jedoch punktueller, eingegrenzter. Statt wie eine riesige Beule auf seinem Gehirn sein Denken zu trüben, fühlte es sich nur noch wie ein Glühen unter seiner Kopfhaut an. »Marid war bloß sein Opfer. Der Wütrich hat ihn benutzt, um Nassic zu töten … und uns in diese Schwierigkeiten zu bringen. Ich weiß nur nicht, warum. Will Foul uns hier abmurksen lassen? Oder geht in Wahrheit irgend etwas anderes vor? Wenn Foul unseren Tod wünscht, hat der Wütrich einen großen Fehler begangen, als er sich entlarven ließ. Jetzt hat das Steinhausen sich mit noch was anderem als lediglich mit uns zu befassen.«

»Was ich nicht verstehe«, sagte Linden mit der Trostlosigkeit eines hoffnungslosen Bittgesuchs, »ist die Tatsache, daß ich dazu imstande war, ihn zu durchschauen. All das ist völlig unmöglich.«

Ihr Ton löste in ihm unerwartete Erinnerungen aus. Schlagartig fiel ihm auf, daß sie Marid auf die gleiche Weise wie vorher Joan angestarrt hatte. Die Begegnung mit Joan hatte sie unübersehbar erschüttert. Er öffnete die Augen und schaute Linden an, während er sprach. »Das ist einer der wenigen Umstände, die ich als ganz natürlich empfinde. Bei den bisherigen Malen, als ich hier war … konnte ich das sehen, was diesmal nur Sie sehen können.« Lindens Gesicht war ihm zugewandt, aber sie sah ihn nicht an. Ihre Aufmerksamkeit war nach innen gekehrt; sie rang mit der augenscheinlichen Irrsinnigkeit ihres Geschicks. »Ihre Sinneswahrnehmung«, fügte er hinzu, um ihr zu helfen, »paßt sich dem Land an. Sie werden für den Geist des Physischen rings um Sie empfänglich. Mit der Zeit werden Sie immer mehr die Fähigkeit haben, wenn Sie etwas anschauen, hören oder anfassen, zu sagen, ob es krank oder gesund ist, natürlich oder unnatürlich.« Linden machte den Eindruck, als höre sie ihn gar nicht. »Bei mir dagegen ist's diesmal nicht so«, schnarrte Covenant und trotzte seiner Pein. Ihm lag daran, Linden schleunigst aus ihrem eigenen Inneren zurückzuholen, bevor sie sich vollends verirrte. »Nach dem beurteilt, was ich sehen kann, könnte ich genausogut blind sein.«

Linden warf ihren Kopf von der einen zur anderen Seite. »Und wenn nun mit mir etwas nicht stimmt?« meinte sie leise und kummervoll. »Wenn ich dabei bin, den Verstand zu verlieren?«

»Nein! In dieser Hinsicht kann gar nichts falsch sein. Und um den Verstand können Sie nicht kommen, solange Sie's nicht zulassen.« Wildheit verspannte Lindens Gesichtszüge. *»Geben Sie nicht auf!«*

Sie hatte ihn gehört. Mit einer Anstrengung, die Covenant nachgerade das Herz zu zerreißen drohte, zwang Linden ihren Körper Muskel um Muskel zum Entkrampfen. Zittrig atmete sie ein; doch als sie ausatmete, war sie ruhiger. »Ich fühle mich eben so hilflos.« Covenant schwieg und wartete auf weitere Äußerungen ihrerseits. Einen Moment später zog sie mit scharfem Geräusch die Nase, schüttelte sich das Haar aus dem Gesicht und erwiderte Covenants Blick. »Wenn diese Wütriche von jedem Besitz ergreifen können«, meinte sie, »warum dann nicht von uns? Wenn wir so wichtig sind … wenn dieser Lord Foul das ist, was Sie von ihm behaupten … weshalb läßt er uns nicht einfach von Wütrichen übernehmen und zieht durch, was er im Sinn hat?«

Mit einem lautlosen Aufstöhnen der Erleichterung ließ sich

Covenant erschlaffen. »Genau das ist die eine Sache, die er nicht tun kann. Das kann er sich nicht erlauben. Er wird versuchen, uns auf jede Weise zu manipulieren, die ihm einfällt, aber er muß das Risiko eingehen, daß wir nicht machen, was er will. Er ist auf unsere Freiwilligkeit angewiesen. Was er von uns will, hätte für ihn keinerlei Wert, wenn wir's nicht freiwillig tun!« *Und außerdem,* ergänzte er in Gedanken, *wagt Foul es nicht, meinen Ring einem Wütrich in die Hände fallen zu lassen. Wie könnte er einem von ihnen, wenn er erst einmal über soviel Macht verfügt, noch trauen?*

Linden runzelte die Stirn. »Das klingt einleuchtend ... vorausgesetzt, ich könnte endlich begreifen, warum wir so wichtig sind. Was wir haben, an dem ihm gelegen ist. Aber lassen wir das bis auf weiteres.« Sie holte tief Atem. »Wenn ich den Wütrich bemerken konnte, wieso war sonst niemand dazu imstande?«

Ihre Frage erfüllte Covenant mit neuer schmerzlicher Betroffenheit. »Das ist es, was mich wirklich erschreckt«, antwortete er gepreßt. »Diese Menschen waren früher bezüglich der sinnlichen Wahrnehmung so wie Sie. Jetzt sind sie's nicht mehr.« *Und ich auch nicht.* »Ich scheue mich, bloß darüber nachzudenken, was das bedeutet. Sie haben die Gabe verloren ...« *Sie haben die Einsichtsfähigkeit verloren, die sie früher gelehrt hat, das Land zu lieben und ihm zu dienen. O Foul, du Halunke, was hast du angerichtet?* »Wenn sie nicht den Unterschied zwischen einem Wütrich und einem normalen Menschen erkennen können, werden sie auch nicht ersehen, daß sie Grund haben, uns zu vertrauen.«

Linden preßte die Lippen aufeinander. »Sie wollen sagen, sie haben noch immer vor, uns umzubringen?«

Ehe Covenant antworten konnte, schob jemand den Türvorhang beiseite; der Steinmeister betrat den Raum. Seine

Augen blickten aus Sorgenfülle nahezu glasig drein, und seine Stirn zeigte ein Gerunzel der Unwilligkeit und des Kummers, als sei aufs äußerste gegen seine eigentliche innere Sanftmut verstoßen worden. Seinen Stab hatte er nicht dabei; die Hände baumelten an seinen Seiten. Aber er vermochte sie nicht stillzuhalten. Sie bewegten sich unausgesetzt in schwachem Rucken, nur halb ausgeführten Gesten, als suche er unbewußt nach irgend etwas, das ihm Halt gewähren konnte. Nach einem Moment der Verlegenheit kauerte er sich in der Nähe des Eingangs nieder. Er schaute seine Gefangenen nicht an; sein Blick ruhte zwischen den beiden auf dem Boden. »Sunder«, sagte Covenant leise. »Nassics Sohn.« Der Steinmeister nickte, ohne aufzublicken. Covenant wartete darauf, daß er sprechen werde. Doch der Steinmeister schwieg, als empfände er tiefe Scham. »Die Frau, die Marid angegriffen hat«, sagte Covenant nach einem Weilchen. »Sie war deine Mutter, oder?«

»Kalina, Nassics Gemahlin, Allomas Tochter.« Sunder bewahrte mühsam äußere Gefaßtheit. »Meine Mutter.«

Linden musterte Sunder eindringlich. »Wie geht's ihr?«

»Sie ruht. Aber ihre Verwundung ist schwer. Wir kennen wenig Heilung für solche Wunden. Es mag dahin kommen, daß sie geopfert wird.«

Covenant sah Linden an, daß sie erneut anzubieten gedachte, der Frau ärztlichen Beistand zu leisten. Aber er kam ihr zuvor. »Geopfert?«

»Ihr Blut gehört dem Steinhausen.« Sunders Stimme schien unter der Bürde der Pein zu hinken. »Es darf nicht verschwendet werden. Allein mein Vater Nassic würde sich dagegen gesträubt haben. Deshalb …« Seine Kehle schnürte sich ein. »… ist es wohl, daß er nicht wußte, ich bin der Steinmeister von Steinhausen Mithil. Denn ich bin es, der das Opfer darbringen muß.«

Linden schrak zusammen. »Du würdest deine eigene Mutter opfern?« rief Covenant bestürzt.

»Für das Überleben des Steinhausens!« krächzte Sunder. »Wir benötigen Blut!« Er unterdrückte seine Gefühlsaufwallung. »Auch ihr werdet geopfert. Das Steinhausen hat sein Urteil gefällt. Euer Blut wird fließen, sobald die Morgensonne aufgeht.«

Covenant starrte den Steinmeister an. »Warum?« schnauzte er, indem er das Pochen in seinem Schädel mißachtete.

»Ich bin gekommen, um euch zu antworten.« Sunders Tonfall und sein gesenkter Blick verhalfen Covenant zu einer gewissen Ermutigung. Dem Steinmeister war seine Verantwortung eindeutig zuwider; allerdings war er anscheinend nicht bereit, sich vor ihr zu drücken. »Es gibt viele Gründe. Ihr habt verlangt, freigelassen zu werden, um in ein anderes Steinhausen zu gehen.«

»Ich suche Freunde«, entgegnete Covenant barsch. »Wenn ich hier keine finden kann, muß ich's woanders versuchen.«

»Nein.« Die Stimme des Steinmeisters bezeugte Gewißheit. »In jedem anderen Steinhausen würde man so wie wir verfahren. Schon weil ihr aus Steinhausen Mithil kämt, würde man euch auf jeden Fall opfern. Und überdies hast du deine Freundschaft zum na-Mhoram bekannt, der uns unseres Blutes beraubt.«

Covenant blinzelte zu Sunder hinüber. Diese Anschuldigungen waren Bestandteile eines Bildes, das er nicht in seiner Gesamtheit zu überschauen vermochte. »Ich kenne keinen na-Mhoram. Der Mhoram, den ich gekannt habe, ist seit mindestens dreitausend Jahren tot.«

»Das ist unmöglich.« Sunder widersprach, ohne den Kopf zu heben. »Dein Alter kann schwerlich mehr als zweimal zwanzig Jahre betragen.« Er rang die Hände. »Doch all das ist neben der Predigt der Sonnengefolgschaft von geringer Bedeutung.

Obschon wir die Gefolgsleute verabscheuen, stehen ihre Macht und ihr Wissen außer Zweifel. Vor einer Geschlechterfolge schon haben sie deine Ankunft geweissagt. Und abermals ist ihr Kommen nah. Alsbald wird ein Gefolgsmann eintreffen, um den Willen der Sonnengefolgschaft erfüllen zu lassen. Für jedweden Ungehorsam müßte uns schwere Vergeltung zuteil werden. Wir wagen uns ihrem Wort nicht zu widersetzen. Unsere ganze Sorge ist, daß das Vergießen eures Blutes zum Überleben des Steinhausens beiträgt.«

»Warte mal«, erhob Covenant Einspruch. »Eins nach dem anderen.« Schmerz und Überdruß wetteiferten in seinem Kopf um die Vormacht. »Vor dreitausend Jahren hat ein Mann mit halber Hand und einem Ring aus Weißgold das Land davor bewahrt, vom Grauen Schlächter völlig vernichtet zu werden. Willst du behaupten, das sei ganz in Vergessenheit geraten? Erinnert sich niemand mehr an diese Geschichte?«

Unbehaglich verlagerte der Steinhausener sein Körpergewicht. »Ich habe eine solche Erzählung vernommen ... vielleicht als einziger in Steinhausen Mithil. Mein Vater Nassic pflegte von derlei Dingen Rede zu führen. Doch er war von Sinnen – krank im Geiste, so wie schon zuvor Jous und Prassan. Um der Not des Steinhausens willen wäre er längst geopfert worden, hätten seine Gemahlin Kalina und ich es gestattet.«

Sunders Darlegungen liefen für Covenant auf eine Enthüllung hinaus. Sie lieferten ihm einen gewissen Einblick in den inneren Konflikt des Steinmeisters. Sunder war hin- und hergerissen zwischen dem, was sein Vater ihm erzählt hatte, und jenem, was die Steinhausener als Wahrheit betrachteten. Bewußt glaubte er das, was die Dorfbewohner glaubten; doch unter der Oberfläche wirkten in ihm die Überzeugungen seines halb verrückt gewesenen Vaters, zersetzten die Sicherheit seiner Einstellung. Sunder war ein Mann voll innerem Unfrieden. Diese Erkenntnis mäßigte Covenants Gereiztheit. Er erahnte in Sunder ein ganzes Spektrum von Möglichkeiten, hatte hoffnungsvolle Eingebungen; doch er beschloß, damit äußerst behutsam umzugehen. »Na fein«, sagte er. »Lassen wir's vorerst damit gut sein. Inwiefern soll es euch helfen, wenn ihr uns umbringt?«

»Ich bin der Steinmeister. Mit Blut kann ich auf die Wirkung des Sonnenübels Einfluß nehmen.« Die Muskeln von Sunders Kiefer spannten und lockerten sich ohne bestimmten Rhythmus, ohne erkennbaren Zweck. »Heute scheint die Sonne der Dürre auf uns herab – heute und vielleicht für noch drei weitere Tage. Bis zum gestrigen Tag schien die Sonne des Regens, und vor ihr war die Sonne der Seuchen an der Reihe. Unsere Herde hat Futter nötig, und wir brauchen Ernte. Mit eurem Blut werde ich der harten Erde Wasser entlocken können. Es wird mir möglich sein, einen Morgen Gras und Korn wachsen zu lassen, vielleicht gar zwei. Das bedeutet für das Steinhausen Leben, bis wieder die Sonne der Fruchtbarkeit aufgeht.«

In alldem erblickte Covenant keinerlei vernünftigen Sinn. »Könnt ihr denn kein Wasser aus dem Fluß holen?« wollte er erfahren, während er das Gehörte zu verstehen versuchte.

»Im Fluß ist kein Wasser.«

Unvermittelt meldete sich Linden zu Wort. »Kein Wasser?« Ihre Äußerung bezeugte die Tiefe ihres Unglaubens. »Das ist doch ausgeschlossen. Es hat gestern *geregnet.*«

»Ich habe gesagt«, schnauzte Sunder, als quäle ihn Schmerz, »daß die Sonne der Dürre scheint. Habt ihr sie nicht selbst gesehen?«

In seinem Staunen wandte sich Covenant an Linden. »Spricht er die Wahrheit?«

Sunders Kopf ruckte hoch. Sein Blick huschte zwischen Covenant und Linden hin und her.

»Ja«, bestätigte Linden durch zusammengebissene Zähne. »Es ist wahr.«

Covenant vertraute ihrer Aussage. Er drehte sich wieder dem Steinmeister zu. »Also kein Wasser.« Innere Festigkeit entstand in ihm, ein Aufgebot aller ihm verbliebenen Kräfte. »Lassen wir's auch dabei bewenden.« Das Pochen in seinem Schädel beharrte auf seiner Hilflosigkeit; doch er verschloß ihm seine Ohren. »Verrate mir, wie du das machst! Wie du das Sonnenübel beeinflußt!«

Sunders Augen zeugten von seinem Zögern. Aber Covenant ließ sich anmerken, daß er auf seiner Forderung bestand. Welches Maß an Willenskraft Sunder auch zu eigen war, momentan fühlte er sich seiner selbst zu unsicher, um sich zu weigern. Wie oft mochte sein Vater ihm vom Zweifler erzählt haben? Einige Sekunden später gab er nach. »Ich bin der Steinmeister.« Er griff mit der Hand unter sein Wams. »Ich besitze den Sonnenstein.« Nahezu ehrfürchtig brachte er ein Stück Stein von der halben Größe seiner Faust zum Vorschein. Der Brocken war glatt und unregelmäßig geformt. Durch irgendeine Eigentümlichkeit seiner Oberfläche wirkte er durchsichtig, jedoch ließ sich nichts in ihm erkennen. Er ähnelte einem Loch in Sunders Hand.

»Hölle und Verdammnis!« ächzte Covenant gedämpft. Er empfand spürbare Erleichterung. Endlich sah er eine greifbare Hoffnung vor sich. *»Orkrest.«*

Überrascht musterte ihn der Steinmeister. »Du hast Kenntnis vom Sonnenstein?«

»Sunder.« Covenant sprach in grobem Ton, um seine Aufregung und Besorgnis zu verhehlen. »Wenn du versuchst, uns damit umzubringen, werden die Bewohner des Steinhausens Schaden erleiden.«

Der Steinhausener schüttelte den Kopf. »Ihr werdet keinen Widerstand leisten können. Man wird *Mirk* in euren Gesichtern zerbrechen – dieselbe Frucht, dank derer es gelungen ist, euch zu Gefangenen zu machen. Es werden keine Schmerzen zu erdulden sein.«

»O doch, ’s wird Schmerz geben«, brummte Covenant. »Du wirst Schmerz zu leiden haben.« Mit voller Absicht begann er auf den Steinmeister Druck auszuüben. »Du wirst der einzige Mensch im ganzen Steinhausen sein, der weiß, daß er das Land um seine letzte Hoffnung bringt. Schade, daß dein Vater tot ist. Er hätte einen Weg gefunden, um dich zu überzeugen.«

»Genug!« Fast schrie Sunder seine gesamte innere Gequältheit heraus. »Ich habe die Worte gesprochen, die zu sprechen ich gekommen bin. Zumindest in dieser Hinsicht habe ich euch an Höflichkeit erwiesen, was mir statthaft ist. Sollte es noch etwas geben, das du zu sagen wünschst, so sprich, auf daß wir ein Ende finden. Ich muß an mein Werk gehen.«

Covenant ließ sich nicht beeindrucken. »Was ist mit Marid?«

Sunder erhob sich ruckartig, ragte über Covenant auf und starrte ihn verdrossen an. »Er ist als Mörder entlarvt und hat jegliche Gunst des Steinhausens verwirkt. Er hat gegen die Predigt verstoßen, deren alle anderen eingedenk sind. Dafür wird er seine Strafe erhalten.«

»Ihr wollt ihn bestrafen?« Aus Erregung schwand Covenants Beherrschung. »Wofür?« Mühsam straffte er sich, reckte dem Steinmeister das Gesicht entgegen. »Hast du nicht gehört, was ich euch gesagt habe? Er ist unschuldig. Er war von einem Wütrich übernommen worden. Was passiert ist, war nicht seine Schuld.«

»Ja«, erwiderte Sunder, »und er ist mein Freund. Aber du bist’s, der sagt, er sei schuldlos, und deine Worte haben keine Bedeutung. Wir wissen hier nichts von irgendwelchen Wütrichen. Die Predigt ist und bleibt die Predigt. Wir werden ihn bestrafen.«

»Gottverdammt noch mal!« braustc Covenant auf. »Hast du ihn dir vorgenommen?«

»Bin ich ein Narr? Ja, ich habe ihn mit meiner Hand berührt. Das Feuer seiner Schuld ist erloschen. Er ist aufgewacht und wird von der Erinnerung an ein Greuel geplagt, das aus dem Regen über ihn kam. Doch seine Tat bleibt bestehen. Er muß bestraft werden.«

Zu gerne hätte Covenant sich den Steinmeister gepackt und ihn durchgeschüttelt. Aber seine Anstrengungen ließen die Fesseln nur noch fester in seine Handgelenke einschneiden. »Und wie?« forschte er mißgelaunt.

»Wir werden ihn binden.« Die gemäßigte Heftigkeit von Sunders Stimme klang nach Selbstgeißelung. »Ihn in die Nacht hinaus in die Ebene bringen. Das Sonnenübel wird keine Gnade mit ihm haben.« Aus Grimm oder Bedauern mied er Covenants Blick.

Covenant gab sich einen inneren Ruck und schob die Frage über Marids Schicksal beiseite, verschob alles auf später, was er am Sonnenübel gegenwärtig nicht verstand. »Wirst du Kalina wirklich töten?« erkundigte er sich statt dessen.

Sunders Hände zuckten, als wolle er Covenant an die Gurgel fahren. »Sollte es sich je noch ergeben, daß ich diesen Raum wieder verlassen kann«, antwortete er grob und mit ätzendem Sarkasmus, »werde ich mein Äußerstes tun, um sie zu heilen. Ihr Blut soll nicht vergossen werden, bevor ihr der Tod im Antlitz geschrieben steht, so daß ein jeder ihn abzusehen vermag. Trachtest du danach, mich von ihrer Seite fernzuhalten?«

Die seelische Not des Steinmeisters rührte Covenant. Seine Entrüstung verebbte. Er schüttelte den Kopf. »Du solltest Linden losbinden und mitnehmen«, empfahl er dann gelassener. »Sie ist Heilerin. Vielleicht kann sie …«

Linden fiel ihm ins Wort. »Nein.« Trotz der Ausdruckslosigkeit ihrer Stimme ließ sich darin ein zittriger Anflug von Verzweiflung vernehmen. »Ich habe nicht mal meine Arzttasche dabei. Die Frau gehört in ein Krankenhaus. Wunschdenken kann ihr nicht helfen. Lassen Sie ihn seine eigenen Entscheidungen treffen.«

Covenant fuhr herum. War das dieselbe Frau, die mit solcher Leidenschaft *Ich kann ihr helfen!* gerufen hatte? Ihr Haar verbarg zur Hälfte ihr Gesicht. »Können Sie überhaupt nichts für sie tun?«

»Verbrennungen dritten Grades ...« – Linden sprach jedes einzelne Wort aus, als ergäbe sich daraus eine Maske für die Widersprüche in ihrem Herzen – »sind selbst unter den günstigsten Umständen schwierig zu behandeln. Wenn er Euthanasie bevorzugt, ist das seine Sache. Seien Sie nicht so gottverdammt rechthaberisch.« Übergangslos wandte sie sich an Sunder. »Wir brauchen etwas zu essen.«

Sunder musterte sie mit Argwohn. »Linden Avery, es gibt dies und jenes, das ich euch geben kann, um euer Los zeitweilig zu erleichtern, aber Speisen zählen nicht dazu. Wir verschwenden keine Speisen an jemanden, über den ein Urteil gefällt ist, sei's Mann, Frau oder Kind. Auch meine Mutter Kalina wird nichts zu essen erhalten, bis ich zu beweisen imstande bin, daß sie geheilt werden kann.«.

Linden tat ihm nicht den Gefallen, ihn nur anzublicken. »Außerdem brauchen wir Wasser.«

Indem er gereizt fluchte, machte Sunder auf der Stelle kehrt, schlug sich den Vorhang aus dem Weg. »Wasser sollt ihr haben«, schnauzte er, als er hinausging. »Die Gefangenen wünschen Wasser!« schrie er draußen irgendwem zu. Dann entfernte er sich außer Hörweite.

Covenant beobachtete das Schaukeln des Vorhangs und bemühte sich darum, seine Verwirrung zu bändigen. Er konnte seinen Puls wie den Rhythmus einer trägen Flamme in den

Knochen seines Schädels pochen hören. Was war los mit Linden? Mit vorsichtigen Bewegungen begab er sich zu ihr. Sie saß mit gesenktem Blick da; die Düsternis der Räumlichkeit trübte die Kenntlichkeit ihrer Gesichtszüge. Covenant ließ sich neben ihr auf die Knie sinken und fragte sie, was mit ihr sei.

Sie begegnete ihm mit Schroffheit, schüttelte ihr Haar. »Ich muß wohl hysterisch sein. Diese Leute haben vor, uns umzubringen. Aus irgendeinem dummen Grund macht mir das Sorgen.«

Covenant betrachtete sie einen Moment lang, ermaß den Umfang ihrer Feindseligkeit; dann zog er sich zurück und setzte sich an die ihr gegenüber befindliche Wand. Was hätte er sonst tun sollen? Linden war am Aufgeben, er konnte nicht darauf bestehen, daß sie ihm ihre Geheimnisse ausplauderte. Er selbst war, als er während seines ersten Aufenthalts im Land in einer ähnlichen Situation stak, derartig abgeirrt … Er schloß die Lider, versuchte Mut zu finden. Schließlich seufzte er. »Machen Sie sich deswegen keine Gedanken. Man wird uns nicht umbringen.«

»Natürlich nicht.« Lindens Ton war voller Giftigkeit. »Sie sind ja Thomas Covenant der Zweifler, und obendrein Träger des Weißgoldes. Da werden sie's wohl nicht wagen.«

Ihr Spott kränkte ihn; doch er unterzog sich der Mühe, seinen Ärger zu unterdrücken. »Wir hauen heute nacht ab!«

»Wie denn?« wollte Linden wissen.

»Heute abend …« Seine Müdigkeit vermochte Covenant nicht zu verbergen. »Ich will versuchen, Sunder einen guten Grund zu zeigen, aus dem er uns gehen lassen sollte.«

Einen Moment später schob jemand zwei große Schüsseln aus Steingut, die Wasser enthielten, durch den Vorhang. Linden reagierte darauf, als wären die Schüsseln die einzigen erklärbaren Gegenstände der Behausung. Sie rutschte auf den Knien hinüber und beugte den Kopf über sie, um ausgiebig zu trinken. Als sich Covenant zu ihr gesellte, wies sie ihn an, aus demselben Gefäß wie sie zu trinken. Er befolgte die Aufforderung, um Streit zu vermeiden; doch er begriff die Überlegung, die ihrem Wunsch zugrunde lag, als sie ihn aufforderte, seine Hände in die andere, noch volle Schüssel zu tauchen. Das Wasser konnte die Schwellung der Hände mindern, mehr Blut an den Fesseln vorüberfließen lassen – womöglich sogar die Fesseln lockern. Anscheinend waren seine Handgelenke mit Lederriemen zusammengebunden; während er Lindens Forderung nachkam, linderte die kühle Flüssigkeit das unangenehme Gefühl in seinen Händen deutlich; und wenig später spürte er in den Handflächen das Kribbeln einer gewissen Besserung. Er versuchte, Linden mit einem Lächeln zu danken; aber sie ging nicht darauf ein. Als er die Hände aus dem Wasser nahm, setzte sie sich an seinen Platz und tauchte für längere Zeit die eigenen Hände ein.

Nach und nach löste sich Covenants Aufmerksamkeit von ihr. Die Sonne begann in den Nachmittag herabzusinken; ein heller, heißer Streifen Licht, zerteilt vom Schatten des Gitters vor dem Fenster, erstreckte sich über den Fußboden. Covenant lehnte den Kopf reglos an die Wand und gab sich Gedanken über den *Orkrest*-Stein hin. *Orkrest* war ein Stein der Macht. Die früheren Meister des Steinwissens hatten *Orkrest* verwendet, um auf verschiedenerlei Weise die Erdkraft nutzbar zu machen – Licht zu erzeugen, Trockenheit zu überwinden, Wahrheitsproben durchzuführen. Wenn es sich bei Sunders Sonnenstein tatsächlich um *Orkrest* handelte … Aber was, wenn es sich nicht so verhielt? Erneut beschlich ihn die Beunruhigung, die er schon in Nassics Hütte so stark empfunden hatte. *Die Welt ist nicht wie einst.* Wenn es keine Erdkraft mehr gab … *Etwas zerbrochen zurück.* Covenant konnte nicht ableugnen, daß er sich zutiefst sorgte. Er mußte *Orkrest* haben, brauchte seine Macht; er benötigte einen Auslöser, weil er nie dazu imstande gewesen war, die wilde Magie ausschließlich durch Willenskraft freizusetzen. Sogar in den kritischen Stunden seines schlußendlichen Zusammenpralls mit dem Verächter wäre er ohne die katalysatorische Wirkung des Weltübel-Steins eindeutig verloren gewesen. Falls der Sonnenstein doch kein *Orkrest* war ... Covenant wünschte, er könnte seinen Ring spüren; doch auch ohne die Fesseln wären seine Finger zu gefühllos gewesen. *Lepraleidender,* sagte er sich, *du mußt es schaffen. Du mußt.* Der Sonnenschein geriet für ihn zu einem weißen Anziehungspunkt, schwoll an, bis er pulste wie der Schmerz in seinem Kopf. Allmählich füllte sich sein Bewußtsein mit einer Helligkeit, die furchtbarer und eine größere Strafe war als jede Nacht. Er widerstrebte ihr, als sei er ein Fragment der letzten gütigen Dunkelheit, die heilte und erneuerte.

»Covenant«, hörte er dann auf einmal Linden sagen. »Sie haben genug geschlafen. So was ist gefährlich, wenn man eine Gehirnerschütterung hat. Covenant.« Die Lichtfülle in Covenants Hirn blendete ihn noch einen Moment lang; er mußte blinzeln, um erkennen zu können, daß in der Räumlichkeit trübes Licht herrschte. Inzwischen verfärbte der Sonnenuntergang schwach die Luft. Der Himmel vor dem Fenster lag im Zwielicht. Covenant war steif und fühlte sich wie betäubt, als wäre in ihm das Leben geronnen, während er schlief. Die Schmerzen hatten sich in seinen Knochen festgesetzt; aber auch sie wirkten dumpf, als sei er durch Müdigkeit dagegen abgestumpft. Auf Lindens Drängen trank Covenant das restliche Wasser. Es löste ihm die Kehle, klärte jedoch nicht seinen Kopf. Für lange Zeit saßen sie beide da, ohne zu sprechen. Nacht überschwemmte das Tal wie eine Ausschwitzung der Berge; indem die Erde ihre Wärme an den klaren Himmel abgab, erfüllte Kühle die Luft. Anfangs blinkten die Sterne so lebhaft, als bedienten sie sich damit einer eigenen Sprache –

einer Artikulation ihrer selbst über Ferne und unergründliche Nacht hinweg. Doch sobald der Mond aufging, verlor der nächtliche Himmel seinen Eindruck von Tiefe. »Covenant«, sagte Linden schließlich kaum hörbar, »reden Sie mit mir.« Ihre Stimme klang so zerbrechlich wie dünnes Eis. Sie stand dicht an der Grenze ihres Duldungsvermögens. Covenant überlegte, was ihnen beiden eine Hilfe sein, Linden innerlich festigen und ihm einen Fokus für sein Denken bieten könne. »So will ich nicht sterben«, murrte Linden. »Ohne überhaupt zu wissen, warum.«

Es zermürbte Covenant, daß er nicht dazu in der Lage war, ihr das Warum zu erklären, ihr in all dem, was sich abspielte, das Gefühl einer Zweckmäßigkeit und Zielgerichtetheit zu vermitteln. Doch er kannte eine Geschichte, die ihr möglicherweise einen Begriff davon verschaffen konnte, um welchen Einsatz es sich drehte. Vielleicht war es eine Geschichte, die zu hören sie jetzt beide gut vertragen konnten. »Na schön«, sagte er ruhig. »Ich werde Ihnen erzählen, wie diese Welt erschaffen worden ist.« Linden schwieg. Einen Moment später begann Covenant. Sogar für ihn selbst klang seine Stimme körperlos, als ob die Dunkelheit für ihn spräche. Weil er Linden nicht sah, nicht einmal eine genauere Vorstellung davon hatte, wo sie saß, suchte er sie mit Worten zu erreichen. Seine Geschichte war schlicht; doch für ihn beruhte ihre Einfachheit auf ihrer langen Destillation, die sie auf das Wesentliche gebracht hatte. Sie flößte sogar seinen abgestorbenen Nerven Sehnsucht nach Verlorenem ein, als rühre ihn eine Redegewandtheit, über die er selbst nicht verfügte.

In den unermeßlichen Himmeln des Universums, so erzählte er Linden, wo Leben und Raum eins waren und die Unsterblichen sich durch einen Äther ohne Grenzen bewegten, blickte der Schöpfer um sich, und in seinem Herzen regte sich das Verlangen, etwas Neues zu schöpfen, um seine strahlenden

Kindlein zu erfreuen. Also sammelte er all seine Kraft und Geschicklichkeit und begab sich an die Art von Werk, der seine Leidenschaft galt. Zuerst schmiedete er den Bogen der Zeit, auf daß die Welt, die er zu erschaffen gedachte, für ihr Dasein eine Stätte habe. Dann schuf er innerhalb des Bogens der Zeit die Erde. Indem er die Größe seiner Liebe und seiner Visionen als Werkzeug verwendete, richtete er die Welt in all ihrer Schönheit ein, so daß kein Auge sie anzuschauen vermochte, ohne Freude zu empfinden. Danach besiedelte er die Erde mit all ihren Myriaden von Bewohnern – mit Geschöpfen, die die von ihm geschaffene Schönheit erkennen und wertschätzen sollten. Er trachtete nach Vollkommenheit, weil es in der Natur der Schöpfung lag, alle Dinge ohne Makel zu wünschen, und schenkte den Bewohnern der Erde die Gaben des Schöpferischen, des Strebens und der Liebe zu ihrer Welt. Und dann zog er seine Hand zurück und besah das Werk, das er vollbracht hatte. Da bemerkte er zu seinem großen Grimm, daß Mißratenes in der Erde ruhte, verborgenes und freies Böses, Übel und Kräfte, deren Vorhandensein seiner Absicht widersprachen. Denn während er an seiner Schöpfung arbeitete, hatte er die Augen geschlossen gehabt und nicht den Verächter gesehen, den böswilligen Sohn oder Bruder seines Herzens, wie er an seiner Seite ein eigenes Werk tat – Unrat in den Schmelzofen des Schöpfungswerkes warf, dem Willen des Schöpfers mit Schlechtigkeiten entgegenwirkte. Da erschütterte der Zorn des Schöpfers die Himmel, und er rang mit dem Sohn oder Bruder seines Herzens. Er überwältigte den Verächter und schleuderte ihn hinab zur Erde, schloß ihn zur Strafe innerhalb des Bogens der Zeit ein. So kam es mit den Bewohnern der Erde dahin, wie es dem Schöpfer ergangen war; denn mit diesem Tun brachte er Unheil über das, was er liebte, und alle lebenden Herzen lernten die Fähigkeit zur Selbstverachtung. Der Verächter tummelte sich ungehindert auf Erden, erweckte allerorts

Übel, sann darauf, seinem Gefängnis zu entfliehen. Und der Schöpfer vermochte ihm nicht in den Arm zu fallen, denn das Eingreifen eines Unsterblichen durch den Bogen der Zeit müßte die Zeit aus den Fugen bringen, die Erde vernichten und den Verächter befreien. Das war der gewaltige Kummer des Schöpfers und der Quell endlosen Fehlgehens und Trauerns aller, die auf Erden wandelten und strebten.

Covenant verstummte. Das Erzählen dieser Geschichte – im großen und ganzen so, wie er sie vor zehn Jahren gehört hatte –, machte seinem Gedächtnis viele Dinge wieder bewußt. Ihm war nicht mehr so gestaltlos und versteinert zumute. Nun fühlte er sich wie die Nacht, und seine Erinnerungen waren Sterne: Mhoram, Schaumfolger, Bannor, die Ranyhyn. Solange er noch Blut in den Adern und Atem in den Lungen hatte, würde er der Welt, die solche Menschen und Wesen hervorgebracht hatte, nicht die kalte Schulter zeigen.

Linden begann eine Frage zu stellen; doch das Rascheln des Vorhangs unterbrach sie. Sunder betrat den Raum mit einer Öllampe. Er stellte sie auf den Boden und setzte sich mit gekreuzten Beinen davor. Ihr trübes, gelbliches Licht warf Schatten der Verhärmung über sein Gesicht. Als er sprach, schienen seine Worte in Asche gekleidet zu sein, wie wenn er einen Verlust zu beklagen hätte. »Auch ich habe diese Geschichte schon vernommen«, sagte er mit kloßiger Stimme. »Mein Vater Nassic hat sie mir erzählt. Die Geschichte jedoch, die in der Predigt des na-Mhoram berichtet wird, ist gänzlich anderer Art.« Covenant und Linden warteten. Im nächsten Moment sprach der Steinmeister weiter. »In der Predigt heißt es, daß die Erde als Kerker und Folterkammer für den Herrn des Bösen erschaffen worden ist – für ihn, den wir a-Jeroth von den Sieben Höllen nennen. Und daß das Leben der Erde gegeben worden ist – Männer und Frauen und alle anderen Geschöpfe –, um über a-Jeroth die verdiente Bestrafung zu bringen. Doch immer wieder im Laufe der Zeitalter sind die Bewohner des Landes an ihrem Auftrag gescheitert. Statt a-Jeroth die verdienten Martern zu bereiten, an ihm nach dem Wunsch des Meisters der Schöpfung die gerechte Vergeltung zu üben, schlossen sie Bündnisse mit dem Herrn des Bösen, verschonten ihn in seiner Schwäche und verneigten sich später vor ihm in seiner Macht. Und stets …« – Sunder warf Covenant einen kurzen Blick zu, stockte ein wenig – »sind die scheußlichsten dieser Verrätereien von Männern begangen worden, die nach dem Bilde des Ersten Verräters geboren worden waren, Bereks, des Vaters der Feigheit. Männer mit halben Händen. Deshalb wandte der Meister der Schöpfung im Zorn sein Antlitz vom Land ab. Er sandte uns das Sonnenübel als Züchtigung für den Verrat, um uns an unsere Vergänglichkeit zu gemahnen, so daß wir einstmals wieder würdig sein mögen, seinem Zweck zu dienen. Allein das Wirken der Sonnengefolgschaft ermöglicht uns, überhaupt zu überdauern.«

Widerreden türmten sich in Covenant auf. Er wußte aus eigener Erfahrung, daß diese Auffassung vom Land falsch war und grausam. Aber ehe er nur zu dem Versuch kam, darauf zu antworten, sprang auf einmal Linden auf die Füße. Im Lampenschein glommen ihre Augen fiebrig – ein Ausdruck von Furcht, Empörung und Überdruß am Warten. Ihre Lippen zitterten. »Ein solcher Schöpfer ist es nicht wert, daß man an ihn glaubt. Aber wahrscheinlich müßt ihr ganz einfach an ihn glauben. Wie könntet ihr's sonst rechtfertigen, Leute umzubringen, die ihr nicht einmal kennt?!«

Der Steinmeister fuhr ebenfalls in die Höhe, nahm es mit Lindens Heftigkeit auf. Der Konflikt in seinem Innern ließ ihn die Zähne blecken. »Das gesamte Land weiß um die Wahrhaftigkeit dessen, was die Sonnengefolgschaft lehrt. Mit jedem Sonnenaufgang wird die Wahrheit offenbar. Niemand leugnet sie, nur mein Vater Nassic tat es, der im Geiste starb, ehe man seinen Leib hinmordete, und ihr leugnet, die ihr nichts wißt!«

Covenant blieb am Boden sitzen. Während Linden und Sunder sich stritten, sammelte er in sich all die Stränge seiner selbst, flocht Erbitterung, Mitgefühl, Entschlossenheit und Erinnerungen zu dem Band zusammen, von dem ihr Leben abhängen sollte. Ein Teil seines Ichs grämte sich wegen der Pein, die er Sunder zuzufügen beabsichtigte, der Wahl, vor die er ihn zu stellen gedachte; ein anderer Teil grollte der Brutalität, die Menschen wie Sunder gelehrt hatte, ihr Leben als Sühne für ein Verbrechen zu betrachten, das sie nie begangen haben konnten; wieder ein anderer Teil wand sich vor Furcht bei dem Gedanken an die Unzulänglichkeit seiner Handhabung von Macht, an einen Fehlschlag. Als Linden ansetzte, um dem Steinmeister eine neue Erwiderung entgegenzuschleudern, hinderte er sie daran mit einer ruckartigen Geste seines Kopfes. *Ich mach' das,* teilte er ihr wortlos mit. *Da es wohl sein muß.* Er richtete seinen Blick auf Sunder. »Wie geht's deiner Mutter?« erkundigte er sich.

Eine Zuckung verzerrte das Gesicht des Steinmeisters; seine Hände ballten sich zu knorrigen Knoten der Qual und Aussichtslosigkeit. »Ihr Tod ist unabwendbar.« Seine Augen waren stumpf, ganz erfüllt von Schmerz, spiegelten unverhohlen das Weh seines Herzens wider. »Bei Sonnenaufgang muß ich gemeinsam mit eurem auch ihr Blut vergießen.«

Für einen Moment senkte Covenant in stiller Kenntnisnahme den Kopf. Dann ließ er mit bewußter Anstrengung in seinem Innern eine Weite aus Abgeklärtheit entstehen, verdrängte all seine Fragen und Befürchtungen. *Nun gut,* sagte er sich. *Du mußt es schaffen, Leprotiker.* Tief einatmend stand er auf und trat vor den Steinhausener. »Sunder«, fragte er leise, »hast du ein Messer?« Der Steinmeister nickte, als entbehre die Frage jeden Sinns. »Nimm's zur Hand!« Bedächtig tat Sunder wie geheißen. Er langte auf seinen Rücken, zog aus dem Gürtel einen langen eisernen Dolch. Seine Finger hielten ihn, als habe er keinerlei Ahnung, wie man ihn benutzt. »Ich möchte, daß du siehst, du schwebst in keiner Gefahr«, sagte Covenant. »Du hast ein Messer. Meine Hände sind gefesselt. Ich kann dir nichts tun.« Sunder starrte Covenant nur an, aus Unverständnis wie gebannt. *Also los, Leprotiker,* ermunterte sich Covenant. *Jetzt mußt du es hinkriegen.* Sein Herzschlag schien seinen ganzen Brustkorb auszufüllen und keinen Platz mehr für Atemluft zu lassen. Doch Covenant zauderte nicht. »Hol das Stück *Orkrest* raus. Den Sonnenstein.« Wieder gehorchte Sunder. Covenants Wille hatte ihn voll in der Gewalt. Covenant gestattete sich keinen einzigen Blick auf den Stein. Beiläufig bemerkte er, daß Linden ihn ansah, als sei er nicht länger bei Verstand. Ein Schaudern der Anspannung gefährdete seine inwendige Abgeklärtheit. Er mußte die Zähne aufeinanderpressen, um seiner Stimme einen festen Klang zu gewährleisten. »Nun berühre mich damit.«

»Berühren …?« murmelte Sunder entgeistert.

»Berühre meine Stirn!« Zweifel fältelten Sunders Augenwinkel. Seine Schultern verkrampften sich, als er den Sonnenstein und das Messer fester faßte. *Tu es!* Die Hand des Steinmeisters schien sich ohne seinen Willen zu bewegen. Der *Orkrest* glitt an Covenants Gesicht vorüber, kam kühl und verheißungsvoll in Kontakt mit seiner gefurchten Stirn. Er senkte seine Aufmerksamkeit abwärts auf seinen Ring, versuchte die Verbindung zwischen *Orkrest* und Weißgold herzustellen. Ihm fiel ein, in Verzweiflung und Sonnenschein an den Hängen des Donnerbergs gestanden zu haben; daß Bannor einmal seine Hand gepackt und mit dem Ring den Stab des Gesetzes angerührt hatte. Er brauchte einen Auslöser. Covenant erinnerte sich an Ausbrüche von Energie. *Du bist das Weißgold.* Die Stille schien im Raum zu vibrieren. Covenants Lippen wichen von den Zähnen zurück. Unter dem unerhörten Druck verkniff er die Augen. Einen Auslöser. Er mochte nicht sterben, wollte das Land nicht sterben lassen.

Lord Foul verabscheute alles Lebendige. Mit wütender innerer Anstrengung brachte er in Gedanken *Orkrest* und Weißgold zusammen, erzwang Macht. Ein silbernes Aufflammen schoß aus seiner Stirn.

Linden entfuhr ein ersticktes Keuchen. Sunder riß den *Orkrest* zurück. Eine energetische Entladung blies die Öllampe aus. Dann waren Covenants Hände frei. Indem er das magmahafte Glühen der erneuerten Blutzirkulation mißachtete, hob Covenant die Arme vor sich empor, öffnete die Augen. Seine Hände leuchteten im Farbton des Vollmondes. Er spürte die Heftigkeit des Feuers, aber es fügte ihm keinen Schaden zu. Die Flammen an seiner Linken verloderten rasch, erloschen. Seine Rechte dagegen lohte immer heller, in dem Maße, wie die Flamme sich auf seinen Ring konzentrierte, lautlos brannte. Linden starrte Covenant bleich und wilden Blicks an. Sunders Augen spiegelten das silberne Feuer wie eine Offenbarung wider, die zu ungeheuerlich war, um sie ertragen zu können.

Du bist noch voller Trotz. Covenant keuchte. *O ja! Und du ahnst nicht im entferntesten, wie sehr!* Mit einem bloßen Gedanken befreite er Lindens Handgelenke von den Fesseln. Dann griff er nach dem Sonnenstein. Als er ihn aus Sunders wie gelähmten Fingern entnahm, fuhr explosionsartig ein grellweißes Licht aus dem Stein. Es leuchtete in der kleinen Räumlichkeit so hell wie eine Sonne. Linden zog den Kopf ein. Sunder bedeckte mit seinem freien Arm die Augen und fuchtelte unsicher mit dem Dolch. »Wilde Magie«, sagte Covenant. Seine Stimme fühlte sich im Mund an wie Feuerzungen. Die Rückkehr des Blutstroms in seinen Arm wütete an seinen Nerven wie mit Krallen. »Dein Messer ist ein Nichts. Ich habe die wilde Magie. Aber das soll keine Drohung sein. Ich will niemandem etwas tun.« Die Nacht war kalt geworden, aber ihm lief Schweiß übers Gesicht. »Zu so was bin ich nicht hier. Aber ich gedenke nicht zuzulassen, daß ihr uns umbringt.«

»Vater!« schrie Sunder voller Jammer auf. »So ist es wahr? Ist jedes Wort, das du gesprochen hast, ein Wort der Wahrheit gewesen?!«

Covenant erschlaffte. Er spürte, daß er seinen Zweck erreicht hatte; und unverzüglich überrollte ihn eine Welle von Müdigkeit. »Hier.« Seine Stimme klang vor Anstrengung rauh. »Nimm ihn!«

»Nehmen ...?«

»Den Sonnenstein! Er gehört dir!« Dermaßen aufgewühlt durch die miterlebte Demonstration von Macht, als habe sie die Welt, die er bislang gekannt hatte, in ein Chaos verwandelt, streckte Sunder die Hand aus, berührte den in hellem Leuchten befindlichen *Orkrest.* Als dessen Licht ihn nicht verbrannte, schloß er seine Finger um ihn wie um einen Rettungsanker. Mit einem Aufstöhnen ließ Covenant von der wilden Magie ab. Augenblicklich erlosch das Feuer, als habe er es von seiner Hand gestreift. Das Leuchten des Sonnensteins verblaßte; mitternächtliche Schwärze verdunkelte den Raum. Covenant lehnte sich rücklings an die Wand, preßte sich die Arme, in denen es pochte, an die Brust. Funken und Geflimmer tanzten durch sein Blickfeld, verfärbten sich langsam von Weiß zu Orange und Rot. Er fühlte sich erschöpft; doch er durfte sich jetzt keine Ruhe gönnen. Er hatte seine Macht fahren gelassen, um dem Steinmeister die Gelegenheit zu geben, sich zu weigern. Nun mußte er die Konsequenz tragen und sich diesem Risiko stellen. Roh quetschte er Worte heraus. »Ich will von hier weg. Ehe irgend etwas anderes passiert. Bevor der Wütrich es mit Schlimmerem versucht. Aber wir benötigen Hilfe. Einen Führer. Jemand, der sich mit dem Sonnenübel auskennt. Ich will, daß du uns begleitest!«

Sunder antwortete aus der Dunkelheit; seine Stimme hörte sich an, als neige er zum Nachgeben. »Ich bin der Steinmeister vom Steinhausen Mithil. Seine Menschen vertrauen auf mich. Wie könnte ich meinen Heimatort verraten, um euch Beistand zu leisten?«

Der Steinmeister verstummte und schwieg. Covenant drückte krampfhaft die Arme an die Brust; er versagte es sich, um Sunders Unterstützung zu bitten. Doch sein Herz hämmerte immer wieder: *Bitte. Ich brauche dich!*

Unerwartet ergriff Linden im Tonfall eindringlicher Leidenschaft das Wort. »Es dürfte nicht sein, daß du deine eigene Mutter umbringen sollst.«

Sunder tat einen zittrigen Atemzug. »Ich habe nicht den Wunsch, ihr Blut zu vergießen. Und auch nicht das eure. Mögen meine Steinhausener mir verzeihen.«

In Covenants Kopf begann aus lauter Erleichterung alles zu verschwimmen. Er vernahm noch die eigene Stimme. »Dann laßt uns aufbrechen!«

7
Marid

Für einen Moment herrschte Schweigen in dem kleinen Raum. Sunder blieb reglos, als könne er seine widerwilligen Knochen nicht dazu bringen, gemäß seiner Entscheidung zu handeln. »Thomas Covenant«, sagte er leise und schwerfällig aus der Finsternis, »hintergeh mich nicht!« Bevor Covenant sich eine Antwort einfallen lassen konnte, drehte sich der Steinmeister um und hob den Türvorhang beiseite. Durch den Zugang sah Covenant Mondschein das freie Zentrum des Steinhausens erhellen.

»Wie steht's mit Wachen?« fragte er ruhig nach.

»Hier sind keine.« Sunders Stimme sprach in rüdem Flüstern. »Die Aufsicht über das Leben jener, deren Blut vergossen werden soll, obliegt dem Steinmeister. Es ist angebracht, daß jener, der die Opferung zu vollziehen hat, in der Nacht zuvor mit jenen Wache hält, deren Blut fließen soll. Das Steinhausen schläft.«

Covenant sperrte sich gegen seine Mattigkeit und den Ton des Steinmeisters. »Und außerhalb der Ortschaft?«

»Die draußen aufgestellten Wachen müssen wir umgehen.« Grimmig verließ Sunder das Haus.

Linden schickte sich an, dem Steinhausener zu folgen. Doch an Covenants Seite verharrte sie. »Trauen Sie ihm?« fragte sie gedämpft. »Er bereut seinen Entschluß schon.«

»Ich weiß«, gab Covenant zur Antwort. Insgeheim verwünschte er die Feinheit von Lindens Gehör. »Ich würde niemandem vertrauen, der eine derartig schwerwiegende Entscheidung nicht bereut.«

Linden zögerte einen Augenblick lang. »Ich bezweifle«,

entgegnete sie dann bitter, »daß Reumütigkeit eine solche Tugend ist.« Damit trat sie hinaus in die Nacht.

Covenant stand reglos da, blinzelte matt in die Dunkelheit. Er fühlte sich schwach vor Hunger; bereits der bloße Gedanke an das, was bevorstand, schien ihm die letzten verbliebenen Reste seiner Kräfte rauben zu müssen. Lindens Strenge verletzte ihn. Wo hatte sie gelernt, sich schon die simple Menschlichkeit des Reuegefühls zu versagen? Doch jetzt war nicht die Zeit für solche Angelegenheiten. Die Notwendigkeit der Flucht besaß absoluten Vorrang. Mit steifen Bewegungen folgte er den beiden ins Freie.

Nach der Schwärze, die er hinter sich ließ, kam es ihm im Mondschein beinahe taghell vor. Sunder und Linden hoben sich leicht erkennbar und deutlich von den fahlen Außenmauern der Häuser ab; sie warteten auf ihn. Sobald er zu ihnen stieß, wandte sich der Steinmeister unverzüglich nordwärts, begann in barfüßiger Lautlosigkeit durch die Bauten der Ortschaft vorauszugehen. Linden blieb bei ihm wie ein Schatten, und Covenant hielt sich im Abstand einer Armlänge hinter ihrem Rücken. Als sie sich den am äußeren Rande des Dorfes gelegenen Gebäuden näherten, machte Sunder halt. Er gab Covenant und Linden ein Zeichen, daß sie bleiben sollten, wo sie waren; Covenant nickte, und Sunder schlich zurück ins Steinhausen.

Covenant bemühte sich, die Lautstärke seiner Atemzüge zu mäßigen. Neben ihm stand Linden mit geballten Fäusten. Stumm bewegten sich ihre Lippen, als argumentierte sie gegen ihre Furcht. Die Nacht war eisig kühl; Covenants Beunruhigung erzeugte bis hinab zu seinem unteren Rücken einen Strang von Gefröstel. Kurze Zeit später kam Sunder wieder, trug einen dunklen, länglichen Gegenstand mit sich, etwa so groß wie eine Papayafrucht. *»Mirk«*, flüsterte er. Dann setzte er ohne Umschweife den Weg zum Dorf hinaus fort. Die drei verließen Steinhausen Mithil mit der Geisterhaftigkeit von Gespenstern.

Von den letzten Häusern aus schlug Sunder die Richtung zur Talsohle ein. Er strebte halb geduckt dahin, um eine möglichst niedrige Silhouette zu bieten. Linden tat es ihm nach; sie huschte durchs Mondlicht, als sei sie von Geburt an mit sicheren Füßen begnadet. Covenants Zehen jedoch waren gefühllos, seine Beine ermüdet. Er stolperte achtlos den unebenen Untergrund entlang.

Plötzlich klammerte Sunder seine Hände an einen Felsen und schwang sich in die langgestreckte Vertiefung des Flußbetts hinab. Linden sprang hinterdrein. Sand milderte ihren Aufprall. Eilig gesellte sie sich zu Sunder in den Schatten unterhalb des Ufers.

Covenant zögerte am Rande der Böschung. Als er hinunterschaute, drohte ihm aufgrund eines Schwindelgefühls gleich schlecht zu werden. Er wandte das Gesicht ab. Die ausgedörrte Länge des Flußlaufs schlängelte sich links von ihm wie eine Serpentine aus den Bergen herab und zu seiner Rechten hinaus in die Südlandebenen. In der vergangenen Nacht war der Mithil zum Überfließen voll gewesen. »Komm!« rief Sunder unterdrückt herauf. »Sonst wird man dich erspähen.«

Covenant sprang. Er kam unglücklich auf und plumpste mit ausgebreiteten Gliedmaßen in den Sand. In der nächsten Sekunde war Sunder bei ihm, drängte ihn zum Aufstehen. Covenant achtete nicht auf den Steinmeister. Er grub seine Hände in den Sand, wühlte nach Feuchtigkeit. Doch selbst unter der Oberfläche war der Sand vollkommen trocken. Seine Hände wirbelten Staub auf, und Covenant mußte würgen, um einen Hustenanfall zu ersticken. *Unmöglich!* Das Flußbett war so ausgemergelt wie eine Wüste. War das Gesetz des Landes unwirksam geworden?

»Covenant!« fauchte Linden. Sundern zerrte an Covenants Schultern. Während er eine Anwandlung blinder Wut meisterte, stellte Covenant sich mühsam auf die Beine und torkelte in den Schatten unterm Flußufer. Ein Moment verstrich, bis er sich wieder genug gefaßt hatte, um seinen Kummer Kummer sein zu lassen und sich wieder für das Geschehen ringsum zu interessieren.

Sunder deutete flußabwärts auf den schwarzen Bogen einer Brücke, die etwa einhundert Meter entfernt das Flußbett überspannte. »Eine Wache«, sagte er leise. »Die anderen Wachen sind für uns keine Gefahr mehr. An diesem Mann jedoch gelangen wir nicht ungesehen vorüber.«

»Was sollen wir tun?« flüsterte Linden.

Der Steinmeister gebot mit einem Wink Schweigen. Die *Mirk* unterm Arm, folgte er vorsichtig dem Lauf des Flußbetts, blieb im Sichtschutz des Ufers. Linden und Covenant schlossen sich an. Sie kamen nur langsam vorwärts. Der Grund des Flußbetts war voller Steine und unvermuteten Löchern, besonders in der Nähe der Böschungen; Covenant mußte darauf achtgeben, wohin er den Fuß setzte. Dennoch zog immer wieder die Brücke seinen Blick an: die unheilvoll schwarze Wölbung des Brückenbogens schien ihnen den Weg wie ein Tor zu versperren. Diese Brücke hatte er einmal mit Lena überquert. Und mit Atiaran. Die Erinnerungen krampften ihm das Herz zusammen.

Er sah keinerlei Anzeichen für die Anwesenheit des Wächters. Der Mann mußte sich hinter der Brüstung des Bauwerks verbergen.

Schließlich erreichten sie die Brücke und begaben sich genau unter sie. Covenant hielt den Atem an, als sich Sunder zum Ufer entfernte. Der Steinmeister erklomm die Böschung mit wohlüberlegter Umsichtigkeit; er suchte sich einen Pfad nach oben, als wäre jeder Kiesel, jede Handvoll Dreck ein

Verräter. Bedachtsam schob er sich um das Ende der Brücke. Spannung durchbebte die Luft, als müsse die Nacht splittern.

Covenants Lungen waren wie geschrumpft, lechzten nach der Erleichterung des Aufatmens. Linden stand in zusammengesunkener Haltung da.

Dann hörten sie ein dumpfes Klatschen – das Zerbrechen von Sunders *Mirk* –, danach ein Stöhnen und das Geräusch eines Körpers, der über ihren Köpfen auf den Stein fiel.

Der Steinmeister sprang mit aller Hast zurück ins Flußbett. »Nun müssen wir uns sputen«, mahnte er, »ehe ein anderer Mann zur Ablösung eintrifft!« Seine Stimme klang mißmutig. Er machte auf der Stelle kehrt und entfernte sich, als hätte er soeben etwas getan, das – wie er sein Leben lang gewußt hatte – nicht zu rechtfertigen war. Er legte ein zügiges Marschtempo vor. Covenant und Linden mußten sich beeilen, um mit ihm Schritt zu halten.

Das Mondlicht verlieh der Nacht eine ziselierte Patina von altsilberner Färbung, als bestünde die Dunkelheit selbst aus einer sehr fein gefertigten Handwerksarbeit. Über den Kämmen der Berge, die an beiden Seiten des Tals zerklüftet zum unerreichbaren Firmament aufragten, blinkten Sterne wie Beispiele von Vollkommenheit. Solange er sich noch genügend bei Kräften fühlte, nahm Covenant die Gelegenheit wahr und freute sich an diesem sichtbaren Rest von Schönheit des Landes. Doch während der Mond sich seinem Untergehen zuneigte und die Bergkette zur Linken in der Ferne zurückzubleiben begann, ließ sein Schwung merklich nach. Er war zu schwach. Sein Herz schlug gequält mühsam, als könne es nicht länger mithalten; seine Muskeln schienen zu Sand geworden zu sein. Und dabei war Flucht nicht genug; er hatte noch etwas zu erledigen. Mit einem heiseren Krächzen veranlaßte er Sunder zum Stehenbleiben. Dann sackte er auf den Untergrund, streckte sich rücklings aus und rang um Atem.

Linden verharrte nahebei, zwar in ihren Kräften beeinträchtigt, aber noch imstande weiterzumarschieren. Sunder stand aufrecht und ungeduldig herum; er war ebenso zäh wie stark, durch lebenslanges schwieriges Überleben gegen Ermüdung gefeit. Sogar nach dem wenigen, das Covenant im Steinhausen Mithil gesehen und gehört hatte, besaß er darüber Klarheit, daß das Dasein dort schwer war und seinen Preis forderte. Wie sonst könnten diese Dörfler dazu fähig sein, die eigenen Eltern als Blutopfer darzubringen, dazu bereit, Fremde und Unschuldige zum Tode zu verurteilen? Covenant empfand es als untragbar, daß das so reich und freigebig gewesene Land, das er geliebt hatte, derartig heruntergekommen sein sollte.

»Hier sind wir sicher genug, bis die Sonne aufgeht,« sagte Sunder unfreundlich, während Covenant noch seelische Kraft sammelte. »Auf jeden Fall, solange unsere Abwesenheit im Steinhausen unbemerkt bleibt. Doch es wird zu nichts führen, hier zu verweilen und nur auf Glück oder Unheil zu warten. Der Gefolgsmann, der sich gegenwärtig nach Steinhausen Mithil unterwegs befinden dürfte, könnte uns zur Gefahr werden. Wenn er von unserer Flucht erfährt, wird er uns sicherlich verfolgen. Du hast mich darum ersucht, dein Führer zu sein, Thomas Covenant. Wohin wünschst du zu gehen?«

Unter Stöhnen setzte sich Covenant auf. »Eins nach dem anderen.« Inzwischen begriff er soviel, daß er genau wußte, Sunder würde die umfassendere Antwort auf seine Frage mißfallen. Also sprach er nur seine unmittelbare Absicht aus. »Als erstes will ich Marid finden.«

»Marid?« Der Steinmeister starrte ihn offenen Mundes an. »Habe ich dir nicht von dem Urteil erzählt, welches das Steinhausen über ihn gefällt hat? Durch die Predigt und alten Brauch wird er auf Gnade oder Ungnade dem Sonnenübel ausgeliefert. Und das ist bereits geschehen.«

»Ich weiß«, entgegnete Covenant leise. »Du hast's mir erzählt. Und ich habe dir was anderes gesagt. Daß er unschuldig ist.«

»Schuldig oder unschuldig«, erwiderte Sunder, »das bedeutet nichts. Es ist bereits getan. Die Männer und Weiber, denen die Aufgabe zufiel, die Bestrafung zu vollziehen, waren schon zurückgekehrt, bevor ich euch aufsuchte, um mit euch zu reden.«

Die Müdigkeit zersetzte Covenants Selbstbeherrschung. Nur mit knapper Not vermochte er einen Ausbruch seiner alten Wut zu verhindern. »Was haben sie mit ihm gemacht?«

Voller Überdruß warf Sunder einen Blick hinauf zu den Sternen. »Sie haben ihn in die Ebenen gebracht und dort gebunden zurückgelassen, damit er seines Schicksals harre.«

»Weißt du, wo sie ihn zurückgelassen haben?«

»Ungefähr. Vor dem Aufbruch besprachen sie ihr Vorgehen. Doch ich war nicht mit ihnen fort und kenne die genaue Stelle nicht.«

»Es wird schon genügen.« Covenant fühlte sich so schwächlich, als ob er aus nichts außer Wasser bestünde; aber er raffte sich auf und trat vor den Steinmeister. »Bring uns hin.«

»Uns bleibt keine Zeit!« Sunders Gesicht glich einem Knäuel aus Finsternis. »Die Entfernung ist zu groß. Wir müssen Schutz suchen, oder wir werden, sobald die Sonne aufgeht, gleich ihm dem Sonnenübel zum Opfer.«

»Aber Marid ist *unschuldig.*« Selbst in den eigenen Ohren klang Covenants Stimme wüst, doch das war ihm gleichgültig. »Der Wütrich hat sich seiner nur unseretwegen bedient. Ich werde nicht zulassen, daß er für so was bestraft wird. Gottverdammt noch mal!« Er packte Sunder grob am Wams. »Führ uns hin! An meinen Händen klebt schon viel zuviel Blut.«

»Du verstehst nicht«, sagte der Steinmeister leise und in bemühtem Tonfall, als habe er gerade eine entscheidende, furchtbare Wahrheit erkannt, »was das Sonnenübel ist.«

»Dann erklär's mir! Vor was fürchtest du dich so?«

»Wir würden das gleiche Schicksal wie Marid erleiden!«

»Es ist ihm ernst«, sagte Linden, die hinter Sunder stand. »Er glaubt, daß uns Schreckliches zustoßen muß, sobald die Sonne aufgeht.«

Mit einer inneren Anstrengung nötigte sich Covenant zum Ablassen von Sunders Wams. Er wandte sich an Linden, mäßigte seine Stimme, um sich zu ruhigem Sprechen zu zwingen. »Was meinen Sie?«

Zunächst schwieg Linden. »Ich habe Ihnen nicht geglaubt, als Sie behaupteten, Joan sei besessen. Aber den Wütrich habe ich selbst bemerkt. Und ich habe Marid danach gesehen. Der Wütrich war fort.« Sie entließ jedes Wort mit sorgfältiger Betonung in die Nachtluft. »Falls Sie's vorziehen, bei Sunder zu bleiben, gehe ich Marid allein suchen.«

»Himmel und Erde!« begehrte Sunder auf. »Habe ich nur an meiner Dorfgemeinschaft Verrat geübt, damit ihr euch für einen Menschen ins Verderben stürzt, der nicht mehr zu retten ist?! Wenn ihr nur einen falschen Schritt macht, werdet ihr so enden, daß ihr gar die Steine um den Tod anfleht.«

Covenant spähte durch die Düsternis dorthin, wo Linden stand, fand in ihrer Gegenwart Mut. »Er war dein Freund«, gab er Sunder gedämpft zur Antwort.

»Ihr seid wahnsinnig!« schimpfte Sunder. »So wie mein Vater Nassic ein Wahnsinniger war.« Er griff sich einen Stein und schleuderte ihn auf die Böschung des Ufers. »Und auch ich bin vom Wahnsinn befallen.« Dann wirbelte er wieder zu Covenant herum. »Nun wohl.« Zorn pochte in seiner Stimme mit. »Ich werde euch führen. Aber ich werde *nicht* …« – seine Faust drosch hinaus in die Nacht – »das Unheil des Sonnenübels auf mich nehmen, für keinen Mann und kein Weib, ob im Geiste gesund oder irrsinnig.« Mit einem Ruck setzte er sich in Bewegung, drehte sich um und kletterte aus dem Flußbett.

Covenant schaute unverändert Linden an. Er wollte ihr für ihre Unterstützung danken, ihre Bereitschaft, aus Rücksicht auf Marids Unschuld die eigene Sicherheit zu riskieren. Doch sie stapfte brüsk an ihm vorbei und Sunder hinterdrein. »Kommen Sie«, sagte sie über die Schulter. »Wir müssen uns beeilen. Was es auch ist, wovor er solchen Bammel hat, ich habe das Gefühl, mir wird's auch nicht besonders gefallen.«

Covenant beobachtete sie, wie sie das Ufer erklomm. *So enden, daß ihr gar die Steine …* Er schabte sich mit der rechten Hand am Kinn, überzeugte sich mit den harschen Bartstoppeln vom Vorhandensein seines Rings. Dann bot er all seine verminderten Kräfte auf und unterzog sich der Mühsal, seinen beiden Begleitern zu folgen.

Auf flachen Untergrund gelangt, fand er sich in einer völlig anderen Landschaft wieder. Abgesehen vom unregelmäßigen Geschlängel des Mithil-Flußbetts, waren die Ebenen nahezu ganz ohne Charakteristika. Sie dehnten sich nach Norden und Westen aus, so weit er zu sehen vermochte, lediglich gekennzeichnet durch die schwache Gewelltheit des Geländes, ansonsten jedoch sogar ohne Gesträuch oder auch nur Anhäufungen von Felsen. Der Schein des mittlerweile niedrigstehenden Mondes verlieh ihnen ein Aussehen gespenstischer Unfruchtbarkeit, als wären sie durch ganze Zeitalter ungelöschten und unlöschbaren Durstes zu vollständiger Ausgedörrtheit verwittert.

Sunder eilte beinahe im Laufschritt in leicht nordöstlicher Richtung voraus, ungefähr parallel zu den Bergen, die so still im Osten lagen. Aber Covenant konnte diese Schnelligkeit nicht mitmachen. Und er verstand die Furcht nicht, die ihren Führer so antrieb. Er rief Sunder an, langsamer zu gehen. Der Steinmeister fuhr herum. *»Wir haben keine Zeit.«*

»Dann gibt's ja auch keinen Grund, sich dermaßen abzustrampeln.«

Sunder stieß einen Fluch aus und setzte den Weg fort. Doch trotz seiner nahezu panikartigen Unruhe lief er nunmehr nicht schneller als auf einem flotten Spaziergang. Etwas später sank der Mond hinter den Horizont. Aber das kärgliche Licht der Sterne reichte aus. Das Terrain war mühelos begehbar, und Sunder kannte die Richtung. Bald begann von Osten her ein vager Streifen von Grau ins Schwarz der Nacht einzusickern. Die Aufhellung des Horizonts erregte Sunder noch mehr. Er suchte beim Gehen ringsum den Untergrund ab, wich bisweilen vom Weg ab wie in Seitensprüngen der Furcht, um Unregelmäßigkeiten des Erdbodens näher in Augenschein zu nehmen. Anscheinend fand er jedoch nicht, worauf er aus war. Nachdem sie ungefähr einen Kilometer zurückgelegt hatten, stand die Dämmerung unmittelbar bevor. Eindringlich wandte sich Sunder an Covenant und Linden. »Wir müssen Stein finden. Irgendeinen harten Fels, frei von jeglichem Erdreich. Ehe die Sonne aufgeht. Haltet Umschau, wenn euch ein gesundes Leben und ein anständiger Tod lieb ist!«

Steif verharrte Covenant. Seine Umgebung schien zu schwanken, als wolle sie auseinanderfallen. Er fühlte sich vor Erschöpfung total benommen. »Dort«, sagte Linden. Sie zeigte nach rechts. Covenant spähte an die Stelle, wohin sie deutete. Er vermochte nichts zu erkennen. Aber er verfügte auch nicht über ihre besondere Sicht.

Einen Moment lang starrte Sunder sie an, dann hastete er hin, um nachzusehen. Mit seinen Händen tastete er die Erdoberfläche ab. »Stein!« sagte er. »Mag sein, zur Genüge.« Er sprang auf. »Hier müssen wir uns hinstellen. Der Stein wird uns schützen.«

Entkräftung brachte Covenants Blickfeld ins Verschwimmen. Er konnte den Steinmeister nicht länger deutlich sehen. Für seine Begriffe ergab Sunders Aufregung keinerlei Sinn. Bis zum Sonnenaufgang waren es nur noch wenige Augenblicke;

der Horizont zeichnete sich gegen die heraufziehende Helligkeit scharf ab. Sollte das alles bedeuten, daß er Grund zur Furcht vor der *Sonne* hätte?

Linden stellte Sunder genau diese Frage. »Bist du der Ansicht, die Sonne könnte uns irgendwie Schaden zufügen? Das ist doch Unfug. Gestern haben wir während eurer absurden Probe des Schweigens den halben Morgen in der Sonne zugebracht, und das einzige, worunter wir zu leiden hatten, waren Vorurteile.«

»Ihr hattet Stein unter den Füßen!« schäumte der Steinmeister. »Es ist der erste Sonnenstrahl, der das Unheil bewirkt! Gestern hat der erste Sonnenstrahl euch berührt, als Stein euch geschützt hat!«

Ich habe keine Zeit für diesen Quatsch, sagte sich Covenant. Vor seinem geistigen Auge sah er zumindest Marid deutlich genug. Alleingelassen zum Sterben in der Sonne. Unsicher hob er den Fuß, um weiterzugehen. »Narr!« brüllte Sunder. »Und für dich habe ich an der Gemeinschaft, in der ich zur Welt gekommen bin, Verrat begangen!« Einen Moment später schloß Linden sich Covenant an. »Sucht Stein!« Die beschwörende Heftigkeit des Steinmeisters klang nach höchster Verzweiflung. »Ihr richtet mich zugrunde! Muß ich denn auch euch noch töten?!«

Für ein paar Schritte schwieg Linden. »Er glaubt's«, meinte sie dann leise.

Unerwünscht starke Beunruhigung packte Covenant. Unwillkürlich blieb er stehen. Er und Linden wandten sich nach Osten um. Sie blinzelten in den feurigen anfänglichen Rand der im Aufgehen begriffenen Sonne. Sie flammte längs des Horizonts rot auf: sie selbst jedoch besaß eine braune Aura, als scheine sie durch eine Staubkruste. Ihre Strahlen fielen Covenant mit trockener Hitze ins Gesicht. »Nichts«, sagte Linden gepreßt. »Ich spüre nichts.«

Covenant schaute sich nach Sunder um. Der Steinmeister stand auf dem Felsboden. Er hatte das Gesicht mit den Händen bedeckt, und seine Schultern bebten.

Weil er nicht wußte, was sich anderes hätte tun lassen können, wandte Covenant sich ab und machte sich krampfhaft auf die Suche nach Marid. Linden blieb bei ihm. Hunger hatte sich ihrem Gesicht eingeprägt, gab ihm eine gewisse Eingesunkenheit; und sie hielt den Kopf, als schmerze sie noch immer die Verletzung hinterm linken Ohr. Aber ihre Zähne waren aufeinandergebissen, betonten die festen Umrisse ihres Kinns, und ihre Lippen waren aus Strenge bleich. Sie sah aus wie eine Frau, die nicht wußte, wie man kapitulierte. Covenant fand in ihrer Entschlossenheit Bestärkung und schleppte sich weiter dahin.

Der Sonnenaufgang hatte in den Ebenen die Umgebung verändert. Im Dunkel der Nacht hatte sie silbrig und halbwegs erträglich ausgeschaut; nun jedoch verwandelte sie sich zusehends in eine heiße, leblose Wüste. In der ganzen weiten Ödnis wuchs nichts, bewegte sich nichts. Der Untergrund war bis zur Härte von Eisen ausgedörrt und verbacken. Loses Erdreich zerbröselte zu Staub. Die gesamte Landschaft schimmerte vor Gluthitze wie nach einem ungeheuren Werk der Verwüstung. Indem er sich gegen das Lähmende seines Erschöpfungszustandes zur Wehr setzte, bat Covenant Linden, ihm über die Verfassung der Gegend Auskunft zu geben.

»Völlig unnatürlich.« Sie antwortete, als wäre schon der bloße Anblick der Umgebung eine gegen sie persönlich gerichtete Schmähung. »So dürfte es nicht sein. Die ganze Gegend ist wie eine offene Wunde. Ich rechne praktisch jeden Moment damit, sie bluten zu sehen. Es dürfte nicht so sein.«

Es dürfte nicht so sein, wiederholte er bei sich. Das Land war geworden wie Joan. Etwas Zerbrochenes. Das Geflimmer der Hitze stach ihm in die Augen. Er konnte den Untergrund lediglich als etwas wie eine Fläche heller Wundabsonderung erkennen; er hatte den Eindruck, mit jedem Schritt auf manifest gewordene Qual zu treten. Seine gefühllosen Füße strauchelten, ohne daß er es zu verhindern vermochte. Linden packte ihn am Arm, gewährte ihm Halt. Covenant rang seinen alten Gram nieder und straffte sich. »Was ist die Ursache?« Seine Stimme zitterte.

»Ich kann's nicht genau sagen«, antwortete sie erbittert. »Aber es hat irgendwie mit dem Ring um die Sonne zu tun. Die Sonne selbst ...« – ihre Hand ließ ihn langsam los – »kommt mir durchaus natürlich vor.«

»Hölle und Verdammnis!« röchelte Covenant. »Was hat der Halunke bloß angestellt?« Er erwartete darauf allerdings keine Antwort. Trotz ihrer dem Land angepaßten Sicht wußte Linden weniger als er. Mit Vorsatz unterzog er sich einer VBG. Dann setzte er die Suche nach Marid fort. In seinem Bedauern und Schmerz stand der Gedanke an einen Menschen, der gefesselt unter dieser Sonne lag und ihrer Gnade ausgeliefert war, als die eine Vorstellung im Vordergrund, neben der er alles andere als vernachlässigbar empfand.

Linden und er wanderten mühselig durch die von Glut versengte Landschaft. Der Staub überzog Covenants Mund mit dem Vorgeschmack des Mißlingens; das grelle Sonnenlicht bohrte sich wie mit Nadeln durch seine Augäpfel. Während seine Schwäche zunahm, trieb sein Bewußtsein allmählich in einen verschwommenen Zustand des Dösens ab. Ausschließlich die Landmarke, die die Berge abgaben – nun östlich und leicht südlich von ihnen –, ermöglichte es ihm, die Richtung beizubehalten. Die Sonne schlug auf ihn herunter wie auf einen Amboß, hämmerte Körperflüssigkeit und Kraft aus ihm heraus, als wolle ein Schmied aus Nutzlosem unbedingt doch noch etwas machen. Er wußte nicht, wie er auf den Beinen blieb. Bisweilen fühlte er sich beim Hinwandern über die farblose Erde, durch den Hitzedunst, als wäre er selbst ein Bestandteil der Trostlosigkeit.

Möglicherweise wäre er an dem vorübergelaufen, was er suchte; doch irgendwie schaffte Linden es, wacher als er zu bleiben. Sie zerrte an ihm und brachte ihn zum Stehen, schreckte seine Aufmerksamkeit aus dem trägen Wallen der Hitzeschwaden. »Sehen Sie mal.«

Covenants Lippen bewegten sich, um überflüssige Fragen zu stellen. Im ersten Moment verstand er gar nicht, wieso er nicht weiterlatschte. »Sehen Sie mal«, wiederholte Linden. Ihre Stimme krächzte trocken.

Sie standen in einer weitflächigen, staubigen Vertiefung. Mit jeder Regung ihrer Füße wirbelten sie Staubwolken auf. Vor ihnen waren zwei Holzpfosten in den Untergrund gehauen worden. Sie befanden sich in einigem Abstand voneinander, als hätten sie dem Zweck gedient, die Hände eines mit ausgebreiteten Armen auf der Erde ausgestreckten Menschen festzubinden. Um die Pfosten waren Stricke geschlungen. Die Stricke waren unbeschädigt. Eine Mannslänge von diesem Pfosten entfernt sah man im Erdboden zwei Löcher – Löcher, wie sie zurückblieben, wenn man Pfosten hineinhieb und wieder herauszog. Mit ausgetrocknetem Gaumen schluckte Covenant. »Marid.« Das Wort zerschrammte ihm die Kehle.

»Er ist geflohen«, sagte Linden heiser. Covenants Beine gaben nach. Er setzte sich auf den Erdboden, hustete schwächlich in den Staub, den er aufwirbelte. *Geflohen.* Linden kauerte sich vor ihn. Die Nähe ihres Gesichts zwang Covenant, es zum Brennpunkt seines Blicks zu machen. Lindens Stimme kratzte, als wäre ihr Hals voller Sand. »Ich weiß nicht, wie er das geschafft hat, aber auf jeden Fall ist er weit besser dran als wir. Diese Hitze wird uns das Leben kosten.«

Covenants Zunge widerstrebte ihm. »Ich mußte es versuchen. Er war unschuldig.«

Verlegen hob Linden eine Hand und strich ihm Perlen nutzlosen Schweißes von der Stirn. »Sie sehen schrecklich aus.«

Durch seine Erschöpfung stierte Covenant sie an. Dreck verkrustete ihre Lippen und Wangen, hatte sich in den Fältchen beiderseits ihres Mundes gesammelt. Rinnsale von Schweiß hatten ihr Gesicht mit senkrechten Streifen durchzogen. Ihre Augen wirkten stumpf. »Sie auch.«

»Dann sollten wir mal besser was unternehmen.« Die Zittrigkeit ihrer Stimme widersprach Lindens Bemühen um einen resoluten Tonfall. Doch sie stand auf und half Covenant dabei, sich aufzurichten. »Lassen Sie uns umkehren. Vielleicht sucht Sunder inzwischen nach uns.« Covenant nickte. Er hatte den Steinmeister vergessen gehabt.

Aber als er und Linden kehrtmachten, um zurück in die Richtung zu gehen, aus der sie gekommen waren, sahen sie durch das Flimmern der Hitze eine dunkle Gestalt sich nähern. Covenant hielt ein, blinzelte hinüber. Eine Luftspiegelung? Linden trat zu ihm, wie in ständiger Bereitschaft, um zu verhindern, daß er das Gleichgewicht verlor. Sie warteten. Die Gestalt kam näher, bis sie Sunder erkennen konnten. Zwanzig Schritte von ihnen entfernt blieb er stehen. Seine Rechte umklammerte den Dolch. Diesmal wirkte er mit der Handhabung des Messers vollauf vertraut. Covenant beobachtete den Steinmeister reichlich entgeistert, als habe das Messer sie durchs bloße Vorhandensein zu Fremden gemacht. Lindens Hand berührte wie zur Warnung seinen Arm.

»Thomas Covenant.« Sunders Gesicht sah aus wie heißer Stein. »Wie lautet mein Name?« *Wie …?* Covenant glotzte mit gerunzelter Stirn in die Hitze zwischen ihnen. »Sprich meinen Namen aus!« schnauzte der Steinmeister wütend »Zwing's mir nicht auf, dich töten zu müssen.«

Töten? Covenant unternahm eine ernsthafte Anstrengung, um seine Verwirrung zu überwinden. »Sunder«, krächzte er.

»Steinmeister von Steinhausen Mithil. Träger des Sonnensteins.«

Fassungsloses Unverständnis begann Sunders ganzes Gebaren zu kennzeichnen. »Linden Avery?« meinte er mit einer Stimme, die zu versagen drohte. »Wie ist der Name meines Vaters?«

»War«, berichtigte Linden in ausdruckslosem Ton. »Sein Name war Nassic, Jous' Sohn. Er ist tot.«

Sunder starrte Covenant und Linden an wie zwei wundersame Erscheinungen. Dann ließ er die Hände an die Seiten sinken. »Himmel und Erde! Es ist undenkbar. Das Sonnenübel … Noch nie habe ich erlebt …« Voller Staunen schüttelte er den Kopf. »Ach, ihr seid ein Rätsel! Wie kann so etwas sein? Vermag ein Ring aus Weißgold die Ordnung des Lebens zu verändern?«

»Manchmal ja«, murmelte Covenant. Er widmete sich einer lückenhaften Reihe von Erinnerungen. Alles was er tat, lief auf einen unbeabsichtigten Verstoß gegen die gewohnten Wahrnehmungsmuster des Steinmeisters hinaus. Er verspürte das Bedürfnis, Sunders Mißbehagen durch irgendeine Erklärung zu lindern. Das Wallen der Hitze schien den Unterschied zwischen Vergangenem und Gegenwart zu verwischen. Etwas mit seinen Stiefeln …? Er zwängte Worte über seine wie verdorrten Lippen. »Als ich zum erstenmal hier war …« Stiefel – ja, das war es. Seibrich Felswürm hatte seinen Standort dank der fremdartigen Berührung seiner Stiefel auf dem Erdboden des Landes herausfinden können. »Meine Stiefel. Lindens Schuhe. Sie stammen nicht aus dem Land. Kann sein, daß sie uns geschützt haben.«

Sunder nahm die Erklärung an, als wäre sie ein Segen. »Ja. So muß es sein. Fleisch ist Fleisch und gegen das Sonnenübel machtlos. Doch eure Fußbekleidung … derlei habe ich nie zuvor gesehen. Gewißlich hat sie euch vor den ersten Sonnenstrahlen geschützt, denn andernfalls müßtet ihr bereits so verwandelt sein, daß ihr mich nicht länger gekannt hättet.« Nun schnitt er eine mißmutige Miene. »Warum habt ihr mir das verschwiegen? Ich war voller Furcht, daß …« Die Verkrampfung seiner Kiefer brachte das Ausmaß der durchgestandenen Furcht deutlich zum Ausdruck.

»Wir wußten's selbst nicht.« Covenant wünschte nichts, als sich niederlegen zu können, die Augen zu schließen, zu vergessen. »Wir haben Glück gehabt.« Ein Moment verstrich, ehe er genug Willen zum Weitersprechen aufzubringen vermochte. »Marid …?«

Sofort legte Sunder das Interesse an allem anderen ab. Er ging sich die Pfosten und Löcher ansehen. Furchen runzelten seine Stirn. »Narren«, knurrte er. »Ich habe sie ermahnt, dergleichen vorzubeugen. Niemand kann die Folgen des Sonnenübels voraussagen. Nun geht in den Ebenen Böses um.«

»Du meinst«, fragte Linden nach, »ihm ist keine richtige Flucht gelungen? Ist er nicht gerettet?«

»Habe ich nicht gesagt, daß keine Zeit ist?« fragte der Steinmeister barsch zurück. »Ihr habt nichts bewirkt als eure Entkräftung. Ich bin euch in eurem zwecklosen Treiben gefolgt. Nun ist's genug. Nun werdet ihr mir folgen.«

Linden musterte Sunder. »Und wohin?«

»Unterschlupf suchen«, antwortete Sunder in ruhigerem Ton. »In dieser Sonne dürfen wir nicht verbleiben.«

Covenant deutete ostwärts, in die Richtung einer Region, die er kannte. »Die Hügel …«

Sunder schüttelte den Kopf. »In den Hügeln läßt sich Unterschlupf finden, freilich. Doch um hinzugelangen, müßten wir in Sichtweite am Steinhausen Windwais vorüber. Das würde mit Gewißheit Opferung bedeuten – für alle Fremden ebenso wie für den Steinmeister von Steinhausen Mithil. Wir ziehen gen Westen, zum Mithil.«

Covenant konnte dem schwerlich widersprechen. Mangelhafte Kenntnisse beschränkten seine Entscheidungsfähigkeit. Als Sunder seinen Arm ergriff und ihn von der Sonne fortdrehte, begann er steifgliedrig aus der versandeten, staubigen Geländemulde zu schlurfen. Linden blieb an seiner Seite. Ihre Schritte fielen unsicher; sie wirkte inzwischen gefährlich geschwächt. Sunder befand sich noch recht gut bei Kräften, aber seine Augen blickten trüb drein, als sähe er Unheil voraus. Und Covenant war kaum noch dazu imstande, die Füße zu heben. Die Sonne schien sich, während sie den Himmel erklomm, um ihren mittäglichen Zenit zu erreichen, an seine Schultern zu krallen, ihm aufzuhocken. Hitzewellen wogten auf seiner Haut hin und her – eine unbekömmliche Art von Fieberschauern, die er wie eine Begleiterscheinung des Nachglühens in seinem versengten Herzen empfand. Seine Augen fühlten sich infolge ihrer ständigen trockenen Bewegungen wund an. Nach einiger Zeit fing er an, nur noch dahinzutorkeln, als seien seine Kniegelenke im Auseinanderfallen begriffen. Dann lag er auf einmal im Schmutz, ohne zu wissen, wie er gestürzt war; Sunder half ihm beim Aufsetzen. Das Gesicht des Steinmeisters war vom Staub grau; auch er litt nunmehr sichtlich unter den Strapazen. »Thomas Covenant«, keuchte er, »diese Anstrengungen werden dein Ende sein. Du benötigst Wasser. Willst du nicht deinen Ring aus Weißgold verwenden?« Covenants Atmung ging flach und unregelmäßig. Er starrte ins Geflimmer, als sei er erblindet. »Deinen Ring aus Weißgold«, drängte Sunder. »Du mußt Wasser aus der Erde holen, sonst wirst du sterben.«

Wasser. Covenant sammelte die Scherben seiner selbst um diesen Gedanken. *Unmöglich.* Er vermochte sich nicht zu konzentrieren. Er hatte die wilde Magie nie bei etwas anderem als Auseinandersetzungen benutzt. Sie war kein Allheilmittel. Sunder und Linden betrachteten ihn beide, als wäre er allein für ihre Hoffnungen verantwortlich. Sie standen oder fielen mit ihm. Um der zwei willen hätte er durchaus den Versuch unternommen. Aber ein Erfolg war auch noch aus anderen Gründen ausgeschlossen. So qualvoll, als sei er an allen erdenklichen Stellen seines Körpers aus den Fugen geraten, beugte er sich vor, kämpfte sich auf die Knie empor, dann auf die Füße. »Ur-Lord!« schalt der Steinmeister.

»Ich weiß nicht …«, brabbelte Covenant und hustete. »Weiß nicht wie.« Am liebsten hätte er losgebrüllt. »Ich bin Leprotiker. Ich kann nichts wahrnehmen … kann nicht fühlen …« Die Erde war ihm verschlossen; sie lag öd und nichtssagend unter seinen Füßen, wie eine Eindickung des Hitzeflimmerns, nicht mehr. »Ich weiß nicht, wie ich an Wasser kommen soll.« *Es müßte Erdkraft da sein. Und ein Lord, der damit umgehen kann. Aber es ist keine Erdkraft da. Die Lords sind dahin.* Er fand keine Worte, um seine Hilflosigkeit klar genug verständlich zu machen. »Ich kann's einfach nicht.«

Sunder stöhnte. Doch er zögerte nur für einen Moment. Dann seufzte er in deutlicher Resignation auf. »Nun wohl. Dennoch müssen wir Wasser haben.« Er zückte sein Messer. »Meine Kräfte sind noch größer als eure. Vielleicht kann ich ein wenig Blut entbehren.« Grimmig setzte er die Klinge ans Netzwerk von Narben auf seinem linken Unterarm.

Fahrig versuchte Covenant, seine Absicht zu vereiteln. Linden jedoch war schneller. Sie packte Sunders Handgelenk. »Nein!«

Der Steinmeister entriß ihr seine Hand. *»Wir müssen Wasser haben«,* knirschte er mit Heftigkeit.

»Aber nicht auf diese Weise.« In seiner Erinnerung sah Covenant die Einschnitte an Nassics Hand brennen; instinktiv verwarf er die Ausübung derartiger Macht.

»Wünschst du zu sterben?«

»Nein.« Covenant hielt sich durch schiere Willenskraft aufrecht. »Aber so verzweifelt bin ich nicht. Jedenfalls noch nicht.«

»Dein Messer ist nicht mal sauber«, ergänzte ihn Linden. »Falls du eine Blutvergiftung bekommst, müßte ich die Wunde ausbrennen.«

Sunder schloß die Augen, wie um von sich fernzuhalten, was man ihm sagte. »Ich werde euch beide unter dieser Sonne überleben.« Er preßte die Kiefer aufeinander und senkte seine Stimme zu einem trostlosen Geflüster. »Ach, mein Vater, was hast du mir angetan? Ist das das Ergebnis all deiner wahnsinnigen Pflichttreue?«

»Mach doch, was dir paßt«, sagte Covenant roh, um Sunder von Verzweiflung oder Auflehnung abzubringen. »Bring aber wenigstens soviel Anstand auf, damit zu warten, bis wir zu schwach sind, um dich dran zu hindern.«

Der Steinmeister riß die Augen auf. Er äußerte einen Fluch.

»Anstand – darum geht's dir?« knirschte er. »Geschwind häufst du Schande auf Menschen, von deren Leben du nichts verstehst. Nun denn, laß uns dem Augenblick entgegeneilen, an dem ich dich mit Anstand retten kann.« Er gab Covenant mit dem Arm einen Schubs, um ihn in Bewegung zu setzen, dann fing er ihn auf, indem er den Arm um Covenants Taille schlang, damit er nicht fiel, und begann ihn mit sich nach Westen zu ziehen. Im darauffolgenden Moment kam Linden an Covenants andere Seite und hob seinen Arm über ihre Schultern, teilte sich sein Körpergewicht mit Sunder. Auf diese Weise gestützt, war Covenant zur Fortsetzung des Marsches imstande.

Doch die Sonne war gnadenlos. Langsam, aber unausweichlich trieb sie ihn dem vollständigen Zusammenbruch entgegen. Als der Vormittag zur Hälfte vorüber war, vermochte er kaum noch einen geringfügigen Bruchteil seines Gewichts selber zu tragen. In seinen versengten Augen sang das Geflimmer der

Glut Klagelieder der Schwäche; Falter der Finsternis begannen durch sein Blickfeld zu gaukeln. Von Zeit zu Zeit sah er vor sich auf dem fahlen, verblichenen Untergrund kleine Verklumpungen von Nacht entstehen, gerade noch außerhalb des Bereichs tatsächlicher Wahrnehmung, als ob sie nur auf ihn warteten.

Dann schien die Erde ihm auf einmal ins Gesicht zu stürzen. Sunder blieb stehen. Linden flog beinahe der Länge nach hin; aber irgendwie hielt Covenant sich zu sehr an ihr fest. Er mühte sich ab, um seine Sicht zu klären. Gleich darauf erkannte er, daß die Erhebung vor ihnen eine Felsplatte war, die westwärts wies. Sunder zerrte ihn und Linden vorwärts. Gemeinsam humpelten sie – vorbei an etwas, das Covenant nur als diffuses Gebilde wahrnahm und von dem er vermutete, daß es sich um einen niedrigen Strauch handelte – in den Schatten des Felsens.

Der nach Westen gerichtete Vorsprung der Felsplatte bot einen durch Erosion ausgehöhlten Windschutz, geräumig genug für mehrere Personen. Im Schatten fühlten Gestein und Dreck sich kalt an. Linden half Sunder dabei, Covenant an die kühle Wohltat des Felsens zu setzen. Covenant wollte sich ausstrecken; doch der Steinmeister ließ es nicht zu. »Bloß nicht«, keuchte Linden. »Sie könnten einschlafen. Sie haben zuviel Körperflüssigkeit verloren.«

Covenant nickte lasch. Die Kühle in unmittelbarer Nähe war nur relativ; und er fieberte vor Durst. Gegen die Unbarmherzigkeit dieser Sonne würde es nie genug Schatten geben können. Nichtsdestotrotz empfand er den vorhandenen Schatten als erquicklich und war zufrieden. Linden setzte sich an Covenants eine, Sunder auf die andere Seite. Covenant schloß die Lider und döste.

Nach einiger Zeit wurde er sich des Klangs von Stimmen bewußt. Linden und Sunder unterhielten sich. Die Stumpfheit ihres Tonfalls verriet, wie schwer auch ihnen das Wachbleiben fiel. Sunders Antworten gerieten geistesabwesend, als seien ihre Fragen ihm unangenehm, wüßte er jedoch keine Möglichkeit, wie er sich ihnen verweigern könnte.

»Sunder«, erkundigte Linden sich matt, »was wird Steinhausen Mithil jetzt ohne dich anfangen?«

»Linden Avery?« Anscheinend begriff er ihre Frage nicht so recht.

»Nenn mich Linden ... Nach den heutigen Ereignissen ...« Ihre Stimme sank herab.

Er zögerte. »Linden«, sagte er dann.

»Du bist der Steinmeister. Was wird man jetzt ohne Steinmeister machen?«

»Ach.« Nun verstand er, was sie meinte. »Meine Bedeutung ist gering. Der Verlust des Sonnensteins wiegt schwerer, doch auch dieser Verlust kann überwunden werden. Der Sonnenstein selbst hat nur kargen Nutzwert. Mein Schüler kennt sich in allen Riten wohl aus, die während des Fehlens eines Sonnensteins zu vollziehen sind. Ohne Zweifel hat er beim heutigen Sonnenaufgang das Blut meiner Mutter Kalina vergossen. Das Steinhausen wird überdauern. Wie sonst hätte ich tun können, was ich getan habe?«

»Du bist nicht verheiratet?« wollte Linden nach kurzer Gesprächspause erfahren.

»Nein.« Seine Antwort klang nach insgeheimem Schmerz.

Allem Anschein nach entnahm Linden dem einen Wort eine ganze Anzahl verborgener Bedeutungen. »Aber du warst es«, sagte sie ruhig.

»Ja.«

»Und was ist daraus geworden?«

Zunächst schwieg Sunder. »Bei unserem Volk hat nur der Steinmeister die freie Wahl einer Gemahlin«, antwortete er schließlich. »Das Überleben des Steinhausens ist von der

Vielzahl der Kinder abhängig. Daher überläßt man's nicht den Zufälligkeiten von Zuneigung oder Gunst, daß Kinder geboren werden. Aufgrund althergebrachten Brauchtums jedoch hat der Steinmeister die Freiheit der Wahl. Als Entgelt für die Bürde seines Werks. Die Wahl meines Herzens galt Aimil, Anests Tochter. Anest war die Schwester meiner Mutter Kalina. Von Kindesbeinen an waren Aimil und ich einander zugetan. Voller Freude vermählten wir uns, und frohgemut trachtete ich danach, unsere Ehegemeinschaft mit einem Kind zu vervollkommnen. Wir bekamen einen Sohn, und er erhielt den Namen Nelbrin, der ›Herzenskind‹ bedeutet.«

Sein Ton war so barsch wie rundum das Gelände. »Er war ein blasser Knabe von keiner großartigen Gesundheit. Doch er wuchs, wie ein Kind wachsen soll, und er war uns soviel wert wie ein Schatz. Zwanzig Monde lang wuchs er heran. Nur langsam lernte er das Laufen, und er stand nicht fest auf den Beinen, aber endlich konnte er laufen und tat es mit Vergnügen. Bis ...« Er schluckte krampfhaft. »Bis meine Gemahlin Aimil ihm durch ein Versehen in unserem Heim Schaden zufügte. Sie wandte sich mit einem schweren Topf vom Herd ab, und unser Sohn Nelbrin war zu ihr gegangen und stand hinter ihr. Das Gefäß traf Nelbin gegen die Brust. Von dem Tag an war er krank und dem Tode geweiht. Ein dunkles Geschwür schwoll in ihm, und er war siech, sein Leben schwand dahin.«

»Hämophilie«, konstatierte Linden kaum vernehmlich. »Armes Kind.«

Sunder ließ sich nicht ablenken. »Als ihm der Tod im Antlitz geschrieben stand, so daß jedermann es sehen konnte, fällte das Steinhausen über ihn das Urteil. Man gebot mir, ihn zum Wohle der Gemeinschaft zu opfern.«

In Covenants Eingeweiden fing ein Brennen zu wüten an. Er schaute auf und musterte den Steinmeister. Die Ausgedörrtheit seiner Kehle kam ihm vor, als werde er langsam erdrosselt. Ihm war, als könne er den Erdboden unter sich sieden hören.

»Deinen eigenen Sohn?« vergewisserte Linden sich empört. »Und das hast du gemacht?«

Sunder starrte hinaus ins Sonnenübel, als sei es der Inbegriff seiner Lebensgeschichte. »Ich konnte seinen Tod nicht abwenden. Die Sonne der Dürre und die Sonne der Seuchen hatten uns in große Not gebracht. Ich vergoß sein Blut, um aus der Erde Wasser und Nahrung für das Steinhausen zu gewinnen.«

O Sunder! stöhnte Covenant inwendig auf. »Und wie stand Aimil dazu?« wollte Linden mit gepreßter Stimme wissen.

»Es erbitterte sie … Alle Mühe wendete sie auf, um zu verhindern, was ich tun mußte … und als es ihr nicht gelang, verfiel ihr Geist der Wildheit. Verzweiflung überwältigte sie, und …« Für einen Moment fehlten Sunder die Worte, deren er bedurfte. Dann sprach er rauhkehlig weiter. »Sie selber brachte sich eine tödliche Wunde bei. Auf daß ihr Blut nicht sinnlos verschwendet werde, opferte ich auch sie.«

Auf daß …! Hölle und Verdammnis! Nun verstand Covenant, weshalb die Vorstellung, seine Mutter töten zu müssen, Sunder dazu getrieben hatte, seinem Heimatort den Rücken zu kehren. Wie viele geliebte Menschen umbringen zu müssen konnte man ertragen?

»Es war nicht deine Schuld«, versicherte Linden grimmig. »Du hast getan, was du tun mußtest.« Ihre Stimme erfüllte sich mit Leidenschaft. »Es liegt an diesem Sonnenübel.«

Der Steinmeister sah sie nicht an. »Alle Männer und Weiber sterben irgendwann. Darüber zu klagen, entbehrt jeglichen Sinns.« Seine Worte erweckten den Eindruck, als martere die Sonne ihn so sehr, wie sie die Ebenen verheerte. »Was wünscht ihr ferner über mich zu wissen? Ihr braucht nur zu fragen. Ich habe vor euch keine Geheimnisse.«

Es verlangte Covenant danach, Sunder Trost zu spenden;

aber er verstand nichts von Trost. Zorn und Trotz waren die einzigen Werte, die ihm etwas besagten. Weil er den Steinhausener nicht zu trösten vermochte, versuchte er ihn zu zerstreuen. »Erzähl mir was von Nassic.« In seinem eigenen Mund schmeckte jedes einzelne Wort ungefüge. »Wie ist er an einen Sohn gekommen?«

Linden blickte Covenant an, als verdrieße sie sein mangelhaftes Feingefühl; Sunder dagegen entspannte sich sichtlich.

Anscheinend erleichterte ihn die Frage, als sei er froh, der Sinnlosigkeit seiner alten Trauer ausweichen zu dürfen. »Mein Vater Nassic«, sagte er mit einer Müdigkeit, die ohne weiteres als Ruhe gelten konnte, »war wie sein Vater Jous und wie Prassan, seines Vaters Vater. Er war ein Mann aus Steinhausen Mithil. Sein Vater Jous wohnte an jener Stätte, die er das Heiligtum nannte, und dann und wann besuchte Nassic seinen Vater Jous, zum Teil aus Achtung vor ihm, jedoch auch, um sich davon zu überzeugen, daß kein Unglück ihn ereilt hatte. Das Steinhausen vermählte Nassic mit Kalina, und sie lebten miteinander wie jeder junge Mann und jedes junge Weib. Dann aber nahte Jous' Tod. Nassic suchte das Heiligtum auf, um seinen Vater zum Zwecke der Opferung nach Steinhausen Mithil zu bringen. Er kehrte nicht zurück. Im Sterben hatte Jous seinem Sohn Nassic die Hände aufgelegt, und der Wahnsinn oder das Prophetentum übertrug sich vom Vater auf den Sohn. Somit ging Nassic dem Steinhausen verloren. Unter diesem Verlust litt meine Mutter Kalina arg. Sie war unzufrieden mit nur einem Sohn. Viele Male stieg sie hinauf zum Heiligtum, um meinem Vater ihre Liebe zu schenken und ihn um die seine zu bitten. Stets kam sie in Bedrückung und Tränen zurück. Ich fürchte ...« Bekümmert schwieg er für einen Moment. »Ich fürchte, sie hat sich in der Hoffnung auf Marid gestürzt, sie werde sterben.«

Allmählich schweifte Covenants Aufmerksamkeit ab. Er war

zu schwach, um sich länger konzentrieren zu können. Beiläufig bemerkte er den veränderten Stand der Sonne. Die Mittagszeit war angebrochen, und nur ein paar Zentimeter trennte das glutheiße Sonnenlicht von den Füßen seiner ausgestreckten Beine. Ungefähr zur Mitte des Nachmittags würde der Schatten völlig verschwunden sein. Bis zum Mittnachmittag ... Er konnte es unmöglich lange lebend überstehen, noch einmal der vollen Sonnenhitze ausgesetzt zu sein.

Das dunkle Gebilde, an dem sie in der Nähe der Felsplatte vorbeigekommen waren, befand sich noch immer dort. Anscheinend handelte es sich nicht bloß um eine Luftspiegelung. Covenant blinzelte hinüber, versuchte Einzelheiten zu erkennen. Wenn es keine Spiegelung war, was dann? Ein Busch? Welche Art von Busch sollte diese Sonne aushalten können, während sie jede andere Form von Leben praktisch weggebrannt hatte? Diese Frage fand in seinem Gedächtnis Widerhall, doch er konnte ihn nicht klar verstehen. Erschöpfung und Durst hatten seinen Geist abgestumpft. »Sterben?« Er merkte selbst kaum, daß er laut gesprochen hatte. Seine Stimme fühlte sich an, als reibe man Sand an Stein. *Welche Art ...?* Er rang darum, seinem Blick einen Fokus zu geben. »Der Busch.« Matt nickte er in die Richtung des dunklen Flecks. »Was ist das?«

Sunder verkniff die Augen. »Ein *Aliantha*-Strauch. Solche Sträucher kann man überall finden, doch beim Fluß sind sie am häufigsten. Auf irgendeine Weise vermögen sie dem Sonnenübel zu widerstehen. Die Beeren enthalten ein überaus tödliches Gift.« Damit gedachte er offenbar von dem Thema abzulassen.

»Gift?« Schmerz spaltete Covenants Lippen; die Heftigkeit seines Ausrufs hatte sie aufspringen lassen. Blut begann durch den Staub in seinem Gesicht zu rinnen, als habe ein Ausbruch von Wut ihm das Kinn gespalten. *Doch nicht* die *Aliantha!* Sunder hob eine Hand an Covenants Gesicht, als wären die

verdreckten roten Tropfen eine Kostbarkeit. Bestärkt durch Erinnerungen, schlug Covenant die Hand des Steinmeisters beiseite. »Gift?« krächzte er. Bei früheren Gelegenheiten hatte die einmalige Nahrhaftigkeit der *Aliantha* ihn häufiger, als er sich entsinnen konnte, durch schwierige Situationen gebracht. Wenn sie giftig geworden waren …! Schlagartig schwindelte ihm vor Grimm und Aufgewühltheit. Wenn sie wirklich zu Gift geworden waren, dann war das Land nicht nur einfach seiner Erdkraft verlustig gegangen. Dann mußte die Erdkraft verderbt sein! Nicht viel fehlte, und er hätte mit den Fäusten auf Sunder eingedroschen. »Woher willst du das wissen?«

Linden packte ihn an der Schulter. »Covenant!«

»So heißt es in der Predigt des na-Mhoram«, schnauzte Sunder. »Ich bin Steinmeister – es ist meine Aufgabe, das darin enthaltene Wissen nutzbar zu machen. Ich weiß, daß es wahr ist.«

Nein! zeterte Covenant innerlich. »Hast du sie versucht?«

Sunder starrte ihn entgeistert an. »Nein.«

»Kennst du jemanden, der sie versucht hat?«

»Sie sind giftig! Kein Mann, kein Weib verzehrt freiwillig Gift!«

»Hölle und Verdammnis!« Covenant stützte sich am Fels ab und raffte sich hoch. »Ich glaub's nicht. Er kann nicht das ganze Gesetz unwirksam gemacht haben. Wäre ihm so was möglich gewesen, würde das Land gar nicht existieren.«

Der Steinhausener sprang auf, umklammerte Covenants Arme, schüttelte ihn kräftig. »Sie sind *Gift!*«

»Nein!« antwortete Covenant, indem er alle leidenschaftliche Eindringlichkeit aufbot.

Sunders Gesicht verzog sich zu einer knotigen Grimasse, als verhindere nur die Verkrampfung seiner Muskeln einen Wutanfall. Mit einer ruckartigen Bewegung seiner Fäuste drückte er Covenant zurück an den Erdboden. »Du bist von Sinnen.«

Seine Stimme besaß einen Klang nach eherner Härte und Bitterkeit. »Du verleitest mich dazu, mein Heimatdorf zu verlassen, dir Beistand zu gewähren … und alle soundsoviel Schritte widerstrebst du mir. Du mußt nach Marid suchen. Wahnsinn! Du entsagst jeglichen Schutzes gegen das Sonnenübel. Wahnsinn! Du weigerst dich, Wasser aus der Erde zu holen, und mir erlaubst du's auch nicht. Wahnsinn! Und nun verlangt's dich nach nichts Geringerem als dem Verzehr von Gift.« Als Covenant sich erneut aufzurichten versuchte, stieß Sunder ihn zurück. »Es ist genug. Laß ab von den *Aliantha*, oder ich werde dich besinnungslos schlagen.«

Covenant musterte den Steinmeister mit wutentbranntem Blick; aber Sunder wirkte vollständig unnachgiebig. Verzweiflung drängte den Steinmeister zu so entschiedenem Widerspruch; er bemühte sich darum, im Rahmen des verhängnisvollen Geschehens selbst einen gewissen Einfluß auf die Ereignisse zu behalten. Indem er Sunders erbitterten Blick erwiderte, erhob sich Covenant langsam auf die Füße, schwankte vor dem Steinmeister hin und her. Hinter Sunder war auch Linden aufgestanden; doch Covenant beachtete sie nicht. »Ich glaube nicht«, sagte er leise, »daß die *Aliantha* giftig sind.« Damit wandte er sich ab und begann zu dem Strauch zu schwanken.

Sunder gab ein Aufheulen von sich. Covenant versuchte, ihm auszuweichen; aber Sunder prallte geradewegs gegen ihn, und der Zusammenstoß schleuderte ihn mit ausgebreiteten Gliedmaßen in den Dreck. Ein Hieb auf seinen Hinterkopf versprühte Lichter durch sein Blickfeld, die Bruchstücken seiner Höhenangst glichen. Da ließ Sunder plötzlich von ihm ab. Covenant stellte sich wieder auf die Beine und sah Linden über dem Steinmeister stehen. Sie hielt ihn in einem Griff, der ihn an den Erdboden drückte. Covenant schlurfte zu dem Strauch.

Um ihn schien sich alles zu drehen. Er sackte auf die Knie. Der Strauch war weißlich vom Staub, der sich auf ihm abgelagert hatte, und besaß kaum Ähnlichkeit mit den dunkelgrünen, stets belaubten Pflanzen, an die er sich entsann. Doch die Blätter – wenngleich nur wenige vorhanden waren – erinnerten an Stechpalmen und sahen fest aus. Drei kleine Früchte, etwa so groß wie Blaubeeren, hingen dem Sonnenübel zum Trotz im Gezweig. Zittrig pflückte Covenant eine Beere und rieb den Staub ab, um die tatsächliche Färbung festzustellen. In diesem Augenblick bemerkte er, daß Sunder nun Linden die Füße wegtrat und sich von ihr befreite. Covenant nahm allen Mut zusammen und steckte die Beere in den Mund. »Covenant!« schrie Sunder.

Die Welt schien wie toll zu kreiseln, mit einem Ruck wieder zum Stillstand zu kommen. Kühler Saft erfüllte Covenants Mund mit Pfirsichgeschmack, vermischt mit einem Beigeschmack nach Salz und Lehmstaub. Sofort durchströmten neue Kräfte Covenant. Köstlichkeit reinigte seine Kehle von Schmutz, Durst und Blut. Alle seine Nerven schwelgten in einem Genuß, den er zehn lange Jahre hindurch nicht gekostet hatte: im für sein ganzes Wesen eigentümlichen, puren Nektar des Landes.

Sunder und Linden standen beide auf den Beinen, starrten ihn an. Ein Laut, der einem trockenen Schluchzen glich, entfuhr Covenant. Erleichterung und frohe Dankbarkeit machten seine Sicht verschwommen. Von den Lippen fiel ihm der von der Frucht übriggebliebene Stein. »O mein Gott«, murmelte er mit brüchiger Stimme. »Es gibt noch Erdkraft.«

Im nächsten Moment erreichte ihn Linden. Sie half ihm beim Aufstehen, schaute ihm ins Gesicht. »Sind Sie …?« begann sie, unterbrach sich jedoch. »Nein, Sie sind unbeschadet geblieben. Sogar besser dran. Ich sehe schon jetzt einen Unterschied. Wie …?«

Covenant konnte nicht zu beben aufhören. Am liebsten hätte er Linden an sich gedrückt; doch er erlaubte sich nur, ihre Wange zu berühren, strich eine Strähne ihres Haares von ihrem Mund. Dann pflückte er, wie zur Antwort und um ihr zu danken, noch eine Beere und gab sie ihr. »Essen Sie sie …«

Linden hielt die Beere behutsam zwischen den Fingern und betrachtete sie. Plötzlich traten ihr Tränen in die Augen. »Das ist das erste Gesunde …«, flüsterte sie; ihre Lippen bebten. Ihre Stimme versagte.

»Essen Sie«, drängte Covenant sie mit schwerfälliger Stimme.

Linden hob die Beere an den Mund. Sie nahm sie zwischen die Zähne. Langsam breitete sich auf ihrem Gesicht ein Ausdruck tiefer Verwunderung aus. Ihre Haltung straffte sich; sie begann zu lächeln wie eine kühlfrische Dämmerung. Covenant nickte, um anzuzeigen, daß er verstand, was in ihr vorging. »Spucken Sie den Stein aus. Vielleicht wächst ein neuer Strauch.«

Linden hielt den Stein einen Augenblick lang in der Hand, als sei er ein mit einem Segen bedachter Gegenstand, bevor sie ihn auf die Erde warf.

Sunder hatte sich nicht geregt. Er stand nur da, die Arme um die Brust gekrampft. Seine Augen waren stumpf vor Entsetzen, während er mitansehen mußte, wie sein gesamtes bisheriges Leben sich als falsch erwies. Sorgsam zupfte Covenant die letzte Beere vom Strauch. Seine Schritte fielen nahezu mit fester Stetigkeit, als er zu Sunder stapfte. *Erdkraft!* sang sein Herz. »Sunder«, sagte er halb nachdrücklich, halb im Ton einer eindringlichen Bitte, »das ist eine *Aliantha.* Früher hat man sie auch Schatzbeeren genannt … weil sie ein Geschenk der Erde an jeden waren, der Hunger oder Mangel litt. So und nicht anders war einmal das ganze Land.« Sunder reagierte nicht. Sein Blick war vollständig glasig.

»Sie enthalten kein Gift«, bekräftigte Linden mit aller Deutlichkeit. »Der Strauch ist gegen das Sonnenübel immun.«

»Iß sie«, riet Covenant ihm energisch. »Das ist es, weshalb wir hier sind. Was wir wiederherstellen wollen. Gesundheit. Erdkraft. Iß.«

Mit gequälter Mühsal raffte sich Sunder zu einer Antwort auf. »Ich habe beileibe nicht den Wunsch, dir zu trauen.« Seine Stimme ähnelte einer Ödnis. »Du zerstörst all mein bisheriges Leben. Wenn ich mich damit abfinde, daß die *Aliantha* nicht giftig sind, wirst du mich als nächstes anzuerkennen zwingen, daß es gar kein Sonnenübel gibt – daß alles Leben im Lande während all der vielen Geschlechterfolgen keinen Sinn hatte. Daß das Blutvergießen, das ich auf mich genommen habe, nichts anderes war als Mord.« Er schluckte kloßig. »Doch ich muß es wagen. Ich muß eine Wahrheit finden, um sie an die Stelle jener Wahrheit zu setzen, die du zerstörst.« Unvermittelt nahm er die Beere und schob sie sich in den Mund. Einen Moment lang war sein Gesicht ein unverhüllter Spiegel seiner Seele. Seine anfängliche Erwartung von Unheil machte widerwilliger Freude Platz; seine innere Welt rang mit unabwendbaren Wandlungen. Als er den Stein der Frucht aus dem Munde holte, zitterten ihm die Hände. »Himmel und Erde!« stieß er leise hervor. Seine Ehrfurcht war so tief wie zuvor seine Sorge. »Covenant …« Seine Kiefer mahlten, während er nach Worten suchte. »Ist das wahrhaftig das Land … das Land, von dem mein Vater geträumt hat?«

»Ja.«

»Dann war er wahnsinnig.« Eine tiefe Erschütterung des Grams brachte Sunders Schultern zum Zucken, ehe er das zerfledderte Kleid seiner Selbstbeherrschung wieder um sich zusammenzerrte. »Ich muß lernen, ähnlich wahnsinnig zu sein.« Er wandte sich ab und kehrte zu der Felsplatte zurück, setzte sich in den Schatten und bedeckte das Gesicht mit den Händen.

Um Sunders innerer Desorientierung wenigstens ein gewisses Maß an Privatheit zuzugestehen, widmete Covenant seine Aufmerksamkeit Linden. Die neuartige Auflockerung ihrer Miene milderte ihre gewohnheitsmäßige Strenge und ließ unter dem von Streifen durchzogenen Staub auf ihrem Gesicht einiges von ihrer Schönheit erkennen. »Vielen Dank.« *Daß Sie versucht haben, mir das Leben zu retten,* wollte Covenant eigentlich sagen. *Im Wald hinter meinem Haus.* Aber er mochte sich jetzt nicht an jene Ereignisse erinnern. »Daß Sie mir Sunder vom Hals gehalten haben«, fügte er statt dessen hinzu. *Ich wußte nicht, daß du mir so sehr vertraust.* »Wo haben Sie diesen Griff gelernt?«

»Ach, den.« Ihr Grinsen zeugte teils von Grimm, teils von Belustigung. »Die Medizinische Fakultät, die ich besucht habe, stand in einer ziemlich üblen Nachbarschaft. Die Wächter dort haben Kurse in Selbstverteidigung veranstaltet.«

Covenant fragte sich unwillkürlich, wie lange es eigentlich her war, daß ihm zuletzt eine Frau zugelächelt hatte. Aber bevor er antworten konnte, hob sie den Blick an den Himmel. »Wir sollten wieder aus der Sonne gehen. Eine einzelne Schatzbeere wird uns nicht allzu lange bei Kräften halten.«

»Stimmt.« Die *Aliantha* hatte Covenants Hunger gedämpft, das Lechzen seines Körpers nach Wasser gelindert, seinen Muskeln ein gewisses Leben zurückgegeben. Aber sie vermochte nicht vor der Sonne zu schützen. Ringsherum schimmerten die Ebenen von Hitze, als werde das Gewebe des Untergrunds Faser um Faser ausgebleicht. Versonnen schabte er an dem Blut an seinem Kinn und machte Anstalten, hinüber zu Sunder zu gehen.

Linden hielt ihn zurück. »Covenant.« Er drehte sich um. Linden stand nach Osten gewandt, spähte über die Felsplatte hinweg. Mit beiden Händen überschattete sie die Augen. »Dort kommt jemand.«

Sunder gesellte sich zu ihnen; gemeinsam blinzelten sie hinaus ins Geflimmer der Glut. »Was zum Teufel ...?« murmelte Covenant. Zuerst sah er nichts außer Hitze und fahlem Dreck. Doch dann erkannte er eine aufrechte Gestalt, die sich dunkel in dem Hitzewallen mal abzeichnete, mal nicht. Die Erscheinung gewann an Festigkeit, indem sie sich näherte. Allmählich nahm sie ein greifbares Aussehen an, verwandelte sich in materielle Beschaffenheit, als nahe sich eine Verkörperung des Sonnenübels. Es handelte sich um einen Menschen. Er trug die Gewandung eines Steinhauseners. »Wer ...?«

»O mein Gott!« keuchte Linden.

Der Mann kam näher. »Marid!« entfuhr es Sunder.

Marid? Unerwartete Schwäche bedrohte die Standfestigkeit von Covenants Knien. *Das Sonnenübel wird keine Gnade* ...

Der Mann besaß Marids Augen, wie schwärig aus Selbstabscheu, stummem Flehen, bösartiger Lust. An seinen Fußknöcheln waren noch die Pfosten festgebunden. Sein Gang glich einem Getaumel der Begierde und Drohung. Er war zu einem Monstrum geworden. Schuppen bedeckten die untere Hälfte seines Gesichts; sowohl der Mund wie auch die Nase waren verschwunden. Und seine Arme hatten sich in Schlangen verwandelt. Dicke, schuppige Schlangenleiber wanden sich von seinen Schultern; Schlangenköpfe züngelten, wo seine Hände gewesen waren, bleckten Zähne, so weiß wie Gebein. Sein Brustkorb röchelte schwer nach Luft, und die Schlangen zischten. *Hölle und Verdammnis!*

Linden starrte Marid entgegen. Ekel verzerrte ihren Mund. Sie wirkte wie gelähmt und als sei ihr der Atem gestockt. Der Anblick des Marid zugefügten Übels beraubte sie ihres klaren Denkvermögens, des Muts und selbst der Bewegungsfähigkeit.

»Ach, Marid, mein Freund«, flüsterte Sunder kummervoll. »Das ist die Strafe des Sonnenübels, dessen Folgen niemand vorauszusehen vermag. Wärst du unschuldig, wie der Ur-Lord von dir behauptet …« Aus Trauer stöhnte er auf. »Vergib mir.« Doch im nächsten Moment klang seine Stimme härter. »Weiche, Marid!« schnauzte er. »Meide uns! Hier ist dein Leben verwirkt!« Marids Blick zuckte, als habe er verstanden; aber er kam ohne Zögern näher, strebte zielbewußt die Felsplatte an. »Marid!« Sunder riß seinen Dolch heraus. »Dein Unglück macht meine Schuld groß genug. Bürde mir nicht auch noch das auf!« Marids Augen warfen dem Steinmeister einen Blick wortloser Warnung zu.

Covenants Kehle fühlte sich an wie Sand; seine Lungen atmeten mühsam. Im Hintergrund seines Bewußtseins pochte Empörung wie der Pulsschlag seines Lebensblutes selbst. Drei Schritte neben ihm stand Linden, vor Entsetzen wie versteinert. Unter mörderischem Gezische verfiel Marid in einen Laufschritt. Er lief auf die Felsen, die Felsplatte entlang. Für einen Augenblick war Covenant, als könne er sich absolut nicht mehr rühren. Er sah, wie Marid sich auf Linden stürzte, wie die Zähne der Schlangenhäupter ihr entgegenbleckten, sah sie dastehen, als habe ihr Herz ausgesetzt. Die Gefahr, in der sie schwebte, brachte Covenant schlagartig zum Handeln. Er tat zwei verzweifelt weite Schritte und rammte Kopf und Schultern gegen Linden. Zusammen purzelten sie über den verhärteten Lehm. Covenant löste sich von Linden und sprang auf die Füße. Marid prallte wuchtig auf, wälzte sich herum, um die Beine unter sich zu bekommen. Sunder suchte, indem er sein Messer schwang, den Nahkampf mit Marid. Aber wildes Zuschnappen der Schlangenhäupter zwang ihn zum Zurückweichen. Unverzüglich wollte Marid sich erneut auf Linden werfen. Covenant trat dem Angriff entgegen. Er schlug den einen Schlangenkopf mit dem rechten Unterarm beiseite, umklammerte den anderen schuppigen Leib mit der linken Faust. Der freie Schlangenleib bog sich rückwärts, um zuzustoßen. In dieser Sekunde griff von neuem Sunder in die Auseinandersetzung ein. Zu schnell, als daß die Schlangen hätten reagieren können, schnitt er Marid die Kehle durch. Ein Schwall dicklicher Flüssigkeit bespritzte die Vorderseite von Covenants Kleidung.

Sunder ließ seinen toten Freund fallen. Blut strömte in den Dreck. Covenant wich um mehrere Schritte zurück. Linden würgte, als sie sich auf die Knie erhob, als werde sie von der Sonne erstickt. Der Steinmeister schenkte seinen zwei Begleitern keine Beachtung. Rasende Hast befiel ihn. »Blut«, keuchte er. »Leben.« Er klatschte die Hände mitten in die Blutlache, die sich ausbreitete, rieb sie aneinander, schmierte sich vom Rot auf Stirn und Wangen. »Zumindest wird dein Tod nun einen Sinn haben. Das ist das Trostgeschenk meiner Schuld.« Betroffen schaute Covenant zu. Er hatte nicht gewußt, daß ein menschlicher Körper so verschwenderisch ergiebig an Blut sein konnte.

Sunder riß den Sonnenstein heraus, beugte den Kopf über Marids Hals und saugte Blut direkt aus der Wunde. Er hielt den Stein auf beiden Handflächen und spie das ausgesaugte Blut darauf, so daß der Stein darin wie in einer mit Marids Lebenssaft gefüllten Schale lag. Dann hob er den Blick himmelwärts und stimmte einen Singsang in einer Sprache an, die Covenant nicht verstand. Rings um ihn verdichtete sich die Luft, als nähme die Hitze an seinen Beschwörungen persönlichen Anteil. Aus dem *Orkrest* glühte Energie auf. Ein kupferroter energetischer Strahl, so scharf wie die Grenze zwischen Leben und Tod, schoß zur Sonne empor. Er knisterte, als sei er eine Entladung aus einem Blitz; aber er war stetig und klar umrissen, offensichtlich genährt durch das Blut. Er verzehrte das Blut in Sunders Händen, trank das Blut aus Marids Adern, leckte es von der Erde auf. Nicht lange, und jede Spur von Rot war restlos vertilgt. Marids Kehle klaffte wie ein verdorrtes Grinsen. Ohne seinen beschwörenden Gesang zu unterbrechen, setzte Sunder den Sonnenstein an Marids Kopf auf die Erde.

Der Strahl, der den *Orkrest* mit der Sonne verband, blieb beständig. Fast sofort blubberte rings um den Stein Wasser auf. Sein Sprudeln nahm an Kraft zu, bis es sich zu einem kleinen Springquell entwickelt hatte, so klar und frisch, als steige es aus Berggestein auf und nicht aus ödestem Staub.

Während er den Vorgang beobachtete, fing Covenants Schädel an zu pochen. Er fühlte sich erhitzt und schwitzte unterm Druck der Sonne.

Sunder sang noch immer; und da zeigte sich neben der von ihm geschaffenen Quelle ein grüner Schößling. Er wuchs mit verblüffender Sichtlichkeit, gedieh zu einer Ranke, die sich am Erdboden ausbreitete, bekam Blätter. Nachgerade im Handumdrehen entstanden mehrere Knospen, schwollen an wie Melonen. Der Steinmeister winkte Linden an den Quell. Ihre Miene war vom Ausdruck der Atemnot zu einer Bekundung des Staunens übergegangen. Indem sie sich wie im Traum bewegte, kniete sie neben dem Quell nieder, setzte die Lippen ans Wasser. Augenblicklich zuckte sie zurück, überrascht von der Kälte des Wassers. Dann jedoch trank sie gierig und lang.

In Covenants rechtem Unterarm glühte ein böses Feuer auf. Seine Atmung ging unregelmäßig. Staub füllte ihm den Mund. Er konnte seinen Puls unterhalb seiner Kehle wummern fühlen.

Nach einer Weile hörte Linden auf zu trinken und wandte sich nach ihm um. »Es ist gut«, sagte sie in unklarer Verwunderung. »Es ist gut.« Covenant regte sich nicht, sah sie nicht an. Grauen schwoll in ihm, so wie das Wasser aus dem trockenen Untergrund gequollen war. »Kommen Sie«, drängte Linden. »Trinken Sie.«

Covenant vermochte den Blick nicht von Marid zu wenden. Indem er den Leichnam weiter unausgesetzt anstarrte, streckte er Linden den rechten Arm hin. Sie schaute ihn an, ließ einen scharfen Ausruf vernehmen und sprang zu Covenant, ergriff seinen Arm, um ihn genauer zu betrachten. Die Vorstellung, das ansehen zu müssen, was sie sah, war ihm zuwider; aber er zwang sich dazu, den Blick zu senken.

Sein Unterarm war entzündet. Ein Stück oberhalb des Handgelenks hoben sich hellrötlich zwei einstichartige Wunden vom Dunkel der Schwellung ab. »Der Lump hat mich gebissen«, röchelte Covenant, als läge er bereits im Sterben.

8
Die Verderbtheit der Sonne

Sunder!« sagte Linden heftig. »Gib mir dein Messer!«
Der Steinmeister war in seinem Tun erlahmt, als er die Bißwunden sah; und damit hatte auch das Gesprudel der Quelle nachgelassen. Aber er faßte sich rasch, nahm den Rhythmus seines Singsangs wieder auf. Der Strahl von Sonnenübel-Energie, ins Flackern geraten, stabilisierte sich wieder. Die Melonen reiften weiter. Unter fortgesetztem Singen hielt der Steinmeister Linden sein Messer hin. Sie eilte zu ihm, griff sich den Dolch. Sie kannte kein Zögern; all ihre Handlungen bezeugten Sicherheit. Über einen Fuß Marids gebückt, trennte sie eine Länge vom Strick ab, mit dem man den Fußknöchel an den Pfosten gebunden hatte.

Der Schmerz in Covenants Unterarm steigerte sich zu einem wahren Hämmern, das wütete, als wolle es ihm die Knochen brechen. Stumm klammerte er die Linke um den Ellbogen und drückte fest zu, um eine weitere Ausbreitung des Gifts zu unterbinden. Er wollte nicht auf diese Weise sterben, solange all seine Fragen unbeantwortet waren und er nichts erreicht hatte.

Einen Moment später kam Linden zu ihm zurück. Ihre Lippen zeigten einen gebieterischen Zug. Als sie »Setzen Sie sich!« befahl, knickten Covenants Knie unter ihm ein, als zöge Linden an den Fäden seines Willens. Sie nahm vor ihm Platz, streckte seinen Arm zwischen sich und ihn. Kräftig wickelte sie den Strick oberhalb des Ellbogens um den Arm, zog ihn fest an, bis Covenant vor Pein auffuhr; dann knüpfte sie einen Knoten. »So«, sagte sie mit Entschiedenheit. »Jetzt muß ich Sie schneiden und möglichst viel von dem Gift herausholen.«

Covenant nickte. Er versuchte zu schlucken, konnte es jedoch nicht. Linden setzte die Klinge mit der Spitze an die Schwellung, nahm sie aber ruckartig wieder weg. »Das gottverdammte Messer ist viel zu schmutzig.« Ihr Ton wies einen Anflug von Gestreßtheit auf. »Rühren Sie sich nicht«, maulte sie Covenant mit gerunzelter Stirn an und sprang auf. Zielstrebig ging sie zu Sunders Strahl rötlichglühender Energie. Er raunzte eine Warnung, aber sie achtete nicht auf ihn. Mit nachgerade ärztlicher Sorgfalt hielt sie den Dolch in den Strahl. Der Kontakt erzeugte ein Funkensprühen; Feuer züngelte an der Klinge entlang. Als sie das Messer herauszog, nickte sie grimmig vor sich hin. Sie kam wieder zu Covenant und packte seinen Arm. Für einen Moment erwiderte sie seinen Blick. »Es wird weh tun«, sagte sie ihm direkt in die Augen. »Aber wenn ich's nicht mache, wird's noch schlimmer kommen.«

Angestrengt räusperte sich Covenant. »Nur zu.«

Mit bedächtiger Langsamkeit fügte sie ihm zwischen den beiden Bißwunden einen tiefen Kreuzschnitt zu. Etwas wie ein Schrei spaltete sein Fleisch. Er verkrampfte sich, erlaubte sich jedoch kein Zurückzucken. Was sie tat, war notwendig; er hatte selbst schon ähnliches getan. Schmerz bedeutete Leben; nur die Toten verspürten keinen Schmerz. Er hielt still, als sie den Kopf über seinen Unterarm beugte, um an dem Schnitt zu saugen. Die freie Hand drückte er sich gegen die Stirn, als klammere er sich an die Knochen des eigenen Schädels, um aus ihnen Mut zum Durchhalten zu beziehen. Lindens Hände preßten auf die Schwellung, vervielfachten das feurige Wüten des Schmerzes. Ihre Lippen marterten ihn wie in sein Fleisch verbissene Zähne, während sie Blut und Gift in ihren Mund saugte. Der Geschmack brachte sie unversehens aus der Fassung; heftig spie sie sein Blut auf die Erde. »O Gott!« keuchte sie. »Was für …?« Doch sofort machte sie sich erneut über die

Wunde her, saugte und spie aus, beides mit dem stärksten Widerwillen. Ihre um seinen Arm gedrückten Hände bebten.

Was für …? Ihre Äußerung wummerte durch den Druck in Covenants Kopf. Wovon redete sie?

Ein drittes Mal saugte Linden und spuckte aus. Ihre verspannten Gesichtszüge waren so weißlich wie hervorgetretene Knöchel. Plötzlich ließ sie seinen Arm mit unbeabsichtigter Brutalität fallen; Pein loderte bis in Covenants Schulter hinauf. Linden sprang auf die Füße und trampelte auf das ausgespuckte Blut, trat es in den Dreck, als wäre es ein Greuel, das sie vom Antlitz der Welt auszulöschen wünschte.

»Linden«, japste Covenant schwächlich durch seine Qual, »was ist los?«

»Gift!« Sie schäumte geradezu vor Ekel. »Was für eine Art von Welt ist das hier bloß?« Unvermittelt hastete sie zu Sunders Quelle und begann sich den Mund zu waschen. Ihr Schultern glichen Verknotungen des Abscheus. Als sie zu Covenant zurückkehrte, zitterte sie am ganzen Leibe, und ihre Augen blickten hohl drein. »Gift.« Sie schlang die Arme um den Oberkörper, als ob sie auf einmal fröre. »Mir fehlen dafür die Worte. Das war nicht bloß gewöhnliches Gift. Irgendwie war es mehr … viel schlimmer. So ähnlich wie das Sonnenübel. Eine Art von moralischem Gift.« Sie strich mit den Händen durchs Haar und rang um Beherrschung. »Herrgott, Sie werden jetzt ganz miserabel dran sein …! Sie gehören ins Krankenhaus. Nur gibt's sowieso auf der ganzen Welt für ein derartiges Gift kein Gegenmittel.«

Covenant wand sich inmitten des Strudelns seiner Qual, vermochte zwischen ihr und seiner Furcht nicht länger zu unterscheiden. Moralisches Gift? Er verstand Lindens Beschreibung nicht, doch zumindest schuf sie Klarheit hinsichtlich anderer Fragen. Sie erklärte, weshalb der Wütrich in Marid sich hatte entlarven lassen. Nämlich damit man Marid dem

Sonnenübel auslieferte und er sich in ein Monster verwandelte, das die Fähigkeit besaß, ein solches Gift an den Mann zu bringen. Aber wieso? Was konnte Lord Foul gewinnen, falls er, Covenant, auf diese Weise starb? Und warum hatte Marid ursprünglich Linden angegriffen? Wegen ihrer Sensitivität für das Land, weil sie Dinge zu erkennen vermochte, von denen der Verächter nicht wünschte, daß man sie sah?

Covenant konnte nicht richtig denken. Der Blutgestank, der von seinem Hemd aufstieg, beanspruchte seine gesamte Wahrnehmung. Alles ringsum geriet zum Grauen; ihm war danach, einfach in ein Geheul auszubrechen. Doch Linden kam ihm zu Hilfe. Irgendwie gelang es ihr, das eigene Mißbehagen zu meistern. Sie drängte ihn zum Aufstehen, geleitete ihn, indem sie ihn stützte, zum Wasser, damit er trinken könne. Er war bereits wacklig auf den Beinen. Aber sein Körper erkannte das Bedürfnis nach Wasser an; durstig trank Covenant aus der Quelle. Sobald er fertig war, half Linden ihm zurück in den Schatten der Felsplatte. Dort ließ sie sich neben ihm nieder, hielt seinen entzündeten Arm in ihren Händen, bemühte sich so, es ihm erträglicher zu machen. Blut troff unbeachtet aus der Schnittwunde. Die Schwellung dehnte sich dunkel aufwärts zum Ellbogen aus.

Sunder hatte unterdessen ununterbrochen gesungen; nun jedoch verstummte er. Mittlerweile war es ihm immerhin gelungen, dem Resultat seiner Beschwörung eine zeitweilige eigenständige Stabilität zu verleihen. Sobald er schwieg, flackerte der kupferrote Strahl, der aus dem *Orkrest* aufstieg, und erlosch, hinterließ den Stein auf dem Erdboden, leer wie ein Loch; doch der Quell sprudelte noch für ein Weilchen weiter. Er hatte Zeit genug, um ausgiebig zu trinken, bevor das Wasser wieder in der ausgedörrten Erde versickerte.

Mit seinem Dolch schnitt Sunder die Melonen von ihrer Ranke und trug sie in den Schatten, setzte sich an Covenants

Seite. Unsicher begann er, die Melone in Scheiben zu schneiden, und schälte die Kerne heraus. Die Kerne tat er in eine Tasche an seinem Wams. Dann reichte er Melonenstücke hinüber zu Linden. »Das sind *Ussusimiel«,* sagte er in gebrechlichem Ton, als sei er restlos erschöpft und befürchte überdies Widerspruch. »Im Notfall, so man anderer Speise entbehrt, kann man sich allein damit nähren.« Matt fing er an zu essen.

Linden probierte die Frucht. Sie nickte beifällig, machte sich daran, die Scheiben, die Sunder ihr gegeben hatte, zu verzehren. Lasch nahm Covenant ein Stück für sich entgegen. Aber er fühlte sich außerstande zum Essen. Schmerz quälte die Knochen seines rechten Arms; und dies Glühen und Wüten schien ihm auch alle andere Kraft zu nehmen, führte dazu, daß er langsam in einen weiten, gemächlichen Mahlstrom von Abschlaffung abtrieb. Mit Sicherheit würde ihm in Kürze die Besinnung schwinden … Und es gab noch so viele Dinge, die seine Begleiter nicht verstanden. Eins jedoch war wichtiger als alles andere. Er versuchte, seinen Blick auf den Steinmeister zu heften. Doch er vermochte seine Sicht nicht zu klären. Er schloß die Augen, um nicht sehen zu müssen, wie das Bild des Steinhauseners immerzu verschwamm und zerrann. »Sunder.«

»Ur-Lord?«

Covenant seufzte, weil er sich um Sunders Reaktion sorgte. »Hör zu!« Er konzentrierte sich auf die Überbleibsel von Entschlossenheit, die in seiner Stimme mitschwangen. »Wir können hier nicht bleiben. Ich habe dir noch nicht gesagt, wohin wir gehen müssen.«

»Laß es einstweilen«, entgegnete sein Führer gelassen. »Du bist in elendem Zustand und ausgehungert. Du mußt essen. Über derlei Fragen können wir später sprechen.«

»Hör zu!« Covenant fühlte sich von mitternächtlicher Schwärze umlauert, die sich näherschob. Er bemühte sich, der Wichtigkeit seines Anliegens Ausdruck zu verleihen.

»Bring mich nach Schwelgenstein!«

»Schwelgenstein?!« fuhr Sunder in energischem Widerspruch auf. »Dein Geist irrt ab. Weißt du nicht, daß Schwelgenstein die Feste des na-Mhoram ist? Habe ich nicht erwähnt, welche Rede die Predigt von dir führt? Die Gefolgsleute ziehen durchs Land und gebieten allerorten deine Austilgung. Glaubst du, man würde dich zu Schwelgenstein herzlich willkommen heißen?«

»Das ist mir egal.« Covenant schüttelte den Kopf und merkte, daß er damit nicht mehr aufhören konnte. Die Muskeln seines Nackens ruckten hin und her, als befände er sich kurz vor der Hysterie. »Dort sind die Antworten zu finden. Ich muß wissen, wie das alles so gekommen ist.« Er wollte hinaus in die Wüstenei weisen; doch all seine Horizonte waren düster, getrübt durch Staub und leblose Luft. »Was das Sonnenübel ist. Ich kann nicht dagegen kämpfen, solange ich nicht weiß, um was es sich handelt.«

»Ur-Lord, dorthin sind's dreihundert Längen.«

»Ich weiß. Aber ich muß hin. Ich muß wissen, was geschehen ist.« Er blieb auf schwächliche Weise starrköpfig wie ein krankes Kind. »Damit ich dagegen kämpfen kann.«

»Himmel und Erde!« Sunder stöhnte auf. »Das ist von allem der größte Irrsinn.« Für einen ausgedehnten Moment blieb er still, suchte in seinem Innern nach Ausdauer oder Weisheit. *Bitte,* atmete Covenant in das Schweigen. *Bitte, Sunder.* »Ach, sei's drum«, sagte der Steinmeister plötzlich gedämpft. »Es liegen keine anderen Aufgaben mehr vor mir. Und es ist unmöglich, sich dir zu verweigern. Im Namen meines Vaters Nassic – und meines Freundes Marid, dessen Leben du ohne Rücksicht auf dich zu retten getrachtet hast – werde ich dich führen, wohin du willst. Nun iß. Selbst Propheten und Wahnsinnige brauchen Nahrung.«

Covenant nickte matt. Er verschloß seine Sinne dem Geruch

nach Blut und biß von seiner Scheibe *Ussusimiel* ab. Die Frucht ließ sich nicht mit der *Aliantha* vergleichen, was den Geschmack und die Nahrhaftigkeit betraf, aber sie erfüllte ihm den Mund mit Reinlichkeit und schien seinem Schmerz einiges von der dumpfen Schwere zu nehmen. Während er aß, wich die Finsternis wieder ein wenig von ihm zurück.

Nachdem er seinen Anteil der Früchte gegessen hatte, setzte er sich zurecht, um sich etwas auszuruhen. Doch auf einmal erhob sich Sunder. »Komm«, sagte er zu Linden. »Wir wollen uns auf den Weg machen.«

»Er dürfte sich eigentlich nicht bewegen«, meinte Linden mit tonloser Stimme.

»Am Fluß werden sich *Aliantha* finden lassen. Vielleicht ist ihre Wirkung stark genug, um ihm die Kraft zum Durchhalten zu geben.«

»Kann sein. Aber es wäre besser, er würde sich nicht bewegen. Das Gift wird sich weiter ausbreiten.«

»Linden Avery«, sagte Sunder sehr leise. »Marid war mein Freund. Ich kann an dieser Stätte nicht länger verweilen.«

Covenant bemerkte einen schwachen Geruch von Fäulnis in der Luft. Er stammte von seinem Arm; oder von Marids Leichnam. Für einen Moment schwieg Linden. Dann seufzte sie. »Gib mir das Messer. Mit so einem Arm kann er nicht herumlaufen.« Sunder reichte ihr den Dolch. Linden nahm Covenants Schwellung genau in Augenschein. Sie hatte sich bis über den Ellbogen ausgedehnt. Ihr schwärzlicher Druck ließ die Stricke tief in seinen Arm einschneiden. Wie in schwindsüchtiger Schwäche sah Covenant zu, wie sie den Strick durchtrennte. Blut strömte durch den Arm hinab zur Wunde. Er schrie auf.

Dann schlug die Finsternis für einige Zeit über ihm zusammen. Als er wieder etwas wahrnahm, befand er sich nichtsdestotrotz auf den Beinen; seine Arme waren über die Schultern seiner Begleiter gelegt. Sie wanderten nach Westen. Die Sonne brannte auf sie herab, als wären sie eine Herausforderung ihrer Oberherrschaft. Die Luft war vor Hitze wie aufgedunsen; sie schien sich jeder Atmung zu widersetzen. In sämtlichen Richtungen glitzerten Stein und Erde der Ebenen, als seien sie im Verdampfen begriffen. Bei jedem Schritt lachte der Schmerz in seinem Kopf gräßlich auf. Wenn Linden und Sunder nicht bald ein Mittel gegen sein Fieber fanden …

Linden ging an seiner linken Seite, um nicht, weil sie im Gegensatz zu Sunder schwankte, seinem wunden Arm weh zu tun. Häufig schwanden Covenant die Sinne, kehrten regelmäßig wieder. Als Covenant eine Stimme singen hörte, blieb er im unklaren, ob das Wirklichkeit war; es mochte eine Stimme aus einem Traum sein.

»Wer wandelt mit dem weißen Gold wilder Magie,
Der wandelt als ein Widerspruch,
Denn alles ist er und doch ein Nichts,
Held und Tor,
Machtvoll und hilflos,
Mit einem Wort aus Wahrheit oder Trug
Kann er die Erde verwüsten oder retten,
Denn er ist wirr im Geist und dennoch heil,
Ohne Herz und doch voll Leidenschaft,
Verloren und zugleich gefunden.«

Sunder schwieg. »Was ist das?« fragte Linden einen Moment später nach. Sie keuchte die Frage abgehackt hervor.

»Ein Lied«, antwortete der Steinmeister. »Mein Vater Nassic hat es gesungen, wann immer ich mich über seine Torheit verärgert zeigte. Doch ich verstehe es nicht, obwohl ich nun den Ring aus Weißgold erblickt und die wilde Magie in schauriger Schönheit leuchten gesehen habe.«

Schaurig, dachte Covenant während eines Atemzugs, als träume er.

»Sprich weiter!« sagte Linden kurz danach. »Es hilft ... Kennst du noch mehr Lieder?«

»Was wäre das Leben ohne Gesang?« meinte Sunder. »Wir haben Lieder für die Saat wie für die Ernte ... um während der Sonne der Seuchen Kinder zu trösten ... Lieder zur Ehre jener, deren Blut zum Wohle des Steinhausens vergossen werden muß. Doch ich habe des Rechts entsagt, sie singen zu dürfen.« Er machte keinerlei Hehl aus seiner Verbitterung. »Ich werde dir eines der Lieder um a-Jeroth vorsingen, welche uns die Gefolgsleute der Sonnengefolgschaft lehren.« Er straffte seine Schultern, so daß ein schmerzhafter Stich Covenants Arm durchzuckte. Als er zu singen anhob, klang seine Stimme vom Staub heiser, war aus Erschöpfung kurzatmig; doch das paßte durchaus zu dem Lied.

»›O komm, Feinsliebchen, laß dich berücken!
Weder Herz noch Lust kennt dein Gemahl.
Vergiß ihn in zweisam' Verzücken.
Froh treff ich des Betrügers Wahl.‹
Das voller Verlockung und Zaubersach'
A-Jeroth von den Sieben Höllen sprach.

Und Diassomer Mininderain,
Des Meisters Gemahlin, Gefährtin der Macht,
Herrin von der Sterne und Himmel Sein,
Walterin über Reiche und ihre Zwietracht,
Sie befolgte wohl, geht die Erzählung,
A-Jeroths von den Sieben Höllen Erwählung.

Mit a-Jeroth die Herrin entrann.
In Furcht floh Diassomer und Grausen

Des Meisters Gefilde und Bann.
Auf Erden birgt sie ihr Haupt mit Zausen,
Ringsum erschallt, ihr Weh zu machen,
A-Jeroths von den Sieben Höllen Lachen.

›Vergib!‹ fleht sie in Pein und Schmerz.
Es martert sie des Verräters Hohn.
›Übel gedieh's mir, sein Schmeicheln im Scherz.
Mich sehnt's, zu ehren meines Meisters Thron.‹
In den Ohren gellt ihr, nah der Umnachtung,
A-Jeroths von den Sieben Höllen Verachtung.

Voll Zorn ist der Meister, Feuer und Wut.
Vergeltung hält er in den Händen.
Zur Fehde schreitet er, ganz Schwert und Glut,
Wider Trug und Verrat, so die Lande schänden.
Vertan und verwirkt sind aller Zauber Tück'
Und a-Jeroths von den Sieben Höllen Glück.

Mininderain bürdet der Meister Buße auf,
Gebrochner Treue wird der Himmel zum Raub.
Beläßt allein ihr viel Kinder zuhauf,
Geweiht dem Verrat bis in Tod und Staub.
Darauf ward der Erdkreis ein Höllental
Zu a-Jeroths von den Sieben Höllen Qual.«

Der Steinmeister stieß einen Seufzer aus. »Ihre Kinder sind die Bewohner der Erde. Es heißt, daß anderswo auf der Erde – jenseits der Meere, hinter den Bergen – noch Wesen leben, die sich Treue bewahrt haben. Das Land jedoch ist die Heimat der Treulosen, und an den Abkömmlingen des Verrats wirkte das Sonnenübel die Vergeltung des Meisters.«

Covenant begehrte stumm auf. Er wußte so sicher, wie er

sich als Leprotiker wußte, daß diese Art der Geschichtsdarstellung, wie die Sonnengefolgschaft sie verbreitete, eine Lüge war, daß die Menschen des Landes jahrtausendelang die Treue gewahrt und gegen Lord Foul zusammengestanden hatten. Doch er begriff nicht, wie es hatte kommen können, daß man eine solche Lüge glaubte. Die seither verstrichene Zeit war allein keine ausreichende Erklärung für so einen Niedergang. Ihm lag daran, dem zu widersprechen, was Sunder da wiedergegeben hatte. Aber die Schwellung war schwarz und fieberheiß am Oberarm halb bis zur Schulter emporgekrochen. Als er nach Worten suchte, befiel ihn erneut die Finsternis.

»Du hast wiederholt diese Gefolgsmänner erwähnt«, hörte er nach einer Weile Linden zu Sunder sagen, »die durchs Land ziehen.« Ihre Stimme klang mühsam gepreßt, als habe sie sich einen Bruch mehrerer Rippen zugezogen. »Wie reisen diese Leute?«

»Sie reiten auf großen Tieren«, lautete Sunders Auskunft, »die sie Landläufer nennen.«

»Pferde?« keuchte Linden.

»Pferde? Das Wort ist mir unbekannt.«

Unbekannt ...? Covenant stöhnte, als habe der Schmerz in seinem Arm zu ihm gesprochen. *Kennt keine Ranyhyn?* Inmitten des Hitzedunstes schaute er ein Erinnerungsbild: wie die großen Rösser der Ebenen von Ra sich aufbäumten. Sie hatten ihn einst bezüglich des Sinns der Treue eine Lektion gelehrt, und sie war für ihn nahezu unerträglich gewesen. Und nun waren sie dahin? Tot? Das Unheil, das Lord Foul übers Land gebracht hatte, schien keine Grenzen zu haben.

»Getier hat's wenig im Lande«, fügte Sunder hinzu. »Denn wie sollte es dem Sonnenübel widerstehen? Unser Steinhausen hat Herden – einige Ziegen, etwas Vieh –, weil man große Anstrengung walten läßt, um das Leben der Tiere zu schützen. Sie sind in einer Höhle nahe der Berge eingepfercht und werden nur ins Freie geholt, wenn das Sonnenübel es zuläßt. Anders dagegen verhält's sich mit den Landläufern der Sonnengefolgschaft. Man züchtet sie zu Schwelgenstein zur Verwendung der Gefolgsleute … Tiere von Größe und beträchtlicher Schnelligkeit. Wie's heißt, sind jene, die auf ihrem Rücken sitzen, vor dem Sonnenübel sicher.« Er beschloß seine Rede mit Grimm. »Doch solche Sicherheit müssen wir meiden, so wir unser Leben zu bewahren gedenken.«

Keine Ranyhyn? Eine Zeitlang überwog Covenants Trauer seinen körperlichen Schmerz. Doch die Sonne gleißte ihm wie verflüssigte Bosheit ins Gesicht, brachte alles, was noch von ihm übrig war, zum Verbleichen. Der Ärmel des T-Shirts glich einer schlauchartigen Schlinge um seinen schwarz angelaufenen Arm; und der Arm selbst, über Sunders Schulter geworfen, kam ihm vor, als rage er in die Höhe wie zu einer irrwitzigen, unfreiwilligen Grußgeste an das Sonnenübel. Selbst Trauer war wie Leprose, gefühllose Zersetzung: bedeutungslos und unumstößlich. Allmählich bedrängte Gift sein Herz.

Einige Zeit später spaltete sich die Finsternis, so daß sie zwar seinen Kopf ausfüllte, er jedoch durch ihre Schwärze ausschauen konnte. Er lag auf dem Rücken und sah hinauf zum Mond; zu beiden Seiten erhoben sich die Schatten der Flußufer. Schwacher Wind strich über ihn hinweg, schien aber nur sein Fieber noch stärker anzufachen. Das geschmolzene Blei in seinem Arm widerstrebte dem Geschmack von *Aliantha* in seinem Mund.

Sein Kopf ruhte in Lindens Schoß. Ihr Kopf lehnte an der Schräge unter der Böschung des Flußbetts; ihre Augen waren geschlossen; vielleicht schlief sie. Doch Covenant hatte schon einmal mit dem Kopf im Schoß einer Frau geruht und kannte die Gefahr. *Aus eigenem Entschluß* … Er bleckte dem Mond die Zähne. »Es wird mich umbringen.« Die Wörter drohten ihn zu erdrosseln. Sein Körper krampfte sich zusammen, rang gegen unsichtbares Gift. »Ich werde dir den Ring nie geben. Niemals.« Dann merkte er, daß er delirierte. Hilflos beobachtete er sich selbst, während er von einem Alptraum in den anderen glitt, und die Sichel des Mondes, der über ihm stand.

Schließlich hörte er, wie Sunder Linden weckte. »Wir müssen nun für eine ganze Weile auf Wanderung bleiben«, sagte der Steinmeister leise, »wenn wir weitere *Aliantha* zu finden wünschen. Wir haben alle verzehrt, die sich in der Nähe entdecken ließen.« Linden seufzte, als habe die Aufsicht über Covenant ihr die Seele vergällt. »Wird er durchhalten?« erkundigte sich Sunder.

Linden rutschte seitwärts, um aufstehen zu können. »Dank der *Aliantha«*, sagte sie unterdrückt. »Wenn wir ihn weiter damit füttern …«

Ah, du bist noch voller Trotz. Noch voller Trotz. Noch voller Trotz. Dann stand Covenant erneut auf den Beinen, hing wie gekreuzigt zwischen seinen Begleitern, die Arme auf ihren Schultern. Anfangs litt er an wirren Träumen von Lord Foul, von Marid, der mit aufgeschlitzter Kehle unter einer wütigen Sonne lag. Später jedoch kehrte in ihm eine gewisse Ruhe ein; Visionen von Feldern und Fluren kamen ihm – von Augen, auf denen Tau glitzerte, die bewachsen waren mit Wiesenraute und Huflattich. Linden wandelte darin umher. Sie war Lena und Atiaran: stark und aufs stärkste verletzt; fähig zur Liebe; verurteilt zum Mißlichen. Und sie war Elena, verderbt durch fehlgeleiteten Haß – Kind der Vergewaltigung, das sich selber den Untergang bescherte, indem es gegen das Gesetz des Todes verstieß, weil es glaubte, die Toten könnten die Bürden der Lebenden tragen. Und doch war sie keine davon. Sie war sie selbst, Linden Avery, und ihre Berührung kühlte Covenants Stirn. Sein Arm schien voll mit Asche zu sein; der Ärmel des

T-Shirts schnitt nicht länger in die Schwellung ein. Die Mittagsstunde hielt das Flußbett im Schraubstock der Hitze; doch er konnte atmen, er vermochte zu sehen. Sie Herz schlug mit fast schon ungewohnter Regelmäßigkeit. Als er zu Linden aufblickte, bildete der Sonnenschein einen hellen Kranz um ihren Kopf.

»Sunder.« Ihr Tonfall klang nach Tränen. »Er wird gesund.«

»Ein seltsames Gift, diese *Aliantha«,* bemerkte Sunder grimmig. »Zumindest dafür ist die Sonnengefolgschaft eine Erklärung schuldig.«

Covenant wollte etwas sagen; aber die Hitze machte ihn apathisch, und er fühlte sich schwach wie ein Kind. Er verschob im Sand seine Hüften und schlief wieder ein.

Als er von neuem aufwachte, stand der Sonnenuntergang bevor. Er lag, den Kopf noch in Lindens Schoß, am Westufer des Flußbetts, und der Himmel war gestreift mit Orangerot und Rosa, mit Sonnenlicht, das sich in der mit Staub erfüllten Luft brach. Ihm war so gebrechlich zumute, als sei er nur ein Haufen alter Knochen; doch er war im Kopf klar und am Leben. Seine Bartstoppeln juckten. Die Schwellung war bis unter den Ellbogen zurückgegangen; der Unterarm war nicht mehr schwarz, sondern besaß nur noch die blaßlila Färbung von Schatten. Selbst all die blauen Flecken in seinem Gesicht, so hatte es den Anschein, waren ausgeheilt. Sein T-Shirt war seit langem trocken, so daß ihm weiterer Blutgestank nun erspart blieb. Das Zwielicht machte Lindens Miene unkenntlich; aber sie sah auf ihn herab, und er schenkte ihr ein mattes Lächeln. »Ich habe von dir geträumt.«

»Etwas Angenehmes, hoffe ich.« Ihre Stimme klang wie die Stimme der Schatten.

»Du hast an meine Tür geklopft«, sagte er, denn sein Herz war so voller Erleichterung. »Ich habe geöffnet und gebrüllt;

›Gottverdammt, wenn ich Gäste aufnehmen wollte, würde ich ja wohl ein Schild aufstellen!‹ Du hast mir'n Schock bereitet, daß ich fast eine Maulsperre bekam. Es war Liebe auf den ersten Blick.« Darauf drehte Linden den Kopf zur Seite, als hätte er sie gekränkt. Covenants Lächeln verflog. Schlagartig verwandelte seine Erleichterung sich in den alten, wohlvertrauten Schmerz der Einsamkeit, einer Vereinsamung, die nun ihre besondere Härte dadurch erhielt, daß diese Frau sich nicht vor ihm fürchtete. »Auf jeden Fall«, ergänzte er mit verzerrten Gesichtszügen, als gedenke er eine Grimasse des Bedauerns und der Entschuldigung zu schneiden, »kam's mir in dem Moment so vor.«

Linden ging darauf nicht ein. Im Dämmerlicht wirkte ihr Kopf wie ein Helm, wehrhaft wider alle Anmutungen von Zuneigung oder Sympathie.

Ein gedämpftes, entferntes Stampfen durchdrang die Abenddämmerung; doch Covenant nahm es kaum zur Kenntnis, bis plötzlich Sunder vom Ostufer herabsprang. »Ein Gefolgsmann«, rief er und hastete durch den Sand, um sich neben Linden hinzukauern. »Fast hätte er mich gesehen.«

Linden rührte sich unter Covenant, machte Anstalten aufzuspringen. Covenant setzte sich beschwerlich auf, rang um Gleichgewicht für Herz und Haupt. Er befand sich in keiner Verfassung zur Flucht. »Kommt er in diese Richtung?« Furcht ließ Lindens Flüstern scharf klingen.

»Nein«, antwortete Sunder sofort. »Er ist nach Steinhausen Mithil unterwegs.«

»Dann sind wir in Sicherheit?« Das Geräusch war inzwischen nahezu unhörbar geworden.

»Nein. Das Steinhausen wird ihm von unserem Entweichen berichten. Am Entkommen der Halbhand mit dem Ring aus Weißgold kann er nicht tatenlos vorübergehen.«

Lindens Erregung wuchs. »Er wird uns verfolgen?«

»Ohne Zweifel. Die Steinhausener werden uns nicht folgen, obwohl sie den Sonnenstein verloren haben. Sie dürften sich zu sehr vor einer Begegnung mit Marid fürchten. Den Gefolgsmann jedoch wird keine solche Furcht hemmen. Sobald die Sonne aufgeht – wenn nicht schon früher –, wird er sich auf die Jagd nach uns machen.« Er schloß seine Äußerungen in einem Ton, der einem straffen Knoten glich. »Wir müssen aufbrechen.«

»Aufbrechen?« wiederholte Linden leise und zerstreut. »Er ist noch immer zu schwach.« Aber einen Augenblick später raffte sie sich hoch. »Es muß sein.«

Covenant zögerte nicht. Er streckte Sunder eine Hand entgegen. Nachdem der Steinmeister ihm beim Aufstehen geholfen hatte, stützte er sich auf Sunders Schulter, solange die Schwäche noch Gewirbel in seinem Kopf erzeugte, zwang seinen Mund zum Aussprechen von Wörtern. »Wie weit sind wir gekommen?«

»Wir sind längs des Flußbetts gewandert und nicht weiter als sechs Längen von Steinhausen Mithil entfernt«, gab Sunder ihm Auskunft. »Sieh!« sagte er und deutete südwärts. »Es liegt nicht fern.«

Covenant sah vom Sonnenaufgang rosarot verfärbte Berggipfel – die Bergkette, die das Mithiltal im Westen begrenzte. Sie wirkte bedrohlich nah. *Sechs Längen!* stöhnte Covenant insgeheim. *In zwei Tagen.* Bestimmt konnte ein Berittener diese Strecke an einem Vormittag zurücklegen.

Er wandte sich wieder seinen Begleitern zu. Weil er jetzt aufrecht im Flußbett stand, waren die Lichtverhältnisse etwas besser, und er konnte die beiden deutlich erkennen. Verlust und Selbstzweifel, Wissen um Lügen und Furcht vor Wahrheiten hatten sich Sunders ganzer Erscheinung eingeprägt. Um alles war er gebracht worden, das ihn zuvor dazu befähigte, sich mit dem abzufinden, was er seinem Sohn angetan hatte, seiner Gemahlin. Zum Ausgleich hatte er zum Gesellschafter einen schwachen, von Unbegreiflichem angetriebenen Mann erhalten, der ihm fortwährend dreinredete, dazu eine Hoffnung, nicht größer als ein Ehering.

Und auch Linden litt. Ihre Haut hatte einen Sonnenbrand davongetragen. Sie war gefangen in einer Welt, die sie nicht kannte und die sie sich nicht zum Aufenthalt ausgesucht hatte, stak mitten im Kampf zwischen Kräften, von denen sie keinen Begriff besaß. Covenant war ihr einziges Bindeglied zu ihrem eigenen Dasein; und ihn hatte sie beinahe auch noch verloren. Herkömmliche Sterblichkeit reichte schwerlich aus, um solchen Herausforderungen begegnen zu können. Dennoch trat sie ihnen entgegen und weigerte sich sogar, seine Dankbarkeit anzunehmen. Sie behielt sich selbst Leid vor, als hätte kein anderes lebendes Wesen das Recht, sie zu berühren, sich um sie zu sorgen.

Kummer bedrückte Covenants Herz. Er hatte bereits zuviel Erfahrungen damit gesammelt, wie andere Menschen die Folgen seines Handelns tragen mußten. Aber er akzeptierte diesen Umstand. In solchem Leid lag Verheißung. Es gab ihm Macht. Dank seiner Macht war es ihm einst gelungen, all dem in seinem Namen vergossenen Blut gegen Lord Fouls übelste Verachtung einen Sinn abzuringen. Für eine Weile unterzog er sich, während seine zwei Begleiter warteten, ihre Eile zu verbergen versuchten, einer VBG. »Kommt«, sagte er dann mit gepreßtem Ton. »Ich kann laufen.« Und begann durchs Flußbett nach Norden zu latschen.

Aufgrund des Gedankens an den Gefolgsmann in seinem Rücken schaffte er es, seine Beine gut eine halbe Länge weit in schwungvoller Bewegung zu halten. Infolge der Nachwirkungen des Gifts war er jedoch noch immer wacklig. Bald mußte er erneut um Beistand ersuchen. Er sprach Sunder an; doch der Steinmeister empfahl ihm, er solle sich ausruhen, und klomm aus dem Flußbett. Widerwillig ließ sich Covenant auf dem Untergrund nieder, saß da und versuchte, eine Antwort auf die Untüchtigkeit zu finden, die seinen Knochen anhaftete. Als der Mond aufging, kehrte Sunder mit einer doppelten Handvoll *Aliantha* zurück. Während er seinen Anteil der Schatzbeeren verzehrte, fühlte sich Covenant von neuen Kräften durchströmt, neuer Heilwirkung. Er brauchte Wasser, aber sein Durst war nicht dringlich. Sobald er gegessen hatte, war er zum Aufstehen imstande, zum Weitergehen.

Mit dem Rückhalt regelmäßiger Pausen, noch mehr *Aliantha* und einigem Beistand seitens seiner Begleiter blieb Covenant die ganze Nacht hindurch auf den Füßen. Die Dunkelheit lag kühl und besänftigend über die Südlandebenen gebreitet, als wäre all die feurige Verwünschung des Sonnenübels mit ihrem Anbruch hinweggefegt worden, aufgesaugt durch die Abgründe aus Mitternacht zwischen den Sternen. Und der sandige Grund des Mithil ermöglichte ein zügiges Vorankommen. Covenant hielt sich zu flottem Tempo an. Die Sonnengefolgschaft hatte seinen Tod zum Gebot erhoben. Solange der Mond am Nachthimmel stand, vermochte Covenant aller neuen Schwäche die Stirn zu bieten; nach dem Monduntergang allerdings gerieten seine sämtlichen Bewegungen abermals zu einem Dahinschleppen vergänglichen Fleischs, abhängig von so vielem und ohne Aussichten.

Sie rasteten vor der Morgendämmerung; aber noch ehe sich die Sonne zeigte, scheuchte Sunder sie wieder auf. »Das Unheil des Sonnenübels zieht wiederum herauf«, sagte er leise. »Ich habe erlebt, daß eure Fußbekleidung euch Schutz gewährt. Dennoch wollte es mein Herz erleichtern, würdet ihr euch zu mir auf Stein gesellen.« Er nickte hinüber zu einer umfangreichen Fläche von Felsboden, einem Stück Untergrund aus bloßem Stein, großflächig genug, um zwei Dutzend Personen Zuflucht zu bieten. Tattrig, aus Erschöpfung in unaufhörliches

Geschlotter verfallen, richtete sich Covenant auf. Gemeinsam stellten die drei sich auf den Stein, um dem neuen Tag entgegenzusehen.

Als die Sonne über den Horizont stieg, stieß Sunder einen Schrei der Aufregung aus. Das Braun war verschwunden. Stattdessen trug die Sonne eine Korona in Apfelgrün. Der hellgrüne Glanz auf Covenants Gesicht fühlte sich wohltuend und angenehm an, wirkte nach dem grausamen Glühen der wüstengleichen Sonne des Vortags fast wie eine Zärtlichkeit. »Die Sonne der Fruchtbarkeit!« frohlockte Sunder. »Das wird die Verfolgung erschweren, selbst einem Gefolgsmann.« Er sprang vom Felsboden, als sei er verjüngt worden, und wieselte umher, um einen freien Flecken sandigen Untergrunds ausfindig zu machen. Mit dem Dolch zog er im Sand hastig zwei flüchtige Furchen und füllte eine Handvoll seiner *Ussusimiel*-Kerne hinein. »Zuerst werden wir zu essen haben«, rief er. »Kann das Wasser lang auf sich warten lassen?«

Covenant drehte sich nach Linden um in der Absicht, sie zu fragen, was sie im Grün der Sonne sah. Ihr Gesicht wirkte abgeschlafft und aufgedunsen, wies keine Spur der Erregung auf, die Sunder ergriffen hatte; sie trieb sich zu hart an, verlangte zuviel von ihrer allzu stark geforderten Moral. Und Ihre Augen schauten stumpf drein, als werde sie von den Dingen geblendet, die sie sah – inneren wesenseigenen Dingen, die weder Covenant noch Sunder zu unterscheiden verstanden. Covenant begann eine Frage zu formulieren; doch da beanspruchte urplötzlich der Sonnenschein seine volle Aufmerksamkeit. Er starrte hinüber zum westlichen Ufer. Das Licht der Sonne hatte bereits einen Teil des Geländes neben dem Flußbett erfaßt. Und wo es auch den Erdboden berührte, überall schossen frische grüne Sprößlinge und Schößlinge hervor. Sie wuchsen mit sichtbarer Geschwindigkeit. Überm Rand des Flußufers wucherten ein paar Sträucher hoch genug empor, um von unten gesehen werden zu können. Grün breitete sich aus wie ein Mantel, folgte den Sonnenstrahlen ans Ostufer; die Pflanzen schienen sich der Erde zu entwinden. Da und dort reckten sich junge Bäume gen Himmel. Wohin der grünliche Sonnenschein auch fiel, verschönerte das Sprießen von Gewächsen das Ödland der vergangenen drei Tage.

»Die Sonne der Fruchtbarkeit«, schnaufte Sunder freudig. »Niemand weiß, wann sie aufgeht. Aber wenn sie scheint, bringt sie dem Lande Leben.«

»Unmöglich«, flüsterte Covenant. Unablässig blinzelte er, unbewußt darum bemüht, seine Sicht zu klären; entgeisterten Blicks sah er mit an, wie an der Böschung massenweise Gräser und Klimmen aufsprossen; er starrte die jungen Bäume an, die jenseits des Gestrüpps am Ufer aufragten. Der Vorgang war gespenstisch und weckte in Covenant Furcht. Er verstieß gegen sein instinktives Gespür für das Gesetz des Landes. »Unmöglich.«

»Fürwahr!« Der Steinmeister lachte gedämpft vor sich hin. Seit dem Einsetzen des Sonnenaufgangs machte er einen wie neugeborenen Eindruck. »Traust du deinen Augen nicht? Nun mußt du sicherlich eingestehen, daß im Sonnenübel Wahrheit ist.«

»Wahrheit …?« Covenant hörte kaum, was Sunder redete. Seine Fassungslosigkeit nahm ihn voll in Beschlag. »Es gibt noch Erdkraft … soviel ist offensichtlich. Aber so ist das hier früher nie gelaufen.« Er empfand ein Frösteln, das ihn vor Gefahren warnte. »Was stimmt mit dem Gesetz nicht?« Konnte es daran liegen? Hatte Foul irgendeinen Weg gefunden, um das Gesetz des Landes unwirksam zu machen? Das *Gesetz?*

»Mein Vater Nassic hat oft vom Gesetz gesungen«, plauderte Sunder aus. »Doch nicht einmal er wußte etwas über die Bedeutung. Was heißt das, Gesetz?«

Covenant stierte den Steinmeister blicklos an. »Das Gesetz

der Erdkraft.« Furchterregende Spekulationen schnürten ihm die Gurgel ein; Grauen wühlte in seinen Eingeweiden. »Die natürliche Ordnung. Jahreszeiten. Wetter. Wachsen und Vergehen. Was ist daraus geworden? Was hat er bloß angerichtet?«

Sunder schnitt eine mißmutige Miene, als wären Covenants Fragen nur Unkenrufe mit keinem anderen Zweck, als ihm die frohe Laune zu verderben. »Von derlei Angelegenheiten verstehe ich nichts. Ich kenne das Sonnenübel ... und die Predigt des na-Mhoram, die's uns gestattet, dennoch zu leben. Aber Jahreszeiten ... Gesetz ... Diese Begriffe sind ohne Bedeutung.«

Ohne Bedeutung, jammerte Covenant inwendig. Ja, natürlich. Wenn es kein Gesetz mehr gab, es schon seit Jahrhunderten nicht mehr existierte, konnte der Steinhausener freilich nichts davon verstehen. Impulsiv wandte sich Covenant an Linden. »Sag ihm, was du siehst.« Sie schien ihn nicht zu hören. Sie stand neben der Ausdehnung von Felsboden und erregte den Eindruck hilflosen Stumpfsinns. »Linden«, rief er, heimgesucht von zutiefst menschlicher Furcht. »Sag ihm, was du *siehst.*«

Lindens Mund zuckte, als sei seine Forderung ein Akt der Brutalität. Sie pflügte die Hände durch ihr Haar, hob den Blick zur grün umrandeten Sonne, betrachtete die mit dichtem Grün bewachsenen Ufer. Mit einem Schaudern ließ sie, was sie wahrnahm, auf sich wirken. Der Widerwille, den sie zeigte, war alles, was Covenant zur Kenntnis zu nehmen brauchte. Dieser Anblick war für ihn wie eine Sekunde der Teilhabe an ihrer Sicht, einer flüchtigen Begnadung oder einem Geschlagenwerden seiner Sinne mit jenem Wahrnehmungsvermögen, das ihm bei diesem Aufenthalt im Lande fehlte. Auf einmal kamen das lange Gras und die verschlungenen Klimmen, die dichtbelaubten Büsche und jungen Bäume ihm nicht länger üppig und gesund vor. Statt dessen erkannte er in ihnen Raserei, Hysterie. Sie entsprangen dem Mutterboden nicht aus spontaner Fruchtbarkeit; vielmehr zwang die unnatürliche Geißel der Sonne sie zum Wachsen. Die Bäume schienen sich an den Himmel krallen zu wollen wie Ertrinkende; der Efeu wand sich am Untergrund, als läge es auf glühenden Kohlen; das Gras schoß so schroff und harsch auf wie das Gellen eines Schreis. Die Anwandlung verging und ließ Covenant innerlich aufgewühlt zurück.

»Alles ist falsch.« Linden rieb sich die Arme, als brächte das, was sie schaute, ihre Haut zum Jucken wie Läusebefall. Die Rötung ihres Sonnenbrands betonte ihre Gesichtszüge. »Krankhaft. Schlecht. Es dürfte nicht so sein. Das bringt mich schier um.« Unvermittelt kehrte sie sich ab und setzte sich auf die Erde, verbarg das Gesicht in den Händen. Ihre Schultern verkrampften sich, als wage sie nicht einmal zu weinen.

Bringt dich um? wollte Covenant äußern; doch Sunder gab bereits einen lautstarken Kommentar ab.

»Deine Worte haben keine Bedeutung! Dies ist die Sonne der Fruchtbarkeit! Sie ist nicht *falsch*. Sie ist ganz einfach von Zeit zu Zeit *da*. So war das Sonnenübel stets, seit das Zeitalter der Bestrafung begann. Schaut!« Ruckartig deutete er auf das sandige Fleckchen, an dem er die Samenkerne gepflanzt hatte. Mittlerweile schien die Sonne auf die Furchen. In ihrem Schein fingen *Ussusimiel* an zu gedeihen. »Dank der Sonne werden wir zu essen haben. Sie schenkt dem ganzen Lande Leben. Im Steinhausen Mithil hat nun – während ihr hier steht und Falschheit und Schlechtigkeit beschreit – jeder Mann, jedes Weib und jedes Kind zu singen angehoben. Wer bei Kräften ist, befindet sich bereits am Werk. Solange die Sonne der Fruchtbarkeit scheint, werden alle an ihrem Werk bleiben, bis sie vor Müdigkeit niedersinken. Zuerst gilt's, Stellen aufzuspüren, an denen das Erdreich sich eignet, um etwas zu säen, dann muß, bevor man säen kann, der Erdboden freigeräumt werden.

Dreimal wird man am heutigen Tag säen und ernten, dreimal an jedem Tag, den die Sonne der Fruchtbarkeit währt. Und sollten Bewohner eines anderen Steinhausens sich jenen Stellen nahen, weil sie brauchbaren Erdboden für ihre Saat suchen, wird's Tote geben, bis ein Steinhausen sich die Stätte für seine Ernte gesichert hat. Und bei alldem werden die Menschen *singen!* Die Sonne der Fruchtbarkeit bedeutet Leben! Sie verhilft uns zu Fasern für Seile, Garn und Tuch, zu Holz für Werkzeuge, Gefäße und fürs Feuer, zum Korn, das uns nährt, und zum *Metheglin,* der Schwäche vertreibt.« Er krächzte mit schwerfälliger, heiserer Stimme auf. »Sprecht nicht zu mir von Falschheit!« Doch sofort schwand seine Leidenschaft, hinterließ ihn gebeugt und bekümmert. Die Arme baumelten an seinen Seiten, als hätte er mit dem Verrat an seinem heimatlichen Steinhausen allem Trost entsagt. »Ich kann's nicht ertragen.«

»Sunder ...« Covenants Stimme bebte. Wie lange würde er es noch verkraften können, die Ursache von soviel Leid zu sein? »Das ist nicht, was ich gemeint habe.«

»Dann erleuchte mich«, forderte der Steinmeister ihn leise auf. »Gewähre der Armseligkeit meines Verstandes Belehrung.«

»Ich versuche, euer Leben zu verstehen. Ihr ertragt so vieles ... Bloß die Gelegenheit, singen zu können, kommt für euch schon einem Sieg gleich. Aber das ist's gar nicht, was ich gemeint habe.« Er bot alle Selbstbeherrschung auf, damit sein Zorn sich nicht versehentlich gegen Sunder richtete. »Das Dasein hier ist keine Strafe. Die Bewohner des Landes sind keine Verbrecher ... keine Verräter. O nein!« ... *daran gewirkt, die Vergeltung vorzubereiten.* »Es ist nicht euer Leben, mit dem was nicht stimmt. Das Sonnenübel ist falsch. Es ist ein Verbrechen, das absichtlich am Lande begangen wird. Wie, das weiß ich nicht. Aber ich weiß, wer dafür verantwortlich ist. Lord Foul, den ihr a-Jeroth nennt. Das ist sein Werk. Aber man kann gegen ihn kämpfen, Sunder. Hör auf mich.« Er flehte den finstergesichtigen Steinmeister regelrecht an. »Man kann gegen ihn kämpfen.«

Sunder musterte Covenant, klammerte sich an Vorstellungen und Begriffe, die ihm vertraut waren und verständlich. Einen Moment später jedoch senkte er den Blick. Als er antwortete, bezeugte seine Stimme ein gewisses Zugeständnis. »Auch die Sonne der Fruchtbarkeit ist auf ihre Weise gefahrvoll. Verbleibt im Schutze des Steins, solange sich diese Gelegenheit bietet.« Er ging mit seinem Messer Gras und Kräuter wegschneiden, die seine Ranken umwucherten.

Ach, Sunder! Covenant seufzte im geheimen. *Du bist tapferer, als ich es verdiene.* Er hätte sich gern ausgeruht. Ausgelaugtheit ließ jeden Knochen seines Schädels einzeln weh tun. Die Entzündung in seinem Unterarm war inzwischen abgeschwollen; doch das Fleisch sah noch immer tief angelaufen aus, und die Ellbogen- und Handgelenke schmerzten. Aber Covenant hielt sich aufrecht, wandte sich ab, um sich Lindens stummen Unbehagens anzunehmen.

Sie saß nur da und starrte leeren Blicks ins Nichts. Innere Pein hatte ihren Mund zu einem Ausdruck von Versagertum verzogen, der auf erschütternde Weise persönlich und endgültig wirkte. Ihre Hände umklammerten ihre Ellbogen, während sie die Knie an den Leib drückte, als wolle sie sich an der Vergänglichkeit ihres steifen Knochengerüsts verankern. Wie er sie so ansah, meinte Covenant, er erkenne in ihr ein Abbild seiner eigenen anfänglichen Prüfungen im Land. Er bemühte sich, so sanft wie möglich mit ihr zu reden. »Schon recht. Ich versteh's.«

Laß dich davon nicht unterkriegen, beabsichtigte er hinzuzufügen. *Du bist nicht allein. Das alles hat seine Gründe.* Aber ihre Antwort hinderte ihn am Weitersprechen. »Nein, du verstehst nicht.« Ihre Überzeugung war zu gering, als daß sie Bitterkeit hätte aufbringen können. »Du kannst es nicht sehen.«

Darauf wußte er nichts zu erwidern. Die schlichte Wahrheit ihrer Entgegnung leugnete sein Mitgefühl, ließ ihn im Ringen mit sich selbst allein, als hätte er sämtliche Finger verloren. Wehrlos gegen seine Unfähigkeit, seine Verantwortung für Bürden, die zu tragen er außerstande war, sank er auf den Felsboden, streckte sich in seiner Ermattung der Länge nach aus. Linden war hier, weil sie sein Leben zu retten versucht hatte. Er verspürte den dringenden Wunsch, ihr irgend etwas als Gegenleistung zu bieten, irgendeine Hilfe, Schutz, Trost. Eine Antwort auf ihre eingefleischte Strenge. Aber es gab nichts, was er tun konnte. Er vermochte nicht einmal, die Augen geöffnet zu halten.

Als er die Augen wieder aufschlug, hatte der Pflanzenwuchs zu beiden Seiten des Flußbetts sowie westlich davon – bis zu dem Felsboden – bereits eine beunruhigende Dichte angenommen. Einiges Gras stand schon kniehoch. Er fragte sich, wie lange es möglich sein mochte, unter einer solchen Sonne noch weiterzuwandern. Doch er überließ diese Frage Sunder.

Während an seinen Ranken die Fruchtknospen von Melonen überschnell herangediehen, beschäftigte sich der Steinmeister damit, wilden Efeu zu schneiden und zu sammeln. Er schnitt ihn in Stränge. Sobald er mit dem, was er gesammelt hatte, zufrieden war, kam er zurück auf den Felsboden und begann die Stränge zu einem Tragnetz zu flechten und zu verknüpfen. Zum Zeitpunkt, als er diese Aufgabe erledigt hatte, war die erste *Ussusimiel* reif. Er zerteilte sie, verwahrte die Kerne in seiner Tasche und gab dann Scheiben an seine Begleiter aus. Covenant nahm seinen Anteil willig entgegen, sich dessen deutlich bewußt, daß sein Körper Bedürfnis nach Nahrung hatte. Sunder mußte jedoch an Lindens Schulter rütteln, um ihre Aufmerksamkeit auf sich zu ziehen. Sie betrachtete ihre Ration *Ussusimiel,* als wäre sie eine Zumutung, und nahm sie nur mit Verdruß an.

Nachdem sie gegessen hatten, pflückte Sunder den Rest der Melonenfrüchte und tat sie in sein Tragnetz. Anscheinend befand er sich in gehobener Stimmung; vielleicht hatte die Gelegenheit, für Nahrung zu sorgen, ihm wieder ein Gefühl dafür gegeben, wie sehr man ihn brauchte; oder womöglich hegte er nun weniger Furcht vor einer etwaigen Verfolgung. »Wir müssen das Flußbett verlassen«, verkündete er mit festem Nachdruck. »Hier können wir kein Wasser finden.« Er nickte in die Richtung des östlichen Ufers. »Zunächst wird's uns abermals Mühsal kosten. Doch indem die Bäume wachsen, werden sie dem Untergrund Schatten spenden, so daß das Unterholz langsamer wächst. Aber beachtet meine Warnung – ich habe bereits erwähnt, daß auch die Sonne der Fruchtbarkeit ihre Gefahren mit sich bringt. Wir müssen den Weg mit Wachsamkeit fortsetzen, sonst könnten wir zwischen Gewächse geraten, die uns nicht weiterziehen lassen. Solange diese Sonne scheint, werden wir nur des Tages wandern und ausschließlich des Nachts schlafen.«

Behutsam kratzte Covenant am Wundschorf an seinem Unterarm und lugte über den Rand des Flußufers. »Hast du was von Wasser gesagt?«

»Sobald Kräfte und Aussichten es zulassen, werden wir Wasser haben.«

Kräfte, sagte sich Covenant. *Aussichten.* Das eine fehlte ihm, und dem anderen traute er nicht. Trotzdem gestattete er sich kein Zögern. »Dann wollen wir mal!« Beide Männer schauten Linden an. Langsam stand sie auf. Sie hob nicht ihren Blick, sondern nickte nur wortlos.

Sunder warf Covenant einen stumm fragenden Blick zu; doch Covenant hatte keine Antwort parat. Mit einem Achselzucken warf sich der Steinmeister das Tragnetz über die Schulter und strebte flußabwärts voraus. Covenant folgte ihm, und Linden schloß sich ebenfalls an.

Sunder mied Gras und Kraut, so gut es möglich war, bis sie an eine Stelle gelangten, wo die Ufer sich durch geringere Steilheit auszeichneten. Dort trat er die Füße tief in den Dreck und klomm aus dem Flußbett nach oben. Er mußte sich regelrecht durch das Unterholz kämpfen, das den Rand der Böschung säumte, um ebene Erde betreten zu können. Covenant beobachtete ihn, bis der Steinmeister außer Sicht entschwand, dann erst wagte er selbst sich an den Aufstieg. Lange, geneigte Grasbüschel, an denen er mit den Händen Halt fand, erleichterten ihm ein wenig die Kletterei. Nachdem er die vorübergehende Gefahr des Abrutschens gemeistert hatte, kroch er in die von Sunder gestoßene Lücke. Vorsichtig folgte er dem Verlauf der Bresche, die Sunder quer durch Farn und Strauchwerk getrieben hatte. Das Dickicht der Vegetation machte das Vorwärtskommen beschwerlich; er konnte sich nur auf Händen und Knien voranbewegen. Er fühlte sich durch übertriebene Mengen an Grünzeug eingeschlossen, das sich einer wilden Ekstase des Wucherns befleißigte und undurchdringlicher war als Mauern, und zudem stickiger. Covenant war nicht dazu in der Lage, seine Muskeln am Zittern zu hindern.

Das Kriechen drohte seine beschränkten Kräfte vorzeitig zu verausgaben; doch nach einer gewissen Strecke nahm der Tunnel schließlich ein Ende. Sunder hatte ein Gebiet entdeckt, in dem der Farn lediglich hüfthoch wuchs, überschattet von einem Dickicht junger Akazien. Er trampelte gerade Gestrüpp nieder, um einen Freiraum zu schaffen, als sich Covenant zu ihm gesellte, und gleich darauf holte Linden die beiden ein.

»Wir haben Glück«, bemerkte Sunder leise und nickte in die Richtung eines der näherstehenden Bäume. Er meinte eine junge Akazie, die eine Höhe von viereinhalb Meter erreicht hatte; weiter würde sie allerdings nicht mehr wachsen; eine enorme Kletterpflanze, so dick wie Covenants Oberschenkel, war drauf und dran, sie abzuwürgen. Die Kletterpflanze besaß eine Haut von glänzendem Grün und trug eine Traube gelbgrüner Früchte, die entfernt an die Papayafrucht erinnerten. »Das sind *Mirk.«*

Mirk? wunderte sich Covenant und entsann sich an das Betäubungsmittel, mit dem man Linden und ihn in der Nähe vom Steinhausen Mithil überwältigt hatte. »Inwiefern soll das 'n Glück sein?«

Sunder zückte sein Messer. »Die Frucht ist eine, der Stamm dagegen eine andere Sache.« Er zog Covenant mit sich zu dem Klettergewächs, nahm das Messer in beide Hände. »Halte dich bereit«, riet er Covenant. Dann tat er einen Sprung und stach die Klinge des Dolchs oberhalb seiner Kopfhöhe in den dicken Stamm der Kletterpflanze. Das Messer bohrte sich in die Ranke wie in Fleisch. Als Sunder die Klinge herausriß, schoß klares Wasser aus dem Einstich. In seiner Verdutzung zögerte Covenant. »Trink!« schnauzte Sunder. Grob schubste er Covenant vorwärts und unter den Flüssigkeitsstrahl. Covenant schluckte vom Wasser, das ihm in Gesicht und Mund sprudelte. Es war so frisch wie kühle Nachtluft.

Als er den lange zurückgehaltenen Durst seines Körpers gestillt hatte, kam Linden an die Reihe, und sie trank, als lechze sie nach etwas – irgend etwas –, das nicht noch mehr ihre anscheinend ohnehin wie zerfransten Nerven mißhandelte. Covenant befürchtete, sie werde trinken, bis die Riesenranke nichts mehr hergab. Doch als sie zur Seite trat, war es Sunder noch möglich, seinen gerechten Anteil zu genießen, ehe der Schwall zu versiegen begann. Solange noch Wasser floß, nutzte das Trio es, um sich Hände und Gesichter zu waschen, einiges vom Dreck von der Kleidung zu schrubben. Dann schulterte der Steinmeister wieder seinen Netzsack. »Wir müssen weiter. Unter dieser Sonne ist nichts, was sich nicht bewegt, ohne Gefahr.« Wie um zu zeigen, was er meinte, trat er mit einem Bein aus, enthüllte seinen Begleitern, wie sich das Gras seinen Fußknöchel zu umschlingen bemühte. »Überdies wird auch der Gefolgsmann nunmehr unterwegs sein. Wir werden so nahe beim Mithil bleiben, wie Umgebung und Sonne es uns erlauben.« Er wies nach Norden. In dieser Richtung – hinter dem Schatten des Hains – erstreckte sich ein breiter Streifen von scharfem, grauem Gras, das bereits bis zur Hüfte reichte und noch immer wuchs. In einigem Abstand jedoch mündete das Gras in ein Gehölz, eine völlig wirre Ansammlung aus Eichen und Platanen, Eukalyptusbäumen und Palisander. »Die Erde hält stets eine große Vielfalt von Gewächsen bereit«, erläuterte Sunder, »und sie bringt hervor, was ihr an den jeweiligen Stellen angemessen ist. Ich vermag nicht vorauszusehen, was uns alles begegnen wird. Aber wir werden danach trachten, zwischen Bäumen und im Schatten zu bleiben.«

Covenant folgte ihm unsicher, hinter seinem Rücken Linden. Zur Zeit, als sie sich endlich den Bäumen näherten, waren seine Arme längst kreuz und quer mit feinen Kratzern übersät, die von den scharfrandigen Grashalmen stammten; und das Gras selbst schwankte inzwischen mit den Spitzen hoch über seinem Kopf.

Danach jedoch, im Schatten der Bäume, der das Wachstum mäßigte, besaß das Unterholz einen Wuchs von natürlicheren Proportionen. Durch das Gehölz gelangten die drei in eine noch schattenreichere Waldlandschaft, in der Zypressen, erblühte Maulbeerbäume und dem Ahorn ähnliche Bäume mit gelben Blättern standen; in letzteren erkannte Covenant zu guter Letzt mit Betroffenheit Güldenblatt. Der Anblick dieser stattlichen Bäume, die von den Bewohnern des Landes einst so überaus hoch geschätzt worden waren, nun jedoch wuchsen wie Marionetten des Sonnenübels, ließ in den Knochen von Covenants Stirn erbitterten Grimm pochen wie einen Schwindelanfall. Er drehte sich um und wollte seinen Unmut mit Linden teilen. Doch sie war gänzlich beansprucht durch ihr eigenes Grausen und beachtete ihn gar nicht. In ihrem Blick stand Gram geschrieben; er schien vor allem, auf das er ringsumher fiel, sofort wieder zurückzuzucken, als sei es ihr unmöglich, sich den Notschreien der Bäume zu entziehen. Weder sie noch Covenant besaßen eine Wahl; sie mußten weitermarschieren.

Kurz nach der Mittagsstunde legte Sunder an einem schattigen Plätzchen unter einer dichtbegrünten Weide eine Rast ein. Dort verzehrten die drei eine Mahlzeit aus *Ussusimiel*. Anschließend, nach ungefähr einer weiteren halben Länge, entdeckten sie noch eine *Mirk*-Ranke. Das waren Stützen, die Covenant seine Genesendenschwäche durchzustehen halfen. Nichtsdestoweniger war er etwa um die Mitte des Nachmittags am Ende seines Durchhaltevermögens angelangt. Zu guter Letzt sank er auf den Untergrund hin und blieb reglos liegen. Seine Muskeln fühlten sich allesamt wie aus Matsch an; sein Kopf schien Scheuklappen der Erschöpfung zu tragen, die seinen Gesichtskreis begrenzten und seinen Gleichgewichtssinn einschränkten. »Jetzt reicht's«, murmelte er. »Ich muß mich ausruhen.«

»Du kannst nicht«, sagte der Steinmeister. Seine Stimme, so schien es, kam aus weiter Ferne. »Nicht bevor die Sonne sinkt oder wir kahles Gelände gefunden haben.«

»Er muß«, keuchte Linden. »Er ist einfach noch nicht wieder genügend bei Kräften. Und er hat noch immer Gift im Körper. Er könnte einen Kollaps erleiden.«

»Nun wohl«, gestand Sunder nach kurzem Schweigen gedämpft zu. »Bleibe bei ihm – gib auf ihn acht. Ich werde eine sichere Stätte suchen.« Covenant hörte den Steinmeister durchs Gebüsch davonstapfen.

Angetrieben von Sunders Warnung krauchte Covenant in

den Schatten eines breitwipfligen Güldenblattbaums und setzte sich mit dem Rücken an den Baumstamm. Für ein Weilchen hielt er die Augen geschlossen und schwebte durch den weitflächigen Wellengang seiner Müdigkeit. Doch bald schreckte Linden ihn aus seiner Erschlaffung. Sie mußte gleichfalls müde sein, doch offenbar fand sie keine Ruhe. Sie schritt vor Covenant auf und nieder, klammerte sich mit den Händen an die Ellbogen, schüttelte den Kopf, als hätte sie ein schwerwiegendes inneres Ringen mit sich selbst auszufechten. Covenant beobachtete sie für einen längeren Moment, darum bemüht, die Ermüdung zumindest aus seiner Sicht zu verdrängen. »Sag mir«, bat er dann bedächtig, »was los ist.«

»Das ist am schlimmsten.« Seine Bitte löste ihr die Zunge; dennoch schien sie mehr zu sich selbst zu reden als zu ihm. »Das alles ist schrecklich, aber das ist am schlimmsten. Was für eine Art von Baum ist das?« Sie wies auf den Stamm, an dem er lehnte.

»Er heißt Güldenblatt.« Erinnerungen kamen ihm. »Das Holz galt früher als wirkliche Besonderheit.«

»Das ist am schlimmsten.« Lindens Schritte fielen energischer. »Alles ist wund. In solchem Schmerz ...« Ihre Stimme begann zittrig zu werden. »Aber das ist am schlimmsten. Sämtliche Güldenblatt. Sie stehen inwendig in Flammen. Wie eine Ketzerverbrennung.« Ihre Hände fuhren hoch, bedeckten die Zermürbung in ihrem Gesicht. »Man sollte sie von ihrem Elend erlösen.«

Von ihrem ...? Dieser Gedanke erschreckte Covenant. *So wie Lindens Mutter?* »Linden«, sagte er, auf einmal wieder wacher, »verrate mir doch, was los ist.«

In plötzlicher Wut wirbelte sie herum. »Bist du denn taub und blind?! Fühlst du denn absolut überhaupt nichts? Sie leiden, habe ich gesagt. Man sollte sie von ihrem Elend erlösen!«

»Nein.« Er widerstand Lindens Zorn ohne ein Wimpernzucken. Das war es gewesen, was Kevin getan hatte. Die Notsituation des Landes brach ihm das Herz. Deshalb vollzog er das Ritual der Schändung und versuchte, das Böse auszutreiben, indem er vernichtete, was er liebte. Covenant zuckte zusammen, als er sich darauf besann, wie dicht er davor gestanden hatte, selbst genau diesen Weg zu beschreiten. »Auf diese Weise kann man nicht gegen Lord Foul kämpfen. Das ist genau das, was er will.«

»Erzähl mir doch nichts!« fuhr Linden ihn an. »Ich mag nichts dergleichen hören. Du bist Leprotiker. Was schert dich fremdes Leid? Von dir aus kann die ganze Welt vor Schmerzen schreien! Für dich bedeutet's keinen Unterschied.« Unvermittelt sackte sie auf den Erdboden, setzte sich rücklings an einen Baum, zog die Knie an die Brust. »Ich kann nicht mehr.« Unterdrücktes Weinen verzerrte ihr Gesicht. Sie senkte den Kopf, saß mit verkrampft über die Knie ausgestreckten Armen da. Ihre Hände ballten sich zu Fäusten, suchten sich vergeblich an die dünne Luft zu klammern. »Ich kann nicht.«

Ihr Anblick wrang Covenant das Herz. »Bitte«, sagte er leise. »Sag mir, weshalb du so stark darunter leidest.«

»Ich kann mich nicht dagegen verschließen.« Hände, Arme, Schultern – jeder Teil ihres Körpers war in eine Starre ebenso unerwünschten wie unabweisbaren Mitleidens verfallen. »Es ist, als ob das alles auch mit mir geschieht. Ich kann die Bäume sehen … sie fühlen. In mir. Irgendwie ist's zu persönlich. Ich kann's nicht aushalten. Es bringt mich um.«

Covenant hätte sie gerne berührt, wagte es jedoch nicht. Sie war zu empfindsam. Möglicherweise war sie dazu fähig, in der Berührung seiner Finger die Leprose zu erahnen. Einige Augenblicke lang erwog er sein Verlangen, ihr von Kevin zu erzählen. Aber unter Umständen würde sie diese Geschichte als Leugnung ihres Leids auffassen. Doch er wußte, was er ihr bieten konnte. »Linden«, sagte er, indem er insgeheim über die Schwierigkeiten dessen aufstöhnte, was er zu eröffnen hatte, »Lord Foul hat zu mir gesprochen, als wir von ihm ins Land geholt worden sind. Du hast ihn nicht gehört. Ich werde dir erzählen, was er gesagt hat.«

Linden rang die Hände; sonst reagierte sie nicht auf seine Äußerungen. Nach einem mühsamen Ansatz begann er die kalten, wütig-geringschätzigen Worte des Verächters zu wiederholen. *Ah, du bist noch voller Trotz.* Er entsann sich an jedes einzelne Wort, jedes Tröpflein gehässiger Giftigkeit, jeden Ton der Verachtung. Die Erinnerung befiel ihn wie eine Offenbarung, überkam seinen Abscheu, betäubte ihm das Herz. Er unternahm keinen Versuch, sich nur ein einziges Mal zu unterbrechen. Er wollte, daß Linden alles hörte. Da er ihr keinen Trost zu spenden vermochte, lag ihm daran, daß sie zumindest sein Gefühl der Zweckbestimmtheit mit ihm teilte. *Wenn es zum Letzten kommt, wirst du das Werkzeug meines Sieges sein.* Während Covenants Worte auf sie eindrangen, zog Linden sich immer mehr in sich selbst zurück, schlang die Arme um die Knie, verbarg auf ihnen das Gesicht; sie schrak vor dem, was er vortrug, zurück wie ein banges Kind. *Dich erwartet Verzweiflung, die jedes Maß übersteigt, das dein kleines sterbliches Herz zu erdulden vermag!*

Doch im Laufe seines Vortrags hatte er unmißverständlich den Eindruck, daß sie ihn kaum hörte, ihre Reaktion in Wirklichkeit rein privater Natur war, mit etwas in ihr selbst zusammenhing, von dem er keinerlei Ahnung hatte. Halb erwartete er, sie werde in Gewimmer ausbrechen. Sie wirkte so um selbst den schlichtesten Instinkt für Tröstliches gebracht. Sie hätte sich nun mit Zorn gegen den Verächter aufrechthalten können, wie Covenant es tat; jedoch hatte es den Anschein, als wäre so ein Ausweg für ihre komplexen Seelenqualen ohne

Bedeutung. Sie saß bloß zusammengesunken da und zitterte vor sich hin, versagte sich sogar jeden Laut.

Schließlich konnte Covenant es nicht länger ertragen, sie nur anzuschauen. Er kroch zu ihr hinüber, als liefere er sich selber der Verdammnis aus, setzte sich neben sie. Entschieden löste er ihre Rechte aus der Verklammerung, legte sie um seine Halbhand, so daß sie den Griff um seine verstümmelte Menschlichkeit nicht lockern konnte, ohne sich selbst loszulassen. »Leprotiker sind nicht gefühllos«, sagte er leise. »Nur der Körper verliert das Gefühl. Der Rest kompensiert den Verlust. Ich möchte dir helfen, und ich weiß nicht wie.« *Quäl dich nicht so,* dachte er, während er redete.

Irgendwie drang die Berührung seiner Hand oder das Mitgefühl in seiner Stimme zu ihr durch. Wie durch die übermächtige Willensanstrengung begann sie ihre Muskeln zu entkrampfen, die Knoten ihrer Qual zu lösen. Zittrig atmete sie ein, ließ die Schultern herabsinken. Aber nach wie vor hielt sie sich an seiner Hand, umfaßte die Stelle seiner amputierten Finger, als sei diese Amputation das einzige an ihm, das sie zu begreifen vermochte.

»Ich glaube nicht an das Böse.« Die Stimme schien ihr durch die Kehle zu schrammen und blutbeschmiert zum Vorschein zu kommen. »So sind die Menschen nicht. Diese Welt hier ist *krank.* Lord Foul ist bloß jemand, den du dir ausgedacht hast. Wenn man jemandem die Schuld an der eigenen Krankheit zuschiebt, statt sie als das zu nehmen, was sie ist, kann man sich vor der Eigenverantwortung drücken. Man braucht gar nicht erst zu versuchen, dem Schmerz ein Ende zu machen.« Ihre Worte waren ein Vorwurf, doch ihr Griff um seine Hand widersprach ihnen. »Auch wenn dies ein Traum ist.«

Covenant vermochte nicht zu antworten. Wenn sie sich weigerte, die Existenz ihres eigenen inneren Verächters anzuerkennen, wie sollte er sie dann überzeugen können? Und wie sollte er versuchen, sie gegen Lord Fouls Manipulationen zu schützen? Als sie ihm ruckartig ihre Hand entzog, sich erhob, als wolle sie den Implikationen seines Händedrucks entgehen, schaute er ihr nach, die Pein der Einsamkeit in seinem Herzen ununterscheidbar von der Furcht.

9
Flußfahrt

Etwas später kehrte Sunder zurück. Falls er Lindens Angespanntheit bemerkte, wie sie bleich und absolut für sich dastand, Covenant den Rücken zugewandt, verzichtete er doch darauf, irgendwelche Fragen zu stellen. Gelassen teilte er mit, daß er eine Örtlichkeit gefunden hatte, an der sie sich ungefährdet bis zum nächsten Morgen ausruhen konnten. Dann streckte er Covenant die Hand hin.

Covenant nahm die Hilfe an, ließ sich hochziehen. Die Muskeln in seinen Gliedmaßen fühlten sich an wie Asche; doch indem er sich auf Sunders Schultern stützte, vermochte er nochmals eine halbe Länge zurückzulegen, bis sie wieder an eine Fläche felsigen Untergrunds gelangten. Der Felsboden lag zwischen hohem Gesträuch, das zumindest einen gewissen Sichtschutz bot. Covenant streckte sich auf dem harten Stein aus und verschlief den restlichen Nachmittag. Nach einem Abendessen aus *Ussusimiel* überraschte er selbst sich damit, daß er die gesamte Nacht durchschlief.

Trotz der Härte seines Schlaflagers erwachte er erst kurz nach Sonnenaufgang. Inzwischen hatte Sunder bereits ein Fleckchen Erde vom Grün befreit und neue Melonen gesät. Als Covenant aufstand, kam Linden zu ihm. Sie mied seinen Blick, als könne sie nicht den Anblick seiner Gedanken ertragen, seiner Sorge um sie, das Gegengewicht seiner Überzeugung, untersuchte ihn wortlos und erklärte ihn zuletzt für fieberfrei und reisefähig. Irgend etwas, das sie an ihm bemerkte, machte sie betroffen, aber sie sagte nicht, um was es sich handelte, und er fragte nicht. Sobald Sunders neue Früchte reif waren, ergänzte er seinen Vorrat an Samenkernen und füllte sein Netz mit Melonen auf. Dann führte er Covenant und Linden erneut ins Gebüsch.

Der Mithil war nach Nordwesten abgebogen, und die drei folgten dem Verlauf seines Flußbetts, blieben so nah am Ufer, wie die Beschaffenheit des Geländes es zuließ. Anfangs machte ihr Marsch nur langsam Fortschritte; ein Gewirr von bodenwüchsigem Efeu versperrte ihnen den Weg, das sogar die Körperkräfte des Steinmeisters zu überfordern drohte. Jenseits des Efeus jedoch betraten sie einen tiefen, mit Banjanholz bestandenen Wald, und das Marschieren fiel leichter.

Dieser zweite Tag der Sonne der Fruchtbarkeit ließ das Banjanholz dermaßen in die Höhe schießen, wie Covenant es nie für möglich erachtet hätte. Zwischen den Stämmen erstreckten sich regelrechte große Straßen und Passagen; die üppig ineinander gewachsenen Zweige wölbten und streckten sich wie die hohe, gerippte Decke und die hochaufragenden Säulen einer bestimmten Stätte der Verehrung zu Schwelgenstein – oder wie in der riesigen Höhle der Erdwurzel unterm *Melenkurion* Himmelswehr. Die Wirkung war allerdings weniger großartig als unheilvoll. Jeder Ast, jeder Zweig schien unter dem eigenen Gewicht zu leiden. Mehrmals meinte Covenant, er höre aus der Ferne so etwas wie Hufschlag, aber sehen konnte er nichts.

Am folgenden Tag lernte das Trio einige der Folgen dieser gleichsam brandigen Fruchtbarkeit der Sonne kennen. Etwa zur Mitte des Vormittags mußten sie sich mühselig den Weg durch ein Gebiet suchen, in dem noch am Vortag ein Gehölz aus Zedern von mehr als hundert Meter Höhe wucherte; nun aber glich es dem Schauplatz einer ungeheuren Verwüstung. Irgendwann während der Nacht hatten Bäume das Übergewicht bekommen und waren gekippt; und jeder Baumriese, der stürzte, riß weitere mit sich hinab. Jetzt war das ganze Areal ein einziges Chaos aus gebrochenem Holz – Stämmen und Ästen, wie von den Fäusten eines Titanen zerrissen, zersplittert, zertrümmert. Die drei brachten den ganzen Tag damit zu, sich durch das geborstene Holz zu kämpfen.

Gegen Sonnenuntergang erreichten sie einen flachen, mit Heidekraut bewachsenen Hügel; das Heidekraut war doppelt mannshoch und wogte im Wind mit lebhaftem Geraschel. Sunder ging die armdicken Stengel mit seinem Messer an, und schließlich gelang es ihm, das Dicht an Dicht des Krauts soweit zu lichten, daß sie Platz genug hatten, um sich hinzulegen. Sunder allerdings wollte keine rechte Ruhe finden; er war aus Besorgnis inwendig zu verkrampft. Während des Essens äußerte Covenant sich nicht dazu; und Linden, zu sehr durch ihre innere Zurückgezogenheit abgeschirmt, beachtete den Steinmeister ohnehin nicht. Aber später fragte Covenant ihn, was ihn so beschäftige.

»Ich habe keinen Felsboden entdeckt«, antwortete Sunder mit Grimm. »Der Mond neigt sich zum Untergehen und scheint zu schwach zwischen dies Heidekraut, als daß er mir bei der Suche eine Hilfe wäre. Ich weiß nicht, wie wir Marids Schicksal entgehen sollen.«

Covenant überlegte für ein Weilchen. »Ich werde dich tragen«, sagte er dann. »Wenn ich geschützt bin, dürftest du damit auch außer Gefahr sein.«

Der Steinmeister ging darauf mit einem steifen Schulterzucken ein. Doch er beruhigte sich keineswegs. Covenants Vorschlag verstieß gegen lebenslange, gewohnheitsmäßige Vorsicht. »Ich glaube, 's wird gutgehen«, sagte Covenant gelassen. »Ich hatte ja auch in bezug auf die *Aliantha* recht, oder nicht?«

Sunder reagierte lediglich, indem er sich zum Schlaf bettete. Doch als Covenant im Laufe der Nacht einmal kurz aufwachte und umherschaute, sah er den Steinmeister in die Dunkelheit des Heidekrauts hinaufstarren wie jemand, der seinem Augenlicht Lebewohl wünschte.

Das Trio erhob sich im Grau der frühen Dämmerung. Gemeinsam streifte es durch das überhohe Heidekraut, bis es eine dünner bewachsene Stelle fand, von der aus man den östlichen Horizont erspähen konnte. Seit dem vorangegangenen Abend wehte der Wind kräftiger und kühler. Covenant empfand ein Schaudern beängstigender Erwartung. Vielleicht waren Linden und er durchaus nicht dank ihrer Schuhe verschont geblieben; womöglich besaßen sie eine natürliche Immunität gegen das Sonnenübel. In dem Falle … Sie hatten keine Zeit, um sich Alternativen auszudenken. Der Sonnenaufgang stand unmittelbar bevor. Linden nahm das Netz mit den Melonen. Covenant beugte sich vor und ließ Sunder auf seinen Rücken steigen. Dann schauten sie alle drei erwartungsvoll nach Osten. Covenant mußte sich nachgerade dazu ermahnen, nicht den Atem anzuhalten.

Die Sonne erschien in bläulichem Auflohen, gehüllt in eine saphirblaue Aura. Sie strahlte nur für einen Moment. Dann wälzten sich auch schon schwarzgraue Wolken wie die Vorhut einer Attacke westwärts.

»Die Sonne des Regens.« Mit merklicher Mühe löste Sunder die Finger von Covenants Schultern, in die er sie gedrückt hatte, und sprang auf den Erdboden. »Nun werden wir endlich«, raunzte er, wie um seine Brust von einer Beklemmung zu befreien, »mit einer gewissen Schnelligkeit unseren Weg fortsetzen können. Sollte es uns nicht gelingen, der Verfolgung zu entgehen, werden wir doch auf jeden Fall unser Leben noch ein wenig verlängern.« Unverzüglich wandte er sich in die Richtung zum Fluß und pflügte sich hastig Bahn durch die Stengel des Heidekrauts, als wolle er sich mit den Wolken auf einen Wettlauf einlassen.

Inmitten des im Anschwellen begriffenen Windes drehte sich Covenant nach Linden um. »Ist er in Ordnung?«

»Ja«, bestätigte sie ungeduldig. »Unsere Schuhe heben die

Wirkung des Sonnenübels tatsächlich auf.« Während Covenant erleichtert nickte, schloß Linden sich Sunder sehr eilig an.

Das Heidekraut reichte noch ein beträchtliches Stück weit westwärts, machte dann jedoch reichlich unvermittelt einem Dickicht aus knorrigen Sträuchern Platz, die – so hoch wie Bäume – das Flußufer säumten. Die Wolken befanden sich bereits über den Köpfen der drei, und ein paar Regentropfen hatten vom Himmel zu fallen begonnen, als Sunder in das hohe Gesträuch eindrang. Unterwegs hackte oder brach er stämmige Äste von fast zwei Meter Länge ab, schnitt längere Stücke von Ranken herunter. All das schleifte er mit sich durchs Dickicht. Als er soviel gesammelt hatte, wie er tragen konnte, übergab er die Äste und Rankenstücke seinen Begleitern und machte sich daran, noch mehr Holz mit vergleichbaren Maßen zu schlagen.

Als die drei in Sichtweite des Flußbetts kamen, war nur im Westen noch ein schmaler Streifen des Himmels klar. Sunder strebte beschleunigt zum Rande des Flußufers. Dort schuf er Platz zum Arbeiten. Indem sie seinen barschen Anweisungen gehorchten, obwohl sie nicht wußten, was er im Schilde führte, halfen Covenant und Linden ihm dabei, die Äste und Ranken von den Zweigen und Blättern zu befreien. Danach legten sie sämtliche Äste der Länge nach aneinander, und Sunder knüpfte sie mit den Ranken zu einem festen Gefüge zusammen. Als er fertig war, lag vor ihnen eine Art von eingerollter Faschine, so dick, daß er sie mit beiden Armen nicht umfassen konnte.

Der immer stärker werdende Wind fing die Spitzen des Dickichts spürbar an zu kräuseln. Schwere Tropfen klatschten auf die Blätter und verursachten innerhalb des Gestrüpps ein anhaltendes Geniesel. Doch Sunder hatte allem Anschein nach auf einmal alle Hast vergessen. Er setzte sich nieder und machte es sich bequem, so gut es ging.

»Und was jetzt?« erkundigte sich Covenant nach einer Weile.

Sunder blickte ihn an, dann Linden. »Vermögt ihr zu schwimmen?« Beide nickten. »Dann werden wir warten, bis der Fluß schwillt.«

Covenant zwinkerte sich Regenwasser aus den Augen. *Verdammnis,* sagte er sich. *Ein Floß.* Die Idee war gut. Die Strömung des Mithil würde ihnen eine höhere Geschwindigkeit ermöglichen, als sie auf dem Fußweg durchs Land jemals erreichen könnten. Und Sunders Floß würde für sie zudem etwas sein, an dem sie Halt fanden, so daß sie sich nicht mehr derartig anzustrengen und ihre Kräfte zu verschleißen brauchten. Der Steinmeister hatte sich beim Floßbau solcher Eile befleißigt, weil selbst ein so kleines Floß, hatte erst einmal der Regen in voller Schwere eingesetzt, viel mühseliger zusammenzubauen gewesen wäre. Covenant nickte vor sich hin. Sunder war ein einfallsreicherer Führer, als er verdient hatte.

Linden ließ sich nah am Floß nieder und verschränkte die Arme auf den Knien. »Es wird kalt«, sagte sie mit ausdrucksloser Stimme.

Sie hatte recht; schon der Regen war ziemlich kühl. Aber Covenant achtete nicht darauf, sondern begab sich ans Ufer, um einen Blick ins Flußbett zu tun. Was er sah, ließ in ihm Bedenken entstehen. Das Flußbett war bis fast an den Rand mit Grünzeug zugewuchert. Er wußte nicht, wie lange es dauern mochte, bis der Fluß einen ausreichenden Wasserstand aufwies; doch selbst wenn es dahin kam, würden die Büsche und Bäume eine Floßfahrt außerordentlich riskant machen. Während Sunder erneut Rationen von *Ussusimiel* austeilte, behielt Covenant das Flußbett unter Beobachtung. Der Regen fiel mittlerweile senkrecht und harsch, prasselte mit der Gleichmäßigkeit eines Wasserfalls herab ins Dickicht, und mit der Zeit verdunkelte sich der Himmel; aber Covenant konnte gut genug sehen, um die ersten schlammigen Rinnsale drunten auf dem Grunde des Flußbetts gleich zu bemerken. Zunächst befürchtete er, das Wasser werde viel zu langsam steigen. Doch die Dichte des Dickichts hatte dazu geführt, daß er die Stärke des Unwetters unterschätzte. Die Ströme von Regen rauschten immer heftiger herab; buchstäblich mit jedem Moment nahm das Gießen an Wucht zu. Der Regen hörte sich an wie ein riesiges Tier, das sich gewaltsam einen Weg durchs Gesträuch brach. Das Wasser im Flußbett begann schneller zu fließen. Indem er brodelte wie eine Massenwanderung von Schlangen, schob sich der entstandene Fluß zwischen die Bäume, schäumte unter Geplätscher und Gegurgel durch die Büsche. Alles Regenwasser in diesem Landstrich der Südlandebenen floß dem Mithil zu. Covenant hatte gerade seine Mahlzeit beendet, als den Fluß eine schlagartige Veränderung ereilte. Ohne irgendeine Vorwarnung schoß der Strom plötzlich empor und vorwärts, kaum anders als ein Raubtier im Sprung; und einige Büsche gerieten in Bewegung. Sie waren nur oberflächlich verwurzelt. Der Andrang des Wassers riß sie aus dem Grund des Flusses. Gleich verfingen sie sich an den Baumstämmen, hingen dort im Gestrudel der Strömung wie Verzweifelte. Doch das Wasser verstärkte den Druck seines Ansturms. Die Bäume selbst begannen sich zu neigen.

Bald häuften sich entwurzelte Stämme und ein Wirrwarr von Geäst im Fluß, und die Strömung drängte alles unaufhaltsam flußabwärts. Das Wasser wütete mit der Gewalt einer Lawine. Regen klatschte in den Mithil, der noch weiter anschwoll und sich immer unwiderstehlicher dahinwälzte. Stück um Stück säuberte er sein Flußbett selbst.

Die Strömung gischtete bereits in halber Höhe der Böschung über die Ufer hinweg, als Sunder endlich aufstand. Er verbrachte einige Augenblicke damit, sich dessen zu vergewissern, daß seine paar Habseligkeiten sicher aufgehoben waren, dann beugte er sich über das Floß und band das Netz voller

Melonenfrüchte fest ans Holz. Eine krampfartige Aufwallung von Furcht fuhr Covenant durch die Brust. »Das ist viel zu gefährlich!« schrie er durch den Lärm des Regens. »Das Ding wird doch garantiert irgendwo zerschellen.« *Ich bin Lepraleidender!*

»Nein!« erwiderte Sunder. »Wir werden mit der Strömung schwimmen – zusammen mit den Bäumen! Sollte das Wagnis dir zu groß sein, müssen wir warten. Der Fluß wird erst am morgigen Tag vollauf freigeschwemmt sein.«

Covenant dachte an den Gefolgsmann, an Lebewesen, denen er einst im Lande begegnet war, die das Vorhandensein des Weißgoldes spüren konnten. »Ich werde verrückt, wenn ich noch länger herumsitzen muß!« brauste jedoch Linden auf, bevor er eine Antwort zu geben vermochte.

Sunder ergriff das eine Ende des Floßes. »Haltet euch an den Ästen fest, auf daß wir uns nicht verlieren!« Sofort bückte sich Linden übers andere Ende des hölzernen Gefüges, klammerte die Hände an die Äste, hob ihre Seite an. Covenant fluchte bei sich, als er neben Linden Aufstellung bezog und die nassen Äste in den Griff zu bekommen versuchte. Die Gefühllosigkeit seiner Finger erwies sich als ernstes Handikap; er konnte des Halts nicht sicher sein.

»Wir müssen gleichzeitig handeln«, mahnte Sunder. »Hinaus mit dem Floß in die Mitte.« Covenant brummte etwas, um anzuzeigen, daß er verstanden hatte. Er hätte sich jetzt gerne noch einer VBG unterzogen. Für seine stets auf der Lauer befindliche Höhenangst glich der Wasserlauf einem Abgrund. »Nun!« schrie im nächsten Moment Sunder und vollführte einen Satz zum Ufer.

Hölle und Verdammnis! Das Floß zerrte an Covenant, als Sunder und Linden es zum Ufer wuchteten. Schwerfällig versuchte er, das Seine zu tun. Sunder sprang ins Wasser. Das Floß rutschte über den Rand des Ufers. Es riß Covenant, der daran festhielt, kopfüber hinterdrein. Mit gehörigem Schwung klatschte er ins Wasser.

Die Wucht seines Aufpralls löste ihm die unzureichend greiffähigen Finger vom Floß. Der Mithil riß ihn mit, trieb ihn ab. Covenant schlug um sich, während er in ihrem Wirbeln mit der Strömung trieb, verlor sich in ihrer Turbulenz und in Atemnot. Ein Augenblick der Panik machte sein Gehirn so dunkel wie das Wasser. Er ruderte mit den Armen, ohne zu wissen, wie er an die Oberfläche gelangen sollte. Da stieß er mit einem Bein schmerzhaft an einen Strauch, der sich noch mit den Wurzeln ins Flußbett klammerte. Covenant fand die Orientierung wieder. Er kämpfte sich aufwärts.

Mit einem lautlosen Keuchen brach er mit dem Kopf aus den Fluten. Inmitten von Rauschen und Prasseln des Regens war er allem gegenüber gefühllos außer Luft und Furcht, der Strömung, die ihm ins Gesicht schäumte, und dem flüssigen Feuer des Wassers. Die Kälte lähmte seinen Verstand.

Aber eine Stimme schrie wie irrsinnig seinen Namen. »Covenant!« Das Durchdringende von Lindens Schrei schreckte ihn auf. Er widersetzte sich dem hinderlichen Gewicht seiner Stiefel, reckte Kopf und Schultern aus dem Dahinrasen des Gebrodels, spähte in die Finsternis. Ehe er wieder untertauchte, bekam er das Floß zu sehen. Es war nah, etwa drei Meter weiter flußabwärts. Sobald er erneut an die Oberfläche gelangte, schwamm er mit der Strömung. Ein Arm grabschte nach ihm. Mit den Beinen strampelte Covenant sich vorwärts, schnappte mit seiner Halbhand nach Lindens Handgelenk. Seine tauben Finger vermochten es nicht zu umklammern. Das Wasser schwappte über seinem Kopf zusammen.

Lindens Hand schloß sich um seinen Unterarm, zerrte Covenant in die Richtung zum Floß. Er tastete nach einem der Äste, aus denen es bestand, und fand an der rauhen Rinde Halt. Sein Körpergewicht beeinträchtigte Sunders Gewalt über das

Floß. Es begann sich zu drehen. Covenant erhielt einen Eindruck von gefährlicher schneller Bewegung. Die Flußufer ließen sich nur als vage Düsternis erkennen; sie schienen an ihm vorüberzusausen, während er durch den Fluß dahinschoß. »Bist du unverletzt?« rief Linden.

»Ja!«

Gemeinsam rangen sie mit den eisigen Fluten, unterstützten Sunder dabei, das Floß wieder auszurichten und in der Strömung auf Kurs zu bringen. Der Regen goß herab, machte sie blind und stumm. Die Strömung wollte das Floß fortwährend zu ihrem Spielball erniedrigen. Wiederholt mußten sie es aus tückischem Stauwasser befreien und Bäume fernhalten, die den Fluß entlanggewuchtet kamen wie Triremen. Nur die Breite des Mithil verhinderte, daß sich an jeder Flußbiegung die Stämme festsetzten. Und das Wasser war eiskalt. Es schien an ihren Muskeln zu saugen, ihnen Kraft und Wärme zu entziehen. Covenant war zumute, als würden ihm die Knochen mit Eis gefüllt. Bald konnte er kaum noch den Kopf über Wasser halten, sich beinahe nicht mehr ans Holz klammern.

Doch indem der Fluß anschwoll, verlief sich die Turbulenz seiner Oberfläche allmählich. Die Strömung verlangsamte sich nicht, aber das Anschwellen der Wassermassen verminderte die Aufwühlwirkung, die die Unregelmäßigkeit des Flußbetts und des Ufers hatten. Das Floß ließ sich nach und nach leichter lenken. Auf Sunders Veranlassung ging das Trio dazu über, daß sich der Reihe nach – und um dagegen vorzubeugen, daß ihre Erschöpfung in eine Krise mündete – abwechselnd einer von ihnen auf dem Floß ausstreckte und ausruhte, während die zwei anderen es steuerten. Später erwies das Wasser sich als trinkbar. Nach dem Trinken blieben zwischen Covenants Zähnen Sandkörner zurück; doch Regen und langsame Beruhigung der Fluten minderten mit der Zeit die Lehmigkeit des Wassers, klärten den Mithil.

Mehrmals hörte Covenant dumpfe Schläge dröhnen, als fände irgendwo ein Artillerieduell statt. Um Donner handelte es sich jedoch nicht; keine Blitze traten auf. Dennoch durchdrang das Krachen das laute Rauschen des Regens.

Plötzlich zerriß ein scharfes Bersten die Luft. Ein ungeheurer Schatten schwebte über Covenant. Im letzten Moment entfernte die Strömung das Floß aus der Gefahrenzone unter einem im Niederbrechen begriffenen, immensen Baum. Zu hoch für seine Wurzeln, durch die Stärke des Unwetters aus dem unsicheren Gleichgewicht gebracht, hatte der Baum seinen Halt in der Erde verloren und war quer über den Fluß gestürzt. Nun hörte Covenant das gleiche Krachen überall, nah und fern. Der Mithil durchquerte eine Region riesenwüchsiger, titanischer Bäume; der Tumult ihrer Zerstörung knallte und dröhnte unablässig. Covenant befürchtete, einer davon werde das Floß treffen oder den Flußlauf blockieren. Aber nichts dergleichen geschah. Die Bäume, die in den Mithil fielen, verstopften ihn zwar, bildeten allerdings kein Hindernis für die Strömung. Und dann wich der Lärm, mit dem ihre Vernichtung ablief, hinter dem Floß zurück, indem der Mithil jene Gegend verließ.

Weiter fiel in solchem Maße wolkenbruchartiger Regen, als sei der Himmel selbst niedergebrochen. Covenant setzte sich ans rückwärtige Ende des Gefährts und benutzte das Gewicht seiner Stiefel, um den Kurs, auf dem das Floß einherschwamm, etwas stabilisieren zu helfen. Von der Kälte halb gelähmt, durchfuhren er und seine Begleiter einen Tag, der keine Dauer und kein Ende zu haben schien. Als der Regen nachzulassen begann, vermochte nicht einmal diese Tatsache Covenant aus seiner hartnäckigen Erstarrung zu lösen. Während die Wolken aus dem Westen zurückwichen, einen klaren abendlichen Himmel enthüllten, glotzte er hinauf in die Weite, als spräche sie zu ihm in einer Sprache, die ihm fremd geworden war. Zusammen lenkte das Trio, indem es sich auf dem Floß hin-

und herwarf wie sterbende Fische, das Gefährt zum Ufer, kroch aus dem Wasser an Land. Irgendwie brachte Sunder noch genug Kraft auf, um das Floß zu befestigen und gegen den Andrang des Stroms zu sichern. Dann folgte er Covenant und Linden in den Windschutz eines Gebüschs aus unnatürlich verfrüht gereiftem Stechginster und sackte zur Erde nieder. Das Gewalle schwärzlicher Wolken glitt nach Westen; und die Sonne sank in prachtvollem Orange und Rot. Das Zwielicht vertiefte sich und ließ die Nacht näherrücken.

»Feuer.« Lindens Stimme bebte; sie selbst zitterte vom Kopf bis zu den Füßen. »Wir brauchen ein Feuer.«

Covenant befreite mit einem Stöhnen seinen Geist aus dem Schlick, in dem er klebte, hob den Kopf aus dem Schlamm, in dem er der Länge nach lag. Ausgedehnte Schauder der Kälte durchliefen ihn; Geschlotter verkrampfte ihm die Muskeln. Die Sonne hatte sich den ganzen Tag lang nicht über den Ebenen gezeigt, und der Abend war so klar und kalt wie ungetrübtes Eis.

»Ja«, bekräftigte Sunder durch zusammengebissene Zähne. »Wir müssen ein Feuer haben.«

Feuer, greinte Covenant bei sich. Ihm war viel zu kalt, als daß er etwas anderes hätte empfinden können als Grausen. Aber die ausgesprochene Notwendigkeit ließ sich nicht leugnen. Und den Gedanken an Blut konnte er nicht ertragen. Um dem Steinmeister zuvorzukommen, raffte er sich auf Hände und Knie hoch, obwohl ihm war, als klapperten ihm die Knochen im Leib aneinander. »Ich sorge dafür.«

Covenant und Sunder sahen sich an. Nur der eisige Wind, der sich unter Gerausche einen Weg durch die Büsche blies, und die krampfhafte Zittrigkeit der Atemzüge durchdrang das Schweigen zwischen den beiden Männern. Sunders Miene verriet deutlich, daß er Covenants Kräften nichts mehr zutraute und die eigene Verantwortung für seine Begleiter ungern aufgeben mochte. Doch Covenant wiederholte innerlich immer wieder *Für mich wirst du dich nicht entscheiden* und ließ nicht locker. Einen Moment später händigte Sunder ihm den *Orkrest* aus.

Covenant nahm ihn mit seiner zittrigen Halbhand, hielt ihn an seinen Ehering, stierte beides schwächlich an. Da drohte ihn der Mut zu verlassen. Selbst im Laufe der vergangenen zehn Jahre war es ihm nicht gelungen, sich seine instinktive Furcht vor Macht abzugewöhnen.

»Schnell«, drängte Linden gedämpft.

Schnell? Covenant bedeckte mit der Linken sein Gesicht, um mit dieser Geste zu überspielen, wie sehr ihn Schüttelfrost marterte. *Hölle und Verdammung.* Ihm fehlten die Kräfte. Der *Orkrest* lag leblos in seiner Hand; er konnte sich nicht einmal auf ihn konzentrieren. *Du weißt nicht, was du von mir verlangst.* Doch an dem Bedürfnis, ein Feuer zu haben, war nicht zu rütteln. Langsam sammelte sich wieder Grimm in Covenant. Er riß sich zusammen, versteifte sich trotzig in seiner ganzen Haltung gegen die Kälte. Zorn, ununterscheidbar von Qual oder Erschöpfung, ballte sich um den weißgoldenen Reif seines Eherings. Der Sonnenstein hatte kein Leben; das Weißgold besaß kein Leben. Er gab ihnen sein Leben. Es war kein anderer Weg möglich. Mit einem stummen Fluch drosch er seine Faust in den Matsch. Im *Orkrest* zuckte weißes Licht auf; aus seinem Ring sprang eine Flamme, als wäre das Metall ein Gebilde aus silbernem Magma. Innerhalb eines Augenblicks loderte seine ganze Hand. Er hob die Faust, schwang das Feuer wie ein gegen das Sonnenübel gerichtetes Versprechen der Vergeltung. Dann ließ er den Sonnenstein fallen. Er erlosch, doch aus Covenants Ring lohten weitere Flammen. »Sunder!« krächzte er mit erstickter Stimme. Sofort reichte der Steinmeister ihm einen abgestorbenen Zweig Stechginster. Covenant griff sich den feuchten Zweig mit seiner Halbhand; sein Arm zitterte, als er dem Holz weiße Glut aufdrückte. Als er es hinwarf, war es entflammt. Sunder reichte ihm mehr Holz, kniete dann nieder, um das noch schwache Feuer zu schüren. Covenant entzündete einen zweiten, abschließend einen dritten und vierten Zweig. Sunder nährte das Feuer mit Blättern und Reisig, pustete vorsichtig in die Flammen. »Es ist genug«, erklärte er einen Moment später.

Covenant stöhnte und überließ sein Bewußtsein der Willenlosigkeit, und Dunkelheit löschte die Glut seines Rings. Nacht senkte sich über das Gebüsch, schloß sich drangvoll um den schwachen gelben Lichtschein und den Rauch des Feuers. Gleich darauf begann Covenant dessen Wärme im Gesicht zu spüren. Er sank innerlich in sich zusammen, suchte die Konsequenzen dessen, was er getan hatte, zu ermessen, das emotionale Ärgernis der Macht auszuloten.

Kurz danach holte der Steinmeister das Netz mit den Melonen vom Floß und teilte von neuem *Ussusimiel*-Portionen aus. Covenant fühlte sich zum Essen zu ausgehöhlt; aber sein Körper reagierte auch ohne sein willentliches Dazutun auf das Angebot von Nahrung. Er saß da wie eine Vogelscheuche, während aus seiner Kleidung der Dampf verdunsteter Nässe aufstieg, und starrte benommen in die Leblosigkeit seines Seelenlebens.

Sobald sie ihre Mahlzeit beendet hatte, warf Linden die Schalen der Früchte beiseite. »Ich glaube«, meinte sie wie geistesabwesend, »ich kann keinen solchen Tag mehr durchstehen.«

»Gibt es eine Wahl?« Sunders Augen waren aus Ermüdung stumpf. Er kauerte dicht an der Glut, als ob seine Knochen nach Wärme hungerten. »Der Ur-Lord hat Schwelgenstein als sein Ziel genannt. Nun wohl. Doch die Entfernung ist groß. Ohne die Hilfe des geschwinden Stroms müssen wir den Weg zu Fuß zurücklegen. Es dürfte viele Mondwechsel dauern, auf diese Weise zur Feste des na-Mhoram zu gelangen. Ich fürchte jedoch, wir werden sie gar nicht erreichen. Das Sonnenübel ist viel zu gefährlich. Und außerdem droht uns die Gefahr der Verfolgung.«

Die Verkrampftheit von Lindens Schultern bezeugte deutlich ihre innere Anspannung. »Wie lange geht das noch so?« erkundigte sie sich im nächsten Moment in gepreßtem Tonfall.

Der Steinmeister seufzte. »Niemand kann über das Sonnenübel Voraussagen treffen«, antwortete er mit matter Stimme. »Es heißt, daß in den Zeiten früherer Geschlechter jede neue Sonne für fünf oder sechs Tage schien, bisweilen sogar sieben Tage lang. Heute jedoch ist selbst eine Sonne von nur vier Tagen eine Seltenheit. Und mit meinen eigenen Augen habe ich bisher nur einmal eine Sonne von weniger als drei Tagen gesehen.«

»Also noch zwei Tage«, sagte Linden leise. »Guter Gott.«

Für eine Weile schwiegen sie. Dann standen beide wie aufgrund stillschweigender Vereinbarung auf und fingen weiteres Holz für das Feuer zu suchen an. Indem sie durch das Gebüsch streiften, sammelten sie einen beträchtlichen Stapel Laub und Reisig. Anschließend streckte Sunder sich auf dem Untergrund aus. Linden dagegen blieb am Feuer hocken. Nach kurzem bemerkte Covenant trotz seines betäubungsähnlichen Zustands, daß sie ihn musterte. »Warum macht es dir so zu schaffen«, fragte sie ihn in einem Ton, der sonderbar vorsätzlich sachlich klang, »deinen Ring zu benutzen?«

Covenants Schüttelfrost hatte nachgelassen; lediglich eisige Kälte längs seiner Knochen war zurückgeblieben. Doch seine Gedanken glichen Echos des Zorns. »Es ist schwer.«

»In welcher Hinsicht?« Trotz ihrer ernsten Strenge spiegelte ihre Miene den Wunsch wider, ihn zu verstehen. Vielleicht hatte sie ein starkes Bedürfnis nach Verstehen. Covenant ersah in ihr eine lange Lebensgeschichte der Selbstbestrafung. Sie war eine Ärztin, die sich selber quälte, um andere zu heilen, als bestünde dazwischen ein wesentlicher und zwangsläufiger Zusammenhang.

Auf die Komplexheit ihrer Frage gab er die einfachste Antwort, die er wußte. »Sittlich.«

Für einen Moment betrachteten sie sich gegenseitig, versuchten einander zu begreifen. Da ergriff unerwartet der Steinmeister das Wort. »Nun endlich hast du etwas ausgesprochen, Ur-Lord«, sagte er leise, »das zu verstehen mir gegeben ist.« Seine Stimme schien aus dem feuchten Holz und den Flammen zu kommen. »Du fürchtest sowohl die Stärke wie auch die Schwäche, die Macht ebenso wie den Mangel an Macht. Du fürchtest die Notlage, aber auch die Hilfe aus der Not. So wie ich. Ich bin Steinmeister und kenne mich gut aus mit solcher Furcht. Ein Steinhausen vertraut dem Steinmeister all sein Leben an. Doch eben im Namen dieses Lebens, des Vertrauens, muß er das Blut der ihm anvertrauten Menschen vergießen. Die Vertrauen haben, müssen geopfert werden, um das Vertrauen rechtfertigen zu können. So wird Vertrauen zu einer Sache von Leben und Tod. So habe ich denn mein Heim geflohen ...« – das bloße Beben von Klage in seinem Ton unterstrich seine bereits früher geäußerten Vorwürfe – »um einem Weib und einem Mann zu dienen, denen ich nicht zu vertrauen vermag. Ich weiß nicht, wie ich euch vertrauen können soll, und daher bin ich frei von der Bürde des Vertrauens. Zwischen uns ist nichts, das mir Grund gäbe, euer Blut zu vergießen. Oder mein Leben zu opfern.«

Während er Sunders Stimme und dem Knistern des Feuers lauschte, verlor Covenant einiges von seiner Furcht. Er empfand so etwas wie ein Gefühl der Verwandtschaft mit Sunder. Dieser mürrische, von Selbstzweifeln zermürbte Steinhausener hatte viel ertragen und dennoch so vieles von sich selbst bewahrt. Nach einem ausgedehnten Moment entschied sich

Covenant dafür, das zu akzeptieren, was Sunder gesagt hatte. Er konnte unmöglich jeden Preis allein zahlen. »Na schön«, wisperte er in die Büsche wie das Säuseln des leichten abendlichen Windes. »Morgen abend kannst du das Feuer machen.«

»Wohlgesprochen«, erwiderte Sunder ruhig.

Covenant nickte. Bald darauf schloß er die Lider. Seine Müdigkeit ließ ihn neben dem Feuer auf den Erdboden sinken. Er wollte schlafen. Doch da beanspruchte Linden seine Aufmerksamkeit. »Es reicht einfach nicht«, sagte sie unfreundlich. »Dauernd wiederholst du, daß du die Absicht hast, gegen das Sonnenübel zu kämpfen, aber du bist kaum dazu imstande, ein Feuer zu entzünden. Genausogut könntest du dich davor fürchten, zwei Holzstöckchen aneinanderzureiben. Ich hätte gern eine bessere Antwort.«

Covenant verstand, was sie meinte. Das Sonnenübel – stark genug, um die Natur selbst nach Belieben Martern zu unterziehen – konnte sicher nicht durch etwas so Läppisches wie einen Ring aus Weißgold beseitigt werden. Er mißtraute der Macht, weil keine Macht je groß genug sein konnte, um ihm seine Herzenswünsche zu erfüllen. Die Welt genesen zu lassen. Lepra zu heilen. Die Einsamkeit zu überbrücken, die seine Fähigkeit zur Liebe deformierte. Er bemühte sich, seine Entgegnung nicht grob ausfallen zu lassen. »Dann finde eine. Niemand kann's dir abnehmen.«

Sie erwiderte nichts. Anscheinend hatten seine Worte sie zurück in ihre innere Isolation getrieben. Aber Covenant war zu müde, um sich weiter mit ihr abzugeben. Er döste schon ein. Während auch Linden sich zur Nachtruhe bettete, entschwebte er auf dem Rauschen des Flusses in den Schlaf.

Er erwachte in steifer Verkrampfung und ausgekühlt neben einem Häuflein erkalteter Asche. Die Sterne waren bereits erloschen; in der morgendlichen Dämmerung wirkte der noch immer schnellströmende Mithil dunkel und kalt, unheimlich wie Schiefer. Covenant bezweifelte, daß er noch einen Tag inmitten von Wasser und Nässe zu überleben vermochte.

Doch sie hatten, wie Sunder am Vortag geäußert hatte, keine Wahl. Covenant weckte, während schlimme Vorahnungen ihn zum Schaudern brachten, seine Begleiter. Linden sah bleich und abgezehrt aus, und sie vermied es, zum Fluß hinüberzuschauen, als könne sie schon den bloßen Gedanken an ihn nicht ertragen. Gemeinsam verzehrten sie ein spärliches Frühstück und erstiegen anschließend einen Felsklotz, um den Sonnenaufgang zu erwarten. Wie sich hatte absehen lassen, erschien die Sonne wieder in bläulichem Glanz, und im Osten begannen sich bedrohliche Wolkenmassen zu sammeln. Sunder zuckte resigniert mit den Schultern und ging, um das Netz mit dem inzwischen sehr geschrumpften Vorrat an Melonen von neuem am Floß festzubinden.

Die drei Gefährten stießen das Floß, kaum mehr als ein Bündel Holz, erneut in die Strömung hinaus. Die eisige Kälte des Wassers verschlug Covenant regelrecht den Atem; doch er wehrte sich gegen die Kälte, die Strömung und das Gewicht der Stiefel mit seiner alten Lepraleidenen-Hartnäckigkeit und stand den anfänglichen Schock durch. Dann setzte abermals der Regen ein. Im Verlauf der Nacht hatte die Wildheit des Flusses abgenommen; er hatte das Treibgut aus Sträuchern und Bäumen hinweggespült und floß nicht mehr so stürmisch wie gestern dahin. Dagegen fiel der Regen heute noch heftiger, ein stärkerer Wind fegte ihn herab. Böen wehten die Regentropfen dermaßen abwärts, daß sie mit der Wucht von Hagelkörnern niederprasselten. Wahre Ströme von Regen peitschten ins Wasser, trafen es mit einem wie hitzigen Zischgeräusch.

Binnen kurzem geriet der Wolkenbruch für die Gefährten zur Qual. Es gab kein Entweichen vor der allgegenwärtigen Naßkälte, die alles durchdrang. Dann und wann bemerkte

Covenant in der Ferne das Lodern eines Blitzschlags, das die Düsternis zerriß; doch das unaufhörliche Herabrauschen des Regens in den Mithil übertönte jeden Donner. Bald fühlten sich Covenants Muskeln so bleiern an, waren seine Nerven so abgestumpft, daß er nicht länger dazu imstande war, sich am Floß festzuhalten. Es schob seine Hand zwischen die Äste, hakte den Ellbogen um einige der aus Ranken geknüpften Stränge, die die Äste verbanden, und stand auf diese Weise alles weitere durch.

Irgendwie ging der Tag herum. Zu guter Letzt zeigte sich längs des östlichen Horizonts ein Streifen klaren Himmels. Allmählich ließen Regen und Wind nach. Mehr aus Zufall als infolge von Absicht gerieten die drei mit ihrem Gefährt in eine kleine, mit Sand und Kieselsteinen gesäumte Bucht am Westufer. Während sie das Floß aus dem Wasser zogen, knickten unter Covenant die Beine ein, und er fiel mit dem Gesicht zwischen die Kiesel, als wäre er nun ein für allemal unfähig, sich je wieder zu rühren.

»Brennholz«, keuchte Linden. Covenant konnte ihre unsicheren Schritte hören, das Knirschen ihrer Schuhe. Auch Sunder lief anscheinend umher. Ein Aufstöhnen Lindens veranlaßte Covenant zu ruckartigem Anheben des Kopfes, und er erhob sich auf Hände und Knie. Er spähte in die Richtung ihres betroffenen Blicks und sah, was sie so in Bestürzung versetzte. Es gab kein Brennholz zu finden. Der Regen hatte die Steine saubergespült. Und das kleine Fleckchen Strand war undurchdringlich begrenzt durch ein Gewirr von Dornbüschen voller langer Dornen mit Widerhaken. »Was sollen wir jetzt machen?« Ermattung und Tränen ließen Lindens Stimme erstickt klingen. Covenant versuchte etwas zu sagen, aber er war zu schwach, um nur einen Laut herauszubringen.

Der Steinmeister drückte seine ermüdeten Knie durch, brachte ein knappes Lächeln zustande. »Der Ur-Lord hat sein

Einverständnis erteilt. Sei wohlgemuten Herzens. Ein wenig Wärme wird uns große Erleichterung verschaffen.«

Covenant stand mühsam auf und sah benommen zu, wie sich Sunder dem dicksten, dichtesten Teil der Ansammlung von Dornbüschen näherte. Am Kinn des Steinmeisters verkrampften und lockerten sich unregelmäßig die Muskeln, nicht anders als bei einem Herz, das zu versagen drohte. Dennoch zögerte er nicht. Er streckte seine linke Hand in die Dornen, preßte den Unterarm an eine der stacheligen Dornen und fügte daran seiner Haut einen Schnitt zu. Aus Ermüdung, Kälte und aufgrund der Last seiner Verantwortung war Covenant viel zu gelähmt, um zu reagieren. Linden zuckte zusammen, rührte sich jedoch nicht. Mit einem Schaudern verschmierte Sunder das Blut, das aus der Wunde quoll, auf den Händen und im Gesicht, dann holte er seinen *Orkrest* hervor. Er hielt den Sonnenstein so, daß frisches Blut aus der Verletzung auf ihn rann, und fing an zu singen. Für einen längeren Moment ereignete sich nichts. Covenant bebte bis ins Mark seiner Knochen, nahm bereits an, daß Sunder ohne direkten Sonnenschein der Erfolg versagt bleiben müsse. Doch auf einmal glomm in dem transluzenten Stein ein roter Glanz auf. Ein energetischer Strahl in der Farbe von Sunders Blut schoß in die Richtung der Sonne. Mittlerweile war die Sonne hinter eine Hügelkette gesunken, aber das Terrain, das sich zwischen dem *Orkrest* und der Sonne erstreckte, beeinträchtigte die Wirkung des Sonnensteins nicht. Sunders rötlicher Strahl entfernte sich zur verborgenen Position der Sonne. In einigem Abstand von der Bucht verschwand der Strahl in den dunklen unteren Bereichen der Hügel; aber allem Anschein nach traf die geradewegs ausgerichtete, helle Energie auf kein Hindernis. Indem er weitersang, bewegte Sunder seine Hände, so daß der Strahl auf den dicken Stamm eines Dornbuschs fiel. Fast augenblicklich schlugen Flammen aus dem Holz. Sobald der

Stamm unwiderruflich brannte, lenkte Sunder die Energie auf die benachbarten Äste. Die Büsche waren durchnäßt und innen prall von Saft; der Energiestrahl jedoch entflammte ohne Schwierigkeiten weitere Stämme und Zweige, und das Dickicht war so dicht gewuchert, daß die Flammen einander noch stärker anfachten. Innerhalb kurzer Zeit hatte er ein Feuer entzündet, das sich von selbst nährte. Er verstummte, und der mit Blut geschaffene Energiestrahl erlosch. Indem er vor Entkräftung torkelte, suchte Sunder das Flußufer auf, um sich und den Sonnenstein zu waschen.

Covenant und Linden lagerten sich in der Nähe des Feuers. Rings um sie verdüsterte sich das Zwielicht. Im Rücken der beiden klang der Mithil wie die Atmung eines Meers. Im Feuerschein konnte Covenant erkennen, daß Lindens Lippen blau waren vor Kälte; ihr Gesicht war blutleer. Ihre Augen spiegelten die Flammen wider, als wären sie der Sicht für alles andere beraubt. Ingrimmig hoffte Covenant, sie werde irgendwie den Willen oder die Entschlossenheit zum Durchhalten finden.

Wenig später kam Sunder wieder; er trug das Netz mit den restlichen *Ussusimiel*. Linden machte Anstalten, sich um seinen Arm zu kümmern; doch er lehnte gelassen ab. »Ich bin Steinmeister«, sagte er leise. »Wäre die Heilung bei mir von langsamer Natur, mir wäre eine solche Aufgabe nicht zugefallen.« Er hob den Unterarm, um ihr zu zeigen, daß die Blutung bereits aufgehört hatte. Dann setzte er sich nahe bei den Flammen nieder und begann für das Abendessen Melonen in Stücke zu schneiden.

Alle drei aßen in völligem Schweigen, bereiteten sich ebenso gänzlich schweigsam auf die Nacht vor. Covenant forschte in seinem Innern nach genügend Mut, um noch einen Tag in derartigem Regen durchhalten zu können. Er vermutete, daß seine Begleiter das gleiche taten. Sie hüllten sich alle drei in ihre persönliche Bedrängnis wie in Totenhemden und schliefen jeder für sich allein.

Der nächste Tag übertraf Covenants ärgste Erwartungen. Sobald Wolkengebirge die Ebenen einschlossen, schwoll der Wind zu wütendem Stürmen an, wühlte den Fluß dermaßen auf, daß er zu brodeln und zu schäumen begann, und ließ den Regen herabschlagen wie die Stacheln einer Geißel. Am Himmel jagten einander Blitz und Donner. Im unausgesetzten Gelohe wirkte der Himmel zusehends so gespenstisch wie der Zusammenbruch des Firmaments, scholl so laut wie eine Lawine. Das Floß schwamm auf der Strömung wie totes Holz, der Gnade des Mithil vollkommen ausgeliefert.

Covenant warf sich, ans Holz gekrallt, in ununterbrochener Furcht vor den Blitzen umher, weil er damit rechnete, irgendwann müsse ein Blitz das Floß treffen, ihn und seine Begleiter einäschern. Doch dieser tödliche Schlag fuhr nie herab. Später am Tag verschaffte so ein Blitz ihnen sogar eine unvermutete Atempause. Flußabwärts zuckte ein blauweißer Blitzstrahl in ein Wäldchen aus ungeheuer groß gewachsenem Eukalyptus. Einer der Bäume brannte wie eine Fackel.

Sunder schrie seine Leidensgenossen an. Mit vereinten Kräften wuchteten sie das Floß zum Ufer, verließen den Fluß und eilten zu den Bäumen. Es erwies sich als unmöglich, sich dem in Flammen aufgegangenen Baum zu nähern; doch wenn ein brennender Ast vor ihnen herunterfiel, benutzten sie Stücke anderen, abgestorbenen Geästs, um ihn aus der Gefahrenzone unterhalb des Baumes zu ziehen. Dann nährten sie die Glut mit Strauchwerk, Splittern geborstener Baumstämme und so groß wie Sensen geratenen Eukalyptusblättern, bis die Flammen heiß genug brannten, um dem Regen zu widerstehen.

Der brennende Baum und ihr Lagerfeuer verströmten ihre

Hitze wie einen Segen. Der Erdboden war hoch mit Laub bedeckt, das für Covenant und seine Gefährten die weichste Bettstatt abgab, die sie seit Tagen gehabt hatten. Einige Zeit nach Sonnenuntergang brach der Baum zusammen, aber er stürzte nach einer anderen Seite; danach konnten sie sich ohne Sorge der Nachtruhe hingeben.

Sunder weckte Covenant und Linden sehr früh zu Beginn der morgendlichen Dämmerung, so daß sie ausreichende Gelegenheit zur Einnahme des Morgenmahls erhalten würden, bevor erneut die Sonne aufging. Der Steinmeister legte merkliche Angespanntheit und Zerstreutheit an den Tag, erwartete offenbar einen Wechsel des Sonnenübels. Nachdem sie gegessen hatten, suchten sie das Flußufer auf und machten dort ein Stück ebenen Felsbodens ausfindig, auf das sie sich stellten, um das Licht des Morgens zu erwarten. Sie sahen durch die entlaubten, geschwärzten Bäume die Sonne ihren ersten Schimmer über den Horizont werfen.

Sie wirkte verderbt, so feurig und rot war sie; ihr Strahlenkranz glich einer Dornenkrone, und sie erzeugte eine schwüle Wärme, die sich deutlich von der starken Intensität der früher kennengelernten Sonne der Dürre unterschied. Die Korona machte einen heimtückischen, schädlichen Eindruck. Lindens Augen zuckten bei ihrem ersten Anblick. Und Sunders Gesicht war außerordentlich bleich. Unwillkürlich vollführte er mit beiden Händen irgendeine Schutzgeste. »Die Sonne der Seuchen«, sagte er gedämpft; seine Stimme klang brüchig. »Ach, in der Tat haben wir Glück. Wäre diese Sonne der Sonne der Dürre gefolgt, oder der Sonne der Fruchtbarkeit …« Was er ursprünglich zu äußern beabsichtigt hatte, erstickte in seiner Kehle. »Doch nun, nach einer Sonne des Regens …« Er seufzte. »Fürwahr ein Glück.«

»Inwiefern?« wollte Covenant wissen. Er verstand die Einschätzung seines Begleiters nicht. Mit Mark und Bein sehnte er sich nach der Wohltat eines klaren, trockenen Tages. »Was bewirkt diese Sonne?«

»Bewirkt?« knirschte Sunder. »Was bewirkt sie nicht? Sie ist wahrhaft Furcht und Schrecken des ganzen Landes. Stille Gewässer stocken vollends. Was wächst, das fault und zerfällt. All jene, die etwas essen oder trinken, was nicht den Schutz des Schattens genossen hat, werden mit einer Krankheit geschlagen, die nur wenige überleben und von der niemand mehr ganz gesundet. Und die Insekten …!«

»Er hat recht«, flüsterte Linden, als sei ihr Mund selbst von Entsetzen voll. »O mein Gott!«

»Der Mithil ist's, durch dessen Nähe wir von Glück Rede führen können, denn sein Fließen wird nicht zum Stillstand kommen. Er wird weiter Wasser führen – sowohl aus seiner Quelle wie auch dank des Regens –, bis abermals eine Sonne der Dürre aufgeht. Und auch in anderer Weise wird er uns ein Rückhalt sein.« Das Rot, das sich in Sunders Augen widerspiegelte, verlieh ihm das Aussehen eines furchtsamen Tieres. »Dennoch vermag ich den Anblick einer solchen Sonne nicht ohne Zagen zu ertragen. Zu dieser Zeit verbergen die Steinhausener sich in ihren Häusern und beten, daß die Sonne nur zwei Tage lang scheinen möge. Mich drängt's danach, ebenso Schutz zu suchen. Inmitten der Weite der Welt bin ich heimatlos und winzig, und die Sonne der Seuchen fürchte ich mehr als alles andere im Land.«

Sunders offenes Bekenntnis seiner Bangigkeit erzeugte in Covenant ein Schuldgefühl. »Zugleich bist du der einzige Grund«, sagte er, um Sunders Stimmung entgegenzuwirken, »weshalb wir noch am Leben sind.«

»Ja«, antwortete der Steinmeister, als lausche er nicht Covenant, sondern den eigenen Gedanken.

»Ja!« schnauzte Covenant. »Und eines Tages wird jedes Steinhausen wissen, daß das Dasein mit dem Sonnenübel nicht die einzige Art ist zu leben. Wenn dieser Tag da ist, wirst du so gut wie die einzige Person im Land sein, die den Menschen irgend etwas beibringen kann.«

Eine Zeitlang schwieg Sunder. »Was sollte ich sie lehren?« fragte er dann grüblerisch nach.

»Das Land wiederherzustellen.« Mit voller Absicht richtete Covenant seine leidenschaftliche Entgegnung auch an Linden. »Es war einmal ein Land solchen Heils, derartiger Schönheit … Hättet ihr es gekannt, euch würde jetzt das Herz brechen.« In seiner Stimme schwangen Andeutungen von Zorn und Liebe mit. »Und so kann es wieder werden.« Er starrte die Gefährten an, trotz ihrer Zweifel.

Linden wich seinem Blick aus; aber Sunder drehte sich Covenant zu und stellte sich seiner Erbitterung. »Deine Worte haben keine Bedeutung. Kein Mann und kein Weib vermag am Lande, wie es ist, etwas zu wandeln. Es findet sich auf Gedeih und Verderb in der Gewalt des Sonnenübels.« Er brauste beinahe auf, als Covenant sich anschickte, ihm zu widersprechen. »Und doch sage ich dies zu dir – unternimm den Versuch!« Unvermittelt senkte er den Blick. »Ich kann's nicht länger erdulden zu glauben, daß mein Vater Nassic nichts als ein törichter Narr gewesen ist.« Er nahm das Netz mit den Melonen, entfernte sich angelegentlich und befestigte es mitten auf dem Floß.

»Ich habe dich verstanden«, murmelte Covenant. Er verspürte einen unerwarteten Drang nach Gewalttätigkeit. »Ich habe verstanden.«

Linden berührte seinen Arm. »Komm.« Noch immer mied sie seinen Blick. »Hier wird's gefährlich.«

Stumm schloß Covenant sich an, während Linden und Sunder das Floß ins Wasser schoben. Bald befanden sie sich wieder in der Mitte des Stroms, schwammen unter einer rot umlohten Sonne und einem tiefblauen Himmel mit der Strömung. Die wärmere Luft machte das Wasser nahezu angenehm; und die Geschwindigkeit der Strömung hatte sich im Laufe der Nacht vermindert, so daß es nun leichter fiel, das Floß zu lenken. Doch die Aura der Sonne ließ Covenant keine Ruhe. Selbst in seiner oberflächlichen Sicht kam sie ihm vor wie eine unterschwellige Bedrohung, gefahrvoll und blutrünstig. Deswegen empfand er den warmen Sonnenschein und den klaren Himmel wie die Tarnung eines Hinterhalts. Seine Begleiter teilten mit ihm diesen Eindruck. Sunder steuerte das Floß mit angespannter Wachsamkeit, als rechne er jeden Moment mit einem Überfall. Und Lindens Verhalten bezeugte eine maßlos starke Beunruhigung, die alles übertraf, was sie seit jenem Tag an Besorgnis gezeigt hatte, an dem zum erstenmal die Sonne der Fruchtbarkeit schien.

Doch nichts geschah, was diese vage Sorge gerechtfertigt hätte. Der Morgen verstrich, während das Wasser seine Kälte verlor, relativ mühelos. Die Luft füllte sich mit Fliegen, Mücken und sonstigen kleinen Insekten, die in der rotstichigen Helligkeit wie vorbotenhafte Falter verborgener Gewalt wirkten; dergleichen konnte jedoch die drei Leidensgefährten nicht daran hindern zu halten, wann immer sie *Aliantha* erspähten. Allmählich begann sich Covenant aufzulockern. Die Mittagsstunde war vorüber, ehe er merkte, daß der Fluß lebhafter strömte. Während der Regentage war der Mithil direkt nach Norden abgebogen; jetzt verbreiterte er sich unvermutet, floß aufgewühlter. Bald erkannte Covenant die Ursache. Das Floß näherte sich zügig der Einmündung eines anderen Stroms in den Mithil.

Die Geschwindigkeit ließ dem Trio keine Zeit für irgendwelche Maßnahmen. »Festhalten!« schrie Sunder. Linden strich sich das Haar aus dem Gesicht und klammerte sich fester ans Floß. Covenant stieß seine gefühllosen Finger zwischen die Äste, aus denen das Gefährt bestand. Dann spülte der Mithil das Floß, indem er es drehte und ins Trudeln versetzte, in die turbulente Mitte der Einmündung. Das Floß rotierte um die eigene Achse. Covenant fühlte sich geradewegs durch den Tumult gezerrt, hielt angestrengt den Atem an. Doch gleich gab die Strömung dem Floß eine andere Richtung. Er schnappte nach Luft, schüttelte sich das Wasser aus den Augen und sah, daß sie nunmehr nach Nordosten schwammen. Ungefähr noch eine Länge weit blieb das Floß ein Spielball der Fluten. Aber schließlich wälzte der Strom sich wieder ruhiger zwischen seinen Ufern dahin. Covenant begann wieder normal zu atmen.

»Was war das?« schnaufte Linden.

Covenant forschte in seinem Gedächtnis nach. »Muß der Schwarze Fluß gewesen sein.« Von der Würgerkluft. Und vom *Melenkurion* Himmelswehr, wo Elena das Gesetz des Todes gebrochen hatte, um Kevin Landschmeißer aus dem Grab zurückzurufen, eine Tat, durch die sie dann selbst den Tod fand. Bei der Erinnerung daran – und beim Gedanken, daß womöglich keiner der uralten Wälder des Landes das Sonnenübel überstanden hatte – schrak Covenant zusammen. »Das ist der Grenzfluß«, fügte er hinzu, indem er sich beherrschte, »der die Südland- von den Mittlandebenen trennt.«

»Ja«, bekräftigte der Steinmeister. »Und nun müssen wir uns entscheiden. Schwelgenstein liegt fortan nordwestlich von uns. Der Mithil kürzt unseren Weg nicht länger ab.«

Covenant nickte. Doch das Fangnetz, das er in sein Gedächtnis ausgeworfen hatte, brachte inzwischen noch andere Dinge zum Vorschein. »Schon recht. Er wird die Entfernung auch nicht vergrößern.« Er wußte sehr genau, wohin der Mithil ihn befördern würde. »Jedenfalls lege ich sowieso keinen Wert darauf, in dieser Sonne zu Fuß zu laufen.«

Andelain.

Die Plötzlichkeit seiner Hoffnung und seines Bangens ließ ihn schaudern. Wenn die *Aliantha* sich gegen das Sonnenübel behaupten konnten, bestand dann nicht auch die Möglichkeit, daß Andelain ihm zu widerstehen vermochte? Oder war das herausragende landschaftliche Juwel des Landes, der Inbegriff all seiner Pracht und Schönheit, längst zugrunde gerichtet worden?

Diese Fragen wogen weit schwerer als sein Wunsch, nach Schwelgenstein zu gelangen. Er schätzte, daß jetzt gut achtzig Längen zwischen ihnen und Steinhausen Mithil lagen. Sicherlich war der Abstand, so nahm er an, mittlerweile für jede gezielte Verfolgung zu groß geworden. Sie konnten sich den Umweg erlauben.

Er bemerkte, daß Sunder ihn mit einem Blick des Befremdens musterte. Aber die Miene des Steinmeisters drückte aus, daß auch er keinen Wunsch verspürte, unter der Sonne der Seuchen einen längeren Fußmarsch anzutreten. Und Linden fehlte es anscheinend inzwischen am Willen, um danach zu fragen, wohin der Fluß sie trug.

Nach der erneuten Strapaze, die das Passieren der Einmündung des Schwarzen Flusses für die drei bedeutet hatte, versuchten sie, sich reihum etwas Erholung zu gönnen. Für eine Zeitlang ließen Covenants Erinnerungen an Andelain seine Wahrnehmung der Umwelt in den Hintergrund rücken. Da jedoch schlug ein Gegaukel von Buntem ihm nachgerade ins Gesicht, und er richtete seine Aufmerksamkeit in die Luft über seinem Kopf. Überall wimmelte es von Insekten aller Art. Schmetterlinge von der Größe einer gestreckten Hand, mit Flügeln wie Flocken von Helldunkel, flatterten umher, tänzelten unstet über die Wasserfläche dahin; dicke Bremsen sirrten vorbei; Schwärme von Stechmücken wirbelten wie Luftspiegelungen. Sie alle erfüllten die Umgebung mit unablässigem Summen und Brummen, das Gerüchten von fernen Greueln glich. Die Laute bereiteten Covenant Mißbehagen. Kribbeln kräuselte sich längs seiner Wirbelsäule hinab.

zurück fand. Ein gewisses Maß ihrer altvertrauten Selbstzucht kehrte wieder, mäßigte das Pochen ihres Herzens. Sie richtete sich auf. »Komm. Wir schaffen ihn zurück aufs Floß.« Sunder nickte. Behutsam trugen sie Covenant zum Wasser. Sie klemmten seinen linken Arm auf dem Floß fest, so daß sein rechter Arm ins kühle Wasser hängen konnte, dann schoben sie das Gefährt ins Wasser und steuerten es hinaus in die Mitte der Strömung. So ließen sie sich unter dem Glühen einer rotgeränderten Sonne flußabwärts befördern.

Im Laufe des restlichen Nachmittags focht Linden gegen ihre Erinnerung an Joan, gegen das Gefühl des Versagens. Beinahe konnte sie ihre Mutter im Tode winseln hören. Covenant kam mehrmals zur Besinnung, hob seinen Kopf; aber das Gift riß ihn jedesmal in die Umnachtung, ehe er einen Ton hervorzubringen vermochte. Durch das Wasser sah Linden die schwärzliche Verfärbung zügig an seinem Arm emporschwellen, diesmal offensichtlich erheblich schneller als beim vorherigen Mal; während es zwangsweise schlummerte, mußte Marids Gift an Virulenz zugenommen haben. Der Anblick brachte Lindens Sicht ins Verschwimmen. Sie konnte die Befürchtungen, die an ihrem Herzen nagten, nicht verdrängen.

Noch vor Sonnenuntergang gab der Fluß zwischen einer Ansammlung von Hügeln sein Geschlängel auf und strömte eine Strecke weit durch ein langes, gerades Flußbett in eine Schlucht, die sich dem Mithil regelrecht aufzutun schien. Die Wände der Schlucht waren so senkrecht und kahl, als handle es sich um einen Wasserriß, und sie spiegelten den Sonnenschein mit merkwürdigem Glanz wider. Die Schlucht glich einer Diamantengrube; ihre Wände bestanden aus facettiertem Kristall, der das Licht einfing und in feinen Schattierungen von Weiß und Rosa zurückwarf. Als die Sonne der Seuchen den Horizont berührte, die Landschaft mit zinnoberroter Flut zu überrollen schien, verwandelte sich die Schlucht in eine Stätte außergewöhnlicher Schönheit.

Auf den Uferbänken betätigten sich Menschen; ihnen ließ sich jedoch nicht ansehen, ob sie das Floß bemerkten oder nicht. Der Fluß lag bereits im Schatten, und der Widerschein des Kristalls blendete zweifellos. Wenig später trieb das Floß von der geraden Strecke des Wasserlaufs in die Schlucht. Linden und Sunder wechselten einen Blick und machten sich daran, das Floß am Eingang der Schlucht an Land zu steuern. In abendlicher Dämmerung, nur noch aufgehellt durch letztes Licht längs des Randes der Schlucht, zerrten sie das Gefährt ein Stück weit die Böschung hinauf und betteten Covenant vorsichtig auf trockenen Untergrund. Sein Arm war bis zur Schulter dick geschwollen und schwarz, grausam eingeschnürt sowohl durch seinen Ring wie auch durch das T-Shirt, und er stöhnte, wenn man ihn bewegte.

Linden setzte sich neben ihn, strich ihm über die Stirn; ihr Blick jedoch ruhte auf Sunder. »Ich weiß nicht, was ich tun soll«, erklärte sie unumwunden. »Wir müssen die Leute in dieser Gegend um Hilfe bitten.«

Der Steinmeister stand mit um den Brustkorb geschlungenen Armen da, als umarme er seinen Schmerz. »Das können wir nicht. Hast du vergessen, was zu Steinhausen Mithil geschah? Für diese Menschen bedeuten wir Blut, das sie vergießen können, ohne selber Opfer zu bringen. Und die Predigt der Sonnengefolgschaft spricht wider den Ur-Lord. Ich habe euch aus Steinhausen Mithil gerettet. Wer sollte uns hier retten?«

Linden beherrschte sich. »Warum haben wir dann hier haltgemacht?«

Sunder hob die Schultern, zuckte zusammen. »Wir brauchen Nahrung. Nur wenige *Ussusimiel* sind uns verblieben.«

»Und wie können wir nach deiner Meinung an Nahrung

gelangen?« Der Sarkasmus in ihrem Tonfall mißfiel Linden, aber sie vermochte ihn nicht zu verscheuchen.

»Sobald man schläft …« Sunders Augen verrieten seinen Widerwillen gegen das Notwendige mit der Klarheit von Worten. »… werde ich versuchen zu stehlen, was wir brauchen.«

Unwillentlich schnitt Linden eine Grimasse des Mißmuts. »Und wenn Wächter da sind?«

»Sie werden in den Hügeln Wache halten und auch von dort aus den Fluß beobachten. Auf anderem Wege kann man nicht zu der Ortschaft gelangen. Wenn man uns noch nicht erspäht hat, mag's sein, daß wir keinen Anlaß zu übermäßiger Sorge besitzen.«

Linden teilte seine Auffassung. Der Gedanke ans Stehlen rief in ihr Verlegenheit hervor; aber sie sah ein, daß sie keine Alternative hatten. »Ich komme mit.« Sunder setzte zu einem Widerspruch an; doch mit ungnädigem Kopfschütteln brachte sie ihn zum Schweigen. »Du bist nicht unbedingt in kerngesunder Verfassung. Wenn nichts anderes, kann ich dir jedenfalls den Rücken decken.« Sie seufzte. »Und ich will uns einige *Mirk* verschaffen. Er hat dringend welche nötig.«

In der Düsternis der Abenddämmerung blieb Sunders Miene unkenntlich. Aber er fügte sich wortlos in Lindens Willen. Er holte die letzten Melonen vom Floß und zerschnitt sie.

Linden aß ihre Ration, bemühte sich anschließend, so gut es ging, Covenant zu füttern. Diese Aufgabe erwies sich als schwierig; es verursachte ihr allerhand Umstände, dafür zu sorgen, daß er wenigstens die bloß kleinen Brocken schluckte, die sie ihm in den Mund schob. Wieder preßte grausige Furcht ihr das Herz zusammen. Doch sie unterdrückte sie. Geduldig fütterte sie ihn stückchenweise mit Fruchtfleisch, streichelte seine Kehle, um den Reflex des Schluckens auszulösen, bis er sich zumindest eine karge Mahlzeit einverleibt hatte.

Als sie fertig war, herrschte ringsherum tiefe Nacht, und ein abnehmender Mond hatte sich über die Hügel zu schieben begonnen. Sie ruhte sich für eine Weile neben Covenant aus, versuchte unterdessen, das zerfledderte Gewebe ihrer Kompetenz wieder zusammenzufügen. Doch sie merkte bald, daß sie hauptsächlich auf Covenants Atemzüge lauschte, als erwarte sie, jedes heisere Einatmen könne sein letztes sein. Ihre Hilflosigkeit war ihr immens zuwider … Von der anderen Seite des Flusses trug der Wind einen deutlichen Fäulnisgeruch herüber, der eine Folge der Wirkung der Sonne der Seuchen auf die Vegetation sein mußte. Linden fand keine Ruhe.

Unvermittelt verfiel Covenant in neue Zuckungen. An seiner rechten Seite glomm ein schwaches weißes Licht auf – lohte und war in der nächsten Sekunde erloschen. Linden setzte sich auf. »Sunder!« raunte sie. Das Licht flackerte erneut – ein flüchtiges Aufwallen von Energie, das aus dem Ring drang, der tief im Fleisch von Covenants geschwollenem Finger saß.

»Himmel und Erde!« stieß Sunder gepreßt hervor. »Man wird's sehen.«

»Ich dachte …« Entgeistert sah Linden zu, wie der Steinmeister die Hand mit dem Ring in Covenants Hosentasche schob. Infolge der Bewegung entblößte Covenant in einer Grimasse der Qual seine Zähne. Das Stieren seiner wie ausgedörrten Augen galt dem Mond. »Ich habe gedacht, er braucht den Sonnenstein. Um das zu bewerkstelligen.« Die Hosentasche dämpfte das unregelmäßige Aufleuchten, verbarg es jedoch nicht ganz. »Sunder …« Lindens Kleidung war noch feucht; sie konnte nicht zu zittern aufhören. »Was geht mit ihm vor?«

»Das frage nicht mich«, erwiderte Sunder leise, aber mit einer gewissen Schroffheit. »Mir ermangelt's an deiner Sicht.« Doch einen Moment später fügte er eine Frage hinzu. »Kann's sein, daß es dieser Wütrich ist, von dem er redet – ist's möglich, daß er in ihm steckt?«

»Nein!« schnauzte Linden, indem sie diesen Gedanken so unverzüglich verwarf, daß ihr keine Gelegenheit zur Mäßigung blieb. »Er ist nicht Marid.« Ihre Sinne vermittelten ihr diese Einschätzung mit Sicherheit; Covenant war krank, nicht besessen. Nichtsdestoweniger rührte Sunders Vermutung in ihr an Saiten des Zorns, und zwar zu ihrer eigenen Überraschung. Ihr war nicht klar gewesen, daß sie soviel ihrer selbst in Covenant investierte. Auf der Haven Farm, drüben in jener Welt, die sie verstand, hatte sie sich in der Hoffnung, eine Lektion in Stärke lernen zu können, dazu entschlossen, sich für seine angefochtene Integrität einzusetzen. Aber sie hatte keine Ahnung gehabt, wohin dieser Entschluß sie führen würde. Es war bereits zuviel für sie gewesen zu sehen, wie er Joan zulächelte – lächelte und sein Leben bot. Irgendein in ihr neu entstehender Teil ihres Ichs hielt an diesem Bild von ihm fest; seine Selbstaufopferung wirkte so sehr viel sauberer als ihre eigene. Nun fragte sie sich mit schmerzlicher Anwandlung, wieviel sie wohl noch über ihn würde lernen müssen. Und über sich selbst. »Was er auch ist, ein Wütrich ist er nicht.« Ihre Stimme bebte.

Sunder regte sich in der Dunkelheit, um eine weitere Frage zu stellen. Doch ehe er dazu kam, sie auszusprechen, überlagerte ein heller Lichtschein von den Wänden der Schlucht das trübe Geflacker von Covenants Ring. Plötzlich schien die gesamte Schlucht in Flammen zu stehen. Linden sprang in der Erwartung auf, Dutzende wütender Steinhausener heranstürmen zu sehen. Aber als sich ihre Augen den veränderten Lichtverhältnissen anpaßten, erkannte sie, daß die Lichtquelle des Widerscheins in einiger Entfernung lag. Das Dorf mußte ein gewaltiges Feuer angezündet haben. Flammen erhellten zwischen ihr und dem Licht die Umrisse von Häusern; die kristallenen Facetten der Schlucht warfen den Feuerschein in alle Richtungen zurück. Doch sie konnte nichts hören, das angezeigt hätte, sie würden in Gefahr schweben.

Sunder berührte ihre Schulter. »Komm«, flüsterte er. »Das Steinhausen hält zu irgendeinem bedeutsamen Zweck eine Versammlung ab. Alle Einwohner nehmen daran teil. Vielleicht ist das die günstigste Gelegenheit, um uns Nahrung zu besorgen.«

Linden zögerte, beugte sich über Covenant, um ihn zu untersuchen. Ihr Zögern beruhte auf vielfältigen Befürchtungen. »Sollen wir ihn wirklich allein lassen?« Covenants Haut fühlte sich vom Fieber spröde an.

»Wohin sollte er gehen?« entgegnete der Steinmeister bloß. Linden senkte den Kopf. Wahrscheinlich würde Sunder ihre Unterstützung brauchen. Und Covenant wirkte viel zu krank, um sich regen, sich irgendwie Schaden zufügen zu können. Aber er sah so hinfällig aus ... Doch sie hatte keine Wahl. Sie straffte sich und gab Sunder einen Wink, daß er vorausgehen möge.

Ohne Umschweife klomm Sunder über die Böschung. Linden folgte ihm so leise wie möglich. Im Helligkeitsschein des Tals fühlte sie sich entblößt; aber niemand schlug Alarm. Und das Licht erlaubte es ihnen, sich dem Steinhausen ohne Mühe zu nähern. Bald befanden sie sich zwischen den Häusern.

An jeder Ecke blieb Sunder stehen, um sich dessen zu vergewissern, daß der Weg frei war; aber sie begegneten niemandem. Anscheinend waren sämtliche Gebäude menschenleer. Der Steinmeister suchte eine Behausung aus. Mit einem Zeichen beauftragte er Linden damit, am Eingang aufzupassen, dann schlüpfte er hinter den Türvorhang. Der Klang von Stimmen drang an Lindens Ohren. Einen Augenblick lang stand sie erstarrt da, einen Warnruf auf der Zunge. Doch da hörte sie genauer, stellte fest, woher die Stimmen sie erreichten. Sie kamen aus dem Zentrum des Steinhausens. Erleichtert bewahrte sie Fassung und wartete. Gleich darauf kehrte Sunder aus dem Bau zurück. Unterm Arm hatte er einen prallen Beutel. Er flüsterte Linden ins Ohr, er habe sowohl Nahrung wie auch *Mirk* gefunden. Daraufhin machte er Anstalten, sich in die Richtung zum Fluß zu entfernen. Aber Linden hielt ihn auf, deutete zur Mitte der Ortschaft. Für einen Moment erwog Sunder die Vorteilhaftigkeit dessen, zu wissen, was in diesem Ort vorging. Dann erklärte er sich einverstanden.

Gemeinsam schlichen die beiden weiter, bis zwischen ihnen und dem Dorfplatz nur noch ein Haus stand. Nun konnte man die Stimmen unterscheiden; sie konnten Wut und Unsicherheit heraushören. Als Sunder zum Dach hinauf zeigte, nickte Linden sofort. Sunder setzte den Beutel ab und hob sie zur flachen Dachkante empor. Vorsichtig kletterte Linden auf das Dach. Sunder reichte ihr den Beutel. Sie nahm ihn und streckte eine Hand hinunter, um Sunder heraufzuhelfen. Die Anstrengung entlockte seiner wunden Brust ein Aufstöhnen; doch der Laut war zu leise, um durch den Klang der Stimmen hörbar zu sein. Seite an Seite wagten die zwei sich vorwärts, bis sie dazu imstande waren, zu sehen und zu hören, was im Zentrum des Steinhausens geschah.

Die Einwohner hatten einen Kreis um die freie Mitte des Dorfplatzes gebildet. Ihre Zahl übertraf die Einwohnerschaft von Steinhausen Mithil erheblich. Auf irgendeine, nicht ganz erfaßbare Weise machten sie einen wohlhabenden, besser genährten Eindruck als die Bewohner von Sunders Heimatort. Aber ihre Mienen spiegelten Grimm, Besorgnis und Furcht wider. Sie beobachteten das Geschehen in ihrer Mitte mit angespannter Aufmerksamkeit. Bei dem Feuer standen drei Gestalten – zwei Männer und eine Frau. Die Frau zwischen den zwei Männern zeichnete sich durch eine Haltung des Flehens aus, als richte sie an beide irgendeine Bitte. Wie die anderen Steinhausenerinnen trug sie ein robustes ledernes Kleid. Ihre bleichen, feingeschnittenen Gesichtszüge bezeugten Eindringlichkeit, und die Aufgelöstheit ihres rabenschwarzen Haars verlieh ihr einen Anschein von Verhängnisfülle. Der Mann auf der Linden und Sunder zugewandten Seite war ebenfalls ein Steinhausener, eine hochgewachsene, stämmige Erscheinung mit zottigem schwarzem Bart, die Augen verdüstert von innerem Konflikt. Die andere männliche Person ihm gegenüber jedoch unterschied sich von jeder, die Linden bisher in dieser Welt gesehen hatte. Dieser Mann stak in einer Gewandung aus einer Robe von kräftigem Rot und einer Art von Kasel in Schwarz. Eine Kapuze überschattete sein Gesicht. Seine Hände hielten einen kurzen eisernen Stab mit einem am einen Ende angebrachten offenen Dreieck, so etwas wie ein Zepter. Er verbreitete eine Ausstrahlung anmaßenden Stolzes und der Bosheit, so als trotze er dem gesamten Steinhausen.

»Ein Gefolgsmann!« zischelte Sunder. »Ein Mitglied der Sonnengefolgschaft.«

Die Frau – in Wirklichkeit kaum mehr als ein Mädchen – wandte sich an den hünenhaften Steinhausener. »Croft!« flehte sie ihn an. Tränen beträufelten ihre Miene. »Du bist der Steinmeister. Du mußt es untersagen!«

»Gewiß, Hollian«, antwortete der Mann mit großer Bitterkeit. Beim Sprechen spielten seine Hände mit einem dünnen Holzstab. »Durchs Recht von Blut und Macht bin ich der Steinmeister. Und du bist eine Sonnenseherin, eine Begnadete, die für das Leben von Steinhausen Kristall von unschätzbarem Wert ist. Aber er ist na-Mhoram-Wist Sivit. Im Namen der Sonnengefolgschaft fordert er dich uns ab. Wie könnte ich sein Verlangen zurückweisen?«

»Du kannst es zurückweisen …«, begann der Gefolgsmann in unheilvollem Tonfall.

»Du mußt es ablehnen«, rief die Frau.

»Aber falls du's zurückweist«, sprach Sivit unerbittlich weiter, »sollte es dir in den Sinn kommen, es abzulehnen, ich schwöre beim Sonnenübel, dann werde ich den *Zorn* des na-Mhoram auf euch herabrufen, und ihr werdet unter seiner Gewalt zermalmt und zerstreut wie Spreu.«

Als das Wort *Zorn* fiel, ging ein Stöhnen durch die Reihen der Steinhausener, und Sunder schauderte.

Aber Hollian setzte sich über die Furcht der übrigen Dörfler hinweg. »Croft«, beharrte sie, »weise ihn ab! Mich kümmert weder der na-Mhoram noch sein *Zorn*. Ich bin Sonnenseherin. Ich sage das Sonnenübel voraus. Kein Unheil, kein *Zorn* und kein Fluch wird euch unvorbereitet heimsuchen, solange ich unter euch weile. Croft! Meine Brüder und Schwestern!« Sie wandte sich an den Kreis der Steinhausener. »Bin ich ein Nichts, daß ihr mich nach dem Mutwillen na-Mhoram-Wist Sivits von euch stoßt?!«

»Mutwille?« fuhr der Gefolgsmann auf. »Ich spreche für die Sonnengefolgschaft. Meine Worte beruhen nicht auf Mutwillen. Vernimm meine Worte, Dirne. Ich verlange deine Herausgabe mit dem Recht des Dienstes. Ohne das Walten der Sonnengefolgschaft, ohne die Weisheit der Predigt und das Opfer des na-Mhoram gäbe es in keinem Steinhausen und keinem Holzheim, trotz all deines Hochmuts, keinen lebenden Menschen mehr. Aber unser Werk fordert Leben. Du wähnst, dich *mir* verweigern zu können? Bemitleidenswerte Torheit!«

»Sie ist uns wert und teuer«, sagte der hochgewachsene Steinmeister leise. »Ich bitte dich, zwinge uns deinen Willen nicht auf.«

»So, ist sie das?« schalt Sivit wütend, schwang sein Zepter. »Ihr seid von ihrer Torheit gar selbst betört. Sie kann niemandem wert und teuer sein. Sie ist ein Greuel! Ihr haltet sie für eine Sonnenseherin, eine im Lande seltene Gunst. Aber ich sage euch, sie ist eine Sonnenweise! Verflucht, eine Dienerin a-Jeroths zu sein! Sie sagt das Sonnenübel nicht voraus. Vielmehr ist sie's, die es nach ihrer Laune Wechsel um Wechsel durchlaufen läßt. Sie und ihre abscheuliche Art sind's, gegen die sich das ganze Wirken der Sonnengefolgschaft richtet, die danach strebt, das Unheil abzuwenden, das von solchen Geschöpfen vollbracht wird.«

Der Gefolgsmann schimpfte weiter; doch Linden hörte nicht mehr hin. »Warum will er sie mitnehmen?« wisperte sie Sunder zu.

»Hast du bis zu diesem Augenblick noch nichts gelernt?« versetzte Sunder gedämpft. »Die Sonnengefolgschaft hat Einfluß auf das Sonnenübel. Zur Ausübung dieser Macht benötigt sie Blut.«

»Blut?«

Sunder nickte. »Ständig ziehen Gefolgsleute durchs Land, besuchen jeden Ort immer wieder. Bei jedem Besuch beanspruchen sie zwei oder drei Leben für die Sonnengefolgschaft ... stets das Leben von jungen, starken Menschen. Sie bringen sie nach Schwelgenstein, wo der na-Mhoram seine Werke verrichtet.«

Linden rang mit ihrer Wut, bemühte sich, ihre Stimme im Flüsterton zu belassen. »Du meinst, man bringt sie um?«

»Ja!« fauchte Sunder.

Sofort begehrten in Linden sämtliche Instinkte auf. Wie ein Schock ereilte ein Aufkommen von Zielbewußtsein sie, sorgte erstmals in ihrem geisteszermürbenden Verhältnis zum Lande für eine gewisse Klarheit. Plötzlich war ihr einiges von Covenants bereitwilliger Leidenschaftlichkeit begreiflich. »Sunder«, sagte sie kaum vernehmlich, »wir müssen sie retten.«

»Retten ...?« Fast verlor Sunder die Gewalt über seine Stimme und ihre Lautstärke. »Wir sind nur zwei gegen ein ganzes Steinhausen. Und der Gefolgsmann ist machtvoll.«

»Wir müssen's!« Linden forschte nach einem Weg, um ihn

zu überzeugen. Man durfte nicht zulassen, daß man diese Frau ermordete. Weshalb sonst hätte Covenant versuchen sollen, Joan zu retten? Warum sonst hatte Linden selbst ihr Leben riskiert, um Covenants Tod zu verhindern? »Covenant hat versucht«, sagte sie eindringlich, »Marid zu retten.«

»Ja«, knurrte Sunder. »Und sieh, wie hoch der Preis ist.«

»Ach was.« Einen Moment lang blieb sie noch dazu außerstande, die Antwort zu finden, die sie brauchte. Dann kam sie darauf. »Was ist eine Sonnenweise?«

Sunder sah sie an. »Ein solches Wesen kann's nicht geben.«

»Und was soll es sein?« Linden blieb hartnäckig.

»So wie's der Gefolgsmann beschrieben hat«, murmelte Sunder. »Das ist jemand, der das Sonnenübel nach Wunsch hervorrufen kann.«

Linden musterte ihn mit aller Entschlossenheit. »Dann brauchen wir sie.«

Die Augen schienen Sunder aus den Höhlen zu quellen. Seine Hände tasteten fahrig umher, als suche er irgendeinen Halt. Doch er konnte sich der Stärke ihres Arguments nicht verschließen. »Wahnsinn«, zischte er durch die Zähne. »Wir sind … alle wahnsinnig.« Er ließ seinen Blick kurz über das Steinhausen schweifen, als suche er irgend etwas, das ihm Mut einflößen könne. Dann gelangte er zu einem Entschluß. »Bleib hier«, forderte er Linden mit unterdrückter Stimme auf. »Ich werde des Gefolgsmanns Landläufer aufspüren. Mag sein, dem Tier läßt sich etwas antun, oder daß es sich fortjagen läßt. Dann wäre es ihm unmöglich, sie mitzunehmen. Und wir gewännen Zeit, um ein anderes Vorgehen zu erwägen.«

»Gut!« antwortete Linden eifrig. »Falls man die Versammlung inzwischen beendet, werde ich darauf achten, wohin man sie bringt.«

Sunder nickte knapp. »Wahnsinn«, brummte er vor sich hin,

während er übers Dach zur anderen Seite des Gebäudes kroch, dann hinabsprang und den Beutel an sich nahm. »Wahnsinn.«

Linden widmete ihre Aufmerksamkeit wieder Hollian und den anderen Bewohnern des Steinhausens. Die junge Frau war jetzt auf die Knie gesunken, bedeckte das Gesicht mit den Händen. Der Gefolgsmann stand neben ihr, drohte ihr mit dem Zepter; sein Gebrüll jedoch galt dem ganzen Steinhausen. »Glaubt ihr fürwahr, ihr vermöchtet den *Zorn* des na-Mhoram zu ertragen? Übermütig seid ihr und dreist. Bei den Drei Pfeilern der Wahrheit! Nur ein Wort von mir, und die Sonnengefolgschaft wird solche Verwüstung über euch senden, daß ihr darum betteln werdet, uns diese Sonnenseherin ausliefern zu dürfen, und mit alldem werdet ihr nichts erreichen.«

Urplötzlich sprang die Frau auf, hastete zum Steinmeister. »Croft!« keuchte sie in äußerster Verzweiflung. »Erschlag diesen Gefolgsmann! Laß ihn der Sonnengefolgschaft keine Kunde bringen. Dann bleibe ich im Steinhausen Kristall, und die Sonnengefolgschaft erfährt nichts von dem, was wir getan haben.« Ihre Hände packten sein Wams, sie rüttelte an ihm. »Croft, hör auf mich. Töte ihn!«

Sivit grölte ein verächtliches Lachen. Dann sank seine Stimme herab, klang nun leise und bedrohlich. »Zu dergleichen fehlt euch die Macht.«

»Er spricht wahr«, sagte Croft leise zu Hollian. Kummer verzerrte seine Gesichtszüge. »Er bedarf nicht einmal eines *Zorns*, um uns ins Verderben zu stürzen. Ich muß seinen Willen erfüllen, oder wir werden nicht lange genug überleben, um unsere Aufsässigkeit zu bereuen.«

Ein artikulationsloser Aufschrei entfuhr Hollian. Für einen Moment befürchtete Linden, die junge Frau werde in Hysterie ausbrechen. Doch Hollians Entsetzen gebar Grimm und Würde. Sie hob den Kopf, straffte ihre Haltung. »So liefert ihr mich denn aus«, sagte sie bitter. »Ich bin ohne Hilfe und Hoffnung.

Doch zumindest erweist mir die Ehre, die meinem Wert gebührt. Überlaßt mir mein *Lianar.*«

Croft betrachtete den hölzernen Stab in seinen Händen. Die Verkrampfung seiner Schultern bezeugte sowohl seine Scham wie auch seine Entschiedenheit. »Nein«, erwiderte er in gedämpftem Ton. »Mit diesem Holz vollzieht man das Sonnensehen. Na-Mhoram-Wist Sivit hat darauf keinen Anspruch – und du wirst es künftig nicht mehr brauchen. Steinhausen Kristall wird es bewahren. Das sei ein Ausdruck unseres Wunsches, uns möge ein neuer Sonnenseher geboren werden.«

Der Gefolgsmann emanierte Triumph, als wäre er eine Fackel der Bosheit.

Linden bemerkte auf der anderen Seite der Ortschaft ein unvermitteltes, glutvolles Aufflammen von Rot. Sunders Energie. Er mußte seinen Sonnenstein benutzt haben. Der Strahl erzeugte in den kristallenen Wänden der Schlucht, durch die der Mithil floß, kupferroten Widerschein, bevor er erlosch. Linden hielt, weil sie sich sorgte, Sunder könne sich verraten haben, den Atem an. Aber die Steinhausener verfolgten gänzlich angespannt nur die Auseinandersetzung in ihrer Mitte; die energetische Entladung blieb unbeachtet.

In stummer Verzweiflung wandte Hollian dem Steinmeister den Rücken zu, verharrte dann urplötzlich, als habe sie einen Schlag ins Gesicht erhalten, starrte an der Ecke des Gebäudes vorbei, auf dessen Dach Linden lag. Aus dem Kreis der Steinhausener ließen sich dumpfe Keuchlaute vernehmen; auf einmal blickten alle in dieselbe Richtung wie die Sonnenseherin.

Was …? Linden lugte gerade noch rechtzeitig über die Dachkante, um Covenant ins Zentrum der Ortschaft geschlurft kommen zu sehen. Er wankte dahin wie ein menschliches Wrack. Sein rechter Arm war gräßlich aufgedunsen. In seinen Augen schillerte das Gift. Aus seinem Ehering sprühten unregelmäßige Ausbrüche weißen Feuers. *Nein!* schrie Linden stumm auf. *Covenant!* Er war so schwach, daß jeder beliebige Steinhausener ihn mit einem Schubs nur einer Hand hätte umwerfen können. Doch das Wüten des Fiebers in ihm nötigte sie zur Zurückhaltung; unwillkürlich gab man im Kreis der Versammelten für ihn eine Lücke frei, ließ ihn in den Platz in der Mitte treten. Unsicher blieb er stehen, glotzte aus Augen, die entflammt zu sein schienen, in die Runde. »Linden«, krächzte er mit brüchiger Stimme. »Linden.« *Covenant!* Ohne zu zögern, sprang Linden vom Dach. Ehe irgendwer begriff, was geschah, bahnte sie sich einen Weg durch den Kreis der Steinhausener, eilte zu Covenant. »Linden?« Er erkannte sie nur mit Mühe; Verwirrung und Gift entstellten sein Mienenspiel. »Du hast mich im Stich gelassen.«

»Das ist Halbhand!« schrie Sivit. »Der Ring aus Weißgold!«

Die Luft war übervoll von Bedrohung und Gefahr; Unheil loderte aus dem Feuer, gleißte von den kristallenen Wänden der Schlucht. Dutzende von Menschen zitterten am Rande zur Gewalttätigkeit. Aber Linden achtete auf nichts, konzentrierte sich ausschließlich auf Covenant. »Nein. Wir haben dich nicht im Stich gelassen. Wir sind nur fortgegangen, um Essen zu besorgen. Und um sie zu retten.« Sie zeigte auf Hollian.

Der starre Blick seines Deliriums änderte sich nicht. »Du hast mich verlassen.«

»Das ist Halbhand, ich sag's!« brüllte der Gefolgsmann. »Er ist gekommen, so wie unsere Sonnengefolgschaft es geweissagt hat! Ergreift ihn! Tötet ihn!«

Die Steinhausener zuckten unter Sivits Befehlen zusammen; dennoch unternahmen sie nichts. Covenants Eindringlichkeit hielt sie auf Abstand. »Nein!« widersprach Linden nachdrücklich. »Hör zu. Der Mann dort ist ein Angehöriger der Sonnengefolgschaft. Der *Sonnengefolgschaft.* Er will diese Frau umbringen, um ihr Blut zu verwenden. Wir müssen sie retten!«

Covenants Blick ruckte hinüber zu Hollian, fiel zurück auf Linden. Ohne etwas begriffen zu haben, blinzelte er sie an. »Du hast mich verlassen.« Der Schrecken, plötzlich allein gewesen zu sein, hatte sein Denken für alles andere unzugänglich gemacht.

»Narren!« tobte Sivit. Unversehens hob er sein Zepter. Blut besudelte seine sehnigen Hände. Geflacker roten Feuers züngelte aus dem eisernen Dreieck. Schnell wie geschwinde Vergeltung kam er näher.

»Sie soll geopfert werden!« schrie Linden in Covenants geistige Wirrnis. »Wie Joan! *Wie Joan!*«

»Joan?« Augenblicklich schlug Covenants Verunsicherung vollständig in Wut und Haß um. Er fuhr herum zu dem Gefolgsmann. »Joan!« Ehe Sivit zu handeln vermochte, schossen rings um Covenant weiße Flammen empor, hüllten ihn in Feuer. Er loderte in silberner Glut, die die Luft sengte. Linden wich zurück, riß die Hände hoch, um das Gesicht zu schützen. Ringsherum begann wilde Magie zu tosen. Eine Art energetischer Ausläufer entwand Sivits Faust das Zepter. Das Eisen gloste schwarz, rot und weiß, zerschmolz und fiel als Schlacke zu Boden. Silbrige Gewalten wirbelten durch das Feuer; brennende Scheite flogen nach allen Seiten. Heftige energetische Ausbrüche knisterten wie umgekehrte Blitze aufwärts, bis der Himmel selbst aufzuschreien und von den Kristallwänden der Schlucht das Dröhnen himmlischer Glocken der Macht widerzuhallen schien. Unter Lindens Füßen dehnte sich das Gefüge des Untergrunds, als wolle die Erde bersten. Sie taumelte auf die Knie nieder.

Die Steinhausener ergriffen die Flucht. Zwischen den Häusern erscholl furchtsames Geschrei. Wenige Augenblicke später befanden nur Linden, Croft, Hollian, Sivit und Covenant sich noch auf dem Dorfplatz. Croft und Hollian waren vor Entsetzen wie versteinert und vermochten sich nicht zu rühren.

Sivit kauerte am Erdboden wie der allerletzte Feigling, die Arme über den Kopf geworfen.

Schlagartig, als habe Covenant in seinem Geist eine Tür geschlossen, versiegte die wilde Magie. Er trat aus dem Niederflackern der Flammen; sein Ring verloderte und erlosch. Seine Knie begannen einzuknicken. Linden schwang sich auf die Füße, fing ihn auf, ehe er auf die Erde prallen konnte. Sie schlang die Arme um ihn und hielt ihn aufrecht.

Da kam Sunder mit dem Beutel angerannt. »Flieht«, rief er im Laufen. »Eilt euch, ehe sie sich besinnen und sich an unsere Fersen heften!« An seinem linken Unterarm kennzeichnete noch Blut die Stelle eines frischen Schnitts. Im Vorbeihasten packte er Hollian am Arm, um sie mitzuzerren. Sie widersetzte sich; sie war vor Erschrecken zu benommen, um zu verstehen, was vorging. Sunder wandte sich ihr ruckartig zu. *»Verlangt's dich nach den Tod?!«* schäumte er ihr ins Gesicht.

Seine Heftigkeit riß sie aus der Erstarrung. Mit einem Aufstöhnen gewann sie ihre Fassung zurück. »Nein ... Ich komme mit. Aber ... aber ich muß mein *Lianar* haben.« Sie wies auf den Stab in Crofts Händen.

Sunder stapfte zu dem hünenhaften Steinhausener. Unwillkürlich umfaßte Croft den Stab fester. Indem er selbst aus Schmerz ächzte, gab Sunder ihm einen kurzen, wuchtigen Hieb in die Magengrube. Als der Hüne sich krümmte, zerrte Sunder ihm den Stab ohne viel Umstände aus der Hand. »Kommt!« schnauzte er Linden und Hollian zu. »Vorwärts!«

Eine merkwürdig grimmige Befriedigung überkam Linden. Ihre ursprüngliche Einschätzung Covenants hatte sich bestätigt; endlich hatte er sich in bemerkenswertem Umfang stark gezeigt. Sie legte seinen rechten Arm über ihre Schultern und half ihm langsam aus dem Zentrum des Steinhausens. Sunder ergriff Hollians Handgelenk. Er eilte zwischen den Häusern so schnell voraus, wie Covenant mithalten konnte.

Mittlerweile lag das Tal im Finstern; nur der aufgehende Mond und der Widerschein der im Erlöschen befindlichen Glutreste des Feuers längs der kristallenen Wände der Schlucht spendete eine gewisse Helligkeit. Der schwache Wind trug vom anderen Ufer des Mithil einen widerwärtigen Geruch nach Verrottung herüber, und die Fluten des Stroms sahen schwarz und irgendwie zähflüssig aus, als wären sie Salböl des Satans. Doch niemand zauderte. Hollian nahm ihre Rettung in stummem Unverständnis hin. Sie half Linden dabei, Covenant ans Wasser zu führen, ihn einigermaßen sicher auf dem Floß auszustrecken. Sunder schob das Gefährt in den Fluß hinaus, und sie trieben ihn hinab, an das Holz geklammert.

11
Die Schlechtigkeit des Schönen

Es kam zu keiner Verfolgung. Covenants Macht hatte die Einwohner von Steinhausen Kristall zu stark eingeschüchtert; der Gefolgsmann hatte sowohl sein Zepter wie auch den Landläufer verloren; und der Strom floß schnell. Bald verzichtete Linden darauf, sich ständig umzublicken, unterließ es, auf Geräusche von Verfolgern zu achten. Statt dessen widmete sie ihre Aufmerksamkeit Covenant.

Ihm war offenbar keinerlei Kraft verblieben; er tat nichts, um sich selber am Floß festzuhalten, versuchte nicht einmal den Kopf zu heben. Durch das Rauschen des Wassers konnte sie ihn nicht atmen hören, und sein Puls schien sich irgendwo außerhalb der Reichweite ihrer Wahrnehmung zurückgezogen zu haben. Im fahlen Mondschein sah sein Gesicht regelrecht schaurig gespenstisch aus. All ihre Sinne greinten Linden zu, daß er unter der Wirkung eines mehr seelischen Gifts litt.

Sein Zustand ärgerte Linden. Sie hielt ihn, forschte in ihrem Unwissen und Unvermögen nach irgendeiner Möglichkeit, um ihm Beistand leisten zu können. Irgend etwas in ihr bestand darauf, daß sie, wenn sie sein Leid so deutlich spüren konnte, auch dazu in der Lage sein müßte, irgendwie darauf Einfluß zu nehmen, daß diese sonderbare Verbindung, die es ihr gestattete, seine innere Verfassung zu beobachten, in beide Richtungen funktionieren müsse. Doch sie schrak vor den Implikationen dieser Überlegung zurück. Sie besaß keinerlei Macht, hatte nichts, mit dem sie seine Erkrankung hätte bekämpfen können, jedenfalls nichts außer dem inneren Blut ihres eigenen Lebens. Ihre Zaghaftigkeit angesichts von soviel Hilflosigkeit lähmte sie, veranlaßte sie zu Gefluche, weil sie nicht einmal mehr über die beschränkten Hilfsmittel ihrer Arzttasche verfügte, ihr alles fehlte, was ihr diese persönliche Verantwortung für Covenants Überleben erspart hätte.

Für einige Zeit ließen ihre Begleiter sich stumm vom Fluß dahinschwemmen. Doch schließlich machte Hollian den Mund auf. Verwaschen war sich Linden des herben Schicksals der jungen Frau bewußt. Die Sonnenseherin war durch die eigene Dorfgemeinschaft dem Tod ausgeliefert und auf undenkbare Art und Weise davor gerettet worden; und jetzt überwogen endlich all die Dinge, die sie nicht verstand, ihr Zögern. Leise und in verbissener Spannung sprach sie in die Dunkelheit. »Redet zu mir. Ich kenne euch nicht.«

»Vergib uns.« Sunders Tonfall zeugte von Müdigkeit und sinnentleertem Bedauern. »Wir haben die Höflichkeit mißachtet. Ich bin Sunder, Nassics Sohn, einst …« Vorübergehend klang seine Stimme nach Bitterkeit. »… Steinmeister von Steinhausen Mithil, das viermal zwanzig Längen südlich von hier liegt. Meine Begleiter sind Linden Avery die Auserwählte und Ur-Lord Thomas Covenant, Zweifler und Träger des Weißgolds. Sie sind Fremde im Land.«

Fremde, wiederholte Linden inwendig. Sie betrachtete sich selbst ohnehin als mit der Natur des Landes unvereinbaren Gast. Diese Vorstellung erwies sich als allseitig von Schärfe.

Die Sonnenseherin antwortete wie ein Mädchen, das sich nur mit Mühe der ihm eingetrichterten guten Manieren entsann. »Ich bin Hollian, Amiths Tochter, Sonnenseherin des Steinhausens Kristall. Ich bin …« Ihre Stimme versagte; dann sprach sie in leicht mißmutigem Tonfall weiter. »Ich weiß nicht, ob ich euch für die Rettung meines Lebens danken soll oder euch fluchen, weil ihr über mein Heimatdorf Unheil gebracht habt. Der *Zorn* des na-Mhoram wird Steinhausen Kristall für immer zu einem Flecken schwarzer Erde machen.«

»Vielleicht nicht«, widersprach Sunder rauh.

»Wieso nicht?« wollte sie kummervoll wissen. »Zweifellos wird na-Mhoram-Wist Sivit kein Erbarmen kennen. Er wird geradewegs nach Schwelgenstein reiten, und man wird uns den *Zorn* senden. Nichts vermag das zu verhindern.«

»Er wird nicht nach Schwelgenstein reiten. Ich habe seinen Landläufer getötet.« Als Sunder weiterredete, geschah es halb zu sich selbst. »In der Predigt verweist nichts darauf«, murmelte er, »daß ein Sonnenstein soviel Macht besitzt.«

Hollian gab einen unterdrückten Laut der Erleichterung von sich. »Und der *Rukh,* mit dem er über das Sonnenübel gebietet, ist zerstört. Also kann er auf unser Steinhausen kein Unheil herabrufen.« Ein Wiederaufkeimen von Hoffnung veranlaßte sie zum Schweigen. Sie entspannte sich auf dem Wasser, als sei es ein Balsam für ihre Befürchtungen.

Für Lindens Ohren glich Covenants Notsituation überhöhter Lautstärke. Sie versuchte, sich taub zu stellen. »Das Zepter des Gefolgsmanns … der *Rukh.* Woher hatte er das Blut, um ihn zu benutzen? Ich habe nicht gesehen, daß er sich geschnitten hätte.«

»Die Gefolgsleute der Sonnengefolgschaft«, antwortete Sunder verdrossen, »entbehren der Notwendigkeit, ihr Blut zu vergießen. Sie verfügen über das Blut der jungen Männer und Frauen des Landes. Ein *Rukh* ist hohl und enthält das Blut, dessen es bedarf, um auf das Sonnenübel Einfluß zu nehmen.«

Ein Widerhall der Entrüstung, die sie dazu bewogen hatte, Hollian zu retten, klang in Linden auf. Sie begrüßte diese Anwandlung, begutachtete sie, suchte nach neuem Mut. Die Riten des Sonnenübels waren schon in der Weise barbarisch genug, wie Sunder sie praktizierte. Die Fähigkeit, diese Macht ohne persönliche Nachteile auszuüben, kam ihr verabscheuungswürdig vor. Sie wußte nicht, wie sie ihre Erbitterung mit dem versöhnen sollte, was sie über die Tätigkeit der Sonnengefolgschaft gehört hatte, ihrer Reputation, dem Sonnenübel entgegenzuwirken. Auf jeden Fall hegte sie dagegen tiefes Mißtrauen. Inzwischen begann sie sich Covenants Wunsch zu eigen zu machen, nach Schwelgenstein zu gelangen. Doch Covenant war dem Tode nah. Alles lief auf Covenant und Tod hinaus.

Nach einem Weilchen meldete Hollian sich erneut zu Wort. Diesmal war es eine andersgeartete Furcht, die sie dazu bewog. »Ist's wilde Magie?« erkundigte sie sich. »Fürwahr wilde Magie?«

»Ja«, antwortete der Steinmeister.

»Und wie ist's dann möglich …« Linden spürte Hollians Beunruhigung. »Wie hat's sich begeben, daß man ihn in Steinhausen Mithil nicht erschlagen hat, wie's die Predigt verlangt?«

»Ich hab's nicht zugelassen«, gab Sunder ohne Umschweife Auskunft. »In seinem Namen habe ich meinem Heimatort den Rücken gewandt, auf daß man nicht sein Blut vergieße.«

»Du bist Steinmeister«, flüsterte Hollian merklich überrascht. »Ein Steinhausener wie ich. Eine solche Tat … ist dir gewißlich schwergefallen. Wie ist's dahin gekommen, daß du eine so ungewöhnliche Tat vollbracht hast?«

»Tochter Amiths«, entgegnete Sunder im Ton einer förmlichen Beichte, »die Wahrhaftigkeit der Rede hat mich dazu getrieben. Die Worte des Ur-Lords waren Worte der Schönheit statt des Üblen. Er sprach wie jemand, der sowohl den Willen wie auch die Macht besitzt, um seinem Willen Gewicht zu verleihen. Und da war in meinem Herzen die Wahrheit der Predigt nicht länger zu ertragen. Und zudem …« – er sprach voller Grimm weiter – »habe ich erfahren müssen, daß die Rede selbst Falschheiten enthält.«

»Falschheiten?« begehrte Hollian auf. »Nein. Die Predigt ist des Landes Leben. Wo die Predigt Falsches enthielte, müßten alle sterben, die ihr vertrauen.«

Sunder zögerte für einen Moment. »Sonnenseherin«, meinte er dann, »kennst du die *Aliantha?*«

Sie nickte. »Sie sind voll von tödlichem Gift.«

»Nein.« Seine Gewißheit rührte Linden. Trotz all dessen, was geschehen war, besaß er eine innere Widerstandskraft, die sie nicht hatte. »Die *Aliantha* steht über jeder anderen Frucht. Ich spreche aus unzweifelhafter eigener Erfahrung. Während dreier Sonnen haben wir *Aliantha* verzehrt, wann immer sich eine Gelegenheit bot.«

»Sicherlich ...« Hollian suchte nach Argumenten. »Sicherlich ist das die Ursache der Erkrankung des Ur-Lords?«

»Nein. Das Kranksein hat ihn schon zuvor befallen, wogegen die *Aliantha* stets zu seiner Besserung beitrugen.«

Daraufhin schwieg Hollian, versuchte anscheinend zu verstehen, was sie gehört hatte. Ihr Kopf drehte sich von einer zur anderen Seite, als suche sie in der Dunkelheit nach Aufschluß. Ihre Stimme drang, als sie von neuem das Wort ergriff, nur schwächlich durch die nasse Geräuschentwicklung des Stroms. »Ihr habt mein Leben bewahrt. Ich mag dein Wort nicht anzweifeln. Ich bin nun ohne Heimat und ohne Aufgabe, denn nach Steinhausen Kristall kann ich nicht zurückkehren, und die Welt ist voller Gefahren, zumal ich den Lauf meines Geschicks nicht zu verstehen vermag. So kann ich denn keine Zweifel hegen. Dennoch wage ich nach eurem Trachten zu fragen. Alles ist mir dunkel. Ihr habt die Drohung der Sonnengefolgschaft von mir abgewendet. Könnt ihr mir euer Ziel benennen?«

»Linden Avery?« äußerte Sunder und gab damit die Frage an Linden weiter. Sie verstand ihn; doch die Antwort, die sie geben konnte, bereitete ihr schon im voraus Unbehagen, und sie war davon überzeugt, daß Hollian sie keineswegs ruhig zur Kenntnis nehmen würde. Gerne hätte sich Linden vor diesem Problem gedrückt, Sunder und Hollian dazu gezwungen, selber mit ihren Schwierigkeiten zurechtzukommen. Aber weil ihre eigene Schwäche für sie nicht länger tragbar war, antwortete sie in aller Offenheit.

»Wir sind unterwegs nach Schwelgenstein.«

Hollian reagierte mit Entsetzen. »Schwelgenstein?! Ihr betrügt mich!« Unverzüglich warf sie sich vom Floß, versuchte zu flüchten. Sunder sprang ihr nach. Offenbar wollte er etwas rufen, aber seine wunde Brust verwandelte seinen Ruf in einen Laut der Qual. Linden mißachtete ihn. Sein Sprung hatte das Floß ins Schwanken gebracht, und Covenant war in die Fluten gerutscht. Sie grabschte nach ihm, zerrte ihn an die Oberfläche. Seine Atmung war so flach, daß ihn nicht einmal das Wasser, das ihm aus dem Mund rann, zum Husten veranlaßte. Trotz seines Gewichts erregte sein Körper den Eindruck vollständiger Gebrechlichkeit. Sunder mühte sich ab, Hollians Flucht zu vereiteln; doch die Beeinträchtigung seines Brustkorbs behinderte ihn. »Bist du irrsinnig?« keuchte er ihr zu. »Wären wir auf dein Verhängnis bedacht, es hätte genügt, Sivits Willen geschehen zu lassen!«

»Soll sie doch verschwinden«, schnauzte Linden, der allein daran gelegen war, Covenant zu helfen.

»Sie soll ...?« setzte der Steinmeister zum Widerspruch an.

»Ja!« Wildheit durchloderte Linden. »Ich brauche Hilfe. Lieber Gott, wenn sie abhauen will, ist das ihr gutes Recht.«

»Himmel und Erde!« entgegnete Sunder. »Warum haben wir dann für sie unser Leben gewagt?«

»Weil sie umgebracht werden sollte. Es ist mir egal, ob wir sie brauchen oder nicht. Wenn sie gehen will, soll sie gehen. Wir haben kein Recht, sie gegen ihren Wunsch bei uns zu halten. *Ich brauche Hilfe.*«

Sunder stieß einen Fluch aus. Ruckartig wandte er sich von Hollian ab und umständlich wieder dem Floß zu, um Linden einiges von Covenants Gewicht abzunehmen. Innerlich jedoch schien er vor Schmerz und Empörung in Flammen zu stehen. »Dein Verdacht ist ungerecht!« raunzte er über die Schulter Hollian zu.

»Mag sein.« Fünf oder sechs Meter entfernt trat die Sonnenseherin Wasser; ihr Kopf glich einem Stück Dunkelheit inmitten der Schatten des Stroms. »Gewiß, ich habe mich gegenüber Linden Avery ungerecht gezeigt.« Sie schwieg für einen Moment. »Welcher Zweck drängt euch nach Schwelgenstein?« fragte sie dann.

»Dort sind die Antworten zu finden.« So schnell, wie sie aufgewallt war, hatte sich Lindens Wut verflüchtigt, und an ihre Stelle trat ein Grauen, das sie bis ins Mark packte. Es lag bereits zuviel hinter ihr. Ohne Sunders Beistand hätte sie nicht einmal Covenant aufs Holz zurückheben können. »Covenant glaubt, er kann etwas gegen das Sonnenübel unternehmen. Aber vorher muß er es verstehen. Deshalb möchte er mit der Sonnengefolgschaft reden.«

»Etwas dagegen unternehmen?« wiederholte Hollian ungläubig. »Sprichst du davon, das Sonnenübel zu wandeln?«

»Warum nicht?« Linden klammerte sich ans Floß. Grausen lähmte ihr die Glieder. »Ist das nicht genau das, was du machst?«

»Ich?«

»Bist du keine Sonnenweise?«

»Nein!« versicherte Hollian in scharfem Ton. »Das ist eine Lüge, die na-Mhoram-Wist Sivit nur ausgesprochen hat, um seine Forderung nach meinem Leben zu untermauern. Ich bin eine Sonnenseherin. Ich sehe die Wechsel der Sonne voraus. Aber ich bewirke sie nicht.«

»Dann brauchen wir sie nicht«, brummte Sunder, an Linden gewandt.

Desinteressiert fragte sich Linden, wieso sich der Steinmeister von Hollians Gegenwart so beunruhigt fühlte. Doch sie konnte sich mangels Mut nicht dazu durchringen, ihn einfach zu fragen. »Wir brauchen alle Unterstützung, die wir kriegen können«, widersprach sie leise. »Ich möchte, daß sie mitkommt. Wenn sie will.«

»Weshalb?«

»Von welchem Nutzen könnte ich euch sein?« fragte Hollian im gleichen Moment nach.

Ohne Vorwarnung füllte sich Lindens Kehle mit Weinen. Ihr war zumute, als sei sie ein verirrtes Kind, konfrontiert mit Ungewöhnlichem, mit dem sie nicht fertigzuwerden vermochte. Sie mußte all ihre alte Disziplin aufbieten, um zum Antworten imstande zu sein. »Er stirbt. Ich fühl's.« In der Erinnerung sah sie Marids Schlangenzähne und erschauderte. »Es steht mit ihm schlimmer als vorher. Ich benötige Hilfe.« Die Art von Hilfe, deren es bedurfte, war abscheulich und ihr zuwider; doch es gab kein Zurückweichen. »Eine Person ist zuwenig. Sie würde womöglich glatt verbluten. Oder ich selbst.« Getrieben von ihrer Furcht um Covenant, lenkte sie ihre Stimme in Hollians Richtung. »Ich brauche Kraft. Um ihn zu heilen.«

Ihr war nicht aufgefallen, daß die Sonnenseherin sich wieder genähert hatte; Hollian schwamm nun jedoch an ihrer Seite. »Vielleicht ist solches Blutvergießen nicht vonnöten«, erwiderte die junge Frau gedämpft. »Mag sein, daß ich ihm zu helfen vermag. Ein Sonnenseher verfügt über gewisse Kenntnisse des Heilens. Aber ich verspüre keinen Wunsch, der Sonnengefolgschaft ein zweites Mal zur Beute zu werden.«

Linden biß die Zähne zusammen, bis ihr die Kiefer weh taten, bändigte ihre Verzweiflung. »Du hast gesehen, wozu er imstande ist. Glaubst du, er würde nach Schwelgenstein gehen und sich mir nichts, dir nichts opfern lassen?«

Hollian dachte einen Augenblick lang nach, berührte behutsam Covenants Schwellung. »Ich werde es versuchen«, erklärte sie dann. »Doch muß ich den Sonnenaufgang abwarten. Und ich muß wissen, wie dies Übel über ihn gekommen ist.«

Soviel Selbstbeherrschung besaß Linden nicht mehr. Bei Sonnenaufgang würde es zu spät sein. Covenant konnte nicht bis zum Morgen durchhalten. *Die Auserwählte!* höhnte Linden bei sich. *Mein Gott!* Sie überließ es Sunder, die Frage der Sonnenseherin zu beantworten. Während Sunder eine recht gedrängte Schilderung dessen gab, was mit Covenant geschehen war, verlagerte sich Lindens Aufmerksamkeit zusehends auf den gemarterten, dem Tode geweihten Körper des Zweiflers. Sie konnte das Gift durch den wirkungslosen Engpaß, den der Ärmel des T-Shirts abgab, weitersickern sehen. Der Tod fraß wie Lepra an den Strängen seines Lebens. Es war völlig ausgeschlossen, daß er noch die Morgenfrühe erlebte.

Lindens Mutter hatte um den Tod gebeten; Covenant jedoch wollte leben. Er hatte für Joans Leben das seine angeboten und dabei gelächelt, als empfände er diesen Tausch als reine Freude; dennoch bewies jede seiner Handlungen, daß er zu leben wünschte. Vielleicht war er *wirklich* verrückt; womöglich war sein Gerede über den sogenannten Verächter *tatsächlich* nur Paranoia und hatte nichts mit der Wahrheit zu tun. Die Schlußfolgerungen aber, die er aus alldem zog, waren von solcher Art, daß sie sich ihnen nicht verweigern konnte. In Steinhausen Kristall hatte sie eingesehen, daß sie diese Schlüsse mit ihm teilte.

Und nun war er am Sterben. Sie mußte ihm helfen. Sie war Ärztin. Irgend etwas mußte sie ganz einfach gegen seine Erkrankung machen können. Es war sonderbar, daß ihr seltsam gesteigertes Wahrnehmungsvermögen nicht in beide Richtungen funktionierte. Mit einem inneren Aufwimmern überwand sie ihr Widerstreben, entblößte ihr Herz. Langsam senkte sie ihre Sinne in Covenants Körper, vereinte sein Fleisch mit ihrem

Ich. Sie spürte seine sehr schwache Atmung wie ihre eigene, litt mit ihm die Hitze des Fiebers, umfaßte ihn auf intimere Art und Weise, als sie es je zuvor mit irgendeinem Mann getan hatte.

Dann schwamm sie praktisch in Gift. Sie war vollkommen machtlos gegen es, konnte es nicht bekämpfen. Ekel erfüllte sie, genau wie angesichts des stinkenden Atems jenes Alten, der ihr *Bleib getreu* geraten hatte. Nichts in Linden verriet ihr, wie sie Covenant durch diese Art von innerer Verschmelzung eine Hilfe sein könnte. Aber sie tat damit, was sie gegenwärtig tun konnte. Sie rang um ihn mit dem gleichen Grimm und der gleichen – insgeheim hoffnungslosen – Entschlossenheit, die sie dazu getrieben hatte, mit einer Verbissenheit Medizin zu studieren, als wäre das ein Akt der Wut über die Lebensuntüchtigkeit ihrer Eltern – eines Mannes und einer Frau, die vom Leben nichts als den Tod verstanden und nach diesem einzigen Ding, das sie begriffen, mit der Lust von Liebenden gelechzt hatten. Von ihnen war Linden die volle Bedeutung der Tüchtigkeit gelehrt worden. Danach hatte sie fünfzehn Jahre lang rastlos gestrebt.

Dasselbe Trachten hatte sie zur Haven Farm gebracht. Und dort waren durch ihre Unfähigkeit im Angesicht von Joans Heimsuchung über ihr ganzes Leben Zweifel geworfen worden. Nun besaßen diese Zweifel den Geschmack und die Scheußlichkeit des Gifts in Covenants Leib. Sie vermochte das Gift nicht auszutreiben. Aber mit bloßer Willenskraft versuchte sie, in Covenant die letzten schwächlichen Barrieren gegen den Tod aufrechtzuerhalten. Seine Krankheit war ein seelisches Übel, das sie auf die gleiche Weise betroffen machte wie Marid, wie der Mord an Nassic, das heiße Messer; und sie widersetzte sich ihm mit jedem Schlag ihres Herzens. Sie preßte Luft in Covenants Lungen, drängte seinen Puls zum Weiterpochen, focht gegen die fraßhafte Ausbreitung der Erkrankung an.

Allein hielt sie ihn während der restlichen Nacht am Leben.

Die Knochen ihrer Stirn schmerzten vom mit Covenant geteilten Fieber, als Sunder sie schließlich wieder zu sich selbst brachte. Dämmerung schwebte in der Luft. Sunder und Hollian hatten das Floß zum Ufer gesteuert. Linden schaute benommen umher. Ihre Seele war voller Asche. *Nein,* keuchte ein Teil ihres Innenlebens immer wieder. *Nie wieder.* Der Fluß strömte hier durch ein Flachland, das eigentlich reich an Vegetation hätte sein müssen; statt dessen jedoch bestand die gesamte Gegend aus nichts als einer grauen Wüste, in der gewaltige Massen von überschnell gewachsenem Gras durch drei Tage wolkenbruchartiger Regenfälle niedergedrückt worden waren, um nun unter der Sonne der Seuchen zu faulen. Indem das Nahen des Tages die Luft aufrührte, wehten überm Mithil Ausdünstungen von Moder hin und her. Aber Linden sah, warum Sunder und Hollian ausgerechnet diese Stelle ausgesucht hatten, um einen Halt einzulegen. Eine Sandbank ragte vom Ufer ein Stück weit ins Flußbett hinaus, stellte ihnen einen Flecken Untergrund zur Verfügung, auf dem Covenant abseits vom brandigen Gras liegen konnte.

Der Steinhausener befestigte das Floß, zog Covenant auf den Sand und richtete ihn auf, um ihn in Lindens Arme zu schieben. Während sie dafür sorgte, daß er aufrecht blieb, obwohl sie selbst aus Schwäche wankte, sah sie zu, wie Sunder und Hollian über die Böschung davoneilten und nach Steinen zu suchen anfingen. Wenig später befanden sie sich außer Sicht. Mit den geringfügigen Überbleibseln ihrer Kraft erwartete Linden den Sonnenaufgang. Als sich die Sonne über den Horizont erhob, glich ihre Verfärbung den Wimpeln eines Seuchenschiffs. Linden hieß ihre Wärme willkommen – sie brauchte Erwärmung, verlangte nach Trockenheit –, doch die Korona der Sonne ließ sie in kraftlosem Abscheu aufstöhnen. Linden senkte Covenant in den Sand, setzte sich neben ihn, musterte ihn, als fürchtete sie sich davor, die Augen zu schließen. Sie wußte nicht, wie bald nun wieder Insekten umherzuschwärmen anfingen.

Als Sunder und Hollian zurückkamen, waren beide ziemlich aufgeregt. Die Spannung zwischen ihnen bestand unvermindert; aber sie hatten etwas entdeckt, das sie offenbar beide für sehr wichtig erachteten. Gemeinsam schleppten sie einen großen Strauch heran, den sie vorsichtig mitsamt den Wurzeln ausgegraben hatten, als hätten sie einen Schatz gehoben. *»Voure«,* rief Hollian, indem sie und Sunder den Strauch auf die Sandbank beförderten. Das Sonnenlicht glänzte auf Hollians heller Haut. »Was für ein Glück! *Voure* ist ungemein selten.« Die zwei legten den Strauch nahebei ab und fingen unverzüglich damit an, ihn seines Blattwerks zu entledigen.

»In der Tat außerordentlich selten«, bekräftigte Sunder in gedämpftem Ton. »Die Predigt nennt derlei Namen, aber noch nie zuvor habe ich *Voure* mit eigenen Augen erblickt.«

»Hat er Heilkraft?« erkundigte sich Linden mit matter Stimme. Statt einer Antwort gab die Sonnenseherin ihr eine Handvoll Blätter. Sie waren sukkulent wie Schwamm; farbloser, klarer Saft troff aus den abgerissenen Stengeln. Ihr scharfer Geruch ließ Linden zurückzucken.

»Reibe dir den Saft auf die Arme und ins Gesicht«, riet Hollian. *»Voure* ist ein wirksamer Schutz gegen Geziefer.« Linden starrte sie an, bis sie erkannte, daß die Sonnenseherin recht hatte. Dann kam sie der Empfehlung nach. Nachdem sie sich mit Saft eingerieben hatte, tat sie das gleiche bei Covenant. Sunder und Hollian schmierten sich ebenfalls ein. Als sie fertig waren, füllte Sunder die übriggebliebenen Blätter in seinen Beutel. »Nun werde ich tun«, sagte die Sonnenseherin plötzlich unaufgefordert, »was in meiner Macht steht, um Halbhands Genesung zu bewirken.«

»Sein Name ist Thomas Covenant«, berichtigte Linden sie in

laschem Tonfall. Für sie war *Halbhand* ein Ausdruck, den die Sonnengefolgschaft benutzte; er mißfiel ihr. Hollian zwinkerte, als entginge ihr der Sinn des Unterschieds, äußerte sich jedoch nicht dazu.

»Bedarf's meiner Unterstützung?« fragte Sunder sie. Er zeigte sich wieder überaus reserviert. In irgendeiner Hinsicht, die Linden nicht zu durchschauen vermochte, fühlte er sich durch Hollian verärgert oder bedroht.

Die Antwort der Sonnenseherin fiel ähnlich kurzangebunden aus. »Ich glaube nicht.«

»Dann werde ich den *Voure* auf die Probe stellen.« Er stand auf. »Ich gehe unterdessen *Aliantha* suchen.« Mit brüsken Bewegungen begab er sich ans Ufer zurück und stapfte durchs faulige Gras davon.

Hollian vergeudete keine Zeit. Aus ihrem Kleid brachte sie einen kleinen eisernen Dolch und ihren *Lianar*-Stab zum Vorschein. Sie kniete sich neben Covenants rechte Schulter, legte den *Lianar* auf seine Brust und nahm den Dolch in die linke Hand. Die Sonne stand mittlerweile oberhalb des Horizonts, übte ihre verderbliche Wirkung aus. Der scharfe Duft des *Voure* bewährte sich jedoch anscheinend tatsächlich als eine Art von Schutz gegen ihre Folgen. Obwohl ringsum inzwischen große Insekten umherzusummen begonnen hatten, näherten sie sich nie der Sandbank. Linden hätte sich jetzt gerne mit solchen Nebensächlichkeiten befaßt. Sie mochte dem blutigen Ritual der Sonnenseherin nicht zuschauen, wollte nicht dem Scheitern ihrer Bemühungen zusehen müssen. Dennoch heftete sie ihren Blick auf das Messer, zwang sich dazu, es nicht mehr aus den Augen zu lassen.

Hollians rechte Handfläche war – wie Sunders linker Unterarm – mit alten Narben übersät. Sie zog die Klinge durchs Fleisch. Ein Rinnsal von tiefdunklem Blut rann an ihrem nackten Handgelenk hinab. Indem sie den Dolch beiseite legte, nahm sie den *Lianar* in die blutige Hand. Ihre Lippen bewegten sich, blieben jedoch stumm. Rund um ihren Stab schien sich die Atmosphäre zu verdichten. Unvermittelt leckten Flammen am Holz entlang. Feuer in der Färbung, die die Aura der Sonne besaß, umzüngelte ihre Finger. Ihre bislang lautlosen Äußerungen steigerten sich nun zu hörbarem Gesang; die Sprache, deren sie sich bediente, war Linden fremd. Das Feuer loderte stärker; es erfaßte Hollians ganze Hand, begann das Blut an ihrem Handgelenk zu verzehren. Während sie sang, entsprangen dem Feuer lange, dünne Ausläufer, die Luftwurzeln ähnelten. Sie dehnten sich durch den Sand aus, verliefen längs des Wassers, als seien sie mit Blut gefüllte Adern des Stroms, liefen die Böschung hinauf, als suchten sie einen geeigneten Platz, um sich im Erdreich festzusetzen. Inmitten eines Netzwerks aus schimmernden energetischen Bahnen verlieh Hollian ihrem Gesang erhöhten Nachdruck, senkte zuletzt den *Lianar* auf Covenants vom Gift geschwollenen Arm. Unwillkürlich schrak Linden zurück. Sie konnte das Schlechte in dem Feuer spüren, die widernatürliche Kraft des Sonnenübels. Hollian griff auf eben jene Kraftquellen zurück wie Sunder mit seinem Sonnenstein. Einen Moment später vermochte Linden jedoch zu differenzieren; der Effekt des Feuers als solcher war nicht von übler Natur. Hollian bekämpfte Gift mit Gegengift. Als sie den Stab von Covenants Arm entfernte, hatte der Umfang der Schwellung bereits in sichtlichem Maß abgenommen. Sachte richtete sie nunmehr die Energie auf seine Stirn, legte ans Fieber in seinem Schädel Feuer.

In dieser Sekunde verkrampfte sich sein Körper zu harter Starre, er warf den Kopf in den Nacken; ein Schrei entrang sich seiner Kehle. Im selben Augenblick schleuderte eine weißliche Detonation, die aus seinem Ring schoß, Sand auf die beiden Frauen und ins Wasser. Ehe Linden irgendwie reagieren konnte, erschlaffte er vollständig.

Die Sonnenseherin sank an seiner Seite zusammen. Die Flammen an ihrem *Lianar* erloschen; das Holz war unversehrt, unverändert hell und sauber. Binnen eines Augenblicks verschwanden auch die energetischen Bahnen, und nur gespinsthafte Nachbilder flimmerten noch durch Lindens Sicht. Sie stürzte zu Covenant, um ihn zu untersuchen. Die Anspannung raubte ihr schier den Atem. Doch kaum berührte sie ihn, da holte er tief Luft, fing an zu atmen, als schliefe er lediglich. Sie tastete nach seinem Puls; er schlug mit normaler Festigkeit und regelmäßig. Erleichterung durchströmte Linden. Der Mithil und die Sonne wirkten auf einmal merkwürdig verschwommen. Plötzlich gewahrte sie, daß sie der Länge nach im Sand lag, ohne daß sie ihr Niedersacken bemerkt hätte. Ihre linke Hand ruhte im Wasser. Dessen Kühle schien das einzige zu sein, was sie am Weinen hinderte.

»Ist er wohlauf?« fragte Hollian mit schwacher Stimme nach. Linden antwortete nicht; ihr fehlten schlichtweg die Worte.

Etwas später kam Sunder wieder, die Hände voller Schatzbeeren. Die Erschöpfung der zwei Frauen war ihm anscheinend auf den ersten Blick verständlich. Ohne ein Wort beugte er sich über Linden und schob ihr eine Beere zwischen die Lippen. Die Köstlichkeit und Nahrhaftigkeit der Frucht brachten Linden wieder einigermaßen zu Kräften. Sie setzte sich auf, schätzte die Anzahl der von Sunder gepflückten Beeren und nahm sich selber ihren Teil. Die Beeren, so hatte es den Anschein, stellten einen Bestandteil ihres Inneren wieder her, der durch ihre Anstrengungen, mit denen sie Covenant im Laufe der Nacht am Leben gehalten hatte, über Gebühr beansprucht worden war. Während ihre Körperkräfte wiederkehrten, brachte sie Covenant in eine halb sitzende Haltung, entsteinte dann Beeren und fütterte ihn damit. Die Wirkung trat beinahe unverzüglich ein; seine Atmung wurde regelmäßig, sein Muskeltonus festigte sich, seine Haut nahm eine gesündere Farbe an. Anschließend kümmerte Linden sich ebenso zielbewußt um Hollian. Die Anstrengung der Covenant von ihr geleisteten Hilfe hatte die Sonnenseherin in reichlich beeinträchtigte Verfassung gebracht. Hollians Blick forschte nach Ausweichmöglichkeiten, als Linden mit den Beeren kam, aber es gab keine. Mit einem Schaudern der Kurzentschlossenheit nahm Hollian eine Beere, steckte sie in den Mund. Nach einem Moment des Zögerns biß sie darauf.

Die eigene Freude an diesem Genuß verblüffte sie sichtlich. In ihren Augen leuchtete es wie von einer Offenbarung, und sie streifte die Furcht ab wie einen verschlissenen alten Mantel.

Mit einem lautlosen Seufzer bettete Linden Covenants Kopf in den Sand und streckte sich selbst zum Ausruhen hin.

Das Grüppchen blieb für einen Großteil des Vormittags auf der Sandbank und gönnte sich Erholung. Zu guter Letzt, als Covenants Schwellung sich von Schwarz zu fleckigem Gelbblau-rot verfärbt hatte und aus der Schulter gewichen war, beurteilte Linden ihn als zur Fortsetzung der Reise imstande. Von neuem fuhren sie mit dem Floß auf den Mithil hinaus.

Der *Voure* schützte sie auch weiterhin vor Insekten. Hollian versicherte, die Wirkung des Safts werde für mehrere Tage anhalten; und Linden begann ihr zu glauben, als sie feststellte, daß der Geruch ihr nach einem halben Tag – teils auf dem Wasser, teils darin zugebracht – noch immer anhaftete.

Im unheimlichen Rot des Sonnenuntergangs hielten sie an einem breiten felsigen Abhang, der nordwärts aus dem Fluß aufragte. Nach der Mühsal der vergangenen Tage fiel die Unbequemlichkeit, auf Stein schlafen zu müssen, so gut wie gar nicht auf. Ein Teil ihres Innern blieb in ständigem Kontakt mit Covenant, so wie eine Saite, die so gespannt war, daß sie bei einem bestimmten Ton mitschwang. Mitten in der Nacht merkte sie plötzlich, daß sie hinauf zur scharf umrissenen Sichel des Mondes starrte. Covenant hatte sich neben ihr aufgesetzt. Er schien sie nicht zu beachten. Still ging er ans Wasser, um zu trinken. Linden folgte ihm, weil sie sich sorgte, er könne womöglich einen Rückfall ins Delirium erlitten haben. Doch sobald er sie sah, erkannte er sie und nickte ihr zu, zog sie dann ein Stückchen weit zur Seite, an eine Stelle, wo sie sich zumindest im Flüsterton unterhalten konnten, ohne ihre Begleiter zu stören. Die Weise, wie er seinen Arm bewegte, zeigte an, daß das Glied zwar noch empfindlich war, sich aber wieder gebrauchen ließ. Im schwachen Mondschein blieb sein Gesicht unkenntlich; seine Stimme jedoch bezeugte geistige Klarheit.

»Wer ist die Frau?«

Linden stand dicht bei ihm, betrachtete den Schattenriß seiner Gestalt. »Du erinnerst dich nicht?«

»Ich erinnere mich an Bienen.« Flüchtig schauderte es ihm. »Den Wütrich. Sonst nichts.«

Die Mühe, die es Linden gekostet hatte, sein Leben zu bewahren, hatte irgendwie ihre sämtlichen Vorbehalte gegen ihn zunichte gemacht. Sie hatte an seinen Qualen Anteil genommen; und nun hatte sie den Eindruck, daß er einen gewissen Einfluß auf sie besaß, dem sie sich nie mehr würde entziehen können. Selbst ihr Herzschlag gehörte ihm. »Du hast einen Rückfall gehabt.«

»Einen Rückfall ...?« Er versuchte, seinen noch schmerzenden Arm zu spannen.

»Du bist von Bienen gestochen worden und in einen Schockzustand geraten. Die Wirkung war wie ein neuer Schlangenbiß an der gleichen Stelle, nur schlimmer. Ich dachte ...« Unwillkürlich berührte sie seine Schulter. »Ich dachte, du würdest es nicht mehr schaffen.«

»Wann war das?«

»Vor eineinhalb Tagen.«

»Und wie ...?« begann er, überlegte es sich jedoch anders. »Und dann?«

»Sunder und ich haben nichts für dich tun können. Wir sind einfach weitergefahren.« Sie fing schneller zu sprechen an. »In der letzten Nacht sind wir zu einem anderen Steinhausen gelangt.« Linden erzählte ihm das Vorgefallene, als habe sie es eilig, das Erzählen zu beenden. Aber als sie versuchte, ihm die energetische Aktivität seines Rings zu schildern, unterbrach er sie.

»Das ist unmöglich«, behauptete er unterdrückt.

»Du entsinnst dich an überhaupt nichts?«

»Gar nichts. Aber es ist ausgeschlossen, ich sag's dir. Ich habe immer ... immer irgendeinen Auslöser dafür benötigt. Die Unterstützung eines anderen Faktors. Wie den *Orkrest*. Es passiert nie von selber. Niemals.«

»Vielleicht lag's an dem Gefolgsmann.«

»Ja.« Er griff nur zu froh auf diese Überlegung zurück. »Das muß es gewesen sein. Sein Zepter ... der *Rukh*.« Er wiederholte die Bezeichnung, die sie ihm genannt hatte, als fände er darin Bestätigung. Linden nickte, dann berichtete sie weiter.

Sobald sie fertig war, äußerte er mit einigem Stocken seine diesbezüglichen Gedanken. »Ich bin im Delirium gewesen, hast du gesagt. Das muß wirklich der Fall gewesen sein ... Ich kann mich an absolut nichts erinnern. Dieser Gefolgsmann wollte mich also angreifen. Und plötzlich hatte ich meine Macht.« Sein Ton zeugte von der Wichtigkeit des Vorfalls. »Was hat sie mir gegeben? In derartig kranker Verfassung hätte ich nicht dazu in der Lage sein dürfen, mich zu wehren. Bist du verletzt worden? Oder Sunder ...?«

»Nein.« Die Dunkelheit zwischen ihnen war plötzlich voller Bedeutsamkeiten. Linden hatte das Äußerste riskiert, um sein

Leben zu retten – und wofür? In Delirium und Macht hatte er von ihr nichts anderes geglaubt, als daß sie ihn im Stich gelassen hätte. Und auch jetzt besaß er keine Vorstellung davon, wie sie um ihn hatte ringen müssen. *Nein.* »Wir sind alle unversehrt.« Sie konnte, als sie Antwort gab, ihre Bitterkeit kaum verhehlen. »So was war's nicht.«

»Was dann?« hakte er leise nach.

»Ich habe dich in die Annahme versetzt, Joan sei in Gefahr.« Covenant zuckte auf; aber Linden sprach weiter, bediente sich der Worte, als ob sie ihn schlüge. »Mir ist sonst nichts eingefallen. Du hast nichts getan, um dich zu schützen … und nichts, um mich zu schützen. Du hast mich laufend beschuldigt, dich im Stich gelassen zu haben. Mein Gott …!« Ihre Stimme klang jetzt harsch. »Ich habe zu dir gehalten, seit ich zum erstenmal Joan sah. Ganz gleich, wie verrückt du bist, ich habe zu dir gehalten. Ohne mich wärst du längst tot. Aber du hast mich ständig beschuldigt, ich hätte dich verlassen, und ich konnte dir nichts einsichtig machen. Der einzige Name, der dir etwas bedeutet hat, war *Joan.*«

Sie kränkte ihn sichtlich. Seine Rechte vollführte eine Gebärde in ihre Richtung, zuckte zurück. In der Finsternis schien er keine Augen zu haben; seine Augenhöhlen starrten dunkel, als sei er blind geworden. Sie erwartete, er werde ihr widersprechen, ihr erklären, er habe sich oft genug bemüht, ihr zu helfen, habe oft versucht, ihr an Beistand zu gewähren, was er bieten konnte. Doch er stand da, wie er dagestanden hatte, als sie ihn das erste Mal auf der Haven Farm sah, aufrecht unter einer Last unvorstellbarer Bürden. Als er sprach, klang seine Stimme aus Erbitterung und tiefempfundenem Gram scharf.

»Sie war meine Frau. Sie hat sich wegen meiner Leprose von mir scheiden lassen. Von allem, was mir widerfahren ist, war das am schlimmsten. Weiß Gott, ich habe Verbrechen begangen. Ich habe vergewaltigt … getötet … Aber das sind Dinge gewesen, die ich *getan* habe, ich habe anschließend alles unternommen, was mir möglich war, um sie wiedergutzumachen. Sie jedoch hat mich behandelt, als wäre ich selbst ein Verbrecher. Dabei war ich damals nur, wer ich eben war, ich war von nichts anderem befallen worden als einer körperlichen Erkrankung. Ich konnte sie so wenig abwenden oder heilen, wie man Sterblichkeit abwenden oder heilen kann. Sie war ganz einfach von mir entsetzt. Das war *am schlimmsten.* Weil ich es akzeptiert habe. Ich habe bezüglich der Lepra selbst so gefühlt. Dadurch hatte sie mich in der Hand. Elf Jahre habe ich damit zugebracht ... Ich hab's nicht ertragen können, die Ursache ihres Abscheus zu sein. Ich habe meine Seele verkauft, um das an ihr gutzumachen, und es hat nichts genutzt.« Die Muskeln in seinem Gesicht verzerrten es bei dieser Erinnerung zu einer Grimasse. »Ich bin Leprotiker. Und ich werde nie etwas anderes als Leprotiker sein. Ich werde den Anspruch, den sie an mich hat, nie begleichen können. Er sitzt tiefer, als jede freie Entscheidung reichen kann.« Seine Worte klangen, als hätten sie die Farbe von Blut. »Aber sie ist meine *Ex*-Frau, Linden«, fügte er hinzu, und es gab ihr einen Stich ins Herz, als er sie direkt beim Namen nannte. Trotz seiner Bemühungen, seine Stimme in der Gewalt zu behalten, übermittelte sie fatale Schicksalhaftigkeit wie in einem Klagegesang. »Wenn die Anzeichen des Vergangenen verläßlich sind, werde ich Joan niemals wiedersehen.«

Linden klammerte sich mit den Augen an ihn. Unsicherheit aller Art machte sich in ihr breit. Wieso würde er Joan niemals wiedersehen? Inwiefern sollte er seine Seele verkauft haben? Wieviel verschwieg er? Doch angesichts des Umfangs, in dem sie sich ihm ausgeliefert fühlte, zählte für sie nur eine Frage wirklich. »Möchtest du sie wiedersehen?« wollte sie mit so gleichmäßiger Stimme und so beiläufigem Ton wie möglich wissen.

Die Schlichtheit seiner Antwort besaß für Lindens gespanntes Gehör die Gewichtigkeit einer bedeutenden Erklärung. »Nein. Es gefällt mir nicht besonders, Leprotiker zu sein.«

Sie wandte sich ab, damit er nicht die Tränen in ihren Augen sah. Sie mochte nicht in solchem Maße von ihm bloßgestellt werden. Die Gefahr, sich vollends zu verlieren, war zu groß. Und doch war ihre Erleichterung so stark wie Liebe. »Gönn dir noch etwas Ruhe«, sagte sie ausdruckslos über die Schulter. »Du kannst's vertragen.« Damit kehrte sie dorthin zurück, wo Sunder und Hollian lagen, streckte sich auf dem steinernen Untergrund aus; längere Zeit zitterte sie, als befände sie sich in einem Winter schutzloser Einsamkeit.

Die Sonne war bereits aufgegangen, leuchtete düsterrot am Himmel, als Linden erwachte. Ein Häuflein *Aliantha* neben Sunders Beutel zeigte, daß der Steinhausener sich abermals mit Erfolg auf Nahrungssuche begeben hatte. Covenant und die Sonnenseherin standen beieinander und machten sich gerade gegenseitig bekannt. Sunder saß in der Nähe und machte ein Gesicht, als knirsche er fortwährend mit den Zähnen.

Linden stand auf. Ihr Körper fühlte sich durch die Härte des Nachtlagers wie zerschlagen an, aber sie schenkte diesem Umstand keine Beachtung. Indem sie es vermied, Covenant anzuschauen – als schäme sie sich –, ging sie zum Flußufer, um sich das Gesicht zu waschen. Als sie sich wieder zu den anderen gesellte, war Sunder dabei, die Schatzbeeren zu verteilen. Die Gefährten aßen stumm; *Aliantha* war eine Nahrung, die andächtiges Schweigen regelrecht auferlegte. Doch Linden konnte sich den Einflüssen ihrer Begleiter nicht verschließen. Covenant war inwendig so verkrampft wie in den schlimmsten Momenten auf der Haven Farm. Hollians feine Gesichtszüge drückten so krasse Ratlosigkeit aus, als wäre sie eine Art von Furcht. Und die finstere Stimmung des Steinmeisters hatte sich nicht im geringsten gebessert; Widerwille beherrschte ihn, der entweder Hollian oder ihm selbst galt.

Das alles bewirkte, daß sich Linden hilflos fühlte. Sie hatte in bezug auf die verschiedenen Formen des Unbehagens ihrer Begleiter eine gewisse Verantwortung – und konnte doch nichts tun, um die Situation zu verändern. Während sie Covenant am Leben gehalten hatte, waren gleichzeitig von ihr in ihrem Innern Türen geöffnet worden, die sie nun nicht zu schließen vermochte; aber sie schwor, daß sie sie wieder zuwerfen würde. Indem sie im geheimen vor sich hinschalt, verzehrte sie ihre *Aliantha,* verstreute die Steine außerhalb des felsigen Untergrunds und traf dann in diszipliniertem Ernst einige Vorbereitungen, wie sie erforderlich waren, ehe sie das Floß von neuem wasserten.

Hollian jedoch war dazu außerstande, ihre Probleme noch länger in Schweigen zu ertragen. Nach einem Weilchen wandte sie sich an den Zweifler. »Du wünschst, daß ich dich Covenant nenne … obschon das ein Name des bösen Omens ist und er mir nicht recht in den Mund passen will. Doch nun wohl. Covenant. Hast du klug erwogen, wohin du zu gehen gedenkst? Der Steinmeister und Linden Avery haben mir enthüllt, daß das Ziel deiner Reise Schwelgenstein heißt. Mein Herz schrickt zurück, wenn ich nur daran denke … doch wenn du in der Tat dies Ziel hast, mag ich dir nicht dreinreden. Schwelgenstein liegt jedoch dort.« Sie deutete in den Nordwesten. »Elfmal zwanzig Längen entfernt. Der Mithil allerdings nimmt einen anderen Weg.«

»Das ist uns bekannt, Sonnenseherin«, bemerkte Sunder gedämpft.

Hollian achtete nicht auf ihn. »Mag sein, daß wir die Strecke – mit Hilfe des *Voure* – zu Fuß zurücklegen können.« Sie zögerte, dachte über die Schwierigkeiten dessen nach, was sie vorschlug. »Und mit viel Glück.« Ihr Blick wich nicht aus Covenants Gesicht.

»Kann sein.« Wie sein Tonfall verriet, stand für ihn die Entscheidung längst fest. »Aber ich kann das Risiko, womöglich noch einmal gestochen zu werden, hundertprozentig ausschalten. Wir bleiben auf jeden Fall noch ein, zwei Tage auf dem Fluß.«

»Covenant.« Hollians Blick war nun von energischer Eindringlichkeit. »Weißt du, was in dieser Richtung liegt?«

»Ja«. Er erwiderte ihren Blick mit Festigkeit. »Andelain.«

Andelain? Der innere Nachdruck, mit dem er den Namen aussprach, erregte sofort Lindens Aufmerksamkeit, versetzte sie in Wachsamkeit.

»Ist es ...« Hollian rang mit ihrer Bestürzung. »Ist's etwa deine *Absicht,* nach Andelain zu gehen?«

»Ja.« Covenants Entschiedenheit kannte keinerlei Einschränkung. Aber er musterte die Sonnenseherin sehr aufmerksam, als beunruhige ihn ihre Verstörung. »Ich will's sehen, bevor ich Schwelgenstein aufsuche.«

Seine Bekräftigung entsetzte Hollian nun gänzlich. Sie prallte zurück. Sie keuchte, als wolle sie zu schreien anfangen, aber in all der Weite des Morgens fand sie nicht genug Luft. »Du bist wahnsinnig. Oder ein Diener a-Jeroths, wie's die Predigt sagt.« Sie wandte sich an Linden, dann Sunder, beschwor die beiden nahezu verzweifelt. »Ihr dürft's nicht zulassen.« Krampfhaft rang sie erneut um Atem. »Ihr dürft's nicht«, rief sie.

Covenant ging auf sie los, wie um über sie herzufallen, seine Finger gruben sich in ihre Schultern, und er schüttelte die junge Frau. *»Was ist denn mit Andelain?«* Hollian regte den Mund; doch kein Laut drang über ihre Lippen. »Sunder!« brüllte Covenant.

»Ich bin viermal zwanzig Längen von meiner Heimat entfernt«, erwiderte der Steinmeister schroff. »Ich weiß nichts von diesem Andelain.«

Hollian bemühte sich um Beherrschung. »Covenant«, sagte sie mit bewegter Stimme, »du magst *Aliantha* essen. Du magst der Sonnengefolgschaft trotzen. Du magst die Predigt mit Füßen treten und gar dem Sonnenübel selbst deine Herausforderung an den Himmel emporschleudern. Aber du darfst nicht Andelain betreten.«

»Warum nicht?« fragte Covenant mit wieder gemäßigter, jedoch bedrohlicher Stimme.

»Es ist ein Trugbild und eine Menschenfalle!« stöhnte Hollian. »Ein Greuel mitten im Land. Es zeigt sich dem Auge in grausamer Schönheit und lockt jeden, der es sieht, in Verhängnis. Es widersteht dem Sonnenübel.«

»Ausgeschlossen«, schnauzte Sunder.

»Nein!« keuchte Hollian. »Ich spreche die Wahrheit. Sonne um Sonne bleibt es unverändert, bewahrt den Schein eines Paradieses.« Sie richtete all ihr Grausen auf Covenant. »Schon viele Menschen sind dadurch ins Unheil gelockt worden … Ihre Geschichte wird in dieser ganzen Gegend oft erzählt. Doch ich rede nicht nur von Geschichten. Vier habe ich selbst gekannt … vier aufrechte Steinhausener, die der Verlockung erlegen sind. Mit ihrem Dasein unzufrieden, verließen sie Steinhausen Kristall, um die Wahrheit dessen, was man von Andelain sagt, auf die Probe zu stellen. Zwei von ihnen gingen hin und kehrten niemals wieder. Zwei kamen nach Steinhausen Kristall zurück – und der Wahnsinn wütete in ihnen wie der *Zorn* des na-Mhoram. Es gibt kein Mittel, um sie von dem Übel zu heilen. Croft hatte keine Wahl, er mußte sie dem Opfertod übergeben.« Sie verfiel wieder in Flehentlichkeit. »Covenant, geh nicht dorthin! Du müßtest ein schrecklicheres Ende nehmen als ungeschützt unter dem Sonnenübel.« In jedem Wort, das sie äußerte, klangen vollständige Überzeugung und aufrichtige Furcht mit. »Andelain schändet die Seele.«

Grob stieß Covenant die Sonnenseherin von sich. Mit einem Ruck wandte er sich ab, stapfte den Felshang hinab und blieb unten am Wasser stehen. Zittrig ballten und lockerten sich an seiner Seite die Fäuste. Sofort ging Linden zu ihm, suchte irgendeinen Weg, um ihn zu besänftigen. Sie glaubte Hollian. Doch als sie Covenants Arm berührte, verschlug die Wildheit in seinem Innern ihr die Sprache. »Andelain.« Seine Stimme klang aus Unglück und Wut erstickt. Ohne Warnung wirbelte er zu Linden herum. Seine Augen funkelten, als könne sein Blick sie durchglühen. »Du hast gesagt, daß du zu mir hältst.« Sein Flüsterton schien mehr Blutrünstigkeit zum Ausdruck zu bringen als jedes Gebrüll. »Tu's jetzt. Nichts anderes zählt. Halt zu mir.« Ehe sie eine Gelegenheit zum Antworten fand, kehrte er sich Sunder und Hollian zu. Die beiden starrten ihn an, durch seine heftige Leidenschaft in Entgeisterung versetzt. Der Sonnenschein umglomm die Umrisse seiner Gestalt, als wäre er ein Sternbild. »Andelain war einmal das Herz des Landes.« Er sprach, als würge ihn jemand. »Ich muß herausfinden, was damit geschehen ist.« Im nächsten Moment hatte er sich ins Wasser geworfen und schwamm mit aller Kraft flußabwärts.

Linden hielt sich zurück, folgte ihm nicht. Er würde unmöglich lang in diesem Tempo schwimmen können; sie konnte ihn binnen kurzem einholen. *Halt zu mir.* Lindens Sinne hatten sie davon überzeugt, daß Hollian die Wahrheit sprach. In Andelain verbarg sich Unheimliches. Aber Covenants Forderung überwog selbst jede deutliche Erwartung von Gefahr. Mit der Intimität einer Liebenden hatte Linden darum gerungen, sein Leben zu retten. Der Preis dieser Intimität war ihr unerträglich; aber sie konnte andere Dinge für ihn tun. Sie drehte sich nach den beiden Steinhausenern um. »Sunder?«

Der Steinmeister spähte den Fluß hinunter, blickte dann

Hollian an, bevor er Linden antwortete. »Die Sonnenseherin entstammt einem Steinhausen, so wie ich«, sagte er. »Ich glaube ihrer Besorgnis. Aber mein Los liegt nun in der Hand des Ur-Lords. Ich werde ihn begleiten.«

Linden nahm seine Entscheidung bloß mit einem Nicken zur Kenntnis. »Hollian?«

Die Sonnenseherin wirkte, als überfordere sie die Wahl, vor die man sie stellte. Ihr Blick wanderte über den Stein, wie um in ihm Anworten zu entdecken, die er unmöglich enthalten konnte. »Kommt's denn nun dahin?« murmelte sie bitter. »Bin ich aus einer Gefahr befreit worden, nur um in eine andere Gefahr gebracht zu werden?« Langsam jedoch kehrte in ihr etwas von jener inneren Stärke wieder, die sie dazu befähigt hatte, sich gegen Croft und Sivit mit Entschiedenheit aufzulehnen. »In der Predigt heißt es unanzweifelbar, daß Halbhand ein Diener a-Jeroths ist.«

»Die Predigt ist falsch«, erklärte Linden unverblümt.

»Das kann nicht sein!« Hollians Furcht ließ sich fast mit Händen greifen. »Wäre die Predigt falsch, wie könnte sie dann zur Bewahrung von Leben beitragen?«

Unerwartet mischte sich Sunder ein. »Sonnenseherin, Linden Avery spricht von einem gänzlich andersartigen Falsch.« Seine Stimme klang gepreßt, als sei er unvorbereitet und ohne Vorwarnung innerlich an einem kritischen Punkt angelangt. »Für ihn ist alles falsch, was auf das Sonnenübel zurückgeht.« Hollian starrte ihn an. Auch Linden musterte ihn aufmerksam. Es drängte sie danach, die Flußfahrt fortzusetzen; doch die Bemühungen des Steinmeisters, mit den eigenen Empfindungen zurechtzukommen, veranlaßte sie zum Schweigen. »Sonnenseherin«, begann Sunder durch zusammengebissene Zähne von neuem, »ich gestehe, ich bin dir mit Abneigung begegnet. Deine Gegenwart gleicht für mich einer Anklage. Du bist eine Steinhausenerin. Du verstehst, was es bedeutet, wenn ein

Steinmeister sich von seinem Heimatort abkehrt. Ob du's willst oder nicht, du klagst mich an. Dein Schicksal ist für mich im Vergleich zu meinem gar beneidenswert. Du bist, wie deine Lage auch sein mag, ohne Schuld. Wohin du deine Schritte von dieser Stätte aus auch lenkst, niemand wird Vorwürfe wider dich erheben können. All meine Wege dagegen sind Wege der Schuld. Meine Rechtfertigung war's, daß meine Mithilfe für den Ur-Lord, für Linden Avery und ihre Absichten vonnöten ist. Die Gesichte des Ur-Lords haben an mein Herz gerührt, und ihr Fortbestehen lag in meinen Händen. Ohne meinen Beistand wären diese beiden längst tot, und mit ihnen wäre das einzige reine Wort der Schönheit vergangen, das ich je in meinem Leben vernommen habe. Magst du's beabsichtigen oder nicht, du beraubst mich meiner Notwendigkeit und damit meiner Rechtfertigung. Deine Kenntnisse des Sonnenübels und der Gefahren, die vor uns liegen, übersteigen ohne Zweifel mein Wissen bei weitem. Du kannst heilen, wenn ich es nicht vermag. Du brauchst kein fremdes Blut zu vergießen. In deiner Gegenwart kann ich gegen meine Schuld nichts mehr geltend machen.«

»Sunder«, sagte Hollian leise. »Steinmeister … Diese Selbstbezichtigungen führen zu nichts. Vergangenes läßt sich nicht rückgängig machen. Dein vergangenes Geschick kann nicht mehr von dir genommen werden.«

»Alles ist im Wandel begriffen«, erwiderte er bedrückt. »Ur-Lord Covenant verändert die Vergangenheit, wohin immer er geht. Und deshalb …« – er unterbrach Hollians Widerspruch – »habe ich keine Wahl. Ich könnte es nicht ertragen, sollte dieser Wandel am Ende zunichte werden. Aber du besitzt eine Wahl. Und weil du noch die Freiheit der Wahl hast, Sonnenseherin, beschwöre ich dich – stelle dich in den Dienst des Ur-Lords. Vieles ist's, was er bieten kann – und er bedarf des Beistands sehr. Die Unterstützung, die du ihm zu gewähren vermagst, ist größer als die Hilfe, die ich ihm geben kann.«

Hollians Blick erforschte ihn, während er sprach. Doch sie fand auf ihre Furcht keine Antwort. »Ach«, seufzte sie verbittert, »ich sehe keinerlei Wahl. Tod liegt hinter mir, vor mir Entsetzliches. Das ist keine Wahl. Das ist Folter.«

»Es *ist* eine Wahl!« fuhr Sunder sie barsch an, nicht länger dazu imstande, seine Vehemenz zu bändigen. »Nichts zwingt dich, Tod oder Entsetzliches zu erleiden. Du kannst von uns Abschied nehmen. Eine neue Heimat finden. Eine Zeitlang wird man dir mißtrauen, doch das wird vorübergehen. Kein Steinhausen wird so leichtfertig sein, eine Sonnenseherin zum Opfer zu machen.«

Seine Äußerungen überraschten Hollian und Linden gleichermaßen. Hollian war die Überlegung, die er ausgesprochen hatte, offenbar noch nicht durch den Kopf gegangen. Und Linden konnte sich nicht vorstellen, warum er ausgerechnet so ein Argument anführte. »Sunder«, meinte sie vorsichtig, »wozu soll das eigentlich gut sein?«

»Mir ist daran gelegen, sie zu überzeugen.« Er wandte den Blick nicht von Hollian. »Ein Entschluß, der freimütig getroffen wird, ist stärker als eine abgenötigte Entscheidung. Wir bedürfen ihrer Stärke – andernfalls, so fürchte ich, werden wir Schwelgenstein nicht erreichen.«

Linden suchte ihn zu verstehen. »Willst du damit sagen, daß du jetzt nach Schwelgenstein zu gehen *beabsichtigst?*«

»Ich muß«, antwortete Sunder; aber seine Worte galten der Sonnenseherin. »Meinem Leben ist kein anderer Sinn geblieben. Ich muß für die Lügen, die in der Predigt enthalten sind, eine Erklärung haben. Während all der Geschlechter, die unterm Sonnenübel einander nachgefolgt sind, haben die Gefolgsleute im Namen der Predigt Blut gefordert. Nun muß man sie dazu bringen, die Wahrheit zu sprechen.«

Linden nickte, schenkte ihre Aufmerksamkeit der Sonnenseherin, die über Sunders Argumente nachdachte, eine Antwort suchte. »Zumindest in bezug auf die *Aliantha*, wenn nicht anders«, sagte sie nach einem Weilchen bedächtig, indem sie Sunders Blick standhielt, »habe ich Anlaß erhalten, an der Predigt zu zweifeln. Und na-Mhoram-Wist Sivit hat auf meinen Tod gesonnen, obwohl's für jedermann offenkundig war, daß ich Steinhausen Kristall großen Nutzen brachte. Wenn du Ur-Lord Covenant im Namen der Wahrheit folgst, nun denn, dann will ich euch begleiten.« Unvermittelt wandte sie sich an Linden. »Aber Andelain werde ich nicht betreten. Das werde ich nicht tun.«

Linden akzeptierte den Vorbehalt. »Na schön. Also brechen wir auf.« Sie fühlte sich schon zu lange von Covenant getrennt; ihre Sorge um ihn verkrampfte ihre sämtlichen Muskeln. Doch ein letztes Erfordernis hielt sie noch einmal auf. »Danke, Sunder«, sagte sie mit Betonung.

Anscheinend verblüffte ihn ihr Dank. Doch dann reagierte er mit einer stummen Verbeugung. Mit dieser Geste verstanden sie einander.

Indem sie den Beutel und das Floß den beiden Steinhausenern überließ, tauchte Linden ins Wasser und schwamm Covenant nach. Sie traf ihn hinter einer Biegung des Stroms auf einer kleinen, sandigen Landzunge an. Er wirkte müde und verlassen, als habe er nicht damit gerechnet, daß sie ihm folgte. Aber als sie sich in der Nähe aus dem Wasser erhob, konnte sie, halb verhohlen hinter den Anzeichen seiner Genesung und dem ungepflegten Bart, seine Erleichterung erkennen.

»Bist du allein?«

»Nein. Die anderen kommen nach. Sunder hat Hollian überredet.«

Covenant schwieg dazu. Er senkte den Kopf auf die Knie,

verbarg sein Gesicht, als wolle er sich nicht anmerken lassen, wie froh er darüber war, soviel Rückhalt zu haben.

Kurze Zeit danach kamen Sunder und Hollian in Sicht; und bald darauf befanden sich die Gefährten von neuem flußabwärts unterwegs. Covenant blieb stumm, während das Floß in der Strömung dahintrieb, den Blick nach vorn gerichtet. Auch Linden bewahrte Schweigen, versuchte unterdessen, die verstreuten Bruchstücke ihres Privatlebens einzusammeln. Sie fühlte sich unangenehm bloß, als könne jedes beiläufige Wort, jede geringfügige Berührung sie an die Grenze ihrer persönlichen Geheimnisse zurückdrängen. Sie wußte nicht, wie sie ihre alte Autonomie wiederherstellen sollte. Im Verlauf des gesamten Tages konnte sie, während das Floß den Strom hinabschwamm, die Sonne der Seuchen wie ein Verhängnis über sich schweben spüren; und das ganze Dasein bestand allem Anschein nach nur noch aus Gefahren, gegen die kein Schutz existierte.

Am späten Nachmittag begann der Fluß geradewegs nach Osten zu strömen, und das Terrain, das er durchfloß, wandelte sich in nahezu dramatischem Maße. Auf beiden Seiten ragten steile Hügel wie einander gegenübergestellte Antithesen empor. Die Anhöhen zur Rechten waren felsig und kahl – eine Ödnis, vergleichbar mit der Wüstenei, wie sie unter der Sonne der Dürre zu liegen pflegte. Linden sah ihnen sofort an, daß sie immer leblos waren, keine Sonne der Fruchtbarkeit jemals ihre Zerklüftung mit Grün linderte. Irgendein altes, geballtes Unheil hatte ihre Fähigkeit, Leben hervorzubringen, bereits vor langem zerstört, schon bevor je die Strahlen des Sonnenübels auf sie fielen. Die Hügel links allerdings bildeten dazu einen direkten Gegensatz. Die Kraftfülle, mit der sie sich Lindens Sinnen bemerkbar machten, wirkte auf ihre Nerven nachgerade wie ein Schock.

Nördlich des Mithil erstreckte sich eine üppige Region, die

unangetastet war von allen Belastungen und Übeln. Die Haine aus Güldenblatt und Ulmen, die ihre Randzonen krönten, waren von natürlich hohem Wuchs und lebendiger Gesundheit; nie hatte eine Sonne der Fruchtbarkeit ihr Wachstum angestachelt, keine Sonne der Seuchen ihr starkes Holz und ihren reinen Saft mit Moder erfüllt. Das Gras, das vom Ufer aufwärts in ausgedehnten grünen Flächen gedieh und wogte, war reichhaltig durchwachsen mit *Aliantha,* Butterblumen und Ritterstern. Eine mit vielerlei wohltuenden Düften angereicherte Luft wehte von diesen Hügeln herab, die für immer von Saft und Kraft und Unberührtheit strotzten.

Die Grenze zwischen dieser Region und dem übrigen Terrain war so deutlich wie ein durchs Erdreich gezogener Strich; an dieser Demarkationslinie endete der Einfluß des Sonnenübels und begann Schönheit. Eine alte Eiche stand am Ufer wie ein Wahrzeichen und Wächter der Hügel, knorrig und melancholisch, trug lange Stränge von Zaunrüben wie einen Mantel der Macht – eine ergraute Majestät, unbeeinträchtigt durch Dürre oder Fäule. Sie wies ab und hieß gleichzeitig willkommen, ganz nach dem Geist jener, die sich nahten.

»Andelain«, flüsterte Covenant mit schwerfälliger Stimme vor sich hin, als wolle er singen und könne nicht die Kehle freibekommen. »Ach, Andelain.«

Hollian dagegen betrachtete diese Hügel mit durch nichts gemildertem Grausen. Sunder spähte finster hinüber, als ob sie für ihn eine Drohung verkörperten, die er nicht genau identifizieren konnte.

Auch Linden war nicht danach zumute, Covenants Freude zu teilen. Andelain kam ihr vor wie im Lande begrabener *Aliantha*-Geschmack. Es enthüllte sich ihrem besonderen Wahrnehmungsvermögen mit einer Eindringlichkeit, die ans Visionäre grenzte. Sie empfand den Landstrich wie das Risiko, das mit einer Droge verbunden war, die heilen oder töten mochte, je nach der Kunstfertigkeit des Arztes, der sich ihrer bediente. Furcht und Verlangen rissen sie innerlich hin und her. Sie hatte das Sonnenübel als zu persönlichen Affront aufgefaßt, sich selbst in Covenant zu weit entblößt. Sie sehnte sich nach Schönheit, als ob ihre Seele danach hungere. Doch Hollians Besorgnis war von überzeugender Stärke. Andelains Emanationen fühlten sich in Lindens Gesicht an wie böse Prophezeiungen. Intuitiv erkannte sie, daß die Hügel dieser Region sie genauso ihrer selbst berauben konnten wie irgendein Übel. Sie verfügte über keinerlei Möglichkeiten, um die Wirkungskraft dieser Droge zu beurteilen oder zu kontrollieren. Undenkbar, daß gewöhnliche Bäume und Gräser eine solche Machtfülle ausstrahlten! Schon jetzt war Linden, als sei sie in ein ununterbrochenes Ringen mit dem Wahnsinn verstrickt. Hollian hatte gesagt, Andelain könne Menschen um den Verstand bringen.

Nein, wiederholte Linden bei sich immer wieder. *Nicht noch einmal. Bitte!*

In stillschweigender Übereinkunft lagerten sie und ihre Begleiter sich für die Nacht zwischen den Landschaftstürmen gegenüber der Eiche. Ein sonderbarer Bann lag über ihnen, hüllte sie in Innerlichkeit. Covenant schaute wie bezaubert zum Leuchten all dieses Heilseins hinüber. Doch Hollians Ablehnung ließ nicht nach. Die Haltung von Sunders Schultern bezeugte Argwohn. Und Linden konnte ihre Sinne nicht vom Eindruck der Abgestorbenheit der südlichen Anhöhen befreien. Die Ödheit jener Gegend glich einem von Andelain geworfenen Schatten, einer Folgeerscheinung von Andelains Macht. Sie wirkte auf Linden, als bestätige sie, es sei gerechtfertigt, Andelain zu fürchten.

Am frühen Abend stach Hollian die Spitze ihres Dolches in die Handfläche und verwendete das Blut, um ihrem *Lianar* eine hellgrüne Flamme zu entlocken. Anschließend verkündete sie, am folgenden Morgen werde eine Sonne der Fruchtbarkeit aufgehen. Aber Linden war mit ihrer eigenen inneren Beunruhigung beschäftigt und hörte der Sonnenseherin kaum zu.

Sobald sie sich im ersten Grau der Morgendämmerung gemeinsam mit den anderen erhob, wandte sie sich unverzüglich an Covenant. »Ich gehe nicht mit.«

Das Zwielicht reichte nicht mehr aus, um seine Überraschung zu verbergen. »Nicht? Warum nicht?« Sie gab nicht sofort Antwort. »Linden«, drängte er, »das ist eine Gelegenheit für dich, hier endlich einmal etwas anderes als all das Schlechte kennenzulernen. Das Sonnenübel hat dir so zu schaffen gemacht. Andelain kann den Schaden ausgleichen.«

»Nein.« Sie war bemüht, ihre Stimme nach Sicherheit klingen zu lassen, aber Erinnerungen an ihre Mutter und den stinkenden Atem jenes Greises verringerten ihre Beherrschung. Sie hatte Covenants Krankheit mit ihm geteilt, aber nie seine Stärke. »Es sieht nur gesund aus. Du hast gehört, was Hollian gesagt hat. Irgendwo im Innern muß es von Schlechtem zerfressen sein.« *Ich habe schon zuviel verloren.*

»Von Schlechtem?« wiederholte Covenant. »Bist du etwa dabei, deine Sicht für das Land zu verlieren? Das ist Andelain.«

Sie vermochte seinen düsteren Blick nicht zu erwidern. »Ich habe keine Ahnung von Andelain. Ich kann dazu nichts sagen. Es ist mir zu mächtig. Ich kann nicht mehr durchhalten. Möglicherweise würde ich dort um den Verstand kommen.«

»Du könntest dort den Verstand wiederfinden«, entgegnete Covenant mit Nachdruck. »Ich rede ständig davon, daß wir das Sonnenübel bekämpfen müssen, und du weißt nicht, ob du meine Äußerungen ernst nehmen sollst oder nicht. Dort liegt die Antwort. Andelain widersteht dem Sonnenübel. Das kann sogar ich sehen. Das Sonnenübel ist nicht allmächtig.« Bitterer Groll und Überzeugung schwollen in ihm empor. »Natürlich ist Andelain machtvoll«, ergänzte er. »Das muß es ja auch sein.

Wir benötigen Macht. Wir müssen herausfinden, wie Andelain mit dem Sonnenübel fertig wird ... Ich kann Hollian verstehen. Auch Sunder. Das Sonnenübel hat sie zu dem gemacht, was sie sind. Das ist schrecklich und grausam, aber in sich durchaus logisch. Eine Welt voller Leprotiker kann nicht ohne weiteres dazu gebracht werden, jemandem mit heilen Nerven zu trauen. Aber *du*. Du bist Ärztin. Es ist dein Beruf, gegen Krankheiten zu kämpfen. Linden ...« Seine Hände ergriffen ihre Schultern, zwangen Linden, ihren Blick auf ihn zu richten. Seine Augen schauten verhärmt und grimmig drein, stellten ihr Forderungen, als glaube er ernsthaft, jeder X-Beliebige könne die Dinge tun, die er tat. Als wüßte er nicht, daß er ihr sein Leben verdankte, daß seine ganzen Auftritte der Entschlossenheit oder Tapferkeit ohne sie längst ein Ende genommen hätten. »Komm mit mir.«

Linden verspürte – trotz Covenants Anmaßung – den Wunsch, ihm gleich zu sein. Doch ihre Erinnerung an das Gift war noch zu frisch, um sie ertragen zu können. Sie mußte sich erst davon erholen. »Ich kann nicht. Ich fürchte mich.«

Der Zorn in seinen Augen ähnelte Trauer. Linden senkte den Blick. »In zwei oder drei Tagen werde ich zurück sein«, sagte Covenant nach einem Moment im Ton der Nachdenklichkeit. »Wahrscheinlich ist es so besser. Gefühllosigkeit hat auch ihre Vorteile. Was dort auch sein mag, vermutlich kann's mich weniger beeindrucken. Sobald ich zurück bin, können wir entscheiden, was wir als nächstes unternehmen.« Linden nickte willenlos. Covenant entließ sie aus seinem Griff.

Die Sonne ging auf, trug einen Überwurf in Smaragdgrün. Als Linden wieder den Kopf hob, war Covenant bereits im Fluß, schwamm hinüber nach Andelain, als wäre ihm nichts unmöglich. Grünlich verfärbtes Licht tanzte auf den Wellen, die hinter ihm das Wasser kräuselten. Das Gift stak noch immer in Covenant.

ZWEITER TEIL

Vision

12
Die Hügel von Andelain

Als Thomas Covenant an der ehrwürdigen Eiche vorüberstrebte und sich einen Weg hinauf ins Innere Andelains suchte, blieb ein kummervoller, matter Teil seines Ichs bei Linden. Er fühlte sich durch die Folgen des Angriffs der Bienen noch geschwächt und mochte nicht allein sein. Wider Willen, beinahe unbemerkt, war er von Lindens Nähe abhängig geworden. Er war sich dessen bewußt, daß so manches Band sich zwischen ihnen geknüpft hatte. Einiges davon kannte er: ihren Mut, ihren Beistand; ihre Bereitwilligkeit, für ihn Risiken einzugehen. Anderes dagegen schien keine Bezeichnung zu haben. Ihm war, als wäre er nahezu körperlich mit ihr verbunden, ohne daß er sich erklären konnte, wieso. Ihre Weigerung, ihn zu begleiten, bereitete ihm ernste Befürchtungen.

Sie entstanden zum Teil aus der Sorge, die Furcht seiner Begleiter vor Andelain könne sich als berechtigt herausstellen; die Vorstellung, entdecken zu müssen, daß Andelain hinter seiner Schönheit in Wirklichkeit verderbt war, flößte ihm Entsetzen ein. Aber er war schon zu lange Leprotiker, zu sehr vertraut mit verborgenen Leiden; solche Gefahren vermochten seine Entschlossenheit nur noch zu steigern. Ein Großteil seiner Beunruhigung beruhte auf Lindens Ablehnung, welchen Grund sie dafür auch haben mochte. Denn auf Linden konzentrierten sich viele seiner Hoffnungen, Zweifel zersetzten seinen früher im Land errungenen Sieg. Covenant war nicht dazu imstande, die zermürbende Überzeugung abzulegen, daß er sich, indem er sich zu Joans Gunst für sie eintauschte, dem Verächter verkauft, die Freiheit aufgegeben hatte, von der seine Widerstandskraft gegen die Bosheit abhing; er hatte gespürt, wie sich das Messer in seine Brust bohrte, und wußte, es bestand die Aussicht, daß er diesmal scheiterte. *Die wilde Magie hat wider mich nicht länger Macht. Aus eigenem Entschluß wirst du das Weißgold in meine Hand ausliefern.* Mit Linden aber verhielt es sich völlig anders. Sie war von jenem Alten ausgewählt worden, der einst auch zu ihm gesagt hatte: *Bleib getreu.* Während der Versetzung ins Land hatte Lord Foul sich in bezug auf Lindens Anwesenheit kein Wissen darum oder Interesse an ihr anmerken lassen. Und seitdem hatte sie sich zu so mancherlei befähigt gezeigt. Hinter ihrer Selbstdisziplin war sie schön. Wie hätte es ihm möglich sein sollen, auf eine solche Frau keine Hoffnungen zu setzen?

Nun jedoch, so kam es ihm vor, deutete ihre Ablehnung Andelains darauf hin, daß er seine Erwartungen auf Sand gebaut hatte, daß ihr verbissener Wille ein Ausdruck von Feigheit war, nicht des Muts. Er verstand so etwas. Er war Leprotiker, und das Leid in aller Welt lehrte Leprotiker Feigheit. Falls sich aus ihrem Entschluß irgend etwas für ihn ergab, dann erhöhte er das ihr entgegengebrachte Verständnis. Aber er war nun allein; und er wußte aus langjähriger, brutaler Erfahrung, wie wenig er allein ausrichten konnte. Nicht einmal der ganze Umfang seiner einstigen Macht gegen Lord Foul hätte ohne die Unterstützung und das Lachen des Riesen Salzherz Schaumfolger zu etwas geführt.

So war es erklärlich, daß er, während er Andelains Anhöhen erklomm, den Eindruck hatte, einem Verlust entgegenzuschreiten, einem Beraubtwerden um Kameradschaft, um Hoffnung, vielleicht sogar um seinen Mut, einem Rückschlag, von dem er sich möglicherweise nicht mehr erholen sollte. Auf der Höhe des Hügelkamms verharrte er, um den Gefährten zuzuwinken. Doch sie regten sich nicht; sie schauten nicht in seine Richtung. Das Ausbleiben einer Reaktion kränkte ihn, als hätten sie ihm absichtlich den Rücken zugekehrt.

Doch er war ein Mann, der seinem Kummer stets die Treue gehalten hatte; und das Land war für ihn ein Grund zum Gram geworden, der ihn niederdrückte und nicht gelindert werden konnte. Er suchte Andelain auf, weil er Gesundheit, Kraft und Wissen benötigte. Damit er sich an den Versuch machen konnte, all das wiederaufzubauen, was er verloren hatte.

Nach einiger Zeit jedoch änderte sich seine Stimmung. Denn dies war Andelain, in seiner Erinnerung so lieb und wert wie seine geschätztesten Freunde im Lande. In dieser Luft – ein Äther, so frisch wie ewiger Frühling – konnte er nicht einmal die mit einem Strahlenkranz zu vergleichende Aura der Sonne sehen; der Sonnenschein enthielt nichts als Überfluß an Herrlichkeit. Das Gras, das sich unter seinen Füßen weithin erstreckte, zeichnete sich durch kraftvollen Wuchs und beryllgrüne Farbe aus, war beträufelt mit dem diamantenhaften Schimmer von Tau. Nördlich und östlich von Covenant lag der Waldrand. Güldenblatt mit ausladenden Baumkronen reckte seine breiten, goldgelben Blätter in den schwachen Wind; stattliche Ulmen säumten das Blau des Himmels wie eine Prozession von Fürsten; Weiden mit der Zartgliedrigkeit von Filigranarbeiten schienen ihm zu winken, luden ihn in ihren Schatten ein, der jedes Herz zu heilen vermochte. Überall rings um die in bester Verfassung befindlichen Baumstämme blühte auf den grünen Matten eine reiche Vielfalt an Blumen: Gänseblümchen, Akeleien und anmutige Forsythien in Hülle und Fülle. Und über allem lag eine Atmosphäre unverfälschter, von unverdorbenem Leben durchdrungener Lieblichkeit, als gäbe es nur hier und sonst nirgendwo ihrem eigentlichen Wesen treu gebliebene Schönheit, das pure Geschenk der Natur, das die Seele besänftigte und stärkte.

Indem er im Dahinziehen *Aliantha* mampfte, langgestreckte Abhänge hinuntersprang, gelegentlich in wilde Sätze des

Vergnügens verfiel, drang Thomas Covenant zügig ins Innere Andelains vor.

Mit der Zeit beruhigte er sich inwendig, paßte sich mehr der makellosen Friedlichkeit der Hügellandschaft an. In den Ästen sangen Vögel; zwischen den Bäumen huschten kleine Waldtiere umher. Covenant unterließ alles, was sie hätte aufscheuchen können. Und nachdem er eine gewisse Strecke zurückgelegt hatte, widmete er seine Gedanken wieder den Gefährten, dachte an Hollian und Sunder. Inzwischen war er fest davon überzeugt, daß in diesen Hügeln nichts Unheilvolles versteckt lag, daß sie keine verborgenen, verhängnisvollen Übel beherbergten. Allein die bloße Vorstellung erachtete er jetzt als absurd. Doch zur gleichen Zeit vertiefte die Lebhaftigkeit dessen, was er empfand, was er liebte, sein Verständnis für die Steinhausener. Sie waren wie Leprotiker; alle Bewohner des Landes waren Leprotikern ähnlich geworden. Opfer des Sonnenübels waren sie, Opfer eines Übels, gegen das es keine Heilung, vor dem es kein Entkommen gab. Von allem Schönen der Welt ausgeschlossen, glichen sie Ausgestoßenen. Unter solchen Bedingungen wurden dem Willen zum Überleben harte Prüfungen auferlegt. Nichts unter der Sonne war so gefährlich für einen Lepraleidenden wie seine eigene Sehnsucht nach der Art von Leben, nach der Freundschaft und Hoffnung, die seine Krankheit ihm verunmöglichte. Eine solche Schwäche mündete in Verzweiflung und Selbstverachtung, zu der Überzeugung, es sei gerechtfertigt, Leprotiker auszustoßen, ihre Ächtung sei eine angemessene Strafe für eine Heimsuchung, die sie wohl verdient haben mußten. Auf diese Weise betrachtet, war Andelain eine leibhaftige Rechtfertigung des Sonnenübels. Das Land war anders als Andelain, weil die Bewohner des Landes Bestrafung verdient hatten, nicht Schönheit. Was anderes konnten sie glauben, um dazu imstande zu sein, die Strafe ihres Daseins zu ertragen? Wie so viele Leprotiker sahen sie sich gezwungen, die eigene Erniedrigung zu billigen. Deshalb mißtraute Sunder allem, was nicht der Herrschaft des Sonnenübels unterlag. Und Hollian glaubte, Andelain würde ihr Untergang sein. Die beiden besaßen gar keine andere Wahl. Absolut nicht. Bis sie zu glauben gelernt hatten, daß die Wahrheit ihres Lebens nicht aus dem Sonnenübel bestand. Bis Covenant eine Antwort gefunden hatte, die ihnen ihre Freiheit zurückgab.

Er hegte die Bereitschaft, alles was er hatte, was er war, dafür einzusetzen, daß sich ein Weg auftat, auf dem Sunder, Hollian und Linden Andelain ohne Furcht betreten konnten.

Den ganzen Tag hindurch wanderte er weiter, ohne zu rasten. Er brauchte keine Rast. Die *Aliantha* heilten die Nachwirkungen des Gifts, und das Wasser in den klaren Bächen vermittelte ihm das Gefühl, neugeboren zu sein; und jeder neue Ausblick, der sich ihm in dieser Umgebung bot, war eine gewisse Art von Nahrung für sich, kräftigte sein Leben, bekam ihm gut wie eine Köstlichkeit. Die Sonne sank voller Pracht, lange bevor er den Wunsch zum Haltmachen verspürte. Er konnte einfach nicht verharren. Er strebte vorwärts, immer nach Nordosten, bis die Düsternis der abendlichen Dämmerung sich zur Nacht vertiefte und die Sterne, als ob sie lächelten, aus ihrer himmlischen Weite hervortraten, um ihm Gesellschaft zu leisten.

Doch es war noch nicht lange dunkel, als der Anblick eines schwachen, gelb-orangenen Lichts ihn zum Stehenbleiben veranlaßte, das zwischen den Bäumen flackerte wie eine Klinge aus Feuer. Covenant mochte sich ihm nicht nähern; bestimmte Erinnerungen mahnten ihn zur Zurückhaltung. Still und ehrfürchtig stand er da, während die Flamme näher kam. Und indem sie sich ihm nahte, ertönte ein leises, klares Läuten, ein Klingen wie von feinem Kristall.

Schließlich tanzte sie vor ihm in der Luft, und er verbeugte sich tief vor ihr, denn sie war einer der Geister Andelains – eine Flamme, so groß wie seine Hand, und sie lohte so aufrecht, als wäre die Dunkelheit ein unsichtbarer Docht. Ihre Bewegungen wirkten, als würde sie seine Ehrerbietigkeit anerkennen; und als sie langsam von ihm fortschwebte, folgte er. Ihr wundervoller Glanz erhob sein Herz. Der Gedanke an die Geister von Andelain verursachte ihm heftig empfundenen Kummer, für dessen Linderung er alles gegeben hätte. Einmal waren Dutzende von ihnen der Vernichtung anheimgefallen, weil ihm die Kraft gefehlt hatte, sie davor zu bewahren.

Bald darauf stieß zu diesem ein anderer Geist Andelains, dann tauchten noch mehr auf, bis er beim Dahinschreiten allseitig umgeben war von ihrem Gaukeln. Der lichte Kreis und das leise, helle Klingen der Flammen geleiteten ihn, so daß er immerzu weiterziehen konnte, als kenne er den Weg, bis sich über den östlichen Anhöhen die dünne Sichel des Mondes zeigte. Auf diese Weise führten die Geister Andelains ihn zu einer hohen Erhebung, auf der keine Bäume standen, jedoch üppig Gras wuchs. Dort wich das Geklinge vernehmlicheren Klängen. Die Luft selbst verwandelte sich in eine Melodie, nach der die Sterne den Takt ihrer Gavotte ermaßen, und jeder Grashalm glich einer Note dieser Harmonie. In der Getragenheit der Weise schwang schwermütiger Ernst mit, und sie enthielt eine lange gelittene Trauer, die Covenant verstand. Die Geister Andelains blieben unterhalb des grasigen Erdhügels und bildeten um ihn einen weiten Kreis; ihn jedoch zog die Musik an und hinauf zur Hügelkuppe. Und dann durchtönten Worte von so nachdrücklicher Klarheit die Musik, daß sie sich ihm unvergeßlich einprägten. Sie waren voller Traurigkeit und gleichzeitig Entschlossenheit, und er hätte geweint, wäre ihr Bann weniger stark gewesen.

»Andelain, da halt' ich aus und walt mit mind'rer Macht,
Indes der Welt Verderben Holz und Heid verdirbt.
Zweig und Saft sind Grimm und Grau, daß ich in
Kummer schmacht,
Und Blüten hinsinken ohne Gnade.
Bang in meiner Kräfte roh Verschleiß,
Richt ich des Gesetzes Schwert wider all den Erdenkreis.

Andelain halt ich in Ehren in meiner sterblich Brust,
Und treulich trotz ich des Verächters Trachten.
Wunsch nach Traum, Ruh, Schlummer doch macht mich
schuldbewußt,
Und Bürden bringen meinen Mut ins Wanken.
Das Sonnenübel spottet meiner besten Waffen,
Ringsum und in mir die Schönheit muß erschlaffen.

Andelain! In Not und Mangel harr' ich aus, nehm' hin,
Daß des Verächters Wut reißt und zertritt.
Jedes Stocken meines alten Herzens dem Bösen ist Gewinn,
Und Entsetzen wirkt es ohne Unterlaß.
Nicht bestärken kann ich meine Kräft',
Obschon Gesicht der Greuel und Frevel um Gesicht
mich äfft.

O Andelain! Vergib! Dies Ringen weiht mich dem Unterlie-
gen.
Trag's nicht, dich vergehn zu sehn – derweil zu leben! –,
Verdammt zur Bitternis, all des Grauen Schlächters
Umtrieben.
Solang ich's kann, lausch ich dem Ruf
Von Grün und Baum. Auf ihr Geheiß
Richt ich des Gesetzes Schwert wider all den Erdenkreis.«

Allmählich vermochte Covenant jenseits der Musik und Worte den Sänger zu erkennen. Der Mann war hochgewachsen und stark, ganz in Zindeltaft von weißestem Weiß gehüllt. Seine Hand hielt als Stab einen knotigen Ast. Sein Haupt war gekrönt von Melodie. Klänge flossen in phosphoreszierenden Strömen von den Umrissen seiner Gestalt. Sein Lied bestand aus der Substanz der Macht selbst, und er umschloß damit in seiner Hand die ganze Nacht. Sein Gesicht wies weder Augen noch Augenhöhlen auf. Obwohl er sich im Verlauf der zehn Jahre beziehungsweise fünfunddreißig Jahrhunderte, seit Covenant ihn das letzte Mal sah, sehr beträchtlich verändert hatte, schien er nicht im geringsten gealtert zu sein.

Eine Anwandlung, sich niederzuknien, befiel Covenant, doch er widerstand ihr. Er ahnte, daß es, sank er jetzt auf die Knie, kein Ende seiner Demütigung mehr geben würde. Stattdessen verharrte er ruhig im Angesicht der gewaltigen weißlichen Musik des Mannes und wartete.

»Thomas Covenant«, summte der Mann einen Moment später in ernstem Ton, »kennst du mich?«

Covenant erwiderte seinen augenlosen Blick. »Du bist Hile Troy.«

»Nein.« Der Gesang war von absoluter Entschiedenheit. »Ich bin Caer-Caveral, Forsthüter Andelains. Im ganzen Lande bin ich der letzte meiner Art.«

»Ja«, sagte Covenant, »ich entsinne mich. Beim Koloß am Wasserfall hast du mein Leben gerettet – als ich aus Morinmoss gekommen bin. Ich glaube, du hast mich auch in Morinmoss gerettet.«

»Es gibt kein Morinmoss mehr.« Caer-Cavérals Klänge und Töne verwandelten sich ganz in untröstlichen Schmerz. »Der Koloß ist niedergestürzt.«

Kein Morinmoss? Keine Wälder? Covenant unterdrückte seine Tränen. »Was willst du von mir? Ich werde alles tun.«

Der Forsthüter summte für eine Weile, ohne zu antworten. »Thomas Covenant«, meinte er dann, »hast du Andelain geschaut?«

»Ja.« Covenant rang um Fassung. »Ich hab's gesehen.«

»Andelain ist im gesamten Lande das letzte Bollwerk des Gesetzes. Mit all meiner Kraft halte ich hier aus und das Wesen Andelains unangetastet. Wenn ich am Ende scheitere – wie's unvermeidbar ist, denn in meinem Innersten bin ich noch Hile Troy, und der Tag wird kommen, an dem ich mich nicht länger weigern kann, meine Kräfte hinzugeben –, wird's für die Schwere des Verlusts, der daraus folgt, keinen Ausgleich haben. Die Welt wird in ihr letztes Zeitalter treten, und nichts vermag's abzuwenden.«

»Ich weiß.« Covenant sprach durch zusammengebissene Zähne. »Ich weiß.«

»Thomas Covenant«, sang der hochgewachsene Mann, »ich verlange von dir alles und nichts. Ich habe dich in dieser Nacht nicht zu mir geholt, um zu fordern, sondern um zu geben. Sieh!« Eine schwungvolle Geste mit seinem Stab verstreute Musik ins Gras; und da – durch die Klänge, als wären sie Inkarnationen von Liedgut – sah Covenant sie. In fahlem Silber, als bestünden sie aus Mondlicht – wenngleich der Mond gar keinen derartigen Schein abgab –, standen sie vor ihm. Caer-Caverals Verströmen von Silberglanz erhellte sie, als wären sie aus Forsthüter-Feuer erschaffen worden. Covenants Freunde.

Hoch-Lord Mhoram mit der weisen Heiter-Gelassenheit seiner Augen und der Verschmitztheit seines Lächelns.

Elena, Tochter Lenas und der Vergewaltigung, ebenfalls ein früherer Hoch-Lord, schön und leidenschaftlich. Covenants Kind; beinahe seine Geliebte.

Der Bluthüter Bannor, ganz Tüchtigkeit, Selbstsicherheit und Urteilskraft, die ihm niemals genommen werden konnten.

Salzherz Schaumfolger, der über die anderen aufragte, wie er auch alle Sterblichen an Größe übertraf, mit seinem Humor und seiner Reinheit des Geistes.

Covenant starrte sie durch die Musik an, als würden die Stränge zerfransen, die seine Seele zusammenhielten. Ein Stöhnen brach sich aus seiner Brust Bahn, und er trat mit ausgebreiteten Armen vor, um seine Freunde zu umarmen. »Halt!« Der Befehl des Forsthüters brachte Covenant zum Stehen, ehe er den Abstand überwinden konnte. Starre erfüllte all seine Muskeln. »Du mißverstehst.« Caer-Caverals Gesang klang nun freundlicher. »Du kannst sie nicht berühren, denn sie besitzen kein Fleisch. Sie sind Tote. Das Gesetz des Todes ist gebrochen worden und kann nicht wieder heilgemacht werden. Deine Gegenwart hat sie aus ihrem Schlaf gerufen, denn alle, die Andelain aufsuchen, begegnen hier ihren Toten.«

Kann nicht …? Nach so langer Zeit? Tränen rannen Covenants Wangen hinab; doch als Caer-Caveral ihn wieder freigab, tat er keinen weiteren Schritt auf die Erscheinungen zu. »Du bringst mich um«, quetschte Covenant hervor, erstickte nahezu am Gram des Verlustgefühls. »Was wünscht ihr?«

»Ach, Geliebter«, antwortete Elena rasch mit ihrer klaren, unwiderstehlichen Stimme, an die er sich noch mit solchem Weh entsann, »dies ist keine Zeit der Trauer. Es bereitet unseren Herzen Freude, dich hier zu sehen. Wir sind nicht gekommen, um dir Schmerz zu verursachen, sondern um dich mit unserer Liebe zu segnen. Und um dir, soweit das Gesetz es erlaubt, Gaben zu reichen.«

»Das sind Worte der Wahrheit«, fügte Mhoram hinzu. »Freue auch du dich, denn niemand könnte die Freude leugnen, die uns deine Ankunft macht.«

»Mhoram«, schluchzte Covenant. »Elena. Bannor. Ach, Schaumfolger!«

»So erklärt's sich, daß die Menschen, die Andelain betreten, dem Wahnsinn verfallen.« Die Stimme des Forsthüters füllte sich mit dunklem Groll wie das Drohen von Donner. »Dieser Zustand darf nicht währen. Thomas Covenant, es ist gut, daß deine Gefährten dich nicht begleitet haben. Der Mann und die Frau müßten beim Anblick ihrer Toten zerbrechen. Und die Frau aus deiner Welt würde hier finstere Schatten werfen. Wir müssen dir unsere Gaben zukommen lassen, solange noch Geist und Mut vorhanden sind.«

»Gaben?« Covenants Stimme zitterte vor Verlangen. »Warum …? Wie …?« Er stak so voller Bedürfnisse, daß er sie gar nicht alle nennen konnte.

»Ach, mein Freund, vergib uns!« sagte Mhoram. »Wir dürfen keine Fragen beantworten. So ist das Gesetz.«

»Wie bei der Beschwörung des toten Kevin, die das Gesetz des Todes gebrochen hat«, ergänzte Lena, »gereichen die Antworten der Toten dem Fragesteller zum Nachteil. Wir werden dir nicht mit Antworten Schaden zufügen, Geliebter.«

»Und du bedarfst keiner Antworten.« Schaumfolger lachte roh. »Du selbst genügst jeder Frage.«

Schaumfolger! Tränen brannten in Covenants Gesicht wie Blut. Er merkte, daß er auf den Knien lag, obwohl er sich nicht entsinnen konnte, niedergekniet zu sein.

»Genug«, summte der Forsthüter. »Es ist bereits zuviel für ihn.« Ebenso anmutig wie würdevoll kam er an Covenants Seite. »Thomas Covenant, ich werde das, wonach du suchst, nicht benennen. Aber ich werde dich dazu befähigen, es zu finden.« Er berührte Covenants Stirn mit dem Stab. Ein weißes Leuchten von Musik durchlief Covenants Bewußtsein. »Das Wissen ist in dir, wie wohl du's nicht ersiehst. Doch wenn die Zeit gekommen ist, wirst du die Mittel entdecken, um mein Geschenk zu erschließen.« Als die Musik in Covenant verklang, ließ sie nichts zurück als den vagen Eindruck eines Potentials.

Caer-Caveral trat beiseite; und lautlos näherte sich Hoch-Lord Mhoram. »Ur-Lord und Zweifler«, sagte er sanftmütig, »mein Geschenk an dich ist mein Ratschlag. Wenn du erkannt hast, wessen das Land bedarf, mußt du das Land verlassen, denn was du suchst, befindet sich nicht in ihm. Anders ist das eine Wort der Wahrheit nicht zu finden. Doch rate ich dir zur Vorsicht – laß dich von des Landes Notstand nicht täuschen. Was du suchst, ist nicht, was es zu sein scheint. Am Ende mußt du ins Land zurückkehren.«

Er wich in den Hintergrund, bevor Covenant ihn um nähere Erläuterungen bitten konnte. Elena trat an die Stelle des Hoch-Lords. »Geliebter«, sagte sie mit einem Lächeln tiefer Zuneigung, »mir ist's zugefallen, dir Schweres auszusprechen. Es ist wahrlich so, wie du befürchtet hast – das Land hat seine Fähigkeit verloren, dein Leiden zu heilen, denn viel großes Wohl ist vom Verächter zugrunde gerichtet worden. Deshalb schmerzt's mich, daß die Frau, die deine Begleiterin ist, das Herz nicht hatte, um dir zu folgen, denn du hast vieles zu erdulden. Doch sie muß zur rechten Zeit zu sich selbst finden. Behüte sie, Geliebter, auf daß sie zuletzt uns alle heilen mag.« Dann nahm ihre Stimme einen schärferen Tonfall an, wies einen Nachhall von jenem wütenden Haß auf, der Elena dazu getrieben hatte, das Gesetz des Todes zu brechen. »Und noch etwas sage ich zu dir. Wenn die Stunde da ist und du den Verächter zum Endkampf forderst, kannst du ihn unterm Donnerberg antreffen – im Kiril Threndor, wo er Wohnsitz genommen hat.«

Elena, stöhnte Covenant innerlich. *Du hast mir noch immer nicht verziehen, und du weißt es nicht einmal.*

Im nächsten Moment stand Bannor vor ihm. Das *Haruchai*-Gesicht des Bluthüters war gleichmütig und undurchschaubar. »Zweifler, ich habe kein Geschenk für dich«, sagte er ohne Betonung. »Aber ich sage dies zu dir: Erlöse mein Volk. Sein

Schicksal ist ein Greuel. Und es wird dir nutzreich zu Diensten sein.«

Dann kam Schaumfolger nach vorn; und Covenant sah, der Riese war nicht allein. »Teurer Freund«, sagte Schaumfolger gutgelaunt, »bei mir liegt's, dir ein Geschenk von unschätzbarem Wert zu machen. Schau!« Er deutete auf seinen Begleiter, und Covenant sah sofort, daß diese Gestalt nicht zu den Toten zählte. Sie trug ein kurzes, graues Gewand, und vom Kopf bis zu den Füßen war ihre Haut so schwarz wie der nächtliche Himmel. Ihr Körper war von tadellosem Wuchs und stark; doch das Haar war schwarz, Zähne und Gaumen waren ebenfalls schwarz, ihre pupillenlosen Augen glichen tiefster Mitternacht. Ihre Haltung wirkte, als wüßte sie nicht um die Toten, den Forsthüter und Covenant. Die Augen blickten leer drein, betrachteten nichts. »Sein Name lautet Hohl«, sagte Schaumfolger. »In ihm siehst du den jüngsten Abkömmling der Urbösen.« Bei der Erinnerung an die Urbösen erschrak Covenant. »Er ist die Krönung all ihrer Geschlechterfolgen des Züchtens«, sprach Schaumfolger weiter. »Als dein Freund bitte ich dich: Nimm ihn mit als deinen Begleiter. Vergnügen wirst du nicht an ihm haben, dieweil er nicht redet, und er dient keinem als seinem eigenen Zweck. Dieser Zweck jedoch ist von machtvoller Natur und überaus wünschenswert. Seine Erzeuger waren allzeit lehrenkundig, wenngleich so mancher Pein unterworfen, und sobald's auf ihn ankommt, wird zumindest er nicht scheitern. Wie ich sagte, dient er keinem außer dem eigenen Zweck. Doch damit du ihn als Begleiter annehmen kannst, haben die Urbösen ihn so geschaffen, daß man ihm einmal zu gebieten vermag. Nur einmal, doch hoffe ich, das wird genügen. Wenn du dich in Not befindest und keine andere Hilfe zu erhalten ist, so sprich zu ihm: ›*Nekhrimah,* Hohl!‹, und er wird gehorchen. Thomas Covenant, mein werter Freund …« Der Riese beugte sich dicht zu ihm herab, wandte sich mit verstärkter Eindringlichkeit an ihn. »Im Namen der Glutasche, in der ich einst verzehrt und wiedergeboren worden bin, ich bitte dich inständig, nimm dies Geschenk an.«

Covenant konnte sich kaum davon zurückhalten, die Arme um den Hals des Riesen zu schlingen. Er hatte gelernt, die Urbösen und ihre sämtlichen Taten gehörig zu fürchten. Aber Schaumfolger war sein Freund gewesen und für diese Freundschaft gestorben. »Ja«, sagte Covenant mit erstickter Stimme. »Einverstanden.«

»Ich danke dir«, entgegnete der Riese leise und trat zurück.

Einen Moment lang herrschte Schweigen. Von unterhalb des Erdhügels schimmerte schwach der Helligkeitsschein der Geister Andelains herauf, und die Toten standen da wie Denkmäler vergangener Macht und Qual. Caer-Caverals Gesang nahm die Tonlage eines Klagelieds an. Karmesinrot verfärbte das Strömen seiner Phosphoreszenz. Plötzlich spürte Covenant, daß seine Freunde sich zum Abschiednehmen anschickten. Augenblicklich fing sein Herz an zu wummern, er suchte sehnsüchtig nach Worten, die zum Ausdruck bringen konnten, daß er sie liebte.

Nun näherte sich ihm wieder der Forsthüter; aber Hoch-Lord Mhoram hielt ihn noch einmal auf. »Ein letztes Wort noch«, sagte Mhoram zu Covenant. »Es muß gesprochen sein, obschon ich viel wage, indem ich's äußere. Mein Freund, die Gefahr, die das Land niederdrückt, ist von anderer Art als einst. Lord Foul beschreitet neue Wege, um seine Werke zu verrichten und Verderben zu stiften, und kein bloßer Widerstand genügt, um seinen Übeln entgegenzuwirken. Er hat zu dir gesagt, du wärst sein Feind. Sei dessen eingedenk, daß er stets darauf sinnt, dich irrezuführen. Es ist ohne Nutzen, danach zu trachten, seinen Fallstricken auszuweichen, denn jeder Ausweg mündet in andere seiner Fallen, und Leben und Tod sind zu eng ineinander verwoben, als daß man sie trennen könnte. Dennoch ist's vonnöten, sie zu verstehen, auf daß man sie zu meistern vermag. Wenn …« Er stockte kurz. »Wenn die Stunde der Entscheidung angebrochen ist und du kein anderes Mittel mehr kennst, dann entsinne dich der Widersprüchlichkeit des Weißgolds. Im Widerspruch liegt Hoffnung.«

Hoffnung? schrie Covenant in seinem Innern auf. *Mhoram! Weißt du nicht, daß ich verurteilt bin zum Versagen?*

Im darauffolgenden Moment umfaßte Caer-Caverals Gesang spürbar seinen Nacken, und schon lag Covenant im dichten Gras und schlief.

13
Dämondim-Sproß

Als er erwachte, juckte ihm das Gesicht, als wäre das Gras mit seinem Haar verwachsen, und sein Rücken war von der vormittäglichen Sonne warm. Er hob den Kopf. Er weilte noch auf der Kuppe des Erdhügels, auf der die Begegnung mit Caer-Caveral und den Toten stattgefunden hatte. Ringsherum lag Andelain, unter der Sonne ausgebreitet wie der Kelch einer Blume. Doch er brachte den Bäumen und dem Hügel lediglich zerstreute Beachtung entgegen; vorübergehend hatten Andelains Hügel ihren Bann über ihn verloren. Zu voll war er mit Asche, um von ihnen gerührt zu werden. Er erinnerte sich deutlich an die vergangene Nacht. Er entsann sich an alles, nur nicht daran, ob er davon überzeugt gewesen war, es mit reiner Wirklichkeit zu tun zu haben. Doch der Zweifel dauerte nur einen Moment lang. Als er sich aufsetzte und die Blickrichtung änderte, sah er Hohl.

Die Anwesenheit des Dämondim-Abkömmlings bestätigte alles andere. Er stand genauso da wie zuvor in der Nacht, in andeutungsweiser Haltung der Bereitschaft, aber gleichzeitig allem gegenüber gleichgültig. Hohls äußere Vollkommenheit machte Covenant erneut betroffen. Die Gliedmaßen waren geschmeidig und stark; die Haut wies keinerlei Makel auf; er hätte ein mit idealisierten Eigenschaften versehenes Standbild sein können. Durch nichts ließ sich ihm anmerken, ob er von Covenants Erwachen Kenntnis genommen hatte, Covenant überhaupt wahrnahm. Seine Arme hingen locker herab, die Ellbogen leicht gebeugt, als sei er zu allem bereit, aber noch nicht ins Leben versetzt worden. Keine Atmung regte seinen Brustkorb; seine Augen blieben reglos, blinzelten nicht einmal.

Langsam besann sich Covenant auf die übrigen Geschenke, die man ihm gemacht hatte. Sie waren ihm allesamt schleierhaft. Aber Hohls greifbare Gegenwart vermittelte ihm eine gewisse Zuversicht. Covenant faßte diesen neuen Begleiter als Beweis dafür auf, daß die anderen Gaben sich als ebenso konkret herausstellen würden.

Um das Gefühl des Verlusts ein wenig zu lindern, stand Covenant auf, wandte sich Hohl zu. Kurz musterte er die schwarze Gestalt. »Schaumfolger hat gesagt«, meinte er dann, »daß du nichts redest. Stimmt das?« Hohl reagierte nicht. Seine Lippen zeigten den Ansatz eines zweideutigen Lächelns, aber keine Spur irgendeines Ausdrucks veränderte das abgründige Ebenholzschwarz seiner Augäpfel. Genausogut hätte er blind sein können. »Na schön«, sagte Covenant gedämpft. »Du sprichst also nicht. Ich hoffe, daß alles andere, was man mir über dich mitgeteilt hat, ebenso wahr ist. Ich will's jetzt nicht nachprüfen, sondern es so lange wie möglich aufschieben, dir was zu befehlen. Falls diese Urbösen gelogen haben ...« Er schnitt eine finstere Miene, dachte über die Rätselhaftigkeit seines unerwarteten Weggenossen nach; doch keinerlei Intuition verhalf ihm zu irgendeinem Aufschluß. »Vielleicht kann Linden mir etwas über dich verraten.« Hohls schwarzer Blick blieb starr. »Ich hoffe auch«, knurrte Covenant einen Moment später, »daß ich mir nicht angewöhne, auf dich einzureden. Allmählich kommt mir das Ganze lächerlich vor.«

Er fühlte sich leicht veralbert, als er zur Sonne emporschaute, um sich zu orientieren, dann begann er den Erdhügel hinabzusteigen, um den Rückweg zu seinen Gefährten anzutreten. Der Dämondim-Abkömmling folgte ein paar Schritte hinter ihm. Hohl bewegte sich, als hätte er sich die gesamte Umgebung schon vor langem genau eingeprägt und bräuchte ihr keine Aufmerksamkeit mehr zu widmen. Trotz seiner körperlichen Stofflichkeit erzeugten seine Füße kein Geräusch, hinterließen im Gras keine Abdrücke. Covenant zuckte mit den Schultern und strebte durch die Hügellandschaft Andelains nach Südwesten.

Gegen Mittag hatte er genug *Aliantha* gepflückt, um eine Mahlzeit einnehmen zu können, und seine gehobene Stimmung hatte sich weitgehend wieder eingestellt. Andelain bewirkte für ihn viel mehr, als nur seinen Augen und Ohren wohlzutun, ihn für seinen Verlust in gewissem Umfang zu entschädigen. Lord Foul hatte ihn diesmal der größten Freude seiner vorherigen Aufenthalte im Lande beraubt – der Fähigkeit, in allem Grün und jeglichem Leben ringsum *Gesundheit* wie eine wahrnehmbare Ausstrahlung zu spüren. Doch die Hügel schienen diese Härte zu ersehen und ihre Anziehungskraft ihr anzupassen, um ihm zu bieten, was er dennoch zu genießen vermochte. Die Luft wimmelte von munteren Vögeln. Das Gras erstreckte sich unter seinen Füßen wie ein Polster, so daß seine Knie und Schenkel sich bei jedem Schritt von neuem beschwingt anfühlten. *Aliantha* nährten ihn, bis all seine Muskeln von Lebenskraft strotzten.

Auf diese Weise verwandelte Andelain seinen Kummer, verschmolz ihn zu granithartem Zielbewußtsein. Er dachte ohne Sorge an die Gefahren, die vor ihm lagen, und ohne Furcht oder Zorn schwor er einen Eid, leistete den unerschütterlichen Schwur, daß Andelain nicht untergehen solle, solange er atmete, sein Herz noch schlug, so daß er es verteidigen konnte.

In der Mitte des Nachmittags gelangte er an einen Bach, der gemächlich durch ein Bett aus feinem Sand floß, und dort legte er einen Halt ein, um sich ein Bad zu gönnen. Er wußte, daß er seine Gefährten ohnehin nicht mehr vor Anbruch des Abends erreichen würde; daher nahm er den Zeitverlust in Kauf. Er streifte die Kleider ab und rieb sich vom Kopf bis zu den Zehen mit nassem Sand ab, bis er sich zum erstenmal seit vielen Tagen richtig sauber zu fühlen begann.

Unterdessen stand Hohl neben dem Bachlauf, als wäre er schon sein Lebtag dort verwurzelt. Eine Anwandlung von Mutwillen ereilte Covenant; urplötzlich bespritzte er den Dämondim-Abkömmling mit einer Handvoll Wasser. Auf Hohls Haut, Obsidian ähnlich, glitzerten Tröpfchen, rannen hinab; aber nichts zeigte an, daß er etwas bemerkte. *Hölle und Verdammnis,* sagte sich Covenant. Böse Vorahnungen verdüsterten seine Stimmung. Fast grimmig fing er seine Kleidung zu waschen an.

Bald war er wieder unterwegs, Hohl an seinen Fersen. Er hatte die Absicht gehabt, auf dem Marsch zu bleiben, bis er zum Mithil kam und seine Gefährten wiederfand. Doch in dieser Nacht herrschte Monddunkel, und die Sterne spendeten wenig Licht. Als die letzte Helligkeit des Abends aus der Luft wich, entschloß er sich zum Haltmachen.

Einige Zeit lang konnte er nicht einschlafen. Eine nicht näher erfaßbare Unruhe hielt ihn wach. Hohl wirkte wie ein Abbild der Finsternis, eine Andeutung von Gefahren. *Ein Urböser,* murrte Covenant bei sich. Er vermochte einem Urbösen einfach nicht zu trauen. Die Dämondim-Abkömmlinge waren eine der ältesten Rassen der Bewohner des Landes; jahrtausendelang hatten sie Lord Foul gedient. Immer wieder war Covenant von jenen ungeschlachten Geschöpfen angegriffen worden. Augenlos und blutrünstig hatten sie zu einem Zeitpunkt, als es nicht in seiner Kraft stand, es zu verhindern, Dutzende von Geistern Andelains verschlungen. Deshalb mochte er nun nicht glauben, daß die Urbösen, von denen Hohl an Schaumfolger übergeben worden war, die Wahrheit gesagt hatten.

Aber die Luft und das Gras Andelains glichen einem Elixier, das ihn besänftigte; und schließlich schlief er ein.

In der Herrlichkeit des nächsten Sonnenaufgangs war er bereits wieder wach und im Weiterziehen begriffen. Inzwischen dämpfte Bedauern seine Stimmung; Covenant verspürte gar keine Lust, Andelain zu verlassen. Doch er duldete nicht, daß sein Wunsch ihn aufhielt. Er machte sich um seine Gefährten Sorgen. Noch deutlich vor der Mittagsstunde überquerte er den letzten Hügelkamm längs des Mithil. Er war zu weit östlich zum Flußtal gelangt; die alte Eiche, die über Andelains Grenze wachte, stand wenigstens einen halben Kilometer weiter rechts. Über den Höhenrücken wanderte er zügig auf sie zu, schaute dabei aufmerksam nach dem Trio seiner Gefährten aus. Doch als er sich dem majestätischen Baum näherte, konnte er weit und breit nichts von Linden, Sunder und Hollian sehen.

Er blieb stehen, spähte über das kahle Gelände auf der anderen Seite des Mithil aus, suchte nach irgendeinem Anzeichen für die Anwesenheit seiner Begleiter. Das verödete Terrain am anderen Ufer war ausgedehnter, als ihm klar gewesen war; in seinem Eifer, Andelain aufzusuchen, hatte er der Umgebung wenig Beachtung geschenkt. Nun sah er, daß der verwüstete Fels und der tote Schiefer sich durch die Höhlen noch bis tief in den Süden sowie etwa einen Kilometer weit nach Westen in die Ebenen erstreckten. Nirgends in dieser verheerten Region wuchs irgend etwas; sie lag dort, Covenant gegenüber, wie ein Leichnam aus Stein. Ihre Ränder jedoch waren gesäumt mit einem Dickicht aus durch die Sonne der Fruchtbarkeit hervorgebrachtem Gewucher. Nach zwei Perioden solcher Sonne ohne Sonne der Dürre dazwischen, die den Untergrund wieder des Grüns entkleidet hätte, ähnelte das Gebiet einer wüsten, abgestorbenen Insel unter grüner Belagerung. Von Linden und den beiden Steinhausenern ließ sich nirgendwo eine Spur erkennen.

Covenant lief den Abhang hinunter. Er tat einen langgestreckten Sprung ins Wasser, schwamm an der Oberfläche des

Mithil eilig ans Südufer. Wenig später stand er an der Stelle, wo er sich von Linden verabschiedet hatte. Er entsann sich genau an diese Stelle, alle Details, die er sah, stimmten völlig mit seiner Erinnerung überein, dies war sie, sie war hier, hier …! »Linden!« Sein Schrei klang angesichts der ausgedehnten steinernen Ödnis bedeutungslos, verklang ohne Echo im Dschungel, der die Felsen umschloß. *»Linden!«*

Er konnte keinen Anhaltspunkt dafür entdecken, daß sie sich je hier befunden hatte, daß ihn jemals irgendwelche Gefährten begleitet hatten. Die Sonne trug ihren grünen Strahlenkranz wie ein Lächeln der Geringschätzung zur Schau. Einen Moment lang setzte Covenants Verstand vor Grauen nachgerade aus. In seinem Innern brandeten Flüche, die er nicht hervorzustoßen vermochte, gegen seine fassungslose Erstarrung an. Seine Freunde waren verschwunden. Er hatte sie verlassen, und in seiner Abwesenheit war mit ihnen irgend etwas geschehen. Hatte ein anderer Gefolgsmann sie aufgespürt? Ohne ihn, Covenant, zu ihrer Verteidigung …! *Was habe ich angerichtet?* Er drosch mit dumpfem Klatschen abwechselnd eine Faust in die andere, da schaute er auf einmal in Hohls undurchdringliche Augen. Ihr Anblick schreckte ihn auf. »Sie waren *hier!*« schnauzte er, als hätte der Dämondim-Abkömmling ihm widersprochen. Ein Schauder durchrann ihn, gedieh zu kalter Wut. Er begann das Umfeld abzusuchen. »Im Stich gelassen haben sie mich nicht. Sie mußten vor irgend etwas flüchten. Oder sie sind gefangengenommen worden. Umgebracht hat man sie nicht … oder schwer verletzt. Kein Blut zu sehen.«

Er wählte einen hohen Hügel aus Felsbrocken zum Ausguck und kletterte ungeachtet seiner Höhenangst hinauf. Als er vorsichtig oben auf der Anhäufung von Felsklötzen stand, spähte er über den Fluß in die Ebenen hinaus, die an Andelain grenzten. Aber das Gewirr der monströsen Vegetation entzog dem bloßen Auge alles; seine Gefährten hätten in Rufweite sein können, ohne daß er dazu imstande gewesen wäre, sie zu bemerken. Er drehte sich um, betrachtete die Felsödnis westlich und südlich seines Standorts. Diese Wüstenei war dermaßen mit Gestein übersät und ein so chaotischer Wirrwarr, daß in ihr zahllose Gefahren lauern konnten. »Linden!« brüllte er. »Sunder! Hollian!«

Beklommen verhallte seine Stimme, als sänke sie zu Boden. Keine Antwort kam. Covenant zögerte nicht länger. Er stand vor einer Bewährungsprobe. Er stieg von den Felsbrocken hinab, kehrte zu der Stelle zurück, wo er Linden zuletzt gesehen hatte. Unterwegs sammelte er etliche kleinere Steine. Aus ihnen bildete er auf dem felsigen Untergrund einen Pfeil, der ins Innere der Felsenwüste deutete, so daß seine Gefährten, falls sie wiederkamen, ersehen konnten, welche Richtung er genommen hatte. Dann entfernte er sich dorthin, wohin der Pfeil wies. Hohl schloß sich ihm an wie die Verkörperung eines Schattens.

Covenant drängte sich zu zügigem Ausschreiten. Sein Blick erforschte das Gelände, als nähme er eine VBG vor. Er wollte finden, was für das Verschwinden seiner Freunde verantwortlich war, oder von ihm gefunden werden. Sobald er die Natur der Gefahr kannte, würde er schon sehen, wie sich dagegen vorgehen ließ. Aufgrund dieser Überlegung gab er sich keinerlei Mühe, sich zu verbergen. Er hielt lediglich die Augen offen und stapfte durch Felsen und Schiefer dahin wie jemand, der ein schlimmes Ende geradezu herausforderte. Ein bis zwei Kilometer weit durchquerte Covenant die zertrümmerte Landschaft, bis er verharrte, um neu darüber nachzudenken, welche Richtung er nehmen sollte. Das Herumgekraxel hatte ihn bereits beträchtlich ausgelaugt; Hohl jedoch stand in seiner Nähe, als hätte er da schon immer gestanden, unerschütterlich wie Stein. Covenant verfluchte Hohls Verschlossenheit oder die eigene Unzulänglichkeit und erklomm eine nicht allzu umfangreiche Gesteinssäule, um von droben über das umliegende Terrain Ausschau zu halten. Aus dieser Höhe sah er ungefähr einen halben Kilometer weiter westlich die Ränder eines langen Cañons. Sofort entschied er, sich dorthin zu wenden; es handelte sich dabei eindeutig um die einzige herausragende Besonderheit dieses Gebiets. Er rutschte zu hastig an der Seite der Gesteinssäule hinab, verlor unten das Gleichgewicht und fiel mit ausgebreiteten Gliedmaßen vor Hohl in den Staub.

Als er wieder auf die Füße kam, waren er und der Dämondim-Abkömmling von vier Männern eingekreist. Sie waren größer als Steinhausener und schlanker. Sie trugen steingraue Gewänder, deren Stil Covenant mit Holzheimern zu assoziieren gelernt hatte. Doch die Männer wirkten in ihrer ganzen Erscheinung heruntergekommen. Ein Fieber der Gewalttätigkeit machte ihre Augen glasig. Drei von ihnen hatten lange Steinkeulen; der vierte besaß ein Messer. Sie hielten ihre Waffen bedrohlich bereit und näherten sich gleichzeitig. »Hölle und Verdammnis«, murmelte Covenant. Unbewußt vollführten seine Hände Gebärden, als wolle er die vier Männer verscheuchen. »Pest und Hölle.« Hohl starrte an den Männern vorbei, als wären sie belanglos. Bösartigkeit verzerrte die Gesichter der vier. Covenant stöhnte auf. Führten die Menschen des Landes nichts anderes mehr im Schilde, als ihn umzubringen? Doch er war zu wütend, um an ein Entweichen zu denken. In der Hoffnung, die Holzheimer überraschen zu können, fuhr er sie urplötzlich an. »Wo ist Linden?!«

Der Mann, der ihm am nächsten war, stutzte leicht. Im nächsten Moment griff ein anderer an. Covenant zuckte rückwärts; die anderen drei blieben jedoch auf Abstand. Der Angreifer ging auf Hohl los. Er schwang seine Keule wuchtig gegen Hohls Schädel. Der Stein zersplitterte. Der Mann schrie auf, schrak zurück, umklammerte seinen Ellbogen. Hohls Kopf wackelte, als nicke er; doch nicht einmal ein Zwinkern seiner schwarzen Augen verriet, daß er den Hieb zur Kenntnis genommen hätte. Er war unverletzt, blieb gleichgültig.

Fassungslose Verunsicherung gab den Männern Furcht ein. Im folgenden Augenblick rückten sie alle vier mit durch ihre Furcht hervorgerufener Wildheit heran. Covenant fand keine Gelegenheit zum Staunen. Er hegte seine Absichten und gedachte nicht zuzulassen, daß man sie hier auf diese klägliche Art und Weise vereitelte. Bevor die Männer zwei Schritte getan hatten, breitete er die Arme aus und brüllte: »Halt!« Aller Grimm seiner Leidenschaft klang aus seinem Aufröhren, das die Luft erbeben ließ. Die Männer stockten. »Hört zu!« schnauzte er. »Ich bin nicht euer Feind, und ich habe keine Lust, mich für meine Unschuld totschlagen zu lassen.« Der Mann mit dem Messer fuchtelte unsicher damit. Covenant deutete ruckartig mit dem Finger auf ihn. »Ich mein's ernst. Wenn ihr uns haben wollt, hier sind wir. Aber ihr braucht uns nicht umzubringen.« Er zitterte; doch die heftige Autorität seines Tonfalls beeindruckte die Männer.

Der Mann, der Lindens Namen erkannt hatte, zögerte eine Sekunde lang, dann öffnete er den Mund und gab damit zu verstehen, daß er so etwas war wie der Anführer. »Wenn du Widerstand leistest«, sagte er gepreßt, »wird ganz Holzheim Steinmacht sich gegen dich wenden, um dich zu erschlagen.«

Covenant duldete es, daß seinem Ton Bitterkeit einfloß. »Ich würde nicht einmal im Traum an Widerstand denken. Ihr habt Linden. Wo sie ist, dort will ich auch hin.«

Voller zornigem Argwohn versuchte der Mann, Covenants Blick zu erwidern, doch es war ihm nicht möglich. Mit seiner Keule zeigte er hinüber zum Cañon. »Dorthin.«

»Dorthin«, wiederholte Covenant gedämpft. »Na schön.« Er

drehte den Holzheimern den Rücken zu und setzte sich in die gewiesene Richtung in Bewegung. Der Anführer raunzte einen Befehl, und der Mann mit dem geprellten Arm überholte Covenant, um voranzugehen. Der Holzheimer verfügte offenkundig über haargenaue Kenntnis der Felsen und Gesteinstrümmer; der Weg, den er zwischen ihnen suchte, war direkt und anscheinend viel benutzt. Früher als erwartet geleitete man Covenant in einen Felsspalt, der den Rand des Cañons einschnitt. Die Spalte verlief steil abwärts, bis sie auf den Grund des Cañons mündete. Die Tiefe des Cañons überraschte Covenant. Die Schlucht glich einer riesigen Kerbe in der Landschaft; wie dunkle Zähne hoben sich die Felsen ihrer Ränder gegen den Himmel ab. Für einen Moment drohte ihm der Mut zu schwinden. Doch das Bestreben, seine Gefährten wiederzufinden, trieb ihn vorwärts. Während man ihn zu den Behausungen der Holzheimer eskortierte, prägte er sich alles ein, was er sah, sammelte aufschlußreiche Eindrücke, suchte Hoffnung. Sofort fiel ihm die Ähnlichkeit zwischen dem Dorf und den Männern auf, die ihn gefangengenommen hatten. Holzheim Steinmacht war eine vernachlässigte Siedlung; ihre Einwohner waren die ersten schlampigen Menschen, die Covenant im Lande zu sehen bekam. Der Boden des Cañons war rings um die Häuser mit Unrat übersät; und die Leute trugen ihre Gewänder, als hätten sie keinerlei Interesse am eigenen Aussehen oder zumindest ganzer Kleidung. Viele wirkten dreckig und verkommen, trotz der Tatsache, daß sie sich offenbar gut ernährten. Und die Bauten befanden sich in vergleichbarem Zustand. Die hölzernen Gebäude standen fest; jedes ruhte, um Halt gegen die Fluten zu haben, die während der Sonne des Regens den Cañon durchströmen mußten, auf wuchtigen Pfählen; und gerahmt war jedes mit enorm schweren Balken. Die Wände allerdings waren achtlos zurechtgezimmert und vielfach an allen Seiten lückenhaft; und viele der

Stiegen, die zu den Türen hinaufführten, besaßen schiefe Geländer, und ihnen fehlten die Sprossen. Covenant schaute in regelrechter Entgeisterung und wachsender Betroffenheit umher, während man ihn zum Mittelpunkt der unordentlichen Ansammlung von Hütten brachte. *Wieso …?* fragte er sich. *Wie können derartig gleichgültige Menschen das Sonnenübel überleben?* In anderer Beziehung jedoch wirkten sie weniger abgeschlafft. Ihre Augen glommen in einem seltsamen Gemisch von Feindseligkeit und Furcht, wenn sie ihn musterten. Auf merkwürdige Weise erinnerten sie ihn an Seibrich Felswürm, jenen Höhlenschrat, den seine Gier nach dem Weltübel-Stein nahezu bis zum Tode zugrunde gerichtet hatte.

Covenants Eskorte beförderte ihn vor das größte und am sorgsamsten gebaute Haus. »Steinmeisterin«, rief dort der Anführer. Einige Augenblicke später kam eine Frau zum Vorschein, klomm die Stiege herab und trat vor Covenant und Hohl. Sie war von hohem Wuchs und bewegte sich mit sonderbarer Verschmelzung von Autorität und Verzweiflung. Ihr Gewand war von kräftigem Smaragdgrün – das erste farbenfrohe Kleidungsstück, das Covenant in diesem Kaff erblickte –, und es war unbeschädigt; dennoch trug sie es deutlich nachlässig. Das Haar umkrauste ihren Kopf in einem Gewirr von Strähnen. Sie hatte geweint; ihr Gesicht war düster und geschwollen, aufgequollen von Tränen. Es brachte Covenant gelinde durcheinander, in einem Holzheim eine Steinmeisterin anzutreffen. Früher hatten die im Stein- und Holzwissen Kundigen ihre Kenntnisse streng getrennt gehalten. Aber er hatte schon mehrere Anzeichen dafür bemerkt, daß man solche Unterschiede in der Tätigkeit nicht mehr so genau zu ziehen pflegte. Nach Lord Fouls Niederlage mußten die Ortschaften des Landes eine längere Periode des Zusammenwirkens und gegenseitigen Wissensaustauschs eingegangen sein. Deshalb hatte Steinhausen Kristall eine Sonnenseherin gehabt, die Holz verwendete, und Holzheim Steinmacht stand unter der Leitung einer Steinmeisterin.

Die Frau wandte sich an den Anführer von Covenants Begleitung. »Brannil?«

Der Genannte versetzte Covenant einen Stoß gegen die Schulter. »Dieser Mann, Steinmeisterin«, sagte er im Tonfall einer Anklage, »hat den Namen der Fremden ausgesprochen, welche wir gemeinsam mit den beiden Steinhausenern ergriffen haben. Er ist Halbhand.« Die beiden letzten Feststellungen fügte er mit hörbarem Grimm hinzu. »Er trägt den Ring aus Weißgold.«

Die Steinmeisterin senkte den Blick auf Covenants Hand. Als sie die Augen wieder auf sein Gesicht richtete, funkelte in ihnen Wüstheit. »Bei der Steinmacht!« stieß sie hervor. »Nun werden wir doch noch Wiedergutmachung finden!« Ihr Kopf ruckte in stummem Befehl. Sie wandte sich ab und ging zurück zu ihrem Haus.

Covenant reagierte nur langsam. Das Erscheinen der Frau – und die Erwähnung seiner Gefährten – hatten ihn vorübergehend handlungsunfähig gemacht. Doch nun riß er sich zusammen. »Warte«, rief er der Steinmeisterin nach.

Sie blieb stehen. »Brannil«, erkundigte sie sich barsch über die Schulter, »hat er wider euch Macht entfaltet?«

»Nein, Steinmeisterin«, gab der Mann Auskunft.

»Dann hat er keine. Sollte er sich widersetzen, schlagt ihn besinnungslos.« Schroff betrat sie ihren Wohnsitz und schloß die Tür. Unverzüglich packten Fäuste Covenants Arme, zerrten ihn zu einem anderen Haus, stießen ihn die Stiege hinauf. Er vermochte nicht im Gleichgewicht zu bleiben, fiel gegen die Sprossen. Sofort drängten mehrere Kerle ihn die Stiege empor und schubsten ihn so grob durch den Eingang, daß er erst an der Wand gegenüber wieder Halt fand. Hohl folgte ihm. Den Dämondim-Abkömmling hatte niemand anzufassen gewagt.

Er kam von sich aus in die Hütte, als sei er nicht dazu bereit, sich von Covenant absondern zu lassen. Die Tür knallte zu. Man verschloß sie, indem man eine Länge einer Ranke vorband.

»Verdammnis«, brummte Covenant, lehnte sich rücklings an die Wand, ließ sich abwärts rutschen, setzte sich auf den aus Brettern zusammengezimmerten Fußboden und versuchte nachzudenken. Die einzige Räumlichkeit, die dieser Bau umfaßte, war kaum mehr als so etwas wie ein budenartiger Verschlag. Stellenweise sah das Holz vom Alter morsch aus. Jemand mit genug Kraft oder einem Messer hätte leicht ausbrechen können. Aber Freiheit war nicht unbedingt das, worauf es Covenant ankam. Er wollte Linden, und er wollte Sunder und Hollian wiederfinden. Und er hatte kein Messer. Und seine Kräfte empfand er als unzureichend.

Für eine Weile erwog er, seine Befehlsgewalt über Hohl auszuüben, aber dann verwarf er die Idee. So aussichtslos war seine Lage noch nicht. Einige Zeit lang beobachtete er das Dorf durch die Löcher in den Wänden, sah die Schatten des Nachmittags im Cañon länger werden und in den Abend übergehen. Doch er sah nichts, was ihm zu irgendeinem Ausweg verholfen hätte. Die Hütte deprimierte ihn. Er fühlte sich mehr als Gefangener – hilflos und dem Unheil geweiht – als im Steinhausen Mithil. Ein bedrohliches Aufkommen naher Panik bedrückte sein Herz. Er ertappte sich dabei, wie er die Hände zu Fäusten ballte, den Dämondim-Abkömmling anstarrte, als wäre dessen Passivität eine Unverschämtheit.

Zuletzt schlug sein Ärger in Entschlossenheit um. Durch einen Riß in der vorderen Wand überzeugte er sich davon, daß die beiden Wächter noch vor dem Gebäude standen. Dann suchte er wohlüberlegt eine Stelle in der Mitte der Tür aus, an der das Holz einen ziemlich brüchigen Eindruck erweckte, ging auf angemessenen Abstand von ihr und gab ihr einen Tritt.

Das ganze Haus wackelte. Dem Holz entfuhr ein dumpfes Berstgeräusch. Die Wächter wirbelten herum, wandten sich zur Tür. Covenant trat nochmals gegen dieselbe Stelle. Drei alte Äste brachen, ein Loch in der Größe seiner Hand entstand. »Hüte dich, Gefangener«, rief der eine Wächter. »Wir werden dich niederschlagen!«

Covenants Antwort war ein dritter Tritt. In der Tür begann eine Strebe zu splittern. Die Wächter zögerten, mochten die Tür nicht öffnen, während Covenant sie von innen dermaßen bearbeitete. Indem er sein ganzes Körpergewicht einsetzte, trat er noch einmal zu. Ein Wächter stellte sich am Fuß der Stiege auf. Der andere lief zum Haus der Steinmeisterin. Covenant grinste wild. Er trat weiter auf die Tür ein, achtete jedoch darauf, sich nicht durch zuviel Kraftaufwand zu ermüden. Als die Steinmeisterin eintraf, gab er der Tür einen letzten Tritt, dann machte er mit der Vorstellung Schluß. Auf einen Befehl der Steinmeisterin erklomm ein Wächter die Stiege. Indem er Covenant durch das Loch wachsam beobachtete, löste er die Verknotung, sprang dann zurück, um der Tür nicht im Wege zu sein, falls Covenant erneut gegen sie trat. Doch Covenant tat nichts dergleichen. Er schob die Tür mit der Hand auf und blieb auf der Schwelle stehen, sah die Steinmeisterin an. »Ich will mit dir reden«, schnauzte er, ehe sie etwas sagen konnte.

Sie richtete sich hochmütig zu voller Größe auf. »Ich habe nicht den Wunsch, mit dir zu sprechen, Gefangener.«

Covenant fiel ihr ins Wort. »Es ist mir gottverdammt scheißegal, was du wünschst. Wenn du glaubst, ich hätte keine Macht, erliegst du einem bedauerlichen Irrtum. Warum sollte die Sonnengefolgschaft es sonst auf meinen Tod abgesehen haben?« Grimmig spielte er seinen Bluff vollends aus. »Frag deine Leute, was passiert ist, als sie meinen Begleiter angegriffen haben.« Die Art, wie die Steinmeisterin die Augen verkniff, zeigte an, daß man sie bereits über Hohls anscheinmäßige

Unverwundbarkeit unterrichtet hatte. »Ich schlage dir einen Handel vor«, ergänzte Covenant, indem er ihr keine Zeit zum Überlegen ließ. »Ich habe vor euch keine Furcht. Aber ich will euch auch nichts tun. Ich kann warten, bis ihr euch von selbst dazu entschließt, mich freizulassen. Aber wenn du mir ein paar Fragen beantwortest, höre ich auf, das Haus einzureißen.«

Der Blick der Steinmeisterin schweifte kurz ab, fiel wieder auf sein Gesicht. »Du hast keine Macht.«

»Wovor fürchtest du dich dann?«

Sie zögerte. Er sah ihr an, daß sie ihm am liebsten die kalte Schulter gezeigt hätte; doch sein Ärger unterminierte ihre Entschlossenheit. Anscheinend war ihre Selbstsicherheit schon durch irgend etwas anderes stark angeschlagen worden. »So frage«, sagte sie einen Moment später leise und beklommen.

»Ihr habt drei Gefangene gemacht«, sagte Covenant sofort. »Eine Frau namens Linden Avery und zwei Steinhausener. Wo sind sie?«

Die Steinmeisterin wich seinem Blick aus. Irgendwie rührte seine Frage an die Ursache ihrer Zermürbung. »Sie sind dahin.«

»Dahin?« Ein Aufwallen von Entsetzen umklammerte Covenants Herz. »Was meinst du damit?« Sie antwortete nicht. *»Habt ihr sie umgebracht?!«*

»Nein!« Ihr Blick spiegelte die Empörung einer Notleidenden wider, einer um ihre Beute betrogenen Räuberin. »Es war unser *Recht!* Die Steinhausener waren Feinde! Ihre Gefangennahme hat uns das Recht gegeben, ihr Blut zu vergießen! Sie besaßen einen Sonnenstein und einen *Lianar,* ebenso uns verfallen. Und das Blut ihrer Begleiterin war ebenfalls verwirkt. Freunde von Feinden sind auch Feinde. Wir hatten auf sie jedes Recht. Aber wir sind um unser Recht gebracht worden.« Ein verderbtes Klagen durchzog ihre Stimme. »Am ersten Tag der Sonne der Fruchtbarkeit sind die drei uns in die Hände gefallen. Und am Abend traf na-Mhoram-In Santonin auf seinem Landläufer ein.« Ihr bösartiger Kummer kam deutlich zum Ausdruck, als ob sie gebrüllt hätte. »Im Namen der Sonnengefolgschaft hat er uns genommen, was uns zustand. Deine Gefährten bedeuten nichts, Halbhand. Ich habe sie dem Gefolgsmann ohne Bedenken überlassen. Sie sind nach Schwelgenstein aufgebrochen, und ich hoffe, das Blut wird ihnen im Leibe säuern.«

Schwelgenstein? ächzte Covenant inwendig. *Hölle und Verdammnis!* Ihm wich die Kraft aus den Knien; er mußte sich am Türrahmen festhalten. Aber die Steinmeisterin schwelgte ganz in ihrem Elend und beachtete ihn nicht. »Ja, und möge auch die Sonnengefolgschaft in Fäulnis aufgehen!« schrie sie. »Die Sonnengefolgschaft und alle, die dem na-Mhoram dienen! Denn durch Santonin sind wir auch des Mittels zum Überleben beraubt worden. Der Steinmacht ...!« Sie knirschte mit den Zähnen. »Wenn ich entdecke, wer na-Mhoram-In Santonin verraten hat, daß wir Steinmacht besaßen, werde ich denjenigen bei lebendigem Leibe das Herz herausreißen und es in meiner Hand zerquetschen!« Plötzlich richtete sie ihren Blick mit einer Gewalttätigkeit, als handhabe sie eine Lanze, auf Covenant. »So hoffe ich, dein weißer Ring ist wahrlich ein solcher Talisman, wie die Gefolgsleute behaupten. Dann wird er uns als Ausgleich von Nutzen sein. Mit deinem Ring werde ich die Rückgabe der Steinmacht erhandeln. Ja, das und noch mehr. Deshalb bereite dich aufs Sterben vor, Halbhand. Sobald der Morgen anbricht, werde ich dein Blut vergießen. Ich werde es mit Freude tun.«

In Covenant tobten Furcht und Verlust, machten ihn für die Drohung der Steinmeisterin taub, erstickten ihm den Widerspruch in der Kehle. Er begriff nichts richtig, nur die Gefahr, in der seine Gefährten schwebten. Weil er darauf bestanden hatte, nach Andelain zu gehen ... Die Steinmeisterin wandte sich auf dem Absatz um und entfernte sich; es kostete Covenant sogar Mühe, ihr noch eine letzte Frage nachzukeuchen. »Wann sind sie fort?«

Sie gab keine Antwort. »Beim zweiten Aufgang der Sonne der Fruchtbarkeit«, sagte jedoch einer der Wächter in unverminderter Vorsicht.

Verdammnis! Vor fast zwei Tagen …! Auf einem Landläufer. Die Wächter schoben Covenant zurück in die Hütte, vertäuten wieder die Tür. *Ich werde sie nicht einholen können,* dachte Covenant benommen.

Ein Meer der Hilflosigkeit schlug über ihm zusammen. Er saß hier gefangen, während mit jedem Grad, den die Sonne weiterwanderte, mit jedem Herzschlag Zeit verstrich und seine Gefährten dem Tod näherbrachte. Sunder hatte gesagt, die Erde sei ein Gefängnis für a-Jeroth von den Sieben Höllen, doch das stimmte nicht: sie war ein Gefängnis für ihn allein, Thomas Covenant den Unfähigen. Selbst wenn Holzheim Steinmacht ihn jetzt freilassen würde, wäre er nicht dazu imstande, seine Freunde zu retten. Und das Holzheim hegte keineswegs die Absicht, ihn gehen zu lassen; durch seine Bestürzung gewann diese Erkenntnis langsam Klarheit. Man hatte vor, ihn zu töten. Am Morgen. Um sein Blut zu nutzen. Er lockerte die Fäuste, hob den Kopf. Als er durch die löchrigen Wände nach draußen schaute, sah er, daß der Cañon bereits im Schatten lag. Bis zum Sonnenuntergang war es nicht mehr lange; der Abend näherte sich unerbittlich wie das Schicksal eines Leprotikers. Irrsinnige Drangsal verleitete Covenant dazu, sich gegen die geschwächte Tür zu werfen; aber die Zwecklosigkeit dieser Handlung brachte ihn zur Vernunft. In seinem fieberhaften Trachten nach Flucht, nach Möglichkeiten, das auszubügeln, was er seinen Freunden angetan hatte, besann er sich schließ- lich auf seinen Ehering.

Im zunehmenden Dämmerlicht an eine Wand gekauert, durchdachte er alles, was er über die wilde Magie wußte, erinnerte sich an alles, was er je unternommen hatte, um weißes Feuer hervorzubringen. Aber er fand keine Hoffnung. Er hatte Linden die Wahrheit gesagt; bei all seinen bisherigen Erfahrungen war jedes Auftreten wilder Magie durch das Hilfsmittel einer anderen Kraftquelle ausgelöst worden. Auch sein Endkampf mit Lord Foul hätte nur zur Niederlage und zur Schändung des Landes geführt, wäre nicht die eigene Waffe des Verächters, der Weltübel-Stein, so machtvoll gewesen, hätte sie nicht im Weißgold eine so starke Reaktion erzeugt. Linden hatte ihm jedoch erzählt, daß im Steinhausen Kristall, während er sich im Delirium befand, aus seinem Ring weißes Licht gedrungen sei, noch ehe der Gefolgsmann dazu kam, irgendwelche Kraft zu entfalten. Covenant klammerte sich an diese Darstellung. *Du bist das Weißgold,* hatte Hoch-Lord Mhoram einmal zu ihm gesagt. Vielleicht hing das Erfordernis, einen Auslöser zu haben, lediglich an ihm selbst, entstammte dem eigenen, noch immer unüberwundenen Widerwillen gegen Macht, hatte mit der wilden Magie gar nichts zu tun. Falls es sich so verhielt ...

Covenant setzte sich bequemer zurecht und bändigte mit einem Aufgebot von Willenskraft seine innere Aufgewühltheit. Sorgsam begann er in seinem Gedächtnis zu forschen, untersuchte seine Gefühle, seine Nöte und Bedürfnisse, die im Zusammenhang mit dem Auslöser aufgetreten waren, der in seinem Ringen gegen Lord Foul wilde Magie freigesetzt hatte. Er entsann sich der Vollkommenheit seiner Erniedrigung, des Umfangs der Gefährdung. Lebhaft erinnerte er sich noch an die Grausamkeit, mit der der Verächter ihn mißhandelt hatte, um ihn zur Herausgabe des Rings zu drängen. Er entsann sich des boshaften Vergnügens, mit dem Lord Foul sich das Land als einen Pfuhl der Leprose ausgemalt hatte. Und er entsann sich des Erwachens seines Ingrimms zugunsten aller Leprotiker, aller Opfer und Gedemütigten. Diese Leidenschaft – pur und rein und jedem Zorn, den er je empfunden hatte, weit über – hatte ihn ins Zentrum des Paradoxons befördert, die Stätte der Macht zwischen gegensätzlichen Unmöglichkeiten: der Unmöglichkeit, an das Reale des Landes zu glauben; der Ausgeschlossenheit, sich der Hilfsbedürftigkeit des Landes zu verschließen. Am Widerspruch selbst verankert, stark durch Wut, war er Lord Foul entgegengetreten und Sieger geworden. An das alles erinnerte er sich, erlebte es mit einer Intensität, die ihm schier das Herz zu zerreißen drohte, noch einmal. Und aus dieser Intensität versuchte er eine Beherrschung der wilden Magie zu erzielen; die Gewalt über ihr Feuer.

Der Ring am zweiten Finger seiner halbierten Hand blieb inaktiv. Er war in der Dämmerung kaum noch zu sehen.

Verzweiflung wollte ihm den Magen umdrehen; aber er unterdrückte sie, hielt sozusagen mit beiden Händen an seiner Absicht fest, als sei er ein Würger. *Auslöser,* keuchte er innerlich. *Zünder.* Die Erinnerung wie ein Intaglio des Feuers im Bewußtsein, erhob er sich auf die Beine und trat zu der einzigen etwaigen Quelle von Kraft, die ihm zur Verfügung stand. Er schwang seine halbe Faust in einem knappen Bogen und hieb sie Hohl in die Magengrube. Schmerz durchfuhr seine Hand; vor seinem geistigen Auge gaukelten rote Eruptionen, als würden Rubine explodieren. Sonst jedoch geschah nichts. Hohl schaute ihn nicht einmal an. Falls der Dämondim-Abkömmling irgendwelche Kraft barg, dann in einer solchen Tiefe seines Innern, daß Covenant sie nicht anzapfen konnte. »Gottverdammt noch mal!« brauste Covenant auf, hielt sich die geprellte Hand, schlotterte in sinnloser Wut. »Kapierst du denn nicht? Man will mich abmurksen!«

Hohl regte sich nicht. Seine schwarzen Gesichtszüge waren in der Trübnis bereits unkenntlich geworden. »Verdammnis.« Mit einer inneren Anstrengung, die ihm nahezu Tränen entrang, meisterte Covenant seinen unvernünftigen Drang, auf

Hohl einzuprügeln. »Wahrscheinlich haben diese Urbösen Schaumfolger belogen. Voraussichtlich wirst du nur herumstehen und zuschauen, wie man mir die Gurgel durchschneidet.«

Aber Sarkasmus konnte ihn nicht retten. Seine Freunde befanden sich in Gefahr, weil sie von ihm schutzlos zurückgelassen worden waren. Und Schaumfolger war damals in der Katastrophe umgekommen, die Covenants Rückgriff auf den Weltübel-Stein verursacht hatte. Schaumfolger, der mehr dafür getan hatte, die Übel des Verächters abzuwenden, als alle wilde Magie diesbezüglich zu leisten imstande war, mußte damals den Tod hinnehmen, weil Covenant zu schwächlich und zu plump gewesen war, um irgendeine andere Lösung zu finden. Covenant sank zu Boden wie eine von alter Schuld überwucherte Ruine, hing matt herum und wiederholte fortwährend seine letzte Hoffnung, bis die Erschöpfung ihn in Schlummer abtreiben ließ.

Zweimal schrak er auf, indem sein Pulsschlag wummerte, sein Herz stach heiß; Träume von Linden, die nach ihm schrie, hatten ihn geweckt. Nach dem zweiten Traum verzichtete er aufs Weiterschlafen; er bezweifelte, so einen Alptraum ein drittesmal verkraften zu können. Er stapfte um Hohl hin und her, hielt in seiner Unzulänglichkeit Nachtwache, bis die morgendliche Dämmerung heraufzog.

Allmählich fing der östliche Himmel sich zu verfärben an. Die Wände des Cañons traten aus der Nacht hervor, blieben stehen wie Reservoirs an Dunkelheit. Covenant hörte, wie sich außerhalb der Hütte Leute regten, hielt sich in Bereitschaft. Füße kamen die Stiege herauf; Hände nestelten an dem Strang, der die Tür verschloß. Als die Ranke fiel, wuchtete er seine Schulter gegen die Tür, warf den Wächter von der Stiege. Sofort sprang er hinunter, versuchte zu fliehen.

Aber er hatte sich in der Höhe der Pfähle verschätzt, auf

denen die Behausung stand. Er kam reichlich unbeholfen unten an und fiel vor der Stiege vornüber in eine Gruppe von Männern. Etwas traf ihn am Hinterkopf, und ein Schwindelgefühl suchte ihn heim. Er verlor die Gewalt über seine Gliedmaßen. An Armen und Haaren zerrten die Männer ihn auf die Beine. »Es ist dein Glück«, sagte einer von ihnen, »daß die Steinmeisterin dich wach zu sehen wünscht, sonst wollte ich deinen Schädel die Härte meiner Keule lehren.« Benommenheit lähmte Covenants Beine; der Cañon schien an einem Schüttelkrampf zu leiden. Die Holzheimer schleppten ihn mit wie eine Ansammlung loser Knochen. Sie brachten ihn zum Nordende des Cañons. Ungefähr fünfzig bis sechzig Schritte hinter dem letzten Haus blieben sie stehen. Im Stein unter Covenants Füßen klaffte ein senkrechter Riß. In ihn hatte man einen schweren hölzernen Pfahl von seiner doppelten Körpergröße gekeilt. Covenant stöhnte auf und versuchte sich zu wehren, aber er war hilflos. Die Männer drehten ihn so, daß er in die Richtung des Dorfs schaute, dann banden sie hinter dem Pfahl seine Hände zusammen. Er unternahm eine schwächliche Anstrengung, sie zu treten; prompt fesselten sie auch seine Füße. Sobald sie fertig waren, ließen sie ihn ohne ein Wort allein.

Als das Schwindelgefühl vergangen war und seine Muskeln sich zu erholen begannen, befiel Übelkeit Covenant; aber sein Magen war zu leer, er konnte sich nicht übergeben.

Die Häuser waren von seinem Standort aus buchstäblich unsichtbar, in der Düsterkeit des Cañons der Sicht entzogen. Nach einem Weilchen bemerkte Covenant jedoch, daß man diese Stelle mit großer Umsicht für den Pfahl ausgesucht hatte. Über ihm war die ostwärtige Wand der Schlucht durch eine tiefe Kluft gekennzeichnet; durch sie drang nun ein Streifen Helligkeit herein. Das Sonnenlicht sollte im Cañon als erstes auf ihn fallen.

Sekunde um Sekunde verstrich. Sonnenschein fuhr auf seinen Kopf herab wie eine Axt. Obwohl seine Stiefel ihn schützten, erfüllte Furcht ihn bis ins Mark. Der Puls schien ihm hinter den Augäpfeln zu pochen. Das Licht berührte sein Haar, seine Stirn, das Gesicht. Während das Holzheim noch im Düstern lag, erlebte er den Sonnenaufgang wie eine Verkündigung. Die Sonne trug eine Korona aus hellbraunem Dunst. Ein Hauch staubtrockener Hitze wehte heran. *Verdammnis*, schalt er insgeheim. *Hölle und Verdammung!*

Als die Helligkeit ihm direkt ins Gesicht schien und ihn blendete, so daß er das Holzheim nicht mehr erkennen konnte, überschüttete ihn plötzlich ein Hagel scharfkantiger Kiesel. Dutzende von Leuten bewarfen ihn mit kleinen Steinen. Er kniff die Augen zusammen und ertrug den Schmerz, so gut es ging. Als der Steinhagel aufhörte, hob er wieder den Blick und sah aus dem Dunkeln die Steinmeisterin herüberkommen.

Sie hatte ein langes eisernes Messer dabei, einschneidig und ohne Heft. Das schwarze Metall wirkte in ihrer Faust trostlos verhängnisvoll. Ihre Miene hatte nichts von all dem tiefen Jammer abgelegt; ebenso jedoch drückte sie eine verdorbene Exaltation aus, ununterscheidbar von blankem Wahnsinn. Zwanzig oder mehr Schritte hinter der Steinmeisterin stand Hohl. Die Holzheimer hatten ihn, um ihn handlungsunfähig zu machen, mit dicken Ranken umwunden; doch er schien die Fesseln gar nicht zur Kenntnis zu nehmen. Er hielt sich vollständig zurück, als sei er lediglich da, um Covenant sterben zu sehen. Aber Covenant fand keine Zeit, um sich Gedanken über Hohl hinzugeben.

Die Steinmeisterin beanspruchte seine Aufmerksamkeit. »Nun denn«, stieß sie rauh hervor. »Entschädigung. Ich werde dein Leben auslöschen, und dein Blut wird dem Holzheim Wasser verschaffen.« Sie senkte den Blick in den schmalen

Spalt. »Und mit deinem weißen Ring werden wir die Steinmacht von der Sonnengefolgschaft zurückerhandeln.«

»Wo ist dein *Orkrest?«* erkundigte sich Covenant, krallte sich erneut an seine von der Not wiederbelebte Hoffnung.

»Orkrest?« wiederholte die Steinmeisterin argwöhnisch.

»Dein Sonnenstein.«

»Ach«, raunte sie, »Sonnenstein. Die Predigt spricht von derlei Dingen.« Bitterkeit verzerrte ihr Gesicht. »Sonnensteine sind erlaubt … aber unsere Steinmacht hat man uns genommen. Das ist ungerecht!« Sie betrachtete Covenant, als freue sie sich auf den Geschmack seines Bluts. »Ich habe keinen Sonnenstein, Halbhand.«

Keinen Sonnenstein? Inwendig geriet Covenant vollends aus der Fassung. Er hatte gehofft, an dem Stein seinen Ring zünden zu können. Aber die Steinmeisterin hatte keinen Sonnenstein. Keinen Sonnenstein. Die Sonne der Dürre troff auf ihn herab wie die helle, heiße Flut, die ihn ins Land getragen hatte. Unsichtbare Bestien mit Geierschwingen schienen über seinem Kopf zu flattern; sein Herz tat Schläge nahen Irrsinns. Ihm war, als könne er kaum die Stimme über das Gerausche erheben. »Aber wie …? Ich dachte, jeder Steinmeister braucht einen Sonnenstein.« Er wußte, daß das nicht stimmte, doch er wollte sie zum Reden verleiten, Zeit gewinnen. Einmal war er bereits gestochen worden; eine zweite, ähnliche Verletzung wäre sicherlich sein Ende. »Wie sonst kannst du mit dem Sonnenübel tätig werden?«

»Es ist mühselig«, gestand die Steinmeisterin, obwohl die Begierde nicht aus ihrem Blick wich. »Ich muß Gebrauch von der Predigt machen. Der Predigt!« Unversehens spie sie in den Felsspalt zu ihren Füßen. »Viele Geschlechterfolgen lang hat Holzheim Steinmacht kein solches Wissen benötigt. Von einem Steinmeister zum anderen ist die Steinmacht weitergereicht worden, und mit ihr haben wir *Leben* geschaffen. Ohne sie jedoch müssen wir ums Dasein ringen, wie sich's gerade bewerkstelligen läßt.«

Die Sonne verursachte Covenant Schweißausbrüche; Schweiß juckte ihm im Bart und auf dem Rücken. Die Fesseln schnürten den Blutkreislauf in seinen Armen ein, bereiteten ihm in den Schultern Schmerzen. Er mußte mehrmals schlukken, um sich die Kehle zu klären. »Was ist das, die Steinmacht?«

Seine Frage verfehlte ihre Wirkung nicht. Er sah der Steinmeisterin sofort an, daß sie der Gelegenheit, über die Steinmacht zu sprechen, nicht zu widerstehen vermochte. Eine anfallartige Anwandlung von Liebe und Lust verzerrte ihr Gesicht. Sie senkte das Messer; ihr Blick nahm Covenant nicht mehr wahr. »Steinmacht«, seufzte sie inbrünstig. »Ach, die Steinmacht.« Unter dem grünen Gewand strafften sich ihre Brüste, als entsänne sie sich einer Verzückung. »Sie ist Macht und Herrlichkeit, Wohlstand und Behagen. Ein Stein vom wunderschönsten Grün, der von zahllosen Möglichkeiten strahlt, weit kälter als jeder andere Stein, wenn man ihn berührt. Daß soviel Macht in einem so kleinen, so lieblichen Gegenstand stecken kann! Denn die Steinmacht ist nicht größer als meine Handfläche. Der Stein ist flach, hat scharfe Ränder, als wäre er ein von einem größeren Brocken dieser Art abgesprungenes Stück. Und er ist über jedes Maß verehrungswürdig.«

Sie sprach weiter, nicht mehr dazu imstande, sich in ihrer Begeisterung noch zurückzuhalten. Doch infolge einer Aufwallung intuitiven Entsetzens überhörte Covenant ihre weiteren Äußerungen. Plötzlich war er davon überzeugt, daß der Talisman, den sie beschrieb, ein Bruchstück des Weltübel-Steins sein mußte. Die Vermutung durchschoß ihn wie ein fürchterlicher Blitzschlag. Sie erklärte soviel: die heillose Verfassung dieser Gegend; die relative Unbeschwertheit des Lebens dieser Holzheimer; ihre grundlose Bösartigkeit; die Besessenheit der Steinmeisterin. Denn der Weltübel-Stein war die Essenz des Bösen selbst, ein so furchtbares Übel, daß Covenant einst die Bereitschaft gehegt hatte, nicht nur Schaumfolgers, sondern auch das eigene Leben zu opfern, um diesen Inbegriff alles Schlechten ein für allemal auszutilgen. Für einen Moment der Betroffenheit glaubte er, es sei ihm doch nicht gelungen, den Stein zu vernichten, daß der Weltübel-Stein der Quell des Sonnenübels war. Aber dann fiel ihm eine andere Erklärung ein. Damals hatte der Verächter jedem seiner Wütriche ein Stück des Steins überlassen. Einer der Wütriche hatte einen Feldzug gegen die Lords geführt, und hier, an der südwestlichen Seite Andelains, hatte eine Schlacht stattgefunden, die mehrere Tage dauerte. Vielleicht war während jener Auseinandersetzung etwas vom Stein des Wütrichs abgebrochen, unbemerkt hingefallen und in den Hügeln liegengeblieben, hatte einen spontanen Einfluß der Verödung ausgeübt, bis irgendein unglückseliger Holzheimer den Brocken fand.

Doch das alles spielte jetzt keine Rolle. Ein Gefolgsmann hatte die Steinmacht mitgenommen. Nach Schwelgenstein. Schlagartig erkannte Covenant, daß er um jeden Preis überleben und Schwelgenstein aufsuchen mußte. Um auch den Rest des Weltübel-Steins zu vernichten. Damit all sein früheres Leid und Schaumfolgers Tod nicht umsonst gewesen wären.

»Mögen sie der Fäulnis anheimfallen!« schluchzte die Steinmeisterin völlig zerrüttet. »Mögen sie, da sie mich so beraubt haben, zu endlosen Martern verdammt werden! Aus der Tiefe meines Herzens und dem Abgrund meiner Qual verfluche ich sie!« Ihre Faust umklammerte den Griff des Messers wie einen Spieß. Sie riß die Waffe bis über den Kopf hoch. Unter der Sonne der Dürre glänzte die Klinge scharf und böse. Die Frau hatte Covenant vergessen; ihr Blick war nach innen gerichtet, schaute so etwas wie eine wüste Vision der Sonnengefolgschaft. »Ich werde euch alle erschlagen!«

Ein Aufschrei entrang sich Covenants Kehle. »*Nekhrimah*, Hohl!« brüllte er in Schrecken und Verzweiflung. »Rette mich!«

Die Steinmeisterin achtete nicht darauf. Mit aller Körperkraft stach sie mit dem Messer nach Covenants Brust. Aber Hohl handelte. Während die Klinge herabfuhr, sprengten seine Arme mühelos die Fesseln. Er war zu weit weg, sah Covenant, griff zu spät ein ... In zwanzig Schritten Abstand schloß Hohl eine Hand zur Faust. Die Arme der Steinmeisterin erstarrten mitten im Stoß. Die Messerspitze zitterte dicht vor Covenants T-Shirt; aber die Frau vermochte den Stich nicht zu vollenden. Erregt beobachtete Covenant, wie Hohl sich der Steinmeisterin näherte. Hohl schlug mit dem Handrücken zu. Die Frau brach zusammen. Blut schoß ihr aus dem Mund. Während es hervorsprudelte, zuckte sie einmal, lag dann still. Hohl beachtete sie nicht. Er vollführte eine Gebärde in die Richtung des Pfostens, und das Holz zerfiel in Splitter. Covenant schwankte; doch Hohl faßte zu und stellte ihn auf die Beine.

Covenant nahm sich keine Zeit zum Nachdenken. Er schüttelte Holzsplitter und Ranken ab, hob das Messer auf und schob es sich unter den Gürtel. Seine Arme glühten vom Wiedereinsetzen des Blutkreislaufs. Sein Herz hämmerte angestrengt. Aber er zwang sich vorwärts. Er wußte, daß seine Reaktion, falls er jetzt nicht in Bewegung blieb, daraus bestünde, einfach hinzusacken. Mitten durch die wie versteinerten Holzheimer stapfte er zurück ins Dorf, betrat das erste größere Haus, an das er gelangte.

Seine Augen brauchten einen Moment, um sich darin der Trübnis anzupassen. Dann konnte er das Innere erkennen. Die Dinge, die er suchte, hingen an den Wänden: ein aus Ranken geflochtener Beutel mit Brot, ein großer lederner Schlauch, der irgendeine Flüssigkeit enthielt. Er hatte sie schon an sich genommen, als er bemerkte, daß in einer Ecke eine Frau saß. Sie blieb völlig still und reglos, wohl um nicht den Säugling zu gefährden, der an ihrer Brust nuckelte. Covenant entstöpselte den Schlauch und trank einen ergiebigen Zug. Die Flüssigkeit hatte einen lehmigen Geschmack, aber sie wusch ihm einiges vom Verdruß aus der Kehle. »Was ist das?« erkundigte er sich barsch bei der Frau.

»Metheglin«, antwortete sie mit kaum vernehmlicher Stimme.

»Gut.« Er strebte zur Tür, verharrte noch einmal. »Hör zu«, raunzte er die Frau an. »Diese Welt wird sich ändern. Nicht bloß hier – nicht nur, weil ihr eure lausige Steinmacht verloren habt. Das ganze Land wird vollkommen anders sein. Ihr werdet lernen, wieder wie Menschen zu leben. Ohne all das scheußliche Töten.«

Als er das Haus verließ, begann der Säugling zu schreien.

14
Verfolgung

Zügig durchquerte Covenant erneut die Zusammenrottung der entgeisterten Holzheimer. Das Plärren des Säuglings durchdrang das Schweigen wie eine Ermahnung; die Männer und Frauen zeigten Bewegung, blinzelten, schauten umher. In wenigen Augenblicken würden sie sich besonnen haben und wieder zum Handeln imstande sein. »Komm, laß uns abhauen«, sagte Covenant gedämpft zu Hohl, als er ihn erreichte. Er entfernte sich zum nördlichen Ende des Cañons. Hohl folgte.

Der Sonnenaufgang erhellte Covenant den Weg. Hinter ihm blieb die unregelmäßige Landschaftskerbe des Cañons zurück, die Ränder der Schlucht näherten sich einander, so daß sie sich verengte, bis sie nur noch aus einem tiefen, steilwandigen Hohlweg bestand. Er marschierte dahin, ohne einen Blick zurückzuwerfen, verkrampft in die alte kompromißlose Disziplin seines Krankseins. Seine Gefährten waren ihm um zwei Tage voraus und bewegten sich zudem schneller.

Geschrei begann von den Wänden des Cañons widerzuhallen: Zorn, Furcht, Verlust. Aber er ließ sich nicht beeindrucken. Auf dem Rücken eines Landläufers mochten Linden und die zwei Steinhausener ohne weiteres zehn Tage früher als er zu Schwelgenstein eintreffen. Er konnte sich keine Möglichkeit vorstellen, sie noch irgendwie rechtzeitig genug einzuholen, um ihnen beistehen zu können. Doch auch die Lepra war eine Form von Verzweiflung, gegen die es auf Erden kein Mittel gab; trotzdem hatte er sie zu ertragen gelernt, sich angewöhnt, mit ihr zu leben, indem er sich in den Mittelpunkt des Paradoxons stellte, sich mit der akzeptablen Menschlichkeit all der Gegensätze abfand – und seine Seele der denkbar härtesten

Disziplinierung unterwarf. Die gleiche Haltung erlaubte es ihm nun, sich an die allem Anschein nach aussichtslose Aufgabe zu machen, seinen Freunden zu folgen.

Und er hatte wenigstens einen schwachen Grund zur Hoffnung. Die Predigt forderte *seinen* Tod, nicht den Tod Lindens, Sunders oder Hollians. Vielleicht würde man das Leben seiner Gefährten schonen, sie als Geiseln festhalten, um sie als Druckmittel gegen ihn verfügbar zu haben. So wie zuvor Joan. Covenant setzte voll und ganz auf diese Erwägung und schritt im markigen Takt seines Willens den immer engeren Cañon entlang.

Das Gezeter erreichte einen Höhepunkt, verstummte dann urplötzlich. In ihrer wütenden Raserei über die erlittene Schlappe schickten etliche Holzheimer sich zur Verfolgung an. Aber er sah sich nicht um, wechselte nicht einmal die Gangart. Der Cañon war so eng, daß die Verfolger ihm nicht lästig werden konnten, ohne vorher an Hohl vorüber zu müssen. Er vertraute darauf, daß der Dämondim-Abkömmling die Holzheimer hinreichend abschreckte.

Einige Momente später hörte er nackte Füße über Stein laufen, die Schritte Echos erzeugen. Beunruhigung verspannte ihm die Schultern. Um seine Besorgnis zu bekämpfen, versuchte er es mit einem Bluff. »Hohl!« schnauzte er, ohne den Kopf zu wenden. »Bring den ersten um, der dich überfallen will!« Seine Worte hallten zwischen den Felswänden wie eine Morddrohung. Aber die Verfolger zögerten nicht. Sie waren wie ihre Steinmeisterin – dem Weltübel-Stein verfallen. Ihre einzige Antwort aufs Verlieren war Gewalt. Ihre wilden Schreie verrieten Covenant, daß sie zu Berserkern geworden waren. Im nächsten Augenblick brüllte einer von ihnen gräßlich auf. Die anderen kamen geräuschvoll zum Stehen. Covenant fuhr herum. Hohl hatte sich nach den Holzheimern umgedreht; es waren fünf, der nächste noch zehn Schritte entfernt. Dieser

Mann war auf die Knie gesunken, beugte sich vornüber und wand sich, im Gesicht schwarze Qual. Hohl ballte die Faust in seine Richtung. Mit einer ruckartigen Bewegung der Hand zerquetschte er das Herz des Mannes. »Hohl!« schrie Covenant. »Nicht …! Ich hab's nicht ernst gemeint!« Den nächsten Holzheimer trennten noch fünfzehn Schritte von Hohl. Der Dämondim-Abkömmling machte eine Geste, als drücke er seine Finger in etwas. Das Gesicht des Mannes – die ganze Vorderseite seines Schädels – barst auf, Hirn und blutiger Matsch spritzten auf die Felsen. *»Hohl!«*

Aber Hohl hatte Covenants Befehl noch nicht ganz erfüllt. Die Knie leicht durchgebogen, erwartete er die drei übrigen Männer. Covenant schrie ihnen zu, sie sollten umkehren; doch sie befanden sich voll in der Gewalt ihrer berserkerhaften Wut, und sie konnten schlichtweg nicht fliehen. Gemeinsam stürzten sie sich auf Hohl. Er umfing sie in einer Umarmung und begann sie in seinen Armen zu zerquetschen. Covenant sprang Hohl in den Rücken. »Hör auf!« Er bemühte sich, Hohls Kopf zurückzubiegen, ihn zur Lockerung der mörderischen Umklammerung zu bringen. »Das ist doch nicht nötig!« Aber Hohl glich Granit und blieb unzugänglich. Er drückte die Männer zusammen, bis ihnen zuletzt die Kraft zum Schreien und Keuchen fehlte. Ihre Rippen brachen wie nasses Reisig. Erbittert drosch Covenant auf den Dämondim-Abkömmling ein; doch erst als sie tot waren, gab Hohl die Männer frei. Da sah Covenant in höchster Panik eine ganze Horde von Holzheimern heranstürmen. »Nicht!« heulte er. »Zurück!« Die Echos tönten wie Klänge des Grauens durch den Cañon. Aber die Holzheimer waren nicht zum Einhalten zu bewegen.

Covenant ließ Hohl stehen und floh. Ihm fiel nichts anderes ein. Die einzige Möglichkeit, Hohl daran zu hindern, noch mehr Menschen umzubringen, bestand darin, daß er sich in Sicherheit brachte, eine weitere Befolgung des Befehls überflüssig machte. Verzweifelt ergriff er die Flucht, rannte mit einer Wildheit davon, die der Wüstheit seiner Flüche entsprach.

Etwas später schlossen sich über ihm die Felswände des Cañons, bildeten einen Tunnel. Aber der Lichtschein hinter Covenant und die Helligkeit am anderen Ende gestatteten es ihm, mit unverminderter Schnelligkeit weiterzulaufen. Das laute Getrampel seiner Stiefel übertönte alle Geräusche einer etwaigen fortgesetzten Verfolgung. Als er einen Blick nach hinten warf, erspähte er Hohl, der das Tempo ohne Anstrengung mithielt.

In einiger Entfernung trat er im ausgetrockneten Flußbett des Mithil hinaus in den Sonnenschein. Er verharrte, rang ungleichmäßig um Atem, stützte sich ans Ufer. Sobald er seine Atmung gedämpft hatte, lauschte er in den Felstunnel; doch er hörte nichts. Fünf Leichen waren womöglich genug, um den blindwütigen Grimm der Holzheimer zu mäßigen. Wut schäumte in seinem Herzen, als er sich an Hohl wandte. »Hör zu«, schnauzte er. »Ganz egal, wie übel die Sache stehen kann – wenn du *jemals* wieder so etwas machst, bringe ich dich, das schwöre ich bei Gott, dorthin zurück, wo ich dich aufgegabelt habe, und du kannst dort mitsamt deinem verdammten geheimen Zweck *verschimmeln!*« Der Dämondim-Abkömmling jedoch blieb so ungerührt wie Stein. Er stand mit leicht angewinkelten Ellbogen da, die Augen blicklos, und ließ sich nicht einmal anmerken, ob er Covenants Gegenwart zur Kenntnis nahm. »Blödsinniger Scheißkerl«, murmelte Covenant. Schroff kehrte er Hohl den Rücken zu. Unter Aufbietung aller Willenskraft kanalisierte er seinen Zorn um, verwandelte ihn in Kraft für das, was er tun mußte. Dann erstieg er das Nordufer des Mithil. Der Brotbeutel und der Schlauch mit dem *Metheglin* behinderten ihn, erschwerten ihm den Aufstieg; aber als er die Böschung überwunden hatte und wie angewurzelt stehenblieb, geschah es nicht etwa aus Ermattung. Der Effekt, den die Sonne der Dürre auf die monströse Vegetation hatte, machte ihn betroffen.

Das Flußbett war trocken. Diese Tatsache war ihm schon vorhin aufgefallen, doch er hatte keinen Gedanken daran verschwendet. Nun allerdings sah er sich dazu gezwungen. Soweit das Auge reichte, sah er Gras, so hoch wie Häuser, Sträucher in der Größe von Erdhügeln, Wälder aus Farnkraut und Bäume, die sich in den Himmel zu bohren schienen, bereits zu einer brandigen grauen Masse verkommen, deren Schicht kniehoch alle Konturen des Geländes überzog. Die bräunlich umkränzte Sonne ließ jede Art pflanzlicher Faser zergehen, dörrte ihnen jeden Tropfen Saft und Feuchtigkeit aus, brachte jedes Gewächs zum Verwelken. Alles Holz, jedes Grün, sämtlicher Pflanzenwuchs zerlief in sich selbst wie Geronnenes, das abtaute, und auf dem Untergrund entstanden verquollene Lachen, die das Sonnenübel aufsaugte, als atme die Luft die Brühe ein. Als Covenant mitten in die Maische trat, um festzustellen, ob er unter diesen Umständen weiterziehen könne, merkte er, daß die Dicke der zähflüssigen Schicht abnahm. Sie hinterließ an seinen Hosenbeinen einen leblos-grauen Belag.

Der Matsch widerte ihn an. Widerwillig wartete er ab. Um seine Kehle zu erfrischen, trank er etwas vom *Metheglin,* verzehrte dann, indem er langsam kaute, einen halben Laib ungesäuerten Brotes, während er zusah, wie sich die Brühe allmählich zersetzte. Aber der Druck, der in ihm herrschte, ließ nicht zu, daß er lange wartete. Als die Pampe bis zur halben Höhe seiner Waden abgesunken war, nahm er einen letzten Schluck *Metheglin,* verschloß den Schlauch und begann nordwestwärts zu stapfen, nach Schwelgenstein, das noch elfmal zwanzig Längen entfernt lag.

Die Hitze war fürchterlich. Ungefähr um die Mitte des

Vormittags war der Erdboden entblößt und begann knochentrocken zu werden; der Horizont hatte zu gleißen angefangen, umlohte Covenant, als brächte die Sonne der Dürre die Welt zum Schrumpfen. Nun konnte nichts mehr Covenants Marsch durch die Ödnis der Mittlandebene aufhalten – nichts außer Helligkeit, die wie Feuer brannte, und Luft, die aus seinem Fleisch die Körperflüssigkeit wrang, und dem Flimmern der Glut, nichts außer dem Sonnenübel.

Covenant hielt das Gesicht in die Richtung Schwelgensteins gewandt und schritt aus, als hätten weder Sonne noch Wildnis die Macht, ihn zu hemmen. Trockenheit und Staub jedoch verdorrten ihm die Kehle. Gegen Mittag hatte er den ledernen Schlauch zur Hälfte geleert. Sein T-Shirt war dunkel von Schweiß. Seine Stirn fühlte sich versengt an, und fiebrige Hitzewallungen durchliefen sie. Das Geflimmer störte sein Empfinden fürs Gleichgewicht, so daß er längst ins Stolpern geriet, während seine Beine noch stark genug waren, um ihn gleichmäßig fortzubewegen. Und seine Kräfte ließen nach; die Sonne entzog sie ihm trotz seiner improvisierten Brotmahlzeit und des *Metheglin* zusehends.

Für eine Weile umwölkte Unentschlossenheit seine Gedanken. Seine einzige Hoffnung, Linden womöglich noch einholen zu können, lag darin, praktisch bei Tag und Nacht ohne Pause zu marschieren. Wenn er dagegen vernünftig vorging, nur nachts weiterzog, solange die Sonne der Dürre schien, mußte der Landläufer des Gefolgsmanns mit jedem Tag an Abstand gewinnen. Doch es war für Covenant ausgeschlossen, dies Tempo durchzuhalten. Das Herabgluten der Sonne verminderte seine Ausdauer immer weiter; in Augenblicken der Verwirrung kam er sich schon beinahe durchscheinend vor. Als sein Hirn von Benommenheit so getrübt war, daß er sich dabei ertappte, sich ernsthaft zu fragen, ob er Hohl bitten solle, ihn zu tragen, erkannte er endlich seine Grenzen. In einer Zuckung geistiger Klarheit fand er sich plötzlich an Hohls Schulter geklammert, während der Dämondim-Abkömmling reglos in der Sonne stand, weil Covenant den Marsch nicht fortsetzte. Verbittert schlug Covenant nun die nordöstliche Richtung nach Andelain ein.

Er wußte, daß die Randgebiete Andelains ungefähr parallel zur direkten Strecke nach Schwelgenstein verliefen; daher würde er in den Hügeln Andelains immerhin nach wie vor im Bereich des Weges bleiben, den der Gefolgsmann genommen haben mußte. Dennoch lag Andelain weit genug abseits von seiner ursprünglichen Marschrichtung, daß sich Covenant ärgerte. Zwischen den Hügeln würde es ihm wahrscheinlich unmöglich sein, Linden und ihre Begleiter, falls irgendein glücklicher Umstand den Gefolgsmann aufhielt, zu erspähen; und die Unebenheit der Landschaft Andelains konnte ihn zusätzliche Zeit kosten. Aber er war nicht länger dazu in der Lage, seine Entscheidungen ausschließlich unter dem Gesichtspunkt des schnellen Vorankommens zu fällen; nicht unter dieser Sonne. In Andelain besaß er zumindest eine gewisse Chance, lebend den Seelentrostfluß zu erreichen. Und vielleicht, überlegte er, um sich ein wenig zu ermutigen, vermochte nicht einmal ein Mitglied der Sonnengefolgschaft während der verschiedenen Erscheinungsformen der Sonne allzu schnell zu reiten. Verbissen barg er diesen Gedanken unter der aufgerauhten Kehle in seiner ausgelaugten Brust und wanderte auf die andelainischen Hügel zu.

Kurz vor Anbruch der Abenddämmerung, den gleichgültigen Hohl an seinen Fersen, betrat er Andelains üppiges Grün. In seiner Bitterkeit bereitete es ihm kaum Freude, wieder in die letzte Bastion des Heils zu gelangen, die es noch im Lande gab, aber das Sprießen des Grases und die Lebenskraft der *Aliantha* hatten nichtsdestotrotz auf ihn eine wohltuende Wirkung. Neue Kräfte durchströmten seine Adern; sein Blick klärte sich;

sein ausgetrockneter Mund und die ähnlich zugerichtete Kehle begannen sich zu erholen. Solange die gold-orange Strahlenpracht des Sonnenuntergangs anhielt, strebte er mit wieder beschleunigtem Schritt weiter, durchquerte grimmig-entschlossen die Ausläufer der Hügel.

Die ganze Nacht hindurch gewährte er sich nur Verschnaufpausen von jeweils ein paar Minuten. Durch Andelain ernährt, erduldete sein Körper die unbarmherzigen Forderungen seines Willens. Der Mond war noch zu schmal, um eine sonderliche Hilfe zu sein; aber an den Rändern der Hügellandschaft standen nur wenige Bäume, und unterm freien Nachthimmel genügte das Glitzern der Sterne, um ihm den Weg zu erhellen. Er trank *Metheglin* und aß Brot, um bei Kräften zu bleiben, und zog über Höhen und durch Täler dahin. Als der Beutel leer war, warf er ihn fort. Und ununterbrochen war sein Blick westwärts gerichtet, suchte die Ebenen nach Anzeichen eines Feuers ab, das – wider alle Erwartung und Wahrscheinlichkeit – hätte bedeuten können, daß sich der Gefolgsmann und seine Gefangenen noch in Reichweite befanden. In der Morgenfrühe lagen zwischen ihm und Holzheim Steinmacht bereits zwanzig Längen, und er marschierte noch immer, als hätte er seine menschliche Anfälligkeit durch reinen Starrsinn überwunden.

Doch er konnte sich gegen Erschöpfung nicht immun machen. Trotz *Aliantha* und klaren Quellwassers, weichen Grasbodens und einer Luft von der Vitalität eines Elixiers untergruben die Strapazen seine körperliche Verfassung wie Leprose. Er hatte seine Grenzen überschritten und setzte den Marsch nur noch mit ausgeliehenem Durchhaltevermögen fort, einer Ausdauer, die er mit bloßer Verstocktheit verhängnisvollem Mißbrauch der verfügbaren Zeit entrang. Zu guter Letzt gelangte er zu dem Glauben, dem Ende nahe zu sein, und wähnte es auf der Kuppe jeder Anhöhe lauern, am Fuß jedes Abhangs.

Aber dann begehrte ihm das Herz im Leibe auf, weil er Thomas Covenant der Zweifler war, über alle Ausreden hinaus für das Ergebnis seines Daseins verantwortlich, und er riß sich zusammen, lief weiter.

Indem er wankte, bei jedem dritten Schritt strauchelte, torkelte er nach Nordwesten, immerzu nordwestwärts, ohne sich darum zu scheren, was es ihn kosten mochte, hielt sich in den Randgebieten Andelains. Nur ein Zugeständnis machte er seiner mühseligen Atmung, den überanspruchten Muskeln: er aß Schatzbeeren von jedem *Aliantha,* an dem er vorbeikam, und die Steine warf er hinaus in die umliegende Ödnis. Den gesamten Tag lang blieb er unterwegs, obwohl er gegen Mitte des Nachmittags gerade noch das Tempo eines Spaziergangs schaffte; und während des ganzen Tages folgte Hohl ihm, paßte sich in seiner Unerschütterlichkeit Schritt für Schritt der Ermattung an, die Covenant dem Zusammenklappen entgegenbrachte.

Kurz nach dem Dunkelwerden war es soweit. Er trat fehl, sackte nieder und vermochte nicht wieder aufzustehen. Seine Lungen lechzten zittrig nach Luft, doch er spürte sie nicht einmal. Alles in seinem Brustkorb schien vollkommen abgestorben zu sein, als stünde er bereits außerhalb jeder Hilfe. Wie gelähmt lag er da, bis sein Pulsschlag sich zu einem schwächlichen Gepoche verlangsamte und seine Lungen zu wogen aufhörten. Dann schlief er ein.

Gegen Mitternacht weckte ihn die Berührung einer kalten Hand an seiner Seele. Ein Schaudern durchrieselte ihn, das mehr Kummer glich als Furcht. Sein Kopf ruckte hoch. Vor ihm standen drei silberne Gestalten, als wären sie aus destilliertem Mondlicht. Sobald er sich die Verschwommenheit des Schlafs aus den Augen gezwinkert hatte, erkannte er sie.

Lena, die Frau, die er vergewaltigt hatte. Atiaran und Trell, ihre Eltern.

Trell, eine hünenhafte, derbe, wuchtige Erscheinung, war durch das Verbrechen, das Covenant an Lena begangen, und das Unheil, das Atiaran mit ihren Bemühungen, das Land zu retten, indem sie den Schänder ihrer Tochter beschützte, über sich gebracht hatte, zutiefst verletzt worden. Der größte Gram seines Lebens jedoch, der Schmerz, der zuletzt seinen Verstand aus den Angeln gehoben hatte, war die Liebe gewesen, die Elena, Lenas Tochter, für Covenant empfand.

Atiaran hatte all ihre Gefühle, all ihr schwer errungenes Gespür für Gerechtigkeit für Covenant geopfert; sie hatte von Anfang an daran geglaubt, daß er unentbehrlich war für die Rettung des Landes. Doch die Folgen dieser Selbstüberwindung hatten sie zum Schluß das Leben gekostet.

Und Lena ... Ach, Lena! Beinahe fünfzig Jahre lang hatte sie ernsthaft in dem aberwitzigen Wahn gelebt, Covenant werde eines Tages zurückkehren und sie heiraten. Und als er dann tatsächlich zurückkam – als sie erfuhr, daß er die Verantwortung für den Tod Elenas trug, der Urheber des ungeheuerlichen Martyriums war, das die Ranyhyn, die sie so bewunderte, erleiden mußten –, war sie dennoch dazu fähig gewesen, ihr Leben zu opfern und Covenants zu bewahren. Nun erschien sie ihm nicht in der Lieblichkeit der Jugend, sondern in der morschen Gebrechlichkeit des Alters; und sein verschlissenes Herz rief nach ihr. Er hatte jeden Preis entrichtet, der ihm in seinen außergewöhnlichen Anstrengungen zur Wiedergutmachung seiner Missetaten möglich gewesen war; doch nie hatte er die Bürde der Reue zu tragen erlernt.

Trell, Atiaran und Lena. In jedem ihrer Gesichter ersah er einen Vorwurf, so stark, wie ihn menschliches Leid nur erheben konnte. Doch als Lena sprach, klagte sie ihn nicht an. »Thomas Covenant, du hast dich weit über die Belastbarkeit deines Leibes hinaus geschunden. Solltest du noch länger schlafen, mag's wohl sein, daß Andelain dich vor dem Tod errettet, doch wirst du erst erwachen, wenn ein voller Tag verloren ist. Vielleicht ist's so, daß dein Wille unbeugsam ist. Dennoch ist es keineswegs klug von dir, dich auf diese Weise zu strafen. Erhebe dich! Du mußt essen und dich regen, sonst wird dein sterbliches Fleisch dich im Stich lassen.«

»Das ist die Wahrheit«, fügte Atiaran ernst hinzu. »Du strafst dich für das Schicksal, das deine Gefährten erlitten haben. Aber eine solche Selbstzüchtigung kann nichts bewirken als unheilvolle Folgen. Wenn du dich selbst strafst, wirst du nichts erreichen, als daß es dir vollends unmöglich wird, deinen Freunden Beistand zu leisten. Und ein Versagen würde beweisen, daß du unwert bist. Indem du dich bestrafst, wirst du dir Bestrafung zuziehen. Das ist der Hohn des Verächtertums, Zweifler. Steh auf und iß!«

Trell schwieg. Doch sein stummer Blick bedurfte keiner Worte. Unterwürfig, weil die drei waren, die sie waren, und weil er das, was sie sagten, anerkennen mußte, gehorchte Covenant. Sein Körper ächzte in jedem Gelenk, jeder Sehne; aber er vermochte sich seinen Toten nicht zu verweigern. Tränen rannen ihm übers Gesicht, als er begriff, daß diese drei – drei Menschen, die in ihrem Leben mehr Anlaß als alle anderen erhalten hatten, ihn zu hassen – erschienen waren, um ihm zu helfen.

Lenas Arm deutete silbrig auf einen nahen *Aliantha*. »Verzehre jede Beere dieses Strauchs. Sollten dich die Kräfte doch verlassen, werden wir dich mit Zwang unterstützen.«

Covenant kam der Aufforderung nach, aß sämtliche reifen Früchte, die er im Finstern mit seinen gefühllosen Fingern ertasten konnte. Danach machte er sich von neuem, die Tränen auf den Wangen erkaltet, in die Richtung Schwelgensteins auf, geleitet durch seine Toten wie von einem Gefolge. Zuerst war jeder Schritt eine Qual. Allmählich jedoch sah er die Vernünftigkeit dessen ein, was seine Toten ihm geraten hatten. Mit der

Zeit schlug sein Herz wieder regelmäßiger; die Mühseligkeit seiner Atemzüge ließen in dem Maße nach, wie seine verkrampfte Muskulatur sich lockerte. Keiner der Geister sprach noch einmal zu ihm, und er selbst besaß weder die Verwegenheit noch das innere Rückgrat, um sich seinerseits an sie zu wenden. In vollständigem Schweigen zog die kleine, silberngespenstische Prozession auf ihrem Weg durch die Randgebiete Andelains dahin. Noch lange, nachdem er zu weinen aufgehört hatte, schwamm Covenant inwendig in Gram, weil seine Schandtaten unwiderruflich waren, er den Kummer, den er Trell, Atiaran und Lena zugefügt hatte, nie wiedergutmachen konnte. Niemals.

Kurz vor der morgendlichen Dämmerung verließen sie ihn – wandten sich unvermittelt dem Innern Andelains zu, ohne ihm eine Gelegenheit zu geben, ihnen zu danken. Er hatte dafür Verständnis; womöglich wäre für sie nichts so bitter gewesen wie ein Dank des Zweiflers. Also brachte er nichts von seiner Dankbarkeit zum Ausdruck. Er stand nur da, als sei das Abschiedsgruß genug, schaute ihnen nach, während sie sich entfernten, legte in seinem Herzen Versprechen ab. Als ihr silbriger Glanz verschwunden war, nahm er den Marsch zu seinem Ziel erneut auf.

Die Morgendämmerung und ein frischer, heiterer Tag brachen an, säumten seinen Weg mit Musik, verliehen ihm neue Kräfte; er war dazu imstande, das Tempo nach und nach zu steigern, bis es wieder einigermaßen seiner anfänglichen Marschgeschwindigkeit nahekam. Hohl hinter sich wie einen abgelösten Schatten, brachte er den dritten Tag der Sonne der Dürre herum, indem er Andelain so eilig durchmaß, wie es ihm möglich war, ohne einen neuen Zusammenbruch herauszufordern.

Am Abend machte er kurz nach Sonnenuntergang im Schutz einer altehrwürdigen Weide Halt. Er aß ein paar *Ali-*

antha und saß dann eine Zeitlang mit dem Rücken am Baumstamm. Der Baum stand hoch oberhalb der Ebenen, und Covenant blickte nach Westen aus, starrte ohne Hoffnung, fast willenlos, in die Nacht; das Verhängnis seiner Gefährten gönnte ihm keine Ruhe.

Das erste Aufflammen eines Feuers scheuchte ihn augenblicklich auf die Beine. Die Flamme verschwand so schnell, wie sie aufgeloht war; doch einen Moment später loderte sie erneut auf. Diesmal hielt sie sich. Nach einigem zaghaften Geflacker brannte sie mit Stetigkeit. Das Feuer befand sich westlich von Covenants Standort.

Aufgrund der Dunkelheit konnte er die Entfernung nicht schätzen. Und der Verstand sagte ihm, daß es kein Beweis für die Nähe Lindens und der beiden Steinhausener war; ohne Zweifel vermochte ein Gefolgsmann auf seinem Landläufer binnen fünf Tagen eine erheblich weitere Strecke zurückzulegen. Trotzdem zögerte Covenant nicht. Er winkte Hohl zu und kletterte den Hügel hinab. Der Drang in ihm nahm mit jedem Schritt zu. Als er das andelainische Gebiet verließ, bewegte er sich im Laufschritt. Gleich darauf geriet das Feuer hinter einer Bodenerhebung außer Sicht. Aber er hatte sich die Richtung genau eingeprägt. Mit verbissenem Schnaufen und innerer Beflügelung durchquerte er das vom Sonnenübel verödete Terrain wie ein Mann, der bereitwillig seinem Untergang entgegeneilt. Gut zwei Kilometer lagen hinter ihm, ehe er den Feuerschein wieder sehen konnte. Das Feuer war jenseits einer anderen Anhöhe entzündet worden. Inzwischen war er jedoch nah genug, um zu erkennen, es handelte sich um ein großes Feuer. Als er die Anhöhe erklomm, entsann er sich der notwendigen Vorsicht und verlangsamte seine Schritte. Nachdem er das letzte Stück verstohlen und in geduckter Haltung zurückgelegt hatte, spähte er über die Hügelkuppe. Dort: das Feuer.

Den Atem angehalten, betrachtete er die Gegend rings um die Flammen. Von der Höhe des Hügels aus fiel der Untergrund stark geneigt ab, bildete drunten eine ausgedehnte, geschwungene Fläche, um in hundert oder mehr Meter Entfernung wieder anzusteigen und in einen breiten Steilabbruch überzugehen. An einer Stelle grob gegenüber von Covenant verbanden sich die Beschaffenheit des Untergrunds und eine Aushöhlung des Steinabbruchs zu einer Senke, einer durch die Eingrenzung des höhergelegenen Geländes halb zerteilten Mulde. In dieser senkrechten Vertiefung brannte das Feuer. Die halbierte Mulde warf viel vom Feuerschein zurück, doch infolge des Abstands ließen sich vorerst wenig Einzelheiten erkennen. Nur mit Mühe vermochte Covenant zu unterscheiden, daß die Flammen aus einer langen, schmalen Anhäufung von Holz loderten. Die Anhäufung verlief ins Innere der Senke, und anscheinend war das Feuer an ihrem dem Steilabbruch abgewandten Ende entfacht worden, so daß sich die Flammen, indem immer mehr Holz Feuer fing, quer durch die Mulde fraßen. Die halbe Länge des langgestreckten Holzstapels war bereits von der Glut verzehrt worden.

Die Umgebung ringsherum lag verlassen da. Covenant sah keine Spur von irgend jemandem, wer das Feuer auch entzündet haben mochte. Nichtsdestotrotz erweckte das Feuer den Eindruck, unverkennbar sorgsam vorbereitet worden zu sein. Vom gierigen Knistern der Flammen abgesehen, herrschte über den Ebenen unheimliche Stille.

Im Augenwinkel bemerkte Covenant urplötzlich eine Gestalt. Er drehte den Kopf und sah Hohl neben sich stehen. Der Dämondim-Abkömmling machte keinerlei Anstalten, sich hinter der Hügelkuppe in Deckung zu halten. »Idiot!« fauchte Covenant wütend. »Versteck dich!« Hohl schenkte ihm keine Beachtung. Er beobachtete das Feuer mit dem gleichen blinden Blick und zweideutigen Lächeln, die er während der Durchquerung Andelains gezeigt hatte. Oder als er Einwohner von Holzheim Steinmacht tötete. Covenant packte ihn am Arm; aber Hohl ließ sich nicht vom Fleck bewegen. »Verfluchter Kerl«, knirschte Covenant durch die Zähne. »Irgendwann wirst du noch mein Tod sein.«

Als er den Blick wieder hinüber zum Feuer lenkte, war es deutlich in die Richtung des Steilabbruchs weitergebrannt, und mehr Helligkeit erfüllte die Mulde. In plötzlichem Grausen sah Covenant, daß die Anhäufung von Holz in einem Scheiterhaufen endete, aus dem ein aufrechter Pfahl ragte, so groß und dick wie ein Mensch. Irgend jemand war an den Pfahl gebunden. Lebendig. Die nur unklar sichtbare Gestalt zappelte.

Hölle und Verdammnis! Instinktiv erkannte Covenant, daß er es hier mit einer Falle zu tun hatte. Für einen Moment fühlte er sich wie gelähmt. Er konnte sich unmöglich einfach verdrücken, die an den Pfahl gebundene Person verbrennen lassen. Doch eigentlich durfte er sich ihr auf keinen Fall nähern. Irgendwelche scheußlichen Absichten verbargen sich hier, man trachtete mit aller Bosheit und Hinterlist danach, ihn anzulocken – oder jemand anderes, der sich auf so eine Weise anlocken ließ. Jemand anderes? Auf diese Frage gab es keine Antwort. Doch Covenant riß sich zusammen, bemühte sich darum, seinem wie gelähmten Verstand eine Entscheidung zu entringen, besann sich auf Mhorams Äußerung: *Es ist ohne Nutzen, danach zu trachten, seinen Fallstricken auszuweichen …*

Ruckartig richtete er sich auf. »Bleib hier«, flüsterte er Hohl zu. »Es hat keinen Zweck, uns beide in Schwierigkeiten zu bringen.« Damit eilte er den Hang hinunter und lief grimmig zum Feuer. Wie üblich folgte ihm Hohl. Covenant konnte seinen Ärger über den Dämondim-Abkömmling kaum unterdrücken. Aber er blieb nicht stehen.

Während er sich dem Steilabbruch näherte, begann das

Feuer am Scheiterhaufen rings um den Pfahl zu züngeln. Er fing zu laufen an. Wenige Augenblicke später stand er in der Senke und starrte den Köder an, den die Falle enthielt. Die an den Pfahl gebundene Kreatur war ein Wegwahrer.

Wie die Urbösen waren auch die Wegwahrer Nachfahren der Dämondim. Bis auf die graue Haut und kleinere Statur ähnelten sie den Urbösen sehr. Die haarlosen Gestalten hatten lange Rümpfe und kurze Gliedmaßen; die Arme und Beine stimmten in der Länge überein, so daß diese Wesen ebensogut auf allen vieren laufen wie sich des aufrechten Gangs bedienen konnten. Die spitzen Ohren saßen hoch an den kahlen Schädeln; die Münder glichen bloßen Schlitzen. Augen hatten sie keine; statt dessen vertrauten sie hauptsächlich auf den Geruchssinn. Inmitten ihrer Gesichter klafften weite Nasenlöcher. Erzeugt von den Dämondim, zeichneten auch die Wegwahrer sich durch Lehrenkundigkeit und Schläue aus. Doch im Gegensatz zu ihren schwarzen Verwandten, den Urbösen, hatten sie nach dem Ritual der Schändung mit Lord Foul gebrochen. Covenant hatte von den Wegwahrern als einer Rasse erzählen hören, die dem Lande nach ihren eigenen Maßstäben zu Diensten waren; doch seit seinem letzten Aufenthalt zu Schwelgenstein, als ein Wegwahrer aus Fouls Hort entwichen war, um die Lords vom ständigen Wachsen der Macht Lord Fouls zu benachrichtigen, hatte er keinen von ihnen mehr zu sehen bekommen.

Das Wesen vor Covenant litt furchtbare Schmerzen. Die Haut war wund. Dunkles Blut rann aus Dutzenden von aufgeplatzten, von Peitschenhieben zurückgebliebenen Striemen. Ein Arm war in einem Winkel der Qual verkrümmt, und das linke Ohr war völlig abgerissen. Aber der Wegwahrer befand sich bei Bewußtsein. Seine Kopfbewegungen zeigten an, daß er Covenants Annäherung beobachtete; die Nasenflügel bebten. Als Covenant verharrte, um die Situation zu überdenken, streckte der Wegwahrer sich ihm entgegen, flehte um Rettung. »Keine Panik«, knurrte Covenant, obwohl er nicht wußte, ob die Kreatur ihn verstehen konnte. »Ich hole dich raus.« Außer sich vor Wut begann er das Holz zur Seite zu räumen, trat abgestorbene Äste und Strauchwerk aus dem Weg, während er zum Pfahl vordrang. Da jedoch bemerkte das Geschöpf anscheinend einen neuen Geruch. Vielleicht nahm es, mutmaßte Covenant, den Ehering wahr. Ihm war bekannt, daß Dämondim-Abkömmlinge diese Fähigkeit besaßen. Der Wegwahrer verfiel in regelrecht anfallartige Erregung, begann mit seiner heiseren, kehligen Stimme irgend etwas zu rufen. Drängen klang aus dem Tonfall. Covenant hatte keinerlei Kenntnisse dieser Sprache; doch er hörte ein Wort, dessen Klang ihm einen Schauder böser Ahnungen über den Rücken jagte. *»Nekhrimah!«* schrie der Wegwahrer wiederholt.

Hölle und Verdammnis! Das Wesen versuchte, Hohl irgendeine Anweisung zu erteilen. Nichtsdestotrotz ließ Covenant sich nicht beirren. Die Verzweiflung des Geschöpfs wurde zu seiner eigenen. Er wuchtete Holz beiseite, machte sich den Weg frei. Am Pfahl angelangt, riß er sofort das Messer der Steinmeisterin aus dem Gürtel und begann die Ranken zu zerschneiden, mit denen man den Wegwahrer angebunden hatte. Im Handumdrehen hatte er den Wegwahrer befreit. Covenant half ihm dabei, aus dem Holz des Scheiterhaufens zu humpeln. Unverzüglich wandte sich die Kreatur an Hohl, gab einige längere Sätze von sich, die nach Gefluche klangen. Dann packte sie Covenant am Arm und zerrte ihn vom Feuer fort. Südwärts.

»Nein.« Mit einiger Anstrengung entzog er seinen Arm dem Griff. Er versuchte zu erklären, was er vorhatte, obwohl der Wegwahrer ihn wahrscheinlich nicht verstehen konnte. »Ich gehe nach Norden. Nach Schwelgenstein.«

Das Wesen äußerte einen dumpfen Aufschrei, als sei ihm

die Bedeutung des Wortes *Schwelgenstein* nur zu gut bekannt. Mit einer Behendigkeit, als wäre es gar nicht verletzt, rannte es am Rand des Steilabbruchs entlang zur Mulde hinaus und war im nächsten Augenblick in der Dunkelheit verschwunden.

Covenants Unruhe wuchs. Was hatte der Wegwahrer ihm mitzuteilen versucht? Er hatte ihm ein starkes Gefühl der Bedrohung vermittelt. Doch Covenant hegte nicht die Absicht, nur noch einen Schritt zu tun, der die Entfernung zwischen ihm und Linden weiter vergrößerte. Die einzige Alternative bestand in schnellster Flucht. Er drehte sich nach Hohl um. Plötzliche Überraschung ließ ihn mitten in der Bewegung erstarren. Auf der anderen Seite des Feuers stand ein Mann.

Er hatte einen zottigen Bart und irre Augen. Ganz im Kontrast dazu zeigten seine Lippen ein scheues Lächeln. »Soll er gehen«, sagte der Mann, indem er dem Wegwahrer nachnickte. »Wir brauchen ihn nicht mehr.« Langsam ging er um das Feuer herum, näherte sich Covenant und Hohl. Trotz all seiner oberflächlichen Nonchalance verriet seine Stimme deutliche Hysterie. Er erreichte die Seite des Feuers, an der Covenant stand. Mit einem scharfen Zischgeräusch saugte Covenant den Atem durch die zusammengebissenen Zähne ein. Der Mann war bis zur Hüfte nackt, und sein Oberkörper war behangen mit Salamandern. Sie entwuchsen ihm wie Geschwüre. Ihre Leiber zuckten bei jeder Bewegung des Mannes. Im Feuerschein glitzerten ihre Äuglein rötlich, und ihre Mäuler schnappten. Ein Opfer des Sonnenübels!

Covenant erinnerte sich an Marid und hob das Messer. »Das reicht«, sagte er. »Keinen Schritt näher!« Aber seine Stimme zitterte, offenbarte seine Furcht. »Ich möchte dir nichts tun.«

»Freilich«, entgegnete der Mann. »Du möchtest mir nichts tun.« Er grinste wie ein gutmütiges Scheusal. »Und ich verspüre keinen Wunsch, dir etwas anzutun.« Er hielt die Hände vor sich zusammengelegt, als verberge er darin irgendeine Kostbarkeit. »Ich wünsche dir lediglich ein Geschenk zu geben.«

Covenant griff auf seine Verärgerung zurück, um seine Furcht zu meistern. »Du hast den Wegwahrer mißhandelt. Du wolltest ihn umbringen. Was ist mir dir los? Gibt's noch nicht genug Mord und Totschlag in der Welt – mußt du noch mehr dergleichen anstellen?«

Der Mann hörte nicht zu. Mit einem Ausdruck geisteskranker Freude betrachtete er seine Hände. »Es ist ein wundersames Geschenk.« Er schlurfte vorwärts, als wüßte er gar nicht, daß er sich fortbewegte. »Kein Mensch außer dir vermag zu ermessen, wie wundersam dies Geschenk ist.« Covenant wollte zurückweichen; aber seine Füße blieben auf dem Untergrund stehen, als hätte er Wurzeln geschlagen. Der Mann übte eine gräßliche Faszination aus. Unwillkürlich starrte Covenant die Hände an, als könnten sie in der Tat irgend etwas Wunderbares enthalten. »Schau«, sagte der Mann leise und mit gemäßigter Hysterie. Langsam, behutsam, wie jemand, der einen Schatz enthüllt, öffnete er die Hände. Auf seiner Handfläche hockte eine kleine, pelzige Spinne.

Ehe Covenant zurückzucken, zur Seite springen, etwas unternehmen konnte, um sich zu verteidigen, tat die Spinne einen Satz. Covenant an den Hals. Unmittelbar bevor er sie fortschlug, spürte er das schwache Stechen, als sie zubiß.

Für einen Moment füllte wahrhaftig wundersame Ruhe Covenant aus. Ungerührt sah er mit an, wie der Mann nähertrat, als schwämme er durch eine plötzliche Eindickung des Feuerscheins. Das Prasseln der Flammen klang auf einmal dumpf, wie durch einen Schleier aus Wolle gedämpft. Covenant merkte kaum, daß der Mann ihm das Messer abnahm. Hohl schaute zu, als fände nichts besonderes statt. Mit unvorstellbarer Sanftheit schien sich der Untergrund der Mulde zu neigen.

Dann tat Covenants Herz einen Schlag, als wäre es ein Vorschlaghammer, und alles zerbarst. Scherben aus Pein stoben durch seine Gedanken. Seinem Gehirn blieb nur noch die Zeit, zwei Wörter zu formen: *Gift. Rückfall.* Danach schlug sein Herz erneut mit ungeheurer Wucht; und er war sich keines anderen Geschehens mehr bewußt als eines langgezogenen, heiseren Heulens, das aus seiner Kehle kommen mußte.

Einige Zeit lang irrte er hilflos durch ein inneres Labyrinth der Qual, suchte zerrüttet nach einem Ausweg der Erlösung. Überall war nur Pein. Er schien keinen Verstand mehr zu haben, nur noch Schmerzen zu kennen; er hatte keinen Atem, der nicht aus Schmerz bestand; keinen Pulsschlag, der nicht den Schmerz vervielfachte. In seinem rechten Unterarm schwoll ein unsägliches Weh an. Er schmerzte, als wäre das Glied nur noch ein blutiger Stumpf. All diese Qual betraf ausschließlich ihn, Covenant, alles in ihm, seine Brust, die Eingeweide, den Kopf, alles, alles, sie gellten in einer unerträglichen Litanei der Marter. Falls er noch schrie, hörte er es nicht mehr; er nahm nichts wahr außer Pein und Tod.

Der Tod war ein Derwisch, Schwindel, eine Lawine, übermannte ihn wie die abgrundtiefe Verhängnisfülle seiner Untauglichkeit; war alles, was er jemals wiedergutzumachen bestrebt gewesen war, jede sinnlose Not, der er je einen Sinn zu verleihen versucht hatte; war untröstliche Trauer, unauslöschliche Schuld und wilde Wut; und er schuf in Covenants Kopf einen kleinen, lichten Raum aus Helle. Wie ein Wrack dort festgekrallt, machte er die Augen auf.

Delirium vernebelte ihm die Sicht; graue Schemen gaukelten unbegreiflich durch sein Fieber, bedrohten den letzten geringfügigen Flecken von Klarheit in seinem Ich. Doch er widerstand dieser Gefahr. Indem er zwinkerte, als wären die Bewegungen seiner Lider eine Gewalttat, klärte er sein Blickfeld.

Er befand sich noch in der Mulde, war an den Pfahl gefesselt. Rings um ihn lag Brennholz aufgehäuft. An den Rändern des Scheiterhaufens lohten Flammen. In der Senke wimmelte es von Gestalten, die tanzten, als wären sie auch Flammen. Sie hüpften umher wie gespenstische Unholde. Schreie der Blutgier hallten von den Wällen des Steilabbruchs wider; von Kannibalismus schrille Stimmen drangen an Covenants Gehör. Männer mit entarteten Augen und Greifnasen stierten ihn an. Frauen mit mehrfachen Brüsten, die Finger in ganzer Länge besetzt mit Klauen, wirbelten an ihm vorüber wie Fragmente des Wahnsinns, kreischten nach seinem Leben. Kinder mit schaurig deformierten Gesichtern und Tigermäulern an der Stelle der Bäuche spien Frösche und Obszönitäten. Covenants Grauen brachte die Welt rund um ihn ins Trudeln, riß ihn vom letzten Halt an seiner restlichen geistigen Klarheit los. Sein rechter Arm verströmte Schmerz in seinen Brustkorb. Jeder einzelne Nerv des Glieds war in Pein getränkt. Einen Moment lang drohte er mitgerissen zu werden. Doch da sah er Hohl.

Der Dämondim-Abkömmling stand mit dem Rücken zu den Ebenen, schaute dem Treiben der wie besessenen Tänzer zu, als wären sie zu keinem anderen Zweck da, als ihn zu belustigen. Langsam schwelgte sein Blick über das Durcheinander, bis er Covenants Blick erwiderte.

»Hohl!« röchelte Covenant, als ersticke er an Blut. »Hilf mir!«

Zur Antwort entblößte Hohl die Zähne zu einem schwarzen Grinsen.

Bei diesem Anblick brach Covenant zusammen. Ein greller Wutschrei entfuhr seiner Brust. Und mit diesem Aufschrei verpuffte schlagartig alles; die Nacht selbst verging.

15
»Weil du sehen kannst«

Nein. Nie wieder.

Nachdem Covenant hinter dem Hügelkamm ins Innere Andelains verschwunden war, setzte sich Linden zwischen das tote Gestein und versuchte, ihr Gefühl für das, was sie war, nun wiederzufinden. Eine finstere Stimmung überkam sie. Ihr war innerlich sinnentleert leblos zumute, wie so oft in den vergangenen Jahren; all ihre Bemühungen, sich ihren Eltern als überlegen zu erweisen, hatten nichts gefruchtet. Hätten Sunder oder Hollian etwas zu ihr gesagt, sie hätte aufgeschrien, vorausgesetzt, sie hätte dazu genug Kraft aufgebracht.

Sie hatte ihre Entscheidung getroffen, etwas zur Verteidigung ihrer diffizilen Selbständigkeit gegen Covenants seltsame Fähigkeit unternommen, sie von sich selbst abzulenken, und nun mußte sie die Folgen tragen. Sie konnte sie nicht ignorieren; die uralte, für immer unlinderbare Ödnis rings um sie erlaubte ihr nicht, darüber hinwegzugehen. Die abgestorbenen Höhen, die im Süden und Westen aufragten, widersprachen Andelain, als hätte sie, als man ihr das Leben anbot, den Tod gewählt.

Und sie blieb in ihrer düsteren Verfassung allein. Sunder und Hollian hatten in ihrer einmütigen Ablehnung der Hügel Andelains eine Art von Gemeinschaftlichkeit entwickelt. Ihr Leben war immer so grundlegend vom Sonnenübel bestimmt worden, daß sie das Unbehagen, das Andelain bei ihnen hervorrief, gar nicht in Frage stellen konnten. Vielleicht vermochten sie nicht zu erkennen, daß diese üppig belaubten Bäume und saftigen Wiesen gesund waren; oder daß ihre

Gedeihlichkeit mit Schönheit einherging. Aber Linden akzeptierte die Einstellung der Steinhausener. Im Zusammenhang mit dem Sonnenübel war sie durchaus zu begreifen. Ihre innere Absonderung von den beiden machte ihr nicht zu schaffen.

Covenants Abschied jedoch beeinträchtigte ihr Gemüt. Sie hatte ihren Entschluß gefällt, und daraufhin war er aus ihrem Leben getreten, als nähme er all ihre Kraft und ihre ganze Überzeugung mit. Das Licht der Sonne der Fruchtbarkeit hatte auf dem Mithil gegleißt, als er hinüberschwamm, ihn umflimmert wie eine Bestätigung seiner persönlichen Wirksamkeit gegen das Unheil des Landes. Sie hatte die Intimität seines Lebens bis zum äußersten mit ihm geteilt, und doch hatte er sie um Andelains willen verlassen. Und das Gift stak noch immer in ihm. Linden hätte sich nicht einsamer fühlen können, wäre ihr Dasein allen Sinns zum Weiterführen beraubt worden.

Aber ihre Entscheidung war getroffen. Sie hatte Covenants Krankheit erfahren, als wäre es ihre eigene gewesen, und ihr war klar, daß auch er sich nicht anders zu entscheiden vermocht hatte. Sie zog diese leblose Wüste aus Stein der Lieblichkeit Andelains vor, weil sie sie besser verstand, sich ihr stärker verschließen konnte. Nach ihren Bemühungen, Covenant zu retten, hatte sie sich geschworen, sich nie wieder irgend etwas so intim auszusetzen, nicht noch einmal zuzulassen, daß die hier im Lande entstandene ungewöhnliche Sensitivität ihrer Sinne ihre unabhängige Identität bedrohte. Dieser Eid ließ sich leichter halten, wenn die Wahrnehmungen, denen sie ihr Herz verschloß, Wahrnehmungen des Ruins waren, so wie von diesem toten Stein, der dem Schutt einer Katastrophe glich, statt solche von reinem Holz, duftendem Gras, Reichtum an *Aliantha.* Auf ihre Weise hegte Linden gleichartiges Mißtrauen wie Hollian. Andelain war weit verführerischer als dieser Fels ringsum. Linden wußte absolut sicher, daß sie es sich nicht leisten konnte, irgendeiner Verführung zu erliegen.

Verloren in ihrem alten Trübsinn, Augen und Ohren allem gegenüber blind und taub, als hätte sie die Fenster ihres Bewußtseins vernagelt, die Türen verrammelt, begriff sie Sunders Warnruf zu spät. Urplötzlich sprangen Männer mit Keulen und Messern aus ihren Deckungen. Sie rangen mit Sunder, während er sich abmühte, seinen Dolch zu heben, den Sonnenstein zu benutzen. Linden hörte ein dumpfes Geräusch, als sie ihn niederschlugen. Man packte Hollians Arme, ehe sie ihr Messer gebrauchen konnte. Linden fuhr hoch; aber sie hatte keine Chance. Ein wuchtiger Hieb brachte sie ins Taumeln. Während sie nach Luft keuchte, fesselte man ihr die Hände auf den Rücken. Im folgenden Augenblick zerrten rohe Fäuste sie und ihre Begleiter vom Fluß fort.

Einige Zeit lang, während sie schnaufte und dahinstolperte, vermochte sie sich der neuen Eindrücke, die auf sie einstürmten, nicht zu erwehren. Ihre Sinne fühlten die Gewalttätigkeit der Männer, spürten ihre Brutalität, als handle es sich um eine Form eingefleischter Lust. Sie empfand die Verzerrung und Verunstaltung des Geländes immer stärker. Unwillkürlich erkannte sie, daß man sie zur Quelle seines Abgestorbenseins verschleppte, daß diese Menschen Geschöpfe derselben Kraft waren, die diese Region abgetötet hatte. Sie mußte die Augen schließen, ihren Geist in straffe Knoten flechten, um die unerwünschte Wahrnehmung dieser Zumutung abzuschwächen.

Schließlich drängte man die drei Gefährten durch einen engen Felsspalt hinab in den Cañon von Holzheim Steinmacht.

Linden hatte noch kein Holzheim gesehen, und der Anblick, der sich ihr bot, war ihr sofort zuwider. Die achtlos zurechtgezimmerten Häuser, die schlampigen Menschen, die Blutrünstigkeit der Steinmeisterin – diese Dinge unterminierten den Eindruck mühsam aufrechterhaltener Redseligkeit, den sie von

Personen wie Sunder und Hollian gewonnen hatte. Aber alles andere trat in den Hintergrund, als sie den unheilvollen grünen Stein der Steinmeisterin sah, von dem Dampf aufstieg. Der Stein flutete ihre Augen mit Bösem, reizte ihre Nase wie ätzende Säure; er stand über jeder Macht, die sie bisher kennengelernt hatte, leuchtete von stärkerer Schlechtigkeit, ausgenommen das Sonnenübel selbst. Dieser smaragdgrüne Brocken war die Ursache all des Verderbens im Umland, der Urheber der bedrohlichen, rücksichtslosen Wildheit der Holzheimer. Tränen blendeten Linden. Zuckungen verkrampften ihr Bewußtsein wie ein Verlangen, sich zu übergeben. Doch sie konnte sich nicht taub gegenüber der Bosheit der Steinmeisterin stellen, als die Frau ihre Absicht verkündete, die Gefangenen am nächsten Morgen zu töten.

Danach sperrte man Linden und die Steinhausener in eine krude Hütte, die auf Pfählen stand, und überließ es ihnen, dem angedrohten Tod entgegenzusehen, so gut es ging. Linden vermochte keinerlei Gegenwehr zu leisten. Sie war in eine Krise der Selbstbehauptung geraten. Durch die Nähe der Steinmacht war sie deren Ausstrahlung ständig gewahr. Die Emanationen zehrten an ihrem Herzen, brachten sie innerer Auflösung nahe wie ein Sog. *Nein,* wiederholte sie immerzu, während sie an der Wand hin- und herschaukelte, um sich daran zu erinnern, daß sie noch existierte, nach wie vor eine eigene körperliche Identität besaß, *nie wieder.* Sie sagte leise ihren Spruch auf, als wäre er eine Zauberformel gegen das Böse, und focht um ihren Bestand.

Sie brauchte eine Antwort auf das Problem Joan, auf Gift und Wütriche, auf die gefährliche Macht des grünen Steins. Doch sie fand keine andere Antwort, als sich in sich selbst zurückzuziehen und sich gegen alles abzuschotten, als ob sie einer ihrer Elternteile wäre, unfähig zum Zurechtkommen mit dem Leben, sehnsüchtig nach dem Tod.

Aber als die Morgendämmerung heraufzog und jemand die Tür der Hütte aufschwang, war es nicht die Steinmeisterin, die das tat, auch kein anderer Holzheimer, sondern ein Mitglied der Sonnengefolgschaft. Die Sonne der Fruchtbarkeit leuchtete auf seiner knallroten Robe, schimmerte an den Umrissen seines schwarzen *Rukh,* ließ die steife Länge seines Bartes aussehen wie den Spaten eines Totengräbers. Er war hochaufgerichtet in seiner Autorität und seiner unerschütterlichen Selbstsicherheit. »Kommt«, sagte er, als gäbe es keinen Widerspruch. »Ich bin na-Mhoram-In Santonin. Ihr seid mein.« Auf das Stöhnen Sunders und Hollians reagierte er mit einem Lächeln, das der Klinge eines Säbels glich.

Draußen standen die Holzheimer, klagten und flehten. Die Steinmeisterin erhob kriecherischen Protest. Doch Santonin war nicht zu erweichen. Unter Tränen übergab sie ihm die Steinmacht. Ein Dörfler händigte ihm den Sonnenstein, den *Lianar* und die Messer der Steinhausener aus.

Während sie die Auslieferung der Gegenstände beobachtete, blieb Linden außerstande, an etwas anderes als daran zu denken, daß Covenant bald aus Andelain zurückkehren und seine Begleiter nicht mehr antreffen würde. Für einen Augenblick des Irrwitzes verleitete Santonins Lächeln sie beinahe dazu, ihm Covenants Aufenthalt mitzuteilen; sie hätte gerne dagegen vorgesorgt, daß er in die Gewalt von Holzheim Steinmacht geriet. Doch Sunder und Hollian hielten den Mund; und ihr Schweigen erinnerte sie daran, daß die Sonnengefolgschaft Covenants Tod wünschte. Mit aller restlichen Willenskraft untersagte sie sich alles, was ihn hätte verraten können.

Anschließend allerdings ging sie ihres Willens vollständig verlustig. Unterm grünen Verhängnis der Sonne entflammte na-Mhoram-In Santonin seinen *Rukh.* Zwang entsprang der Glut, ergriff Besitz von Lindens Seele. Jede Wahl kam ihr abhanden. Auf Santonins Befehl bestieg sie seinen Landläufer.

Mit den übriggebliebenen Bruchstücken ihres Ichs sah sie, daß Sunder und Hollian ebenso gehorchten. Dann verließ Santonin mit ihnen Holzheim Steinmacht; ritt nach Schwelgenstein.

Seine Kontrolle über die Gefangenen ließ sich nicht brechen. In Linden gab es nichts mehr, womit sie zu widerstehen vermocht hätte. Tagelang war sie sich durchaus dessen bewußt, daß sie zu fliehen versuchen sollte, zu fliehen, sich zu widersetzen. Ohne Santonins ausdrückliche Anweisung jedoch mangelte es ihr sogar an genug Entschlußkraft, um nur eine Hand ans Gesicht zu heben und sich die Haare aus der Stirn zu streichen. Wann immer er ihren starren Blick erwiderte, lächelte er, als freue ihn ihre zwangsweise Ruhe. Bisweilen murmelte er Namen vor sich hin, die ihr nichts sagten, als wolle er ihrer spotten: Windschoorn, *Victuallin Tayne*, Klein-Andelain. Dennoch erregte er nicht den Eindruck, schlecht zu sein. Oder Linden war nicht dazu in der Lage, seine Schlechtigkeit zu erkennen.

Nur einmal schwand ihm die Herrschaft über seine Gefangenen. Kurz nach dem Sonnenaufgang des ersten Tages einer Sonne der Dürre – acht Tage nach dem Aufbruch von Holzheim Steinmacht –, durchfuhr unerwartet etwas wie ein stummer Schrei die Luft, von dem sich Lindens Herz zusammenkrampfte. Santonins Bann brach, als spränge die überspannte Saite einer Harfe. Als hätten sie die ganze Zeit hindurch auf diesen Augenblick gewartet, versuchten Sunder und Hollian sofort, sich den *Rukh* anzueignen. Linden wendete bei Santonin einen Armhebel an und schleuderte ihn zu Boden, flüchtete südostwärts, in die Richtung, aus der sie den Schrei vernommen hatte. Doch schon einen Moment später schlenderte sie – fast als hätte sie kein Ziel – zurück zu Santonins Lager. Sunder und Hollian packten den Proviant des Gefolgsmanns zusammen. Santonin zeigte ein wüstes Grinsen. Das Dreieck an seinem *Rukh* glomm wie Blut und Smaragd. Wenig später ritt er mit seinen unfreiwilligen Begleitern nach Schwelgenstein weiter, als wäre nichts geschehen.

Und es war nichts geschehen. Linden wußte nichts, verstand nichts, wollte nichts. Der Gefolgsmann hätte sie auf jede Art und Weise mißbrauchen können, die ihm behagte. Möglicherweise hätte sie gar nichts empfunden, wäre es ihm eingefallen, irgendwelchen Anwandlungen nachzugeben. Aber er tat nichts derartiges. Allem Anschein nach besaß er klare Vorstellungen von seinem Ziel. Nur die Erwartung in seinen Augen bezeugte, daß dies Ziel alles andere war als angenehmer Natur.

Nach Tagen innerer Leere wäre Linden regelrecht dankbar für jede fremde Absicht gewesen, die ihr vorheriges Selbst wiederhergestellt hätte. Irgendeine beliebige Absicht. Thomas Covenant hatte in ihren Gedanken zu existieren aufgehört. Vielleicht hatte er tatsächlich aufgehört zu existieren. Es mochte sein, daß er nie existiert hatte. Nichts war noch sicher, außer daß sie Santonins Befehl brauchte, um sich Nahrung in den Mund schieben zu können.

Auch der Anblick Schwelgensteins, der Feste des na-Mhoram, als sie sich am zweiten Tag einer Sonne der Fruchtbarkeit aus dem emporgeschossenen Urwald erhob wie ein steinernes Schiff, vermochte ihre Lebensgeister nicht zu wekken. Sie nahm, was sie sah, nur distanziert zur Kenntnis. Die Tore öffneten sich vor dem Gefolgsmann, um ihn einzulassen, schlossen sich hinter seinem Landläufer; und all das bedeutete ihr nichts.

Drei oder vier Gestalten, die seiner Erscheinung ähnelten, empfingen na-Mhoram-In Santonin; sie begrüßten ihn mit Respekt, als stünde er rangmäßig über ihnen. Wieder benutzte man Worte, die Linden nicht kannte. Dann befahl er seinen Gefangenen, vom Landläufer zu steigen.

Linden, Sunder und Hollian gehorchten und folgten ihm in einen immensen, unzureichend beleuchteten Stollen. Indem

Santonin voranging, beschritten sie die Innenräume der gewaltigen Festung. Sie durchquerten Korridore und Gewölbe, passierten Kreuzgänge und erstiegen Treppen, ohne sie zu beachten, ohne sich etwas zu merken. Linden bewegte sich dahin wie ein leeres Gefäß, völlig dazu außerstande, sich irgendwelche Details der Verhältnisse innerhalb der Mauern aus uraltem Felsgestein einzuprägen. Der Weg, den Santonin mit ihnen durch das Bauwerk nahm, schien keine Dauer und keinen Sinn zu haben.

Er jedoch blieb seines Ziels bewußt. Er brachte seine Gefangenen in eine geräumige Kammer, die einer Grube im Boden Schwelgensteins glich. Ihre schrägen Seiten waren unregelmäßig und grob, als wäre eine frühere Galerie oder Arena von Lava zugedeckt worden. Am Grunde der Grube stand ein Mann in tiefschwarzer Robe und dunkelroter Kasel. Er hielt einen langen eisernen Stab mit einem offenen Dreieck am oberen Ende. Seine Kapuze war zurückgeworfen, enthüllte Gesichtszüge, die im Fackelschein jedoch ebenfalls verschwommen und stumpf wirkten. Seine Gegenwart stach in die verbliebenen Überreste von Lindens Identität wie eine heiße Klinge. Hinter ihrer äußeren Passivität begann sie zu jammern. Der Mann war ein Wütrich.

»Drei Narren«, sagte er mit einer Stimme wie kalte Schlacke. »Hatte auf vier gehofft.«

Santonin und der Wütrich besprachen sich in fremdartigen, nichtssagenden Worten. Der Gefolgsmann holte die Steinmacht heraus und gab sie dem Wütrich. Smaragdgrün spiegelte sich in den Augen des Wütrichs; ein aufschlußreiches Lächeln verzog das Fleisch seiner Lippen. Er schloß eine Faust um den grünen Brocken, so daß er Strahlenkegel wie üppige Farne der Macht warf. Lindens stummes Geheul starb durch die Armseligkeit ihres Wesens den Hungertod.

Dann trat der Gefolgsmann beiseite, und der Wütrich kam

zu den Gefangenen. Sein Gesicht glich in Lindens Blickfeld einem verwaschenen Flecken Bosheit. Er sah sie direkt an, erforschte die Rudimente ihres Ichs, ermaß sie, ließ verächtlich davon ab. »Dir darf ich keinen Harm zufügen«, sagte er mürrisch, beinahe mit Bedauern. »Unversehrt wirst du alles Unheil anrichten, das ich mir nur zu wünschen vermöchte.« Sein Blick wich von ihr, als sei sie zu unscheinbar, um weitere Beachtung zu verdienen. »Anders jedoch verhält's sich mit diesen Abtrünnigen.« Er wandte sich Sunder und Hollian zu. »Es hat keine Bedeutung, wenn wir sie zerbrechen, ehe wir ihr Blut vergießen.« Er drückte die Steinmacht an seine Brust. Die Ausdünstung des Steins kräuselte sich empor zu seinem Gesicht. Mit geweiteten Nasenflügeln atmete er den Dampf, als handle es sich um ein seltenes Rauschgift. »Wo ist Thomas Covenant?« Die Steinhausener reagierten nicht, konnten es nicht. Auch Linden stand, wo der Wütrich sie stehengelassen hatte, wie eine unbeachtete Puppe. Doch ihr Herz krampfte sich in plötzlichem Grauen zusammen. Der Wütrich machte eine knappe Geste. Santonin murmelte leise auf seinen *Rukh* ein. Schlagartig erlosch die Gewalt des Stabes über Sunder und Hollian. Die beiden schwankten, als hätten sie vergessen, wie man mit den Gliedmaßen umging, richteten sich schlottrig auf. Sunders Augen waren aus Furcht stier, als erblickte er vor sich den greulichen Taufstein und den grausamen Herrn der eigenen Existenz. Hollian bedeckte das Gesicht wie ein eingeschüchtertes Kind. »Wo ist Thomas Covenant?«

Angetrieben durch einen Impuls, der stärker eingefleischt war als Wille oder Verstand, rafften die zwei Steinhausener sich mühselig auf und versuchten, die Flucht zu ergreifen. Der Wütrich ließ Hollian laufen. Mit der Steinmacht sandte er eine energetische Hand aus, die dagegen Sunder um den Hals packte. Heißes Smaragdgrün würgte ihn wie eine Garrotte, zwang ihn auf die Knie. Als Sunder zurückblieb, verharrte

Hollian, schwang sich herum, wandte sich wieder dem Wütrich zu. Ihr pechschwarzes Haar umwogte ihr Haupt wie Schwingen. Der Wütrich zog grünes Übel um Sunders Kehle zusammen. »Wo ist Thomas Covenant?« Sunders Augen waren blind aus Furcht und Drangsal. Sie quollen aus den Höhlen. Trotzdem gab er keine Antwort. Er biß die Zähne aufeinander, blieb still. Der Wütrich verstärkte den Druck. »Sprich!«

Die Muskeln von Sunders Kiefer verspannten sich, krampften sich zusammen, als versuche er, sich die Zähne auszubrechen, seine Stimme zu zermalmen und für immer zum Schweigen zu verurteilen. Indem die Kraft um seine Gurgel stärker zudrückte, traten diese Muskeln deutlicher hervor, erstarrten, zeichneten sich gegen die Düsternis seiner Furcht und der Strangulation ab. Es schien unmöglich, daß er dermaßen die Zähne aufeinanderbeißen konnte, ohne die Stränge seiner Kiefer zu zerreißen. Aber er antwortete nicht. Schweiß brach ihm aus den Poren, als werde ihm das Mark seiner Knochen aus der Haut gequetscht. Doch seine unnachgiebige Verweigerung blieb bestehen. Ein Gerunzel des Mißmuts furchte die Stirn des Wütrichs. »So willst du denn nicht sprechen«, säuselte er. »Aber ich werde, wenn's sein muß, deiner Seele selbst Worte entpressen.« Seine Hand umklammerte die Steinmacht, als wäre er vollauf willens, deren gesamte Macht aufzubieten. »Wo ist Thomas Covenant?«

»Tot.« Ein Wimmern verzerrte Hollians Stimme. Linden spürte die Lüge tief im Innersten von Hollians Hilflosigkeit. »Verschollen.«

Der Wütrich nahm den Blick nicht von Sunder, lockerte nicht den Würgegriff seiner grünen Energie. »Wie das?«

»In Andelain«, keuchte die Sonnenseherin. »Er hat's betreten. Wir haben auf ihn gewartet. Er ist nicht wiedergekehrt. Sunder …« Sie stöhnte auf, als sie diese Äußerung hinzufügte, um ihre Lüge abzurunden. »Vergib mir.«

»Und der Ring aus Weißgold?«

»Ich weiß es nicht. Verloren. Er ist nicht zurückgekehrt.«

Der Wütrich antwortete Hollian nicht, sah sie noch immer nicht an. Doch er löste den Griff um Sunders Hals ein wenig. »Deine Verstocktheit«, sagte er leise, »scheint mir anzuzeigen, daß Thomas Covenant lebt. Wenn er tot ist, warum könnte dir daran liegen, mich glauben zu machen, er lebe noch?«

Im Sammelsurium der Bruchstücke ihres Egos hoffte Linden, Sunder werde Hollians Unwahrheit untermauern, sowohl in seinem wie auch in Covenants Interesse. Langsam entkrampfte der Steinmeister seine Kiefer. Hinter der Glasigkeit seiner Augen glomm neue Klarheit auf. »Es ist mein Wunsch«, röchelte er durch die eingeschnürte Kehle, »daß du Grund zur Furcht hast.«

Ein schwaches Lächeln, das eine Verheißung von Mord andeutete, umspielte die Lippen des Wütrichs. Doch das sichere Bewußtsein seiner eigentlichen Absichten – wie Linden es zuvor schon bei Santonin festgestellt hatte – hielt ihn zurück. »Wirf sie in den Kerker«, äußerte der Wütrich zu dem Gefolgsmann. Linden konnte nicht ersehen, ob er Hollians Lüge glaubte. Sie vermochte gegenwärtig nichts zu unterscheiden als die überdeutliche Schlechtigkeit der Ziele des Wütrichs.

Mit wenigen Worten versetzte Santonin die beiden Steinhausener erneut in den gleichen Zustand, in dem sich Linden noch befand. Indem sie sich bewegten wie hölzerne Artikulationen seines Willens, folgten die Gefangenen ihm wie stumpfsinnig aus der steinernen Grube. Von neuem durchquerten sie Gänge, die keine Bedeutung besaßen, kreuzten Schwellen, die nur den Sinn zu haben schienen, sofort wieder vergessen zu werden. Bald betraten sie ein Gewölbe, das auf beiden Seiten weithin gesäumt war mit eisernen Türen. Kleine Gitterfenster in den Türen gewährten in jede Zelle Einblick, aber Linden war dazu außerstande, einen Blick auf irgendwelche anderen Gefangenen zu werfen. Santonin sperrte erst Sunder ein, danach Hollian. Ein Stück weiter längs der Reihe von Türen führte er auch Linden in eine Zelle.

Linden stand hilflos und mit entblößter Seele vor einer Pritsche mit modrigem Stroh, während Santonin sie musterte, als sänne er über den Preis seines Trachtens nach. Ohne Ankündigung löschte er die Glut seines *Rukh.* Sein Wille wich aus Lindens Bewußtsein, ließ sie so leer zurück, daß sie sich nicht auf den Beinen halten konnte. Als sie auf die Pritsche sackte, hörte sie Santonin leise lachen. Dann knallte die Tür zu, Riegel knirschten. Linden blieb in ihrer Zelle so allein, als gäbe es darin überhaupt nichts anderes als die von Läusen durchwimmelte Pritsche und den nackten Stein der Wände.

Sie lag zusammengekrümmt, in fötaler Haltung, auf dem Stroh, während die Zeit mit der gleichen Indifferenz verstrich, mit der sie ringsum der Granit Schwelgensteins einschloß. Sie ähnelte einer geborstenen Kürbisflasche, konnte sich nicht selber wieder auffüllen. Es graute ihr davor, nur den Versuch zu wagen, sie empfand Grausen davor, an überhaupt irgendeinen Versuch zu denken. Entsetzen hatte sich tief in ihrer Seele festgefressen. Sie wünschte sich nichts als Stille und Dunkelheit, den Frieden des Nichts. Doch nicht einmal ihn vermochte sie zu erlangen. Gefangen im Fegefeuer zwischen Abscheu und Tod, kauerte sie inmitten ihrer eigenen Leere und wartete darauf, daß die Gegensätze ihres Dilemmas sie zerrissen.

Wärter kamen und gingen, brachten ihr ungenießbares Essen und schales Wasser, aber sie fand nicht einmal soweit zu sich selbst zurück, um darauf zu achten. Sie war taub für das Klirren von Eisen, das das Erscheinen der Wärter begleitete, die Ankunft oder das Abholen anderer Gefangener. Eisen bedeutete nichts. Stimmen waren keine zu hören. Auf Stimmen hätte sie gelauscht. Ihr Verstand suchte benommen nach irgendeinem Erinnerungsbild, das als Stütze ihrer geistigen Gesundheit dienen mochte, einem Namen oder irgendeinem sonstigen Mittel, um die verlorene Identität wiederzufinden. Aber alle Bilder, alle Namen schienen ebenfalls verlorengegangen zu sein. Ihre Zelle kannte keine Antworten.

Dann endlich erklang eine Stimme; in Lindens Ohren glich sie dem Aufschrei eines Gefangenen, der sich befreit hatte. Sie vernahm sie durch den Schleier ihres Stupors, klammerte sich an ihr fest. Indem sie gegen die Verkrampfung ihrer Bewegungsarmut ankämpfte, sich der Marter des Hungers und Durstes widersetzte, schleppte sie sich wie eine Gehbehinderte zur Tür. Jemand sprach in ausdruckslosem Ton. Eine derartige Stimme hatte Linden noch nie gehört. Sie war so froh über ihren Klang, daß sie zunächst kaum auf die Worte achtete. Sie zog sich an der Tür zu den Gittern des Fensterchens hoch, da drang ihr der Inhalt der Äußerungen ins Bewußtsein.

»Ur-Lord Thomas Covenant«, sagte die Stimme, »Zweifler und Träger des Weißgoldes, dir entbiete ich meinen Gruß. Man denkt deiner unter den *Haruchai.*« Der Mann, der da sprach, stak voller Unnachgiebigkeit, trotzte dem eigenen harten Schicksal. »Ich bin Brinn. Wirst du uns befreien?«

Covenant! Sie hätte seinen Namen geschrien, wäre ihre Kehle nicht zu ausgedörrt gewesen, um nur ein Wispern hervorzubringen. Im folgenden Augenblick hörte sie Eisen auf Fleisch prallen. *Covenant!* Eine Gestalt fiel auf den Steinboden. Wärter stapften umher. Linden reckte sich an das Gitterfenster empor und preßte das Gesicht ans Gestänge, suchte etwas zu erkennen; aber niemand begab sich in ihr beschränktes Blickfeld. Einen Moment später stampften Füße, deren Besitzer eine schwere Last trugen, zum Kerker hinaus, ließen Linden allein in einem Käfig des Schweigens zurück.

Sie wollte schluchzen; selbst das wäre für sie ein Fortschritt gewesen. Sie hatte einen Namen gehört, der die Leere in ihr füllen konnte. Covenant. Hilflosigkeit und Hoffnung. Covenant lebte noch. Er war hier. Er konnte sie retten. Doch wußte er nicht, daß es galt, sie zu retten. Für einige Zeit, die ziemlich lange zu dauern schien und voller qualvoller Zermürbung war, lehnte Linden matt an der Tür, während ihr Brustkorb von trockenen Schluchzern bebte und ihr Herz sich an das Bild Thomas Covenants krallte. Er hatte Joan zugelächelt. Allem gegenüber war er anfällig, und doch wirkte er unüberwindbar. Sicherlich hatten die Wächter ihn nicht umgebracht? Vielleicht doch. Vielleicht nicht. Sein Name selbst bedeutete für Linden bereits Hoffnung. Er gab ihr gleichsam etwas, das sie sein konnte, restaurierte Bestandteile der Person, die sie war. Als Erschöpfung ihr Schluchzen zum Verstummen brachte, kroch sie zu dem Gefäß mit Wasser und trank es leer, dann verzehrte sie soviel von dem abgestandenen Fraß, wie sie hinabzuwürgen vermochte. Danach schlief sie für eine Weile.

Das nächstmalige Geklirr von Eisen riß sie aus dem Schlummer. Jemand zerrte die Riegel der Tür beiseite. Lindens Herz hämmerte, als sie sich von der Pritsche wälzte und verzweifelt hochraffte. *Covenant …?* Die Tür schwang auf. Der Wütrich betrat die Zelle.

Er schien keine Gesichtszüge zu besitzen, keine Hände; wo immer seine Gewandung die Haut unbedeckt ließ, entströmten seinem Fleisch solche Emanationen von Bösartigkeit, daß es Linden unmöglich war, sein Äußeres wahrzunehmen. Schlechtigkeit versengte die Luft zwischen ihnen, drängte Linden rückwärts gegen die Wand. Der Wütrich stank nach Marid, nach wutentbrannten Bienen. Nach Joan. Sein Atem verpestete das Innere der Zelle mit Fäulnis und Übel. Als er sprach, schien seine Stimme in Lindens Ohren zu vermodern.

»So hat's denn den Anschein, deine Begleiter haben gelogen. Ich bin erstaunt. Es dünkte mich, alle Bewohner des Landes seien Memmen und Kinder. Doch gleichwohl. Das

Zugrunderichten von Memmen und Kindern ist ein geringes Vergnügen. Ich seh's lieber, wenn meinen Opfern die Torheit der Tapferkeit zu eigen ist. Zum Glück jedoch wird der Zweifler ...« – er äußerte die Bezeichnung voller Hohn – »keinen Versuch zu deiner Befreiung unternehmen. Er weiß nichts von deinem Schicksal.« Linden versuchte, sich rücklings in den Stein zu drücken, durch den unerbittlich harten Granit zu entweichen. Aber durch ihren Körper, sterblich und nutzlos, blieb sie auf den Blick des Wütrichs gespießt. Sie konnte nicht einmal die Augen vor ihm verschließen. Sein Blick glühte an ihren Nerven entlang, brannte sich ihr ein, erniedrigte ihre Seele mit dem Siegel seiner Erwartung.

»Aber auch er hat kaum Bedeutung«, sprach der Wütrich in einem Tonfall wie fauliges Wasser weiter. »Allein sein Ring zählt. Er wird keine Wahl haben, als ihn herauszugeben. Er hat sich bereits verkauft, und keine Macht unterm Bogen der Zeit kann verhindern, daß er der vollkommensten Verzweiflung anheimfällt. Nein, Linden Avery.« Ohne Pause wandte der Wütrich sich wieder direkt an sie. »Laß all deine auf Thomas Covenant gerichtete Hoffnung fahren. Der letztendliche Untergang des Landes wird auf deinen Schultern lasten.«

Nein! Sie besaß keinerlei Schutz gegen soviel Verderbtheit. Nacht belauerte sie, grausamer als jede andere Art von Dunkelheit – Nacht, so alt wie der Schmerz von Kindern, von Eltern, die zu sterben wünschten. *Niemals!*

»Du bist besonders für dies Werk der Zerstörung auserwählt worden. Geschmiedet wirst du, wie man Eisen schmiedet, um die Vernichtung der Erde herbeizuführen.« Seine Stimme verletzte all ihr Fleisch. »Du bist auserwählt worden, Linden Avery, weil du *sehen* kannst. Weil du für das empfänglich bist, was kein anderer im Lande mehr wahrzunehmen vermag, bist du auch dafür empfänglich, geschmiedet zu werden. Durch Auge, Ohr und Tastsinn wirst du zu dem gemacht, dessen der

Verächter bedarf. Indem du dich gegen die Vernichtung aufbäumst, wirst du alle Vernichtung bewerkstelligen. Ich werde an diesem Werk des Verderbens meine Freude haben. Deshalb kündige ich dir dein Geschick an. So daß du das Unheil kennst, das droht, und dennoch unfähig bist, es abzuwenden. Auf daß der Verächter, während er zusieht, wie du's abzuwenden versuchst, dich in Verachtung und Triumph verlachen mag.«

Nein. So etwas war unmöglich. Sie war Ärztin; dergleichen zu tun, konnte man sie nicht zwingen. Keine Macht, keine Gerissenheit, keine Bosheit konnte sie dazu zwingen, etwas anderes als das zu sein, was sie sein wollte. *Niemals!* Ein Schwall von Worten staute sich in ihr, sprudelte auf einmal hervor, als wäre sie in ein Gebrabbel verfallen. »Du bist krank. Das alles ist nur Krankheit. Bloß ein Leiden. Du hast irgendein Leiden. Das deinen Geist kaputtmacht. Stoffwechselbedingter Wahnsinn. Eine chemische Störung im Gehirn. Du weißt nicht, was du da redest. Ich glaube nicht an das *Böse!*«

»Nicht?« Der Wütrich zeigte sich leicht belustigt. »Wahrscheinlich?! Zumindest diese Unwahrheit muß ich widerlegen.« Er näherte sich Linden wie eine Woge von Geschlächter. »Du hast einen Mord begangen. Bist du also nicht schlecht?«

Er breitete die Arme aus, als beabsichtige er, sie zu umarmen. Er hatte kein Gesicht, keine Hände. Eine lichte Halluzination am Ende des Ärmels seiner Robe streckte sich Linden entgegen, streichelte ihre Wange. Aus der Berührung erblühte ihr Grauen gleich einem Nachtschattengewächs der Seele. Zähflüssiges Übel vereiste ihr Gesicht, breitete Eis über ihre Sinne, als fände eine Verkettung und Vervollkommnung all ihres instinktiven Widerwillens statt. Der Abscheu durchloderte sie und verwandelte sich in Wahrheit. Die Wahrheit des Verächtertums. Schlechtigkeit eiterte über ihre Gesichtszüge, verdarb ihre Selbstzucht wie ihre Schönheit, machte das verderbt, was sie war. Das Sonnenübel leuchtete in ihrem Fleisch:

Dürre, Seuchen, das Schreien von Bäumen. Linden hätte aus vollem Hals geheult, wäre ihr noch eine Stimme verfügbar gewesen.

Sie floh. Es gab keine andere Verteidigung. In ihrem eigenen Innern ergriff sie die Flucht. Sie schloß ihre Augen, die Ohren, ihren Mund, versiegelte die Nerven ihrer Haut, verbarrikadierte jeden Eingang zu ihrem Geist. *Nein*. Entsetzen verlieh ihr die Kraft zur Paralyse. *Niemals*. Indem sie sich selbst mit Blindheit, Taubheit und Gefühllosigkeit schlug, versank sie in Finsternis, als wäre sie der Tod, das unausweichliehe Erbe ihrer Geburt. *Nie wieder*.

16
Die Weissagung der Wegwahrer

Ich werde es nicht tun! Covenant versuchte wild, sich aufzusetzen, strampelte gegen Decken, die seine Bewegungen einschränkten, kämpfte gegen Hände, die ihn niederdrückten. *Ich werde ihn niemals hergeben!* Blindwütig rang er um Freiheit. Doch unüberwindbare Mattigkeit hielt ihn dort fest, wo er lag. Eine vergangene Erinnerung an Schmerz lähmte seinen rechten Arm. *Es ist mir gleich, was du mit mir anstellst!*

Das Gras unter ihm war saftig-weich und duftig. Er konnte sich den Händen nicht widersetzen. Unbestimmt verwaschene Sicht erhellte die Dunkelheit. Das über ihn gebeugte Gesicht war sanftmütig und menschlich. »Bewahre Ruhe, Ringträger«, sagte der Mann freundlich. »An diesem Zufluchtsort wird kein Übel dich ereilen. Du wirst genug Zeit für deine dringlichen Anliegen haben, sobald du dich stärker erholt hast.«

Die Stimme zerstreute Covenants Verzweiflung. Der natürliche Duft des Grases beruhigte ihn und spendete ihm einen gewissen Trost. Über seine Lippen kam ein Gemurmel, daß er Linden folgen müsse, aber nicht einmal er selbst konnte es hören.

Als er das nächste Mal aufwachte, kehrte sein Bewußtsein allmählich ganz zurück, seine Besinnung kehrte vollends wieder. Sobald er die Augen aufschlug, konnte er sehen. Nachdem er einen Moment lang das glatte steinerne Gewölbe über ihm angeblinzelt hatte, begriff er, daß er sich unter der Erde aufhielt. Trotz der Tatsache, daß er auf frischem Gras lag, stand fest, daß diese geräumige Höhle aus dem Felsgestein des Erdinnern gehauen worden war; die Helligkeit stammte von Feuerbecken in den Ecken der Kaverne. Das Gesicht, das er schon einmal erblickt hatte, fand sich von neuem bei ihm ein. Der Mann lächelte ihm zu, half ihm beim Aufsitzen. »Sei behutsam, Ringträger. Du warst dem Tode nah. Diese Schwäche wird nur langsam von dir weichen.« Der Mann gab Covenant eine Schale voll dunkler Flüssigkeit zwischen die Hände und veranlaßte ihn mit gelindem Nachdruck zum Trinken. Der Trank besaß einen mostigen, fremdartigen Geschmack; aber während er die Leere seines Magens füllte, verlieh er ihm einige Stetigkeit.

Er begann sich genauer umzuschauen. Sein Lager befand sich in der Mitte der Felskammer, erhob sich über den Boden wie ein Katafalk aus Gras. Das gewachsene Gestein der Felswände und des Deckengewölbes war sorgsam ausgeformt und geglättet worden. Die Decke war nicht hoch, aber er würde aufrecht stehen können.

An zwei gegenüber befindlichen Wänden der Räumlichkeit sah er niedrige Durchgänge. Die Feuerbecken bestanden aus schmucklosem grauem Stein, gestützt von eisernen Dreibeinen. Die dicke, schwarze Flüssigkeit in den Becken brannte ohne Rauchentwicklung. Als er den Kopf weit genug drehte, erblickte er in der Nähe Hohl. Der Dämondim-Abkömmling stand, wie gewohnt, nur da, die Arme, die an seinen Seiten hingen, leicht gebeugt. Seine Lippen zeigten ein schwaches, zweideutiges Lächeln, und die schwarzen Augen, ohne Pupillen, ohne Iris, schauten drein wie mit den Augäpfeln eines Blinden. Ein Gezitter der Abneigung befiel Covenant. »Schaff ...« Seine Stimme zerkratzte ihm die Kehle wie ein rostiges Messer. »Schaff den Kerl hier raus.«

Der Mann stützte Covenant mit einem um seinen Rücken gelegten Arm. »Vielleicht ließe sich das machen«, sagte er und schmunzelte. »Aber großer Kraftaufwand wäre vonnöten. Hast du Grund, ihn zu fürchten?«

»Er ...« Covenant schrak vor widerlichen Erinnerungen

zurück: Opfer des Sonnenübels, die ihn umtanzten; Hohls Grinsen. Es kostete ihn Mühe, weitere Wörter an der Klinge in seiner Kehle vorüberzudrängen. »Er hat sich geweigert, mir zu helfen.« Der Gedanke an die Gefahr, in der er geschwebt hatte, brachte ihn ins Beben. »Schick ihn weg.«

»Ach, Ringträger«, sagte der Mann mit einem Stirnrunzeln, »derartige Dinge lassen sich nicht so leicht lösen. Es gibt viel, das ich dir erzählen muß – und viel, das ich erfahren möchte.« Er setzte sich vor Covenant hin; und Covenant konnte ihn zum erstenmal näher betrachten. Der Mann hatte das schwarze Haar und den stämmigen Körperbau eines Steinhauseners, trug jedoch nichts als einen breiten ledernen Schurz um die Hüften. Der weiche Ausdruck seiner braunen Augen bezeugte Mitgefühl; doch seine Wangen waren eingekerbt von tiefen Falten alten Grams, und die Art, wie sein Mund zu zucken pflegte, verriet deutlich genug, daß er allzu gut vertraut war mit Furcht und Nichtbegreifen. Seine Haut wies noch erkennbar den Teint eines Menschen auf, der einmal braungebrannt gewesen war. Covenant empfand für ihn spontane Sympathie. »Ich bin Hamako«, erklärte der Mann. »Meinen einstigen Namen vermochten die Wegwahrer nicht auszusprechen, so daß ich ihm abgeschworen habe. Die Wegwahrer nennen dich in ihrer Sprache ›Ringträger‹ – und als Ringträger bist du unter ihnen wohlbekannt. Aber ich werde gerne jeden anderen Namen benutzen, dessen Verwendung du vorziehen magst.«

Covenant schluckte, trank noch einen Zug aus der Schale. »Covenant«, sagte er heiser. »Ich bin Thomas Covenant.«

Der Mann akzeptierte mit einem Nicken. »Covenant.« Dann befaßte er sich wieder mit dem Problem um Hohl. »Zwei Tage lang, während du im Fieber gelegen hast«, berichtete er, »haben die Wegwahrer das Rätsel dieses Dämondim-Abkömmlings zu entdecken versucht. Sie haben in ihm einen Zweck ersehen, aber kein Übelwollen. Darin erblicken sie einen Anlaß zur

Verwunderung, denn die Hände der Urbösen, die ihn geschaffen haben, sind klar ersichtlich, und zu Urbösen hegen sie kein Vertrauen. Dennoch ist er eine Verkörperung von Lehren, die den Wegwahrern verständlich sind. Nur eine Frage beunruhigt sie.« Hamako zögerte, als mißfiele es ihm, Covenant an durchgestandene Schrecken erinnern zu müssen. »Als du den Wegwahrer *Dhraga* aus dem Feuer errettet und dabei dein eigenes Leben gefährdet hast, da sprach *Dhraga* zu diesem Dämondim-Abkömmling das Wort des Gebots, befahl ihm, dich zu schützen. Weshalb hat er nicht gehorcht?«

Das dunkle Getränk erquickte Covenants Kehle, aber seine Stimme klang noch immer rauh. »Ich habe das Gebot bereits gebraucht. Er hat sechs Menschen umgebracht.«

»Ah«, machte Hamako. Er wandte sich zur Seite und rief in kehligen Lauten etwas zu einer der Türöffnungen hinüber. Fast sofort betrat ein Wegwahrer die Felskammer. Die Kreatur schnupperte neugierig in Covenants Richtung, dann begann sie mit Hamako eine rasch geführte Unterhaltung. Die Stimmen der beiden bedienten sich roher Töne, die Covenant auf die Nerven gingen – er hatte zu viele greuliche Erinnerungen an Urböse –, aber er unterdrückte sein Mißbehagen, bemühte sich sogar darum, Hohl nicht zu grollen. Wenig später stapfte der Wegwahrer hinaus, als habe er eine wichtige Information erhalten. Hamako widmete seine Aufmerksamkeit wieder Covenant. Der Blick des Mannes war voller Fragen. »Dann bist du diesem Dämondim-Abkömmling nicht durch reinen Zufall begegnet. Er hat sich nicht ohne dein Einverständnis zu dir gesellt.« Convenant schüttelte den Kopf. »Er ist dir gegeben worden«, ergänzte Hamako. »Von jemandem, der seinen Zweck kennt. Du hast sein Rätsel durchschaut.«

»Nein. Ich meine, ja, man hat ihn mir sozusagen zugeteilt. Man hat mir verraten, wie ich ihm befehlen kann. Und mir ist empfohlen worden, ihm zu vertrauen.« Beim Gedanken an

Hohls angebliche Vertrauenswürdigkeit schnitt er eine finstere Miene. »Aber sonst hat man mir nichts gesagt.«

Hamako suchte nach der geeigneten Ausdrucksweise für seine nächste Frage, bevor er sie stellte. »Darf ich dich fragen … wer der Geber gewesen ist?«

Covenant verspürte Widerwillen gegen eine offene Antwort. Er brachte Hamako durchaus keinen Argwohn entgegen; er mochte ganz einfach nicht über das Erlebnis mit seinen Toten sprechen. »Ich war in Andelain«, erwiderte er kurz und barsch.

»Aha, Andelain«, wiederholte Hamako gedämpft. »Die Toten.« Einsichtsvoll nickte er, aber seine Verlegenheit blieb bestehen.

Unvermittelt kam Covenants Intuition ihm zu Hilfe. »Du weißt, was sein Zweck ist.« Oft genug hatte er gehört, über was für ein umfangreiches und vielfältiges Wissen die Wegwahrer verfügten. »Aber du hast nicht vor, ihn mir mitzuteilen.«

Hamakos Mund zuckte gequält. »Covenant«, meinte er in einem Tonfall, der um Verständnis bat, »die Toten waren deine Freunde, nicht wahr? Ihre Sorge um dich ist alten Ursprungs und weitsichtig. Fürwahr, die Wegwahrer wissen viel und mutmaßen noch weit mehr. Ohne Zweifel gibt's zahlreiche Fragen, deren Antworten sie kennen. Jedoch …«

Covenant unterbrach ihn. »Du weißt auch, wie man gegen das Sonnenübel vorgehen kann, aber das wirst du genauso für dich behalten.«

Sein Ton ließ Hamako sich ducken. »Gewißlich haben deine Toten dir über alles Aufschluß erteilt, was zu enthüllen klug war. Ach, Thomas Covenant! Mein Herz verlangt danach, die Lehren der Wegwahrer mit dir zu teilen. Doch habe ich von ihnen gestrenge Weisung erhalten, Schweigen zu bewahren. Aus vielerlei Gründen. Stets widerstrebt es ihnen, Kenntnisse weiterzureichen, wenn's ihnen an Einfluß darauf mangelt, wofür selbige Kenntnisse genutzt werden. Mag sein, daß sie für den Ringträger solche Erwägungen außer acht lassen würden. Doch ihnen fehlt's an den Gesichten der Toten, und sie fürchten die Folgen, wollten sie ihrerseits die Grenzen übertreten, welche von den Toten bei der Vergabe ihrer Geschenke gesetzt worden sind. Denn das ist der Widersinn aller Lehre, daß man sie erringen muß, sie nicht gewährt werden kann, andernfalls sie in die Irre führen muß. Nur soviel darf ich sagen: Enthülle ich den Zweck des Dämondim-Abkömmlings, so müßte diese Offenbarung die Erfüllung seines Zwecks vereiteln.« Hamakos Miene spiegelte die Bitte um Verständnis wider. »Der Zweck, den er verfolgt, ist fürwahr erstrebenswert.«

»Jedenfalls für die Urbösen.« Enttäuschung und Schwäche machten Covenant sarkastisch. »Vielleicht sind diese Wegwahrer gar nicht so anders als die Urbösen, wie du denkst.«

Er leerte die Schale, dann versuchte er aufzustehen. Doch Hamako hielt ihn zurück. Covenant hatte in dem Mann Ärger erzeugt. »Dem Beistand der Wegwahrer verdanke ich Leben, Gesundheit und eine neue Aufgabe«, erklärte Hamako mit förmlichem Nachdruck. »Jawohl, das alles, und noch viel mehr. Ich werde ihren Wünschen dir zu Gefallen nicht zuwiderhandeln, auch wenn du der Ringträger bist.«

Covenant stemmte sich gegen Hamakos Griff, vermochte sich aber nicht durchzusetzen. Nach einer schwächlichen Anstrengung sackte er zurück auf das Gras. »Zwei Tage, hast du gesagt«, schnaufte er. Seine Hilflosigkeit verursachte ihm Benommenheit. Zwei weitere Tage zurück! »Ich muß aufbrechen. Ich bin schon viel zu weit zurückgeblieben.«

»Du hast schweren Schaden genommen«, antwortete Hamako. »Dein Fleisch wird dich nicht tragen. Welche dringlichen Angelegenheiten treiben dich so an?«

Covenant verkniff sich eine zänkische Entgegnung. Er konnte Hamako die Weigerung, Antworten auf kritische Fragen zu geben, eigentlich nicht verübeln; er pflegte es genauso zu halten. »Meine drei Gefährten sind von einem Gefolgsmann verschleppt worden«, sagte er, als er seinen Verdruß gemeistert hatte. »Sie sind nach Schwelgenstein unterwegs. Wenn ich nicht rechtzeitig dort eintreffe, wird man sie umbringen.«

Hamako sann über diese Information nach, dann rief er erneut einen Wegwahrer herein. Eine weitere rasche Konversation fand statt. Es hatte den Anschein, als betone Hamako irgend etwas, dränge auf irgendeine Maßnahme; die Antworten des Wegwahrers klangen nachdenklich und wenig überzeugt. Doch zuletzt gab die Kreatur eine Äußerung von sich, die Hamako zufriedenstellte. Als der Wegwahrer ging, wandte Hamako sich wieder an Covenant. »*Durhisitar* wird die Weissagung der Wegwahrer befragen«, sagte der Mann. »Ich zweifle jedoch nicht daran, daß man Beistand gewähren wird. Kein Wegwahrer wird *Dhragas* Rettung jemals vergessen – und ebensowenig die Tücke der Falle, die man dir gestellt hat. Ruhe dich nun aus und sorge dich nicht. Dies *Rhysh* wird dir die Kräfte verleihen, deren du bedarfst, um deinen Gefährten zu folgen.«

»Wie denn? Wie will man das machen?«

»Die Wegwahrer sind zu mancherlei fähig«, erwiderte Hamako und drängte Covenant dazu, sich wieder auszustrecken. »Ruh aus, ich sag's. Bringe nur soviel Vertrauen auf, um unbesorgt abzuwarten. Es wäre allzu bitter, böte man dir Hilfe, und du wärst zu schwach, um sie nutzen zu können.«

Covenant konnte nicht widerstehen. Das Gras unter ihm übte auf ihn eine besänftigende Wirkung aus. Sein Körper fühlte sich aus Ermattung bleischwer an; und das Stärkungsmittel, das er getrunken hatte, schien seine Unruhe zu lindern. Er ließ zu, daß Hamako ihn auf das Lager bettete. »Erzähle mir wenigstens noch«, sagte er wie geistesabwesend, als der Mann sich anschickte zu gehen, »wie ich hergelangt bin. Das letzte, woran ich mich entsinne, war nämlich …« Er vermied es, Hohl anzuschauen. »Ich war so gut wie tot. Wie habt ihr mich gerettet?«

Hamako nahm neben seinem Lager Platz. Wiederum zeugte sein Verhalten von unbeholfenem Mitgefühl. »Darüber kann ich dir Aufschluß geben«, sagte er. »Doch muß ich dir unverhohlen gestehen, wir haben dich nicht gerettet.«

Covenants Kopf ruckte hoch. »Nicht?«

»Behutsam.« Hamako drückte ihn wieder aufs Gras. »Es besteht kein Anlaß zu solcher Erregung.«

Mit beiden Händen packte Covenant den Mann an den Armen, zog sich daran empor, bis er ihm aus unmittelbarer Nähe ins Gesicht starrte. »Und wieso, zum Teufel, lebe ich dann noch?«

»Covenant«, meinte Hamako mit einem Schmunzeln, »wie soll ich dir die Geschichte erzählen, wenn du dich so unmäßig erregst?«

Langsam ließ Covenant ihn los. »Na schön.« Gespenster huschten ihm durch den Kopf; aber er zwang sich zur Entspannung. »Also erzähl.«

»Es begab sich folgendermaßen«, fing der Mann mit dem Bericht an. »Als du den Wegwahrer *Dhraga* mit eigener Hand befreit hattest, war's sein Bestreben, dieweil er sah, daß dieser Dämondim-Abkömmling dem Wort des Gebots nicht gehorchte, du mögest mit ihm die Flucht antreten. Doch es war ihm unmöglich, sich dir verständlich zu machen. Daher bot *Dhraga* alle Eile auf, die ihm sein mißhandelter Leib gestattete, und schonte sich nicht, um dies *Rhysh* von deiner Gefährdung in Kenntnis zu setzen. *Dhraga* war als Köder einer Falle mißbraucht worden. Selbige Falle …«

Covenant fiel ihm ins Wort. »Was ist ein *Rhysh?*«

»Ah, vergib mir. Viele Monde lang habe ich keines Menschen Stimme vernommen, außer den Stimmen jener, die das Sonnenübel entstellt hat. Deshalb vergesse ich leicht, daß du die Sprache der Wegwahrer nicht beherrschst. In unserer Sprache bedeutet das Wort *Rhysh* Stätte. Damit bezeichnet man eine Gemeinde der Wegwahrer. Es gibt im ganzen Land viele hundertmal zwanzig Wegwahrer, doch leben sie in *Rhysh* von jeweils einmal oder zweimal zwanzig zusammen. Jedes *Rhysh* ist auf sich selbst gestellt, wenngleich mir bekannt ist, daß sie untereinander in Verbindung stehen. In der großen Schlacht um Schwelgenstein vor ungefähr zweimal zwanzig Jahrhunderten fochten fünf *Rhysh* gemeinsam wider die Urbösen des Verächters. Doch solches Zusammenwirken kommt selten vor. Jedes *Rhysh* bleibt für sich und legt die Weissagung auf seine Art aus. Dies *Rhysh* lebt schon lange hier und dient den eigenen Gesichten.« Covenant hätte sich noch gerne danach erkundigt, was in diesem Zusammenhang ›Weissagung‹ bedeuten sollte; doch er bereute es schon, Hamako beim Erzählen behindert zu haben. »Dies *Rhysh*«, begann Hamako von neuem, »erfuhr also durch *Dhraga* von deinem Schicksal. Unverzüglich machten wir uns auf den Weg, um dir Hilfe zu bringen. Doch die Entfernung war zu groß. Als *Dhraga* in Gefangenschaft geraten war, hatte man ursprünglich die Entscheidung gefällt, keinen Versuch zu seiner Befreiung zu unternehmen. Bitter war es dem ganzen *Rhysh,* eines seiner Mitglieder aufzugeben. Aber wir hatten allen Grund, diese Falle zu fürchten. Lange sind wir in allzu naher Nachbarschaft zu einer großen Zahl durchs Sonnenübel Verunstalteter tätig gewesen.« Unerklärte Tränen näßten seinen Blick. »Lange haben jene verderbten Seelen, in deren Gewalt du gefallen warst, darauf gesonnen, uns ein Ende zu bereiten. Daher waren wir der Ansicht, die Falle gälte uns. Weil wir keinen Wunsch verspürten, zu töten oder getötet zu werden, überließen wir

Dhraga seinem Unheil.« Covenant fiel auf, wie sehr sich Hamako mit diesem *Rhysh* identifizierte, und ebenso machte ihn die unübersehbare Trauer des Mannes um die Opfer des Sonnenübels stutzig. Aber er unterbrach ihn nicht noch einmal. »Außerdem hatten die Wegwahrer«, fügte Hamako hinzu, indem er seine Aufwühlung mäßigte, »während dreier Tage einer Sonne der Dürre, die dem Stellen der Fallen vorausgingen, die Fährte eines Wütrichs bemerkt.« *Eines Wütrichs!* stöhnte Covenant inwendig. *Hölle und Verdammnis!* Das war eine Erklärung für die Falle. Und die Spinne. »Aufgrund all dessen hegten wir vor der Falle beträchtliche Furcht. Als wir jedoch vernahmen, daß der Ringträger ihre Beute geworden war, erkannten wir unseren Irrtum und sputeten uns, um dir beizustehen. Aber die Entfernung …« – er wiederholte diese Feststellung, wie um sie zu unterstreichen – »war zu groß. Wir trafen gerade noch zur rechten Zeit ein, um zu sehen, wie du selbst dich durch wilde Magie befreit hast.« *Selbst befreit durch …!* Pein erfaßte Covenants Herz. *Nein!* »Obschon dein Arm schrecklich und schwarz aussah, verschleuderte dein weißer Ring gewaltige Glut. Deine Fesseln fielen. Das Holz stob auseinander. Die vom Sonnenübel Entstellten zerstreute es wie Spreu, und sie flohen in äußerstem Entsetzen. Steine brachen aus den Felsen. Allein dieser Dämondim-Abkömmling hier verweilte ungeschoren inmitten des Feuers. Du bist dann zusammengebrochen, und deine Macht schwand im selben Augenblick. Da wir deine Vergiftung erkannten, brachten wir dich in dies *Rhysh,* und die Wegwahrer haben dich mit all ihrer Kunstfertigkeit behandelt und gepflegt, bis der Tod von deiner Lagerstatt wich. Hier bist du in Sicherheit, bis deine Kräfte wiederkehren.« Hamako verstummte. Nachdem er Covenant für einen Moment gemustert hatte, stand er auf und wandte sich zum Gehen.

»Und der Wütrich?« knirschte Covenant.

»Von ihm ist keine Spur mehr zu entdecken«, gab Hamako ruhig Auskunft. »Ich nehme an, er hat sein Werk getan.«

Oder er hat Schiß vor mir, knurrte Covenant stumm. Er merkte nicht, wie Hamako die Kaverne verließ. Seine Überlegungen beanspruchten ihn vollauf. *Verdammnis! Erst Marid, dann die Bienen, und jetzt das.* Jede Attacke war schlimmer als die vorherige ausgefallen. Und jedesmal war ein Wütrich beteiligt gewesen. *Hölle und Verdammung! Weshalb?* Erbitterung schwoll in ihm. *Wieso nicht?* Lord Foul legte keinen Wert auf seinen Tod, auf keinen Fall, solange die Möglichkeit bestand, daß sein Ring einem Wütrich in die Hand fiel. Der Verächter hatte es auf etwas ganz anderes abgesehen. Er wollte Kapitulation, freiwillige Unterwerfung. Daher mußte der Sinn dieser Attacken in ihrer Wirkung auf ihn liegen, in der Art und Weise, wie sie ihm in seinem Delirium Macht entlockten, ihn zu einer Gewalttätigkeit nötigten, über die er keinerlei Kontrolle besaß. *Keine Kontrolle!* Hatte Foul vor, ihn dermaßen zu entnerven, daß er ihm den Ring gab? *Soll der gottverdammte verfluchte Ring doch endlich zur Hölle fahren!* Immer hatte er ein nahezu unüberwindbar starkes Mißtrauen gegen Macht verspürt. In der Vergangenheit hatte er sich mit der Macht, dank der es ihm gelungen war, Lord Foul zu besiegen, nur abgefunden, weil er darauf verzichtete, von ihr vollen Gebrauch zu machen; statt den Verächter vollends auszutilgen, hatte er davon Abstand genommen, den endgültigen Schlag gegen ihn zu führen, obwohl er damit, wie jetzt feststand, dafür gesorgt hatte, daß Lord Foul wiederaufstehen und das Land abermals bedrohen konnte. Sehenden Auges hatte er die Verantwortung für Lord Fouls künftige Schandtaten auf sich genommen. Und er hatte diesen Weg gewählt, weil er die Alternative als erheblich schlimmer empfand. Denn er glaubte, daß Lord Foul ein Teil seiner selbst war, eine Verkörperung der moralischen Gefahr, die für den Ausgestoßenen in seinem vielschichtigen Groll gegen das Ausgestoßensein lag, im Verhängnis des Leprotikers, alles zu verachten, sich selbst eingeschlossen. Selbstdisziplinierung war der einzige mögliche Schutz vor den unheilvollen Folgen eines solchen Schicksals. Hätte er seiner Macht ungehemmten Lauf gelassen, sich in seinem Kampf gegen Lord Foul völlig auf die wilde Magie gestützt, wäre dadurch – das war seine Überzeugung – lediglich sein eigener innerer Verächter gestärkt worden. Der Teil in ihm, der Urteilskraft besaß, der glaubte, der festhielt, war eben jener Teil, der Zurückhaltung übte. Die Anwendung von Macht ohne Beschränkung und in bedenkenloser Wut hätte ihn in einen Verderbten verwandelt, und im Handumdrehen wäre er von einem Opfer zu jemandem geworden, der andere zu Opfern machte. Er wußte sehr gut, wie leicht es für einen Menschen war, das zu werden, was er haßte. Infolgedessen brachte er der wilden Magie abgrundtiefe Furcht entgegen, seiner Fähigkeit zur Macht und Gewalt. Und genau diese Fähigkeit war der Zielpunkt von Fouls Attacken. Das Gift setzte seine Macht frei, wenn er dazu außerstande war, sie zu bändigen – setzte sie frei und verstärkte sie. Im Steinhausen Mithil hatte er noch seine liebe Not gehabt, Sunders *Orkrest* als Auslöser zu benutzen; vor zwei Tagen jedoch hatte er anscheinend Felsen gesprengt. Ohne jede Absicht.

Und ihm war noch immer unklar, wieso. Vielleicht hatte er sich, als er Joan rettete, *tatsächlich* verkauft; vielleicht war er nicht länger frei. Aber keinerlei Unfreiheit konnte ihn zum Aufgeben zwingen. Und jedes Anwachsen seiner Macht verbesserte seine Aussichten, den Verächter noch einmal überwinden zu können. Die hauptsächliche Gefahr war das Gift, lag im Verlust der Zurückhaltung. Wenn er jedoch weitere Rückfälle vermeiden, das Gift unter Kontrolle halten konnte …

Er war Leprotiker. Beherrschung und Disziplin waren die

Werkzeuge zur Bewahrung seines Lebens. Das mußte Lord Foul erst noch begreifen lernen, ehe er auf Sieg setzen durfte.

Diese Gedanken erfüllten Covenant mit Grimm und Gelassenheit. Allmählich überkamen ihn die Nachwirkungen seiner Erkrankung. Der Duft nach Gras begütigte ihn wie ein Beruhigungsmittel. Einige Zeit später schlief er ein.

Als Hamako ihn mit behutsamem Rütteln weckte, hatte Covenant den Eindruck, sehr lange geschlafen zu haben. Nichts in der Höhle war verändert; aber sein Instinkt war sich seiner Sache sicher. Indem er über die Art und Weise aufstöhnte, wie alles sich zu verschwören schien, um die Gefahr für seine Freunde zu erhöhen, setzte er sich umständlich auf. »Wie viele Tage habe ich jetzt insgesamt verloren?«

Hamako reichte Covenant eine große Schale mit dem dunklen, mostigen Getränk. »Du weilst nun seit drei Tagen einer Sonne der Seuchen unter uns«, gab der Mann zur Antwort. »Noch ist die Dämmerung nicht nah, aber ich habe dich so früh geweckt, weil es vielerlei gibt, was ich dir zeigen und erklären möchte, ehe du uns verläßt. Trink.«

Drei Tage. *Grauenvoll!* Düster trank Covenant aus der Schale einen ergiebigen Zug. Während der Trank ihm die Gurgel hinabrann, bemerkte er die deutliche Verbesserung seines Zustandes. Er hielt die Schale mit ruhigen Fingern; sein ganzer Körper wirkte gekräftigt. Er hob den Blick zu Hamako. »Was ist das für ein Zeug?« fragte er, um seine Neugier zu befriedigen.

»Das ist *Vitrim.*« Hamako lächelte; anscheinend war er von Covenants besserer Verfassung angetan. »Es ähnelt in seiner Art dem Gehalt der *Aliantha,* doch ist's mit den Lehren der Wegwahrer erzeugt und nicht den *Aliantha* selbst entzogen worden.«

Mit einigen langen Zügen trank Covenant die Schale leer,

fühlte sich gleich danach wesentlich gekräftigt. Er gab Hamako die Schale zurück und erhob sich auf die Beine. »Wann kann ich aufbrechen? So langsam kann ich keine Ausreden mehr zur Geltung bringen.«

»Bald nach Sonnenaufgang kannst du dich von neuem auf den Weg begeben«, antwortete Hamako. »Ich versichere dir, daß du die wenigen Tage, die du bei uns verbracht hast, keinesfalls bedauern wirst.« Er händigte die Schale einem Wegwahrer aus, der nahebei stand, nahm statt dessen einen ledernen Sack entgegen, etwas ähnliches wie einen Weinschlauch. Er übergab ihn Covenant. *»Vitrim«,* sagte er. »Wenn du diese Menge besonnen einteilst, wirst du drei Tage lang keine andersartige Nahrung benötigen.«

Covenant nahm das Geschenk mit einem Nicken an und befestigte den Schlauch mit der Zugschnur an seinem Gürtel. »Thomas Covenant«, sagte unterdessen Hamako, »es schmerzt mich, daß wir uns weigern mußten, deine gewichtigsten Fragen zu beantworten. Deshalb ist's mein Wunsch, daß du die Weissagung der Wegwahrer verstehst, ehe du von uns Abschied nimmst. Mag sein, dann wirst du für meine Überzeugung Verständnis haben, daß man der Weisheit der Wegwahrer vertrauen darf. Hegst du dazu die Bereitschaft?«

Covenant wandte sich mit einer Grimasse reumütigen Grinsens an Hamako. »Ihr habt mich durchgebracht, Hamako. Kann sein, daß ich von Natur aus undankbar bin, aber ich weiß nichtsdestoweniger immer noch den Unterschied zwischen Leben und Totsein zu schätzen. Ich will versuchen, alles zu verstehen, was du mir erklärst.« Halb wider Willen machte er jedoch sofort eine Einschränkung. »Falls es nicht zu lange dauert. Wenn ich nicht bald etwas *unternehme,* werde ich mich demnächst selbst nicht mehr ausstehen können.«

»Dann komm«, sagte Hamako und strebte zur Felskammer hinaus. Covenant zögerte noch, um sich den Saum des T-Shirts in die Hose zu stopfen, dann schloß er sich ihm an. Als er sich duckte, um den Durchlaß zu unterqueren, bemerkte er verdrossen, daß Hohl ihm dichtauf folgte.

Covenant gelangte in einen Gang, mit peinlicher Säuberlichkeit aus dem Fels gehauen, aber so niedrig, daß er beim Gehen den Kopf einziehen mußte. Der Gang war ausgedehnt und in regelmäßigen Abständen durch in die Wände eingelassene, kleine Brandgefäße erhellt, in denen heimelig und ohne Raucherzeugung dunkle Flüssigkeit brannte. Nach einer längeren Strecke verzweigte sich der Gang, verwandelte sich in ein ganzes Tunnelsystem. Mit der Zeit begegneten Hamako und Covenant immer häufiger Wegwahrern. Einige strebten stumm vorüber; mit anderen wechselte Hamako ein paar Worte in ihrer kehligen Sprache; alle jedoch verbeugten sich vor dem Ringträger.

Plötzlich mündete der Tunnel, dessen Verlauf sie folgten, in eine riesenhafte Höhle. Bottiche voller entflammter Flüssigkeit leuchteten sie hell aus. Dem Anschein nach war sie über dreißig Meter hoch und besaß einen etwa dreimal so großen Durchmesser. Mindestens zwei Dutzend Wegwahrer befanden sich in ihrem Innern emsig bei der Arbeit.

Mit einem Schauder der Verblüffung sah Covenant, daß die gesamte Höhle eine Gartenanlage umfaßte. Dichtes Gras bedeckte den Boden. Überall waren Blumenbeete angelegt, gesäumt mit vielen verschiedenen Arten von Sträuchern. Sogar Bäume – Paare von Güldenblatt, Eichen, Pfirsichbäumen, Platanen, Ulmen, Apfelbäumen, Palisander, Fichten und vielen anderen – reckten ihr Geäst zur gewölbten Decke der Höhle empor. Efeu und sonstige Kletterpflanzen wuchsen an den Wänden in die Höhe. Die Wegwahrer betätigten sich als Gärtner. Sie bewegten sich von Beet zu Baum und von Baum zu Beet, grölten einen heiseren Singsang und schwangen kurze Eisenstäbe; dunkle Spritzer eines energetischen Fluids entsprangen dem Metall der Stäbe, nährten Blumen, Sträucher und Ranken wie ein aus Muttererde und Sonnenschein destilliertes Düngergemisch. Der Effekt war unvergleichlich merkwürdig. An der Oberfläche des Landes verdammte das Sonnenübel alles zur Widernatürlichkeit; nichts wuchs dort, ohne gegen die Gesetzmäßigkeiten der eigenen Existenz zu verstoßen, nichts verging, ohne ganz und gar verdorben zu sein. Hier jedoch, wo es kein Sonnenlicht gab, keine frische Luft, keine Insekten zur Bestäubung, keine von alters her fruchtbare Erde, blühte dieser Garten der Wegwahrer in üppiger Schönheit, so natürlich, als wären diese Pflanzen eigens entstanden, um unter einem steinernen Himmel zu gedeihen. Covenant schaute sich in unverhohlenem Staunen um; doch als er eine Frage stellen wollte, bewog Hamako ihn mit einer Geste zum Schweigen und führte ihn in den Garten.

Gemächlich spazierten sie zwischen den Blumen und Bäumen dahin. Der harsche, dumpfe Gesang der Wegwahrer erfüllte die Luft; aber die Kreaturen sprachen weder untereinander noch mit Hamako; sie waren völlig in konzentrierter Vertiefung in ihre Tätigkeit aufgegangen. Und ihre Konzentration vermittelte Covenant einen gewissen Eindruck von der unendlichen Schwierigkeit der Aufgabe, der sie sich gewidmet hatten. Um einen solchen unterirdischen Garten gesund und gepflegt halten zu können, mußten wahre Wunder an Hingabe und Forschung erforderlich gewesen sein.

Doch Hamako hatte ihm noch mehr zu zeigen. Er geleitete Covenant und Hohl zur anderen Seite der Höhle, in ein anderes Netzwerk von Tunneln. Diese verliefen in ziemlich steiler Steigung aufwärts; und unterwegs wurde sich Covenant eines immer stärkeren Tiergeruchs bewußt. Er hatte bereits erraten, was er nun zu sehen bekommen sollte, als Hamako vor ihm eine zweite große Höhle betrat, die weniger hoch war als die Höhle mit dem Garten, aber von ähnlichem Durchmesser.

Diese Höhle enthielt einen Tierpark. Die Wegwahrer versorgten darin Hunderte von verschiedenartigen Tieren. In kleinen Gehegen, gut durchdacht so angelegt, daß sie den natürlichen Bauten und Lebensverhältnissen der jeweiligen Tierart möglichst nahe kamen, hausten paarweise Dachse, Füchse, Hunde, Krallenaffen, Maulwürfe, Waschbären, Otter, Kaninchen, Luchse und Bisamratten. Und viele von ihnen hatten Jungtiere. Dennoch war der Tierpark weniger erfolgreich als der Garten. Tiere ohne ausreichenden Freiraum zur ungehinderten Bewegung konnten nicht vor Gesundheit strotzen. Dieser problematische Umstand trat jedoch vor der bemerkenswerten Tatsache in den Hintergrund, daß diese Tiere überhaupt lebten. Das Sonnenübel wirkte auf alles tierische Leben tödlich. Die Wegwahrer behüteten diese Arten vor der vollständigen Ausrottung.

Wieder verhinderte Hamako, daß Covenant Fragen stellte. Sie verließen die Höhle und gingen durch andere Tunnel weiter aufwärts. Dort begegneten sie keinen Wegwahrern. Bald war die Steigung so beachtlich, daß Covenant sich fragte, wie tief in der Erde er jene drei Tage wohl geschlafen haben mochte. Er empfand schmerzliches Bedauern über die mangelnde Sensitivität seiner Sinne; er vermißte die Fähigkeit, das Gewicht des Felsens über ihm zu schätzen, die Natur des *Vitrim* zu erkennen, die innere Einstellung der Personen, die ihn umgaben, zu durchschauen. Diese Anwandlung verstärkte seine Sehnsucht nach Linden. Sie hätte vielleicht gewußt, ob man Hohl trauen konnte oder nicht.

Schließlich führte der Stollen, den sie durchmaßen, zu einer Wendeltreppe, die sich bis in eine kleine, runde Felskammer erhob. Kein Ausgang war sichtbar; doch Hamako drückte beide Hände an eine bestimmte Stelle der Wand, rief einige rauhkehlige Wegwahrer-Worte und stemmte sich dagegen. Der Stein teilte sich längs eines bis dahin unsichtbar gewesenen

Spalts und öffnete sich. Als Covenant aus der Felskammer trat, fand er sich unterm Sternenhimmel wieder. Am östlichen Horizont hatte das Firmament sich leicht aufzuhellen begonnen. Die Morgendämmerung stand kurz bevor. Bei diesem Anblick verspürte er eine unerwartete Abneigung dagegen, die Sicherheit und die Wunder dieser Wegwahrer-Zuflucht verlassen zu müssen. Er untermauerte seine Entschlossenheit mit neuem Grimm. Er schaute sich nicht um, als Hamako den verborgenen Zugang hinter ihnen schloß.

Hamako, in der Dunkelheit nur schwach erkennbar, geleitete Covenant durch eine Ansammlung großer, gedrungener Umrisse auf eine relativ offene Fläche. Dort setzte er sich nieder, nach Osten gewandt. Als er neben ihm Platz nahm, merkte Covenant, daß sie sich – zum Schutz gegen die ersten Strahlen des Sonnenübels – auf ebenem Stein befanden. Hohl blieb abseits stehen, als besäße er keine Ahnung von der Notwendigkeit solcher Vorsichtsmaßnahmen oder mache sich aus ihnen nichts.

»Nun laß mich sprechen«, sagte Hamako. Seine Worte verklangen leise in der Nacht. »Fürchte die vom Sonnenübel Entstellten nicht, die dir nach dem Leben trachteten. Sie werden diese Gegend nie wieder heimsuchen. Soviel an Verstand und Bangen ist ihnen verblieben.« Sein Tonfall deutete an, daß er die Umgebung infolge irgendeiner persönlichen, unauslöschlichen Trauer im Andenken behielt. Covenant schickte sich ins Zuhören; und nach einer Pause vollkommener Stille begann Hamako von neuem. »Eine tiefe Kluft liegt zwischen den Geschöpfen, die geboren, und jenen, die erzeugt werden«, sagte er leise, ein dunklerer Schattenriß inmitten der dunklen Schemen der Nacht. »Solche Wesen, die geboren werden – so wie wir –, erleiden keine Qualen durch die bloße Tatsache ihrer körperlichen Gestalt. Es mag sein, daß du dir schärferes Augenlicht wünschst oder größere Kraft deiner

Arme, doch bereitet die Körperlichkeit von Augen und Gliedmaßen dir keine Pein. Du bist durch das Gesetz der Natur so geboren worden, wie du bist. Nur ein Wahnsinniger schilt die Naturgemäßheit seiner Geburt. Ganz anders dagegen verhält es sich mit den Wegwahrern. Sie sind – ebenso wie die Urbösen – durch zielstrebiges Wirken in den Bruthöhlen der Dämondim erzeugt worden. Und auch die Dämondim selbst waren nicht durch die Abstammung des Blutes entstanden, sondern die Greuelinger, die ihnen vorangingen, hatten sie dank der Kenntnis von Lehren gezüchtet. Deshalb sind die Wegwahrer keine Geschöpfe des Gesetzes. Sie sind gänzlich fremd in der Welt. Sie führen ein unnatürlich langes Leben. Einige Mitglieder dieses *Rhysh* erinnern sich noch der Lords und der uralten Herrlichkeit Schwelgensteins. Manche erzählen die Geschichte der fünf *Rhysh,* die während der großen Belagerung vor den Toren Schwelgensteins fochten … und von jenem Lord in Blau, der ihnen – ebenso töricht wie kühn – zu Hilfe ritt. Doch lassen wir das beiseite. Die Gesamtheit der Wegwahrer wird nur aufgefrischt, weil die Urbösen das Werk ihrer Dämondim-Erzeuger fortsetzen. In den Tiefen der Erde findet noch immer viel Zuchtarbeit statt, durch sie entstehen Wegwahrer ebenso wie Urböse – und manche der Wesen, die dabei ins Leben gesetzt werden, sind völlig neu, in Fleisch gekleidete Gesichte von Lehren und Macht. Ein derartiges Geschöpf ist dein Begleiter. Ein vorsätzlich erzeugtes Wesen, das einen bestimmten Zweck erfüllen soll.«

Im Osten erhellte sich der Himmel zusehends. Die letzten Sterne erloschen. Die Schatten rings um Covenant und Hamako nahmen langsam deutlichere Umrisse an, wandelten sich, strebten ihrer Enthüllung entgegen. »Folgendes ist das Schicksal aller Dämondim-Abkömmlinge. Jeder Wegwahrer und jeder Urböse sieht sich an und erkennt, er müßte nicht sein, was er ist. Denn er ist die Frucht von Entscheidungen, die er nicht gefällt hat. Auf dieser Tatsache begründet sich gemeinsam der unterschiedliche Sinn der Wegwahrer und Urbösen. In den Urbösen hat sie einen unüberwindlichen Abscheu gegen die eigene Gestalt und eine überwältigende Begierde nach Vollkommenheit hervorgerufen, nach der Macht, die es ihnen gestatten soll, das zu erschaffen, was sie nicht sind. Ihre Leidenschaft kennt keine Schranken und mißachtet jeden Preis. Deshalb stehen sie seit Jahrtausenden im Dienste des Verächters, denn Lord Foul belohnt sie sowohl mit Wissen wie auch Rohstoffen zum Zwecke ihrer Zuchttätigkeit. Das ist die Abkunft deines Begleiters. Und aufgrund dessen hat es die Wegwahrer außerordentlich in Erstaunen versetzt, in ihm kein Übel ersehen zu können. Er ist die … die Krönung all jenes Züchtens. In ihm, so hat es den Anschein, haben die Urbösen endlich ihre bedenkenlose Gewaltneigung überwunden und haben Vollkommenes erreicht. Er ist eine Verkörperung des Schicksals der Urbösen. Mehr jedoch darf ich nicht über ihn sagen. Die Wegwahrer dagegen sind ganz anderen Geistes. Sie berücksichtigen den Preis dessen, was sie tun. Durch die große Schändung, die Kevin Landschmeißer und Lord Foul einst übers Land brachten, haben sie gelernt, sich vor derlei Leidenschaften zu entsetzen. Mit aller Klarheit sahen sie den Preis voraus, den die Urbösen für ihren Selbstabscheu zu entrichten haben und immer entrichten werden müssen, und so wählten sie einen anderen Weg. Obwohl sie das Schicksal der Urbösen teilen, haben sie sich dafür entschieden, ihm auf andere Weise zu begegnen. Indem sie nach Selbstrechtfertigung streben.« Hamako veränderte leicht seine Haltung, drehte sich weiter ostwärts. »In der Sprache der Wegwahrer bedeutet Weissagung sowohl Schicksal wie auch Bestimmung, aber ebenso heißt es Wahl, und man bedient sich ihrer, um zu beraten oder Entschlüsse zu fällen. So besteht denn darin ein Widerspruch – Schicksal und Wahl. Es mag jemandes Schicksal sein zu sterben, doch legt sein Schicksal nicht fest, ob er mutig oder als Feigling stirbt. Die Wegwahrer entscheiden selber darüber, wie sie ihr Schicksal handhaben. In ihrer Einsamkeit haben sie beschlossen, dem Gesetz, an dem sie keinen Anteil besitzen, zu dienen. Jedes *Rhysh* erfüllt seine eigene, selbstgewählte Pflicht. Daher der Garten und die Tiere, welche du erblickt hast. Indem dies *Rhysh* dem Sonnenübel und aller Übelkeit Lord Fouls trotzt, trachtet es danach, Dinge zu bewahren, die nach dem Gesetz der Natur aus eigenem Samen entstehen, sie in der Gestalt zu erhalten, die ihre natürliche Fortpflanzung ihnen gibt. Sollte jemals das Ende des Sonnenübels kommen, darf des Landes Zukunft des natürlichen Lebens sicher sein.«

Covenant lauschte mit eingeschnürter Kehle. Edelmut und Unzulänglichkeit der Bemühungen, die die Wegwahrer machten, rührten ihn. Inmitten der zahllosen Quadratkilometer der Verheerung, die das Sonnenübel fortwährend anrichtete, war eine einzelne Höhle mit gesunden Pflanzen ein geringfügiges Gegengewicht. Und doch stak in dieser Höhle soviel Hingabe, soviel Glaube an das Land, daß man sie einfach als großartige Leistung anerkennen mußte. Er hätte gerne seine Bewunderung zum Ausdruck gebracht, aber er fand keine geeigneten Worte. Nichts als die Beseitigung des Sonnenübels selbst konnte je geeigneter Lohn sein, nichts anderes vermochte den Wegwahrern die Zukunft zu geben, der sie dienten und die sie deshalb verdienten. Die Sorge, ihre aufopferungsvolle Hingabe könnte sich am Ende doch als aussichtslos erweisen, verschleierte ihm den Blick mit Tränen, so daß er die Augen mit den Händen bedeckte.

Als er wieder aufschaute, stieg die Sonne empor. In hellbrauner Farbtönung erhob sie sich über die Ebenen, eine Sonne der Dürre. Die Konturen der Landschaft traten aus der Dämmerung hervor, indem die letzten Reste von Düsternis wichen.

Als Covenant sich umsah, erkannte er, daß er im Zentrum eines zerstörten Steinhausens saß.

Die Häuser lagen in Trümmern; vereinzelt standen noch Mauern, ohne daß sie Decken zu tragen gehabt hätten; steinerne Einfassungen lagen umher wie Leichname; Steinplatten mit Fenstern lehnten schräg aneinander. Zuerst war Covenant der Meinung, das Dorf sei von einem Erdbeben betroffen worden. Doch während die Helligkeit zunahm, konnte er gewisse Einzelheiten erkennen, die seiner Vermutung widersprachen. Aller Stein war mit unregelmäßigen Löchern in der Größe seiner Handfläche durchsetzt, als sei ein Hagel von Säureklumpen auf die Ortschaft herabgeregnet, habe sich durch die Dächer gefressen, bis sie einstürzten, die Wälle in geborstene Brocken zerschlagen, in den harten Untergrund Narben gebrannt. Die steinerne Fläche, auf der Covenant saß, war übersät mit eingesengten Flecken. Jedes Stück Stein im ganzen Umkreis, das einmal aufrecht gestanden hatte, war bis zum Zusammenbruch perforiert worden.

»Hölle und Verdammnis«, murmelte Covenant matt. »Was ist denn hier passiert?«

Hamako hatte sich nicht geregt; aber sein Kopf war gesenkt. Als er den Mund öffnete, verriet sein Tonfall unmißverständlich, er war mit diesem Anblick schmerzlich vertraut. »Auch das hier wünschte ich dir zu zeigen«, sagte er mit einem Seufzen. »Zu diesem Zweck habe ich dich hergebracht.« Hinter ihm knirschte es in einem kleinen Hügel, der sich gleich danach auftat, Einblick in die Felskammer gewährte, durch die Hamako und Covenant vor kurzem die unterirdischen Gänge verlassen hatten. Im Gänsemarsch kamen acht Wegwahrer heraus ans Sonnenlicht; aber Hamako schien sie nicht zu bemerken. »Das ist Steinhausen Bestand, einst das Heim jener vom Sonnenübel Verderbten, die dich überfallen hatten. Sie sind das Volk, dem ich entstamme.« Die Wegwahrer stellten sich rings um Hamako und Covenant im Kreis auf. Covenant warf ihnen einen kurzen Blick zu; doch dann konzentrierte er sich wieder auf Hamako. Er wollte hören, was der Mann zu sagen hatte. »Mein Volk«, wiederholte der frühere Steinhausener. »Stolze Menschen – das waren wir allesamt. Vor zwanzig Monden waren wir noch wohlauf und kühn gesonnen. Stolz. Es erfüllte uns mit gewaltigem Stolz, als wir beschlossen, uns der Sonnengefolgschaft zu widersetzen. Du magst davon vernommen haben, wie die Sonnengefolgschaft Blut eintreibt. Alle unterwerfen sich der Blutsaugerei, und auch wir taten's für die Dauer vieler Geschlechterfolgen. Doch nie versiegten in uns Groll und Abscheu, und zuletzt faßten wir den mutigen Entschluß, uns zu weigern, und wir beschieden den Gefolgsmann abschlägig. Ach, Stolz! Der Gefolgsmann verließ uns, und der *Zorn* des na-Mhoram suchte uns heim.« Seine Stimme bebte. »Es mag sein, daß du von diesem Greuel keine Kenntnis besitzt. Eine Sonne der Fruchtbarkeit schien, und wir befanden uns außerhalb unserer Heime, säten und ernteten, was wir zum Leben brauchten, ohne das Verhängnis zu ahnen, das sich uns nahte. Da plötzlich verwandelte sich das Grün der Sonne in Schwarz – übelstes Schwarz –, und von Schwelgenstein zog wider den Wind eine grausige Wolke über Steinhausen Bestand herauf.« Er hob eine Hand vors Gesicht, drückte sie an die Stirn, um den Schmerz der Erinnerung bewältigen zu können. »All jene, die in den Häusern verblieben waren – Kinder, Mütter, Kranke und Alte –, verfielen wie das ganze Steinhausen fürchterlichem Unheil und Untergang. Alle anderen verloren Haus und Heim.« Die Ereignisse, die er schilderte, hafteten ihm noch lebhaft im Gedächtnis, aber er untersagte es sich, sie detaillierter zu beschreiben. »Daraufhin überkam uns Verzweiflung«, sprach er mit erheblicher Willensanstrengung weiter. »Für einen Tag und eine Nacht verharrten wir nur in der Zerbrochenheit unserer Seelen und achteten auf nichts ringsum. Es mangelte uns an Mut, unser Unglück offenen Auges zu schauen. So begab es sich, daß das Sonnenübel die Überlebenden ungeschützt überraschte. Sie verwandelten sich dergestalt, wie du sie erblickt hast. Nur ich blieb verschont. Während ich in meiner Trauer allein umherirrte – den Tod meines Weibes und meiner Tochter beklagte –, begegneten mir durch Zufall, ehe die Sonne aufging, drei Wegwahrer. Da sie die Gefahr erkannten, in der ich schwebte, brachten sie mich in Sicherheit.« Hamako hob den Kopf, räusperte sich, um seine Kehle vom Gram zu befreien. »Seither habe ich in diesem *Rhysh* gelebt und gewirkt, die Sprache, die Lehren und die Weissagung der Wegwahrer erlernt. In meinem Herzen und Sinnen bin ich, soweit derlei einem Menschen überhaupt möglich ist, einer der ihren geworden. Doch wäre ich damit bereits am Ende meiner Geschichte« – er widmete Covenant einen schmerzerfüllten Blick – »ich hätte sie dir nicht erzählt. Ich habe noch eine andere Absicht.«

Unvermittelt stand er auf und musterte die versammelten Wegwahrer. »Thomas Covenant«, sagte er, als Covenant sich ebenfalls erhob, »ich sage, daß ich – auf meine Art – zum Wegwahrer geworden bin. Und sie haben mich als einen der ihren willkommen geheißen. Mehr als das haben sie getan. Sie haben meinen Verlust zu einem Teil ihrer Weissagung gemacht. Vom Sonnenübel Verderbte führen ein scheußliches Leben, mannigfaches an Unseligem betreiben sie, ehe sie sterben. In meinem Namen hat das *Rhysh* die Bürde meines Volkes auf sich genommen. Es wird beobachtet und bewacht, vor Schaden bewahrt, am Leben gehalten, daran gehindert, das Unglück ihrer Verwilderung Unschuldigen weiterzugeben. Mir zuliebe wird es gehegt und gepflegt, ähnlich wie man die Tiere hegt und pflegt, sowohl mit Hilfe wie auch Beschränkung. Deshalb bleiben sie in solcher Zahl am Leben. Auch aus diesem Grund war das *Rhysh* nicht dazu bereit, *Dhraga* gewaltsam zu befreien. Und deshalb …« – er sah Covenant offen an – »tragen das *Rhysh* und ich die Schuld an dem Harm, den du erleiden mußtest.«

»Nein«, widersprach Covenant. »Das war nicht eure Schuld. Ihr könnt euch doch keine Vorwürfe für Dinge machen, die ihr nicht voraussehen konntet.«

Hamako ließ den Einwand nicht gelten. »Die Wegwahrer haben auch nicht ihre Erschaffung vorausgesehen. Dennoch bleibt die Weissagung bestehen.« Unvermutet brachte er trotz allem ein Lächeln zustande. »Ach, Covenant«, meinte er, »ich spreche nicht so, weil mir an Schuld läge. Ich spreche nur aus dem Wunsche, daß du Einsicht erlangen mögest.« Er wies rundum. »Diese Wegwahrer sind gekommen, um dir Beistand zu entbieten, auf daß du deinen Gefährten nachzueilen vermagst. Ich möchte, daß du erkennst, welcher Sinn sich hinter diesem Angebot verbirgt, so daß du es im Geiste seiner Unterbreitung entgegennehmen kannst und uns vergibst, daß wir dir gewisse Kenntnisse vorenthalten müssen.«

Eine Aufwallung von Respekt und Verständnis verunmöglichte Covenant eine rasche Reaktion. Weil er nicht wußte, wie er seine Empfindungen anders ausdrücken sollte, antwortete er mit jenen formellen Redewendungen, die er einmal von Atiaran gelernt hatte. »Ich danke dir. Es ehrt mich, daß man mir eine Gabe bietet. Indem ich sie annehme, ehre ich den Geber.« Hastig fügte er etwas hinzu. »Ihr habt darauf ein Recht.«

Langsam schwand das Gezwungene aus Hamakos Lächeln. Ohne den Blick von Covenant zu wenden, sagte er etwas zu den Wegwahrern; sie antworteten im Tonfall der Bereitschaft. Einer von ihnen trat vor, drückte Hamako etwas in die Hand. Als Hamako seine Hand hob, sah Covenant, daß es sich bei dem Gegenstand um ein Steinmesser handelte. Insgeheim erschrak er. Aber Hamakos Lächeln war das Lächeln eines

Freundes. »Du wirst keinen Schaden nehmen«, sagte er, als er Covenants Verunsicherung bemerkte. »Reiche mir deine Hand.«

Indem er bewußt ein Zittern unterdrückte, streckte Covenant seine Rechte aus, die Handfläche nach unten. Hamako ergriff das Handgelenk, betrachtete einen Moment lang die von Joans Fingernägeln zurückgebliebenen Narben, dann brachte er Covenant quer über die Adern des Handrückens einen Schnitt bei. Covenant zuckte; aber Hamako hielt die Hand fest, ließ nicht zu, daß er sie zurückzog. Covenants Beunruhigung schlug in Verblüffung um, als er sah, daß der Einschnitt nicht blutete. Er klaffte, aber kein Blut drang aus der Wunde. *Dhraga* trat näher. Sein gebrochener Arm war geschient, seine übrigen Verletzungen jedoch waren bereits im Heilen begriffen. Er hob die Hand seines unversehrten Arms. Vorsichtig schnitt Hamako seine ausgestreckte Handfläche ein. Sofort rann dunkles Blut über *Dhragas* Unterarm. Ohne Zögern reckte der Wegwahrer den Arm und legte seinen Schnitt direkt auf Covenants Schnittwunde. Warmes Blut sickerte auf Covenants Handrücken. In diesem Augenblick merkte er, was die anderen Wegwahrer taten. In der klaren Dämmerung der Wüstenei hatten sie einen leisen Gesang angestimmt. Gleichzeitig strömte Kraft durch Covenants Arm aufwärts, erreichte sein Herz wie ein Aufwallen von Erleichterung. Auf einmal fühlte er sich größer, muskulöser. Sein Blickfeld schien sich zu erweitern, mehr von der Umgebung zu erfassen. Er hätte seine Hand jetzt leicht aus Hamakos Griff befreien können. Doch dazu bestand keine Notwendigkeit.

Dhraga nahm seine Hand fort. Seine Wunde hatte zu bluten aufgehört. Covenants Schnittwunde saugte sein Blut auf. *Dhraga* wich zurück in den Hintergrund. Hamako gab den Dolch *Durhisitar.* »Bald wird's dich dünken«, sagte Hamako, während *Durhisitar* sich so in die Handfläche schnitt, wie zuvor *Dhragas* Hand geschnitten worden war, »soviel Kraft sei unerträglich, doch bitte ich dich, das Gefühl zu ertragen. Bewahre Ruhe, bis alle Wegwahrer am Geben teilgehabt haben. Wenn das Ritual vollzogen ist, wirst du genug Kraft für einen, vielleicht für zwei Tage besitzen.«

Durhisitar legte seinen Schnitt auf Covenants Wunde. Mehr Kraft strömte ihm zu. Plötzlich war ihm, als strotze er dermaßen vor Kraft, daß ihm regelrecht schwindelte, als sei er zu allem imstande. Sein Einschnitt saugte auch *Durhisitars* Blut auf. Als das Geschöpf zurücktrat, konnte Covenant kaum stillhalten, so sehr lechzte er nach der Spende des nächsten Wegwahrers. Erst nach der dritten Infusion kam ihm zu Bewußtsein, daß er hier mehr erhielt als bloße Kraft. *Dhraga* hatte er an seinen Verletzungen erkannt – doch wieso hatte er *Durhisitar* erkennen können? Diesen Wegwahrer hatte er nie genauer angeschaut. Trotzdem hatte er seinen Namen gewußt, so wie er jetzt den Namen des dritten Wegwahrers kannte – *Dhubha* –, und ebenso erging es ihm mit dem vierten Wegwahrer, *Vraith*. Der fünfte hieß *Drhami*, der sechste *Ghohritsar*. Ihm war aus lauter übermächtiger Kraftfülle nahezu schwummrig zumute. An Hamakos Faust zeichneten sich die Knöchel weiß ab; für Covenant jedoch war der Druck seiner Hand gerade noch mit der Berührung einer Feder vergleichbar. Covenant mußte energisch an sich halten, um sich nicht loszureißen und wie ein Wilder durch die Ruinen zu tanzen. Sein Gehör hatte eine solche Reichweite erlangt, daß er in unmittelbarer Nähe gesprochene Worte kaum noch zu unterscheiden vermochte. »… gedenke deiner Begleiter«, empfahl Hamako. »Verschwende diese Kraft nicht. Solange sie währt, laß dich weder durch Nacht noch Verhängnisse aufhalten.« *Ghramin*. Covenant fühlte sich so kolossal wie *Gravin Threndor,* so mächtig wie Feuerlöwen. Er hatte den Eindruck, zwischen seinen Armen Felsen zermalmen, Wütriche mit der bloßen Hand zerschmettern zu können. Der achte und letzte Wegwahrer kam an die Reihe: *Dhurng.* Hamako riß seine Hand zurück, als versenge ihn all diese Macht in Covenant. »Nun geh«, rief er. »Für Land und Gesetz brich auf, und möge keine Bosheit und Tücke wider dich bestehen!«

Covenant bog den Kopf rückwärts, stieß einen Schrei aus, der viele Kilometer weit zu hallen schien. *»Linden!«*

Er wandte sich nach Nordwesten, gab der feurigen Flut seiner geschenkten Kraft freie Bahn und stürmte los, rannte in die Richtung Schwelgensteins, als durchschösse ein waagerechter Blitz die Luft.

17
Blutkraft

Die braun umkränzte, glutstarke Sonne stieg höher, glühte dem Land alle zum Leben notwendige Feuchtigkeit aus. Hitze bedrückte es wie mit dem gesamten Gewicht des Himmels. Bloßes Erdreich verbuk zur Härte von Kalkstein. Lockere Erde verwandelte sich in Sand und Sand in Staub, bis Braun die Luft dicker machte, von allen Flächen des Geländes Staubwolken aufwallten, die totem Dampf ähnelten. Am Horizont tummelten sich Schimären, Ausgeburten des Sonnenübels. Die Mittlandebenen lagen in eigenschaftsloser Kahlheit und leblos unter dem Unheil dieser Sonne.

Aber die Wegwahrer-Kraft in Covenants Adern machte ihm das Vorankommen zu einem wahren Vergnügen. Er eilte mühelos und unbeschwert in stetiger Zügigkeit dahin und hätte gar nicht stehenbleiben können, nicht einmal, wenn er es unbedingt gewollt hätte; seine Muskeln vibrierten vor Kraft; Frohsinn erhob sein Herz; seine Schnelligkeit war ihm ein richtiger Hochgenuß. Ohne Ermüdungserscheinungen zu spüren, lief er wie einst die Ranyhyn.

Er ermaß sein Vorwärtskommen anhand einer geistigen Landkarte; er entsann sich an die Namen von Regionen, die in seinem Gedächtnis einen so unbedeutenden Platz einnahmen, daß er nicht mehr wußte, wann er sie zum erstenmal gehört hatte. Durch die ausgedehnte Wildnis von Windschoorn: vierzig Kilometer; die zerklüfteten Höhen der *Kurash Festillin:* zehn Kilometer. Gegen Mittag hatte sein Überschwang etwas nachgelassen, er war in ein gleichmäßiges, flottes Marschtempo verfallen, fraß die Entfernung, als wäre sein Appetit darauf unersättlich. Gestärkt durch *Vitrim* und die Blutkraft der

Wegwahrer, blieb er immun gegen Hitze, Staub und Trugbilder. Hohl hielt Anschluß, als wäre er für gar nichts anderes als diese Geschwindigkeit geschaffen worden. Der Dämondim-Abkömmling brachte unbekümmert Kilometer um Kilometer hinter sich; der Untergrund schien seinen Füßen geradezu nach rückwärts zu entgleiten.

An der Weite *Victuallin Taynes* vorüber, wo man in früheren Jahrhunderten ungeheuer ertragreiche Ernten einbrachte: vierzig Kilometer. Über die lange, felsige Steigung von Schiefingen in höhere Regionen: neun Kilometer. Um die ausgetrocknete Grube des Pelluce-Sees mitten nach Klein-Andelain hinein, aus dem einmal das meiste Obst des Landes kam: zwanzig Kilometer.

Covenant bewegte sich wie in einem Traum von allgewaltiger Kraft. Er hatte kein Gefühl mehr für Zeit, für eine Fortbewegung, die man in Schweiß und Strapazen maß, schienen ihm jetzt die Begriffe abzugehen. Die Wegwahrer hatten ihm den Preis dieser Kraft abgenommen, und es stand ihm frei, zu laufen und zu laufen. Als der Abend näherrückte, befürchtete er, er werde abschlaffen; doch es kam nicht so. Sterne erhellten die trockene, klare Nacht über der Wüstenei, der Mond zeigte sich halb am Firmament, vertroff Silber auf die Ödnis. Ohne Zögern oder Aufenthalt unterteilte er die Dunkelheit in Namen.

Quer durch den Mittlandbroich: fünfundfünfzig Kilometer. Durch Reichaardsveld, einst das Schmuckstück der Ebenen, jetzt vom Sonnenübel ausgedorrt: fünfundzwanzig Kilometer. Aufwärts durch die zerklüfteten Höhenkämme von Emacrimmas Schlund: zwölf Kilometer. An der Felsbergau entlang, wirr zerborsten, als lägen dort die Trümmer eines Berges: fünfunddreißig Kilometer. Die Nacht entrollte sich wie ein Banner; dann riß sie über den Ebenen auf, flatterte davon, und Covenant marschierte in die Morgendämmerung. Er ließ Mond und

Sterne zurück, erlebte den Sonnenaufgang im trockenen Bett des Seelentrostflusses, inzwischen mehr als fünfmal zwanzig Längen von Holzheim Steinmacht entfernt. Covenants Schnelligkeit bedeutete ihm soviel wie ein Geschenk des Herzens. Hohl stets in seinem Rücken, trank er *Vitrim* und ließ den Fluß zurückbleiben, verließ die Mittlandebenen, zog immer nur weiter, immer nordwestwärts, nach Schwelgenstein.

Durchs offene Tafelland von Flußwacht: zwanzig Kilometer. Mitten durch die Moore von Grauriedstrich, infolge der Sonne der Dürre passierbar geworden: sechsunddreißig Kilometer. Die Felsen von Kaarstrain hinauf: zwölf Kilometer.

Die Sonne stand nun hoch am Himmel, und endlich verebbte seine Exaltation. Die unheimliche Kraft wich nicht von ihm – noch nicht –, aber es zeichnete sich ab, daß sie sich erschöpfen mußte. Diese Erkenntnis verursachte ihm ein bitteres Gefühl des Verlusts. Mit voller Absicht beschleunigte er seine Schritte, um mit der Gabe von Hamakos *Rhysh* noch einmal das äußerste an Kilometern herauszuholen.

Querfeldein über die gewellte Ausdehnung von Rodenreuth: achtundvierzig Kilometer. Allmählich stellte sich seine menschliche Schwäche wieder ein. Es kostete ihn mit der Zeit immer mehr Mühe, das Tempo beizubehalten. Der Staub begann ihm im Hals zu brennen. Zwischen den flachen Hügeln *Consecear Redoins* hindurch, sanft wie ein leicht gewelltes Tuch: achtundzwanzig Kilometer.

Als die letzten Sonnenstrahlen aus dem Westlandgebirge fielen, lief er zur Hügellandschaft hinaus; da stolperte er plötzlich, keuchte – und die Blutkraft war fort. Er war wieder ein gewöhnlicher Sterblicher. Die Luft versengte seine Lungen, während er um Atem rang. Eine Zeitlang ruhte er sich aus, am Erdboden hingestreckt, lag da und schnaufte, bis seine Atmung sich normalisiert hatte. Stumm betrachtete er Hohl, suchte bei ihm nach irgendwelchen Anzeichen von Erschöpfung; doch das schwarze Fleisch des Dämondim-Abkömmlings wirkte im abendlichen Glanz verwaschen, und allem Anschein nach konnte nichts ihn berühren. Etwas später trank Covenant zwei Schlucke seines im Schwinden begriffenen *Vitrim*-Vorrats und setzte den Weg fort.

Er wußte nicht, wieviel Zeit er gewonnen hatte; aber es war genug, um seine Hoffnungen zu erneuern. Waren seine Gefährten ihm noch zwei Tage voraus? Oder drei? Er erachtete es als denkbar, daß die Sonnengefolgschaft ihnen zwei oder drei Tage lang nichts antun würde. Falls keine neuen Verzögerungen ihn aufhielten …

Forsch wanderte er weiter, in der Absicht, die ganze Nacht durchzumarschieren. Er brauchte Schlaf; doch sein Körper war weniger müde, als er es unter normalen Umständen schon nach einer Strecke von zwanzig Kilometern gewesen wäre. Ihm taten nicht einmal die Füße weh. Das *Vitrim* und die Blutkraft der Wegwahrer hatten ihm eine wunderbare Widerstandsfähigkeit verliehen. Er rechnete damit, daß er, zumal die Herbheit der Luft das Ihre tun mochte, um ihn wachzuhalten, noch ein beachtliches Stück Weg zurücklegen können, bevor er wirklich rasten mußte.

Doch nach etwa vier Kilometern sah er voraus zur Linken einen Helligkeitsschein, der anzeigte, daß dort ein Feuer brannte. Er hätte, ohne weiter darauf zu achten, daran vorbeizumarschieren vermocht; es befand sich weit genug abseits. Doch nach kurzem Überlegen zuckte er verbissen mit den Schultern und bog in die Richtung zu dem Feuer ab. Die widerwillig eingestandene Hoffnung, er könne seine Freunde zu guter Letzt doch noch eingeholt haben, verlangte eine Antwort. Und sollte mit diesem Lichtschein irgendeine Gefahr verbunden sein, mochte er sie nicht hinter seinem Rücken wissen, ohne sich vorher Kenntnis darüber verschafft zu haben, um was es sich handelte.

Indem er über den harten, unebenen Untergrund robbte, näherte er sich dem Leuchten, bis er Einzelheiten erspähen konnte. Das Licht stammte von einem herkömmlichen Lagerfeuer. Einige Holzscheite brannten in hellen Flammen. Neben drei großen Säcken lag ein Bündel Scheitholz. An der anderen Seite des Lagerfeuers saß eine einzelne Gestalt in einem Gewand von kräftigem Rot. Die Kapuze der Robe war in den Nacken geworfen und gab den Blick auf das faltige Gesicht und das mit Grau durchzogene Haar einer Frau fortgeschrittenen mittleren Alters frei. Um die Schultern trug sie irgend etwas in Schwarz.

Ihr Anblick weckte in Covenant irgendeine unbestimmte Erinnerung. Ihm war, als hätte er jemanden wie sie schon einmal gesehen, aber ihm fiel nicht ein, wo oder wann. Doch da bewegte sie ihre Hände, und er sah, daß sie ein kurzes eisernes Zepter mit einem offenen Dreieck am oberen Ende hielt. Hinter Covenants Zähnen stauten sich Flüche. Anhand der Beschreibung, die ihm Linden von dem in Steinhausen Kristall aufgekreuzten Gefolgsmann gegeben hatte, war ihm klar, daß er es hier ebenfalls mit einem Mitglied der Sonnengefolgschaft zu tun haben mußte. Covenant meisterte seinen Groll und ging wieder auf Abstand. Das war nicht die Person, die er suchte. Die Steinmeisterin von Holzheim Steinmacht hatte durchblicken lassen, daß Lindens Entführer, na-Mhoram-In Santonin, ein Mann war; und zudem verspürte Covenant keinerlei Lust, womöglich Kopf und Kragen in einer Auseinandersetzung mit einem Gefolgschaftsmitglied zu riskieren, solange ihm noch eine andere Wahl blieb. Mit aller Verstohlenheit, deren er fähig war, entfernte er sich vom Feuer.

Plötzlich hörte er ein leises Knurren. In der Dunkelheit erhob sich ein enormer Schatten, brachte Covenant zwischen sich und das Lagerfeuer. Unter bedrohlichem Geknurre näherte sich der Schatten so massiv, als rücke die Wand eines Hauses heran.

Da zerschnitt der Klang einer Stimme die Nacht. »Din!« Der Ruf kam von der Gefolgsfrau. Sie hatte sich Covenant, Hohl und dem Knurren zugekehrt. »Din«, rief sie erneut im Befehlston. »Bring sie zu mir!« Der riesige Schatten schob sich fortgesetzt näher, drängte Covenant zum Lagerfeuer. Als er den Helligkeitskreis des Feuers betrat, konnte er das immense Vieh nach und nach besser sehen. Es hatte den Kopf und die Fänge eines Säbelzahntigers, wogegen der lange Rumpf dem eines Pferdes ähnelte – allerdings eines Pferdes, dessen Schultern sich in Covenants Kopfhöhe befanden, und einem Rücken, der fünf bis sechs Reitern Platz bot –, und das Fell war so zottelig, daß es dem Tier bis zu den Knien hing. An den Füßen waren Hufe. Aus der Rückseite jedes Knöchels ragte ein mit Widerhaken besetzter Sporn von der Länge einer Schwertlilie. Die Augen der Bestie glommen aus Bösartigkeit rot, und in ihrem Knurren schwang Wut mit. Covenant wich so hastig zurück, wie es sich machen ließ, ohne in die Reichweite der Gefolgsfrau zu gelangen. Hohl folgte ihm in aller Ruhe, dem Tier den Rücken zugewandt. »Halbhand«, rief die Gefolgsfrau mit rauchiger Stimme und merklicher Überraschung. »Ich bin ausgeschickt worden, um deiner zu harren, doch hätte ich nicht gedacht, dir so bald zu begegnen.« Sie schwieg für einen Moment. »Du brauchst Din nicht zu fürchten«, fügte sie dann hinzu. »Es ist wahr, die Landläufer sind Geschöpfe des Sonnenübels. Andererseits jedoch bedürfen sie aus demselben Grunde keines Fleischs. Und sie werden von klein auf zum Gehorsam erzogen. Din wird weder Fänge noch Sporne wider dich wenden, solange ich's ihm nicht ausdrücklich befehle.«

Covenant sorgte dafür, daß das Feuer zwischen ihn und die Frau geriet. Sie war eine stämmige, untersetzte, nicht besonders große Person mit knolliger Nase und einem Kinn, das von Resolutheit zeugte. Ihr Haar war achtlos in ihrem Nacken verknotet, als interessiere sie sich nicht für Details ihres Äußeren. Ihr Blick jedoch zeichnete sich durch die Direktheit langjähriger Hingabe an die Pflicht aus. Das schwarze Tuch, das ihr um die Schultern hing, stattete die Vorderseite ihrer roten Robe mit einer gewissen rituellen Feierlichkeit aus, als sei sie ein Meßgewand. Covenant hegte gegen die Frau uneingeschränkten Argwohn. Nichtsdestotrotz zog er es vor, sich mit ihr einzulassen, statt mit ihrem Landläufer. »Das will ich erst gesehen haben.« Insgeheim verfluchte er die Unsicherheit seiner Stimme. »Schick das Biest fort.«

Sie musterte ihn über die Flammen hinweg. »Wie du wünschst.« Sie nahm den Blick nicht von ihm. »Geh, Din«, sagte sie. »Wache und hüte!« Das Tier ließ ein Brummen der Enttäuschung vernehmen. Trotzdem drehte es sich um und trollte sich hinaus in die Nacht. »Bist du zufrieden?« erkundigte sich die Gefolgsfrau in gleichmäßigem Tonfall.

Covenant antwortete mit einem Rucken seiner verkrampften Schultern. »Es hört auf deine Befehle.« Er blieb vollauf wachsam. »Was erwartest du, wie sehr das mich zufriedenstellen soll?«

Sie betrachtete ihn, als sähe sie Grund, ihn zu fürchten, wolle sich davon jedoch nichts anmerken lassen. »Du mißtraust mir, Halbhand. Mich dagegen will's dünken, das Recht zum Argwohn ist auf meiner Seite.«

»Wie kommst du darauf?« fragte er barsch nach.

»In Steinhausen Kristall hast du na-Mhoram-Wist Sivit seines rechtmäßigen Anspruchs auf Blutopfer beraubt und ihn beinahe erschlagen. Doch sei gewarnt.« Gegen ihren Willen verriet ihre Stimme nun ihre innere Beunruhigung. »Ich bin na-Mhoram-In Memla. Solltest du darauf sinnen, mir zu schaden, sei dessen gewiß, daß ich nicht so leicht zu überwinden bin.« Ihre Hände umklammerten den *Rukh,* aber sie hob ihn nicht.

Covenant verkniff sich eine ärgerliche Entgegnung. »Steinhausen Kristall liegt etwa hundertfünfzig Längen von hier entfernt. Woher weißt du, was dort passiert ist?«

Die Frau zögerte für einen Moment, beschloß dann, ihm zu antworten. »Durch die Vernichtung seines *Rukh* verlor Sivit seine Macht. Aber das Geschick eines jeden *Rukh* wird zu Schwelgenstein bekannt. Man sandte sofort einen anderen Gefolgsmann, der sich zufällig in jener Gegend aufhielt, zu seiner Unterstützung. Dann sprach jener Gefolgsmann durch seinen *Rukh* mit Schwelgenstein, so daß man dort von dem Geschehnis erfuhr. Ich wußte darüber Bescheid, ehe man mich ausschickte, um dich zu erwarten.«

»Ausschickte?« wiederholte Covenant. *Mal langsam,* dachte er. *Eins nach dem anderen.* »Wieso? Woher wißt ihr, daß ich nach Schwelgenstein unterwegs bin?«

»Wohin sonst als nach Schwelgenstein sollte die Halbhand mit dem Ring aus Weißgold gehen?« hielt sie ihm im Brustton der Überzeugung entgegen. »Du hast Steinhausen Mithil südwärts verlassen und bist das nächste Mal in Steinhausen Kristall gesehen worden. Dein Ziel war leicht zu erkennen. Und was den Grund anbetrifft, warum man mich ausgesandt hat ... Ich bin nicht allein. Sieben Gefolgsleute haben sich in diesem Landstrich verteilt, auf daß du die Feste nicht unvorbereitet antreffen solltest. Wenn du als Freund kommst, dürfen wir dir Geleit gewähren. Kommst du jedoch als Feind, ist's unsere Aufgabe, dich zu warnen.«

Vorsätzlich ließ Covenant seinem Ärger freien Lauf. »Belüg mich nicht. Ihr seid geschickt worden, um mich zu töten. Jedem Dorf im ganzen Land ist eingetrichtert worden, mich umzubringen, sobald man mich sieht. Ihr denkt anscheinend, ich wäre irgendwie eine Gefahr.«

Die Frau maß ihn mit ihrem Blick durch das Lodern der Flammen. »Bist du's nicht?«

»Wie man's nimmt. Auf welcher Seite steht ihr? Auf der des Landes – oder Lord Fouls?«

»Lord Foul? Dieser Name ist mir unbekannt.«

»Dann nennen wir ihn a-Jeroth. A-Jeroth von den Sieben Höllen.«

Sie richtete sich höher auf. »Du fragst, ob ich a-Jeroth diene? Hast du im Land eine so große Entfernung zurückgelegt, ohne darüber aufgeklärt worden zu sein, daß sich die Sonnengefolgschaft voll und ganz der Beseitigung des Sonnenübels geweiht hat? Die Anschuldigung …«

Covenant unterbrach sie mit der Schärfe einer Klinge. »Das mußt du beweisen.« Er zeigte mit einer energischen Geste auf den *Rukh*. »Laß das Ding. Melde Schwelgenstein nicht, daß ich mich unterwegs befinde.« Die Frau stand reglos und unentschlossen da. »Wenn du wirklich dem Lande dienst«, ergänzte Covenant, »hast du keinen Grund zur Furcht vor mir. Aber ich sehe keinen Anlaß, dir zu trauen. Gottverdammt, ihr habt versucht, mich um die Ecke zu bringen! Es ist mir egal, wieviel stärker als Sivit du bist.« Er hob die Hand mit dem Ring und hoffte, daß die Frau nicht dazu imstande war zu durchschauen, wie wenig er damit anzufangen verstand. »Ich nehme dich auseinander. Es sei denn, du gibst mir einen Grund, es nicht zu tun.«

Langsam sanken der Gefolgsfrau die Schultern herab. »Nun wohl«, sagte sie mit gepreßter Stimme. Sie faßte das Zepter am Dreieck und reichte es ihm über das Feuer. Covenant nahm es mit der Linken, um einen Kontakt mit seinem Ring zu vermeiden. Eine gewisse Erleichterung milderte seine Besorgnis. Er schob das Eisen unter den Gürtel, zupfte dann an seinem Bart, darum bemüht, nicht unvorsichtig zu werden, begann insgeheim seine Fragen zu formulieren. Aber bevor er den Mund aufmachen konnte, ergriff Memla erneut das Wort. »Nun bin ich dir hilflos ausgeliefert. Ich habe mich in deine Hand gegeben. Doch ist's mein Wunsch, daß du das Wirken der Sonnengefolgschaft verstehst, bevor du über mein Schicksal entscheidest. Seit vielen Geschlechterfolgen verkünden die Wahrsager die Ankunft der Halbhand mit dem Ring aus Weißgold. Sie erblickten darin ein Omen des Untergangs der Sonnengefolgschaft – eines Untergangs, der sich allein durch deinen Tod abwenden ließe. Halbhand, wir sind das letzte Bollwerk der Macht im Lande. Das Sonnenübel hat alles andere zugrunde gerichtet. Nur unsere Macht, dank der wir fortwährend walten und wachsen, bewahrt das letzte Leben zwischen Landbruch und Westlandgebirge vor dem völligen Vergehen. Wie könnte unser Untergang also etwas anderes als das größte Unheil für das Land sein? Deshalb war dein Tod beschlossen worden. Sivits Bericht jedoch enthielt für na-Mhoram Gibbon große Bedeutung. Erstmals enthüllte sich der Sonnengefolgschaft das Maß deiner Macht. Der na-Mhoram hielt für die Dauer mehrerer Tage Rat und fällte schließlich den Entschluß, ein unerhörtes Wagnis einzugehen. Eine solche Macht wie die deine, verkündete er, sei selten und kostbar, und man müsse versuchen, sie nutzbar zu machen, statt sie zu bekämpfen. Es sei besser, sagte er, nach deiner Hilfe zu streben, wiewohl dadurch die Erfüllung jenes verhängnisvollen Worts der Wahrsager gewagt wird, als die Hoffnung auf deinen Beistand zu verlieren. Daher liegt mir nicht daran, mich mit dir zu messen, obgleich Sivit es zu seinem Nachteil versucht hat.«

Covenant hatte aufmerksam zugehört, dabei den dringlichen Wunsch verspürt, dazu in der Lage zu sein zu erkennen, ob die Frau log oder nicht. Sunder und Hollian hatten ihn gelehrt, die Sonnengefolgschaft zu fürchten. Aber er mußte nach Schwelgenstein – und zwar auf eine Art und Weise, die die Gefahr für seine Freunde nicht erhöhte. Er beschloß, mit Memla so etwas wie einen Waffenstillstand einzugehen. »Na gut«, sagte er und mäßigte die Grobheit seines Tonfalls. »Ich will's dabei belassen – bis auf weiteres. Aber ich möchte, daß *dir* auch etwas klar ist. Ich habe nichts gegen Sivit unternommen, bis er mich angegriffen hat.« Er erinnerte sich überhaupt nicht an jene Situation; allerdings war ihm ohnehin nicht an kleinlicher Genauigkeit gelegen. »Er hat mich gezwungen«, bluffte er im Interesse seiner Sicherheit. »Ich wollte bloß die Sonnenseherin.«

Er erwartete, sie werde fragen, was er mit der Sonnenseherin im Sinn gehabt hatte. Daher überraschte ihn ihre nächste Äußerung. »Sivit hat vermeldet, du hättest einen kranken Eindruck erweckt.«

Ein Frösteln ging über Covenants Rücken. *Vorsichtig,* ermahnte er sich. *Schön vorsichtig.* »Ein Fieber«, erwiderte er in komplexer Unehrlichkeit. »Vom Sonnenübel. Ich war gerade dabei zu gesunden.«

»Ferner hat Sivit berichtet«, sagte die Frau, »du würdest von einem Mann und einem Weib begleitet. Der Mann war ein Steinhausener, das Weib dagegen sei allem Anschein zufolge eine Fremde im Lande.«

Covenant nahm allen Mut zusammen und entschied, es in diesem Fall mit der Wahrheit zu versuchen. »Ein Gefolgsmann hat sie gefangengenommen. Na-Mhoram-In Santonin. Ich folge ihnen seit Tagen.«

Er hoffte, ihr irgendwelche Informationen entlocken zu können; aber sie reagierte mit einem Stirnrunzeln. »Santonin? Er ist seit vielen Tagen von Schwelgenstein abwesend ... Doch ich glaube nicht, daß er irgendwelche Gefangenen gemacht hat.«

»Drei hat er«, erklärte Covenant schroff. »Er kann mir nicht mehr als zwei Tage voraus sein.«

Memla überlegte für einen Moment, dann schüttelte sie den Kopf. »Nein. Wären deine Gefährten seine Gefangenen, hätte er durch seinen *Rukh* davon den Sehern Mitteilung gegeben.

Ich bin eine na-Mhoram-In. Ein solches Wissen würde mir nicht vorenthalten.«

Ihre Worte verursachten ihm das unangenehme Gefühl, nun völlig ratlos dazustehen – gefangen in einem Netz von Unwahrheiten, ohne jede Chance, sich ihm zu entwinden. Wer war hier der Betrüger? Die Steinmeisterin von Steinhausen Kristall? Memla? Oder Santonin, der möglicherweise das Bruchstück des Weltübel-Steins für sich zu behalten gedachte? Sein Unvermögen, die Wahrheit zu erkennen, zermürbte ihn wie ein Schwindelanfall. Mühsam bewahrte er eine ausdruckslose Miene, rang darum, nichts von seinen Schwierigkeiten durchblicken zu lassen. »Meinst du etwa, ich denke mir so was nur aus?«

Entweder war Memla eine leidenschaftliche Falschspielerin oder eine tapfere Frau. »Ich glaube«, versetzte sie mit fester Stimme, indem sie Covenants Blick standhielt, »du hast bislang von deinem tatsächlichen Begleiter geschwiegen.« Mit einem Nicken wies sie auf Hohl. Der Dämondim-Abkömmling hatte, seit er beim Feuer stehengeblieben war, keinen Muskel bewegt.

»Er und ich«, gab Covenant zur Antwort, »wir haben einen Handel abgemacht. Ich spreche nicht über ihn, und er redet nicht über mich.«

Memla verengte die Lider. »Du bist ein Rätsel, Halbhand«, sagte sie bedächtig. »Du betrittst Steinhausen Kristall mit zwei Begleitern. Du entziehst Sivit eine Sonnenseherin. Du entfaltest Macht. Du verschwindest. Sowie du dich wieder zeigst, schneller dahingeeilt als der Wind, sind deine drei Gefährten fort, und an ihre Stelle ist dies schwarze Wunder getreten. Und doch forderst du Vertrauen. Ist's deine Macht, die dich mit solcher Anmaßung versieht?«

Anmaßung, so? knurrte Covenant im geheimen. *Ich werde dir Anmaßung zeigen.* Trotzig zog er den *Rukh* aus dem Gürtel und warf ihn Memla zu. »Na gut«, schnauzte er. »Sprich mit

Schwelgenstein. Richte aus, daß ich auf dem Weg bin. Und daß ich jeden, der meinen Freunden was antut, zur Verantwortung ziehen werde!«

Memlas Verblüffung ließ sie zögern. Sie sah den Eisenstab an, dann wieder Covenant, sich darüber im unklaren, wie sie sein Benehmen einzuschätzen habe. Schließlich gelangte sie zu einem Entschluß. Nahezu widerwillig schob sie den *Rukh* unter ihre Robe. »Wie du wünschst«, sagte sie und seufzte, straffte ihre schwarze Kasel. Plötzlich spiegelte ihr Blick Härte wider. »Wenn deine Gefährten in der Tat nach Schwelgenstein verbracht worden sein sollten, will ich für ihr Befinden die Verantwortung auf mich nehmen.«

Ihre Entscheidung schwächte sein Mißtrauen ab. Aber er war noch nicht zufrieden. »Eines noch«, sagte er in ruhigerem Ton. »Könnte Santonin auf dem Weg nach Schwelgenstein, während du hier hergeritten bist, an dir vorbeigekommen sein, ohne daß du's gemerkt hast?«

»Durchaus«, erwiderte Memla mit einem matten Anheben ihrer Schultern. »Das Land ist weit, und ich bin nur ein einzelnes Weib. Allein die Seher kennen Verbleiben und Zustand eines jeden *Rukh*. Obwohl wir sieben sind, die man dir entgegengesandt hat, kann ein anderer Gefolgsmann, zumal wenn er's will, unbemerkt an uns vorübergekommen sein … Ich verlasse mich auf Din, der wacht und hütet, aber jeder Gefolgsmann kann Din gebieten zu schweigen, und ich erführe nichts. So's dir beliebt, Übles von Santonin zu glauben, kann ich dir nicht dreinreden.« Ihr Tonfall zeugte, als sie weitersprach, von Abschlaffung. »Halt's nach deinem Gutdünken. Ich bin nicht mehr jung, und Argwohn ermüdet mich. Ich bedarf der Ruhe.« Indem sie sich beugte wie eine alte Frau, ließ sie sich nah am Feuer nieder. »Wenn du klug bist, wirst auch du dir Rast gönnen. Uns trennen noch dreimal zwanzig Längen von Schwelgenstein, und ein Landläufer ist keine Sänfte.« Covenant schaute sich um, erwog seine Situation. Er fühlte sich zu genervt – und zu sehr in einem Dilemma –, um gelassen verschnaufen zu können. Aber er hatte die Absicht, bei Memla zu bleiben. Er brauchte die Schnelligkeit ihres Reittiers. Sie war entweder ehrlich oder nicht; wahrscheinlich würde er die Wahrheit aber erst herausfinden, wenn er sich auf Schwelgenstein befand. Nach einem Weilchen des Zögerns setzte er sich ebenfalls hin. In Gedanken vertieft, löste er den Schlauch mit dem *Vitrim* vom Gürtel und trank einen kleinen Schluck. »Verlangt's dich weder nach Speise noch nach Wasser?« wollte Memla wissen. »Ich habe beides.« Sie deutete auf die Säcke, die neben ihrem Bündel Brennholz lagen.

Covenant schüttelte den Kopf. »Hier ist noch genug für einen Tag drin.«

»Argwohn.« Memla griff in einen Sack, holte eine zusammengerollte Decke heraus und breitete sie auf dem Untergrund aus. Covenant den Rücken zugedreht, streckte sie sich nieder, zog die Decke wie zum Schutz gegen Covenants Mißtrauen um ihre Schultern und bettete sich zum Schlaf.

Covenant beobachtete sie durch die Flammen, die allmählich verflackerten. Er fror von einer Kälte, die nichts mit der Nachtluft zu schaffen hatte. Na-Mhoram-In Memla stellte zu viele seiner Annahmen in Frage. Es störte ihn wenig, daß sie Zweifel auf seine Abneigung gegen die Sonnengefolgschaft geworfen hatte; er würde schon sehen, was von der Sonnengefolgschaft zu halten war, sobald er mehr über das Sonnenübel wußte. Aber ihr Widerspruch hinsichtlich seiner Vorstellungen in bezug auf Linden und Santonin bereitete ihm Schweißausbrüche. War Santonin vielleicht so etwas wie ein aus der Art geschlagener Gefolgsmann? Handelte es sich bei diesen Merkwürdigkeiten um einen direkten Versuch Lord Fouls, sich in den Besitz des Rings zu bringen? Vergleichbar mit der Geiselnahme Joans? Der Mangel an jeglichen Antworten brachte ihn zum Aufstöhnen.

Falls Linden nicht auf Schwelgenstein war, benötigte er die Hilfe der Sonnengefolgschaft, um Santonin aufzuspüren. Und für diese Unterstützung würde er mit Kooperationsbereitschaft und einer gewissen Selbstpreisgabe zahlen müssen. Während er an seinem Bart zupfte, als könne er der Haut seines Gesichts Weisheit entziehen, starrte er Memlas Rücken an und forschte nach Einsichten. Aber er kam kaum über das Bewußtsein seiner Furcht hinaus, in der Tat gezwungen werden zu können, den Ring herauszugeben.

Nein. Nicht das! Bitte nicht! Er biß gegen das Frösteln seiner Befürchtungen die Zähne zusammen. Für einen Leprotiker war die Zukunft nichts als ein großes, dickes Fragezeichen, und ihm war immer wieder klargemacht worden, daß die Lösung für dieses Problem in planmäßiger Konzentration auf die Anforderungen der Gegenwart bestand. Aber er hatte nie erfahren, wie man sich soviel entschiedene Zielbewußtheit aneignete, nie gelernt, seine komplizierte innere Gegensätzlichkeit zu bändigen.

Zu guter Letzt nickte er ein. Er schlief unruhig. Bruchstückhafte Alpträume von Selbstmord verlängerten ihm die Nacht – kurze Fetzen um die Selbstaufgabe eines Leprotikers, die ihm Entsetzen einjagten, weil sie den Tatsachen seines wirklichen Schicksals so nahekamen, der Weise, wie er sich für Joan geopfert hatte. Wiederholt schrak er auf, versuchte jedesmal, seinen Träumen zu entgehen; aber sobald er in neuen Schlummer hinübergedöst war, schlugen sie abermals ihre so mannigfaltigen Klauen in ihn.

Kurz vor Anbruch der Morgendämmerung stand Memla auf. Sie murmelte etwas über die Steifheit ihrer Glieder vor sich hin und entfachte mittels einiger Scheite Brennholz wieder das Lagerfeuer, dann stellte sie einen irdenen Topf voll Wasser zum

Erwärmen in die Flammen. Während sie darauf wartete, drückte sie ihre Stirn in der Richtung Schwelgensteins in den Staub und raunte in einer Sprache, die Covenant nicht verstand, irgendwelche Gebete.

Hohl ignorierte sie, als hätte er sich in Stein verwandelt.

Sobald das Wasser warm genug war, wusch sich Memla Hände, Gesicht und Hals. Das restliche Wasser bot sie Covenant an. Er ging darauf ein. Nach der soeben durchgestandenen Nacht empfand er das Bedürfnis nach irgendeinem kleinen Trost. Während er an sich Waschungen vornahm, was unter den gegebenen Umständen möglich war, entnahm Memla einem der Säcke Proviant für ein Frühstück. Die Lebensmittel jedoch lehnte Covenant ab. Gewiß, sie hatte nichts unternommen, was für ihn bedrohlich gewesen wäre. Aber sie war ein Mitglied der Sonnengefolgschaft. Solange er noch *Vitrim* hatte, war er abgeneigt, es mit ihrem Essen zu versuchen. Und außerdem, so gestand er sich ein, wollte er ihr sein Mißtrauen in Erinnerung halten. Wenigstens soviel Offenheit war er ihr schuldig.

Sie nahm seine Weigerung mit Verdruß auf. »Die Nacht hat dich keinen Anstand gelehrt«, sagte sie. »Bis Schwelgenstein sind's noch vier Tage, Halbhand. Vielleicht gedenkst du, wenn der Trank in deinem Schlauch ausgegangen ist, von Luft und Staub zu leben.«

»Ich gedenke«, entgegnete er mit Betonung, »dir genau so viel zu trauen, wie ich muß, und kein bißchen mehr.«

Auf diese Antwort schnitt sie ein finsteres Gesicht, schwieg jedoch dazu. Der Tagesanbruch rückte näher. Memla packte, indem sie etwas Eile entwickelte, ihre Vorräte ein. Sobald sie die Säcke verschnürt und mit einem Stück Seil aneinandergebunden hatte, hob sie den Kopf und rief barsch nach ihrem Reittier. »Din!«

Covenant hörte das Geräusch von Hufen. Einen Moment

später kam Memlas Landläufer aus dem morgendlichen Zwielicht angetrottet. Sie behandelte ihn mit der Sicherheit langer Vertrautheit. Din gehorchte ihrer knappen Geste und ließ sich auf den Bauch nieder. Sofort belud sie das Tier, schob ihr Gepäck über die Mitte des Rückens, bis es im Gleichgewicht hing. Dann grub sie die Finger in das lange Fell und schwang sich empor, saß im Bereich der Schultern auf. Covenant zögerte, statt sich ebenfalls sofort hinaufzuschwingen. Pferde hatten ihm immer Unbehagen eingeflößt, teilweise wegen ihrer Kräfte, zum Teil aber auch wegen ihres Abstands vom Boden; und der Landläufer war eindeutig größer und gefährlicher als jedes Pferd. Doch ihm blieb keine Wahl. Als Memla ihm gereizt etwas zurief, packte er all seinen Mut mit beiden Händen, stemmte sich in die Höhe und hinter der Gefolgsfrau auf das Tier. Din erhob sich mit Geschwanke vom Untergrund. Covenant krallte sich heftig ins Fell, um zu verhindern, daß er hinabfiel. Ein Schwindelanfall brachte für ihn die ganze Welt ins Kreiseln, als Memla das Tier sich in die Richtung des Sonnenaufgangs drehen ließ.

Die Sonne zeigte sich in brauner Glut überm Horizont. Fast augenblicklich begann Dunst die Weite zu kräuseln, trübte die gesamte Landschaft in Verzerrungen. Covenants Gedanken an die Unterstützung, die ihm die Wegwahrer gewährt hatten, rangen in seinem Innern mit dem Schwindelgefühl und seiner Überraschung über Memlas Immunität um die Vormacht. »Din ist ein Geschöpf des Sonnenübels«, erläuterte die Frau in Beantwortung seiner unausgesprochenen Frage. »Sein Leib schützt uns so verläßlich wie Stein.« Damit wendete sie das Reittier und lenkte es nach Schwelgenstein.

Dins Trab erwies sich als unvermutet weich; und sein Fell gab Covenant sicheren Halt. Langsam gewann er seine Fassung zurück. Der Erdboden schien ihm nach wie vor gräßlich weit entfernt zu sein; aber er hatte nicht mehr permanent das

Gefühl, im nächsten Moment fallen zu müssen. Vor ihm hockte Memla mit überkreuzten Beinen hinter den Schultern des Landläufers, nahm nur, wenn sie ins Wanken zu geraten drohte, die Hände zu Hilfe, um sich Halt zu verschaffen. Nach einer Weile ahmte Covenant ihr Beispiel nach, hielt allerdings ständig beide Fäuste in Dins Fell geklammert, um weitmöglichst sicherzugehen.

Memla hatte Hohl nicht angeboten, das Reittier zu benutzen. Anscheinend hatte sie beschlossen, ihn genauso zu behandeln, wie er es mit ihr tat. Aber Hohl brauchte von keinem Reittier getragen zu werden. Er eilte Din ohne Mühe nach, und durch absolut nichts ließ sich erkennen, ob er überhaupt wußte, was er trieb.

Covenant ritt wortlos durch den Morgen, sah zu, daß er am Rücken des Landläufers Halt behielt, und trank *Vitrim,* wann immer die Hitze ihn benommen machte. Doch als Memla nach kurzer Rast um die Mittagszeit den Ritt fortsetzte, verspürte er den Drang, sie zum Reden zu bringen. Er wollte Informationen; die Wildnis seiner Unwissenheit war für ihn etwas Bedrohliches. Umständlich ersuchte er Memla, ihm die Predigt der Sonnengefolgschaft zu erklären. »Die Predigt«, rief sie über die Schulter. »Halbhand, die Zeit, die noch verstreichen muß, bis wir Schwelgenstein erreichen, ist nach Tagen bemessen, nicht nach Monden.«

»Faß zusammen«, erwiderte er. »Wenn du nicht meinen Tod willst, dann willst du mir helfen. Ich muß wissen, womit ich's zu tun habe.« Sie schwieg. »Anders ausgedrückt«, schnauzte Covenant, »du *hast* mich belogen.«

Unvermittelt beugte sich Memla vor, machte eine ruckartige Kopfbewegung und spie über Dins Schulter. Als sie jedoch zu sprechen anfing, klang ihre Stimme maßvoll, beinahe geläutert. »Die Predigt ist von großer Länge und umfangreichen Inhalts, weil sie all das gesammelte Wissen der Sonnengefolgschaft über des Landes Leben sowie über die Mittel zu dessen Bewahrung wider das Sonnenübel umfaßt. Es ist die Aufgabe der Gefolgsleute, diese Kenntnisse im ganzen Lande zu verbreiten, damit die Steinhausen und Holzheime zu überdauern vermögen.« *Wahrhaftig,* dachte Covenant. *Und Menschen um ihres Blutes willen zu verschleppen.* »Aber wenig von diesem Wissen ist für dich von Wert«, ergänzte Memla. »Du hast das Land unterm Sonnenübel durchquert, ohne Schaden zu erleiden. Was für einen Nutzen hätte es, dir die Predigt darzulegen? Doch wenn du nach Verstehen trachtest, Halbhand, so gibt's auf alle Fälle eine Sache, die der Träger des Rings aus Weißgold begreifen muß. Nämlich das Dreieck.« Sie holte den *Rukh* aus ihrem Gewand und zeigte ihn ihm über ihre Schulter. »Die Drei Seiten der Wahrheit. Die Grundlage all unseres Dienens.« Im Takt von Dins Trab begann sie zu singen.

»Drei Tage des Sonnenübels Ungemach:
Drei Wahrsag' und Predigt verkündet hat.
Drei Worte der na-Mhoram sprach:
Drei Seiten hat der Wahrheit Statt.«

»Wie meinst du das, ›drei Tage‹?« hakte Covenant nach, als Memla verstummte und schwieg. »Ist es nicht so, daß sich das Sonnenübel beschleunigt? Hat früher nicht jede Sonne vier oder fünf Tage gedauert, oder sogar mehr?«

»Freilich, ohne Zweifel«, entgegnete sie ungeduldig. »Doch die Wahrsager haben stets geweissagt, daß es der Sonnengefolgschaft gelingen wird, dem Wechsel des Sonnenübels bei drei Tagen Einhalt zu gebieten – daß die im Laufe vieler Geschlechterfolgen vorangetriebene Erhöhung unserer Macht und die fortgesetzte Beschleunigung des Sonnenübels einander ausgleichen und zu einem Einpendeln bei drei Tagen führen werden, so daß ein Gleichgewicht entsteht. Daher hoffen wir nunmehr, darauf hinwirken zu können, das Gleichgewicht zu unseren Gunsten verschieben, das Sonnenübel endlich vollends verdrängen und beseitigen zu können. Aus diesem Grund wünscht sich der na-Mhoram deinen Beistand. Aber ich habe die Drei Seiten der Wahrheit erwähnt.« Sie sprach mit einem Anflug von Schärfe weiter, ehe Covenant sie erneut unterbrechen konnte. »Deren Kenntnis wirst du gewißlich benötigen. Auf diesen drei Tatsachen steht die gesamte Sonnengefolgschaft, und auf sie stützt jedes Dorf im Lande sein Leben. Erstens: Es gibt im Lande kein Leben und keine Macht, die sich mit dem Sonnenübel messen kann. An Macht und Wirkung übersteigt das Sonnenübel ganz und gar jede andere Gewalt. Zweitens: Kein Sterblicher vermag das Sonnenübel zu ertragen. Ohne beträchtliche Klugheit und Kenntnisse kann niemand darauf hoffen, von der einen zur anderen Sonne zu überstehen. Und ohne Widerstand gegen das Sonnenübel ist alles Leben dem Untergang geweiht. Das Sonnenübel wird, sei's langsam oder geschwind, zur vollständigen Vernichtung führen. Drittens: Keine Macht im Lande ist stark genug, um das Verhängnis abzuwenden, allein die Kraft, die dem Sonnenübel selbst abgerungen wird. Die Macht des Sonnenübels muß gegen es gewendet werden. Es gibt keine andere Hoffnung. Deshalb vergießt die Sonnengefolgschaft das Blut des Landes, denn Blut ist der Schlüssel zur Meisterung des Sonnenübels. Sollten wir darin scheitern, uns die Macht des Sonnenübels zu erschließen, wird Unheil ohne Ende über das Land kommen. Hast du das verstanden, Halbhand?« Memla stellte die Frage in herausforderndem Ton. »Zweifellos hast du während deiner Durchquerung des Landes mancherlei Schmähungen wider die Sonnengefolgschaft gehört. Trotz all unseres Wirkens glauben viele Steinhausener und Holzheimer, wir verlangten aus Vergnügen oder Selbstsucht nach ihrem Blut.« In Covenants Ohren klang ihr Sarkasmus nach der Verbitterung eines Menschen, der seine bewußten Überzeugungen im Innersten seiner Gefühle verabscheute. »Laß dich nicht täuschen! Der Preis, den das Land für seine letzte Hoffnung entrichten muß, bedrückt uns schwer. Doch schrecken wir nicht zurück, weil er uns das einzige Mittel zur letztendlichen Errettung des Landes gibt. Wenn du jemandem Schuld zuweisen mußt, dann schreibe sie a-Jeroth zu, der den gerechten Zorn des Meisters heraufbeschwor – und den einstigen Verrätern, Berek und seinesgleichen, die mit a-Jeroth einen Bund schlossen.«

Am liebsten hätte Covenant sofortigen Einspruch erhoben. Sobald sie von Berek als einem Verräter sprach, verloren ihre Worte jegliche Überzeugungskraft. Covenant hatte Berek Halbhand nie gekannt; der Lord-Zeuger war bereits eine Sagengestalt gewesen, als Covenant zum erstenmal ins Land gelangte. Aber sein Wissen um die Auswirkungen von Bereks Existenz reichte nahezu viertausend Jahre weiter zurück als Memlas Ansichten. Alle Auffassungen, die in Berek einen Unhold sahen, beruhten auf Lüge; daher mußten alle Schlußfolgerungen, die auf dieser Voraussetzung fußten, falsch sein. Doch er hielt seinen Widerspruch zurück, weil ihm nichts einfiel, womit er Memla die Richtigkeit seiner Kenntnisse klarmachen könnte. Es gab keine andere Möglichkeit als die restlose Überwindung des Sonnenübels. »Ich will mir das Urteil darüber noch für eine Weile aufschieben«, sagte er, um einen sinnlosen Streit zu vermeiden. »Inzwischen kannst du noch einiges tun, um meine Neugier zu befriedigen. Ich habe zumindest eine gewisse Vorstellung von a-Jeroth. Aber was sind die Sieben Höllen?«

Memla murmelte mißmutig etwas. Covenant hegte den Verdacht, daß ihr sein Argwohn so zuwider war, weil sie ihn als ein Spiegelbild ihres eigenen Mißtrauens empfand. »Sie heißen Regen, Dürre, Seuchen, Fruchtbarkeit, Krieg, Wildheit und Finsternis«, gab sie ihm nichtsdestotrotz in brüsker Weise Auskunft. »Ich jedoch glaube, es gibt dazu eine achte. Blinde Feindschaft.« Danach blieben alle Bemühungen Covenants, sie zu weiterem Reden zu bewegen, ohne Erfolg.

Als sie sich zur Nacht gelagert hatten, warf er den leeren Schlauch fort und nahm von ihr zu essen an. Und am nächsten Morgen half er ihr bei den Vorbereitungen für den Weiterritt, so gut er konnte.

Auf Dins Rücken erwarteten sie den Sonnenaufgang. Die Sonne schob sich mit grünem Strahlenkranz über den Horizont. Memla schüttelte den Kopf. »Eine Sonne der Fruchtbarkeit«, konstatierte sie gedämpft. »Eine Sonne der Dürre richtet viel Verwüstung an, die Sonne des Regens kann eine Sache großer Mühsal sein. Eine Sonne der Seuchen verbreitet Unheil und Greuel. Für jene jedoch, die sich auf Reisen befinden, ist keine Sonne so bedrohlich wie die Sonne der Fruchtbarkeit. Sprich unter dieser Sonne nicht zu mir, Halbhand, ich beschwöre dich. Wenn meine Gedanken abschweifen, weichen wir auch vom Pfad ab.«

Nachdem sie kaum zwei Kilometer zurückgelegt hatten, war der Untergrund bereits mit frischem Gras bedeckt. Junge Ranken sprossen sichtbar auf, dehnten sich über einen Flecken nach dem anderen aus; Sträucher entfalteten minzgrüne Knospen.

Memla hob ihren *Rukh*. Sie zog den Verschluß von dem hohlen Zepter und ließ genug Blut herausrinnen, um sich damit beide Hände beschmieren zu können. Dann fing sie verhalten an zu singen. Innerhalb des offenen Dreiecks begann eine zinnoberrote Flamme zu lodern, unter der Sonne klein und unscheinbar. Vor Dins Hufen teilte sich das Gras in gerader Linie, die wie eine Richtschnur nach Schwelgenstein wies. Covenant sah die Teilung sich in der Ferne verlieren. Die Linie entblößte den Erdboden nicht; aber alles, was sie säumte –

Gras, Sträucher, neue Schößlinge –, bog sich nach den Seiten, als gleite durch die emporwuchernde Vegetation eine unsichtbare Schlange nordwestwärts. Din trabte die Linie entlang, als wäre ihm jede Überraschung unbekannt. Memlas Gesang sank zu einem leisen Raunen herab. Sie stützte den Stab des *Rukh* auf Dins Schultern; das Dreieck mit der Flamme blieb aufrecht vor ihr. Mit jeder Veränderung des Terrains verdichtete sich das Grün, komprimierte ganze Jahreszeiten in Abschnitte eines Tages. Der von ihr geschaffene Pfad jedoch blieb offen. Bäume standen nur auf Distanz von ihm; ganze Haine hatten in ihrer Mitte soviel Platz, als hätten Äxte in ihnen Bahn geschlagen; Büsche, die längs der Linie wuchsen, wiesen an ihrer Seite weder Äste noch Blattwerk auf.

Als Covenant sich umschaute, sah er hinter sich keine Spur von dem Pfad zurückbleiben; er schloß sich in dem Moment, da Memlas Kraft seinen Verlauf passierte. Infolgedessen mußte Hohl selbst zusehen, wie er vorankam. Das tat er mit seinem charakteristischen Desinteresse, durchpflügte Gras und Gesträuch im Laufschritt, brach durch Dickichte, zwängte sich durch Dornengestrüpp, ohne daß sich seine schwarze Haut einen einzigen Kratzer zuzog. Er hätte sich nicht weniger Beachtung der Beschwerlichkeit des Weges anmerken lassen können. Beim Anblick des Dämondim-Abkömmlings wußte Covenant nicht, was er mehr bewundern sollte: Memlas Fähigkeit, diesen Pfad zu schaffen, oder Hohls Vermögen, so schnell ohne Pfad nachzufolgen.

Am Abend gab Memla zu dieser Methode ein paar Erklärungen ab. Ihr *Rukh,* erläuterte sie, zapfe das große Bannfeuer zu Schwelgenstein an, wo die Sonnengefolgschaft ihr gegen das Sonnenübel gerichtetes Werk tue und die Seher mit den Meister-*Rukh* arbeiteten. Nur die Kraft für die Verbindung stammte von ihr; den gesamten Rest bezog sie vom Bannfeuer. Deshalb erforderte die Aufrechterhaltung des Pfades von ihr disziplinierte Konzentration, aber erschöpfte sie nicht. Und je weiter sie sich Schwelgenstein näherten, um so leichter war das Anzapfen des Bannfeuers.

Mit diesem Verfahren gewährleistete sie den Pfad auch gegen die Vegetation des nächsten Tages der Sonne der Fruchtbarkeit, trotzte sämtlichen Hindernissen, riesigen Bäumen, Heide- und Farnkraut, die bis in Dins Schulterhöhe reichten, dem Gras, das Dickichten glich, und Dickichten, die Wäldern ähnelten. Und Hohl hielt trotz allem das Tempo des Landläufers mit. Er bestand die immer härtere Prüfung jedes neuen Kilometers, als könnten weder Höhe noch Dichte des Grüns ihm irgendwelche Grenzen ziehen. Daran änderte auch der dritte Tag nichts. Er erhöhte die außerordentliche Schwierigkeit des Vorwärtskommens, beeinträchtigte jedoch nicht im geringsten die nonchalante Leichtigkeit, mit der Hohl dem Reittier folgte. Immer wieder verdrehte Covenant den Hals rückwärts, beobachtete Hohl beim Anschlußhalten und wunderte sich über die schiere, unbewußte Kraft, die darin zum Ausdruck gelangte. Doch während der Nachmittag verstrich, befaßten seine Gedanken sich zusehends seltener mit Hohl, und er richtete seine Aufmerksamkeit statt dessen voraus. Der mammuthafte Urwald verbarg sämtliche Landmarken, die das Terrain aufweisen mochte, aber er wußte, Schwelgenstein war nah. Alle seine Sorgen, Befürchtungen und Erwartungen kehrten zurück; und er bemühte sich, durch all das übermäßige Blattwerk nach vorn Ausschau zu halten, als könne ein rechtzeitiges Erspähen der uralten Festung ihm eine Vorwarnung bezüglich der Probleme und Risiken geben, die ihn dort erwarteten.

Aber er erhielt keine Vorwarnung. Spät am Nachmittag führte Memlas Pfad einen steilen Hang hinauf. Urplötzlich endete aller Pflanzenwuchs an den Felsen der Vorhügel. Schwelgenstein zeigte sich Covenants Blick, als habe er es in diesem Moment aus dem Lagerhaus seiner lebhaftesten Erinnerungen hervorgezaubert. Der Landläufer hatte den Urwald schräg gegenüber der gewaltigen Festungsstadt verlassen, die vor Jahrtausenden von Riesen aus dem Felsgestein des Plateaus gehauen worden war. Aus westlichen Fernen verliefen Berge ostwärts, fielen dann – acht oder neun Kilometer zur Linken Covenants – in senkrechten Felswänden zum Landschaftsniveau des Oberlandes ab; das Plateau ragte noch gut dreihundert und mehr Meter über die Vorhügel auf. Es verschmälerte sich zu einer keilförmigen Spitze von etwa zwei Kilometer Länge; und in diesen Ausläufer hatten die Riesen einst die gewaltige und ausgedehnte Festungsstadt Schwelgenstein gehöhlt. Die gesamte Klippe, die sich Covenants Augen nun enthüllte, war bestückt mit Befestigungen und Verteidigungswerken, Reihe an Reihe mit Erkern und Balkonen versehen, besetzt mit Vorsprüngen, Brustwehren und Laibungen, angefangen in einer Höhe von hundert bis hundertfünfzig Metern oberhalb der Vorhügel bis hinauf zum Rande des Tafelbergs. Links von Covenants Standort ging Schwelgenstein allmählich ins naturbelassene Felsgestein über; rechts dagegen füllte es den ganzen Bergausläufer bis zur Spitze der Keilformation aus, an der ein Wehrturm die wuchtigen Tore der Festung schützte.

Der ungeheuer eindrucksvolle, ihm so vertraute Anblick der Festungsstadt erfüllte Covenants Herz mit wehmütigem Stolz auf jene Riesen, die sie erbaut hatten und die er sehr geschätzt hatte – und mit herber Trauer, denn die Riesen hatten eines Tages allesamt den Tod gefunden, waren während des Kriegs gegen Lord Foul und seinen Weltübel-Stein von einem Wütrich dahingemetzelt worden. Covenant war einmal zu Ohren gekommen, den Mauern Schwelgensteins sei eine Art Bedeutungsmuster eingemeißelt worden, Ausdruck irgendeines Sinns, der zu hoch war, als daß andere als die Gehirne von

Riesen ihn zu begreifen vermöchten; und nun würde ihm niemals jemand diesen Sinn erklären.

Aber das war nicht alles, was ihm Anlaß zum Gram gab. Das Wiedersehen mit Schwelgenstein erinnerte ihn an andere Menschen, Freunde wie Feinde, an Menschen, denen er geschadet, die er verloren hatte: Trell, Atiarans Gemahl; Hile Troy, der seine Seele einem Forsthüter verkaufte, um sein Heer zu retten; Salzherz Schaumfolger; Elena; Hoch-Lord Mhoram. Dann wandelte sich Covenants Trauer in Zorn um, als er daran dachte, wie die Sonnengefolgschaft, die bereitwillig das Blut unschuldiger Bewohner des Landes vergoß, Mhorams Namen mißbrauchte. Sein Grimm wuchs, während er Schwelgenstein genauer betrachtete. Die Richtung von Memlas Pfad hatte auf einen Punkt inmitten der Festungsstadt gewiesen; und oberhalb dieses Punktes schoß ein dicker zinnoberroter Strahl aus dem Plateau und empor zur sinkenden Sonne. Er ließ sich mit dem energetischen Strahl vergleichen, den Sunders *Orkrest* erzeugen konnte; aber er war von atemberaubender Gewaltigkeit. Covenant starrte hinüber, außerstande, sich vorzustellen, wie viele Menschenleben erforderlich waren, um einen solchen Strahl, eine derartige Energie zu unterhalten. Ihn ereilte die durchdringende Ahnung, daß Schwelgenstein nie wieder wirklich rein werden konnte.

Da aber zog etwas im Westen seinen Blick an, ein Glitzern der Hoffnung. Dort lagen – auf halber Strecke zwischen Schwelgenstein und dem Westlandgebirge – die Schleierfälle, über die das überschüssige Wasser des Glimmermere-Sees die Klippen hinabstürzte, um unten den Weißen Fluß zu bilden. Und die Fälle führten unverändert Wasser; die Gischt der Wassermassen sprühte in den einsetzenden Sonnenuntergang empor und schillerte. Das Land hatte achtzehn Tage lang ohne eine Sonne des Regens auskommen müssen, und sechs davon waren Tage von Sonnen der Dürre gewesen; und doch waren die Quellen Glimmermeres nicht versiegt. Covenant verbiß sich in Wut und Hoffnung und machte sich auf das gefaßt, was vor ihm liegen mochte.

Memla ließ einen Seufzer des Bewältigthabens vernehmen und den *Rukh* sinken. Sie drehte mit einem halblauten Befehl Dins Schädel seitwärts und lenkte das Tier im Trab zu den Toren an der Südostseite des Wehrturms.

Der Turm war nicht ganz halb so hoch wie das Plateau, und sein oberer Teil erhob sich getrennt vom übrigen Bauwerk gen Himmel, mit ihm nur durch hölzerne Laufstege verbunden. Covenant entsann sich daran, daß innerhalb der granitenen Mauern, die den Sockel des Turms vom Innenbereich der Festungsstadt absonderten, ein offener Hof lag; und in jedem Hof gab es ein zweites Paar nachgerade megalithischer Torflügel wie jene unterm Turm, so daß Schwelgenstein für den einzigen Zugang eine doppelte Verteidigung besaß. Aber während sie auf den Turm zuritten, erkannte Covenant mit Schrecken, daß das äußere Tor nur noch aus Trümmern bestand. Irgendwann in fernerer Vergangenheit war Schwelgenstein auf das innere Tor angewiesen gewesen. Die Erker über dem zerstörten Tor, ebenso die Brustwehren und Vorsprünge machten einen unbemannten Eindruck; der gesamte Turm wirkte unbenutzt. Möglicherweise war er nicht mehr verteidigbar. Vielleicht hatte die Sonnengefolgschaft es nicht nötig, das Eindringen von Fremden zu fürchten. Oder womöglich war diese anscheinmäßige Unbenutztheit eine Falle für Unbesonnene.

Memla ritt direkt in den Tunnel, der in den Innenhof mündete; Covenant jedoch rutschte von Dins Rücken, hangelte sich Hand um Hand am Fell des Tiers hinunter. Memla hielt das Vieh an, drehte sich verdutzt nach Covenant um. »Hier ist Schwelgenstein«, sagte sie. »Wünschst du's nicht zu betreten?«

»Eins nach dem anderen.« Covenants Schultern waren aus

Mißbehagen verkrampft. »Schick den na-Mhoram raus. Ich möchte, daß er mir persönlich meine Sicherheit zusagt.«

»Er ist der na-Mhoram!« brauste Memla entrüstet auf. »Er geht oder kommt nicht nach den Launen anderer.«

»Wie schön für ihn.« Covenant bekämpfte seine Beunruhigung mit Spott. »Wenn ich das nächste Mal einen launigen Einfall habe, weiß ich Bescheid.« Memla öffnete den Mund zu einer Entgegnung, aber er kam ihr zuvor. »Ich bin schon zweimal eingelocht worden. Ein drittesmal wird mir so was nicht passieren. Ich gehe nicht hinein, bevor ich mit dem na-Mhoram gesprochen habe.« Eine plötzliche Eingebung bewog ihn dazu, noch etwas hinzuzufügen. »Richte ihm aus«, sagte er, »daß ich die Notwendigkeit der Freiheit so gut wie er verstehe. Durch Zwang kann er nicht bekommen, was er will. Er wird wohl oder übel verträglich sein müssen.«

Memla musterte ihn für einen Moment. »Wie du wünschst«, sagte sie dann gedämpft. Mit einem barschen Befehl brachte sie Din dazu, den Weg in den Tunnel fortzusetzen; Covenant blieb mit Hohl am Eingang zurück.

Covenant bekam seine Unruhe in den Griff und wartete. Zwischen den Berggipfeln ging die Sonne grünlich und lavendelfarben unter; Schwelgensteins Schatten fiel auf das monströse Gewucher des Urwalds wie eine Ägide der Finsternis. Während er den Turm in bezug auf irgendwelche feindselige Umtriebe unter Beobachtung hielt, bemerkte Covenant, daß auf den Zinnen keine Banner wehten. Es waren auch keine erforderlich; der glutrote Strahl von Sonnenübel-Energie kennzeichnete Schwelgenstein unmißverständlicher als den Sitz der Sonnengefolgschaft, als jede Fahne es gekonnt hätte.

»Ich will verdammt sein, wenn ich weiß, was du eigentlich hier willst«, schnauzte Covenant Hohl an, weil er sich wie üblich nicht in Geduld zu schicken vermochte. »Aber ich habe genug Probleme. Du mußt sehen, wie du allein zurechtkommst.« Hohl reagierte nicht. Er schien kein Gehör zu haben.

Dann sah Covenant im Tunnel Bewegung. Ein stämmiger Mann, der eine tiefschwarze Robe und eine rote Kasel trug, kam durch die Trümmer der Torflügel aus dem Eingang. Er hielt einen eisernen Stab in der Höhe seiner Körpergröße, an dessen oberem Ende sich ein offenes Dreieck befand. Die Kapuze seiner Robe hatte er nicht übergezogen; das runde Gesicht, der kahle Schädel und die bartlosen Wangen waren unbedeckt. Seine Miene war friedlich, bestimmt durch eine Haltung gewohnheitsmäßiger Schöngeistigkeit oder Langeweile, als wüßte er aus Erfahrung, daß nichts im Leben noch seine innere Gelassenheit beeinträchtigen konnte. Nur seine Augen widersprachen der Abgestumpftheit seiner Miene. Sie waren von eindringlichem Rot. »Halbhand«, sagte er lasch. »Sei willkommen zu Schwelgenstein. Ich bin na-Mhoram Gibbon.«

Schon das bloße lahmarschige Gebaren des Mannes bereitete Covenant Unbehagen. »Memla hat mir gesagt, ich sei hier in Sicherheit«, meinte er. »Wie soll ich so was glauben können, nachdem ihr mich ständig umzubringen versucht habt, seit ich mich im Land aufhalte?«

»Du verkörperst für uns eine große Gefahr, Halbhand.« Gibbon redete wie jemand, der halb schlief. »Allerdings bin ich zu der Auffassung gelangt, daß du zur gleichen Zeit eine große Verheißung bedeutest. Um dieser Verheißung willen gedenke ich das Wagnis deiner Bedrohlichkeit einzugehen. Das Land braucht jede Kraft, die ihm von Nutzen sein kann. Ich bin allein zu dir gekommen, so daß du die Wahrheit dessen erkennen magst, was ich dir sage. Du bist in unserer Mitte sicher, solange nicht deine eigenen Absichten deine Sicherheit gefährden.«

Covenant hätte diese Behauptung gern auf die Probe gestellt; doch er fühlte sich auf die Durchführung eines solchen

Tests noch nicht ausreichend vorbereitet. Er entschied sich für ein anderes Herangehen. »Wo steckt Santonin?«

Gibbon zuckte nicht mit den Wimpern. »Na-Mhoram-In Memla hat mir von deinem Glauben berichtet, deine Gefährten seien in die Gewalt eines Gefolgsmannes geraten. Ich weiß davon nichts. Santonin hat Schwelgenstein vor längerem verlassen. Wir sorgen uns bereits um ihn. Der Verbleib seines *Rukh* läßt sich nicht feststellen. Vielleicht haben deine Gefährten – wenn's stimmt, was du sagst – ihn überwältigt und sich seinen *Rukh* angeeignet. Ich habe nunmehr Befehl gegeben, daß die übrigen Gefolgsleute, die ich dir entgegengesandt hatte, sich nach ihm auf die Suche machen. Sollten deine Gefährten gefunden werden, wollen wir, das versichere ich dir, für ihre Sicherheit Sorge tragen.« Covenant fiel keine Antwort ein. Verdrossen musterte er den na-Mhoram und schwieg. Der Mann zeigte keinerlei Verunsicherung oder Verwirrung. Er nickte hinüber zu Hohl. »Nun muß ich mit dir über deinen Begleiter sprechen«, sagte er. »Seine Macht ist offenkundig, aber wir vermögen ihn nicht zu durchschauen.«

»Du siehst ihn so gut wie ich«, erwiderte Covenant gedämpft. »Damit weißt du soviel wie ich über ihn.«

Gibbon ließ zu, daß sich seine Augen weiteten. Doch er äußerte seine Ungläubigkeit nicht. »Ich weiß gleichsam nichts von ihm«, sagte er statt dessen. »Deshalb werde ich ihm nicht gestatten, Schwelgenstein zu betreten.«

Covenant hob die Schultern. »Wie's dir paßt. Wenn ihr's schafft, ihn auszusperren, von mir aus.«

»Wir werden's sehen.« Der na-Mhoram deutete zum Eingang des Tunnels. »Willst du mich nun begleiten?«

Covenant zögerte noch einmal für einen Moment. »Ich bezweifle«, sagte er dann, »daß ich eine Wahl habe.«

Gibbon nickte zweideutig, bestätigte weder Covenants Entscheidung noch seinen etwaigen Mangel an Entscheidungsfreiheit, wandte sich ab und ging zum Turm. Covenant schloß sich dem na-Mhoram an, betrat den Tunnel, als wäre er ein Schlund der Fährnisse. Unwillkürlich zog er die Schultern ein, rechnete damit, daß Leute aus den Öffnungen in der Tunneldecke auf ihn herabsprangen. Aber niemand griff ihn an. Inmitten des Echos seiner Schritte durchmaß er den Tunnel bis zum Innenhof. Dort sah er das innere Tor intakt. Die Torflügel standen gerade weit genug offen, um den na-Mhoram durchzulassen. Auf den Brustwehren überm Tor hielten Mitglieder der Sonnengefolgschaft Wache. Gibbon winkte Covenant zu, daß er ihm folgen möge, und schlüpfte zwischen den wuchtigen steinernen Torflügeln hindurch. *Hölle und Verdammnis,* schalt Covenant im geheimen, überwand sein Sträuben. Er ging auf den Spalt zu, in seinem Rücken Hohl. Die Torflügel klafften wie Kiefer. Im gleichen Moment, als er sich hindurchgeschoben hatte, fielen sie mit einem hohlen, granitenen Rumsen zu, schlossen den Dämondim-Abkömmling aus.

Hinter dem Tor war keinerlei Helligkeit. Schwelgenstein umgab Covenant so finster wie ein Kerker.

18
Schwelgenstein im Regen

Gibbon!« Furcht und Wut durchdrangen heftig Covenants Stimme.

»Ach, um Vergebung«, antwortete der na-Mhoram aus der Dunkelheit. »Du wünschst Licht. Gedulde dich einen Augenblick lang.« Ringsum raschelten Gewänder. Covenant breitete die Arme aus, um Widerstand zu leisten; aber man griff ihn nicht an. Dann hörte er eine Äußerung im Befehlston. Eine rote Flamme lohte aus dem Dreieck eines *Rukh*. Weiteres Licht flammte auf. Binnen weniger Sekunden war die hohe, weite Eingangshalle Schwelgensteins auf unheimliche Weise erleuchtet. »Um Vergebung«, wiederholte Gibbon. »Schwelgenstein ist eine Stätte der Vorsichtigkeit. Vielfach wird der Sonnengefolgschaft ungerechte Abneigung entgegengebracht, wie auch dein Argwohn beweist. Deshalb lassen wir Fremde nur unter besonderen Schutzmaßnahmen ein.«

»Habt ihr euch schon einmal die Zeit genommen«, meinte Covenant sehr unwirsch, während er um sein inneres Gleichgewicht rang, »darüber nachzudenken, daß es vielleicht 'n Grund gibt, warum die Leute euch nicht leiden können?«

»Ihr Widerwille ist verständlich«, antwortete der na-Mhoram ungerührt. »Ihr Leben ist von der Morgenfrühe bis zum Abend erfüllt mit Furcht, und sie dürfen nicht die Früchte ihres Tagewerks genießen. Wie sollten sie uns glauben, wenn wir ihnen beteuern, sie müßten ohne uns gar vollends vergehen? Wir machen uns daraus nichts. Aber wir haben unsere Vorsichtsmaßnahmen.« Gibbons Erklärung klang bedrohlich einleuchtend. Doch Covenants Argwohn galt dem Mangel an Leidenschaft, den der na-Mhoram an den Tag legte. Weil ihm keine passende Antwort in den Sinn kam, nickte er lediglich, als der na-Mhoram »Folgst du mir?« fragte. An der Seite des na-Mhoram durchschritt er die Halle; Mitglieder der Sonnengefolgschaft, die Licht trugen, flankierten sie rechts und links.

Die Eingangshalle besaß die Ausmaße einer gewaltigen Höhle; sie war von Riesen für die Größe von Riesen gebaut worden. Doch bald bog Gibbon seitwärts in einen Gang ab und erklomm breite Treppen zu den oberen Bereichen der Stadt. Schwelgenstein war so verwirrend wie ein Irrgarten, weil es nach Kriterien angelegt worden war, die niemand gekannt hatte als die längst toten Riesen. Dennoch war die Festungsstadt Covenant im großen und ganzen vertraut; obwohl er sich während zehn Jahren seiner Welt nicht hier aufgehalten hatte, merkte er, daß er sich noch auskannte. In dieser Tatsache fand er grimmige Befriedigung.

Insgeheim jenem Schwelgenstein treu, an das er sich erinnerte, folgte Covenant dem na-Mhoram nach oben; die Richtung, die sie nahmen, entfernte sie vom Zentrum der Stadt. Als die Eingangshalle hinter ihnen lag, erleuchteten Fackeln, die in Wandhalterungen staken, ihnen den Weg. Nicht lange, und sie betraten einen Korridor, der in regelmäßigen Abständen Türen aus Granit und mit hölzernen Türgriffen aufwies. Gegenüber einer dieser Türen stand eine Gestalt in roter Robe, die Kapuze auf dem Kopf, aber ohne Kasel. Als sich der na-Mhoram näherte, öffnete die Gestalt ihm die Tür. Covenant ließ sich ein paar Sekunden Zeit, um sich dessen zu vergewissern, daß die Tür keine verborgenen Schlösser oder Riegel hatte; dann erst folgte er Gibbon über die Schwelle. Hinter der Tür erstreckte sich eine Zimmerflucht: in der Mitte ein Raum mit steinernen Stühlen und ebensolchem Tisch; ein Schlafzimmer an der einen, ein Bad an der anderen Seite; ein Balkon. Auf dem Tisch stand ein Tablett mit Speisen. Fackeln spendeten Helligkeit, und scharfer Geruch nach Qualm durchzog die Luft. Covenant entsann sich des von derartigen Begleiterscheinungen frei gewesenen Feuers der Lords und begann sich für den na-Mhoram lästige Fragen vorzumerken.

»Hier magst du Unterkunft haben«, sagte Gibbon. »Sollten diese Gemächer dir jedoch nicht wohlgefallen, stellen wir dir gerne welche nach deinem Wunsche zur Verfügung. Schwelgenstein ist viel größer, als es für die Sonnengefolgschaft vonnöten wäre, und beträchtliche Teile sind unbewohnt.« Er deutete auf die Gestalt mit der Kapuze im Korridor. »Das ist na-Mhoram-Cro Akkasri«, sprach er weiter. »Sie wird all deinem Begehren Genüge tun. Um alles, was du entbehrst oder wünschst, wende dich an sie.« Die Frau verbeugte sich, ohne Gesicht oder Hände zu enthüllen, und ging. »Bist du zufrieden, Halbhand?«

Zufrieden? Am liebsten wäre Covenant aus der Haut gefahren. *Ja, klar! Zum Teufel, wo ist Linden, gottverdammt noch mal?!* Aber er unterdrückte seinen Unmut. Er wollte nicht zeigen, wieviel seine Gefährten ihm bedeuteten. »Ist mir recht«, sagte er statt dessen bloß. »Solange niemand versucht, ein Messer in mich zu stechen ... oder die Tür abzusperren ... oder mir vergiftetes Essen vorsetzt.«

Gibbons nahezu teilnahmslose Schlaffheit bügelte solche Bemerkungen umstandslos weg. Seine Augen blickten so höflich drein, wie ihre Farbe es zuließ. Er musterte Covenant einen Moment lang, dann trat er zu dem Tisch. Gelangweilt aß er ein wenig von jedem Teller, der auf dem Tablett stand – Dörrobst, Brot, Eintopf –, spülte mit einem Schluck aus der Flasche nach, die sich ebenfalls auf dem Tisch befand. »Halbhand«, sagte er, indem er Covenants Blick unbewegt erwiderte, »soviel Argwohn gedeiht zu deinem Nachteil. Ich fühle mich zu fragen gezwungen, warum du hier bist, wenn du von unserer Hand derlei Übeltaten erwartest.«

Diese Frage war Covenant ehrlich zu beantworten bereit. »Mal davon abgesehen, was mit meinen Freunden passiert ist, brauche ich auf jeden Fall Informationen. Ich muß das Sonnenübel begreifen. Deshalb brauche ich die Unterstützung der Sonnengefolgschaft. Die Dorfbewohner, denen ich begegnet bin …« Sie waren zu sehr darauf aus gewesen, ihn umzubringen, als daß sie Auskünfte auf Fragen hätten geben können. »Sie scheren sich nur ums Überleben. Sie kapieren nichts. Ich will wissen, was die Ursache des Sonnenübels ist. Damit ich's bekämpfen kann.«

Gibbons rote Augen schimmerten zweideutig. »Nun wohl«, entgegnete er in einem Ton, der keinerlei Interesse an dem ausdrückte, was er hörte oder sagte. »Was die Bekämpfung des Sonnenübels anbetrifft, so muß ich dich bitten, bis zum morgigen Tage zu warten. Auch die Sonnengefolgschaft hält die Nachtruhe ein. Der Ursprung des Sonnenübels allerdings ist eindeutig genug. Es ist des Meisters Vergeltung am Lande, über es gebracht für die Schandtat der a-Jeroth einst geleisteten Dienste.«

Inwendig knurrte Covenant. Diese Konzeption ging entweder auf Lüge oder eine grausame Verzerrung der Wahrheit zurück. Aber er hegte keine Absicht, mit Gibbon über Metaphysik zu diskutieren. »Das meine ich nicht. Ich brauche praktisch anwendbare Auskünfte. Wie ist es entstanden? Wie erhält es sich aufrecht? Wie ist seine Wirkung zu erklären?«

Gibbons Blick blieb fest. »Halbhand, besäße ich solches Wissen, ich hätte es bereits benutzt.«

Schrecklich. Covenant wußte nicht, ob er dem na-Mhoram glauben sollte. Eine Welle emotionaler Erschöpfung überrollte ihn. Er begann einzusehen, wie schwer er es haben würde, an die Informationen zu gelangen, die er benötigte; er wußte noch nicht einmal die richtigen Fragen. Ihm drohte der Mut zu schwinden. »Du bist ermüdet«, sagte Gibbon. Covenant nickte lediglich. »Iß nun, gönne dir Schlaf. Mag sein, der morgige Tag wird zu neuen Einsichten verhelfen.«

Doch als Gibbon zur Tür strebte, verspürte Covenant den Drang, es nochmals zu versuchen. »Sag mal, wie kommt es, daß Glimmermere noch Wasser hat?«

»Wir nehmen auf das Sonnenübel Einfluß«, antwortete der na-Mhoram mit unbekümmerter Geduld. »Deshalb bewahrt die Erde eine gewisse Lebenskraft.« Ein Anflug von Zögern trat in seinen Blick und wich. »Eine alte Sage behauptet, in den Tiefen des Sees läge ein Talisman, der allerdings nicht näher genannt wird. Er soll den See wider das Sonnenübel behüten.«

Covenant nickte erneut. Ihm war zumindest ein Gegenstand bekannt, machtvoll oder nicht, der auf Glimmermeres Grund ruhte. Gibbon verließ die Gemächer, schloß die Tür von außen, und Covenant war allein. Für ein Weilchen regte er sich nicht, ließ sich vollends von der Müdigkeit überkommen. Dann brachte er einen Stuhl hinaus auf den Balkon, um sich hinzuzusetzen und in der Stille des Abends in aller Ruhe nachzudenken.

Der Balkon befand sich ungefähr in halber Höhe des südlichen Walls der Festungsstadt. Ein buckliger Mond erhob sich an den abendlichen Himmel, und Covenant konnte in dunklen Umrissen die Wipfel von Bäumen erkennen, die das Sonnenübel hatte aufschießen lassen. Die Füße gegen die Brüstung des Balkons gestemmt, um seiner Höhenangst vorzubeugen, saß er da und pflügte mit den Fingern durch seinen verfilzten Bart, versuchte wieder einmal, mit seinem Dilemma zurechtzukommen.

Er rechnete eigentlich nicht mehr mit irgendwelchen handgreiflichen Anschlägen auf seine Person. Er hatte die Notwendigkeit der Freiheit herausgestellt, um die Sonnengefolgschaft daran zu erinnern, daß sie nichts gewann, wenn sie ihn tötete; in Wahrheit jedoch beschuldigte er die Sonnengefolgschaft nur deshalb, sie würde ihm im geheimen nach dem Leben trachten, weil er keinen Wert darauf legte, sie von seinen wirklichen Befürchtungen zu unterrichten. Er fürchtete um Linden, sorgte sich zutiefst, seine Freunde könnten in größerer Gefahr als er schweben. Wo staken sie? Hatten Gibbon und Memla in bezug auf Santonin gelogen? Und wenn, wie konnte er die Wahrheit herausfinden? Wenn nicht, was sollte er dann unternehmen? Er fühlte sich ohne Linden wie verkrüppelt; er benötigte ihr Wahrnehmungsvermögen. Sie hätte ihm darüber Aufschluß geben können, ob sich Gibbon an die Wahrheit hielt oder nicht. Indem er die Gefühllosigkeit seiner Leprose verfluchte, fragte er sich, warum von allen Menschen im Land ausgerechnet *er* – Thomas Covenant, Zweifler und Träger des Weißgoldes, der einst in einem Kampf ums Ganze den Verächter bezwungen hatte – so völlig hilflos sein mußte. Und die Antwort lautete, daß das Bewußtsein seiner selbst, sein fundamentales Vertrauen in das, was er war, Zweifeln unterlag. Seine sämtlichen Mittel waren zu einem Widerspruch geworden. Selbst die äußerste bewußte Anstrengung, seinem Ring auch nur die allergeringste Kraft zu entlocken, blieb erfolglos; aber wenn er sich in einem Delirium befand, vermochte er fürchterliche Macht zu entfesseln, die sich jeder willentlichen Kontrolle entzog. Aus diesem Grunde mißtraute er sich selbst und wußte nicht, was er anfangen sollte.

Doch für diese Frage hatte die Nacht nur taube Ohren. Schließlich gab Covenant das Grübeln auf und bereitete sich aufs Schlafen vor. Im Bad streifte er die Kleider ab, wusch gründlich sowohl sich wie auch die Kleidungsstücke, hängte letztere zum Trocknen über Stuhllehnen. Nackt fühlte er sich sehr anfällig; aber er reagierte auf seine Risiken, indem er von den Speisen aß, die man ihm bereitgestellt hatte, und die Flasche, die *Metheglin* enthielt, restlos austrank. Das metartige Getränk ergänzte seine moralische Abgesacktheit um körperliche Abschlaffung. Als er das Bett untersuchte, fand er es bequem, und es roch sauber. Auf Alpträume, böse Überraschungen und Ruhelosigkeit gefaßt, kroch er unter die Decken und schlief.

Als Covenant erwachte, hörte er das Geräusch von Regen; einem Wolkenbruch, dessen Ströme wie die Fluten eines Flusses gegen Schwelgensteins Granit rauschten. Die Luft im Schlafzimmer war feucht; Covenant hatte die Balkontür nicht zugemacht, ehe er sich ins Bett begab. Aber er blieb noch für eine Weile liegen, lauschte dem nassen Prasseln und ließ sich von der Geräuschkulisse ins volle Wachsein hinauftreiben. Als er sich zu guter Letzt auf den Rücken wälzte und die Augen öffnete, sah er neben dem Bett Hohl stehen.

Der Dämondim-Abkömmling stand da wie stets – in lockerer Haltung, die Arme leicht angewinkelt, die Augen ins Nichts gerichtet. »Was zum Henker …?!« Covenant sprang aus dem Bett und eilte ins Nebenzimmer. Durch die Balkontür fegten Regenschwaden herein und näßten den Fußboden. Er tappte durch die Überschwemmung und betrat den Balkon, um womöglich irgendwie ersehen zu können, wie Hohl zu ihm vorgedrungen sein mochte.

Durch den dichten Regen erkannte er, daß ein dicker Ast eines Baums an der Seite des Balkons lehnte. Das untere Ende des Astes ruhte zwölf bis fünfzehn Meter tiefer auf einem anderen Balkon, anscheinend war Hohl an der Außenmauer Schwelgensteins mit Hilfe dieser Länge Holz hundert und mehr Meter weit emporgeklettert, indem er über den Ast einen der unteren Erker erstieg, ihn dann heraufzog und benutzte, um den nächsthöheren Vorsprung zu erklimmen, und so immer weiter, bis er Covenants Quartier erreichte. Woher Hohl die richtigen Räumlichkeiten gewußt hatte, vermochte Covenant sich nicht auszumalen.

Er hastete in die Unterkunft zurück, schüttelte Nässe ab und schloß die Balkontür. Triefnaß und nackt starrte er Hohl an, regelrecht betroffen von den unfaßbaren Fähigkeiten des Dämondim-Abkömmlings. Dann verzog ein Grinsen ihm den Mund. »Das bringt dir wieder 'n Pluspunkt ein«, sagte er schroff. »Das wird sie nervös machen.« Nervösen Leuten unterliefen Fehler.

Hohl blickte leer an ihm vorüber wie ein Taubstummer. Covenant nickte abgehackt, wie um die eigenen Überlegungen zu bekräftigen, und wollte das Bad aufsuchen, um sich abzutrocknen. Doch der Anblick einer scheußlichen wunden Stelle, die sich von links an Hohls Kopf bis auf die Schulter erstreckte, brachte ihn sofort wieder zum Stehen. Hohl war verletzt worden; aus der beeinträchtigten Haut sickerte eine schwarze Flüssigkeit, als hätte er eine ernste Verbrennung erlitten. *Wie …?* Im Laufe der vergangenen Tage war Covenant so stark von Hohls Unverwundbarkeit überzeugt worden, daß er nun kaum einen klaren Gedanken fassen konnte. Es war möglich, den Dämondim-Abkömmling zu verletzen? Aber was …? Doch in der nächsten Sekunde wich seine Bestürzung plötzlichem Begreifen. Hohl mußte von Gefolgschaftsmitgliedern attackiert worden sein, die sich die geheimnisvolle Gestalt außerhalb ihrer Mauern vorknöpfen wollten. Sie hatten ihm die Verbrennung beigebracht. Vermutlich hatte er sich nicht einmal dazu herbeigelassen, sich zu wehren.

Hohls Miene jedoch spiegelte keinen Schmerz wider. Nach einem weiteren Moment ging Covenant, indem er vor sich hinfluchte, ins Bad und rieb sich trocken. *Halunken! Ich würde wetten, er hat keinen Finger gerührt.* Rasch zog er sich an, obwohl seine Kleidung noch ein wenig feucht war, dann stapfte er zur Tür seines Quartiers und stieß sie auf.

Im Korridor stand na-Mhoram-Cro Akkasri, zu ihren Füßen ein Tablett mit einer Mahlzeit. Covenant winkte sie ungnädig herein. Sie nahm das Tablett und trug es in die Unterkunft. Kaum hatte die Frau ein paar Schritte über die Schwelle getan, bemächtigte sich Covenant ihres Tabletts, händigte ihr das vom Vortag aus und wies ihr die Tür. Er wollte ihr die Gelegenheit geben, dem na-Mhoram Hohls Anwesenheit zu melden. Das war eine kleine Rache, aber er nahm sie wahr. Die Kapuze verbarg das Gesicht der Frau, so daß er ihre Reaktion nicht beobachten konnte. Doch sie entfernte sich ziemlich schnell.

Indem er verdrossen vor sich hin murmelte, setzte sich Covenant, um zu frühstücken. Kurz nachdem er damit fertig war, ertönte von der Tür ein Pochen. Forsch schwang er die steinerne Platte auf und sah zu seiner Enttäuschung, daß Akkasri auch diesmal allein im Korridor stand.

»Halbhand«, sagte sie gedämpft, »du hast um Aufschlüsse über das Wirken der Sonnengefolgschaft wider das Sonnenübel ersucht. Der na-Mhoram hat mir geboten, dir zu Diensten zu sein. Ich werde dich an die Stätte führen, an der wir unser Werk verrichten, und es dir erläutern, so gut ich's vermag.«

Das entsprach keineswegs dem, was Covenant erwartet hatte. »Wo ist Gibbon?«

»Der na-Mhoram«, erwiderte Akkasri, indem sie Gibbons Titel betonte, »hat zahlreiche Pflichten. Obwohl ich nur eine na-Mhoram-Cro bin, kann ich auf mancherlei Fragen Auskunft erteilen. In allen Angelegenheiten, in denen ich mich als unzulänglich erweise, wird na-Mhoram Gibbon dir zur Verfügung stehen.«

Alle Wetter, murrte Covenant insgeheim. *Zur Hölle!* Doch er verhehlte seine Unzufriedenheit. »Wir werden sehen. Ich habe jede Menge Fragen auf Lager.« Er trat in den Korridor hinaus, ließ die Tür für Hohl offen. »Also los.« Unverzüglich strebte Akkasri durch den Korridor voraus, ignorierte Hohl vollständig. Das kam Covenant reichlich unnatürlich vor; der

Dämondim-Abkömmling ließ sich nicht so leicht übersehen. Hatte man sie vielleicht angewiesen, wie sie sich verhalten sollte? Dann war sein kleiner Racheakt doch nicht umsonst gewesen. Seine Nerven begannen sich anzuspannen. Während er neben Akkasri ausschritt, fing er schon ohne viel Umschweife damit an, Erkundigungen einzuziehen. »Was ist ein na-Mhoram-Cro?« fragte er unverblümt nach.

»Halbhand«, sagte die Frau, ohne ihn auch nur flüchtig etwas von ihrem Gesicht sehen zu lassen, »die na-Mhoram-Cro sind die Novizen der Sonnengefolgschaft. Uns ist bereits vieles gelehrt worden, doch haben wir den *Rukh* noch nicht zur Genüge gemeistert, um ins Land ausreiten zu dürfen. Sobald ein na-Mhoram-Cro den *Rukh* vollauf zu handhaben versteht, wird er in den Rang eines na-Mhoram-Wist erhoben. Und dank reicher Erfahrung sowie großer Klugheit wird es einigen von uns gelingen, weiter aufzusteigen und die Hände des na-Mhoram selbst zu werden, nämlich den Rang eines na-Mhoram-In zu erlangen. Diesen Rang besitzt Memla, die dich nach Schwelgenstein geleitet hat. Aufgrund ihres Mutes und ihrer Weisheit genießt sie sehr hohes Ansehen.«

»Wenn du ’ne Novizin bist«, wollte Covenant erfahren, »wie sollst du mir dann viel erklären können?«

»Allein na-Mhoram Gibbon kennt das gesamte Wissen der Sonnengefolgschaft.« Akkasris Tonfall verriet eine gewisse Verärgerung. »Ich bin lediglich ungeschult, nicht unwissend.«

»Na schön.« Die Frau führte Covenant, dem dichtauf Hohl folgte, nach unten, den tieferen Bereichen im Zentrum Schwelgensteins entgegen. »Sag mir folgendes. Woher kommt die Sonnengefolgschaft?«

»Wie habe ich die Frage zu verstehen, Halbhand?«

»Es hat sie nicht immer gegeben. Früher haben andere Menschen in Schwelgenstein gelebt. Was ist aus ihnen geworden? Wie ist die Sonnengefolgschaft entstanden? Wer hat sie gegründet?«

»Ah.« Die Frau nickte. »Um diese Ereignisse webt sich eine Sage. Es heißt, daß vor vielen, vielen Geschlechterfolgen, als am Himmel erstmals das Sonnenübel erschien, ein Großrat über das Land herrschte. Dieser Großrat war der Verkommenheit verfallen und unternahm keinerlei Anstrengungen, um der Gefahr zu begegnen. Infolgedessen ging viel Zeit verloren, bis der Mhoram auftrat.« Covenant begann abzusehen, wohin sie ihn brachte; sie waren unterwegs zur Heiligen Halle. Die allgemeine Verlassenheit der Flure und Gänge befremdete ihn ein wenig. Doch er wußte, wie groß Schwelgenstein war; hier konnten mehrere tausend Menschen hausen, ohne sich ständig über den Weg zu laufen. »Seine Gesichte sind's, die uns heute leiten«, sagte die Frau. »Weil er sah, daß der Großrat der Tücke a-Jeroths erlegen war, erhob er sich gemeinsam mit jenen wenigen Standhaften, die Treue und Weitsicht bewahrt hatten, und trieb die Abtrünnigen aus. Danach begann das lange Ringen all unseres Lebens um die Rettung des Landes. So geht denn die Sonnengefolgschaft auf den Mhoram und seine Handvoll Getreuer zurück, und seither trachtet eine Geschlechterfolge um die andere, ein na-Mhoram nach dem anderen, nach Bestärkung des Widerstandes gegen das Sonnenübel, dessen letztendlicher Beseitigung. Es ist ein langwieriges Werk. Nur allmählich haben wir die erforderlichen Fähigkeiten errungen, sind wir zu der Zahl angewachsen, die wir brauchen, und nur langsam gelangen wir an das notwendige Blut.« Sie sprach das Wort *Blut* vollkommen unpersönlich aus, als koste das Blut niemanden etwas. »Doch nun sind wir der Frucht unseres langgehegten Traumes nahe. Das Sonnenübel hat sich auf eine jeweilige Dauer von drei Tagen eingependelt – und dabei halten wir's. Wir halten's, Halbhand!« Anscheinend nahm sie dafür Stolz in Anspruch; aber sie redete gleichgültig daher, als sei auch Stolz eine unpersönliche Sache; als wäre sie sorgfältig instruiert worden, wie sie Covenants Fragen zu beantworten hätte.

Aber er ließ es bei dem Verdacht bewenden. Durch einen der großen Hauptgänge gelangten sie ins Herz der Festung; und da sah er den Gang sich voraus nach links und rechts gabeln, die Mauern der Heiligen Halle umrunden, in der die nun seit langem toten Lords damals ihre Andachtsstunden zu veranstalten pflegten, in denen sie sich in ihrem Dienst am Land und dem Frieden festigten. Beim Näherkommen bemerkte Covenant, daß man die zahlreichen Eingänge, die in regelmäßigen Abständen rund um die Halle vorhanden waren, hoch genug für Riesen, verschlossen hielt. Als ein Gefolgsmann heraustrat, erhaschte Covenant einen flüchtigen Eindruck gespenstischer roter Glut und eines dumpfen Brausens im Innern der Halle. Die na-Mhoram-Cro blieb vor einem Zugang stehen und wandte sich an Covenant. »Drinnen fällt's ungemein schwer, sich untereinander zu verständigen.« Es verlangte Covenant danach, endlich ihr Gesicht zu sehen; der Klang ihrer Stimme gab ihm die Vermutung ein, daß sie seinen Blick vorsätzlich mied. Doch die Kapuze verbarg das Gesicht. Hätte Covenant nicht schon Memla und Gibbon gesehen, er wäre zu der Annahme gekommen, die Sonnengefolgschaft sei aus Deformierten zusammengesetzt. »Dies ist die Halle des Bannfeuers und des Meister-*Rukh*. Wenn du beides geschaut hast, werden wir sie wieder verlassen, und ich werde, so du's wünschst, mit dir darüber reden.«

Covenant nickte, trotz eines plötzlichen Widerwillens dagegen, sich anzusehen, was die Sonnengefolgschaft aus der Heiligen Halle gemacht hatte. Als Akkasri das Portal öffnete, folgte er ihr hindurch und in einen Schwall von Hitze und Lärm.

Das Innere der Halle leuchtete in gräßlicher Glut. Die Halle bestand aus einer gewaltigen Kaverne im Felsgestein Schwelgensteins und besaß die Form eines Zylinders, der von der Ebene der Vorhügel bis zur halben Höhe der Festung aufragte. Von einer Estrade am Boden hatten einst die Lords zu den Bewohnern der Stadt gesprochen. Und in den Wällen waren sieben Balkone übereinander, die ganz rundum verliefen, einer direkt über dem anderen. Auf ihnen hatten früher Schwelgensteins Einwohner gestanden und den Lords gelauscht.

Doch nun fand hier nichts dergleichen mehr statt. Akkasri hatte Covenant auf den vierthöchsten Balkon geführt; trotzdem war er, obwohl dieser Balkon mindestens sechzig Meter überm Boden lag, dem Feuer unangenehm nah. Es brauste aus einem Schlund an der Stelle empor, wo einmal die Estrade gewesen war, lohte in lautstarkem Toben bis fast zu Covenants Standort auf. Rote Flammen loderten hoch in die Luft, als wären die Fundamente der Feste selbst in Brand geraten. Die Hitzeschwalle blendeten ihn halb; das Feuer schien ihm die Wangen zu versengen, ihm die Haare anzukohlen. Er mußte einen Schleier aus Tränen fortblinzeln, bevor er Einzelheiten zu erkennen vermochte.

Das erste, was er sah, war der Meister-*Rukh*. An drei Stellen ruhte er auf der Brüstung eben jenes Balkons, auf dem sich Covenant aufhielt, ein unerhört riesiges, eisernes Dreieck. Die Mitte jeder Seite glühte in düsterem Zinnoberrot. An jeder Spitze des Meister-*Rukh* standen zwei Gefolgsleute. Sie wirkten, als seien sie gegen die Hitze gefeit. Ihre Hände umklammerten das Eisen, während sie sich auf das Bannfeuer konzentrierten, als wäre es eine Schrift, die mit dem Tastsinn entziffert werden könnte. Im Feuerschein glänzten ihre Gesichter rot und fanatisch. Eindeutig war hier der Ort, von dem aus der rote Strahl des sogenannten Bannfeuers zur Sonne emporschoß.

Die Portale zum Boden und zu den höheren Balkonen der

riesigen Kaverne standen offen und besorgten die Belüftung. Im unheimlichen Glutschein erblickte Covenant zum erstenmal die gewölbte Decke. Irgendwie hatten die Riesen es geschafft, künstlerische Darstellungen hineinzubauen, die Szenen aus der Anfangsgeschichte der Riesen des Landes zeigten: Willkommen, Dankbarkeit, Vertrauen. Durch das Feuer wirkten die Abbildungen jedoch befremdlich verzerrt und unheilvoll.

Covenant biß die Zähne zusammen und schaute nach unten. Eine Bewegung drunten am Feuer erregte seine Aufmerksamkeit. Er sah, daß man aus dem Stein des Fußbodens mehrere Mulden gehöhlt hatte, von denen Rinnen zu dem Loch verliefen, dem die Flammen entsprangen. Eine Gestalt, gekleidet wie die na-Mhoram-Cro, näherte sich einer der Mulden, trug zwei schwere Kübel, entleerte sie in die Mulde. Dunkle Flüssigkeit floß, als sei sie Schwelgensteins Götterblut, durch die Rinne ins Loch. Fast sofort nahm das Bannfeuer eine kräftigere Färbung an, verdunkelte sich beinahe zum Rubinrot von Blut.

Covenant drohte an Hitze und unbeherrschter Leidenschaft zu ersticken. Das Herz in seiner Brust hatte ein hartes Ringen zu bestehen. Grob drückte er sich an Akkasri und Hohl vorbei und eilte zur nächstbefindlichen Spitze des Meister-*Rukh*. Die Gefolgsleute, die dort standen, bemerkten ihn nicht; das dumpfe Gebrause der Flammen übertönte die Schritte seiner Stiefel, und die Gefolgsleute widmeten sich ihrer Aufgabe in voller Konzentration. Covenant rüttelte eine der beiden Gestalten an der Schulter, zog sie vom Eisen weg. Der Betroffene war größer als er, eine Verkörperung von Kraft und Entrüstung. Covenant brüllte in das von der Kapuze überschattete Gesicht. »Wo ist Santonin?«

Die Stimme eines Mannes antwortete, durchs Toben des Bannfeuers kaum vernehmlich. »Ich bin Seher, kein Wahrsager!«

Covenant packte den Mann an der Robe. »Was ist aus ihm geworden?«

»Er hat seinen *Rukh* verloren!« schrie der Gefolgsmann zurück. »Auf das Gebot des na-Mhoram haben wir mit Gründlichkeit nach seinem Verbleib geforscht! Wäre sein *Rukh* zerstört – wäre er mit dem *Rukh* in der Hand erschlagen worden –, wüßten wir's. Jeder *Rukh* steht mit dem Meister-*Rukh* in Verbindung, die nur abreißt, wenn er in die Hände von Unwissenden fällt. Deshalb muß er überwältigt und beraubt worden sein. Vielleicht hat man ihn danach erschlagen. Das können wir nicht wissen!«

»Halbhand!« Akkasri faßte Covenants Arm, zog ihn in die Richtung zum Ausgang. Er ließ sich von ihr aus der Heiligen Halle führen. Ihm war von der Hitze und aus blinder Hoffnung benommen zumute. Möglicherweise sagte der Gefolgsmann die Wahrheit; es konnte sein, daß seine Freunde Santonin überwältigt hatten; vielleicht waren sie in Sicherheit. Während die na-Mhoram-Cro das Portal schloß, lehnte Covenant am Außenwall der Halle und atmete mit Gekeuche die wohltuend kühle Luft. Hohl stand in der Nähe, gleichgültig und einsatzbereit wie immer. »Sollen wir in deine Gemächer zurückkehren?« erkundigte sich Akkasri, indem sie Covenant musterte. »Wünschst du dich zu erholen?«

Er schüttelte den Kopf. Auf keinen Fall wollte er hier jemandem seine Hoffnung preisgeben. Mit einer inneren Anstrengung ordnete er den Wirrwarr seiner Gedanken. »Nein, 's geht mir gut.« Sein Puls widersprach seiner Behauptung; aber er verließ sich darauf, daß die Frau dergleichen nicht bemerken konnte. »Jetzt deine Erklärungen. Ich habe den Meister-*Rukh* gesehen. Erzähl mir jetzt, wie er funktioniert. Wie ihr das Sonnenübel bekämpft.«

»Indem wir ihm seine Kraft entziehen«, antwortete sie schlicht. »Wenn man einem See mehr Wasser entnimmt, als seinen Quellen entspringt, wird er sich leeren. Auf diese Weise leisten wir dem Sonnenübel Widerstand. Als der Mhoram das Bannfeuer erstmals entfachte, war es klein und schwach. Doch die Sonnengefolgschaft, Geschlecht um Geschlecht, hat es verstärkt, in unablässigem Trachten nach jenem Tag, da es genug Kraft des Sonnenübels verzehren soll, um es vollends zu beseitigen.«

Covenant überlegte krampfhaft. »Und was fangt ihr mit dieser ganzen Kraft an? Sie muß ja irgendwo bleiben.«

»In der Tat. Wir haben vielerlei Bedarf an Kraft, um die Sonnengefolgschaft zu stärken und unser Werk fortzusetzen. Wie du inzwischen weißt, wird viel Kraft von jenen Gefolgsleuten verbraucht, die durchs Land reiten, auf daß sie in einer Art und Weise umherziehen und wirken können, wie kein anderer Mann und kein anderes Weib es ohne abträglichen Verlust von Blut zu tun vermöchten. Andere Kraft dient zur Züchtung der Landläufer, so daß das Sonnenübel ihnen nicht schadet. Weitere Kraft brauchen wir zur Aufrechterhaltung des Daseins hier zu Schwelgenstein. Im Land oberhalb des Tafelbergs säen wir Ernten, nähren Ziegen und Vieh, und wir betreiben Webereien und Schmieden. Während vorangegangener Geschlechterfolgen haben Not und Armut das Wirken der Sonnengefolgschaft gehemmt. Nun jedoch gedeihen wir, Halbhand. Wenn kein ernstes Unheil uns ereilt« – das sagte sie mit merklicher Betonung – »werden wir nicht scheitern.«

»Und ihr erreicht das alles, indem ihr Menschen tötet«, knurrte Covenant. »Wie bekommt ihr soviel Blut?«

Bei dieser Frage drehte die Frau voller Widerwillen den Kopf zur Seite. »Ohne Zweifel ist dir das bereits bekannt«, sagte sie unfreundlich. »Wünschst du näheren Aufschluß, wende dich an den na-Mhoram.«

»Das werde ich tun«, versprach Covenant. Der Zustand der Heiligen Halle erinnerte ihn daran, daß die Sonnengefolgschaft eine ganze Anzahl Dinge, von denen er wußte, sie waren gut, als schlecht ansah; wogegen etliche Maßnahmen, die sie für gut hielt, ihn regelrecht anwiderten. »Vorher aber kannst du mir mal verraten, was für Absichten der na-Mhoram« – um sie zu ärgern, sprach er den Titel in sardonischem Tonfall aus – »nun eigentlich mit mir hat.«

Das war offenbar eine Frage, auf die man sie vorbereitet hatte. »Es ist sein Wunsch«, antwortete sie ohne das geringste Zögern, »dich zu einem Seher zu machen.«

Zu einem Seher, wiederholte er bei sich. *Das ist ja schrecklich.* »Und zwar aus mehreren Gründen«, fügte die Frau schnellzüngig hinzu. »Der Unterschied zwischen Wahrsagen und Sehen ist klein, aber sehr bedeutsam. Vielleicht läßt sich dank deines weißen Rings die Lücke überbrücken, die dazwischen besteht, so daß die Sonnengefolgschaft an Einsichten gelangt, die ihr den Weg in die Zukunft erhellen kann. Außerdem mag es möglich sein, daß mit deiner Macht dem Sonnenübel noch mehr Kraft zu entziehen ist. Es könnte sein, daß du mit deiner Macht einen ganzen Landstrich rings um Schwelgenstein unter unseren Einfluß bringen und von der Einwirkung des Sonnenübels befreien kannst. Solcher Art ist unsere Hoffnung. Je größer die Macht ist, die du aufbietest, um so schwächer muß das Sonnenübel werden, und wir könnten unseren Einfluß erweitern, auf einen größeren Teil des Landes ausdehnen. So läßt sich das Werk von ganzen Geschlechterfolgen vielleicht auf die Dauer einer Lebensspanne verkürzen. Es ist ein kühnes Gesicht, von dem ich spreche, Halbhand, eines jeden Mannes und jeglichen Weibes würdig. Das Gesicht eines bedeutenden Heils für Land und Leben. Aufgrund dieser Erwägungen hat der na-Mhoram das Gebot aufgehoben, nach deinem Tod zu trachten.«

Doch das alles konnte Covenant nicht überzeugen. Er hörte nur mit halber Aufmerksamkeit zu. Während sie noch sprach, war ihm eine plötzliche Veränderung an Hohl aufgefallen. Der Dämondim-Abkömmling stand nicht mehr ganz so still da. Er wandte den Kopf hin und her, als habe er ein entferntes Geräusch vernommen und suche nunmehr nach dessen Ursprung. Seine schwarzen Augäpfel hatten auf einmal einen Blickpunkt. »Gedenkst du eine Antwort zu geben, Halbhand?« hakte Akkasri nach. Aber Covenant beachtete sie nicht. Unversehens hegte er die feste Überzeugung, daß Hohl drauf und dran war, irgend etwas zu unternehmen. Unklare Aufregung veranlaßte ihn dazu, sich von der Wand abzustoßen, sich bereitzuhalten, was jetzt auch geschehen mochte. Mit einem Ruck setzte sich Hohl in Bewegung und entfernte sich durch den Rundgang, der um die Halle führte. »Dein Begleiter!« fuhr die na-Mhoram-Cro überrascht und erregt auf. »Wohin geht er?«

»Wir wollen mal sehen.« Sofort schloß Covenant sich Hohl an. Der Dämondim-Abkömmling schritt mit der festen Zielsicherheit jemandes aus, der Schwelgenstein genau kannte. Indem er weder Covenant noch Akkasri irgendeine Beachtung schenkte, ebensowenig den Personen, denen er unterwegs begegnete, durchmaß er Korridore und Treppenhäuser, stapfte durch außer Gebrauch befindliche Versammlungssäle und Speiseräume, und bei jeder Gelegenheit, die sich dazu bot, strebte er abwärts, suchte sich unbeirrbar einen Weg in die untersten Tiefen der Festungsstadt. Jedesmal wenn Hohl noch tiefer nach unten vordrang, wuchs Akkasris Erregung. Doch Covenant hatte für sie – ähnlich wie Hohl – keinerlei Aufmerksamkeit übrig. Er forschte in seinem Gedächtnis, versuchte darauf zu kommen, welches Ziel Hohl haben konnte. Aber er hatte keinen Erfolg. Wenig später führte Hohl ihn in Gänge, die er garantiert noch nie gesehen hatte. Nur selten sah man noch da und dort eine Fackel brennen. Manchmal vermochte man den schwarzen Dämondim-Sproß kaum noch von der

Finsternis zu unterscheiden. Dann betrat Hohl zu guter Letzt eine unerwartete Sackgasse, erhellt nur durch den schwachen Schein eines schon um ein ganzes Stück zurückgebliebenen Lichts. Als Covenant und Akkasri ihn einholten, stand er am Ende des Gangs, als wäre das Etwas, auf das er es abgesehen hatte, dahinter verborgen. »Was is' Sache?« Covenant rechnete nicht mit einer Antwort; er redete nur, um irgendwie die eigene Spannung zu lindern. »Wohinter bist du her?«

»Halbhand«, schnauzte die na-Mhoram-Cro. »Er ist dein Gefährte. Du mußt ihm Einhalt gebieten.« Sie wirkte furchtsam, auf Hohls Vorgehen unvorbereitet. »Weiter darf er nicht.«

»Warum nicht?« fragte Covenant gedehnt, darum bemüht, die Frau zur Unvorsichtigkeit zu verleiten, zu irgendeiner aufschlußreichen Äußerung. »Was ist hinter dieser Wand denn an Besonderem?«

»Es ist verboten!« Die Stimme der na-Mhoram-Cro drohte sich zu überschlagen.

Hohl stand vor dem nichtssagenden Stein, als denke er nach. Plötzlich trat er vor und berührte die Wand. Für einen längeren Moment betastete er ihre Fläche. Seine Bewegungen lösten in Covenants Gedächtnis Erinnerungen aus. Irgendwie war ihm, als hätte er das, was Hohl tat, schon einmal mitangesehen. *Schon einmal?* Im nächsten Augenblick langte Hohl an eine Stelle der Wand über seinem Kopf. Sofort entstand im Stein ein rotes Gespinst. Es breitete sich aus, als hätte er eine Einlegearbeit zum Leuchten gebracht: innerhalb weniger Sekunden enthüllte das Rot die Umrisse einer breiten Tür. Die Pforte schwang auf, gab Einblick in einen von Fackeln erhellten Gang. *Ja!* schrie Covenant innerlich auf. Als er und Schaumfolger in Fouls Hort einzudringen versucht hatten, war von dem Riesen auf die gleiche Weise ein Zugang gefunden und geöffnet worden wie jetzt von Hohl. Aber wieso gab es eine derartige Tür hier in Schwelgenstein?

Weder die Riesen noch die Lords hatten je solche Geheimtüren benutzt.

In seiner plötzlichen Bestürzung bemerkte er Akkasris Bewegung zu spät, um noch eingreifen zu können. Mit überstürzter Hast riß die Frau unter ihrem Gewand einen *Rukh* hervor und schüttete sich Blut auf die Hände. Feuer lohte aus dem Dreieck; die na-Mhoram-Cro begann Worte zu rufen, die Covenant nicht verstand. Hohl war bereits in den Gang hinter der Tür entschwunden. Ehe die Geheimtür sich wieder schließen konnte, lief Covenant dem Dämondim-Abkömmling hinterdrein.

Dieser Gang durchlief eine Biegung und führte dann parallel zu dem, den Covenant gerade verlassen hatte, in die Gegenrichtung. Die Beleuchtung war gut. Er konnte erkennen, daß der Gang nicht durch die ursprüngliche Arbeit der Riesen geschaffen worden war: Wände, Boden und Decke waren zu roh beschaffen. Die Riesen waren nie so achtlos mit Stein umgegangen. Covenants beflügelte Intuition gab ihm die Vermutung ein, daß man diesen Gang erst nach dem Sturz des Großrates angelegt hatte. Die Sonnengefolgschaft mußte ihn für eigene, geheime Zwecke geschaffen haben. Voraus zweigte ein Nebengang nach links ab. Hohl bog um die Ecke. Covenant eilte ihm nach. Noch zehn Schritte, und der Dämondim-Abkömmling hatte eine wuchtige, eiserne Pforte erreicht. Sie war mit schweren, tief in den Stein eingelassenen Eisenstangen versperrt, als wolle die Sonnengefolgschaft sie für immer verschlossen halten. Ein schwaches, perliges Licht umgab die Stellen, an denen die Stangen im Stein verankert staken. Hohl jedoch kannte kein Zögern. Er trat vor die Pforte, fand einen Riß im Stein rings um das Metall, in den er seine Finger zwängte. Er spannte Rücken und Schultern. Die Spannung preßte neue Flüssigkeit aus seiner Brandwunde. Covenant hörte hinter sich jemanden laufen, aber er sah sich nicht um.

Seine Verblüffung hielt seine Aufmerksamkeit ausschließlich auf Hohl gerichtet.

Mit einer ungeheuerlichen Kraftanstrengung riß Hohl die Pforte aus ihrer Verankerung. Sie klirrte wie ein Amboß, als sie auf den Boden prallte. In einem perlmuttartigen Geflimmer überquerte Hohl die Schwelle. Covenant folgte ihm wie in Trance.

Sie gelangten in eine große, mit Tischen überfüllte Kammer; an den Wänden standen Reihe an Reihe Regale bis unter die Decke. Hunderte von Schriftrollen, Truhen, Schatullen, Beuteln und Gegenständen lagen in den Regalen. Auf den Tischen lagen haufenweise Dutzende von Kultgeräten, Stäben und Schwertern. Alle Helligkeit in der Kammer drang aus dreien der prächtigsten Truhen, die sich an der hinteren Wand hoch in einem Regal befanden, sowie verschiedenen Objekten auf den Tischen. In fassungslosem Staunen erkannte Covenant die kleine Truhe, die einmal den *Krill* Lorik Übelzwingers enthalten hatte, sie war offen und leer. Er starrte rundum, außerstande zum Nachdenken, Begreifen, Verstehen.

Einen Moment später kamen Akkasri und zwei andere Gefolgsleute in die Kammer gestürmt, blieben ruckartig stehen. Sie schwangen entflammte *Rukh*. »Rührt nichts an!« schnauzte einer der Gefolgsleute.

Hohl mißachtete sie, als hätte er bereits vergessen, daß sie genug Macht besaßen, um selbst ihm Schaden zuzufügen. Er lenkte seine Schritte zu einem der entfernteren Tische. Dort fand er, was er suchte: zwei breite Hülsen aus stumpfgrauem Eisen. Mehr aus Instinkt als anhand irgendwelcher Charakteristika erkannte Covenant, worum es sich bei ihnen handelte. Es waren die metallenen Schienen, in denen einst mit seinen Enden der Stab des Gesetzes gesteckt hatte. Der Stab des Gesetzes, das machtvollste Werkzeug, über das der Großrat der Lords verfügt hatte, von Berek

Halbhand aus einem Ast des Einholzbaumes geschaffen. Wilde Magie hatte ihn zerstört, als Lord Foul die tote Elena zwang, ihn wider das Land zu benutzen. Nach der Niederlage des Verächters hatte Bannor die beiden Hülsen nach Schwelgenstein gebracht.

Bevor jemand zu reagieren vermochte, legte Hohl sich die beiden breiten Reifen an. Den einen schob er sich aufs rechte Handgelenk, obwohl er eigentlich hätte zu schmal sein müssen; aber er rutschte umstandslos über den Knöchel der Hand und schmiegte sich eng um den Unterarm. Den anderen schob er um den linken Fußknöchel. Das Eisen schien elastisch zu sein. Mühelos zog er es über Fußrücken und Ferse, bis es die Wade fest umschloß. Einem Gefolgsmann entfuhr ein Keuchen. Akkasri und eine andere Gefolgsfrau wandten sich an Covenant. »Halbhand«, zeterte Akkasris Begleiterin, »dafür fällt dir die volle Verantwortung zu. Die Geheime Kammer der Sonnengefolgschaft ist jedermann verboten. Wir werden dies Eindringen sicher nicht hinnehmen.«

Ihr Tonfall brachte Covenant zur Besinnung. Die Luft schien von Gefahr zu knistern. »Alles Wissen der Lords«, sagte er, während seine Gedanken rasten, »alles was ihnen je gehört hat – das alles ist hier. Alles noch brauchbar.«

»Vieles ist noch brauchbar«, sagte Akkasri gepreßt. »Manches ist dahin. Der Großrat bestand aus Verkommenen.«

Covenant achtete kaum auf ihre Worte. »Der Erste und der Zweite Kreis des Wissens.« Er deutete auf die Truhen, die Glanz verströmten. »Ist das der Dritte Kreis des Wissens? Hatten sie den Dritten Kreis entdeckt?« Weil er das Ritual der Schändung voraussah, hatte Kevin Landschmeißer seine gesamten Kenntnisse in Sieben Kreisen des Wissens verborgen, um sie für die künftigen Mitglieder des Großrates zu bewahren; zu Hoch-Lord Mhorams Lebzeiten waren jedoch nur die beiden ersten und der letzte Kreis gefunden worden.

»Offensichtlich«, antwortete ein Gefolgsmann. »Wenig hat's ihnen genutzt.«

»Und warum …« – Covenant ließ seiner Stimme all sein entsetztes Befremden einfließen – »benutzt *ihr* das Wissen nicht?«

»Es handelt sich um Lehren für etwas, das es nicht länger gibt.« Die Antwort zeichnete sich durch die Nachdrücklichkeit eines Urteils aus. »Unter dem Sonnenübel haben sie keinen Wert.«

O Hölle! Covenant fand für seine Betroffenheit keine Worte. *Hölle und Verdammnis.*

»Komm!« Der Befehl kam wie ein Peitschenhieb aus dem Mund von Akkasris Begleiterin. Aber er galt nicht Covenant. Alle drei Gefolgschaftsmitglieder hatten sich Hohl zugewandt. Ihre *Rukh* loderten rötlich von geballter Energie. Hohl gehorchte, als entsänne er sich lebhaft an die Ursache seiner Verbrennung. Akkasri packte ihn am Arm, versuchte das Metallband vom Handgelenk zu ziehen; aber es bestand aus unnachgiebigem Eisen. Indem sie Gesten mit ihren *Rukh* vollführten, geleiteten die Gefolgsleute Hohl aus der Geheimen Kammer, als wäre Covenant nicht anwesend. Er folgte ihnen. Zu seiner Überraschung führten sie Hohl nicht zu der Geheimtür, sondern in eine andere Richtung. Eine Strecke weit durchquerten sie den roh herausgehauenen Gang. Dann machte der Gang eine scharfe Biegung und mündete in ein große Höhle, in der zahlreiche Fackeln brannten. Die Luft war trüb vom Rauch.

Erschrocken erkannte Covenant, daß es sich bei dieser Räumlichkeit um einen Kerker handelte. An beiden Wänden verliefen Reihen verriegelter eiserner Türen. Jede hatte ein kleines, mit dicken Eisenstäben vergittertes Fenster. Eine halbe Tausendschaft Menschen konnte hier eingesperrt sein, ohne daß jemand, dem es an Hohls Instinkten oder Kenntnissen fehlte, sie je gefunden hätte. Während Covenant um sich starrte, gewann die Bedeutung des Ärgers, den die Gefolgsleute gezeigt hatten, in ihm an Klarheit. Gibbon hat nicht gewollt, daß er von diesem Kerker erfuhr. Wie viele andere Geheimnisse gab es noch in Schwelgenstein?

Der Gefolgsmann eilte zu einer Tür und schob die Riegel beiseite. Dahinter lag eine Zelle, die kaum geräumig genug war für die darin befindliche, mit Stroh gepolsterte Pritsche. Unter Verwendung ihrer *Rukh* drängten Akkasri und die andere Gefolgsfrau Hohl hinein. Unter der Tür drehte er sich um. Die Gefolgschaftsmitglieder hielten ihn mit der Glut ihrer *Rukh* in Schach; aber er unternahm nichts gegen sie. Sein Blick ruhte auf Covenant. Sein schwarzes Gesicht trug einen Ausdruck des Bittens. Verständnislos erwiderte Covenant den Blick. *Hohl?* dachte er. *Ein Geschenk von unschätzbarem Wert*, hatte Schaumfolger gesagt. *Er dient keinem als seinem eigenen Zweck*. Dann war es zu spät. Die Tür fiel mit einem Krachen hinter Hohl zu. Der Gefolgsmann schob die Riegel vor. *Was verlangst du von mir?* begehrte Covenant bei sich sinnlos auf.

Im nächsten Moment zwängte sich durch das Gitterfenster einer nahen Zelle ein brauner Arm. Finger tasteten in der Luft umher, strebten verzweifelt nach Freiheit. Diese Gebärde brachte Covenant in Fahrt. Sie war etwas, das er verstand. Er sprang zu der anderen Tür. Ein Gefolgschaftsmitglied rief ihm etwas zu, um ihn aufzuhalten. Covenant scherte sich nicht darum. Als er die Tür erreichte, wich der Arm ins Innere der Zelle zurück. Statt dessen preßte sich ein Gesicht ans Gitter. Augen voller unerschütterlichem Gleichmut sahen Covenant an. Vor Entsetzen geriet er beinahe aus dem Gleichgewicht. Der Gefangene war ein *Haruchai* – ein Angehöriger von Bannors Volk, dessen Heimat in der Weite des Westlandgebirges lag. Es war unmöglich, die charakteristische, ernste Miene dieses Menschen jenes Volksstammes zu verkennen, aus dem die Bluthüterschaft zusammengesetzt gewesen war, die Ähnlichkeit mit Bannor zu übersehen, der ihm so oft das Leben gerettet hatte.

Erlöse mein Volk, hatte in Andelain Bannors Schatten gefordert. *Sein Schicksal ist ein Greuel.*

»Ur-Lord Thomas Covenant, Zweifler und Träger des Weißgoldes«, sagte der *Haruchai,* indem er den klanglichen Zungenschlag seiner Muttersprache unterdrückte, »dir entbiete ich meinen Gruß. Man gedenkt deiner unter den *Haruchai.* Ich bin Brinn. Wirst du uns befreien?«

Da traf glühendes Eisen Covenants Hinterkopf, und wie ein Krüppel torkelte er in eine Finsternis.

Covenants Besinnungslosigkeit glich einer Marter, und er konnte nichts tun, um sie zu lindern. Für eine Zeitspanne, die ihn quälte wie ein spastischer Anfall, blieb er gehörlos und blind. Doch nach und nach verwandelte sich die Dunkelheit in Regen. Ströme von Regen brachen herab, gedämpft durch Granit, rauschten in Sturzbächen über Zinnen und Dachkanten, klatschten gegen Erker. Das anhaltende Geräusch brachte ihn wieder zu sich. Er spürte den Stoff von Decken auf der Haut, bemerkte die Gefühllosigkeit seiner Finger und Füße, fühlte die Taubheit von Verlust. Sobald er sich der Lepra entsann, erinnerte er sich an alles, mit einer Deutlichkeit, die ihn das Gesicht ins Bett drücken, die Hände in die unter ihm ausgebreiteten Decken krallen ließ. Hohl. Die *Haruchai.* Den Gewaltakt der Gefolgschaftsmitglieder. Die Geheimtür, die zur Geheimen Kammer und in den Kerker führte. Die gleiche Art von Geheimtür, wie sie der Verächter damals in Fouls Hort gehabt hatte. Wieso gab es in Schwelgenstein eine derartige Tür?

Ein Schaudern durchfuhr ihn. Er wälzte sich herum, ächzte bei jeder Regung. Sein Nacken war steif und schmerzte. Aber die Knochen waren heil, und die Beeinträchtigung seiner Muskeln machte nicht den Eindruck, als wäre sie dauerhaft. Als er die Augen öffnete, sah er Gibbon neben dem Bett sitzen. Das schöngeistige Gesicht des na-Mhoram war zu einem Ausdruck von Sorge verzogen; in seinen roten Augen jedoch stand nichts als Drohung.

Ein rascher Blick rundum verriet Covenant, daß er sich im Schlafzimmer der ihm zugewiesenen Gemächer befand. Er versuchte sich aufzusetzen. Scharfer Schmerz stach durch seinen Rücken und die Schultern; doch der Wechsel der Körperhaltung erlaubte es ihm, seiner rechten Hand einen Blick zu widmen. Der Ring war noch da. Was die Sonnengefolgschaft auch im Sinn haben mochte, offenbar hatte sie nicht die Absicht, das Weißgold in ihren Besitz zu bringen. Das gab ihm eine gewisse Fassung zurück. Er schaute erneut den na-Mhoram an und beschloß, die Frage der Geheimtür nicht anzusprechen. Er hatte ohnehin genug Gefahren im Augenmerk zu behalten.

»Ohne Zweifel bereitet dein Nacken dir Schmerzen«, sagte Gibbon im Ton makelloser Umgänglichkeit. »Sie werden vergehen. Swarte hat zuviel Kraft aufgeboten. Ich habe ihr eine Rüge erteilt.«

»Wie …?« Die Pein würgte ihm die Stimme ab. Er brachte kaum ein heiseres Flüstern heraus. »Wie lange war ich bewußtlos?«

»Es ist nun Mittag des zweiten Regentages.«

Verdammnis, stöhnte Covenant insgeheim. *Wenigstens einen ganzen Tag.* Er versuchte zu schätzen, wieviel Menschen die Sonnengefolgschaft während dieser Zeit getötet haben mochte, konnte es jedoch nicht. Vielleicht hatte man Brinn umgebracht … Er riß sich von diesen Gedanken los. »Akkasri«, röchelte er, sprach den Namen wie eine Anklage aus.

Gelassen nickte Gibbon. »Na-Mhoram-In Akkasri.«

»Du hast mich belogen.«

Anscheinend stand die Selbstgefälligkeit des na-Mhoram weit über allen Vorwürfen. »Mag sein. Dennoch habe ich keine arglistigen Absichten verfolgt. Du bist voller Feindseligkeit und Mißtrauen nach Schwelgenstein gekommen. Ich war darauf bedacht, deinen Argwohn zu zerstreuen, zur gleichen Zeit aber für den Fall, daß du Schlechtes anstreben solltest, Vorsicht walten zu lassen. Deshalb habe ich dir gesagt, Akkasri sei eine na-Mhoram-Cro. Ich hegte den Wunsch, dein Vertrauen zu gewinnen. So betrachtet, habe ich mich keines Falschs befleißigt. Als na-Mhoram-Cro vermochte Akkasri dir zahlreiche Fragen zu beantworten, ohne daß du in ihrer Gegenwart den Anschein einer Gefahr sehen mußtest. Zu dieser Überlegung hat mich das Verhalten bewogen, welches du gegenüber na-Mhoram-In Memla gezeigt hast. Ich bedaure, daß mein Zweck verfehlt worden ist.«

Diese Erklärung klang plausibel; doch Covenant verwarf sie mit einem Kopfschütteln. Augenblicklich veranlaßte ihn ein heftiger Schmerz zum Schneiden einer Grimasse. Er massierte sich den Nacken, murmelte dabei übellaunig vor sich hin. Dann wechselte er das Thema, in der Hoffnung, Gibbon aus der Reserve locken zu können. »Was zum Teufel macht der *Haruchai* in deinem gottverdammten Kerker?«

Aber der na-Mhoram wirkte immun gegen jegliches Unbehagen. »Ich wollte dir die Kenntnis davon vorenthalten«, sagte er und verschränkte die Arme. »Du glaubst bereits hinlänglich Anlaß zum Argwohn zu haben. Ich wünschte, dir keine weiteren Vorwände für dein Mißtrauen zu geben, bis du über die einzigartige Bedeutung und Wichtigkeit unseres Wirkens volle Klarheit erlangt hast.« Unvermittelt lenkte Gibbon die Unterhaltung in eine andere Richtung. »Halbhand, hat der *Haruchai* dich fürwahr recht benannt? Bist du in der Tat Ur-Lord Thomas Covenant, Zweifler und Träger des Weißgoldes?«

»Was würde das für einen Unterschied ausmachen?« brummte Covenant.

»Dieser Name wird in den alten Sagen oft erwähnt. Nach dem Ersten Verräter soll Thomas Covenant der größte aller Diener a-Jeroths gewesen sein.«

»Das ist ja lächerlich.« Diese neue Entstellung der Geschichte des Landes verdroß Covenant. Aber er entschied sich dafür, Gibbon nicht in die Falle zu gehen. »Wie könnte ich Thomas Covenant sein? Wo ich herkomme, ist das ein häufiger Name. Genauso häufig wie Ringe aus Weißgold.«

Gibbons rötlicher Blick musterte ihn eindringlich; doch Covenant zuckte nicht mit den Wimpern. *Lüge gegen Lüge,* sagte er sich schadenfroh. »Du siehst wahrlich nicht so aus, als besäßest du ein solches Alter«, gab der na-Mhoram schließlich zu. »Aber wir sprachen«, ergänzte er, »von dem *Haruchai.* Halbhand, wir haben nicht nur einen *Haruchai* in unserem Gewahrsam. Es sind dreimal zwanzig und sieben.« *Drei …!* Covenant konnte das Entsetzen, das er empfand, nicht aus seinem Mienenspiel fernhalten. »Da.« Gibbon machte eine Geste in seine Richtung. »Ich hatte Grund, mich darum zu sorgen, wie du diese Tatsache aufnimmst.«

»Bei Gott!« brauste Covenant erbittert auf. »Du solltest dir Sorgen wegen der *Haruchai* machen! Weißt du nicht, mit was für Leuten du's zu tun hast?«

»Ich habe für sie große Achtung übrig.« Die stumpfsinnige Ruhe des na-Mhoram blieb unverändert. »Ihr Blut ist kraftvoll und kostbar.«

Covenant vermochte sich nur mit knapper Not davon abzuhalten, lauthals zu schreien: *Sie waren meine Freunde! Was bei aller gottverdammten Hölle und Verdammnis glaubt ihr eigentlich, was ihr hier treibt?!* »Halbhand, du weißt sehr wohl, daß unser Werk Blut erfordert«, sprach Gibbon in einem Tonfall weiter, als appelliere er an Einsicht und

Vernunft. »Wenn das Sonnenübel stärker wird, muß auch das Bannfeuer, soll's ihm widerstehen, seine Macht erhöhen. Längst ist die Zeit vergangen, in der des Landes Bewohner allein unseren gesamten Bedarf decken konnten. Vor fünf Geschlechterfolgen, als na-Mhoram Offin die Sonnengefolgschaft führte, da stand er an der Schwelle zur Vernichtung unseres Traums. Er hatte die Grenze dessen erreicht, was das Land zu geben vermochte, und es war zuwenig. Ich will über das Maß seiner Verzweiflung schweigen. Es soll genug sein zu sagen, daß in jener Zeit – durch Zufall oder Gnade – die *Haruchai* uns zu Hilfe kamen.« Er zuckte mit den Schultern. »Es ist wahr, die Art von Hilfe, die wir an ihnen fanden, stand nicht in ihrer Absicht. Um ihrer Sagen willen kamen fünf von ihnen aus dem Westlandgebirge, suchten den Großrat. Aber Offin versäumte diese Gelegenheit nicht. Er nahm die fünf gefangen. Nachdem einige Zeit verstrichen war, kamen abermals fünf, um nach ihren Vorgängern zu forschen. Auch sie nahm man gefangen. Sie waren harte, wilde Menschen, aber die Macht des Bannfeuers meisterte sie. Und später kamen weitere *Haruchai,* um die Verschollenen zu suchen. Anfangs zu fünfen, dann zu zehnen, danach zu zwanzig, in größeren Abständen. Sie sind ein starrsinniges Volk, und eine um die andere Geschlechterfolge gaben sie nicht auf.« Covenant sah ein Glitzern der Belustigung in Gibbons roten Augen. »Während ihre Zahl wuchs, geschah das gleiche mit unserem Bannfeuer. Nicht einer von ihnen vermochte zu bestehen oder zu entfliehen. Ihr letztes Aufgebot umfaßte fünfmal zwanzig Mann. Für ihre Verhältnisse eine beachtliche Heerschar.« Gibbons Unverblümtheit klang nach der Gemütsruhe eines reinen Herzens. »Dreimal zwanzig und sieben sind noch vorhanden.«

Ein Greuel. Der Bericht des na-Mhoram erfüllte Covenant mit Lust nach Gewalt. Er vermochte seine Wut kaum zu bändigen. »Soll mich das davon überzeugen«, meinte er, »daß du mein Freund bist?«

»In dieser Hinsicht trachte ich nicht danach, dich zu überzeugen«, antwortete Gibbon. »Mir liegt allein daran, dir zu erklären und begreiflich zu machen, weshalb's mein Wille war, dir dies Wissen vorzuenthalten – und warum Swarte dich, als du den *Haruchai* erblicktest, niedergeschlagen hat. Du mußt das Ausmaß unserer Hingabe an unser Werk verstehen. Wir betrachten ein Leben – oder etliche Zwanzig oder auch Abertausende von Leben – als unvergleichlich unwichtig neben dem Leben des Landes. Das Sonnenübel ist ein gewaltiges Unheil, und infolgedessen sind gewaltige Opfer vonnöten, um es zu bekämpfen. Auch möchte ich, daß du einsiehst, *deine* Hilfe – und die Dienste deines weißen Rings – verheißt ja die Rettung des Landes und damit von vielmal so vielen Leben. Bereitet dir unser Blutvergießen Kummer? Dann hilf uns, auf daß die Notwendigkeit der Blutopfer ein Ende nimmt. Auf keine andere Weise vermagst du dem Lande zu dienen.«

Covenant hielt Gibbons Blick erbittert stand. »Ich habe den echten Mhoram gekannt«, sagte er mit zusammengebissenen Zähnen. »Als ich das letzte Mal hier war, mußte ich ihn vor die Wahl zwischen der Hoffnung für das Land und dem Leben eines kleinen Mädchens stellen. Er hat sich für das Mädchen entschieden.« Keine Worte konnten all die Galligkeit in seinem Mund ausdrücken. »Ihr seid schlimmer als das Sonnenübel.«

Er rechnete mit einem Widerspruch des na-Mhoram; aber Gibbon blinzelte lediglich. »Also ist's wahr«, vergewisserte er sich dann, »daß du der Zweifler bist?«

»Ja!« schnauzte Covenant und gab alle Ausflüchte und Absicherung auf. »Und ich werde nicht dulden, daß ihr an den *Haruchai* Völkermord begeht!«

»Ach«, seufzte Gibbon und erhob sich, »ich hab's befürchtet, daß es so kommen würde.« Er vollführte eine Geste der Beschwichtigung. »Ich sinne nicht auf dein Verderben. Ich suche nur nach Wegen, auf denen wir uns deiner Unterstützung versichern können. Ich werde die Sonnengefolgschaft auf eine Wahrsagung vorbereiten. Sie wird dir die Wahrheit enthüllen, nach der du forschst. Lügen wird sie entlarven, Herzen entblößen.« Er ging zur Tür. »Ruhe dich nun aus, Halbhand. Iß, verschaffe dir neue Kräfte. Du magst gehen, wohin du willst. Ich ersuche dich lediglich darum, die Geheime Kammer und den Kerker zu meiden, bis jene Dinge, die zwischen uns stehen, aufgeklärt und beseitigt sind. Ich werde nach dir schicken, sobald die Wahrsagung stattfinden kann.« Ohne auf eine Antwort zu warten, verließ er Covenants Gemächer.

Wahrsagung, schnob Covenant stumm. Seine innere Stimme klang wie ein Krächzen. *Bei Gott, ja!* Er mißachtete den Schmerz in seinem Nacken, warf die Decken zur Seite und suchte das Nebenzimmer auf, um nachzusehen, ob etwas zu essen da sei. Auf dem Tisch stand ein neues Tablett mit frischen Speisen. Balkontür und Fenster waren wider den Regen geschlossen worden, und die Luft roch nach Qualm. Mittlerweile auf sonderbare Weise fest davon überzeugt, daß die Sonnengefolgschaft es nicht darauf abgesehen hatte, ihn zu vergiften oder ihm irgendwelche Drogen zu verabreichen, machte er sich über das Essen her, schlang es hinunter, um seinen ausgehungerten Grimm zu nähren. Die Flasche mit dem *Metheglin* dagegen ließ er stehen; er wollte seine Wachheit nicht herabsetzen, seine Reflexe nicht verlangsamen. Er ahnte, daß Gibbons Wahrsagung zu einer Krise führen mußte, und er hatte vor, sie zu überleben.

Er verspürte den starken Drang, seine Räume zu verlassen und durch Schwelgenstein zu streifen, seine Anspannung und Unentschiedenheit an der riesigen Festungsstadt zu messen.

Aber er tat es nicht. Er unterwarf sich seiner Leprakranken-Disziplin, setzte sich in einen Lehnstuhl, streckte die Beine nebeneinander der Länge nach aus, stützte den empfindlichen Nacken auf die Rücklehne und zwang sich zu völliger Ruhe. Muskel um Muskel lockerte er den Körper, entkrampfte die Stirn, mäßigte seinen Pulsschlag, ganz darauf aus, die Konzentration und innere Gefaßtheit zu erlangen, die er brauchte, um für alles bereit zu sein.

Gesichter zogen an ihm vorüber: Linden, Sunder, Brinn. Brinns Gesicht war so deutlich wie Bannors. Lindens Gesichtszüge sah er verzerrt, nicht durch Strenge oder aus Absicht, sondern von Furcht. Er verschloß ihnen sein Bewußtsein, um sich nicht durch Leidenschaft blenden zu lassen. Statt dessen dachte er an die Geheimtür, die Hohl entdeckt hatte. Er konnte in seinem Innern die Lösung des Rätsels erahnen. Aber noch hinderten ihn vorgefaßte Vorstellungen daran, sie klar zu erkennen. Doch schon ihre annähernde Greifbarkeit trieb ihm Schweiß der höchsten Bestürzung in die Brauen. Er war noch nicht auf die Lügenhaftigkeit vorbereitet, die sich darin präsentierte. Lügenhaftigkeit. Er tastete nach diesem Begriff, versuchte seine Implikationen zu ergründen. Aber die Hände seines Geistes waren Halbhände und unzureichend.

Ein Pochen an die Tür schreckte ihn hoch. Ein Stich fuhr ihm durch den Nacken; seine Stirn versprengte Schweißtröpfchen auf den Boden. Noch ehe er den Lehnstuhl verlassen konnte, flog die Tür auf. Memla platzte herein. Ein Gewirr von graugesträhntem Haar umwogte ihr bleiches Gesicht. Sie hielt den *Rukh,* als wolle sie damit auf Covenant losgehen. Aber das Eisen war nicht entflammt. Ihre Augen waren voller zerbrochener Redlichkeit. »Falschheit!« keuchte sie. »Man hat mich betrogen!« Covenant schlurfte zum Tisch und starrte sie darüber hinweg an. Für einen Moment suchte Memla nach Worten, vermochte allem Anschein nach das ganze Ausmaß ihrer Empörung nicht so rasch in bloße Worte zu fassen. »Sie sind hier!« brach es dann aus ihr hervor. »Santonin ... deine Gefährten. Sie sind alle hier!« Covenant klammerte sich an die Tischkante, um nicht zu fallen. »Zwei Steinhausener und eine Fremde. Im Kerker.« Aus leidenschaftlicher Erregung atmete sie unregelmäßig und angestrengt. »Ich habe Santonin gesehen, wo er nicht erwartete, gesehen zu werden. Der na-Mhoram hat mir Unwahrheiten ins Angesicht gesagt! Ich habe Santonin zur Rede gestellt. Er hat mir die Wahrheit enthüllt ... den Grund, warum man mich und andere dir entgegenschickte. Er sprach mit einem Lächeln des Hohns! Es geschah nicht, um dich herzugeleiten. Sondern um dafür zu sorgen, daß du ihn nicht einholst. Am zweiten Tag der Sonne der Fruchtbarkeit hat er Schwelgenstein erreicht. Einen Tag vor uns.« *Einen Tag?* Irgend etwas in Covenant begann zu heulen. *Einen Tag?!* »Hätte ich dich nicht aufgehalten ... wärst du während der Nacht weitergezogen ... noch vor Anbruch der Morgenfrühe hättest du ihn ereilt. Er ist in der Nähe meines Lagers vorübergekommen.«

Mit einem erstickten Aufknurren schwang Covenant die Arme zur Seite, schleuderte das Tablett vom Tisch. Steingut zersplitterte; *Metheglin* spritzte auf den Fußboden. Aber diese Handlung gab ihm seine Fassung wieder. »Memla ...« Er hatte ihr unrecht getan. Er erlangte die Kontrolle über seine Gliedmaßen wieder, das Bewußtsein seiner Zweckbestimmtheit; nur seine Stimme hatte er noch nicht wieder voll in der Gewalt. »Bring mich zu Gibbon.«

Sie schaute ihn entgeistert an. Sein Wunsch machte sie betroffen. »Du mußt fliehen. Du schwebst in Gefahr.«

»Ich will sofort zu ihm.« Covenant mußte handeln, mußte etwas zu unternehmen beginnen, damit das Beben in seiner Brust nicht auf seine Beine übergriff. »Bring mich unverzüglich zu Gibbon.«

Memla zögerte, dann nickte sie energisch. »Ja. Es ist richtig.« Sie vollzog auf dem Absatz eine Kehrtwendung und verließ den Raum. Voller Sorge und Wut folgte Covenant ihr eilends. Sie führte ihn hinab in die Tiefe Schwelgensteins, nahm einen Weg, den er kannte. Der Abstieg dauerte lang, doch die Zeit schien schnell zu vergehen. Als sie einen Covenant noch vertrauten Korridor betraten, an beiden Enden von Fackeln erhellt, entsann er sich, daß hier früher die Privatgemächer der Lords des Großrates gelegen hatten. Das weite, runde, überkuppelte Gewölbe hinter dem Korridor war noch annäherungsweise so, wie es Covenant in Erinnerung hatte, aber keineswegs ganz. Der Boden bestand aus hochgradig poliertem Granit, so glatt, als wäre er durch ganze Zeitalter der Benutzung und auch der Pflege glattpoliert worden. Die Decke befand sich hoch darüber; und die Wälle besaßen in bestimmten Abständen mit steinernen Brüstungen ausgestattete Erker, deren Türen Zutritt aus den umliegenden Räumlichkeiten gewährten. Soweit entsprachen die Verhältnisse noch Covenants Erinnerung. Das Licht jedoch war völlig anderer Natur. Die Lords hatten keine Fackeln gebraucht; der Boden hatte von Erdkraft geleuchtet. Den alten Sagen zufolge war der Stein durch Kevin Landschmeißer persönlich mit dem Stab des Gesetzes in den Zustand des Leuchtens versetzt worden. Doch dieser Glanz – der gewissermaßen stets ein Ausdruck der Herzenswärme und Ehrbarkeit des Großrates gewesen war – existierte nicht mehr. Im Vergleich zu ihm wirkte der Fackelschein, der ihn abgelöst hatte, greulich und unzuverlässig.

Doch Covenant fand für verlorene Wunder weder Zeit noch Aufmerksamkeit. Zwei Dutzend Mitglieder der Sonnengefolgschaft umstanden den Mittelpunkt der Bodenfläche. Alle hielten ihre *Rukh* in Bereitschaft; der Stab des na-Mhoram jedoch dominierte. Beim Geräusch von Covenants Eindringen hatten sich alle Anwesenden ihm zugewandt. Die Kapuzen verbargen ihre Gesichter. Im Kreis, den die Gefolgschaftsmitglieder bildeten, befand sich eine steinerne Tafel, die einem Katafalk glich. Starke eiserne Schellen hielten einen Mann darauf nieder. Einen *Haruchai*. Während Covenant vor Memla zu der Versammlung stapfte, erkannte er Brinn.

»Halbhand, die Wahrsagung ist vorbereitet«, sagte der na-Mhoram. Zum erstenmal hörte Covenant Erregung in Gibbons Stimme. »All deine Fragen werden nun ihre Antworten finden.«

19
Wahrsagung

Die augurenhafte Bedeutsamkeit im Tonfall des na-Mhoram brachte Covenant zum Stehen. Das hohe Kuppeldach des Gewölbes lag im Finstern, blieb unberührt vom Licht der Fackeln; die Gefolgsleute standen auf dem wie abgestorbenen Boden, als wäre er die Tiefe eines Abgrunds. Die Kapuzen verbargen ihre Gesichter so vollständig, daß sie Urböse hätten sein können; nur die helle Haut ihrer Hände verriet, als sie die *Rukh* hoben, um sie zu entflammen, daß es sich bei ihnen um Menschen handelte. Wahrscheinlich war auch Santonin dabei. Ebenso war vermutlich das Bruchstück des Weltübel-Steins aus Holzheim Steinmacht bei jemandem in diesem Kreis versteckt. Gibbons Ton hatte Covenant deutlich genug angezeigt, daß diese Zusammenkunft von Gefolgsleuten nicht stattfand, um ihm einen Gefallen zu tun.

Als Covenant verharrte, hallten wiederholte Echos seines Zorns in ihm wider, als gäbe eine fremde Stimme ihn der Lächerlichkeit preis. Instinktiv schloß er seine Halbhand um den Ehering. Aber er wich nicht zurück. »Was bei aller gottverfluchten Verdammnis hast du mit meinen Freunden angestellt?« wollte er in heiserem Knurren wissen.

»Die Wahrsagung wird Antwort geben.« Gibbon war allzu eifrig, geradezu begierig. »Willst du das Wagnis, die Wahrheit zu erfahren, auf dich nehmen?«

Brinn sah Covenant an. Seine Miene spiegelte Gleichgültigkeit wider; doch auf seiner Stirn glänzte Schweiß. Urplötzlich jedoch stemmte er sich gegen die Eisen, versuchte ihre Ketten mit hartnäckiger Aussichtslosigkeit zu sprengen. Memla hatte sich nicht vom Eingang entfernt. »Sei auf der Hut, Halbhand«, warnte sie Covenant mit eindringlichem Flüstern. »Hier lauert Bosheit.« Covenant spürte den Nachdruck ihrer Warnung überdeutlich. Auch Brinn versuchte ihn zu warnen. Einen Moment lang zögerte Covenant. Doch der *Haruchai* hatte ihn erkannt. Irgendwie war es Brinns Volk gelungen, in seiner Mitte die Geschichte des Großrates und der alten Kriege gegen die Verderbnis weiterzureichen – die wahre Geschichte, keine entstellte Version. Und unter seinen Toten in Andelain hatte Covenant auch Bannor getroffen. Unter Aufbietung aller Willenskraft trat er mitten in den Kreis und zu dem Katafalk. Flüchtig berührte er mit einer Hand Brinns Arm. Dann wandte er sich an den na-Mhoram. »Laß ihn gehen.«

Der na-Mhoram gab ihm zunächst keine Antwort. Statt dessen drehte er sich nach Memla um. »Na-Mhoram-In Memla«, sagte er, »du hast keinen Anteil an dieser Wahrsagung. Verlaß das Gewölbe.«

»Nein.« Memlas Tonfall brachte Entrüstung zum Ausdruck. »Du bist falsch zu ihm gewesen. Er weiß nicht, welche Entscheidung er da fällt.«

»Dennoch …« – Gibbon begann ruhig, verlor jedoch sogleich die Geduld und schrie Memla durchdringend an – »wirst du dich *hinausscheren!*«

Für einen Augenblick hielt sie ihm stand. Der Konflikt schien in der Luft des Gewölbes regelrecht zu knistern. Gibbon hob seinen Stab, als wolle er die Frau damit niederstrecken. Schließlich erwies sich die gemeinschaftliche Abweisung der Versammlung als zu stark für sie. »Ich habe der Halbhand auf die Sicherheit ihrer Begleiter mein Wort gegeben«, sagte sie in tiefer Verbitterung. »Es ist eine große Schmach, daß der na-Mhoram dem Wort einer na-Mhoram-In so geringen Wert beimißt.« Sie machte auf dem Absatz kehrt und entfernte sich quer durchs Gewölbe.

Gibbon entzog ihr seine Aufmerksamkeit, als hätte sie zu

existieren aufgehört. »Ohne Blut keine Macht«, sagte er zu Covenant. Allem Anschein nach war er nunmehr nicht länger dazu imstande, die Heftigkeit seiner inneren Erregung zu mäßigen. »Und für eine Wahrsagung brauchen wir Macht. Deshalb ist dieser *Haruchai* hier. Wir werden sein Blut vergießen, um deine Fragen zu beantworten.«

»Nein«, schnauzte Covenant. »Ihr habt schon genug von ihnen getötet.«

»Wir müssen Blut haben«, entgegnete der na-Mhoram.

»Dann bring einen deiner verdammten Gefolgsleute um!« Covenant war weiß vor Wut. »Es ist mir scheißegal, was du anstellst, aber laß den *Haruchai* in Ruhe!«

»Wie du wünschst.« Gibbons Tonfall klang nach Triumph.

»Ur-Lord!« schrie Brinn.

Covenant mißverstand Brinns Warnung. Er sprang zurück, fort vom Katafalk – und geriet direkt in die Fäuste der hinter ihm befindlichen Gefolgsleute. Sie packten ihn, umklammerten seine Arme. Schneller als er zur Gegenwehr in der Lage war, blitzten zwei Messer auf. Ihre Klingen zerschnitten ihm beide Handgelenke. Zwei rote Striche schlitzten sein Blickfeld, seine Seele. Blut spritzte auf den Boden. Die Schnitte waren tief, tief genug, um ihn langsam vom Leben zum Tode zu befördern. Covenant starrte sie entsetzt an und sank auf die Knie. Pulsschläge trieben Rinnsale aus Blut über seine Unterarme bis zu den Ellbogen; das Blut troff ihm von den Ellen, breitete seine Leidenschaft auf dem steinernen Boden aus. Ringsherum stimmten die Gefolgsleute einen Gesang an. Aus ihren *Rukh* lohte scharlachrote Glut; das Zinnoberrot ihrer Energie durchwallte die Luft. Covenant kniete hilflos im Kreis der Gefolgsleute. Der Schmerz in seinem Nacken lähmte ihn. Eine Lanze des äußersten Entsetzens war durch seine Wirbelsäule gebohrt worden und nagelte ihn dort fest, wo er kauerte. Der Aufschrei seines Blutes blieb stumm. Gibbons schwarzgekleidete Gestalt näherte sich, tauchte in merklicher Verzückung seinen Stab in die immer größere Blutlache und fing sorgsam an, rund um Covenant auf dem Fußboden rote Linien zu ziehen. Teilnahmslos wie ein Sinnbild der Trostlosigkeit beobachtete Covenant, wie der na-Mhoram ihn mit einem Dreieck aus seinem eigenen Blut umgab. Der Gesang verstärkte sich zu deutlichen Worten, und Covenant konnte nicht verhindern, daß er sie verstand.

»Macht und Blut, Blut und Flammen,
Viel Wahrsag-Gesichte ohne Namen:
Wahrheit so tief wie Schwelgenstein,
Zeit und Gescheh'n soll'n zu sehen sein.

Fliehe, Zeit, und weiche, Raum,
Nichts trübe diesen wahren Traum.
Blut enthülle aller Lüge Verderben:
Wir wollen Wahrheit oder sterben.«

Als Gibbon das Dreieck vollendet hatte, trat er zurück und hob seinen Eisenstab. Aus dessen oberem Ende schoß dunkelrote, übermächtige Glut.

Und schlagartig überkam eine Vision Covenant. Er verlor jedes Bewußtsein seiner selbst. Die Flammen rings um ihn loderten unheimlicher, viel zwingender als zuvor; seine Arme fühlten sich so schwer wie Mühlsteine an; der Gesang glich dem wuchtigen Pochen seines Herzens. Aber hinter den Wällen und dem Stein, die er so gut kannte, wirbelten andere Ausblicke, strudelten andere Erkenntnisse, zerrten mit der Gewalt eines Mahlstroms an seinem Geist. Zuerst bestand die Vision aus undurchschaubarem Chaos. Bilder flatterten am Katafalk, an den Gefolgsleuten vorüber, brachen mit dermaßen fiebriger Flüchtigkeit über Covenant herein und zerfielen, daß er nichts davon begriff. Doch sobald er sich in seiner Bedrängnis ganz ihnen hingab, sich in den Mittelpunkt ihres Kreiselns ziehen ließ, gewannen einige von ihnen plötzlich an Klarheit.

Als erhielte er drei Faustschläge, sah er Linden, Sunder und Hollian. Sie befanden sich in Zellen des verborgenen Kerkers. Linden lag, bleich wie der Tod, reglos auf ihrer Pritsche. Im nächsten Augenblick waren diese Bilder verschwunden. Mit einem Ruck, der Covenant bis ins Mark seiner Knochen drang, sammelte sich das Chaos um einen Brennpunkt. Vor ihm erschien der Stab des Gesetzes. Er erblickte Stätten und Ereignisse: Schwelgenstein durchs Heer des Verächters belagert; Fouls Hort, wie er zerbarst und ins Meer stürzte; Glimmermeres Wasser, die sich teilten und Loriks *Krill* aufnahmen. Er sah Gesichter: die tote Elena in Ekstase und Grauen; Hoch-Lord Mhoram, wie er den *Krill* schwang, um den Körper eines Wütrichs zu erschlagen; Schaumfolger, der froh dem Tod ins Angesicht lachte. Und hinter alldem sah er stets den Stab des Gesetzes. Durch alles und in allem eingeschlossen den Stab. Zerstört worden durch eine unbeabsichtigte Entfeßlung wilder Magie, als die tote Elena gezwungen gewesen war, ihn wider das Land zu verwenden.

Indem er wie ein Selbstmörder in einem Dreieck aus Blut kniete, durch eherne Pein an den Steinboden geheftet, während das Leben ihm aus den Handgelenken sickerte, schaute Covenant die Vision.

Der Stab des Gesetzes. Vernichtet.

Die Wurzel all dessen, was er wissen mußte.

Denn der Stab des Gesetzes war von Berek Halbhand geschaffen worden, um ein Werkzeug zu haben, mit dem sich das Gesetz des Landes aufrechterhalten, sich ihm dienen ließ. Er hatte den Stab aus einem Ast des Einholzbaumes gefertigt, um eine Möglichkeit zu besitzen, zur Verteidigung des Wohlergehens allen Landes, zur Bestärkung der natürlichen Ordnung des Daseins die Erdkraft anwenden zu können. Und weil die Erdkraft die Macht der Mysterien und des Geistes war, verwandelte sich der Stab in die Sache, der er diente. Er war das Gesetz; im Stab fand das Gesetz eine Verkörperung. Das Werkzeug und sein Zweck wurden eins. Und der Stab war vernichtet worden. Dieser Verlust hatte das Gesetz bis in sein innerstes Gefüge geschwächt. Eine seiner entscheidendsten Stützen entfiel, und das Gesetz geriet ins Wanken. Aus dieser Saat waren sowohl das Sonnenübel als auch die Sonnengefolgschaft hervorgegangen. Gemeinsam waren sie entstanden, sie errangen gemeinsam die Herrschaft über das Land, zusammen gediehen sie.

Nach dem Untergang von Fouls Hort hatte sich der Großrat der Lords zu Schwelgenstein jahrhundertelang bis zur höchsten Blüte entfaltet. Zunächst geführt von Hoch-Lord Mhoram, dann durch gleichermaßen hingebungsvolle und idealistisch gesinnte Nachfolger, hatte der Großrat die Richtung und den Sinn seines Wirkens und Strebens gewandelt. Mhoram war zu der Einsicht gelangt, daß die Kenntnisse der Sieben Kreise des Wissens, der von Kevin Landschmeißer überlieferte Wissensschatz, in sich auch die Gefahr barg, der Verderbtheit zu verfallen. Aus Furcht vor einer neuen Schändung des Landes hatte er all jenem Wissen den Rücken gewandt, den *Krill* im Glimmermere versenkt und ein Forschen nach neuen Mitteln und Wegen eingeleitet, wie man der Erdkraft dienen und sie nutzen könne. Geleitet von seiner Entscheidung, hatte der Großrat für Generationen nach ihm auf neue Art und Weise gedient und gewirkt, dabei wahre Wunder vollbracht. Trothgard war wieder mit Leben erfüllt worden. Sämtliche alten Wälder – Grimmerdhore, Morinmoss, die Würgerkluft, der Riesenwald – waren in solchem Umfang wiedererstanden, daß Caerroil Wildholz, der Forsthüter der Würgerkluft, sich endlich am Ende seines Werkes glaubte und dahinging; und selbst die düstersten Bäume hatten vieles von ihrem Groll gegen die Bewohner des Landes abgelegt. All die von Kriegern verwüsteten Landstriche längs des Landbruchs – zwischen dem Donnerberg und dem Koloß am Wasserfall – waren neu belebt worden. Man hatte die Entartung der Sarangrave-Senke gelindert; und viel war geleistet worden, um die Ödnis der verwüsteten Ebenen zu mildern.

Zweitausend Jahre lang diente der Großrat dem Wohle des Landes in Frieden und Gedeihlichkeit. Und zu guter Letzt begannen die Lords zu glauben, Lord Foul werde niemals wiederkehren, daß Covenant den Verächter ein für allemal von der Erde vertilgt habe. Das Paradies schien in Reichweite zu liegen. Und in der Zuversicht ihres Friedens wandten sie den Blick zurück auf das Vorbild Hoch-Lord Mhorams und beschlossen, sich anders zu benennen, um die Morgendämmerung eines neuen Zeitalters zu kennzeichnen. Den Hoch-Lord nannten sie von da an na-Mhoram; den Großrat benannten sie in Gefolgschaft um. Sie sahen für die Schönheit, die sie zu bewirken vermochten, keine Grenzen mehr. Niemand war da, der ihnen gesagt hätte, daß all ihre Errungenschaften ihnen bei weitem zu leicht zufielen. Denn der Stab des Gesetzes war seit langem verloren. Zum Teil gelangte die Gefolgschaft gerade deshalb zu solcher Blüte, weil die alte Strenge des Gesetzes, die damit verbundene Disziplin, deren es bei der Nutzanwendung der Erdkraft bedurfte, wie sie immer zur Schönheit dessen, was man zu erreichen beabsichtigte, im Verhältnis zu stehen pflegten, geschwächt worden waren; und die Gefolgschaft ahnte nichts von der Gefahr. Nachdem man den Dritten Kreis des Wissens entdeckt hatte, sah man davon ab, nach weiteren Erkenntnissen zu trachten. Im Laufe der Jahrhunderte schlug Blindheit die Mitglieder der Gefolgschaft, und ihnen kam das Vermögen abhanden zu ersehen, daß der Mann, den sie na-Mhoram hießen und der den Großrat in die

Gefolgschaft umgewandelt hatte, nichts anderes war als ein Wütrich.

Als nämlich Covenant den Verächter überwunden, ihn durch wilde Magie und Gelächter zu einem so armseligen, rein geistigen Überbleibsel heruntergebracht hatte, daß er nicht länger körperlich weiterexistieren konnte, da war der Verächter nichtsdestotrotz keineswegs gestorben. Das Verächtertum starb nicht. Indem er aus der Zertrümmerung seines Horts floh, hatte sich Lord Foul an den Randbereichen jener einen Kraft verborgen, die stark genug war, um sogar ihn genesen zu lassen: der Erdkraft selbst. Das war möglich gewesen, weil es den Stab des Gesetzes nicht mehr gab. Das Gesetz, das Lord Foul Grenzen gezogen und ihm seit der Erschaffung der Welt widerstanden hatte, besaß nicht mehr seine ursprüngliche Stärke; er war dazu in der Lage, seine Macht zu ertragen, während er selbst neue Kräfte sammelte, sein Wesen von neuem festigte. Und während er aushielt, wirkte er Verderbnis. Indem er wiederauferstand, krankte das Gesetz immer mehr. Das erste Resultat dieses Niedergangs bestand daraus, daß dem Großrat sein Wirken immer leichter fiel; dabei jedoch stärkte jede einzelne Tat des Großrates auch Foul, und er verwendete all seine wachsende Macht, um die Ausbreitung des Unsegens zu fördern. Allmählich unterwarf er das Gesetz des Landes seinem Willen.

Seine Wütriche erstanden mit ihm wieder auf; und er handelte nicht offen gegen das Land, bevor *Samadhi*-Sheol sich seinen Platz im Großrat erschlichen und dessen Korrumpierung in die Wege geleitet hatte, ehe mehrere Generationen von na-Mhorams, jeder auf gerissene Weise von *Samadhi* gelenkt, die Gefolgschaft unter Lord Fouls Einfluß gebracht hatten. Mit der Zeit gab man den Friedensschwur auf; langsam wandte sich die Gefolgschaft anderen Idealen zu. So kam es, daß die Gefolgschaft, als sie tief unter Schwelgenstein einen

Kerker und eine Geheime Kammer anlegte, eine Geheimtür jener Art schuf, wie Covenant sie in Fouls Hort kennengelernt hatte. Im Laufe der Zeit münzte man die Legenden um Lord Foul in Sagen um a-Jeroth um, sowohl zur Erklärung des Sonnenübels wie auch, um Lord Fouls Wirken, das dahinterstak, zu verhehlen. Indem er sich stets im geheimen betätigte, so daß die Gefolgschaft jederzeit zahlreiche unverderbte Mitglieder besaß – Menschen wie Memla, die den Lügen des Wütrichs glaubten und die sich deshalb ihrem Dienst mit Redlichkeit widmeten –, schmiedete *Samadhi*-Sheol in Gestalt der Sonnengefolgschaft für den Verächter ein Werkzeug, übel genug, um Blutvergießen zu predigen, gleichzeitig ehrbar genug, um einen überzeugenden Eindruck zu machen. Da erst ließ Lord Foul das Werk seiner Hände durchblicken. Denn weil der Stab des Gesetzes dahin war, hatte er Hand an die Natur des Landes selbst legen können. Nach und nach, indem er im Verlauf von Jahrhunderten graduell immer mehr Macht aufbot, erlegte er dem Land seine Greuel auf, verdarb die Erdkraft mittels des Sonnenübels. Das gelang ihm, weil die Sonnengefolgschaft außerstande dazu blieb, irgendeine tatsächliche Gegenwehr zu entwickeln. Das Sonnenfeuer war keine Abwehr gegen das Sonnenübel, nie eine Verteidigung dagegen gewesen. Vielmehr handelte es sich dabei um ein Mittel *Samadhis,* dem Land weiteren Schaden zuzufügen. Das Blut, das man zwecks Unterhaltung und Stärkung des Sonnenfeuers vergoß, führte lediglich zur Intensivierung des Sonnenübels; so konnte Lord Foul das Sonnenübel ständig verschlimmern, ohne selbst Kräfte dafür vergeuden zu müssen.

Und das alles, so erkannte Covenant, während sich das Blut um seine Knie sammelte, war zur Vorbereitung nur einer Maßnahme getan worden, des Schlußsteins und Meisterstreichs der Machenschaften Lord Fouls: zur Vorbereitung auf das Herüberholen des Weißgoldes ins Land. Lord Foul bedurfte der Macht über die wilde Magie; deshalb verfuhr er mit dem Land, wie er mit Joan verfahren war, damit Covenant zuletzt keine Wahl bleiben sollte als die Kapitulation. Das Nichtmehrvorhandensein des Stabes des Gesetzes erklärte, warum Covenants Herbeirufung unter so komplizierten Umständen hatte ablaufen müssen. In der Vergangenheit waren solche Herbeirufungen stets ein in Übereinstimmung mit dem Gesetz des Landes vollzogener Akt gewesen, bewerkstelligt vom Besitzer des Stabes. Nur einmal, als er durch Hunger und Klapperschlangengift dem Tode nahe gewesen und das Gesetz des Todes gebrochen worden war, hatte sich die Herbeirufung auch ohne den Stab als möglich erwiesen. Infolgedessen hatte der Verächter sich langwierigen Mühen zu unterziehen gehabt, um Covenant ins Land zu versetzen. Eine besondere Stätte war erforderlich gewesen, eine spezifische Art von Quälerei vonnöten, ein Dreieck aus Blut hatte es gebraucht, freien Willen und Tod. Wäre eine dieser Voraussetzungen unerfüllt geblieben, Covenants Herüberrufung wäre mißlungen, und Lord Foul hätte sich ein für allemal damit zufriedengeben müssen, zwar das Land und den Erdkreis verwüsten, aber niemals mehr hoffen zu können, sein letztendliches Ziel ließe sich noch verwirklichen – die Zerstörung des Bogens der Zeit. Nur indem er den Bogen sprengte, würde er dem Gefängnis der Zeit entfliehen können. Ausschließlich mit Hilfe der wilden Magie vermochte er seine Freiheit und einstige Allmacht zurückzuerlangen, um über die unermeßlichen Himmel des Kosmos hinweg seinen Haß wider den Schöpfer in die Waagschale seiner Zwietracht zu werfen.

Doch die Herbeirufung war nicht fehlgeschlagen, und Covenant stand erneut vor dem Tod. Er begriff nun, weshalb Gibbon darauf beharrt hatte, daß Memla das Gewölbe verließ. Wäre sie Zeugin dieser Vision unverschleierter Wahrheit geworden, ihre Empörung hätte sie möglicherweise dazu gebracht, unter den unverderbten Gefolgschaftsmitgliedern eine Revolte anzustiften; denn auch Gibbon war ein Wütrich.

Ebenso verstand Covenant jetzt, welches Schicksal dem Koloß am Wasserfall widerfahren war; der Koloß war eine Manifestation der uralten Wälder des Landes gewesen, am Landbruch errichtet, um Wütriche fernzuhalten; und indem das Sonnenübel die Wälder dahinraffte, brachte es auch die Willenskraft des Holzes zum Schwinden, die den steinernen Monolithen jahrtausendelang aufrechterhalten hatte. Covenant sah ein, inwiefern Morinmoss' Niedergang Caer-Caveral nach Andelain vertrieben hatte, und wieso der letzte Forsthüter zum Scheitern verurteilt sein mußte. In ihrem Ursprung war die Macht des Forsthüters ein Ausdruck des Gesetzes, so wie Andelain die Quintessenz des Gesetzes war; und das Sonnenübel war ein Mißbrauch der natürlichen gesetzmäßigen Ordnung des Landes, dem Caer-Caveral zwar Widerstand entgegensetzen, gegen den er sich auf lange Sicht jedoch nicht behaupten konnte.

Covenant erfuhr, was aus den Ranyhyn geworden war, den großen Rössern, und den Ramen, die ihnen dienten. Als sie das Unheil des Sonnenübels – bereits in seinen kleinsten Anfängen – bemerkt hatten, waren sowohl die Ranyhyn wie auch die Ramen ganz einfach aus dem Land geflohen, an der Küste des Meers der Sonnengeburt entlang nach Süden gezogen, um sichereres Weideland zu suchen.

All diese Erkenntnisse suchten Covenant bruchstückhaft heim, in blitzartigen Erhellungen, die den zentralen Sachverhalt seiner Situation flüchtig überlagerten. Doch es gab auch Dinge, die er nicht sehen konnte: Dunkelheit herrschte dort, wo Caer-Caveral an seinen Geist gerührt hatte; Verwaschenheit war, wo die Erklärung für Hohls Existenz stak; Leere verbarg den Grund für Lindens Auserwählung. Ein Verlustgefühl packte Covenant; ein Gefühl der Niederlage; die Verheerung des Landes, das er liebte, all die grenzenlose Schädlichkeit des Sonnenübels und der Sonnengefolgschaft waren seine Schuld, gingen auf ihn zurück.

Er wußte auf die Logik seiner Schuld keine Antwort. Der Stab des Gesetzes war vernichtet – und er war durch ihn vernichtet worden. Wilde Magie war aus seinem Ring geschossen, hatte ihm das Leben gerettet; ein Energieausbruch jenseits aller Einflußnahme oder Beherrschungsmöglichkeit hatte den Stab zerstört, und nichts war übriggeblieben außer den eisernen Enden. Für eine solche Tat verdiente er den Tod. Die nachgerade feierliche Gemächlichkeit seines Verblutens wirkte angemessen und bewunderungswürdig. Sein Pulsschlag drohte zu verebben. Seine Schuld überstieg jedes vorstellbare Maß, stand außerhalb aller Reue, Vergebung und Wiedergutmachung; er besaß keinerlei Mut mehr zum Weiterleben.

Aber da vernahm er unvermutet in seinem Bewußtsein eine Stimme. *Ur-Lord.* Es war eine lautlose Stimme, eine Übertragung von Denken zu Denken. Sie kam von Brinn. Covenant hatte noch nie irgendwelche Erfahrungen mit der Gedankenverständigung der *Haruchai* gesammelt; doch er erkannte den Urheber an der Eindringlichkeit von Brinns Blick. Die Machtentfaltung der Wahrsagung ermöglichte Dinge, die unter anderen Umständen ausgeschlossen gewesen wären. *Zweifler. Thomas Covenant.*

Zweifler, ja, sagte sich Covenant. *Es ist meine Schuld. Ich trage die Verantwortung.*

Du mußt kämpfen!

Die Bilder vor Covenant wirbelten und stoben zurück ins Chaos. *Verantwortung. Ja. Sie ruht auf mir.* Doch er konnte nicht kämpfen. Wie sollte ein einzelner Mensch hoffen dürfen, der Verwüstung einer ganzen Welt etwas entgegensetzen zu können? Aber es waren die Worte der Sonnengefolgschaft, der Gefolgsleute und Wütriche, die derartige Greuel begingen, die von Schuld sprachen. Brinn stemmte sich gegen seine eisernen Fesseln, als wolle er sich lieber die Sehnen zerreißen als aufgeben. Linden lag noch im Kerker, besinnungslos oder tot. Und das Land … Ach, das Land! Daß es unverteidigt untergehen sollte!

Kämpfe!

Irgendwo tief in seinem Innern fand Covenant die Kraft für Verwünschungen. *Bin ich denn nichts als ein Leprotiker?* Doch nicht einmal Leprotiker mußten kapitulieren.

Zerfledderte Bilder trudelten durch die Luft. Das scharlachrote Leuchten verglomm, während Gibbon die Wahrsagung beendete. *Halt!* Er brauchte noch immer Antworten. Was ließ sich gegen das Sonnenübel unternehmen? Er mußte verstehen, wie das Gift in ihm wirkte, wie er es loswerden konnte. In rasender Hast wühlte er gleichsam unter den Bildern, die ihm zusehends entglitten, mühte sich überstürzt ab, sich über das, was er wissen mußte, Klarheit zu verschaffen. Aber es blieb ihm unmöglich. Auf einmal konnte er nichts mehr sehen als die Schnittwunden, die an seinen Handgelenken klafften, den Blutstrom, der sich bereits gefährlich verlangsamte. Die Gefolgsleute entzogen ihm die Vision, bevor er die Erkenntnisse gewinnen konnte, die er am dringendsten benötigte. Sie verringerten ihren Aufwand an Energie … Nein, sie verringerten ihn nicht, sie veränderten die Energie, verliehen ihr einen anderen Effekt. Sie verwandelten sie in Zwang.

Er spürte ihn nun deutlich, den Einfluß von zwei Dutzend starken Willen, der auf seinem Nacken lastete, ihm gebot, auf allen Widerstand zu verzichten, den Ring abzulegen und zu übergeben, bevor er starb. Von allen Seiten lohte zweckbestimmtes Rot auf ihn ein; jeder *Rukh* loderte in nachdrücklicher Beeinflussung. *Gib den Ring auf! Leg ihn beiseite! Ehe du stirbst.* Das jedoch, so erkannte Covenant, gehörte nicht zu Lord Fouls Absichten. Dieser Druck beruhte allein auf Gibbons

Gier; *Samadhi*-Sheol wollte das Weißgold für sich selbst. *Den Ring!*

Zweifler! Brinns gedankliche Stimme war kaum noch wahrnehmbar. *Sie werden uns alle töten.*

Alle, dachte Covenant verzweifelt. *Siebenundsechzig Haruchai. Auch Hohl, wenn sie es schaffen. Sunder. Hollian. Linden. Sie werden das ganze Land zugrunde richten.*

Gib den Ring heraus!

Nein. Anfangs war seine Weigerung schwächlich, kam still, vergleichbar mit dem ersten Kräuseln von Wellen, das einem Seebeben vorauszugehen pflegte. *Ich werde es nicht zulassen.*

Irgendwo außerhalb der Grenzen seines Bewußtseins ballten sich ungeheuerlicher Grimm und konsequente Notwendigkeit zusammen, türmten sich empor wie die Wogen einer gewaltigen Flut. Sein Inneres war nun von allem außer Hilflosigkeit und Entschlossenheit frei. Er wußte, daß er keine wilde Magie nach Belieben anwenden konnte, um sich zu retten. Er hatte dazu einen Auslöser nötig; doch die Gefolgsleute hielten ihre Energie außerhalb seiner Reichweite. Doch gleichzeitig befand er sich in gebieterischem Notstand. Ihm die Handgelenke aufzuschneiden, war eine langsame Methode, um ihn zu töten, aber sie mußte Erfolg haben, wenn er den Blutverlust nicht stoppte, sich nicht verteidigte. Er hegte nicht die Absicht zu sterben. Brinn hatte ihm zu sich selbst zurückverholfen. Er war mehr als ein Lepraleidender. Kein Bedrängnis konnte ihn dazu verleiten, sich in sein unheilvolles Schicksal zu fügen. *Ncin.* Es gab andere Antworten auf Schuld. Falls er sie nicht fand, würde er sie aus dem Rohmaterial seines eigenen Wesens erschaffen. Er gedachte zu kämpfen. Jetzt.

Das Seebeben brach aus. Wut schwoll in ihm empor wie der Wahnwitz seines Gifts. Feuer und Zorn verzehrten all seine Pein. Das blutige Dreieck und der vereinte Wille der Gefolgsleute verloren ihren Bann über ihn. Ein Wind der Leidenschaft durchfuhr Covenant, und wilde Silberglut gloste aus seinem Ring. Weiß lohte über seiner rechten Faust. Heftiges Lodern umwaberte seine Hand, als bestünde das Fleisch aus purer Naturgewalt. Das silbrig-weißliche Aufflammen zerriß die rötliche Luft.

Furcht befiel die Gefolgsleute, sie schrien durcheinander. Gibbon brüllte Befehle.

Covenant blieb einen Moment lang, wo er war; inmitten der zinnoberrot entflammten *Rukh* brannte sein Ring wie eine weiße Fackel. Willentlich sammelte er Macht in seiner Rechten. Indem er das Feuer nach seinem Wunsch formte, unterband er den Blutfluß, schloß die Schnittwunde. Ein Aufblitzen versengte und verödete den Schnitt. Dann richtete er die magische Kraft auf sein linkes Handgelenk.

Die Konzentration, die er dazu aufbieten mußte, erlaubte es Gibbon, Gegenmaßnahmen zu veranlassen. Covenant spürte, wie die Gefolgsleute rundum den Kreis enger schlossen, mit ihren *Rukh* die Gewalten des Sonnenfeuers selbst anzapften. Aber er kümmerte sich nicht darum. Das Gift in seinem Innern kannte keine Gegenwehr, keinen Preis. Sobald seine Handgelenke geheilt waren, erhob er sich auf die Füße, stand aufrecht da, ganz wie jemand, der kein Blut verloren hatte und nicht angetastet werden konnte. Seine geballte Macht wühlte die Luft im Gewölbe auf. Sie fauchte von seiner Gestalt nach allen Seiten zurück, als stünde sein gesamtes Gebein selbst in Flammen.

Vor ihm stand Gibbon. Der Wütrich schwang seinen Stab, geladen mit Hitze und Kraft, daß das Eisen kreischte. Ein Strahl bösartigen Rots heulte auf Covenants Herz zu. Covenant erstickte die Glut mit einer Handbewegung. Ein Gefolgschaftsmitglied warf einen in greulicher roter Lohe entflammten *Rukh* nach Covenants Rücken. Wilde Magie brachte das Metall mitten im Flug zum Zerstieben.

Dann steigerte sich Covenants Wut zur Ekstase, deren Wüstheit alle Grenzen sprengte. In einem Augenblick des Zorns, der sogar Schwelgensteins Felsgestein erschütterte, brach seine wilde Magie mit voller Wucht auf. Gefolgsleute schrien, fielen. Auf den Balkonen rings ums Gewölbe barsten Türen aus den Angeln. Die Luft zischelte wie Fleisch in der Pfanne. Gibbon brüllte Anweisungen, die Covenant nicht hörte, schleuderte einen smaragdgrünen Lichtbogen quer durchs Gewölbe und verschwand. Unterm Brodeln der entfesselten Gewalten begann der Fußboden zu schimmern wie silbernes Magma. Irgendwo mitten in den Scherben der Wahrsagung vernahm Covenant Lord Fouls Gelächter. Das Lachen entfachte seine Leidenschaft noch stärker.

Als er in die Runde blickte, sah er überall niedergestreckte Gestalten liegen. Nur ein Gefolgsmann befand sich noch auf den Beinen. Die Kapuze des Mannes war zurückgeworfen worden, enthüllte verzerrte Gesichtszüge und gehetzte Augen. Intuitiv erriet Covenant, daß dieser Mann kein anderer war als Santonin. In seinen Händen hielt der Gefolgsmann ein Bruchstück grünen Steins, das dampfte wie smaragdenes Eis, drückte es an seinen *Rukh*. Schauderhafte smaragdgrüne Gewalt schoß Covenant entgegen. Ein Stück des Weltübel-Steins!

Covenants Wüten kannte keine Schranken, er besaß darüber keine Kontrolle. Ein energetischer Ausbruch schmiß Santonin rücklings gegen die Wand, verbrannte seinen Körper zu Asche, schwärzte selbst die Überbleibsel seiner Knochen. Der Steinbrocken rollte über den Boden, blieb liegen, pulste am leuchtenden Fußboden wie ein krankes Herz.

Indem er mit Händen aus Feuer zugriff, zog Covenant den Brocken zu sich heran, packte ihn mit seiner Halbhand. Schaumfolger war umgekommen, damit der Weltübel-Stein zerstört werden konnte. Zerstört! Eine lautlose Detonation brachte das Gewölbe ins Beben, Silberglanz verzehrte ein grünes Wabern. In Dampf und stummem Gellen verging das Bruchstück des Weltübel-Steins. Mit einem fürchterlichen Bersten spaltete sich der Boden des Gewölbes von einer zur anderen Wand.

»Zweifler!« Covenant konnte Brinns Stimme kaum hören. »Ur-Lord!« Covenant drehte sich um und blinzelte den *Haruchai* durch das Glosen an. »Die Gefangenen!« schrie Brinn. »Die Gefolgschaft hält deine Freunde gefangen! Sie wird Blut vergießen, um das Sonnenfeuer zu nähren!«

Die Rufe durchdrangen Covenants blindwütiges Rasen. Er nickte. Sein Wille zerschmetterte Brinns Eisenfesseln. Sofort sprang Brinn von dem Katafalk und rannte zum Gewölbe hinaus. Covenant folgte ihm, in Flammen gehüllt.

Am Ende des Flurs warf sich der *Haruchai* drei Gefolgsleuten entgegen. Ihre *Rukh* loderten. Covenant schleuderte Silberlohe zwischen sie, schickte sie zu Boden, verwandelte die *Rukh* in Metallschlacke.

Covenant und Brinn hasteten durch die Korridore Schwelgensteins. Brinn eilte voraus; er kannte den Weg zu der vom Wütrich geschaffenen Geheimtür zum Kerker. Covenant ballte feurige Glut um seine Faust, um die Tür zum Bersten zu bringen; doch ehe er dazu kam, schlug Brinns Hand auf die richtige Stelle der unsichtbaren Pforte, und das Portal schwang auf, umrahmt von rotem Gespinst.

Im Tunnel dahinter warteten fünf Gefolgsleute. Sie waren kampfbereit, aber Brinn griff sie mit solcher Vehemenz an, daß ihre ersten energetischen Entladungen fehlgingen. Innerhalb eines Moments fällte Brinn zwei von ihnen. Covenant fegte die drei anderen beiseite und folgte Brinn, der in die Richtung des Kerkers lief. Weitere Verteidiger gab es im Kerker nicht. Die Gefolgschaft hatte noch keine Zeit gehabt, um eine größere Zahl von Gefolgsleuten zu mobilisieren. Und falls Gibbon überlebt hatte, zog er es, wenn er vernünftig war, sicherlich vor, seine Anhänger zurückzuhalten, statt das Risiko neuer Verluste einzugehen, die die Gefolgschaft erheblich schwächen mochten. Als Brinn und Covenant ins Kerkergewölbe stürmten und es von Wachen entblößt vorfanden, stürzte Brinn unverzüglich zu den nächstgelegenen Türen und begann die Riegel aufzureißen.

Aber Covenant strotzte vor Machtfülle, von wilder Magie, die genutzt sein wollte. Er stieß Brinn zur Seite und löste eine Explosion aus, die Schwelgensteins Granit wanken ließ. Zum schrillen Gekreisch von Metall barsten sämtliche Zellentüren gleichzeitig aus ihren Verankerungen und klirrten auf den steinernen Boden, hallten wie Glocken des Wahnsinns. Sofort verließen Dutzende von *Haruchai* ihre Zellen, bereit zu jedem Gefecht. Zehn von ihnen begaben sich eilends in den Tunnel, um den Zugang zu schützen; der Rest verteilte sich auf die übrigen Zellen und suchte nach anderen Gefangenen. Acht oder neun Bewohner des Landes – Steinhausener und Holzheimer – kamen zum Vorschein, wirkten völlig entgeistert angesichts des Wunders ihrer Befreiung.

Hohl trat bedächtig aus seiner Zelle. Als er Covenant erblickte, Covenants leidenschaftliches Feuer sah, verzog sich sein schwarzes Gesicht zu einem Grinsen, dem Grinsen jemandes, der wußte, was Covenant tat; zum Grinsen eines Unholds.

Zwei *Haruchai* stützten Sunder. Der Steinmeister wies rings um seinen Hals eine Art von wundem Striemen auf, als wäre er vom Galgen abgeschnitten worden, und wirkte ziemlich schwach. Er starrte Covenant an. Hollian kam furchtsam und zaghaft aus ihrer Zelle; ihr Blick schrak vor Covenant zurück, als sei es ihr unangenehm, ihn zu kennen. Als sie Sunder sah, eilte sie zu ihm und flüchtete sich in seine Arme.

Covenant blieb still, lechzte nach Lindens Anblick. Hohl grinste in einer Weise, die an Lord Fouls Lachen erinnerte.

Dann trugen Brinn und ein anderer *Haruchai* Linden ins

Kerkergewölbe. Sie hing schlaff in den Armen der beiden, tot oder bewußtlos, in einem Zustand jedenfalls, der tiefer reichte als jeder normale Schlaf. Kaum sah Covenant sie, da stieß er ein Heulen aus, das Bröckchen aus der Decke des Kerkergewölbes riß und zerstäubte, bis die Luft erfüllt war von feinem Pulver. Er konnte sich nicht beruhigen, bis Brinn ihm zuschrie, daß Linden lebe.

DRITTER TEIL

Ziel

20
Die Suche

Covenant floh den Kerker, floh seine Gefährten, weil er es nicht zu ertragen vermochte, die unzugänglichen Alpträume zu sehen, die sich in Lindens Miene widerspiegelten. Sie hegte vor seiner Leprose keine Furcht. Sie hatte ihn in jeder Krise unterstützt. Und das war nun das Resultat. Niemand war dazu imstande, sie zu wecken. Sie lag in einem Stupor, der auf Katatonie hinauslief, und träumte Träume der Qual.

Er suchte das Hochland des Plateaus auf, weil er wieder Hoffnung finden mußte. Schon begann sich die Raserei seiner Macht gegen ihn zu wenden. Hohls Lächeln verfolgte ihn wie ein Nachhall von Grausen und Verachtung. Das hier war nicht anders verlaufen als seine Befreiung aus der Gewalt des Holzheims Steinmacht. Wie viele Menschen hatte er umgebracht? Er besaß keinerlei Kontrolle über seine Kräfte. Vielmehr beherrschten sie und das Gift ihn. Dennoch ließ er nicht von der wilden Magie ab. Schwelgenstein wimmelte noch von Gefolgsleuten. Auf dem Weg nach draußen sah er sie an Enden langer Gänge und Korridore vorüberlaufen, sich auf die Verteidigung oder zum Gegenangriff vorbereiten. Er hatte nicht mehr genug Blut in den Adern, um ohne das Feuer seines Rings durchhalten zu können; sobald er seine gegenwärtig aktivierte Macht aufgab, würde er schutzlos sein. Dann müßte er es den *Haruchai* überlassen, ihn und seine Freunde zu retten. Diese Vorstellung war ihm allzu bitter. Bannors Volk hatte in seinem Namen so viele schwere Bürden auf sich genommen. Wie könnte er ihm abermals einen solchen Dienst zumuten?

Wie viele Menschen hatte er getötet? Indem er Flammen verströmte, als vergösse er feurige Tränen, stieg er durch die

Stockwerke Schwelgensteins hinauf zum Plateau. Und Brinn strebte an seiner Seite mit ihm dahin, als hätten die *Haruchai* sich bereits in seinen Dienst gestellt. Irgendwo hatte er einen Umhang aufgetrieben, ihn um Covenants Schultern gelegt. Der Zweifler zog ihn zurecht, ohne sonderlich darauf zu achten. Er konnte ihm dabei helfen, den Schock des Blutverlusts zu überwinden.

Covenant brauchte Hoffnung. Die Wahrsagung hatte ihm weitergeholfen; aber die daraus bezogenen Einsichten verblaßten neben seinem Entsetzen über Lindens schauerliche Verfassung, verblichen im Vergleich zu seinem immer stärker empfundenen Abscheu gegen sich selbst, das ihm das einflößte, was er mit seiner Macht angestellt hatte. Ihm war nicht klar gewesen, daß er dazu in der Lage war, so ein Blutbad anzurichten. Ohne neue Hoffnung konnte er mit den Anforderungen der gewonnenen Erkenntnisse nicht fertigwerden.

Er wußte nicht, was er anderes tun könnte, als sich Glimmermere zuzuwenden. Der Erdkraft, die nach wie vor vital genug war, um Glimmermere mit Wasser zu versorgen, selbst wenn alles Land unter einer Sonne der Dürre schmachtete. Der Klinge, die in der Tiefe des Sees ruhte. Loriks *Krill*.

Er wollte ihn nicht, weil es sich um eine Waffe handelte. Ihm lag daran, weil er ihm eine gewisse Alternative bot, ein Werkzeug der Macht war, das sich möglicherweise als brauchbar erwies, so daß es ihm vielleicht erspart blieb, künftig auf seinen Ring zurückzugreifen. Und er wollte ihn haben, weil ihm Hohls Grinsen fortgesetzt den Kopf zermarterte. In diesem Grinsen hatte er Hohls Erschaffer wiedererkannt, die rüden, rohen Wesen, deren er sich entsann. Sie hatten Schaumfolger belogen. Hohls Zweck war alles andere als wünschenswert. Er verfolgte die Zwecke eines Unholds. Covenant hatte Hohl töten gesehen, hatte erlebt, wie er selber tötete, und er wußte die Wahrheit. Und Lorik, der Kevins Vater gewesen war, hatte den

Namen Übelzwinger getragen, weil er den *Krill* schuf, um sich damit Hohls fernen Vorfahren entgegenzuwerfen. Es mochte sein, daß der *Krill* auf das Problem Hohl die Antwort gab. Auch darin sah Covenant eine gewisse Hoffnung. Covenant benötigte Hoffnung. Als er die offene Weite des Tafelbergs betrat, ließ das Leuchten seiner Energie die Nacht so schwarz und bedrohlich wie Hohls obsidianartiges Fleisch wirken.

Niemand hatte Linden zu wecken vermocht. Sie war in den Schlingen eines grauenvollen Alps gefangen und konnte sich nicht daraus freikämpfen. Was für eine Schlechtigkeit war an ihr begangen worden? Und wie viele Menschen hatte er niedergemacht? Er, der geschworen hatte, nie wieder zu töten, war seinem Schwur untreu geworden. Wieviel?

Das eigene Feuer blendete ihn; er konnte keine Sterne erkennen. Der Nachthimmel schwebte über ihm wie das Verhängnis eines Leprotikers. Wie sollte ein Mann, dem es schon am simplen menschlichen Vermögen zum Fühlen fehlte, hoffen können, wilde Magie zu meistern? *Die wilde Magie, die den Frieden stört.* Ihm war benommen zumute, er fühlte sich voll von Gift und konnte dagegen nichts tun.

In Silberglanz gehüllt wie eine neue Inkarnation des Sonnenübels, durchquerte er die Hügel in Glimmermeres Richtung. Das Terrain verbarg den Bergsee; aber er kannte den Weg.

Brinn begleitete ihn an seiner Seite, ohne ein Wort zu sprechen. Anscheinend genügte es dem *Haruchai,* Covenant stummen Rückhalt zu geben, was es auch sein mochte, das der Ur-Lord beabsichtigte. Auf die gleiche zurückhaltende, genügsame Weise hatten die Bluthüter den Lords gedient. Ihre Willigkeit hatte sie zweitausend Jahre ohne Liebe, Schlaf oder Tod gekostet. Und sie hatte Verderbtheit über sie gebracht; wie Schaumfolger war Bannor gezwungen gewesen zu sehen, wie sein Volk zu dem geriet, was es haßte. Covenant wußte nicht, wie er Brinns wortloses Anerbieten aufnehmen sollte. Wie könnte er riskieren, daß sich das Schicksal der Bluthüter wiederholte? Doch er befand sich in einer Notsituation und sah keine Möglichkeit, das Angebot abzulehnen.

Dann erblickte er den See; Glimmermere lag zwischen den Hügeln. Der makellose Wasserspiegel warf Covenants silbernen Schein zurück und hinaus ins Schwarz der Nacht, so daß das Wasser wirkte wie ein Strudel wilder Magie inmitten der schwarzen Säure, deren sich die Urbösen bedienten, ein Brodeln von Weiß, das Hohl lediglich zum Grinsen veranlaßte. Inzwischen schwand Covenants Kraft; er hatte zuviel Blut verloren; die Reaktion auf das, was er getan hatte, war zu stark. Mit steifen Knien wankte Covenant hinunter an den Rand des Wassers, blieb zittrig an Glimmermeres Ufer stehen, rang darum, noch für eine Weile von magischer Energie glühen zu dürfen.

Aus dem Wasser sprangen ihm Feuer und Finsternis entgegen. Einmal hatte er im Glimmermere-See gebadet; jetzt jedoch fühlte er sich zu besudelt, um in diese Heimstätte der Erdkraft zu steigen. Und er wußte nicht, wie tief der See war. Hoch-Lord Mhoram hatte den *Krill* zum Zeichen seines Glaubens an die Zukunft des Landes hineingeworfen. Wahrscheinlich war er davon ausgegangen, daß die Klinge sich nicht wieder herausholen ließ. Covenant würde niemals so tief hinabtauchen können. Und er konnte schwerlich Brinn bitten, es für ihn zu tun. Die Implikationen, die in Brinns Begleitung zum Ausdruck kamen, bereiteten ihm Unbehagen; er brachte es nicht über sich, etwas zu äußern, was eine aktive Annahme von Brinns Diensten bedeutet hätte. Der *Krill* schien so fern zu sein, als habe er nie existiert.

Vielleicht hatte nichts von allem je existiert. Womöglich war er schwachsinnig, und Hohls Grinsen war nur der scheele Hohn des eigenen Irrsinns. Vielleicht war er schon tot, ein

Messer in der Brust, und durchlebte nun die Hölle, die seine Lepra für ihn geschaffen hatte.

Doch als er durch das Wallen von Silberglut und mitternächtlicher Schwärze in die Tiefe spähte, bemerkte er von drunten einen schwachen Widerschein. Er stammte vom *Krill.* Die Waffe reagierte jetzt noch genauso auf seine Macht wie damals, als er sie erstmals wieder zu neuem Leben erweckt hatte. Diese damalige Tat hatte unausweichlich zu Elenas Untergang und ihrem Verstoß gegen das Gesetz des Todes geführt. Einen Moment lang hegte Covenant Furcht vor dem *Krill,* fürchtete die Schärfe der Klinge, das Gewicht der Schuld, die darin stak. Er hatte Elena geliebt … Aber die wilde Magie war ärger. Das Gift in ihm war schlimmer. Über sie hatte er keine Kontrolle.

»Wie viele …?« Seine Stimme zerriß das in seiner Kehle angestaute Schweigen. »Wie viele von ihnen habe ich getötet?«

»Einmal zwanzig und einen, Ur-Lord«, gab Brinn leidenschaftslos aus der Mitte der Nacht Antwort.

Einundzwanzig? O Gott! Für einen Augenblick meinte Covenant, die Stränge seiner Seele würden reißen, müßten reißen, und das Gefüge seines Ichs würde vollends zerbrechen. Doch da schwoll ein neuer, starker Schub von Energie ihm durch die Brust, und eine weiße Flamme schoß an den Nachthimmel empor. Glimmermere antwortete auf den Ausbruch mit einer Wiederholung. Urplötzlich stand die gesamte Oberfläche des Sees in Flammen. Flammen wirbelten zu einem Strudel, einer Feuersäule auf. Und mitten aus dem Wirbel drang wie zur Erwiderung auf Covenants energetischen Ruf ein lichter weißer Strahl. Der *Krill* erhob sich aus den Fluten. Hell und makellos schimmerte er im Herzen des Sees – ein langer, zweischneidiger Dolch, der an der Stelle, wo Heft und Griff ineinander übergingen, einen durchscheinenden Edelstein besaß. Sein Leuchten kam aus diesem Stein, es sprach auf Covenants Feuer an, als wären das Juwel und sein Ring Brüder. Der Glanz des Edelsteins, Covenants Glut und Glimmermeres hohe Flammensäule verdrängten die Nacht in den Hintergrund. Noch befand sich der *Krill* außer Reichweite. Aber Covenant zögerte nicht mehr. Das Schwellen des Wassers, das Gestrudel der Flammen sprachen zu ihm von Dingen, die er verstand: von Schwindelgefühl und Paradoxa, vom Kern der Stabilität im Mittelpunkt der Gegensätze. Er breitete vor den Flammen seine Arme aus und betrat den See.

Erdkraft trug ihn. Ein Leuchten, das mit seinem eigenen Leuchten in inniger Gemeinschaft stand, umloderte ihn, durchlohte ihn, trug sein Körpergewicht. Indem er wie das Gleiten eines Schattens durch den silberweißen Schimmer schritt, begab er sich hinaus zur Mitte des Glimmermere-Sees. In seiner Schwäche hatte er den Eindruck, die Glut müsse ihn ausbrennen, ihn in eine Asche der Sterblichkeit verwandeln und an den leeren Himmel emporwehen. Der *Krill* wirkte handfester als das eigene Fleisch; das Eisen schien mehr Bedeutung zu besitzen als seine schwachen Knochen. Doch als er sich vorbeugte und den *Krill* ergriff, ihn in die Hände nahm, erwies er sich als handhabbar, zeichnete in der Bewegung, als Covenant sich seiner bemächtigte, einen Leuchtstreifen an den Nachthimmel. Covenant legte ihn sich an die Brust und kehrte zurück zu Brinn.

Nun holte seine Erschöpfung ihn ein. Er vermochte das Gleißen seiner wilden Magie nicht länger zu nähren. Die Fäuste seines Willens lockerten sich und ließen von seiner unerwünschten Macht ab. Sofort begannen Glimmermeres Flammen herabzusinken. Aber der See hielt Covenant weiter aufrecht. Die Erdkraft gewährte ihm das Geschenk ihrer Hilfe, so wie sie einst mit dem gleichen Geschenk auf Berek Halbhands Verzweiflung an den Abhängen des Donnerbergs reagiert hatte. Sie stützte und trug ihn, wich nicht von ihm, bis er in der Dunkelheit ans Ufer taumelte.

In ihm und ringsherum herrschte Nacht. Seine Augen zeigten ihm nichts als völlige Finsternis, als wären sie ihm aus dem Kopf gesengt worden. Nicht einmal das Geschimmer des Juwels schien noch Helligkeit zu spenden. Nunmehr aller Kräfte bar, konnte er den *Krill* nicht länger halten. Die Waffe wurde ihm in den Händen heiß, heiß genug, um jene Nerven zu erreichen, die darin noch lebendig waren; er ließ sie auf die Erde fallen, und sie glomm dort wie der letzte Lichtquell auf der ganzen Welt. Stumm kniete sich Covenant daneben, den Rücken Glimmermere zugewandt, als wäre er gedemütigt worden. Er fühlte sich im Land allein und dazu außerstande, bloß mit sich selbst zurechtzukommen.

Aber er war nicht allein. Brinn riß einen Streifen aus seinem Gewand – einem aus ockerfarbenem Material, das Kalbsleder ähnelte, gefertigten Kleidungsstück – und wickelte den *Krill* hinein, damit er sich anfassen ließ. Dann berührte er flüchtig und sachte Covenants Schulter. »Komm, Ur-Lord«, sagte er ruhig. »Die Gefolgschaft wird versuchen, wider uns einen Gegenschlag zu führen. Wir müssen fort.«

Sobald der Glanz des *Krill* verschwand, war die Finsternis absolut vollkommen. Covenant empfand sie als Wohltat, wie einen Trost für die Bürde seiner Macht. Er sehnte sich danach, diesen Trost für immer genießen zu dürfen. Doch er wußte, daß Brinn die Wahrheit sagte. Ja, bestätigte er bei sich. *Wir müssen fort! Hilf mir!* Als er den Kopf hob, konnte er die Sterne sehen. Sie glitzerten, als könne nur die eigene Schönheit sie für ihre Einsamkeit entschädigen. Der Mond, nahezu voll, ging auf. Inmitten von Stille und Mondschein raffte sich Covenant hoch und begann sich trotz seiner Ermattung nach Schwelgenstein zurückzuschleppen. Nach wenigen Schritten nahm er Brinn die Last des *Krill* ab und schob die Waffe unter seinen

Gürtel. Ihre Wärme ruhte dort angenehm an dem geballten Selbstabscheu in seiner Magengegend. Schlaff stolperte er dahin, ohne zu wissen, ob er überhaupt noch bis nach Schwelgenstein zu laufen vermochte. Doch Brinn stand ihm bei, stützte ihn, wenn es sich als erforderlich erwies, ließ ihn allein gehen, wenn er konnte. Nach einiger Zeit, die verstrich wie im Delirium, gelangten sie zum Bergvorsprung und dem Eingang zur Feste des na-Mhoram.

Vor dem Stollen, der ins Innere Schwelgensteins führte, wartete ein *Haruchai*. Als Covenant verharrte und wankte, verbeugte sich der Mann. »Ur-Lord«, stellte Brinn ihn vor, »das ist Ceer.«

»Ur-Lord«, sagte Ceer. Covenant blinzelte ihn an, ohne etwas erwidern zu können. Er schien keiner Worte mehr mächtig zu sein. Mit ausdrucksloser Miene hielt Ceer ihm einen Lederschlauch entgegen. Er nahm den Schlauch. Als er ihn entstöpselte, erkannte er den Geruch von *Metheglin*. Sofort fing er an zu trinken. Sein ausgezehrter Körper gierte verzweifelt nach Flüssigkeit, wahrhaft verzweifelt. Erst als der Schlauch leer war, senkte er ihn von den Lippen. »Ur-Lord«, sagte Ceer daraufhin, »die Gefolgschaft sammelt sich ums Sonnenfeuer. Wir setzen ihr zu, und sie greift nicht an – aber in ihren Händen hält sie große Macht. Vier *Haruchai* sind gefallen. Wir haben alle Gefangenen aus Schwelgenstein ins Freie gebracht. Wir beschützen sie, so wohl wir's vermögen. Aber sie sind nicht in Sicherheit. Die Gefolgschaft kennt Mittel und Wege, um unseren Geist zu bedrängen, und es mag jederzeit sein, daß man beschließt, sie anzuwenden. Wir haben's zu unserem Schaden erfahren müssen. Daher sind wir gezwungen, die Flucht zu ergreifen.«

Ja, sagte sich Covenant. *Die Flucht ergreifen. Ich weiß*. Als er jedoch den Mund aufmachte, kam nur ein Wort heraus. »Linden …?«

»Sie ist erwacht«, gab Ceer ihm ohne besondere Betonung Auskunft.

Covenant hatte nicht bemerkt, wie er zusammensackte; es fiel ihm erst jetzt auf, als er merkte, daß er in Brinns Armen hing. Für einen ausgedehnten Moment wollte es ihm nicht gelingen, sich wieder auf die eigenen Beine zu stellen. Das *Metheglin* jedoch kräftigte ihn allmählich etwas. Langsam übernahm er die Last des eigenen Gewichts wieder selbst, richtete sich auf. »Wie …?«

»Ur-Lord, wir haben uns bemüht, sie zu erwecken.« Die Anstrengung, mit der er den Zungenschlag seiner Muttersprache unterdrückte, ließ Ceers Stimme gänzlich tonlos klingen. »Doch sie lag da wie tot, und wir vermochten sie nicht wiederzubeleben. Wir trugen sie zur Feste hinaus, da wir nichts anderes zu tun wußten. Aber dein schwarzer Begleiter …« Er verstummte, wie um nach dem Namen zu fragen.

»Hohl«, sagte Covenant, und bei der Erinnerung an Hohls Grinsen erstickte ihm beinahe die Stimme. »Er ist ein Urböser.«

Ein leichtes Zusammenziehen der Brauen verriet Ceers Überraschung; er sprach jedoch nicht aus, was er sich dazu dachte. »Hohl stand eine Weile lang dabei«, berichtete er, »ohne das Geschehen zu achten. Dann jedoch nahte er sich plötzlich Linden Avery der Auserwählten.« Beiläufig folgerte Covenant, daß der *Haruchai* inzwischen mit Sunder oder Hollian gesprochen haben mußte. »Weil wir nichts von ihm wußten, haben wir danach getrachtet, ihn fernzuhalten. Er aber stieß uns beiseite, als wären wir nicht jene, die wir sind. Er kniete sich neben die Auserwählte und legte ihr seine Hand auf. Sie erwachte.« Ein Stöhnen des Nichtverstehens und der Beunruhigung entfuhr Covenants Kehle; ungerührt erzählte Ceer weiter. »Als sie erwachte, schrie sie auf und versuchte zu fliehen. Sie kannte uns nicht. Die Steinhausener jedoch, die deine Gefährten sind, haben sie zu besänftigen vermocht. Aber

Hohl …« Ein kurzes Stocken bezeugte Ceers Verunsicherung. »… tat noch mehr. Ur-Lord, er hat sich vor ihr verneigt – er, der uns *Haruchai* nicht fürchtet und taub für jedwedes Wort ist, das man an ihn richtet. Er hat seine Stirn auf ihre Füße gelegt. Auch darin erblickte sie einen Grund zur Furcht. Sie floh in die Arme der Steinhausener. Auch ihnen ist dieser Hohl unbekannt. Sie zeigten Bereitschaft, sie wider ihn, so es nötig sein sollte, zu verteidigen. Er jedoch erhob sich nur wieder, und noch immer steht er an derselben Stelle, achtet von neuem nicht der Dinge, die ringsherum geschehen, ganz wie jemand, der dem Bann der Sonnengefolgschaft unterlegen ist. Wiederum wirkt er, als wüßte er weder um die Auserwählte noch um ein anderes Weib oder irgendeinen Mann.« *Wir trauen diesem Hohl nicht.* Es erübrigte sich, daß Ceer diesen Gedanken aussprach; Covenant konnte ihn in seinem ausdrucksarmen Blick erkennen.

Aber Covenant schob das Problem Hohl bis auf weiteres in den Hintergrund. Der *Krill* wärmte ihm den Bauch; es mangelte ihm an Kräften für zweitrangige Angelegenheiten. Der Weg, den er zu beschreiten hatte, lag deutlich vor ihm, war ihm klar, seit er den Sinn der Wahrsagung durchschaut hatte. Und Linden war erwacht. Sie war ihm wiedergegeben worden. Sicherlich war er nunmehr dazu imstande, noch so lange durchzuhalten, bis er sein Vorhaben eingeleitet hatte. Dennoch nahm er sich die Zeit für eine letzte Frage. »Wie geht es ihr?«

Ceer zuckte andeutungsweise mit den Schultern. »Sie hat das Antlitz der Verderbnis geschaut. Doch spricht sie in klaren Worten mit den Steinhausenern.« Er schwieg einen Augenblick lang. »Sie ist deine Gefährtin. Du hast uns aus dem Greuel unseres Schicksals errettet. Solange wir leben, soll weder dir noch deinen Gefährten weiteres Unheil widerfahren.« Er schaute hinüber zu Brinn. »Sie hat uns vor einem Wütrich gewarnt. Ur-Lord, wir müssen gewißlich die Flucht antreten.«

Ein Wütrich, dachte Covenant. *Ja. Gibbon. Was hat er mit ihr gemacht?* Das Alptraumhafte in ihrem Gesicht war ihm noch in lebhaftester Erinnerung. *Was mag der Schuft mit ihr angestellt haben?*

Wortlos richtete er sich zu voller Körpergröße auf und begann steifbeinig den Stollen ins Innere Schwelgensteins zu durchqueren. Die Strecke war lang; aber die Dunkelheit und das *Metheglin* gaben ihm Rückhalt. Hohls Grinsen half ihm. Der Dämondim-Abkömmling hatte sie geweckt? War vor ihr niedergekniet? Die Ur-Bösen mußten Schaumfolger belogen haben. Hamakos *Rhysh* mußte einem Irrtum erlegen oder irregeführt worden sein. Hatte sich Hohl in Anerkennung von Gibbons Einfluß auf Linden vor ihr gebeugt? Was konnte der Schurke mit ihr gemacht haben?

Wenn Covenant zuvor an seinem Ziel oder an sich selbst Zweifel gehegt hatte, so war er jetzt seiner Sache sicher. Keine Sonnengefolgschaft, keine Entfernungen oder angebliche Unmöglichkeiten sollten ihm noch im Weg stehen.

Wie ein geballter Fluch stieg er durch die Stadt nach unten. Vorbei an *Haruchai,* die Erkundungsgänge durchführten, die Gefolgsleute beobachteten, schritt er hinab zu den Toren und unterm Turm hindurch. Er hatte bereits einundzwanzig Menschen getötet und das Gefühl, nichts mehr fürchten zu müssen. Was er an Furcht empfand, war Furcht um seine Gefährten, und sein Fluch galt dem Verächter. Sein Ziel war klar.

Während er den Tunnel nach draußen durchmaß, sammelten sich zwei Dutzend *Haruchai* um ihn wie eine Ehrengarde. Sie trugen Proviant, den sie in Schwelgenstein für die Flucht der Gefangenen zusammengerafft hatten. In ihrer Begleitung trat er durch das geborstene äußere Tor von neuem hinaus in die Nacht.

Unter ihm brannte an einem felsigen Hang der Vorhügel ein großes Feuer. Es loderte hell vor dem dichten Dschungel, der dahinter lag, und knisterte laut, indem es in heftiger Begierde das feuchte, vom Regen durchnäßte, belaubte Holz verzehrte, mit dem die *Haruchai* es nährten. Sein gelblicher Helligkeitsschein umschloß sämtliche ums Feuer gescharten Befreiten, behütete sie vor der Finsternis. Er sah eine Gruppe von Steinhausenern und Holzheimern verunsichert an den Flammen zusammengedrängt. *Haruchai* bewegten sich hin und her, bereiteten Vorräte für den Transport vor, schafften neues Brennholz heran, hielten Wache. Hohl stand reglos in aller Mitte. Sunder, Hollian und Linden kauerten eng beisammen, wie um einander zu trösten.

Covenant hatte nur Augen für Linden. Sie wandte ihm den Rücken zu. Er merkte kaum, daß alle Männer Brinns sich bei seinem Auftauchen ihm zudrehten und jeder auf ein Knie niederfiel, als wäre er von lautlosen Posaunenstößen angekündigt worden. Die düstere, riesige Festungsstadt hinter sich, strebte er mit Bewegungen, als wären seine Gliedmaßen aus Holz, auf Lindens Rücken zu, als ob er sich ihr zu Füßen werfen wolle. Sunder sah ihn, sagte rasch etwas zu Linden und Hollian. Das Steinhausener Paar sprang auf und schaute ihm entgegen, als brächte er mit sich Leben und Tod. Langsamer erhob sich auch Linden. In den verschmutzten Zügen ihrer Miene ersah er nichts als Pein. Aber sie erkannte ihn. Ein Zittern wie von Dringlichkeit durchlief ihre Gestalt. Covenant vermochte sich nicht zurückzuhalten. Er stürzte zu ihr, schlang seine Arme um sie, preßte das Gesicht in ihr Haar. Ringsherum nahmen die *Haruchai* ihre Tätigkeiten wieder auf.

Einen Augenblick lang erwiderte Linden den Druck seiner Umarmung, als wäre sie dafür dankbar. Doch plötzlich versteifte sich ihre Haltung. Ihr schlanker, mißhandelter Leib verwandelte sich in seinen Armen in eine Ballung von Widerwillen. Covenant versuchte zu sprechen, konnte es jedoch nicht, er war nicht dazu imstande, den Knoten in seiner Brust zu sprengen. Als sie sich ihm entzog, ließ er sie los, brachte noch immer kein Wort hervor. Sie mochte seinen Blick nicht erwidern. Ihr Blick glitt über seine Erscheinung, verweilte auf dem alten Schnitt in der Brustmitte seines T-Shirts. »Du bist krank.«

Krank? Im ersten Moment verstand er sie nicht. »Linden …?«

»Krank.« Ihre Stimme verklang wie Blut zwischen ihren Lippen. »Krank.« Als wäre sie aus Abscheu oder Kummer wie betäubt, kehrte sie ihm den Rücken zu. Sie sank zurück auf den Erdboden, bedeckte das Gesicht mit den Händen, schwankte hin und her. »Krank«, hörte er sie leise murmeln. »Krank.«

Seine Lepra.

Ihr Anblick brachte ihn beinahe um seinen letzten Rest von Kraft. Hätte er ausreichend seine Stimme wiedergefunden, er hätte aufgeheult. *Was hat der Lump mit dir angestellt?* Aber er war bereits zu stark in seine Entschlossenheit verkrampft, hatte zuviel Verantwortung übernommen. Das Gefühl des *Krill* an seinem Bauch hielt ihn aufrecht. Indem er sich beherrschte, als wäre er in der Tat unberührbar, sah er Sunder und Hollian an. Die beiden wirkten über Lindens Reaktion bestürzt. »Ur-Lord …«, begann Sunder, verfiel jedoch sofort wieder in Schweigen. Der Striemen rund um seinen Hals erweckte einen schmerzhaften Eindruck, doch anscheinend machte er sich daraus nichts. Die Falten vielfachen alten Stirnrunzelns zerfurchten seine Miene, als wäre er hin- und hergerissen zwischen Zorn und Furcht, Freundschaft und Ehrerbietigkeit, und wünschte, daß Covenant für ihn Klarheit schaffe. Seine Kiefer malmten auf Worten, von denen er nicht wußte, wie er sie aussprechen sollte.

»Ur-Lord«, sagte schließlich Hollian an seiner Stelle, »auf irgendeine Weise ist ihr ein ernstes Leid angetan worden. Ich weiß nicht, wie das geschehen sein könnte, denn na-Mhoram Gibbon sprach zu ihr: ›Dir darf ich keinen Harm zufügen.‹ Dennoch martert irgendein Unheil sie.« Ihre blassen Gesichtszüge baten Covenant für Linden um Verzeihung. Benommen fragte er sich, woher die Sonnenseherin auf einmal soviel Mut nahm. Sie war kaum mehr als ein Mädchen, und oft hatte es den Anschein, als müsse das Ausmaß der Gefahren, die sie durchleben mußte, sie überwältigen. Nichtsdestoweniger verfügte sie über irgendeinen inneren Rückhalt … Sie war ein Paradoxon aus Furchtsamkeit und Courage; sie vermochte zu sprechen, wenn Sunder dazu außerstande blieb. »Du hast dem na-Mhoram unser Leben um einen Preis für dich selbst entrissen, den ich nicht zu ermessen vermag«, ergänzte Hollian. »Ich weiß nicht, wie ich über eine derartige Macht denken soll, wie du sie besitzt. Doch ich habe den Bann der Gefolgsleute und den Kerker der Sonnengefolgschaft kennengelernt. Ich danke dir aus ganzem Herzen. Ich hoffe auf eine Gelegenheit, dir dienen zu dürfen.«

Dienen …? Covenant stöhnte. *Wie könnte ich zulassen, daß du mir dienst? Du weißt ja gar nicht, was ich im Sinn habe.* Aber er konnte sie nicht abweisen. Irgendwo inmitten seines inwendigen Ringens zwischen Not und Überzeugung hatte er bereits die Dienste der *Haruchai* akzeptiert, auch wenn deren Anspruch auf seine Führerschaft nahezu viertausend Jahre älter war als Hollians Wunsch, ihm zu dienen. Er hielt mit aller Willenskraft an sich, weil er wußte, wenn er nachließ, würde er zusammenklappen, und stellte die einzige Frage, zu der er sich in seiner Armseligkeit an Mut fähig fühlte. »Seid ihr wohlauf?«

Hollian schaute Sunder an, seinen Hals. »Wir sehen keinen Grund zur Klage«, sagte sie, als er nickte. »Wir haben ein wenig Hunger und Durst, doch mit dergleichen sind wir vertraut.« Sie sprach mit erhöhtem Nachdruck weiter. »Und wir sind mit mehr gesegnet worden als der Rettung unseres Lebens. Die *Haruchai* vermögen Wunder zu wirken.« Mit einer Gebärde wies sie auf drei von Brinns Männern, die nahebei standen. »Ur-Lord, hier siehst du Cail, Stell und Harn.« Das Trio vollführte vor Covenant andeutungsweise Verbeugungen. »Als man uns aus dem Kerker führte, war ich hocherfreut, noch am Leben zu sein. Die *Haruchai* jedoch gaben sich damit nicht zufrieden.« Hollian langte unter ihr Gewand und zeigte ihren Dolch und den *Lianar.* »Sie haben ganz Schwelgenstein durchsucht, um mir diese Dinge wiederzubringen. Gleichfalls haben sie Sunders Messer und den Sonnenstein wiederbeschafft.« Sunder nickte. Covenant wunderte sich etwas über diese neue Art von Einmütigkeit zwischen den zweien, die es Hollian erlaubte, für Sunder zu sprechen. Wieviel hatten die beiden gemeinsam durchgestanden? »Wie ist es nur dahin gekommen«, meinte Hollian zum Schluß, »daß das Land die *Haruchai* so vergessen hat?«

»Ihr wißt nichts von uns«, äußerte der *Haruchai* namens Harn, »und wir wissen nichts von euch. Wir besaßen keine Kenntnis von euren Besitzgegenständen und hätten sie nicht gesucht, wäre uns nicht von na-Mhoram-In Memla enthüllt worden, daß man sie euch genommen hatte.«

Memla, dachte Covenant. *Ja.* Eine für sein Vorhaben erforderliche Einzelheit kam ihm zu Bewußtsein. »Brinn ...« Die Nacht schien sich um ihn zusammenzuziehen. Sunder und Hollian verschwammen vor seinen Augen. »Mach sie ausfindig. Sag ihr, was wir brauchen.«

»Ihr?« fragte Brinn wie aus weiter Ferne zurück. »Was ist's, das wir brauchen?«

Erst als er Brinns Rückfrage verstanden hatte, erkannte Covenant, daß er die Besinnung zu verlieren drohte. Er hatte zuviel Blut verloren. Die Finsternis, die ihn auf allen Seiten belauerte, war drauf und dran, sich zu einem Schwindelgefühl zu verstärken. Es verlangte ihn danach, sich einfach hinsacken zu lassen, aber er hielt sich mit stummen Verwünschungen auf den Beinen, bis er wieder den Kopf heben, die Augen offenhalten konnte. »Memla«, sagte er schwerfällig. »Richte ihr aus, wir brauchen Landläufer.«

»Ja, Ur-Lord.« Brinn rührte sich nicht vom Fleck. Aber zwei oder drei andere *Haruchai* entfernten sich vom Feuer und liefen mühelos hinauf zum Wachturm der Feste. Irgendwer drückte Covenant eine Schale mit *Metheglin* in die Hände. Er trank, darum bemüht, seine Sicht zu klären, so gut es möglich war, und als er aufschaute, fiel sein Blick auf Hohl. Der Dämondim-Sproß stand mit leicht angewinkelten Armen da, wie in Bereitschaft zu Taten, die niemand voraussehen konnte. Seine schwarzen Augen starrten ins Nichts; das unholdhafte Grinsen war aus seinem Gesicht gewichen. Aber nach wie vor trug er die eisernen Schienen vom Stab des Gesetzes, eine am rechten Handgelenk, eine um den linken Fußknöchel. Die Verbrennung, die er vor zwei Nächten erlitten hatte, war fast geheilt. *Ganz wie jemand, der dem Bann der Sonnengefolgschaft* … War es das? Besaß die Sonnengefolgschaft die Verantwortung für Hohls Existenz? Standen Urböse im Dienst der Gefolgschaft? Wie weit erstreckte sich der Einfluß des na-Mhoram? Hohls Schwärze glich einer Widerspiegelung der Nacht. Wie hatte er Linden geweckt? Und *warum?* Covenant hätte gerne auf den Dämondim-Abkömmling eingeschimpft. Aber er hatte selber getötet – nicht nur ohne jede Kontrolle über sein Vorgehen, sondern auch ohne Zögern. Es mangelte ihm an Unbescholtenheit, um Hohls Zwecke anprangern zu können. Er hatte zuviel Blutschuld auf sich geladen.

Und zuwenig Blut in den Adern. Er konnte nicht mehr. Rings um ihn schien die Helligkeit des Feuers nachzulassen. Er hatte so wenig Zeit zur Verfügung …

Hört zu! wollte er sagen. *Wir werden folgendes tun.* Aber seine Stimme erzeugte keinen Laut. Seine Hand tastete nach Brinns Schulter. *Hilf mir! Ich muß durchhalten. Noch etwas länger.*

»Covenant.« Lindens Stimme scheuchte ihn unversehens wieder auf. Linden stand vor ihm. Irgendwie hatte sie ihre innere Abschlaffung überwunden. Ihre Augen ruhten auf ihm. »Mir ist, als hätte ich gesehen, daß ...« Sie betrachtete das wirre Gestrüpp seines Bartes, als hätte es sie vorhin daran gehindert, ihn wiederzuerkennen. Dann fiel ihr Blick auf die breiten roten Narben an seinen Handgelenken. Ein scharfer Keuchlaut kam durch ihre Zähne. Unverzüglich packte sie seine Unterarme, hielt sie in den Feuerschein. »Ich habe recht gehabt. Du hast Blut verloren. Sehr viel.« Ihre medizinische Ausbildung errang in ihr die Oberhand. Sie musterte ihn, schätzte mit Augen und Händen seine Verfassung ein. »Du benötigst eine Bluttransfusion.« Im nächsten Moment bemerkte sie, wie frisch die Narben waren; ihr Blick ruckte hoch in sein Gesicht. »Was haben sie dir angetan?« Zuerst wußte Covenant nicht zu antworten. Die Wahrsagung war eine zu umfangreiche, zu vielschichtige Sache gewesen; er fühlte sich nicht dazu in der Lage, Linden die Auskunft zu erteilen, die sie wünschte. Doch sie verstand sein Schweigen falsch. Abscheu verzerrte ihre Miene. »Hast du ...?«

Ihre Abgestoßenheit schreckte ihn aus seiner Lähmung. »Nein. Das nicht. Das ist mit mir gemacht worden. Es ist schon wieder in Ordnung.«

Ein Ausdruck von Erleichterung milderte Lindens Mienenspiel. Ihr Blick jedoch wich nicht von seinem Gesicht. Sie rang um Worte, während der innere Konflikt ihrer Emotionen ihr die Kehle zuschnürte. »Ich habe dich rufen gehört«, sagte sie schließlich mit heiserer Stimme. »Die Freiheit war so nah.« Ihr Blick verlor den Fokus, wandte sich nach innen. »Für eine Weile hätte ich meine Seele dafür hingegeben, dich noch einmal rufen hören zu können.« Erinnerungen zwangen sie jedoch dazu, wieder in die Außenwelt zu flüchten. »Erzähl mir …« Sie bemühte sich um Ernst, als wäre Selbstdisziplin für sie von erheblicher Wichtigkeit. »Erzähl mir, was passiert ist.«

Covenant schüttelte den Kopf. »Ich bin in Ordnung.« Was sollte er anderes sagen? »Gibbon wollte Blut. Ich hatte keine Chance, es ihm zu verweigern.« Er war sich dessen bewußt, daß es angebracht gewesen wäre, eine ausführliche Erklärung zu liefern, daß alle diese Menschen, die sich um ihn gesammelt hatten, ein Recht darauf besaßen zu erfahren, was ihm durch die Wahrsagung offenbart worden war; aber es fehlte ihm dafür schlichtweg an der Kraft.

»Des Ur-Lords Leben«, sagte Brinn ausdruckslos, als wolle er Covenant die Antwort ersparen, »war zum Zwecke der Wahrsagung verwirkt. Doch er hat sich selber mit wilder Magie geheilt.«

Daraufhin verdüsterten sich Lindens Augen. *Geheilt?* wiederholten ihre Lippen stumm. Ihr Blick senkte sich auf die alte Narbe hinter dem Schnitt in Covenants T-Shirt. Die wiedergewonnene Entschiedenheit, die sie aus ihrer Versenkung zurückgeholt hatte, zerbröckelte anscheinend von neuem. Verlusterlebnisse spiegelten sich in ihren Augen wider, die Covenant nicht einmal in Ansätzen nachzuvollziehen vermochte. Sie wandte sich ab, ihr Gesicht der Nacht zu. »Dann brauchst du mich nicht.«

Hollian hob ihr die Hände entgegen. Wie ein Kind schlang Linden die Arme um Hollians Hals und preßte das Gesicht an die Schulter der Sonnenseherin. Covenant reagierte nicht. Nur der innere Druck seines Zorns und Grams bildeten noch ein Hindernis zwischen ihm und der Finsternis. Er konnte nichts mehr tun, ohne gleich zusammenbrechen zu müssen. *Was hat der Halunke mit dir angestellt?*

»Ur-Lord«, sagte Brinn, »wir dürfen nicht länger säumen.

Der na-Mhoram lebt. Gewiß wird die Sonnengefolgschaft alsbald Maßnahmen wider uns ergreifen.«

»Ich weiß.« *Linden!* jammerte sinnlos Covenants Herz, und heiße Ströme des Selbstvorwurfs rannen ihm aus den Augen; aber seine Stimme zeichnete sich durch eherne Härte aus. »Wir brechen auf, sobald Memla da ist.« Er bezweifelte nicht, daß Memla sich einfinden würde. Sie hatte keine Wahl; sie war bereits für ihn an der Sonnengefolgschaft zur Verräterin geworden. Schon wieder hatten zu viele Menschen zuviel für ihn getan.

»Das ist gut«, antwortete Brinn. »Wohin werden wir gehen?«

Covenant zögerte nicht. Er fühlte sich dessen, was er zu tun hatte, völlig sicher. Seine Toten hatten ihn in Andelain darauf vorbereitet. »Den Einholzbaum suchen. Ich will einen neuen Stab des Gesetzes anfertigen.«

Schlagartig verfielen alle, die ihn hörten, in vollkommenes Schweigen. Unverständnis verdunkelte Hollians Miene. Sunder legte die Stirn in Falten, als wolle er etwas sagen, fände aber nicht die geeigneten Worte. Die Gruppe von Steinhausenern und Holzheimern blieb gänzlich still und reglos. Hohl zeigte keine Spur von Interesse. Die Augen der *Haruchai* dagegen glänzten.

»Die alten Erzähler«, sagte Brinn bedächtig, »überliefern uns, daß die Lords schon zu Lebzeiten Kevins die Sage vom Einholzbaum kannten, aus dem der Stab des Gesetzes gemacht worden sein sollte. Ur-Lord Covenant, du hast ein kühnes Vorhaben ins Auge gefaßt. Du wirst Begleiter aus unseren Reihen haben. Doch wie gedenkst du den Einholzbaum zu finden? Wir besitzen von ihm keinerlei Kenntnis.«

Keinerlei Kenntnis, wiederholte Covenant bei sich mit äußerster Mattigkeit. So etwas hatte er vermutet. Im Süden des Landes lagen die Südlichen Einöden. Der lange Winter im Norden machte, so hieß es, die Nordlandhöhen unüberwindbar. Und im Westen, wo die *Haruchai* lebten, hatte man vom Einholzbaum keine Ahnung. Er glaubte Brinns Angaben. Wäre Berek nach Westen gezogen, um den Einholzbaum zu finden, wäre er Brinns Volk bestimmt begegnet. »Ich auch nicht«, antwortete Covenant mit einiger Mühe. »Aber wir werden nach Osten gehen. Zum Meer.« Vom Meer waren die Riesen gekommen. »Um uns der Sonnengefolgschaft zu entziehen. Danach … Ich weiß noch nicht, was wir danach machen.«

Brinn nickte. »Deine Absicht ist gutzuheißen. Die *Haruchai* werden folgendes tun. Cail, Stell, Ceer, Harn, Hergrom und ich werden dich auf deiner Suche begleiten, um dich und deine Gefährten zu schützen. Zweimal zwanzig senden wir zurück zu unserem Volk, um ihm von den Kenntnissen, die wir erlangt haben, Kunde zu geben.« Er sprach in leicht schärferem Tonfall weiter. »Und damit es über die Antwort beraten kann, die du auf die Sonnengefolgschaft zu erteilen gedenkst. Die übrigen *Haruchai* werden diese Steinhausener und Holzheimer in ihre Heimatorte geleiten, falls ein solches Geleit gewünscht wird.« Die Gesichter der neun befreiten Einwohner des Landes drückten unverzüglich die vollständigste Bereitschaft aus, Brinns Angebot anzunehmen. »Ebenso sprechen die alten Erzähler«, beschloß Brinn seine Äußerungen, »viel von den Riesen, von ihrer Treue und ihrem Gelächter, und auch von ihrem Sterben. Mit Freuden werden wir ihre Heimat und das Meer schauen, welches sie so liebten.«

Jetzt, sagte sich Covenant. Wenn er wirklich vorhatte, die *Haruchai* abzuwimmeln, dem zu entgehen, sich nach viertausend Jahren erneut auf sie stützen und gleichzeitig für sie verantwortlich sein zu müssen, dann war dies der richtige Zeitpunkt, um seine Ablehnung vorzutragen. Doch er konnte es nicht. Er war nicht einmal noch dazu imstande, ohne Brinns Beistand auf den Beinen zu bleiben. *Ist es nicht schlimm genug,* stöhnte er insgeheim, *daß ich es bin, der dem Stab des Gesetzes die Vernichtung gebracht hat? Daß ich dem Sonnenübel Tür und Tor geöffnet habe? Muß ich das nun auch noch ertragen?* Aber er brauchte die *Haruchai* und konnte daran nichts ändern.

Einen Moment lang schien die Nacht um ihn zu kreiseln; da jedoch fühlte er Hände seine Brust berühren und sah vor sich Sunder stehen. Der Steinmeister hielt das Kinn hocherhoben, entblößte seinen wunden Hals, als habe er sich mit dieser Verletzung das Recht auf Antworten erwirkt. Seine Augen reflektierten den Feuerschein wie eine Widerspiegelung seines zerrissenen Seelenlebens. »Covenant«, sagte er mit gepreßter Stimme, indem er den Namen statt des Titels ›Ur-Lord‹ verwendete, als läge ihm daran, durch Ehrfurcht, Macht und Führerschaft zu dem Mann dahinter vorzustoßen, »ich bin in deinem Namen weithin mit dir durchs Land gezogen, und ich werde mit dir weiterziehen. Doch in mir ist große Furcht. Die Sonnenseherin hat uns eine Sonne der Seuchen vorausgesagt – nach nur zwei Tagen einer Sonne des Regens. Als du uns befreit hast, ist der Sonnengefolgschaft gewaltiger Schaden erwachsen. Und nun beschleunigt sich das Sonnenübel. Vielleicht hast du ein solches Unheil angerichtet, daß die Gefolgschaft das Sonnenübel nicht länger mäßigen kann. Es mag sein, daß du furchtbare Gefahr über das Land gebracht hast.«

Covenant hörte Sunders persönliche Betroffenheit aus seiner Stimme; doch für ein Weilchen fehlte es ihm an der Fassungskraft, um eine Antwort geben zu können. Sunders Zweifel schmerzten, schwächten ihn. In seinen Adern war kein Leben mehr, und seine Muskeln konnten ihn nicht länger aufrechthalten. Selbst die Wärme des *Krill* unter seinem Gürtel war mittlerweile in seinem allgemeinen Empfinden aufgegangen. Aber Sunder war sein Freund. Der Steinmeister hatte bereits zuviel für ihn geopfert. Covenant suchte im Gewirr seiner Unzulänglichkeit und Zerbrechlichkeit und gab die erste Antwort, die er fand. »Der na-Mhoram ist ein Wütrich. Wie Marid.«

Damit jedoch stellte er Sunder nicht zufrieden. »Das hat Linden Avery auch gesagt. Doch die Sonnengefolgschaft hat das Sonnenübel zum Wohle des Landes beeinflußt, und nun ist dieser Einfluß geschwächt worden.«

»Nein.« Irgendwo in seinem Innern entdeckte Covenant nochmals ein Moment der Kraft. »Die Gefolgschaft hat nie etwas getan, um das Sonnenübel zu bändigen. Sie hat es benutzt, um dem Land zu schaden, hat das Sonnenübel mit Blut genährt. Die Sonnengefolgschaft dient seit Jahrhunderten Lord Foul.«

Sunder starrte ihn an; Unglaube verzerrte sein Gesicht wie Schmerz. Covenants Behauptung verstieß gegen alles, was er je geglaubt hatte. »Covenant …!« Bestürzung entstellte seine Stimme. Seine Hände vollführten flehentliche Gesten. »Wie kann das die Wahrheit sein? Das ist zuviel. Woher soll ich wissen, daß das die Wahrheit ist?«

»Weil ich sage, daß es wahr ist.« Die Aufwallung von Kraft verging und ließ Covenant todmüde zurück. »Ich habe für die Wahrsagung mit meinem Blut bezahlt. Und ich war schon einmal vor viertausend Jahren hier. Als das Land noch gesund war. Was die Gefolgschaft lehrt, ist bloß etwas, das sie ausgeheckt hat, um all das Blutvergießen zu rechtfertigen.« Ein entlegener Teil seines Innern sah, was er tat, und protestierte dagegen. Er setzte sich selbst mit der Wahrheit gleich, übernahm dafür die Verantwortung. Sicherlich konnte kein Mensch ein derartiges Versprechen einhalten. Hile Troy hatte es versucht – und infolgedessen seine Seele an den Forsthüter der Würgerkluft verloren.

»Und warum …« Sunder rang um Verständnis. Seine Gesichtszüge zeigten Entsetzen über die Bedeutung dessen, was

Covenant offenbart hatte, ein Entsetzen, das sich zusehends in Zorn verwandelte. »Und warum kämpfst du dann nicht? Weshalb bringst du keine Vernichtung über die Sonnengefolgschaft, wenn sie ein solches Greuel ist, und bereitest dem Übel ein Ende?«

Covenant sank gegen Brinn. »Ich bin zu schwach.« Er hörte kaum noch die eigene Stimme. »Und ich habe wieder getötet …« Zuckungen der Pein verzerrten seine Miene. Einundzwanzig Menschen! »Ich hatte geschworen, nie wieder zu töten.« Doch um Sunders willen unternahm er eine weitere Anstrengung, dem Ausdruck zu verleihen, was er glaubte. »Ich will nicht mehr gegen sie kämpfen, bevor ich aufgehört habe, sie zu hassen.«

Bedächtig nickte der Steinmeister. Das Knattern des Feuers schwoll in Covenants Ohren zu einem Brausen an. Während eines kurzen Moments der Benommenheit hielt er Sunder für Nassic. Nassic mit jungen, geistesklaren Augen. Auch der Steinmeister war zu Dingen fähig, die Covenant demütigten.

Ringsherum herrschte Geschäftigkeit. Menschen machten sich zum Aufbruch fertig. Sie entboten Covenant ihren Gruß; aber seine Entkräftung gestattete ihm keine Reaktion. Eskortiert von rund zwanzig *Haruchai*, verließen sie die Vorhügel. Er schaute ihnen nicht nach. Er befand sich am Rande der Besinnungslosigkeit und mußte ums Durchhalten und Überdauern ringen. Eine Zeitlang schien er in den warmen Luftschwallen des Feuers dahinzutreiben. Da plötzlich merkte er, wie Brinns Arme ihn drehten, ihn behutsam rüttelten. Er riß die Augen weit auf, zwang seine Lider über die Müdigkeit und Aufgerauhtheit seines Blicks aufwärts und sah Memla.

Sie stand voller Grimm vor Covenant. Ihre Kasel war fort, und die Robe war stellenweise versengt. Das vom Altern angegraute Haar hing ihr zerzaust auf die Schultern. Brandblasen verunstalteten ihre rechte Wange; ihr grobes Gesicht war fleckig. Aber ihre Augen bezeugten Zorn, und sie hielt ihren *Rukh* bereit. Hinter ihr hatten sich fünf riesige Landläufer der Sonnengefolgschaft niedergelassen. Brinn nickte zu ihr hinüber. »Na-Mhoram-In Memla«, sagte er tonlos, »der Ur-Lord hat auf dich gewartet.«

Memla ging mit einer Geste auf Brinns Äußerung ein, ohne den Blick von Covenant zu wenden. Ihre barsche Stimme brachte ihren Zorn ebenso zum Ausdruck, wie sie ihn mäßigte. »Ich kann mit Lügen nicht leben. Ich werde dich begleiten.« Covenant fand keine Worte. Stumm drückte er die rechte Hand auf sein Herz, wandte dann die Handfläche Memla zu. »Ich habe Landläufer gebracht«, sagte sie. »Sie standen unter ungenügender Bewachung, wenngleich sie genügte, um mir Schwierigkeiten zu bereiten. Nur fünf konnte ich gegen den Widerstand etlicher na-Mhoram-Cro aus der Feste führen.« Die Tiere waren mit Vorräten beladen. »Sie heißen Din, Clang, Clangor, Annoy und Clash.« Covenant nickte. Sein Kopf wackelte schwächlich weiter, als wären die Muskeln an seinem Hals völlig erschlafft. Memla sah ihn eindringlich an. »Doch eine Sache ist zwischen uns noch offen. Mit meinem *Rukh* kann ich mich des Sonnenfeuers bedienen, um uns den Weg durchs Land zu erleichtern. Das vermag die Gefolgschaft nicht zu verhindern. Andererseits allerdings kann ich nichts dagegen tun, daß sie ersieht, wo ich mich befinde und was ich betreibe, solange ich meinen *Rukh* habe. Halbhand …« Ihr Tonfall nahm einen Unterton von Flehentlichkeit an. »Ich möchte nicht das einzige Machtmittel aufgeben, über das ich verfüge.«

Ihre Ehrlichkeit und ihr Mut verlangten eine Antwort. »Behalte den *Rukh*«, erwiderte Covenant mit einer Anstrengung, die sein Blickfeld verschwimmen ließ und seinen Kopf ins Trudeln zu bringen schien. »Ich gehe das Risiko ein.«

Sein Bescheid bewirkte, daß Memlas Miene vorübergehend weicher wirkte. »Als wir uns das erste Mal begegnet sind«, sagte sie, »war das Mißtrauen gerechtfertigt, das du mir entgegengebracht hast, obgleich ich's nicht wußte. Aber Vertrauen ist besser als Argwohn.« Dann jedoch straffte sie sich, zeigte plötzlich wieder ihre gewohnte Schroffheit. »Doch wir müssen aufbrechen. Gibbon hat die Gefolgschaft ums Sonnenfeuer versammelt. Während wir säumen, erhebt sie den *Zorn* wider uns.«

Den *Zorn!* Covenant vermochte dem Emporschießen seines Schreckens nicht zu widerstehen. Es gab ihm den Rest, und er fiel wie lebloser Stein in eine Finsternis. Und als er fiel, vernahm er von Schwelgenstein her ein schaurig-kaltes Gellen – eine Art von Schrei, der klang wie ein Ächzen der großen Festung selbst, eine Verheißung von Verlust und Blut. Oder vielleicht ertönte das Heulen in seinem eigenen Innern.

21
Sendung

Irgendwann im Laufe der Nacht kam Covenant fast wieder zu Bewußtsein. Er schaukelte auf dem Rücken eines Landläufers. Arme hielten ihn hinterrücks umschlungen, die Fäuste auf seiner Brust ineinandergeschlossen. Sie stützten ihn mit der Zuverlässigkeit von Stein. Die Arme eines *Haruchai*.

»Bist du nicht eine Heilerin?« meinte jemand mit gepreßter Stimme. »Du mußt ihm Beistand erweisen.«

»Nein.« Lindens Erwiderung fiel leise und schwach aus, aber verriet restlose Entschiedenheit. Sie veranlaßte Covenant zu einem Stöhnen tief in seiner Kehle. Das Wabern eines *Rukh*-Feuers stach ihm in die Augen. Sobald er die Lider fest schloß, schwand ihm die Besinnung von neuem.

Als er das nächste Mal aufblickte, sah er durchs Laubwerk des monströsen Dschungels Bruchstücke der grauen Morgendämmerung. Der Lichtstreif der Morgenfrühe erstreckte sich direkt vor ihm über den Himmel. Covenant saß auf Din, Memla vor ihm, hinter ihm Brinn. Ein anderer Landläufer, auf seinem Rücken Ceer und Hergrom, stapfte auf dem Pfad voraus, den Memla mittels ihres *Rukh* schuf. Die übrigen Tiere und Covenants andere Begleiter folgten Din. Während sich Covenant bemühte, vollends wach zu werden, mündete Memlas Pfad auf ein Stück relativ freien Untergrunds im Schatten eines maßlos emporgewucherten Rhododendrons. Dort machten die Tiere halt. »Bleibt aufgesessen«, rief Memla über die Schulter. »Die Landläufer gewähren gegen das Sonnenübel Schutz.«

»Dann ist's also wahr …«, hörte Covenant weiter hinten Sunder murmeln.

Hergrom jedoch sprang auf die Erde, begann von Ceer Proviant entgegenzunehmen. »Die *Haruchai*«, erklärte Brinn, »bedürfen keines solchen Schutzes.«

Sie sind immun? wunderte Covenant sich matt. *Ja, natürlich.* Wie hätten sonst so viele von ihnen unbeeinträchtigt Schwelgenstein erreichen können?

Da begann die Sonne aufzugehen, sandte karminrote Strahlen des Elends durch die Vegetation. Erneut hatte die Sonnenseherin die Art des Sonnenübels richtig vorausgesagt. Sobald die ersten Sonnenstrahlen den Erdboden berührt hatten, hieß Memla die Landläufer niederknien; sie hatte sämtliche Tiere voll in ihrer Gewalt. Die Reiter stiegen ab. Covenant schüttelte Brinns hilfreiche Hand ab und versuchte, aus eigener Kraft auf den Beinen zu bleiben. Er stellte fest, es war ihm möglich. Er fühlte sich so ausgelaugt und schwach wie ein Invalide, aber zumindest vermochten die Muskeln nunmehr wieder sein Körpergewicht selbst zu tragen. Unsicher drehte er sich um, spähte durch die im Weichen begriffene Nacht westwärts, um zu schauen, ob sich bereits Anzeichen für den *Zorn* des na-Mhoram erkennen ließen. Der Horizont machte einen gänzlich klaren Eindruck.

Nahebei waren Sunder und Stell von einem, Hollian und Harn von einem anderen Landläufer geklettert. Cail half Linden gerade vom fünften Tier. Covenant ging in all seiner Gebrechlichkeit und Sorge zu ihr; doch sie mied ihn mit ihrem Blick, verbiß sich in ihre Einsamkeit, als wären selbst die Nerven in ihren Augen, wäre sogar das Mark ihrer Knochen über jedes verkraftbare Maß hinaus erniedrigt worden. Er ließ sie in Ruhe. Er wußte nicht, was er tun sollte, und hätte er es gewußt, er wäre zu schlaff gewesen, um es zu tun.

Während die *Haruchai* eine Mahlzeit vorbereiteten – Dörrfleisch, Brot, Obst und *Metheglin* –, holte Memla aus einem ihrer Vorratssäcke einen großen Lederschlauch mit destilliertem *Voure,* dem scharfen Saft, den Covenants Freunde bei anderer Gelegenheit benutzt hatten, um unter der Sonne der Seuchen Insekten fernzuhalten. Sorgfältig rieb Memla ihre Begleiter allesamt ein, nur Hohl nicht. Covenant nickte, als er die Auslassung bemerkte. Vielleicht konnte *Rukh*-Feuer dem Dämondim-Abkömmling etwas anhaben. Das Sonnenübel war dazu nicht imstande.

Covenant aß langsam und ausgiebig, führte seinem ausgemergelten Körper neue Kräfte zu. Doch ständig hatte er ein Gefühl, als dräue ihm von Westen her etwas, und litt unter Anspannung. Er hatte die Trümmer von Steinhausen Bestand gesehen und daher einen Begriff davon, was ein *Zorn* ausrichten konnte. Mit einiger Mühe fand er seine Stimme wieder und fragte Memla, wieviel Zeit es brauche, um einen *Zorn* zu erzeugen.

Memla war unübersehbar nervös. »Das ist ungewiß«, gab sie gedämpft Auskunft. »Seine Stärke und Reichweite müssen berücksichtigt werden.« Ihr Blick streifte Covenants Gesicht, hinterließ auf seiner Wange fast so etwas wie einen fühlbaren Abdruck von Beklommenheit. »Ich spüre ihr Treiben. Hiermit.« Ihre Fäuste umklammerten den *Rukh* fester. »Der *Zorn* wird sehr stark sein.«

Sehr stark, wiederholte Covenant bei sich. Und er war so schwach. Er drückte seine Hände gegen den *Krill* und versuchte, ruhig zu bleiben.

Wenig später bestieg man wieder die Rücken der Landläufer. Memla zapfte erneut das Sonnenfeuer an, um für die riesigen Landläufer einen Weg durch den Urwald zu bahnen. Wieder ritten Hergrom und Ceer auf ihrem Tier voran – auf Annoy, wie Memla es genannt hatte; die Namen der Tiere waren ihr anscheinend wichtig, als habe sie sie auf ihre barsche Weise lieb –, gefolgt von Covenant, Brinn und Memla auf Din, Cail und Linden auf Clash, Sunder und Stell auf Clang sowie Harn und Hollian auf Clangor. Hohl machte den Schluß, als würden die Landläufer ihn willenlos mitziehen.

Im Verlauf des Tages nickte Covenant noch mehrmals ein. Er war allzusehr erschöpft und konnte schlichtweg nicht wachbleiben. Jedesmal wenn man zum Essen, Trinken und Ausruhen eine Rast einlegte, nahm er an Stärkung zu sich, was man ihm reichte, und er bemühte sich darum, sich so gut wie möglich zu erholen. Aber zwischen den Pausen lullte das Geschaukel von Dins Rücken ihn immer wieder ein, so daß er in einem Auf- und Abwogen von Traum, Furcht und Insekten dahinritt, seine Besinnung sich nicht festigen konnte. Während der Phasen des Wachseins merkte er an der Verkrampftheit von Memlas Rücken, daß sie am liebsten nur immer weiter geflohen wäre, ohne jemals anzuhalten. Auch sie kannte sich nur zu gut damit aus, was ein *Zorn* anzurichten vermochte. Doch gegen Abend ließ ihr Durchhaltevermögen nach. Unter dem Blätterdach eines gigantischen Güldenblattbaums veranlaßte sie, sich für die Nacht zu lagern.

Am Anfang, als man ein Feuer entfachte, summte und surrte die Luft von Fluginsekten aller Art; und im Blattwerk und Geäst des Baums wimmelte es von Getier, das kroch und bohrte. Aber die Menschen waren durch den *Voure* hinreichend geschützt. Und mit der Zeit, indem sich die abendliche Dämmerung zwischen die Vegetation senkte, der Effekt des Sonnenübels sich abschwächte, verschwanden die Insekten. Ihr gereiztes Gezirpe verstummte, als sie sich zum Schlafen oder zum Zwecke nächtlicher Vermehrung in ihre Schlupfwinkel zurückzogen. Memla kauerte sich mit müden Gliedmaßen ans Feuer, überließ die Landläufer sich selbst und den *Haruchai* die Aufgabe, für alles andere zu sorgen.

Sunder und Hollian wirkten so müde, als hätten sie tagelang nicht geschlafen, aber sie waren beide zäh und besaßen noch ungenutzte Kraftreserven. Obwohl sie den *Zorn* kannten –

zumindest gerüchteweise von ihm gehört hatten –, überwog vorerst ihre Erleichterung, aus Schwelgenstein entkommen zu sein, ihre Besorgnis. Sie standen stets beisammen, handelten zusammen, als wären sie durch den gemeinsamen Aufenthalt im Kerker zu einander eng vertrauten Menschen geworden. Anscheinend bezog Sunder aus der Gegenwart der Sonnenseherin einen gewissen Trost, eine Linderung seiner alten inneren Konflikte; ihre Jugend und ihr noch unzermürbtes Selbstwertgefühl waren eine Art von Balsam für den Steinmeister, der das Blut seiner Ehefrau und seines Sohnes vergossen und seinen Heimatort verraten hatte, um Covenant beizustehen. Und andererseits fand Hollian Mut und Unterstützung in Sunders verbissener Unbeugsamkeit, seinem entschlossenen Ringen um Überzeugungen. Beide hatten so vieles verloren; der Gedanke, daß sie sich wechselseitig Trost spenden konnten, erleichterte Covenant. Er hätte ihnen keinen Trost geben können.

Doch die Freundschaft der beiden stellte in seinen Augen Lindens Einsamkeit nur um so deutlicher heraus. Der Wütrich hatte irgend etwas mit ihr gemacht. Und Covenant, der mit derlei Angelegenheiten schon seine Erfahrungen gesammelt hatte, fürchtete sich sowohl davor zu erfahren, was es war, wie auch davor, was daraus entstehen mochte, sollte er es nicht herausfinden. Als er sein Mahl beendete, gelangte er ans Ende seiner Bereitschaft, im unklaren zu bleiben. Er saß nahe beim Feuer. Memla hockte, halb eingedöst, an seiner einen Seite; auf der anderen Seite saßen Sunder und Hollian. Vier *Haruchai* standen in einigem Abstand vom Baum Wache. Brinn und Cail streiften unablässig durch den Umkreis des Güldenblatts, achteten auf etwaige Gefahren. Hohl stand am Rande des Feuerscheins wie die verkörperte Wesenheit aller schwarzen Mysterien. Und in ihrer Mitte hockte Linden, völlig in sich selbst zurückgezogen, die Arme um die Knie geschlungen, den

Blick in die Flammen gerichtet, als wäre sie eine gänzlich Fremde.

Covenant konnte diese Situation nicht länger ertragen. Er hatte auf sie soviel Hoffnung gesetzt und wußte doch so wenig von ihr; er mußte wissen, weshalb sie sich dermaßen fürchtete. Aber er hatte keinerlei Ahnung, wie er an sie herangehen sollte. Ihre inwendige Wunde machte sie unnahbar. So begann er damit, indem er um seiner selbst und ebenso um seiner Gefährten willen sich räusperte und anfing, seine Geschichte zu erzählen.

Er ließ nichts aus. Er erzählte alles, von Andelain und den Toten bis zu den Ereignissen im Holzheim Steinmacht, von Hohls Gewalttätigkeit bis zu seinem Aufenthalt in Hamakos *Rhysh,* von seinem Gewaltmarsch durch die Mittlandebenen bis dahin, daß sich Memla die ganze Verlogenheit der Sonnengefolgschaft enthüllte. Und er schilderte, soweit es ihm möglich war, auch die Wahrsagung. Es wollte ihm nicht gelingen, die Hände ruhig zu halten, während er sprach; so viele von diesen Erinnerungen brachten ihn dazu, sich zu winden. Er zupfte an seinem Bart, knetete seine Finger, schloß die Linke um den Ehering zur Faust, erzählte unterdessen seinen Gefährten, was er erlebt hatte.

Inzwischen verstand er, warum der Wütrich bereit gewesen war, ihm im Rahmen der Wahrsagung die tatsächliche Historie des Landes zu zeigen. Lord Foul wünschte, daß er die Fesseln des Handelns und dessen Konsequenzen erkannte, die ihn, Covenant, an seine Schuldhaftigkeit banden, er wollte, daß sich Covenant die Verantwortung dafür aufbürdete, daß der Stab des Gesetzes vernichtet worden war, sich die Schuld am Sonnenübel beimaß, die Schuld an jedem einzelnen Opfer, das die Sonnengefolgschaft darbrachte. Das wollte er, damit Covenant bis über den Hals in Schuldgefühlen schwamm, letztendlich in Verzweiflung und Selbstabscheu seinen Ring herausgab. Das war es, worauf Lord Foul, der Leprotiker verlachte, es abgesehen hatte. *Zu guter Letzt wirst du nur noch eine Wahl haben.* In diesem Zusammenhang ergab das Gift in Covenants Körper einen Sinn. Es verlieh ihm Macht, über die er keine Kontrolle ausüben konnte. Macht zum Töten. Schuld. Die Prophezeiung seines Untergangs zählte zu jener Art von Prophezeiungen, die sich im Selbstlauf erfüllen sollte. Auch das erklärte Covenant, und er hoffte, Linden würde den Blick heben, ihn ansehen, zu verstehen versuchen. Aber sie tat es nicht. Ihr Mund verzog sich zu einem Ausdruck unerbittlicher Strenge; doch sie bewahrte ihre einsame Zurückhaltung. Nicht einmal, als er näher erläuterte, wie seine Toten in Andelain in ihm den Keim zu seinem Entschluß gepflanzt hatten, sich auf die Suche nach dem Einholzbaum zu machen, um einen neuen Stab des Gesetzes anfertigen und gegen Lord Foul und das Sonnenübel ohne Verleugnung seiner Prinzipien kämpfen zu können, reagierte sie irgendwie. Schließlich verstummte Covenant, weil es ihm an weiteren Worten fehlte.

Eine Zeitlang schwiegen seine Gefährten mit ihm. Niemand stellte Fragen; allem Anschein nach mochten sie angesichts der Qualen, die er durchgestanden hatte, nicht genauer in ihn dringen. Zuletzt ergriff Sunder das Wort. Um Covenants Bericht zu ergänzen, erzählte er, was Linden, Hollian und ihm widerfahren war, nachdem Covenant Andelain aufgesucht hatte. Er berichtete von Santonin und der Steinmacht, beschrieb den Bann, mit dem der Gefolgsmann sie belegt hatte, schilderte seinen und Hollians Versuch, Gibbon einzureden, Covenant sei tot oder verschollen. Darüber hinaus jedoch hatte er wenig zu erzählen. Man hatte ihn in eine Zelle mit wenig Nahrung und Wasser und noch weniger Hoffnung geworfen. Hollians Schicksal war gleichartig gewesen. Beide hatten den Tumult vernommen, der entstand, als Covenant das erste Mal in den Kerker eindrang, sonst aber nichts.

Daraufhin dachte Covenant, Linden werde bestimmt etwas sagen, ihren Teil beitragen, um die Darstellung der Vorgänge zu vervollständigen. Doch sie tat nichts dergleichen. Sie verbarg das Gesicht an ihren Knien und saß zusammengekauert da, als erwehre sie sich der Erinnerung an eine Auspeitschung.

»Linden.« Wie sollte er sie sich selbst überlassen können? Er mußte die Wahrheit von ihr erfahren. »Nun weißt du, wie Kevin Landschmeißer zumute gewesen sein muß.« Kevin Landschmeißer, der letzte aus Bereks Geschlecht. *Ich glaube nicht an das Böse,* hatte Linden gesagt. Kevin hatte ebenfalls versucht, nicht daran zu glauben. Unbeabsichtigt war er dem Land in den Rücken gefallen, weil es ihm nicht gelungen war, Lord Fouls wahre Natur rechtzeitig zu durchschauen, und auf diese Weise hatte er dem Verächter den Weg zum Sieg frei gemacht. Und er selbst verfiel dadurch der Verzweiflung. Aufgrund dessen, was er getan hatte, forderte er den Verächter zum Ritual der Schändung heraus, in der Hoffnung, indem er das Land verwüstete, auch Lord Foul vernichten zu können. Auch darin jedoch hatte er einen Mißerfolg erlitten. Er zertrümmerte das Land, das er liebte, und verlor den Stab des Gesetzes; Lord Foul jedoch überdauerte. All das erzählte Covenant. »Verstehst du?« meinte er eindringlich, um sich endlich bei Linden Gehör zu verschaffen. »Verzweiflung ist keine Lösung. Sie ist es, wovon Foul lebt. Was dir auch geschehen ist, es darf mit dir nicht so weitergehen.« *Linden, hör auf mich!* Aber sie beachtete ihn nicht; ihr ließ sich nicht einmal anmerken, ob sie ihn überhaupt hörte. Hätte Covenant nicht die Schatten der Pein gesehen, die hinter ihren Augen wallten, er hätte zu glauben vermocht, sie wäre in die Bewußtlosigkeit zurückgesunken, in die Gibbon sie versetzt gehabt hatte. Sunder saß mürrisch dabei, als könne er sich zwischen dem für Linden empfundenen Mitgefühl und seinem Verständnis für Covenant nicht recht entscheiden. In Hollians dunklen Augen standen Tränen. Brinn und Cail beobachteten Covenants Bemühungen, als stünden sie für Hohls Gleichgültigkeit Modell. Keiner von ihnen bot Covenant irgendeine Unterstützung an. Schließlich versuchte er es anders. »Linden, schau Hohl an.« *Linden!* »Sag mir, was du siehst.« Sie reagierte nicht. »Ich weiß nicht, ob ich ihm vertrauen darf oder mißtrauen muß. Mir fehlt deine Sicht. Du mußt mir sagen, was er ist.« Sie regte sich nicht. Aber ihre Schultern krampften sich zusammen, als schreie sie tief in ihrem Innern. »Der alte Mann.« Drangsal und Furcht verliehen Covenants Stimme einen erstickten Klang. »An der Haven Farm. Der Alte, dem du das Leben gerettet hast. ›Bleib getreu‹, hat er zu dir gesagt.«

Linden zuckte auf. Ihr Kopf ruckte hoch, sie blickte Covenant aus Augen an, die so voller Kränkung waren, als wäre sie mit ihrem gesamten Ich in all das geballte Elend ihrer Seele getaucht worden. Dann sprang sie auf die Füße, kochte vor Grimm wie Magma der Bitternis. »*Du!*« schrie sie. »Du redest ständig von der Schändung. Das alles ist dein Werk. Weshalb hast du dich für Joan verkaufen müssen? Warum mußtest du uns in diesen Schlamassel bringen? Ist das vielleicht *keine* Schande?!«

»Linden ...!« Ihre Leidenschaft bewog ihn ebenfalls zum Aufspringen; doch er konnte nicht die Hand nach ihr ausstrecken. Zwischen ihnen brannte das Feuer, als hätte sie es mit ihrer Wut selber entzündet.

»Natürlich findest du's nicht so. Du kannst nicht *sehen.* Du *weißt nichts.*« Ihre Hände krallten sich vor ihren Brüsten in die Luft, als wolle sie sich die Haut aufkratzen. »Du glaubst, es wäre von irgendeinem Nutzen, wenn du hier so eine verrückte Suche anleierst. Einen neuen Stab des Gesetzes machst.« Wüste Gehässigkeit brach aus Linden hervor. »Du spielst überhaupt keine Rolle, und du *weißt* es nicht mal!«

Covenant wiederholte ihren Namen. Sunder und Hollian

hatten sich gleichfalls erhoben. Memla hielt ihren *Rukh* in Bereitschaft, und Cail war nähergetreten, als spürten sowohl die Gefolgsfrau wie auch der *Haruchai*, daß Gewalt in der Luft lag. »Was hat Gibbon mit dir gemacht?« *Was hat der Lumpenhund mit dir angestellt?*

»Er hat gesagt, daß du nicht zählst!« Unvermittelt kam ein wilder Wortschwall in ihr zum Überlaufen, und sie schleuderte ihm die Worte entgegen, als wäre er der alleinige Urheber all ihres Unglücks. »Alles, was an dir interessiert, ist dein Ring. Alles andere liegt bei mir. ›Du bist besonders für dies Werk der Zerstörung auserwählt worden‹, hat Gibbon zu mir gesagt. ›Geschmiedet wirst du, wie man Eisen schmiedet, um die Vernichtung der Erde herbeizuführen.‹« Die Erinnerung daran dickte ihre Stimme ein, als geränne Blut. »Weil ich *sehen* kann. Dadurch will man mich dazu bringen zu tun, was man getan sehen will. Indem man mich mit dem quält, was ich sehe, fühle und höre. Du bringst mich dazu, genau das zu tun, was man getan haben möchte!« Im nächsten Augenblick endete ihr Ausbruch. Sie warf die Hände vors Gesicht, versuchte aus ihrer Wahrnehmung auszuschließen, was sie sah. Ihr Körper verkrampfte sich, als drohe sie in Zuckungen zu verfallen; durch ihre Zähne drang ein Stöhnen. Dann erschlaffte ihre Haltung. »Er hat mich berührt«, flüsterte sie in trostloser Verzweiflung. *Berührt ...?* Linden ließ ihre Hände sinken, Covenant all die Not in ihrer Miene sehen. »Covenant, du mußt mich aus dieser Sache rausbringen. Dorthin zurück, wo ich hingehöre. Wo mein Leben einen Sinn hat. Bevor man mich dazu zwingt, dich zu töten.«

»Ich weiß«, sagte Covenant, weil Linden eine Antwort haben mußte. »Auch das ist ein Grund, weshalb ich den Einholzbaum finden will.« Doch insgeheim fühlte er sich plötzlich wie verkrüppelt. *Du spielst überhaupt keine Rolle.* Er hatte in Linden ein solches Maß an Hoffnung gesetzt, auf die Möglichkeit, daß sie frei war von Lord Fouls Manipulationen; und nun war diese Hoffnung dahin. »Die Lords haben früher den Stab benutzt, um mich ins Land zu holen.« Mit einem Schlag war er um alles gebracht worden. »Ein neuer Stab des Gesetzes ist die einzige Methode, die ich weiß, wie wir in unsere Welt zurückkehren könnten.« Um alles außer den *Krill* und die eigene alte Hartnäckigkeit. *Besonders auserwählt* … Am liebsten hätte er sein Gesicht verhüllt; ihm war danach zumute, zu weinen wie ein Kind. *Hölle und Verdammnis!* Aber Lindens Blick haftete zu verzweifelt an ihm, sie versuchte, an ihn zu glauben. Sunder und Hollian hielten einander in den Armen, gepackt von einer Furcht, für die sie keinen Namen kannten. Memlas Haltung bezeugte eine rauhe Art von Mitgefühl, als wüßte sie, was es hieß, so abgetan zu werden. Nur die *Haruchai* wirkten ungerührt – die *Haruchai* und Hohl.

»Und dein Ring?« erkundigte sich Linden. Covenant entschloß sich zu völliger Offenheit.

»Ich habe über ihn keine Macht.«

Memlas Gesicht spiegelte auf einmal eine Regung solcher Entgeisterung wider, als habe er Schreckliches ausgesprochen. Er achtete nicht auf sie. Während sein Herz sich erbittert nach einem Auslebenkönnen seines Grams sehnte, als seien Tränen eine Verpflichtung, die er seiner Sterblichkeit schuldete und nicht begleichen konnte, streckte er seine Arme vor sich aus und unterzog sich vor den Augen sämtlicher Gefährten einer VBG. *Ah, du bist noch voller Trotz,* hatte Foul gehöhnt. *Ja, bei Gott,* dachte Covenant. *Voller Trotz.*

Mit charakteristischer gleichmütiger Bedächtigkeit reichte Brinn Covenant einen Schlauch mit *Metheglin.* Covenant hob ihn zwischen sich und seinen Freunden an den Mund, so daß sie sein Gesicht nicht sehen konnten, und trank ihn leer. Dann begab er sich in die Finsternis rings um den Güldenblattbaum und bediente sich der Nacht, um sich zu verbergen. Nach einem

Weilchen streckte er sich inmitten all dessen aus, was er verloren hatte, und schloß die Augen.

Brinn weckte ihn in der Morgendämmerung, sorgte dafür, daß er rechtzeitig vorm zweiten Aufgehen der Sonne der Seuchen auf den Füßen stand, so daß seine Stiefel ihn schützten. Seine Gefährten waren bereits aufgestanden. Sunder, Hollian und Memla hatten steinernen Untergrund aufgesucht; die *Haruchai* beschäftigten sich mit den Vorbereitungen für ein Morgenmahl; Linden blickte der nahen Helligkeit entgegen. Ihr Gesicht war wider die eigene Verletzlichkeit verschlossen; aber als sie Covenant bemerkte, nahmen ihre Augen düster von ihm Kenntnis. Nach der Auseinandersetzung des vorangegangenen Abends empfand er ihre Kenntnisnahme beinahe wie ein Lächeln. Covenant fühlte sich gekräftigt. Doch mit einer gewissen Erholung kehrte auch seine Furcht zurück. Der *Zorn* des na-Mhoram …

Memla erweckte den Eindruck, als habe sie diese Furcht während der ganzen Nacht nicht vergessen. Ihre gealterten Gesichtszüge waren von Anspannung zerfurcht, und ihre Hände, die den *Rukh* hielten, zitterten sichtlich. »Noch immer stärkt er ihn und gibt sich nicht zufrieden«, sagte sie gedämpft zur Antwort auf Covenants Blick. »Es wird ein *Zorn* werden, um unsere Seelen selbst zu zerreißen.« Für einen Moment ruhten ihre Augen auf Covenants Miene, als bedürfe sie der Ermutigung. Sofort jedoch wandte sie sich ruckartig ab, rief barsche Worte, um die Gefährten zur Eile zu ermahnen.

Binnen kurzem befand die kleine Truppe sich wieder unterwegs, ritt im Tempo eines flotten Handgalopps den Pfad entlang, den Memla mit Hilfe des Sonnenfeuers durch das Grün bahnte. Ihre Dringlichkeit und Covenants gespannte Sorge steckten die Steinhausener an, verfehlten nicht einmal auf Linden ihre Wirkung. Die Gefährten ritten stumm dahin, als spürten sie den *Zorn* bereits wie eine ihnen in den Rücken gedrückte Klinge.

Die Ausdehnung des Dschungels unter der Sonne der Seuchen gab Covenants Ahnung bevorstehenden Unheils zusätzlichen Auftrieb. Insekten umschwirrten ihn wie Manifestationen von Krankheiten. Jeder verkrüppelte Strauch und Busch schwärmte nur so von deformierten Insekten. Manche Bäume waren so stark belagert von Termiten, die wie Stränge von Adern an ihnen hinauf- und hinabeilten, daß sie geradezu leprös aussahen. Und der Geruch nach Fäulnis war mittlerweile sehr deutlich zu bemerken. Unter der Herrschaft des Sonnenübels taten Covenant die Eingeweide weh, und er rechnete halb damit, die Vegetation werde aufplatzen und zu eitern anfangen. Die Zeit schien sich dahinzuschleppen. Neue Schwäche kroch durch Covenants Muskeln. Als die Gefährten schließlich in die Wohltat des Sonnenuntergangs ritten, pochten Covenant der Nacken und die Schultern von der Anstrengung des ständigen Umdrehens und Ausschauens nach irgendwelchen Anzeichen für den *Zorn*. Schaudern durchlief das Mark seiner Knochen. Sobald Memla in einem nachgerade megalithischen Eukalyptushain einen Lagerplatz ausgesucht hatte, ließ sich Covenant vom Rücken des Reittiers auf den Erdboden rutschen und hoffte, auf dem Granit unter der Erde irgendwie einen festen, sicheren Stand finden zu können. Aber seine Füße und Hände waren zu gefühllos, um irgend etwas zu empfinden.

Ringsherum stiegen seine Begleiter ab. Nahezu unverzüglich ging Linden zu Hollian. Die Haut in Lindens Gesicht war bleich und straff, als wäre sie zu fest um ihren Schädel gespannt. Sie trat zielstrebig zu der Sonnenseherin, mußte dann jedoch um Worte ringen. »Die Insekten«, murmelte sie. »Der Geruch. Das ist noch schlimmer. Viel schlimmer als jede andere Sonne. Ich kann unmöglich alles aus meiner Wahrnehmung ausschließen.« Ihre Augen beobachteten die Art und

Weise, wie sich ihre Hände ineinander verklammerten, als wäre es nur diese Verklammerung, die sie vorm Zerbrechen bewahrte. »Ich kann nicht … Wie wird's morgen sein?«

Sunder hatte sich den beiden genähert. Als Linden verstummte, nickte er grimmig. »Niemals in meinem ganzen Leben bin ich während einer Sonne der Seuchen so wenig Harm begegnet.« Er sprach in hartem Ton. »Ich hatte nicht gewußt, daß die Mitglieder der Sonnengefolgschaft durchs Land ziehen und so unbeschadet von dem bleiben können, was allen Bewohnern des Landes Furcht und Abscheu einflößt. Und nun behauptet Ur-Lord Covenant, daß die Sonnengefolgschaft dank der Verstärkung des Sonnenübels derartig gefeit ist, nicht durch seine Schwächung.« Seine Stimme nahm einen düstereren Tonfall an, als er sich all der Menschen entsann, deren Blut er vergossen hatte. »Ich zweifle nicht an ihm. Doch auch mich verlangt's danach, daß morgen eine andere Sonne scheinen möge.«

Memla gab mit einem Achselzucken zu verstehen, daß ein solcher Wechsel an ihren Sorgen nichts ändern könnte. Covenant jedoch gesellte sich zu Linden und Sunder. Ihm war plötzlich der gräßliche Gedanke gekommen, die Wahrsagung könne doch eine Täuschung gewesen sein, vom Gibbon-Wütrich eingefädelt, um ihn in die Irre zu führen. Wenn auf zwei Tage einer Sonne des Regens wiederum nur zwei Tage einer Sonne der Seuchen folgen sollten … Er beherrschte sich und wartete auf Hollians Auskunft.

Hollian handelte rasch und unbefangen. Ihr andeutungsweises Lächeln erinnerte Covenant daran, daß sie sich von Sunder unterschied. Mit dem *Lianar* und ihrer Fähigkeit war sie stets dazu imstande gewesen, das Sonnenübel zum Vorteil anderer Menschen auszunutzen, ohne jemals Blut vergießen zu müssen. Deshalb war ihre Begabung ihr, anders als in Sunders Fall, nicht zuwider. Sie entfernte sich ein paar Schritte weit, um Platz zu haben, und brachte ihren Dolch und den Stab zum Vorschein. Sie ließ sich auf dem Laub nieder, das den Untergrund übersäte, und vertiefte sich in die erforderliche Konzentration. Covenant, Linden und Sunder schauten aufmerksam zu, während Hollian sich den *Lianar* in den Schoß legte, den Dolch mit der Linken nahm und die Spitze der Klinge gegen das rechte Handgelenk richtete. Worte der Beschwörung kamen über ihre Lippen. In den Ohren der Gefährten klangen sie wie die Liturgie einer etwas Verhängnisvollem entgegengebrachten Verehrung. Sogar die *Haruchai* unterbrachen ihre Betätigungen und schenkten Hollian ihre Beachtung. Covenant verzog verdrossen das Gesicht, als er daran dachte, daß sie sich eine Schnittwunde zufügen mußte; aber die Zeiten, in denen er gegen das, was sie tat, protestiert hätte, lagen nun schon lange hinter ihm.

Mit einer langsamen Bewegung brachte Hollian ihrem Handgelenk einen Einschnitt bei. Als Blut aus der Wunde quoll, schloß sie ihre Finger um den *Lianar*. Rundum hatte sich die abendliche Dämmerung zum Dunkel der Nacht vertieft, entzog nun Hollian den Blicken ihrer Zuschauer. Doch selbst Covenants beschränkte Sinne spürten, wie sich Energie um sie ballte, ähnlich wie sich Rußflocken ums Feuer sammelten. Für einen angespannten Moment war die Luft vollkommen still. Dann verlieh Hollian ihrem Singsang erhöhten Nachdruck, und der Stab leuchtete auf. Rote Flammen erblühten wie Orchideen des Sonnenübels. Sie sprangen in die Luft empor und über Hollians Unterarm auf den Erdboden. Karmesinrote Ausläufer von Glut verbreiteten sich rings um sie, als solle sie davon überwuchert werden. Obwohl sie glommen, erzeugten sie keine Helligkeit; die Nacht blieb finster. Intuitiv begriff Covenant die Natur von Hollians Feuer. Mit Beschwörungen, Blut und *Lianar* stellte sie eine Verbindung zur morgigen Sonne her; ihre Flammen nahmen die Färbung an, die morgen die

Sonne haben würde. Ihr Feuer besaß den gegenwärtigen Farbton einer Sonne der Seuchen. Eine dritte Sonne der Seuchen stand am nächsten Tag bevor. Erleichtert seufzte Covenant leise auf. Wenigstens in dieser Hinsicht hatte er also keinen Grund zu der Annahme, die Wahrsagung könne ein Betrug gewesen sein. Doch ehe die Sonnenseherin ihre Konzentration aufgab, das Ergebnis ihrer Voraussage bekanntgeben konnte, unterzog sich das Feuer einer schlagartigen Veränderung.

Ein Strahl von Schwärze, so vollständig schwarz wie Hohls Haut, schoß aus dem Stab, verdunkelte die Flammen mit der Farbe von Ebenholz. Zuerst glich er lediglich einem schwarzen Streifen inmitten des Karmesinrots. Doch das Schwarz wuchs, dehnte sich in den Flammen aus, bis es darin dominierte, sie verfinsterte; und zuletzt erstickte es sie.

Augenblicklich umfing Nacht die Gefährten, trennte sie voneinander. Covenant vermochte nichts mehr außer einem schwachen Geruch nach Qualm in der Luft wahrzunehmen, als hätte Hollians Stab in der Gefahr geschwebt, von Glut verzehrt zu werden.

Heiser fluchte Covenant unterdrückt vor sich hin und tastete mit ausgestreckten Armen umher, bis er auf der einen Seite Brinn, auf der anderen Seite Linden berührte. Er hörte Füße durchs Laub rascheln. »Hollian!« schrie Sunder.

Im nächsten Moment schrie auch Memla voller Entsetzen auf. »Die Sendung!« Feuer barst aus ihrem *Rukh,* knatterte zwischen den Bäumen wie ein Dreschflegel, tauchte die Nacht in unheimlichen Lichtschein. »Er kommt!« Covenant sah Ceer hinter der Gefolgsfrau stehen, wie um sie gegen eine Attacke zu schützen. Die anderen *Haruchai* bildeten einen Verteidigungsring um die Gefährten. *»Gibbon!«* heulte Memla. »Welch ein Greuel!« Ihr Feuer durchtoste die Luft, als versuche sie, es aus einer Entfernung von fast zwanzig Längen gegen Schwelgenstein zu richten. »Bei allen Sieben Höllen …!«

Covenant reagierte instinktiv. Er stürzte zu Memla, unterlief ihr Feuer und packte ihre Unterarme, um dagegen vorzubeugen, daß sie unversehens nach ihm ausschlug. »Memla!« brüllte er ihr ins Gesicht. *»Memla!* Wieviel Zeit bleibt uns?«

Sein Gebrüll oder sein Zupacken drang zu ihr durch. Ihr Blick fiel auf Covenant. Mit einem krampfhaften Schaudern löschte sie ihr Feuer, so daß von neuem Dunkelheit über die Gefährten hereinbrach. Als sie antwortete, drang ihre Stimme aus der Nacht, als wisperten die Schwingen eines Kondors. »Es bleibt Zeit. Der *Zorn* kann so viele Längen nicht binnen kurzem zurücklegen. Vielleicht haben wir noch einen ganzen Tag, bis er uns erreicht. Doch es ist der *Zorn* des na-Mhoram, und zwei volle Tage sind darauf verwendet worden, ihn zu erzeugen. Eine solche Sendung könnte sogar Schwelgenstein zerschmettern.« Sie tat einen zittrigen Atemzug. »Ur-Lord, wir vermögen uns diesem *Zorn* nicht zu entziehen. Er wird meinem *Rukh* folgen und uns zur Gänze zermalmen.« Ihre Kehle preßte ihr die Stimme zu einem Klagen zusammen. »Ich hatte geglaubt, die wilde Magie gäbe uns Hoffnung. Doch wenn du keine Macht über sie hast ...« Hinter Covenants Rücken zuckte eine kleine Flamme auf, fraß sich in Holz. Sunder hatte Reisig entzündet. Er hob es in die Höhe wie eine Fackel, und der Lichtschein ließ die Gefährten wieder aus der Finsternis hervortreten. Hollian keuchte durch zusammengebissene Zähne, darum bemüht, nicht laut zu schreien. Die Beeinträchtigung ihres Feuers hatte sie inwendig zutiefst verletzt.

»Es ist nun mal so«, knirschte Covenant. »Ich kann sie nicht kontrollieren.« Seine Fäuste umklammerten Memlas Handgelenke, während er zu verhindern versuchte, daß sie in Hysterie verfiel. »Reiß dich zusammen. Denk nach. Wir müssen irgend etwas dagegen machen.« Er blickte ihr in die Augen. »Kannst du deinen *Rukh* zurücklassen?«

»Covenant!« heulte sie sofort in äußerster Betroffenheit.

»Durch ihn bin ich, was ich bin! Ohne ihn bin ich nichts!« Covenant griff noch fester zu. Memla wich seinem Blick aus. Ihre Stimme ging über in ein dumpfes Stöhnen. »Ohne den *Rukh* kann ich keinen Pfad durchs Grün erschaffen. Ohne ihn habe ich keine Gewalt über die Landläufer. Der *Rukh* enthält die Macht, der zu gehorchen man sie gezüchtet hat. Wenn ich ihn aufgebe, enthebe ich sie des Banns, dem sie unterliegen. Sie würden uns im Stich lassen. Vielleicht würden sie sich gar wider uns wenden.« Im unzuverlässigen Helligkeitsschein schien ihr Gesicht zu bröckeln. »Dies Verhängnis kommt über mein Haupt«, sagte sie leise. »Ich habe dich in meiner Unwissenheit und Torheit nach Schwelgenstein gelockt.«

»Verdammnis!« schnauzte Covenant, fluchte halb über sich selbst. Er fühlte sich wie gefangen; trotzdem wollte er nicht, daß Memla sich Vorwürfe machte. Er hatte sie um Hilfe gebeten. Er unterdrückte seinen Unmut. »Na schön«, keuchte er. »Ruf die Landläufer. Wir werden versuchen, ihn abzuhängen.«

Memla starrte ihn an. »Es ist der *Zorn!* Man kann ihm nicht fortlaufen.«

»Gottverdammt, Gibbon ist nur ein Wütrich!« Die Furcht verlieh Covenant Vehemenz. »Je weiter er ihn schicken muß, um so schwächer dürfte er werden. Wir müssen's versuchen.«

Einen Moment lang fand Memla ihren Mut noch immer nicht wieder. Doch dann strafften sich die Muskeln ihres Gesichts, und in ihren Augen zeigte sich ein Ausdruck von Entschlossenheit oder Schicksalsergebenheit. »Ja, Ur-Lord«, quetschte sie durch die Zähne. »Er wird ein wenig schwächer werden. Laß uns den Versuch wagen.« Covenant gab ihre Arme frei, und sofort rief sie nach den Landläufern.

Sie kamen aus der Nacht wie große Brocken von Finsternis. Die *Haruchai* warfen ihnen Säcke mit Proviant und Bündel von Brennholz auf die breiten Rücken. Covenant fuhr herum und schaute nach seinen Gefährten. Sunder und Hollian standen hinter Linden, die im Laub kauerte, die Hände vorm Gesicht. Das Steinhausener Paar machte Gesten der Hilflosigkeit, wußte nicht, wie es ihr helfen sollte. Lindens Stimme klang, als werde sie erdrosselt. »Ich kann nicht …«

Covenant brauste auf. *»Vorwärts!«*

Linden fuhr zusammen, sprang überstürzt hoch. Sunder und Hollian setzten sich so ruckartig in Bewegung, als entrissen sie sich einer Trance. Cail packte im Handumdrehen Linden, hob sie vom Untergrund schwungvoll empor auf Clashs Rükken. Covenant schlurfte zu seinem Reittier und klomm hinter Memla hinauf. Wie in einem Wirbel sah er Sunder und Hollian auf ihren Tieren, sah die *Haruchai* ihre Plätze einnehmen, Memlas *Rukh* aufflammen und dann der Nacht eine Narbe beibringen. Unverzüglich begannen die Landläufer den von Memla erzeugten Pfad entlangzustürmen.

Die Nacht zu beiden Seiten von Memlas Feuer schien wie Gewitterwolken zu brodeln. Covenant vermochte über ihren Rücken nicht hinauszuschauen; er befürchtete, Din könne jeden Moment vom Pfad abirren, gegen Felsbrocken prallen, in der Sicht entzogene Schluchten, Hohlwege oder Erdspalten stürzen. Aber noch mehr fürchtete er die Macht seines Rings, fürchtete er das Notwendighaben von Macht, mit dem der *Zorn* ihn konfrontieren mußte.

Memla jedoch ließ es zu keinerlei Desaster kommen. In unerwarteten Augenblicken wich der Verlauf ihres Pfads plötzlichen Hindernissen aus; doch mit Feuer und Wille bewirkte sie, daß die kleine Truppe den Weg schnell und sicher fortsetzte. Sie floh um ihr Leben, um Covenants Leben, um der Hoffnung des Landes willen; und sie jagte die Landläufer wie mit einer Armbrust abgeschossene Bolzen durch den unheilvollen Urwald. Sie rannten dahin, während der Mond aufging; sie rannten, während er seine Bahn übers nächtliche Firmament zog; und sie liefen noch immer, als man ihn nicht mehr sehen konnte. Die Landläufer waren Geschöpfe des Sonnenübels und ermüdeten nicht. Erst kurz nach Anbruch der Morgendämmerung brachte Memla sie wieder zum Stehen.

Covenants Beine zitterten, als er abstieg. Linden bewegte sich, als wäre sie am ganzen Leibe mit Knütteln geprügelt worden. Selbst Sunders und Hollians Zähigkeit ließ anscheinend nun nach. In Memlas Miene jedoch hatten sich Furchen der Bereitschaft zum Äußersten verfestigt; sie hielt den *Rukh*, als gedenke sie ihre Seele auf den Klang des Eisens einzustimmen. Sie gestattete ihren Begleitern eine kurze Rast zwecks Einnahme eines Frühstücks. Aber selbst diese Pause erwies sich als zu lang. Unvermittelt deutete Stell zur Sonne. Die stumme Eindringlichkeit seiner Geste wandte schlagartig jedes Augenpaar nach Osten.

Die Sonne stand überm Horizont, ihre kränkliche rote Aura schimmerte wie die Verheißung von Gebrechen. Doch die Korona war nicht mehr einfarbig. Sie besaß nun am oberen Rand einen tiefschwarzen Flecken. Das Mal war keilförmig, so wie ein Angriffskeil der Urbösen, und es erweckte den Eindruck, als hämmere man es von Schwelgenstein aus in die Sonne hinein. Lindens Aufstöhnen war eine weit ausdrucksstärkere Reaktion als jeder Schrei. Memla stieß einen Fluch aus und scheuchte ihre Begleitung zurück zu den Landläufern. Binnen weniger Sekunden waren sie allesamt wieder aufgesessen, und die Tiere nahmen den Wettlauf gegen die schwarze Bosheit von neuem auf.

Sie konnten ihn nicht gewinnen. Obwohl Memlas Pfad verläßlich war und sicher, obwohl die Landläufer auf ihren stämmigen Beinen mit voller Kraft dahinrasten, schwoll das Schwarz rasch an. Um die Mitte des Vormittags hatte es die Sonnenscheibe zur Hälfte verzehrt.

Der Druck in Covenants Rücken wuchs. Seine Gedanken

übernahmen den Rhythmus von Dins weiten Sätzen: *Ich darf nicht ... Ich darf nicht ...* Erinnerungsbilder des Tötens kamen ihm: vor zehn Jahren oder vier Jahrtausenden hatte er während des Gefechts beim Holzheim Hocherhaben Höhlenschrate erschlagen; und später dem Mann, der Lena hingemordet hatte, einen Dolch ins Herz gestoßen. Er vermochte an Macht nicht anders als in Begriffen des Tötens zu denken. Er hatte keine Kontrolle über seinen Ring.

Dann brach die Truppe urplötzlich aus dem dichten Urwald hinaus in eine Savanne. Dort bot das Gelände kein anderes Hemmnis als rauhes Gras, das – doppelt so hoch aufgeschossen wie die Landläufer waren – sich nach Norden, Süden und Osten erstreckte, und die vereinzelten Landmarken von Felsklötzen, die in größeren Abständen voneinander aufragten wie riesige Hügelgräber. Bevor die Reittiere den letzten Hang hinab und in die Savanne stürmten, konnte sich Covenant einen kurzen Überblick verschaffen. Weithin erblickte er offenen Himmel; und er wußte nicht zu begreifen, wieso der Himmel rings um eine solche Sonne so unangetastet blieb. Gleich darauf führte Memlas Pfad ins hohe Gras.

Der Trupp legte gut eine weitere Länge zurück, da durchdrang ein Aufschrei Hollians das Stampfen der Hufe. »Er kommt!«

Covenant warf einen Blick nach hinten. Von Westen wallte, so nachtschwarz wie die finstere Wunde der Sonne, etwas wie eine Gewitterwolke heran. Ihr Brodeln glich der Drohung einer geballten Faust; und sie bewegte sich mit solcher Geschwindigkeit, daß die Landläufer im Vergleich zu ihr stillzustehen schienen. »Vorwärts!« keuchte er Memla in den Rücken.

Wie zum Widerspruch ließ sie Din unvermittelt halten. Der Landläufer rutschte, kam beinahe zu Fall. Covenant purzelte beinahe hinunter. Die anderen Tiere wichen nach den Seiten aus, trampelten wild durchs Gras. »Himmel und Erde!« brüllte

Sunder. Memla jedoch behielt sämtliche Landläufer in der Gewalt, veranlaßte sie zum Herumwirbeln, und sie sammelten sich mit Gestampfe um sie, traten das Gras in einigem Umkreis nieder. Sobald sie es in östlicher Richtung niederstapften, sah Covenant, warum Memla sie angehalten hatte.

Schräg über den Verlauf ihres Pfads marschierte ein grimmiger Heerwurm von Kreaturen. Im ersten Moment dachte Covenant, es seien Höhlenschrate – Höhlenschrate, die auf allen vieren in einer zwanzig Meter breiten Kolonne ohne Anfang oder Ende, Schulter an Schulter, aus dem Süden vorüberzogen. Die Wesen besaßen den gedrungenen Körperbau, die knorrigen Gliedmaßen und die ungefügen Köpfe von Höhlenschraten. Aber falls es sich tatsächlich um Höhlenschrate handelte, mußten sie vom Sonnenübel gräßlich verwandelt worden sein. Chitinartige Panzerplatten wappneten ihre Rücken und Leiber; Finger und Zehen waren Klauen; die Münder klafften in hornigen Kiefern, die insektenhaften Zangen ähnelten. Und sie hatten keine Augen, keinerlei Gesichtszüge; es fehlte gänzlich an dem, was man ein Gesicht hätte nennen können. Nichts kennzeichnete ihre Stirnen und Schädel außer langen Fühlern, mit deren Hilfe sie sich vorwärtstasteten, sich den Weg suchten. Sie eilten einher, als strebten sie geradewegs auf eine erkannte Beute zu. Unter ihren Füßen war das Gras längst zermalmt und der Untergrund zu aufgewühltem Lehm zertreten worden. In ihrer Hast erzeugten sie ein beständiges Geräusch wie vom Umherschwärmen übergroßer Ameisen, ein vom scharfen Klacken zahlloser Kiefer durchsetztes Gekrabbel.

»Hölle und Verdammnis!« ächzte Covenant. Die Schwärze rings um die Sonne war jetzt nahezu vollkommen; der *Zorn* war nur noch soundsoviel Kilometer entfernt und näherte sich rasend schnell. Und er sah keinen Weg, der an dieser einem Gewimmel von Ungeziefer gleichen Flut aus Geschöpfen vorbeiführte. Wenn sie wirklich vom Schlage der Höhlenschrate waren … Covenant schauderte bei diesem Gedanken zusammen. Er hatte die Höhlenschrate als fürchterlich starkarmige Erdwühler kennengelernt. Und diese Kreaturen hier waren fast so groß wie Pferde. Sie würden selbst Memlas Landläufer, sollten sie ihnen auf ihrem zielstrebigen Marsch in die Quere geraten, in Stücke reißen.

Linden begann zu wimmern, biß sich jedoch auf die Lippen und zwang sich zum Schweigen. Sunder starrte die Geschöpfe aus vor Grauen glasigen Augen an. Hollians Haar lag auf ihren Schultern wie die Schwingen eines Raben, betonte ihre bleiche Miene, als wäre sie dem Tode nahe. Memla sank vor Covenant zusammen wie eine Frau mit gebrochenem Rückgrat. Covenant wandte sich an Brinn. »Ist ein Ende abzusehen?« erkundigte er sich eindringlich. Zur Antwort nickte Brinn zu Hergrom und Ceer hinüber. Ceer hatte sich auf Annoys Rücken hochaufgerichtet; nun stieg Hergrom auf Ceers Schultern, balancierte auf ihnen, um über das Gras auszuspähen.

»Unser Auge reicht weit«, meldete Brinn einen Moment später. »Aber es ist kein Ende dieses Zugs zu erkennen.«

Hölle und Verdammnis! Covenant fürchtete die wilde Magie, Macht ohne Kontrolle oder Entscheidungsgewalt. *Ich darf nicht …!* Aber er wußte, er würde sie einsetzen, wenn es nicht mehr anders ging. Er konnte seine Gefährten nicht einfach umkommen lassen. Die finstere Gewitterwolke sauste heran wie ein Axthieb. Schwärze strangulierte die Sonne. Das Tageslicht begann sich zu trüben. Auflehnung verstärkte sich in Covenant. Furcht oder keine Furcht, sie konnten sich nicht ohne weiteres dem ihnen zugedachten Verhängnis fügen. »Na schön.« Ohne den Abstand zum Erdboden zu beachten, sprang er von Dins Rücken. »Dann müssen wir uns eben hier wehren.« Brinn schloß sich ihm an. Sunder und Stell stiegen von Clang, Hollian und Harn von Clangor. Cail zog Linden von Clash und stellte sie auf die Beine. Lindens Hände zuckten, als ränge sie um Mut; doch offenbar fand sie keinen. Covenant nahm mit einem Ruck seinen Blick von ihr, um sich durch ihre Not nicht zu einer noch größeren Gefahr zu machen. »Sunder«, raunzte er, »du hast deinen *Orkrest*. Memla hat ihren *Rukh*. Ist's euch möglich, damit irgendwie zusammenzuarbeiten? Könnt ihr dem da …« – er schnitt dem *Zorn* eine Grimasse – »etwas entgegensetzen, eh's uns erreicht?«

Die Wolke schwebte schon fast über ihren Köpfen. Sie warf eine widernatürliche Düsternis über die Savanne, verdrängte die Helligkeit des Tages. »Nein.« Memla war nicht abgesessen. Sie sprach, als hätte sie den Mund voller Asche. »Es bleibt uns keine Zeit. Die Sendung ist zu gewaltig.« Covenant empfand ihre Betroffenheit wie eine Forderung nach wilder Magie. *Ich kann sie nicht kontrollieren!* hätte er am liebsten losgebrüllt. *Willst du das denn nicht verstehen?! Sie könnte uns alle umbringen!* Doch Memla sprach weiter, als wäre seine Macht oder seine Unfähigkeit zu ihrer Beherrschung inzwischen unwichtig geworden. »Du darfst nicht sterben. Soviel ist gewiß.« Ihre plötzliche Gefaßtheit machte einen entsetzlichen Eindruck. »Sobald der Weg frei ist, brecht unverzüglich durch. Dieser Zug wird die Bresche rasch schließen können.« Sie straffte ihre Schultern und hob den Blick an den Himmel. »Der *Zorn* holt euch durch mich ein. Möge er also über mich kommen.« Bevor irgend jemand reagieren konnte, wendete sie Din und trieb ihn auf die Kreaturen zu, die blindlings einhereilten. Unterwegs entflammte sie das Feuer ihres *Rukh,* den sie vor sich hingestreckt hielt wie einen Säbel.

Covenant und Sunder wollten ihr nach; aber Brinn und Stell duldeten es nicht. Unter Verwünschungen versuchte der Steinmeister, sich Stell zu entziehen, doch Stell vermochte ihn mühelos zurückzuhalten. »Laß mich!« schrie Sunder. »Siehst du denn nicht, daß sie in den Tod gehen will?«

Covenant achtete nicht auf Sunder. Er starrte in Brinns ausdruckslose Augen. »Unterlaß das«, sagte er leise und bedrohlich.

Brinn zuckte mit den Schultern. »Ich habe geschworen, dein Leben zu beschützen.«

»Bannor hatte den gleichen Schwur abgelegt.« Covenant wehrte sich nicht. Aber er blickte den *Haruchai* unverwandt fest an. *Meinetwegen sind Menschen gestorben. Was glaubst du, wieviel ich noch ertragen kann?* »Durch so was ist auch Elena umgekommen. Möglicherweise hätte ich sie retten können.«

Der *Zorn* schob sich mit seinem Gebrodel nun schon fast über Covenant und seine Begleitung. Doch die den Höhlenschraten ähnlichen Wesen merkten davon nichts. Sie marschierten immer nur weiter, blindem Schicksal gleich, zerstampften die Erde der Ebene. »Bannor ist seinem Eid getreu geblieben«, entgegnete Brinn, als bereite es ihm keine Verlegenheit, Covenants Auffassung zu berichtigen. »So überliefern die alten Erzähler es, und ihre Worte stammen von Bannor selbst. Blutmark Morin war's, dem Hoch-Lord verschworen, der versagt hat.« Er nickte Ceer zu. Sofort rannte Ceer der Gefolgsfrau hinterdrein und sprang aus vollem Lauf Din auf den Rücken. »Auch wir werden«, fügte Brinn hinzu, »unseren Eid bis zu den Grenzen unserer Kräfte einhalten.«

Memla jedoch reagierte darauf mit einer Wut, die so groß war, daß sie außerstande blieb zu schreien. »Bei den Sieben Höllen!« keuchte sie. »Das verbiete ich. Mir hast du nichts geschworen.« Sie drehte sich Ceer zu, schwang ihren *Rukh.* »Hinab mit dir, oder ich werde dich einäschern, indem ich den letzten Atem schöpfe, und alle werden vergeblich sterben!«

Memla! versuchte Covenant zu brüllen. Aber er brachte keinen Ton heraus. Er hatte ihr nichts anzubieten, seine Furcht vor der wilden Magie schnürte ihm die Kehle zu. Hilflos sah er, wie Ceer zögerte, Brinn anschaute. Stumm berieten die *Haruchai,* erwogen den Zwiespalt. Dann sprang Ceer auf die Erde und gab Din den Weg frei. *Nein!* bäumte sich Covenant auf. *Sie wird den Tod finden!*

Er erhielt nicht einmal genug Zeit zum Überlegen. Düsternis verdunkelte die Atmosphäre. Der *Zorn* ballte sich in seiner ganzen Wüstheit über Memla zusammen, folgte dem Feuer ihres *Rukh.* Der Himmel rings um die Wolke blieb unglaublicherweise völlig klar; sie selbst jedoch war schwarz wie Pech und Mitternacht. Ihr Wallen schwebte herab, senkte sich auf ihre Opfer. Unter ihr knisterte die Luft, als werde sie erhitzt. Die Landläufer wimmelten durcheinander. Sunder zückte seinen *Orkrest,* packte Hollians Hand und zog sie zur anderen Seite des von den Tieren ausgetretenen Geländeabschnitts, fort von Memla. Die *Haruchai* bezogen zwischen den unruhig gewordenen Reittieren und den Gefährten Aufstellung zur Verteidigung. Hergrom hielt sich in Hohls Nähe. Memla suchte den Tod. Linden wankte unter der Last ihres Abscheus. Covenant war wutentbrannt angesichts des unauflöslichen *Ich muß/Ich darf nicht* seines Rings. »Laß ihn selber auf sich aufpassen«, rief er Hergrom zu. Im nächsten Augenblick torkelte er auf die Knie nieder. Ihm war, als müsse ihm das Herz stehenbleiben, eine derartig fürchterliche Detonation durchdröhnte die Luft. Der *Zorn* zerbrach in ungezählte Teile, verwandelte sich in tiefschwarze Flocken, die herabsanken wie schwarzes Schneetreiben. Sie fielen mit furchteinflößender Langsamkeit – Kristalle aus Sonnenfinsternis, Manifestationen der Nacht, eine Kraft, der nicht einmal Stein zu widerstehen vermochte. Mit einem Aufheulen des Trotzes schleuderte Memla Feuer an den Himmel. Din duckte sich unter ihr und brach in die Reihen der Kreaturen ein, die unentwegt vor sich hin marschierten. Einige kraftvolle Sätze beförderten das Tier und seine Reiterin mitten in den unablässigen Strom von

Wesen. Die Flocken, zu denen der *Zorn* geworden war, trieben in Memlas Richtung, angezogen von der energetischen Entladung ihres *Rukh.* Das dichte Zentrum, der Nexus ihrer Kraft, schwebte über Covenant und seine Gefährten hinweg. Unverzüglich griffen die Kreaturen Memlas Reittier an. Din stieß einen durchdringenden Schrei aus, als er Klauen und Zangen auf seiner Haut spürte. Nur das Ausschlagen seiner Hufe, seine Sporne und das dicke Fell schützten das Tier.

Dann taumelten die *Zorn*-Flocken rings um Memlas Kopf. Ihr Feuer loderte; sie verschleuderte Glut nach den Flocken, versuchte zu verhindern, daß sie Din oder sie berührten. Jede Flocke, die sie traf, verging in einer Eruption dunklen Schillerns. Aber für jede Flocke, die sie vernichtete, schwebten Hunderte von weiteren Flocken auf sie zu. Covenant beobachtete das Geschehen in unsäglicher Qual der Hilflosigkeit, sich dessen bewußt, daß er mit seinem Ring nicht zu ihren Gunsten eingreifen konnte, ohne ihr gleichzeitig zu schaden. Rund um sie war der *Zorn* nun am dichtesten; seine Ränder jedoch erfaßten noch sowohl die Gefährten wie in Teilen auch die unüberschaubar lange Kolonne von Kreaturen. Die Wesen gerieten in Verwirrung, als mörderische Flocken, groß wie Fäuste, in ihre Mitte regneten.

Aus Sunders *Orkrest* schoß ein zinnoberroter Strahl zur verfinsterten Sonne empor. Covenant schrie aus vollem Halse, um den Steinmeister anzufeuern. Indem er den Sonnenstein hin- und herschwenkte, vernichtete Sunder Flocken mitten in der Luft, ließ sie von seinem Energiestrahl verzehren, bevor sie ihn oder Hollian erreichen konnten. Rings um die Gefährten tobten die *Haruchai* wie Derwische. Sie benutzten riesige Halme von Pampasgras, um Flocken aus der Luft zu schlagen. Jede getroffene Flocke verbrannte den Halm, der sie traf; doch die *Haruchai* rissen immer neue Halme an sich und wehrten die Flocken unermüdlich ab. Urplötzlich warf ein wuchtiger

Stoß Covenant von den Füßen. Ein Stück Schwarz verfehlte knapp sein Gesicht. Brinn zerrte ihn beiseite, richtete ihn wieder auf, tänzelte in dem Regen aus Flocken hin und her, riß Covenant mit sich; mehrmals trafen Flocken den Untergrund, wo sie eben noch gestanden hatten, und schwarzes Auflohen setzte das Gras in Brand. Das Gras fing an Dutzenden von Stellen an zu brennen.

Hohl jedoch stand nur reglos da, in seiner Miene einen Ausdruck von Konzentration. Flocken berührten seine Haut, sein Gewand. Doch statt aufzuflammen, schmolzen sie lediglich an ihm, rannen mit Gezische an seiner Kleidung, seinen Beinen hinunter, wie Wasser auf heißem Metall. Covenant glotzte den Dämondim-Abkömmling an, verlor ihn aber aus den Augen, als Brinn ihn weiter durch den Qualm zerrte.

Covenant erhaschte einen Ausblick auf Memla. Sie focht mit außerordentlichem Einsatz um ihr Leben, versprühte mit allem Grimm und aller Empörung, die die hinterlistige Falschheit des na-Mhoram ihr eingegeben hatte, ihr Feuer. Aber der Brennpunkt des *Zorns* bildete einen wilden, immer dichteren Schwarm um sie. Und die Kreaturen, die sie umwimmelten, hatten Din inzwischen auf die Knie gezwungen. An einigen Körperstellen hatten sie ihm das Fleisch bis auf die Knochen heruntergerissen. Unversehens fiel eine Flocke auf den Kopf des Landläufers. Din brach vollends zusammen, warf seine Reiterin kopfüber zwischen die aufgebrachten Kreaturen.

Memla! Covenant unternahm eine Anstrengung, um die Macht seiner wilden Magie zu aktivieren. Doch die Art und Weise, wie Brinn ihn vor- und zurückstieß, nach da und dort schubste, hinderte ihn daran, sich ausreichend zu konzentrieren. Und da war es auch schon zu spät. Ceer jedoch stürmte mit der ruhigen Selbstlosigkeit der *Haruchai* vorwärts. Er stürzte sich ins Gewühl und versuchte, sich zu Memla durchzukämpfen. In einem Ausbruch von Glut kam Memla wieder auf die Beine. Einen Moment lang stand sie, wenngleich angeschlagen, aufrecht und ritterlich inmitten der Wesen und säte erbittert unter ihnen Verderben. Fast gelang es Ceer, zu ihr vorzudringen. Sie entglitt Covenants Blick, als Brinn ihn unter einem schwarzen Gewirbel hinwegschleifte. Covenant sah ringsum Flocken und *Haruchai* durcheinanderwimmeln; überall waren Flocken. Aber er raffte sich gerade noch rechtzeitig genug auf, um sehen zu können, wie Memla mit einem Bersten von Dunkelheit in ihrer Brust niedersank.

Als sie starb und ihr der *Rukh* entfiel, gerieten die vier übrigen Landläufer in Raserei. Sie drehten mit einer Plötzlichkeit durch, als hätte ausschließlich Memlas Wille ihre irrsinnige Furcht unterdrückt. Zwei gaben ein lautes Jaulen von sich und rannten durch das entflammte Gras davon und hinaus in die Savanne. Einer pflügte durch die Lücke, die der *Zorn* in der Marschkolonne der gesichtslosen Wesen geschaffen hatte. Auf einmal zeigte sich an seiner Seite Ceer. Der *Haruchai* schüttelte eine Horde Wesen ab, klammerte sich ans Fell des Landläufers und ließ sich von dem Tier aus der Gefahrenzone bringen. Das vierte Tier jedoch griff die Gefährten an. Seine unerwartete Tollwut überraschte sogar die *Haruchai*. Seine Augen glommen scharlachrot, als es Hergrom über den Haufen warf, ihn mit seiner breiten Brust niederrammte. Hergrom hatte gemeinsam mit Cail Lindens Schutz übernommen. Im nächsten Moment ging das Vieh auf Linden los. Cail versuchte, sie beiseite zu stoßen. Linden strauchelte und fiel in die falsche Richtung. Covenant sah sie unter den Hufen des Tieres zusammensacken. Ein Huf streifte ihren Kopf, als das Tier wild trampelte, um sie zu zerstampfen. Erneut bäumte sich der Landläufer auf. Cail stellte sich über Linden. Covenant konnte nichts zu ihrem Beistand tun, was nicht zugleich den *Haruchai* betroffen hätte. Als die Vorderfüße des Landläufers herabfuhren, fing Cail die Beine ab. Einen unfaßlichen Moment lang hielt er das große Tier über Linden fest. Dann begann das Gewicht des Viehs ihn niederzudrücken. *Linden!* Covenant stolperte vorwärts. Mit einer ungeheuren Kraftanstrengung wuchtete Cail den Landläufer zur Seite. Als dessen Hufe wieder den Untergrund berührten, verfehlten sie Linden.

Eine der Sporen des Tiers hatte Cail den linken Arm von der Schulter bis zum Ellbogen aufgeschlitzt. Blut quoll aus der Wunde. Der Landläufer richtete sich abermals auf, um mit den Hufen zuzudreschen. Binnen einer Sekunde gleißte Covenants Bewußtsein in weißer Machtfülle. Doch ehe er dazu kam, sie anzuwenden, versetzte Brinn ihm einen Stoß, um ihn einem neuen Schwarm schwarzer Flocken aus dem Weg zu werfen. Für Covenant glich das Gras rundherum einem Mahlstrom aus Feuer und Tod. Er rappelte sich von neuem auf, wandte sich wieder Linden zu; doch das Herz in seinem Innern war bereits vor Entsetzen wie erstarrt. Als sich seine Sicht klärte, sah er Sunder einen Strahl aus Sonnenübel-Feuer erzeugen, der die Brust des Landläufers traf, so daß das Tier auf die Knie niederbrach. Mühsam stand es auf, schleppte sich in seiner Pein fort von den Gefährten.

Aber Linden lag ausgestreckt unterm *Zorn*, umgeben von immer heftigerem Flammengeloder, und regte sich nicht.

22
Ebene des Feuers

Flammen lohten vor Covenant empor, entzogen Linden seiner Sicht. Der Regen aus *Zorn*-Flocken verdüsterte die Luft. Das Stampfen und Klacken des Heerwurms erfüllte Covenants Gehör mit Dröhnen. Er konnte nicht erkennen, ob Linden noch lebte. Noch immer zerrte und stieß Brinn ihn mit sich herum wie einen Hampelmann, schlug ihm fortwährend Händevoll Grashalme um die Ohren.

Sunders Energiestrahl versengte die Luft wie eine Folge gerader roter Blitze. Nun begannen die zerstörerischen schwarzen Flocken sich um ihn zu sammeln. Covenant riß sich von Brinn los und lief zu Linden. Hergrom hatte sie vom Erdboden aufgehoben. Der *Haruchai* trug sie auf den Armen, indem er einen heiklen Tanz stetigen Ausweichens vollführte. Lindens Körper war schlaff. Blut sickerte aus ihrem Hinterkopf und verklebte ihr Haar. In Covenants Brustkorb ballte sich ein silberweißer Ausbruch. Doch als er den Kopf hob, um seine Macht hinauszuheulen, sah er, wie sich das Schwarz auflöste, das die Sonne umgab. Kränkliches Rot glitzerte durch das Ebenholzschwarz. Die letzten *Zorn*-Flocken trieben auf Sunder zu. Der Steinmeister vernichtete sie allesamt. Sofort verschloß Covenant seine Kehle, ließ die wilde Magie unausgesprochen. In aller Hast gesellte er sich zu Hergrom und Linden.

Cail stand nahebei. Er hatte einen Streifen aus seinem Gewand gerissen; mit Harns Hilfe verband er seinen verletzten Arm. Das zerfetzte Fleisch blutete stark. Die anderen *Haruchai* waren von Rauch und Feuer verrußt, jedoch unversehrt geblieben. Auch Sunder und Hollian waren wohlauf, doch wankte

Sunder infolge seiner Anstrengungen vor Erschöpfung. Hollian stützte ihn.

Hohl stand ein kurzes Stück abseits, als wäre nichts geschehen. Flämmchen umzüngelten seine Füße wie zertretene Schlangen.

Covenant schenkte niemandem Beachtung. Lindens Gesicht glich leblosem Alabaster. Blut befleckte ihre weizenblonden Locken. Ihre Lippen waren zu einem unbewußten Ausdruck der Pein verzogen. Covenant wollte sie Hergroms Armen entwinden; aber Hergrom überließ sie ihm nicht. »Ur-Lord.« Brinns fremdartige Stimme schien zu jeder Form von Drängen außerstande zu sein. »Wir müssen weiter. Schon wird die Bresche geschlossen.«

Covenant rang zwecklos mit Hergrom. Unvorstellbar, daß Linden sterben sollte! Ein solches Ende konnte ihr nicht bestimmt sein. Warum wäre sie sonst auserwählt worden? Er rief ihren Namen, besaß jedoch keine Ahnung, wie er sie zu Bewußtsein bringen könnte.

»Covenant!« Sunders unregelmäßige Atmung machte seine Stimme rauh. »Es ist so, wie Brinn sagt. Die na-Mhoram-In hat ihr Leben geopfert, um uns eine Gasse zu bahnen. Wir müssen weiter.«

Memla. Der Name prägte sich Covenant ein wie ein Brandmal. Sie hatte ihr Leben gegeben. Wie Lena. Und so viele andere. Mit einem Schaudern kehrte er Hergrom den Rücken zu. Seine Hände tasteten nach Halt. »Ja.« Er konnte durch das Brausen der Flammen kaum die eigene Stimme hören. »Nichts wie weg.« Sofort begannen die *Haruchai* zu handeln. Harn und Stell gingen voran; Hergrom und Brinn folgten mit Covenant; Cail gab auf Sunder und Hollian acht. Niemand kümmerte sich um Hohl. Zwischen den Feuern, die überall im Gras brannten, nahmen sie in dichtgeschlossener Gruppe die Richtung zu der Bresche im Heerwurm der Kreaturen.

Die Wesen tummelten sich wie verrückt um das versengte und geschwärzte Gebiet, wo Memla den Tod gefunden hatte. Der vordere Teil der Kolonne war bereits außer Sichtweite entschwunden, ohne all dessen zu achten, was sich hinter ihm zutrug. Doch unablässig strömten aus dem Süden immer mehr dieser ungeschlachten Geschöpfe herbei. Sie hätten Covenant und seine Begleitung normalerweise ohne viel Umstände überrannt; doch die Menge der eigenen Toten hielt sie auf. Die Wesen, die am Schauplatz des Geschehens eintrafen, fielen unverzüglich über die zahlreichen Toten und Verletzten her, rissen mit Klauen und Zangen das Fleisch, fraßen sich gierig voll. Und die Feuer ergänzten ihre Gier um Furcht. Die *Haruchai* führten Covenant und die Steinhausener mitten in diesen Wirrwarr.

Neben den großen, blinden Wesen wirkte die Gruppe von Menschen winzig und schwach, wirkte verletzlich angesichts der mörderischen Kiefer und gepanzerten Gliedmaßen. Doch Brinn und seine Männer suchten mit unnachahmlicher Unauffälligkeit einen Weg durch das Tohuwabohu. Und sobald eine Kreatur auf sie zustapfte, schlugen Stell und Harn unfehlbar geschickt zu und knickten ihr die Fühler, so daß sie ihre Beute nicht mehr zu lokalisieren vermochte. Die so verstümmelten Tiere gerieten danach meistens in einen Kampf auf Leben und Tod mit anderen Geschöpfen. Covenant, Sunder und Hollian eilten an aufgerissenen Kiefern vorbei, unter aufgebäumten Leibern durch, über Strecken freien Geländes, als erhalte die Tüchtigkeit der *Haruchai* ihnen wie mit Zauberkraft das Leben.

Ein paar Fetzen roten Stoffs kennzeichneten die Stelle von Memlas Tod, eine Stätte, an der es kein Grab geben würde, an der man nicht einmal Zeit zu einem kurzen Verweilen in Trauer fand. Die Gefährten liefen, so schnell sie konnten, verschwanden auf der anderen Seite der Kolonne im dichten, hohen Gras. Covenant torkelte. Stell und Harn traten und droschen das Gras beiseite, um den Weg freizumachen. Nur Hohl legte keine Spur von Hast an den Tag. Er besaß auch keinen Grund zur Eile: jede Kreatur, die ihn berührte, fiel sofort tot um, und ihre Artgenossen fingen sie ohne Verzug zu verschlingen an. Sobald die Gefährten ein Stück weit ins Gras vorgedrungen waren, stieß Ceer wieder zu ihnen. Er sagte nichts; aber der Gegenstand, den er in der Hand hielt, erklärte sein zwischenzeitliches Tun. Er hatte Memlas *Rukh* aufgelesen. Bei diesem Anblick stutzte Covenant. Möglichkeiten schossen ihm durch den Kopf. Er versuchte, sie in konkrete Ideen umzumünzen. Doch jetzt war für so etwas nicht die Zeit. Scharfes Knistern und Knacken durchschnitt das Gras wie eine Sichel; Tausende von Wesen begannen, indem sie sich durch das Gras fraßen, die Verfolgung aufzunehmen. Brinn schubste Covenant vorwärts. Die Gefährten setzten die Flucht fort.

Ceer, Stell, Brinn und Harn bildeten eine Nachhut, um den anderen den Rücken zu decken. Cail lief nun voraus. Trotz seines verletzten Arms und der reibeisenartigen Beschaffenheit der steifen, rauhen Grashalme erzwang er mit seinem Körper durch das unnatürliche Dickicht Bahn. Ihm folgte Hergrom, der Linden trug; Covenant blieb dicht an Hergroms Fersen; hinter ihm kamen Sunder und Hollian.

Die entfesselten Kreaturen machten sich dermaßen energisch an die Verfolgung, als hegten sie die volle Bereitschaft, die ganze Savanne zu zerfetzen, nur um sich an ein wenig Menschenfleisch laben zu dürfen. Das Geräusch der von ihnen aufgenommenen Jagd scheuchte die Gefährten vorwärts wie ein Steppenbrand. Cail warf sich mit all der althergebrachten Entschiedenheit der *Haruchai* gegen die dicken, scharfrandigen Halme; aber er konnte den dichten Bewuchs nicht schnell genug durchdringen, um die Verfolger auf hinlänglichem Abstand zu halten oder gar abzuhängen. Es dauerte nicht lange, und Covenant begann aus Mattigkeit zu wanken. Er litt noch immer unter den Folgen der Wahrsagung. Sunder und Hollian befanden sich in kaum besserer Verfassung. Linden lag über Hergroms Armen wie das Symbol einer Niederlage. Und Cail hinterließ an den Grashalmen Schmierstreifen von Blut.

In Covenants Rücken keuchte die Verzweiflung eine Forderung. *Verwende deinen Ring!* Aber er konnte es nicht, war gar nicht mehr dazu in der Lage. Er war zu schwach. Allmählich blieb er zurück. Cail und Hergrom schienen vor ihm im peitschenähnlichen Zurückschnellen der Halme aufzugehen. Wenn Covenant das Gift in seinem Innern die Oberhand gewinnen ließ, würde er töten, ohne zu wissen, wen oder was. Er hörte sich schreien, als wäre die Mühsal der Flucht ein Messer zwischen seinen Schultern; aber er vermochte die Qual nicht zum Schweigen zu bringen.

Plötzlich tauchte an seiner Seite Brinn auf. »Cail hat einen Ort gefunden«, meldete der *Haruchai,* indem er gerade laut genug sprach, um verstanden werden zu können, »an dem wir uns womöglich verteidigen können.« Covenant stolperte, sackte mit Gefuchtel zwischen gezackte Grashalm-Speere. Der Pestilenzgestank von Fäulnis raubte ihm den Atem. Aber Brinn riß ihn zurück auf die Beine. Ein Schwindelgefühl durchwirbelte Covenant. Indem er sich an Brinns Schulter klammerte, als wäre sie der einzige feste Gegenstand, den es noch in der Welt gab, ließ er sich von dem *Haruchai* halb tragen, halb mitschleifen.

Cails Richtung führte zu einem Riesenhaufen von Felsklötzen, der in wirrer Anhäufung aus der Savanne aufragte wie ein von Hünen zurückgelassenes Hügelgrab, um die Hälfte höher als das Gras, das sich ringsherum erstreckte. Hergrom hatte bereits die Höhe der Erhebung erklommen, droben Linden in relativer Sicherheit niedergelegt und war dann nach unten zurückgekehrt, um Sunder und Hollian beim Aufstieg zu helfen. Ohne sich um seine Schmerzen zu scheren, gesellte sich Cail zu Hergrom. Stell und Harn schlossen sich an. Sie nahmen Covenant in Empfang, als Brinn und Harn ihn auf die Kuppe der Anhöhe stießen. Covenant wankte an Lindens Seite, kämpfte gegen seine Schwäche an, versuchte zu ergründen, in welchem Zustand sich Linden befand. Er hob ihren Kopf, teilte mit seinen gefühllosen Fingern ihr Haar; die Verletzung ihrer Kopfhaut erweckte nach seiner Ansicht keinen ernsten Eindruck. Sie blutete so gut wie nicht mehr. Dennoch kam Linden nicht zu Bewußtsein. All ihre Muskeln waren schlaff. Ihr Gesicht glich einem verlassenen Schlachtfeld. Covenants ungenügende Sinne konnten ihre Verfassung nicht einschätzen. Er war für sie vollkommen nutzlos.

Sunder und Hollian kamen zu ihm geklettert. Sunder kniete sich neben Linden und untersuchte sie. Müdigkeit und Bestürzung verzerrten sein Gesicht. »Ach, Linden Avery«, seufzte er. »Das ist ein arges Unglück.«

Covenant unterdrückte ein Aufstöhnen und bemühte sich, dem Kummer in Sunders Tonfall zu widersprechen. »So schlimm sieht's aber doch wohl nicht aus.«

Der Steinmeister mied Covenants Blick. »Die Verletzung an sich … Mag sein, daß nicht einmal Cails Wunde sein Leben gefährdet. Aber es scheint eine Sonne der Seuchen.« Er verstummte.

»Ur-Lord«, ergänzte Hollian mit gepreßter Stimme, »unter einer Sonne der Seuchen ist jede Verletzung tödlich. Für die Krankheiten des Sonnenübels gibt's keine Heilung.«

»Keine?« Das Wort entfuhr Covenant wie ein Fluch.

»Keine«, quetschte Sunder durch die Zähne.

»Jedenfalls keine«, fügte Hollian mit schmerzlichem Blick hinzu, »die den Menschen des Landes bekannt wäre. Falls die Sonnengefolgschaft von derlei Heilmitteln Kenntnis hat …« Sie brauchte ihre Überlegungen nicht vollends auszusprechen.

Covenant verstand sie. Memla war tot. Weil sie aufrichtig gewesen war, hatte sie sich gegen den na-Mhoram gewandt; weil sie tapfer und mutig gewesen war, hatte sie den *Zorn* auf sich selbst gezogen. Und weil Covenant nicht seine wilde Magie benutzt hatte, war sie nun tot. Seine Furcht hatte sie das Leben gekostet. Er hatte die Gefährten schon um die bloße Möglichkeit gebracht, vielleicht von Memla zu erfahren, ob man Linden und Cail irgendwie behandeln konnte. *Jede Verletzung tödlich.* Und das war noch nicht alles. Die Landläufer waren fort. Covenant und seine Begleiter hatten keinerlei Vorräte mehr zur Verfügung. All das war seine Schuld, weil er sich gefürchtet hatte. Seine Macht tötete. Aber ohne seine Macht brachte er Menschen auf andere Weise den Tod. Memla hatte für ihn ihr Leben geopfert.

Covenants Augen brannten, als er sich trotz der damit verbundenen Gefährdung hochaufrichtete. Die Höhe seines Standorts war für ihn eine Gefahr; doch er mißachtete sie, als könnten Schwindelgefühl oder Verlust ihm nichts anhaben. »Brinn!«

Die *Haruchai* hatten sich rings um die oberen Felsklötze – ungefähr in gleicher Höhe mit den Spitzen der überhohen Grashalme – zur Verteidigung aufgestellt. »Ur-Lord?« meinte Brinn über die Schulter.

»Warum habt ihr Memla sterben lassen?«

Brinn antwortete mit einem Achselzucken. »Es war ihre Entscheidung.« Sein Glaube an die eigene Untadeligkeit wirkte unerschütterlich. »Ceer hat ihr angeboten, sein Leben für sie in die Waagschale zu werfen. Sie hat abgelehnt.«

Covenant nickte. Memla hatte sich geweigert. Weil er ihr gesagt hatte, daß er keine Kontrolle über seinen Ring besaß. Brinns Antwort stellte ihn nicht zufrieden. Die Bluthüter hatten einst hinsichtlich Kevins einen ähnlichen Entschluß gefällt – und sich das Ergebnis später nie verziehen. Doch solche Fragen zählten gegenwärtig nicht. Memla war tot. Linden und Cail mußten sterben. Covenant blinzelte gegen die Hitze in seinen Augen an und schaute sich um.

Mit Ausnahme Hohls befanden sie sich alle auf dem riesigen Haufen von Felsbrocken; Hohl stand drunten, als fühle er sich in Gras und Gestank richtig wohl. Der Urwald im Westen befand sich außer Sicht. In allen Himmelsrichtungen erstreckte sich die Savanne bis zum Horizont, ein Binnenmeer aus Graugrün, vom Wind leicht gewellt. Doch sie wies eine lange Narbe entblößten Erdreichs auf, die ohne Unterbrechung nach Norden verlief. Und von ihr aus zweigte nun ein ähnlicher Trampelpfad ab, führte zur Felshöhe herüber, auf der die Gefährten Zuflucht gesucht hatten. Die vom *Zorn* verursachten Feuer waren unterdessen zu glühender Asche und Qualm heruntergebrannt. Der Bedrohung durchs Feuer ledig geworden, stürmten die Kreaturen jetzt geradewegs auf den Felshügel zu. Das Gras schwankte und bebte, indem die Wesen Halme beiseite schoben, brachen, niedertrampelten, fraßen. Bald ragte der Haufen von Felsgestein nur noch aus einem Gewimmel von Kreaturen empor, aller umliegenden Vegetation beraubt. Covenant konnte Hohl gerade noch erkennen. Der Dämondim-Abkömmling verharrte in vollkommener Gleichgültigkeit auf der Stelle, und jede Kreatur, die ihn anrührte, starb augenblicklich.

Die *Haruchai* waren bereit, als die Attacke begann. Sobald die Wesen über die Felsbrocken heraufkletterten, nutzten Brinn und seine Leute den Vorteil ihres höheren Standorts, um den Angreifern die Fühler zu knicken, dann die so desorientierten Geschöpfe aus dem Gleichgewicht zu bringen und zurück unter ihresgleichen zu werfen, wo man sie sogleich verzehrte. Dabei zeigten sich die *Haruchai* bemerkenswert erfolgreich. Ihre Stärke, Geschicklichkeit und Standfestgkeit machten sie außerordentlich kampftüchtig; und die von ihnen hinuntergestoßenen Tiere verlangsamten den Schwung des Angriffs. Aber die felsige Erhebung war zu umfangreich; fünf *Haruchai* konnten sie nicht ständig rundum verteidigen. Nach und nach mußten sie weiter aufwärts zurückweichen.

Covenant kannte kein Zögern. Kalte Wut erfüllte seine Knochen wie ein Strom von Macht. Er schnob vor sich hin, während er das Bündel mit dem *Krill* Lorik Übelzwingers aus dem Gürtel zog und die Waffe auswickelte. Der helle Glanz ihres Edelsteins ließ ihn für einen Augenblick verharren; er hatte die Intensität dieses weißen, puren Lichts vergessen gehabt, die Schärfe der Schneiden, die Hitze im Metall. Seine Leprotiker-Zaghaftigkeit ließ ihn im ersten Moment davor zurückschrecken, den *Krill* ohne den Schutz der Umhüllung anzufassen. Doch da kam die Notsituation, in der er und seine ganze Begleitung schwebten, ihm zu Bewußtsein wie eine visionäre Heimsuchung. Seine Finger waren ohnehin längst taub, waren bedeutungslos geworden. Keine Verbrennung würde noch etwas an all dem Fatalen ändern, das die Parameter seines Daseins abgab. Er ließ den Streifen fallen, in den der *Krill* gehüllt gewesen war, packte die Waffe mit seiner Halbhand und nahm an der Seite der *Haruchai* den Kampf auf.

Wesen, die Mißgeburten von Höhlenschraten ähnelten, kamen auf ihren langen Gliedern die Anhöhe heraufgeschwärmt. Ihre Krallen zerkratzten den Stein; ihre Kiefer klafften und klackten. Ein Krallenhieb konnte Covenant die Eingeweide zum Hervorquellen bringen; ein Biß vermochte ihm einen Arm abzutrennen. Die Fühler der Geschöpfe reckten sich nach ihm. Mit den entschlossenen Bewegungen eines Verdammten begann er auf die Wesen einzuhauen.

Der *Krill* schnitt durch ihre Panzerplatten wie durch bloßes Fleisch, trennte Fühler durch, sogar Kieferzangen, als wäre die Klinge ein Schwert, hinter dem das Gewicht und die Kräfte eines Riesen stünden. Der *Krill* war ein Werkzeug des Gesetzes, und diese Kreaturen waren gesetzlose Brut des Sonnenübels. Ein dumpfer Schmerz wie von Glut breitete sich von Covenants Handfläche herauf in das Gelenk, in seinen Arm aus; aber er hieb und drosch eifrig drauflos, und jeder Streich, den er führte, schickte eine Bestie in den unsanften Tod drunten inmitten der Masse ihrer Artgenossen.

Wenig später mischte sich auch Sunder unter die Verteidiger. Sein Dolch war für derlei Zwecke nicht sonderlich gut geeignet; aber Sunder war kräftig, und seine Klinge konnte zumindest gegen die Fühler der Angreifer etwas ausrichten. Er war nicht dazu in der Lage, die Geschöpfe hinabzustoßen, so wie die *Haruchai* es taten, doch häufig war das auch gar nicht erforderlich. Mit geknickten oder verstümmelten Fühlern verloren die Tiere die Orientierung, wandten sich seitwärts, gerieten aneinander, stürzten ab. Und Stell und Ceer standen Sunder bei.

Der Ansturm ließ jedoch nicht nach; Hunderte anderer Wesen traten an die Stelle der Dutzende, die umkamen. Trotzdem hielt die kleine Gruppe von Menschen stand. Einige Zeit später gab es weithin rings um die Anhöhe kein Gras mehr zu sehen; ein Gewitter stummer Wut tobte auf dem freigetretenen Untergrund, drängte aufwärts. Aber immer konnte nur eine bestimmte Anzahl von Geschöpfen gleichzeitig die Felsen erklimmen, und gegen diese begrenzte Zahl konnten die Verteidiger sich ganz gut wehren. Allerdings dehnte der Abwehrkampf sich mit der Zeit aus wie eine langsame Folter. Bald waren Covenants Arme bleischwer; er mußte den *Krill* mit beiden Fäusten schwingen. Sunder ließ unaufhörlich gedämpfte Verwünschungen vernehmen, trieb sich unerbittlich dazu an, den Kampf fortzusetzen, noch lange nachdem er seine Körperkräfte im großen und ganzen erschöpft hatte. Hollian verhalf ihm dann und wann zu kurzen Verschnaufpausen, indem sie seinen Platz einnahm, seinen Dolch benutzte, denn ihr eigenes Messer war für das, was es zu verrichten galt, viel zu klein. Auch Hohl tat das Seine, um den Andrang der Wesen zu schwächen, obwohl er anscheinend keine Ahnung davon hatte. So hielt Covenant mit seiner Begleitung aus.

Der Nachmittag schleppte sich dahin. Covenant verwandelte sich in ein Etwas, das aus kaum mehr bestand als Reflexen. Ihm kam das Gefühl fürs Verstreichen der Zeit abhanden, er verlor den Überblick über die Attacke der Wesen, die Welle um Welle die Anhöhe bestürmten. Seine Gelenke schienen zu glühen. Immer wieder bewahrte Brinn ihn vor Angriffen, die er nicht mehr selber abwehren konnte, weil er inzwischen zu langsam reagierte.

Es fiel ihm kaum auf, als der Sonnenuntergang einsetzte und die Raserei der Geschöpfe zu verebben anfing. Sobald das Zwielicht der Abenddämmerung heraufzog, gingen den Bestien, so hatte es den Anschein, Zielklarheit und Gemeinsamkeit verloren. Erst einzeln, dann paarweise und zuletzt zu Dutzenden traten sie den Rückzug an, verstreuten sich zügig ins Gras der Ebene. Indem über der Savanne Düsternis anbrach, schwand der Einfluß des Sonnenübels. Wenig später waren sämtliche Kreaturen dabei, sich nach allen Seiten abzusetzen.

Covenant ließ den *Krill* sinken. In seiner Brust zitterte ihm das Herz wie in völliger Entkräftung. Er röchelte nach Luft. Der *Krill* fiel ihm aus der Hand und zwischen die Felsen. Ein Ruck schien unter Covenant den Hügel zu durchfahren. Auf Händen und Knien versuchte er zu Linden zu kriechen. Aber er erreichte sie nicht. Seine Benommenheit steigerte sich auf einmal zu einem heftigen Strudel, der ihn in die Dunkelheit der nahen Nacht hinauswirbelte.

Irgendwann nachdem der Mond am Nachthimmel seinen höchsten Stand überschritten hatte, weckte Lindens krampfhaftes Würgen Covenant, als sie in Konvulsionen verfiel.

Mühselig raffte er sich hoch und tastete sich durch einen Schleier aus Müdigkeit, Hunger und Durst, versuchte zu erkennen, was sich abspielte.

Der *Krill* erhellte die Höhe der Felsen; er war so zwischen das Gestein gerammt worden, daß er den Gefährten Licht spendete. Sunder und Hollian kauerten bei Linden und beobachteten sie sorgenvoll. Ceer und Hergrom hatten sie gepackt, damit sie sich keinen Schaden zufügte, während ausgedehnte Schüttelkrämpfe wie von Besessenheit ihre Muskulatur heimsuchten. Auf den unteren Felsen waren die übrigen *Haruchai* zusammengedrängt, als rängen sie miteinander. Covenant widmete ihnen einen kurzen Blick und sah, wie Brinn, Stell und Harn sich abmühten, um Cail zu bändigen. Wie Linden war auch der verwundete *Haruchai* von wüsten Krämpfen befallen worden.

»Die Sonne der Seuchen hat ihre Wunden verpestet«, raunzte Sunder grimmig, als er Covenant erblickte. »Von einer solchen Krankheit genest niemand.«

O Gott. Eine Anwandlung von Panik begann in Covenant aufzuwallen, zerstob jedoch schlagartig, als er begriff, daß Linden würgte, an ihrer eigenen Zunge zu ersticken drohte. Er grabschte nach ihrem Gesicht und versuchte, ihr die Kiefer auseinanderzuzerren. Doch er vermochte ihre zusammengebissenen Zähne nicht zu öffnen. Ihr ganzer Körper war starr und verkrampft. »Sie schluckt ihre Zunge! Macht ihren Mund auf!«

Sofort packte Ceer Lindens beide Handgelenke mit seiner Linken und bemühte sich mit der Rechten, ihre Kiefer zu lösen. Für einige Sekunden schienen nicht einmal seine Kräfte zu genügen. Aber dann gelang es ihm, ihr die Zähne auseinanderzuzwingen. Sie erbebte unter fürchterlichem Schmerz. Indem er Lindens Mund mit der ganzen Breite seiner Hand aufsperrte, langte Ceer energisch in ihren Rachen und zog ihr die Zunge aus der Kehle. Linden schnappte nach Luft, als wolle sie zu schreien beginnen; doch die Zuckungen hielten die Laute in ihrem Brustkorb gefangen.

Cail schleuderte Brinn mit einem nachgerade tollwütigen Kraftakt von sich; Brinn vollführte in der Luft eine Drehung, landete geschmeidig auf den Füßen und eilte Stell und Harn, die mit ihrem Volksgenossen handgemein blieben, über die Felsen wieder zu Hilfe.

Im Lichtschein des *Krill* sah Lindens Gesicht gräßlich aus. Der Atem pfiff wie ein Winseln aus ihren gequälten Lungen und ebenso hinein. Cails Atmung klang, als sei er am Ersticken. *Aber er ist doch gegen das Sonnenübel immun,* dachte ein unbestimmbarer Bestandteil von Covenants Innenleben. *Am Sporn des Landläufers muß Gift gewesen sein.* Er konzentrierte sich auf Linden, als könne er sie durch bloße Willenskraft am Leben erhalten. Seine Hand zitterte, als er ihre Stirn streichelte, den Schweiß wegwischte; doch seine Finger fühlten nichts.

»Ur-Lord«, wandte sich Hollian in gepreßtem Flüstern an ihn, »ich muß mit dir sprechen. Ich kann's nicht verschweigen.« Covenant vermochte ihre Miene nicht zu erkennen; ihr Gesicht war vom Helligkeitsschein des *Krill* abgekehrt. »Ich habe den *Lianar* zu Rate gezogen«, sagte sie leise aus dem Schatten. »Der morgige Tag wird eine Sonne der Dürre bringen.«

Covenant klammerte sich inwendig an Lindens Marter, um sie mit nichts als seinem Willen zu mildern. »Ist mir scheißegal.«

»Ich muß dir noch mehr kundtun.« Hollians Tonfall klang nun schärfer. Sie war eine Sonnenseherin und Respekt gewohnt. »Es wird Feuer kommen, als wär's eine Sonne der Feuersbrunst. Hier wird eine Stätte des Unheils sein. Wir müssen fliehen.«

»Jetzt?«

»Sofort. Wir müssen zurück nach Westen, auf die Erde,

worauf Bäume wachsen. Das Erdreich dieser Steppe würde unseren Tod bedeuten.«

»Linden ist dazu nicht in der Verfassung!« Sein unvermuteter Wutausbruch schien die Nacht selbst zu schockieren, versetzte seine Begleiter in Schweigen, in dem man nur die heiseren Atemzüge der Verwundeten vernahm. Covenant tat Hollians Warnung mit einem steifen Rucken seiner Schultern ab. »Ich gedenke diese Stelle nicht zu verlassen.«

Hollian machte Anstalten, dagegen zu protestieren, doch Sunder fiel ihr barsch ins Wort. »Er ist der Ur-Lord.«

»Er begeht einen *Irrtum.* Man muß der Wahrheit ins Auge blicken. Der Tod dieser beiden läßt sich nicht abwenden. Bleiben wir, wo wir sind, bedeutet's den Tod für uns alle.«

»Er ist der Ur-Lord.« Sunders Grobheit wich, und er zeigte sich wieder sanfter. »Jede Aufgabe, die er angeht, ist undenkbar – und doch bewältigt er sie. Bewahre Mut, Sonnenseherin.«

Eine neue Folge von Konvulsionen befiel Linden. Während er mit ansah, wie die Erkrankung sie unerbittlich schüttelte, fürchtete Covenant, jeder Atemzug könne ihr letzter sein. Doch dann hörten die Krämpfe ganz plötzlich auf; sie erschlaffte, als wären die Stränge ihrer Folter durchtrennt worden. Langsam vertiefte sich ihre Atmung, indem sie in einen Erschöpfungsschlaf sank.

Cails Erkrankung war offenbar schon fortgeschrittener. Die Anfälle, unter denen er zu leiden hatte, dauerten an, bis der Mond unterging. Brinns Männer mußten unausgesetzt darauf achten, daß sich Cail nicht auf den Felsen die Knochen brach und zu Tode kam.

»Die Morgenfrühe ist nah«, sagte Sunder gedämpft, als bereite es ihm Grausen, die Stille zu stören, als befürchte er, der Klang seiner Stimme könne Linden oder Cail von neuem in Raserei stürzen.

»Es ist zu spät.« Hollian vermochte ihre Bitterkeit nicht zu verhehlen. »Wir müssen hier bleiben. Es ist uns nicht mehr möglich, uns noch rechtzeitig in Sicherheit zu bringen.«

Covenant achtete nicht auf das Paar. Er hockte mit Linden in den Armen da und versuchte zu glauben, daß sie überleben werde.

Niemand rührte sich. Alle saßen im Glanz des *Krill* auf der Anhöhe, während sich der Osten aufhellte und der Sonnenaufgang näherrückte. Ein staubiger Schimmer begann sich an den Rändern des Erdkreises abzuzeichnen. Die Sterne verschwanden. Um den Helligkeitsstreifen am Horizont verfärbte sich der Himmel braun. Die Atmosphäre trocknete spürbar, verhieß Hitze. Als sich die Sonne erhob, trug sie eine Korona der Dürre. Die Berührung ihrer Strahlen erinnerte Covenant daran, daß er seit dem vorherigen Morgen weder Nahrung noch Flüssigkeit zu sich genommen hatte. In seinem Innern begann eine leidenschaftslose Benommenheit zu kreiseln, brachte ihn zu seinem Schicksal auf Distanz. Er empfand Lindens unzugänglichen Schlummer in seinen Armen wie eine vollendete Tatsache. Während das Sonnenübel die Savanne mit seiner Färbung tönte, fing das Pampasgras dahinzuschmelzen an. Die Fasern der Gräser verwandelten sich in leblosen grauen Matsch und flossen auf den Erdboden wie Brühe. So mußte es, sann Covenant in einer Anwandlung verdrossener Kaltschnäuzigkeit, auch Morinmoss ergangen sein. Ebenso Grimmerdhore und der Würgerkluft. Eine Sonne der Dürre hatte sich über sie erhoben, und jene beschaulichen Wälder, Zehntausende von Jahren alt, waren ganz einfach zu Schlick verkommen. *Die Welt ist nicht wie einst. Die Zeit hat Wandlungen beschert.* Für einen Moment kehrte genug von seiner Leidenschaft zurück, um ihn Pein fühlen zu lassen. *Verdammter Foul! Es wäre wahrhaftig besser gewesen, du hättest mich sofort umgebracht.*

Mit einer Stimme, die nach einem verbalen Ausdruck von

Covenants Mattigkeit klang, nur in sich gefestigter, wandte sich Brinn an Hollian. »Sonnenseherin, du hast von Feuer gesprochen.«

»Der *Lianar* hat von Feuer gesprochen.« Hollians Erwiderung zeugte sowohl von gekränkter Würde wie auch dem Nagen eigener insgeheimer Zweifel. »Nie zuvor habe ich bei einem Sonnensehen eine solche Flamme geschaut. Stelle mir keine Fragen. Ich vermag dir keine Antworten zu geben.«

Verschwommen überlegte Covenant, daß es gar keines Feuers bedurfte. Er und seine Begleitung befanden sich ohne Wasser unter einer Sonne der Dürre.

Der Wahrheitsgehalt von Hollians Voraussage war offenkundig, sobald die Sonne hoch genug stand und das Gras weit genug niedergesackt war, daß das Licht den bloßen Untergrund rings um die Erhebung berührte. Mit der Helligkeit verbreitete sich ein schwacher Schimmer, der die innere Beschaffenheit des Erdbodens veränderte. Die Erde begann zu glühen. Covenant glaubte zu halluzinieren. Plötzlich erstieg ohne jede Ankündigung Hohl die Felsen. Alle starrten ihn an; aber seine schwarzen Augen glotzten blicklos drein, so nichtssagend, als sei er sich der eigenen Absichten nicht bewußt. Brinn und Hergrom bezogen Aufstellung, um Covenant und Linden zu schützen. Doch Hohl verharrte, ohne die *Haruchai* zu beachten, und stierte wie verkörperte Leere hinaus in Weite und Luft. Langsam nahm der Untergrund einen rötlichen, mit Gelb durchsetzten Farbton an. Die Verfärbung vertiefte und verhärtete sich. Der Erdboden verstrahlte Hitze. Rings um die Ränder der Lichtung, die den Felshaufen umgab, fing der Schlamm an zu schwelen. Ätzender Qualm stieg auf, erst in Form von Rauchfähnchen, dann in Wolken, immer dickeren Rauchwolken, die die Luft trübten. Binnen weniger Augenblicke stand der Morast in Flammen. Gleichzeitig begann auch an anderen Stellen überall in der Savanne Qualm emporzuwallen. Bald loderte es weit und breit. Und die Erde verdüsterte sich weiterhin zu immer tieferem Rot.

Angespannt verfolgten die Gefährten das Geschehen; sogar die *Haruchai* schienen den Atem anzuhalten. Nur Linden und Cail merkten nichts von allem. Hohl dagegen zeigte auf einmal eine gewisse Lebhaftigkeit. Zwischen den Schultern Brinns und Hergroms betrachtete er Linden, und seine Miene gewann an geschärftem Ausdruck, als würden in seinem Innenleben nach und nach vage Zwecke klarer.

Wie im Stumpfsinn schaute Covenant über den Untergrund aus. Das farbkräftige, halb orangene Leuchten und die Hitze weckten in ihm Erinnerungen. Vor seinem geistigen Auge erschien mit wachsender Deutlichkeit das Gesicht Trells, Lenas Vaters; Covenant begriff nicht, warum. In der Erinnerung sah er Trell wie ein granitenes Standbild in Lenas Heim stehen. Lichtschein rötete das Gesicht des hünenhaften Steinhauseners. Glanzlichter glommen in seinem Bart, besaßen genau die Farbe dieser Emanationen der Erde. Da entsann sich Covenant. Glutgestein. Feurige Steine. Unter den Strahlen der Sonne der Dürre verwandelte sich die gesamte Savanne in ein Meer aus Glutgestein. Feuer verzehrte den Schlamm; und darunter lag klares Glutgestein, das einen endlosen, stummen Schrei aus Hitze an den Himmel sandte. Covenant und seine Gefährten hätten ebensogut über einem Lavastrom festsitzen können.

Covenant saß da und starrte vor sich hin, als wären seine Augäpfel versengt und blind geworden. Er fühlte Tod wie einen Verwandten in seinen Armen liegen. Memla hatte sich aufgeopfert. Linden und Cail waren zum Tode verurteilt. Alle waren dem Tode geweiht.

Hohls Absicht ließ sich ihm nicht anmerken. Die Plötzlichkeit seines Handelns überraschte selbst die wachsamen *Haruchai.* Mit furchterregender Schnelligkeit stieß er Brinn und Hergrom beiseite und trat zwischen ihnen zu Covenant und

Linden. Hergrom fing sich an einem Felsvorsprung ab. Nur die Flinkheit, mit der Ceer nach ihm griff, bewahrte Brinn vor einem Sturz hinunter auf das Glutgestein. Mühelos hob der Dämondim-Sproß Linden aus Covenants Armen. Stell stürzte vor, drosch Hohl eine Faust zwischen die Augen. Hohl reagierte nicht; er führte seine Absicht aus, als habe ihn niemand berührt. Stell prallte zurück und torkelte gegen Harn. Linden behutsam auf seinen Armen, schritt Hohl zum östlichen Rand der Erhebung und sprang hinab aufs Glutgestein.

»Hohl!« Covenant war auf den Beinen. In seinen Ohren brauste es, als wäre die Hitze zu einem Sturmwind geworden. Gift pulste in seinen Adern. Er wollte wilde Magie, wollte zuschlagen …! Aber wenn er gegen Hohl vorging, ihm schadete, ließ der Dämondim-Abkömmling Linden möglicherweise auf das Glutgestein fallen. *Linden!* Hohl scherte sich nicht um die Gefahr, die ihm hinterrücks drohte. Entschlossen und selbstsicher strebte er davon. In diesem Augenblick tat Hergrom wie ein Panther einen weiten Satz von der Höhe der Felsen. Am entferntesten Punkt seines Sprungs rammte er Hohls Schultern. Der Dämondim-Abkömmling geriet nicht einmal ins Stolpern. Er stapfte aufs Glutgestein hinaus, Linden vor sich auf den Armen, Hergrom an seinen Rücken geklammert, als wüßte er von beiden gar nichts. Covenants Rufe erstickten in seiner Brust. Er merkte kaum, daß Brinn und Sunder seine Arme gepackt hatten, wie um zu verhindern, daß er sich an eine Verfolgung Hohls machte.

»Er fühlt das Feuer nicht«, konstatierte Brinn wie beiläufig. »Mag sein, er gedenkt sie zu schützen. Vielleicht hegt er den Wunsch, sie zu retten.«

Sie zu …? Covenants Haltung erschlaffte. War das möglich? Die Muskulatur seines Gesichts schmerzte, aber seine verzerrte Grimasse vermochte er nicht zu lockern. Wollte Hohl sie retten, damit sie Lord Foul dienlich sein konnte? »Aber warum …« Ihm fiel das Reden schwer. »Warum hat er ihr nicht eher geholfen? Als der *Zorn* kam?«

Brinn zuckte mit den Schultern. »Es mag sein, er hat gesehen, daß sie seines Beistands nicht bedurfte. Nun jedoch handelt er, dieweil er sieht, daß wir hilflos sind.«

Hohl? Covenant keuchte. *Nein.* Er war dazu außerstande, das Zittern in seinem Innern zu unterdrücken. »Wir sind nicht hilflos.« Hilflosigkeit war unerträglich. Nicht einmal ein Leprotiker konnte sie ertragen. *Wir sind nicht hilflos.* Er widmete Hohl einen letzten, kurzen Blick. Der Dämondim-Abkömmling entfernte sich zügig, verschwand im Geschimmer des Glutgesteins. Covenant riß sich aus Brinns und Sunders Fäusten los, wandte sich seinen Gefährten zu. Die Anstrengung, die es ihn kostete, sein Schlottern zu mäßigen, verlieh seinem Gebaren Wildheit. »Ceer. Gib mir den *Rukh.*« Sunder runzelte die Stirn. Hollians Augen weiteten sich, als verspüre sie intuitive Hoffnung oder Furcht. Der *Haruchai* jedoch zeigte keinerlei Überraschung. Ceer holte Memlas *Rukh* aus seinem Gewand und händigte ihn Covenant aus. Ruckartig streckte Covenant das Eisen Sunder hin. »Also gut. Du bist Steinmeister. Verwende das Ding.« Sunders Lippen formten lautlose Wörter. *Es verwenden?* »Ruf die Landläufer zurück. Sie sind mit Hilfe des Sonnenübels gezüchtet worden und gehorchen ihm. Sie können uns von hier wegbringen.«

»Covenant!« ächzte der Steinmeister in gepreßtem Widerspruch.

Covenant drückte den *Rukh* gegen Sunders Brust. »Tu's! Ich kann's nicht. Ich kenne mich mit dem Sonnenübel nicht so aus wie du. Ich kann mit ihm nichts anfangen. Ich bin Lepraleidender.«

»Und ich bin kein Gefolgsmann!«

»Das ist mir egal.« Mit unerbittlich harter Nachdrücklichkeit verdrängte Covenant in sich alle Regungen von Bangigkeit.

»Wir sind alle vom Tode bedroht. Kann sein, daß ich keine Rolle spiele. Aber du zählst. Hollian zählt. Ihr wißt die Wahrheit über die Sonnengefolgschaft.« Noch einmal stieß er den *Rukh* gegen Sunders Brustkorb. *»Benutz* ihn!«

Die Hitze überzog Sunders Gesicht mit Schweiß, so daß seine Gesichtszüge aussahen, als sollten sie zerschmelzen wie das Gras. Verzweifelt warf er Hollian einen flehentlichen Blick zu. Die Sonnenseherin berührte seinen zernarbten Unterarm. Hollians Haltung zeugte von der ganzen Bedeutsamkeit ihrer Berufung. »Sunder«, sagte sie ruhig. »Steinmeister. Mag sein, es kann gelingen. Ohne jeglichen Zweifel gibt dir dein Sonnenstein die Macht zu einem solchen Versuch. Und ich werde dich nach bestem Vermögen unterstützen. Dank meines *Lianar* vermag ich des Sonnenübels Verfassung zu ersehen. Es mag sein, daß ich dir den Weg zur Meisterung des *Rukh* weisen kann.«

Einen Moment lang blickten die beiden einander in die Augen und erwogen, was sie sahen. Dann drehte sich Sunder wieder Covenant zu. Ein Ausdruck von Zerrissenheit kennzeichnete die Miene des Steinmeisters, spiegelte Furcht vor Versagen wider, instinktiven Widerwillen gegen alles, was mit der Sonnengefolgschaft zusammenhing. Aber er nahm den *Rukh*. Grimmig erklomm er den höchsten Felsklotz und setzte sich im weißlichen Glanz des *Krill* nieder. Hollian stellte sich auf einen niedrigeren Felsen, so daß sich ihr Gesicht in gleicher Höhe mit Sunders Kopf befand. Ernst sah sie zu, wie er den *Orkrest* in seinen Schoß legte, den *Rukh* befingerte, um den hohlen Stab zu öffnen.

Covenants Beine wankten, als könne er die Bürde dessen, wer und was er war, nicht länger tragen. Doch er stützte sich auf die Felsen, blieb nahebei aufrecht stehen, als wäre er Anspruchsberechtigter und Zeuge des Geschehens. Sunder goß die letzte Flüssigkeit aus dem *Rukh* in seine Hand. Hollian senkte ihre auf seine Handfläche, beließ sie für einen Moment darauf, teilte das Blut mit Sunder, als handle es sich um ein Ritual der Freundschaft. Dann schloß sie die vom Blut befleckten Finger um ihren *Lianar* und begann leise vor sich hinzusingen. Sunder rieb die Hände aneinander, tupfte sich vom Rot auf Stirn und Wangen, ergriff dann den Sonnenstein. Die strenge Betonung seiner Beschwörungsformeln bildete einen Gegensatz zu Hollians eher geträllertem Singsang. Gemeinsam verwoben die beiden das Schweigen ringsherum zu einem aus Blut und Feuer geschaffenen Flechtwerk der Sonnenübel-Macht. Gleich darauf schoß Sunders vertrauter zinnoberroter Strahl zur Sonne empor wie eine Kampfansage. Ein Knistern wie bei der verzögerten Entladung eines Blitzes kräuselte die Luft. Sunder hob den *Rukh* und hielt ihn so, daß der Strahl aus dem Sonnenstein am Eisen entlanggloste. Die Knöchel seiner Fäuste traten weiß hervor, überzogen seine Handrücken mit Strängen. Längs des *Lianar* züngelten zierliche Flämmchen auf, die beinahe Knospen glichen. Hollian schloß die Augen. Ihr Feuer nahm allmählich die Färbung des Brauns der Aura an, die die Sonne umschimmerte, begann seine Ausläufer zu verzweigen; einer davon verlief zu Sunders Händen, wand sich um seine Fäuste, klomm dann am *Rukh* und dem Sonnenstein-Strahl hinauf. Heftig blinzelte Sunder sich den Schweiß aus den Augen, starrte den *Rukh* an, als wäre der eiserne Stab eine Natter, die er weder festhalten noch loslassen konnte.

Beklemmung in Covenants Brust verwies ihn darauf, daß er zu atmen vergessen hatte. Als er einatmete, war ihm, als sauge er mit der Luft ein Schwindelgefühl ein. Nur seine gegen die Felsen gestemmten Arme verhinderten, daß er das Gleichgewicht verlor. Die *Haruchai* konnten Sunder und Hollian keine Aufmerksamkeit schenken. Cail war von neuem in Konvulsionen verfallen. Die anderen *Haruchai* hatten reichlich damit zu tun, ihn zu bändigen. Gedanken an Linden brachten Covenants

Eingeweide zum Rumoren. Er verkniff die Lider, während er die Übelkeit niederrang.

Er blickte erst wieder auf, als der Singsang der Beschwörungen endete. Sunders Strahl und Hollians Flammen erloschen. Das Steinhausener Paar klammerte sich aneinander. Die Schultern des Steinmeisters bebten. Unversehens befand sich Covenant auf den Knien, ohne gemerkt zu haben, wie seine Beine nachgaben. »Wie sich zeigt, ist's nicht allzu schwer, ein Gefolgsmann zu sein.« Sunders Stimme klang dumpf, als er sprach, weil er sein Gesicht an Hollians Hals preßte. »Ich habe den *Rukh* gemeistert. Die Landläufer sind weit entfernt. Aber sie haben den Ruf gehört. Sie werden kommen.«

Schließlich ging Cails Anfall vorüber. Für eine Weile kam er zu Bewußtsein; doch er redete in der fremden Sprache der *Haruchai,* und Covenant verstand nicht, was er sagte.

Das erste der großen Tiere kehrte kurz vor der Mittagszeit zurück. Mittlerweile hatten Hunger und Durst Covenant in einen Zustand der Teilnahmslosigkeit versetzt; er vermochte nicht einmal seinen Blick hinlänglich zu klären, um erkennen zu können, welcher der Landläufer es war oder ob das Tier Proviant mittrug. Aber Brinn gab ihm Aufschluß. »Es ist Clangor, jener Landläufer, der Linden Avery angegriffen hat. Er hinkt. Seine Brust ist verbrannt. Doch die Glut kann ihm nichts anhaben.« Einen Moment lang schwieg der *Haruchai.* »Seine Last ist unbeschadet«, fügte er dann hinzu.

Unbeschadet, dachte Covenant benommen. Er spähte durch den Dunst, sah Ceer und Stell zu dem Landläufer hinabsteigen, anschließend mit Säcken voller Nahrung und Wasser wieder heraufklettern. *O mein Gott!*

Zum Zeitpunkt, als er und die Steinhausener ihren ersten verzweifelten Durst gelöscht und sich an die Einnahme eines anständigen Mahls gemacht hatten, kam aus dem Süden

Annoy angaloppiert. Wie Clangor war auch er gegen das Glutgestein gefeit; aber er trottete und tänzelte mit sichtlichem Unbehagen rund um die Erhebung, anscheinend bestrebt, sich der Glut irgendwie zu entziehen. Clash und Clang fanden sich ebenfalls wieder ein. Sunder schnitt eine Miene des Mißmuts, als wäre er nicht gerade stolz auf das, was er zuwege gebracht hatte; Hollian dagegen lächelte freudig.

Unverzüglich begannen die *Haruchai* den Aufbruch vorzubereiten. Covenant wickelte den *Krill* wieder in den achtlos beiseite geworfenen Streifen und schob ihn zurück unter den Gürtel. Dann stieg er die Felsen hinunter, bis er die Rückenhöhe der Landläufer erreichte. Aus der Nähe fühlte sich die Hitze des Glutgesteins an, als müsse sie ihm die Haut verkohlen. Unerwünschte Erinnerungen an die Glutasche und Salzherz Schaumfolger holten Covenant ein. Der Riese war in Lava und Qual versunken, um Covenant Beistand zu leisten. Aus Mißtrauen gegen die Landläufer und sich selbst brachte Covenant es nicht fertig, bloß den kurzen Satz auf den Rücken eines der Tiere zu wagen. *Nicht noch mehr,* wünschte er sich sehnsüchtig. *Daß bloß nicht noch mehr Freunde für mich sterben müssen.* Er mußte sich festhalten, wo er stand, und zwinkerte ins Flimmern der Hitze, bis die *Haruchai* kamen, um ihm zu helfen. Wenig später gesellten sich Ceer und Brinn, die Cail trugen, zu ihm. Sunder hielt den *Rukh* hocherhoben, sich der Kontrolle darüber noch unsicher; aber die Landläufer gehorchten, drängten sich dicht an die Erhebung. Ceer überließ Cails schlaffe Gestalt Brinn und wechselte hinüber auf Annoys Rücken. Harn warf ihm die Säcke zu. Ceer verteilte sie auf Annoys breitem Widerrist, dann nahm er Cail aus Brinns Armen entgegen. Cails Arm war geschwollen und eiterte stark. Der Anblick ließ Covenant aufstöhnen. Cail brauchte Lindens Hilfe; sie war Ärztin. Aber sie war genauso krank wie der *Haruchai.*

Mittels der Kontrolle, die Sunder der *Rukh* verlieh, lenkte er Annoy beiseite und den anderen Landläufern aus dem Weg. Harn und Hollian bestiegen Clangor. Der Steinmeister begab sich auf Clangs Rücken zu Stell. Ehe Covenant seine innere Unsicherheit verdrängen konnte, hob Brinn ihn auf Clash. Covenant sackte auf den breiten Rücken des Viehs, klammerte sich ins Fell. Vom Untergrund wallte Hitze zu ihm auf, als solle er geröstet werden, und es verschlug ihm den Atem. Aber er bemühte sich, seine Stimme zu heben. »Sucht Hohl. Schnell.« Mit einer Gebärde setzte Sunder die Tiere ostwärts in Bewegung. Sie galoppierten durch vom orangeroten Glosen des Glutgesteins verfärbte Luft vorwärts.

Clang stob mit Sunder und dem *Rukh* in bemerkenswertem Tempo davon; doch die anderen Reittiere vermochten die Geschwindigkeit mitzuhalten. Nicht einmal Clangor blieb zurück, trotz der Schmerzen, die seine entzündete Wunde ihm verursachen mußte; er stürmte, so etwas wie Raserei in seinen roten Augen, wie ein Wirbelwind dahin. Dank der Macht des Sonnenfeuers war er darauf konditioniert, jedem *Rukh* zu gehorchen. Er konnte sich Sunders Autorität nicht verweigern. Covenant war dazu außerstande zu schätzen, wie schnell sie ritten; es war ihm kaum möglich, noch zu atmen, wider die Schwalle von Hitze, die ihm entgegenfegten, die Augen offenzuhalten. Er merkte bloß, daß sie sich schnell fortbewegten. Ihm war jedoch unbekannt, mit welcher Schnelligkeit Hohl laufen konnte. Der Vorsprung des Dämondim-Abkömmlings war so ausgedehnt wie der ganze Vormittag.

Gegenwind sengte Covenant ins Gesicht. Die Kleidung fühlte sich auf seiner Haut heiß an, als hätte sie zu schwelen angefangen. Warmer Schweiß bedeckte seinen ganzen Körper. Seine Augen verströmten unablässig Tränen in das Geflimmer und die Hitze des Glutgesteins. Doch die Landläufer rannten drauflos, als feuere das Glutgestein sie mit seiner hitzigen

Leidenschaft erst so richtig an. Hollian klammerte sich an Harns Rücken. Sunder kauerte geduckt über Clangs Nacken. Die *Haruchai* ritten mit erhabenem Gleichmut. Und die Tiere liefen und liefen.

Der Untergrund aus Glutgestein lag nach allen Himmelsrichtungen ausgebreitet, als fände er nirgends ein Ende. Feuerschein verdüsterte den Himmel, verfärbte sein Gewölbe im prachtvollen Glanz geschmolzenen Erzes. Durch die Dunstschleier wirkte die Korona der Sonne wie ein Außenring aus Weißglut. Die gesamte weite Savanne glich einem riesenhaften Kohlenbecken; die Landläufer schienen eine besondere Art von Hölle zu durchqueren. Aber Sunder hatte den *Rukh* gemeistert. Solange er lebte, würden die Reittiere keine Schwierigkeiten bereiten. Und in der Tat verursachten sie keinerlei Probleme. Sie stürmten dahin, als wären sie in Flammen geboren worden. Geschwind und unermüdlich ließen sie Kilometer um Kilometer hinter sich, als würden sie abgestorbenes Laub einem Feuerofen überantworten. Covenants Atmung klang wie Geschluchze, nicht weil er keine Luft bekommen hätte, sondern weil sie ihm die Lungen versengte. Vor seinem inneren Auge erschienen Gedankenbilder des Glimmermere-Sees, von kühlem Naß, angereichert mit Erdkraft. Seine Knochen pulsierten vor Gier nach Wasser. Und die Landläufer galoppierten unablässig immer weiter.

Als sie vom Glutgestein auf harten Erdboden gelangten, bewirkte die Abruptheit des Übergangs, daß sich die trockene Luft unter der Sonne der Dürre wie eine wahre Wohltat anfühlte. Covenants Kopf ruckte hoch. Erleichterung fuhr ihm in die Brust wie ein Polarwind. Im nächsten Augenblick preschten die Landläufer über totes, von der Sonne verbackenes Erdreich, wirbelten Staubwolken auf. Das Leuchten des Glutgesteins blieb zurück; unvermittelt zeichnete das Gelände sich wieder durch Eigenschaften, Stofflichkeit und Sinngehalt aus.

Als sich Covenants Sicht geklärt hatte, sah er voraus Hohl. Der Dämondim-Abkömmling stand wie ein schwarzes Verhängnis am Ufer eines Bachs, dessen wasserloses Bett sich quer über den Weg der Reiter schlängelte. Die stumpfgrauen eisernen Bänder, die als einziges vom Stab des Gesetzes verblieben waren, betonten seine mitternächtliche Gestalt. Er schaute den Landläufern entgegen, während sie auf ihn zudonnerten, als hätte er auf sie gewartet. Er war allein.

Allein? Covenant ließ sich achtlos von Clashs Rücken purzeln, als das Tier ruckartig zum Stehen kam. Er landete ziemlich unglücklich auf den Füßen, so daß er sofort der Länge nach in den Dreck stürzte. Er wälzte sich herum, sprang auf und ging auf Hohl los. *»Was hast du mit ihr gemacht?!«* Hohl regte sich nicht. Covenant prallte gegen den Dämondim-Sproß und taumelte zurück, als wäre er gegen eine Mauer aus Obsidian gerannt. Im darauffolgenden Moment kam aus dem Bachbett Hergrom zum Vorschein. Anscheinend war er unversehrt, wenngleich das Glutgestein sein Gewand angekohlt hatte.

»Sie ist hier«, sagte er ausdruckslos, als wolle er sich nicht dazu herbeilassen, über Covenants wüstes Benehmen ein Urteil zu fällen. »Im Schatten.« Covenant hastete an ihm vorbei und sprang in den ausgetrockneten Bachlauf; der Sprung war nicht tief; Covenant fiel in Sand, fuhr herum, schaute nach Linden aus.

Sie lag auf dem Rücken im Schatten der Böschung. In der Trübnis des Schattens wirkte ihre Haut leicht gerötet; sie war dem Glutgestein recht nahe gewesen. Covenant sah sie so deutlich, als wäre sie seinem Augenlicht eingeprägt worden: ihre wie von einem Sonnenbrand verfärbte Haut, die schweißigen Strähnen ihres weizenblonden Haars, die einer Narbe vergleichbare Falte des Stirnrunzelns zwischen ihren Brauen, das einem Protest gegen das Leben ähnelte, das sie geführt hatte. Sie befand sich mitten in neuen Konvulsionen. Ihre Fersen stampften im Sand; ihre Finger wühlten an ihren Seiten den Untergrund auf; Zuckungen warfen ihren Leib hin und her, krümmten ihren Rücken. Das Grinsen eines Totenschädels verunstaltete ihr Gesicht. Gedämpfte Keuchlaute wimmerten ihr wie Fetzen von Pein durch die Zähne. Covenant warf sich neben sie, packte ihre Schultern, um ihre Arme festzuhalten. Er bekam keinen Ton heraus, vermochte in seiner Panik kein Wort hervorzubringen. Sunder und Hollian stießen zu ihm, gefolgt von Harn und Hergrom. Einen Moment später gesellten sich Brinn, Ceer und Stell dazu, die Cail trugen; auch ihn hatte jetzt ein neuer Anfall heimgesucht.

Sunder legte eine Hand auf Covenants Schulter. »Die Krankheit des Sonnenübels ist's«, sagte er leise. »So sehr ich's bedauere, doch sie kann nicht überleben.«

Lindens Wimmern verwandelte sich in ihrer Kehle in ein Geröchel, das nach Todeskampf klang, als ob sie Covenants Namen stöhne. *Linden!* Inwendig jammerte Covenant vor sich hin. *Ich kann dir nicht helfen!* Unvermittelt riß sie die Augen auf, starrte ihn an, schaute ihm über den Krampf hinweg, der ihre Zähne entblößte, ins Gesicht. »Cove ...« Ihre Kehle bemühte sich um das Wort, während die Muskeln sich zusammenkrampften und lockerten. Ihre aufeinandergepreßten Zähne glichen dem Gitter eines Visiers. Im Delirium glänzten ihre Augen überwiegend vom Weiß. »Hilf ...«

Die Anstrengung, die Linden aufbot, um zu sprechen, wrang Covenant das Herz. »Ich weiß nicht ...« Seine Stimme erstickte. »Ich weiß nicht wie.«

Lindens Lippen spannten sich, als wolle sie die Zähne ins Fleisch seiner Wangen schlagen. Die Stränge an ihrem Hals zeichneten sich so hart ab, als wären sie Knochen. Mit ungeheurer Wildheit trotzte sie der Heftigkeit ihres Anfalls ein Wort ab. *»Voure.«*

»Was?« Covenant klammerte sich regelrecht an sie. *»Voure?«*

»Gib …« Lindens extreme Qual marterte Covenant wie eine Schwertwunde. »… *Voure.«*

Meinte sie den Saft, den man zum Verscheuchen von Insekten benutzte? Covenants Augen waren trocken wie im Fieber. »Du delirierst.«

»Nein.« Die Eindringlichkeit des geächzten Wortes durchfuhr die Luft wie eine Bö. »Denke …« Ihr wüster, weißlich-starrer Blick forderte, flehte. Unter Aufbietung selbst der äußersten Reste ihrer Entschlossenheit rang sie darum, Wörter durch ihre Kehle zu zwängen. »… klar.« Die Mühsal verstärkte ihre Zuckungen. Ihr Körper bäumte sich gegen Covenants Gewicht auf, als wäre sie lebendig begraben. »Ich …« Einen Moment lang zerfloß ihre Stimme zu erneutem Gewimmer. Aber sie gab den Kampf nicht auf. »… fühle«, preßte sie heraus.

Sie fühlt? Covenant schnaufte ratlos. Was fühlte sie?

»Voure.«

Für noch einen gräßlichen Moment stand er lediglich kurz davor, sie zu verstehen. Dann begriff er. Sie fühlte! »Brinn!« schnauzte er über die Schulter. »Hol den *Voure!«* Sie fühlte. Linden konnte fühlen. Sie besaß den ihr vom Land geschenkten Unterscheidungssinn für Wohl und Übel; sie konnte die Natur ihrer Krankheit erkennen, ihre Art genau durchschauen; und ebenso den *Voure* einschätzen. Sie wußte, was sie brauchte. Der Blickwinkel ihres Starrens schreckte Covenant auf. Mit einem Ruck bemerkte er, daß niemand sich regte, Brinn ihm nicht gehorchte.

»Covenant«, sagte Sunder leise und schmerzlich, »Ur-Lord … Sie … Ich flehe dich an, gewähre meinen Worten Gehör. Das ist die Krankheit des Sonnenübels. Sie weiß nicht, was sie da redet. Sie …«

»Brinn.« Covenant sprach ziemlich gedämpft, aber seine von neuem entflammte Leidenschaft brachte Sunders Überzeugungsversuche ohne weiteres zum Verstummen. »Ihr Geist ist klar. Sie weiß ganz genau, was sie sagt. Bring den *Voure.*«

Noch immer kam der *Haruchai* der Aufforderung nicht nach. »Ur-Lord«, entgegnete er, »der Steinmeister besitzt von dieser Krankheit Kenntnis.«

Covenant mußte Lindens Arme loslassen, die Hände zu Fäusten ballen und sie sich gegen die Stirn drücken, um zu verhindern, daß er in Gebrüll ausbrach. »Der einzige Grund ...« Seine Stimme leierte, als schwanke hoch im Wind ein Kabel. »... aus dem Kevin Landschmeißer dazu in der Lage war, das Ritual der Schändung zu vollziehen, alles Leben im Land auf Jahrhunderte hinaus zu vernichten, lag darin, daß die Bluthüter dabeistanden und ihn einfach machen ließen. Er hatte ihnen befohlen, nichts zu unternehmen, und weil er Wissen besaß, gehorchten sie. Für den Rest ihres Daseins war ihr Eid mit einem Makel befleckt, ohne daß sie's gewußt hätten. Sie merkten nicht mal, daß sie Dreck am Stecken hatten, als Lord Foul sie mit der Nase hineinstieß. Erst als er ihnen zeigte, daß er sie dazu bringen kann, ihm zu dienen, haben sie's gemerkt.« Foul hatte drei von ihnen Covenant ähnlich gemacht. »Wollt ihr nun bloß hier herumlungern und noch mehr Menschen sterben lassen?« Urplötzlich verlor er die Beherrschung. Er hieb die Fäuste in den Sand. »Hol den *VOURE!*«

Brinn blickte Sunder an, dann Cail. Eine Sekunde lang zögerte er noch. Zu guter Letzt jedoch sprang er aus dem Bachlauf und begab sich zu den Landläufern. Er kam fast im Handumdrehen zurück, brachte Memlas Lederschlauch mit dem *Voure.* Mit einem Gebaren des Desinteresses, als lehne er jede Verantwortung ab, reichte er ihn Covenant. Zittrig entstöpselte Covenant den Schlauch. Es kostete ihn gewaltige Anstrengung, seine Hände soweit zu beruhigen, daß er nur ein paar Tropfen durch Lindens Zähne träufeln konnte. Anschließend beobachtete er wie in Trance – in Furcht und

Hoffen –, wie sie sich abmühte, um zu schlucken. Ihr Rücken krümmte sich, dann erschlaffte sie schlagartig, als habe sie sich die Wirbelsäule gebrochen. Covenants Blick verdüsterte sich; die ganze Welt schien durch seinen Kopf zu trudeln. Sein Verstand verwandelte sich in das Sausen und Brausen von Kondorschwingen. Er vermochte nichts mehr zu begreifen, konnte nicht denken, bis er auf einmal ein Flüstern Lindens vernahm. »Jetzt Cail.«

Diesmal reagierten die *Haruchai* augenblicklich. Daß sie um den Sachverhalt von Cails Krankheit wußte, bewies ihnen, daß sie tatsächlich mit klarem Geist sprach. Brinn nahm den ledernen Schlauch, eilte an Cails Seite. Mit Stells Unterstützung zwang er durch Cails zusammengebissene Kiefer einiges vom *Voure* in die Kehle des Kranken.

Ganz allmählich, Muskel um Muskel, entspannte sich Lindens Körper. Ihre Atmung ging leichter; an ihrem Hals entkrampften sich die Muskelstränge. Einer um den anderen lockerten sich ihre Finger. Covenant ergriff ihre Hand, umschloß mit seinen Händen ihre abgebrochenen Fingernägel, und beobachtete, wie die Verkrampfung langsam aus ihrer Gestalt wich. Ihre Beine sanken der Länge nach matt im Sand ein. Covenant hielt Lindens Hand, weil er keine Ahnung hatte, ob sie sich erholte oder starb. Dann jedoch erhielt er Aufschluß, als Brinn zu ihm kam. »Der *Voure* ist wirksam«, sagte der *Haruchai* ohne Betonung. »Cail wird genesen.« Covenant stieß einen leisen Seufzer der Erleichterung aus.

23
Die Sarangrave-Senke

Covenant betrachtete Linden, während sie schlummerte – so menschlich und gebrechlich –, bis kurz nach Sonnenuntergang. Dann weckte er sie im Licht eines von den *Haruchai* entfachten Lagerfeuers. Sie war zu schwach, um feste Nahrung zu sich nehmen zu können, deshalb flößte er ihr mit Wasser verdünnten *Metheglin* ein. Sie gesundete wirklich zusehends. Selbst seine oberflächliche Wahrnehmung konnte sich darin nicht täuschen. Sobald sie wieder eingeschlafen war, streckte er sich in ihrer Nähe im Sand aus und fing fast sofort an zu träumen.

Ihm kamen Träume, in denen wilde Magie wütete, wild und unwiderruflich destruktiv. Nichts ließ sich aufhalten, und jedes Aufbersten von energetischer Macht geschah zum diebischen Vergnügen des Verächters. Covenant gedieh zu einem Verwüster der Welt, einem Kevin Landschmeißer von einer Größenordnung, in der er alle vorstellbaren Schändungen übertraf. Das weiße Feuer entsprang der Leidenschaft, die ihn zu dem machte, was er war, und er konnte nicht …!

Die frühmorgendlichen Betätigungen seiner Begleiter weckten ihn rechtzeitig vor Anbruch der Dämmerung. Trotz der Kühle der Nacht, die über der Ödnis lag, in Schweiß gebadet, stand er auf und schaute umher. Die schwelende Asche des Lagerfeuers enthüllte ihm, daß Linden bereits wach war; sie saß mit dem Rücken an der Böschung. Wortlos kümmerte Hergrom sich um sie, gab ihr zu essen. Sie erwiderte Covenants Blick. Im unzureichenden Licht vermochte er ihre Miene nicht zu erkennen; er hatte keinerlei Vorstellung, in welchem Verhältnis sie beide sich nun eigentlich zueinander befanden.

Doch die gleichzeitige Bedeutsamkeit und Unkenntlichkeit ihres Gesichts zog ihn an. Er kauerte sich vor ihr nieder, musterte ihre Gesichtszüge. »Ich habe gedacht«, meinte er unterdrückt, als sei das eine Erklärung seines Verhaltens, »du wärst erledigt.«

»Und ich habe gedacht«, antwortete sie mit beherrschter Stimme, »ich würd's nicht mehr schaffen, 's dir begreiflich zu machen.«

»Ich weiß.« Was hätte er sonst sagen können? Doch die Unzulänglichkeit seiner Entgegnungen beschämte ihn. Er fühlte sich so sehr dazu außerstande, wirklich ihr Inneres anzusprechen.

Aber während er noch mit seinen Beschränktheiten rang, hob Linden ihm eine Hand entgegen, berührte seinen zottigen Bart. »Damit siehst du erheblich älter aus.« Ihre Stimme klang nun eher kloßig. Ein *Haruchai* machte sich daran, das Feuer neu anzufachen. Roter Schimmer spiegelte sich in Lindens Augen, als ob glühende Kohlen ihren Glanz verstärkten, Flämmchen im Innern ihres Bewußtseins. Sie sprach weiter, widersetzte sich den Emotionen, die ihr die Kehle einengten. »Du wolltest, daß ich mir Hohl ansehe.« Sie nickte in die Richtung des Dämondim-Abkömmlings, der ihr gegenüber unterhalb der anderen Böschung stand. »Ich hab's versucht. Aber ich kann ihn nicht begreifen. Er ist gar nicht lebendig. Er strotzt nur so vor Macht und Kraft, und etwas Gebieterisches geht von ihm aus. Aber all das ist … leblos. Wie dein Ring. Er kann alles mögliche sein.« Ihre Hand bedeckte ihre Augen. Für einen Moment geriet sie wieder außer Fassung. »Covenant, es schmerzt … Es schmerzt, ihn anzusehen. Das alles hier zu sehen, ist eine einzige Quälerei.« Der Feuerschein erzeugte unter dem Schatten ihrer Hand orangerote Perlen.

Gerne hätte Covenant seine Arme um sie gelegt; doch er wußte, das war nicht die Art von Trost, die sie benötigte.

Ein Wütrich hatte sie berührt, ihre Seele gepfählt. Gibbon hatte ihr versichert, ihr Gespür fürs Gesunde werde sie zugrunde richten. »Deine Fähigkeit zu sehen hat dir das Leben gerettet«, entgegnete er harsch. »Sie hat Cail das Leben gerettet.«

Lindens Schultern krampften sich zusammen. Ihr schauderte, sie ließ die Hand sinken, Covenant im erneuerten Schein der Flammen ihre Augen tränen sehen. »Sie hat *dein* Leben gerettet.« Covenant musterte sie so gleichmäßig, wie er konnte, sagte jedoch nichts, gewährte ihr soviel Zeit, wie sie brauchte. »Nach der Flucht aus Steinhausen Kristall.« Ihre Äußerungen kamen rauh über ihre Lippen. »Du hast im Sterben gelegen. Ich wußte nicht, was ich tun sollte.« Bitterkeit verzerrte ihren Mund, entstellte ihre Miene zu einer Grimasse. »Ich hatte nicht einmal meine Arzttasche dabei ... Ohne Kliniken, Labors und Instrumente sind Ärzte nicht mehr so sehr von Nutzen.« Doch im nächsten Moment hatte sie ihre Anwandlung von Nichtsnutzigkeit überwunden. »Etwas anderes ist mir nicht eingefallen, also bin ich ... in dich eingedrungen. Ich habe dein Herz gespürt, dein Blut, deine Lungen, deine Nerven ... Dein Leiden. Ich habe dich am Leben gehalten. Bis Hollian dir helfen konnte.« Sie wandte den Blick ab, ließ ihn ziellos durch den Bachlauf wandern wie einen Schuldbeladenen. »Es war entsetzlich, all diese Scheußlichkeit zu spüren. Sie zu *erleben*. Ganz so, als wäre *ich* der Befallene. Es war, als atme man Brandigkeit.« Abscheu oder Gram machte ihre Stirn knotig; doch sie zwang sich dazu, ihren Blick wieder in Covenants Gesicht zu richten. »Ich habe mir geschworen, nie wieder so etwas zu tun, solange ich lebe.«

Covenant senkte voller Pein den Kopf. Er starrte in den Schatten zwischen ihnen. Ein langer Moment verstrich, ehe er ohne Grimm zu sprechen vermochte. »So widerwärtig ist dir also meine Leprose.«

»Nein.« Ihr Widerspruch ließ seinen Kopf hochrucken. »Die Lepra war's nicht. Es war das Gift.« Bevor er ihre Zusicherung richtig fassen konnte, sprach sie weiter. »Es ist noch in dir. Es schwillt. Deshalb fällt's mir so schwer, dich anzuschauen.« Sie unterdrückte neue Tränen. »Ich kann nichts aus mir fernhalten«, sagte sie heiser. »Nichts von allem. Das Sonnenübel greift in mein Inneres. Ich kann's nicht verhindern. Du redest oft von Schändung. Das alles hier schändet *mich.«*

Was kann ich tun? klagte Covenant inwendig. *Warum bist du mir gefolgt? Weshalb hast du versucht, mir das Leben zu retten? Wieso findest du meine Lepra nicht abscheulich?* Aber er bemühte sich, ihr keine Fragen zu stellen, sondern ihr Antworten zu geben. »Das ist die Art und Weise, wie Foul vorgeht. Er ist darauf aus, Hoffnung in Verzweiflung umzuwandeln. Stärke in Schwäche. Er wendet sich gegen Dinge, die von Wert sind, und versucht, sie zu Schlechtem zu machen.« Der Verächter hatte sich Kevins Liebe zum Land bedient, den Dienst der Bluthüter mißbraucht, die Treue der Riesen und Elenas Leidenschaft benutzt, um sie alle zu Verderbten zu erniedrigen. Und Hohl war von Linden angeschaut worden, weil er, Covenant, sie dazu aufgefordert hatte. »Aber das ist eine zweischneidige Sache. Denn jedesmal, wenn er uns zu schaden versucht, bekommen wir eine Gelegenheit, gegen ihn zu kämpfen. Wir müssen in unserer Schwäche Kraft finden. Aus Verzweiflung Hoffnung schaffen.« Er langte mit seiner Halbhand zu, nahm eine Hand Lindens, drückte sie. »Linden. Es nutzt nichts, sich vor ihm verstecken zu wollen.« *Es ist ohne Nutzen, danach zu trachten, seinen Fallstricken auszuweichen.* »Wenn du die Augen verschließt, trägst du nur zu deiner Schwächung bei. Wir müssen uns so annehmen, wie wir sind. Und ihm widerstehen.« Doch seine Finger waren gefühllos; er konnte nicht spüren, ob Linden den Druck seiner Hand erwiderte oder nicht. Sie hatte den Kopf sinken lassen. Das Haar verbarg ihr Gesicht. »Linden, durch deine Fähigkeit des Sehens ist dir das *Leben* gerettet worden!«

»Nein.« Düsternis und Schatten der frühmorgendlichen Dunkelheit schienen ihre Stimme zu dämpfen. »Du hast mir das Leben gerettet. Ich besitze keinerlei Macht. Ich kann bloß sehen.« Sie entzog ihm ihre Hand. »Laß mich allein«, sagte sie kaum vernehmlich. »Es ist zuviel verlangt … aber ich will's versuchen.«

Es verlangte Covenant danach, ihr nochmals zu widersprechen; aber er hatte das Gefühl, sich nicht gegen ihr Ersuchen stellen zu können. Mit schmerzhafter Steifheit in sämtlichen Gelenken erhob er sich und latschte zum Feuer, um sich zu wärmen. Während er beiläufig in dem Bachlauf Umschau hielt, bemerkte er die zwei Steinhausener. Ihr Anblick veranlaßte ihn zum Stehenbleiben. Sie saßen ein Stück weit abseits. Sunder hatte den *Rukh* in der Faust. Schwache rote Flammen umzüngelten das Dreieck. Hollian unterstützte ihn bei seiner Tätigkeit, so wie bei seiner ursprünglichen Meisterung des *Rukh*. Covenant hatte keine Vorstellung davon, was die beiden betrieben. Zu lange hatte er ihnen keine Aufmerksamkeit mehr entgegengebracht, und er wußte nicht, was sie dachten.

Wenig später erloschen ihre Feuer. Für einen Moment saß das Paar nur da und blickte einander in die Augen, hielt sich die Hände, wie um sich gegenseitig dringend benötigten Mut zu spenden. »Ohne Sinn ist's, es zu beklagen.« Hollians Flüstern durchwisperte den Bachlauf wie eine Stimme aus Sternenlicht. »Wir müssen erdulden, was kommt, so wie wir's vermögen.«

»Ja«, bekräftigte Sunder leise. »So wie wir's eben vermögen.« Seine Stimme war sanfter, als er weitersprach. »Ich kann viel ertragen … mit dir an meiner Seite.« Als die beiden aufstanden, zog er Hollian an sich und küßte sie auf die Stirn. Covenant schaute fort, weil er sich wie ein Spanner vorkam. Doch die Steinhausener gesellten sich geradewegs zu ihm; als Sunder sich an ihn wandte, tat er es mit grimmiger Entschiedenheit. »Ur-Lord, du mußt davon Kenntnis erhalten. Von jenem Augenblick an, da ich aufgrund deiner Bitte« – er betonte das Wort mit merklicher Ironie – »den *Rukh* in Besitz nahm, hat Sorge mich beunruhigt. Solange Memla den *Rukh* hatte, wußte die Sonnengefolgschaft um ihren Aufenthalt. Daher konnte der *Zorn* über uns kommen. Deshalb befiel mich die Furcht, daß durch meine Meisterung des *Rukh* die Sonnengefolgschaft auch meinen Verbleib erkennen könne. Covenant …« Er stockte nur eine Sekunde lang. »Meine Befürchtung hat sich bewahrheitet. Meine Besorgnis, so haben wir festgestellt, war berechtigt. Mir ermangelt's am Vermögen, der Sonnengefolgschaft Trachten zu ergründen, doch ich habe über die Ferne hinweg ihre Berührung gespürt, und ich weiß, ich bin ihrer Beobachtung ausgesetzt.«

»Ur-Lord«, erkundigte Hollian sich gefaßt, »was sollen wir tun?«

»Was wir bis jetzt auch getan haben.« Covenant hatte Hollian kaum gehört; er hörte kaum die eigene Antwort. »Fliehen. Wenn's sein muß, kämpfen.« Er entsann sich Lindens von Krämpfen verzerrtes Gesicht, an ihren verkrampften Mund, die schweißigen Strähnen ihres Haars. Und wilde Magie. »Überleben.« Aus Furcht, er könne die Beherrschung verlieren, kehrte er den beiden den Rücken zu. Wer war er, um zu anderen von Überleben und Handeln zu reden, während er selbst nicht einmal mit dem fürchterlichen Anwachsen seiner Macht zurechtkam? Das Gift! Es war nun ein Teil von ihm. In dem Maße, wie seine Verfügungsgewalt über die wilde Magie zunahm, schränkte sich – diesen Eindruck hatte er – seine gesamte andere Handlungsfähigkeit ein. Er war enorm zu allem Destruktiven fähig. Und zu allem anderen außerstande. Er füllte einen Becher mit *Metheglin* und trank einen langen Zug, wie um zu verhindern, daß er laut herumstöhnte. *Macht verdirbt,* dachte er. *Weil man ihrer stets unsicher bleibt. Macht ist zuwenig. Oder zuviel. Sie lehrt das Zweifeln. Zweifel verleiten zu Gewalt.* Der Drang nach Macht verstärkte sich in seinem Innern. Teile seines Ichs lechzten nach dem Wüten wilder weißer Glut. Für einige Zeit fürchtete er sich so sehr vor sich selbst, vor den Folgen seiner leidenschaftlichen Heftigkeit, daß er nichts zu essen vermochte. Er trank von dem dickflüssigen, metähnlichen Getränk und stierte in die Flammen, versuchte zu glauben, daß er dazu in der Lage sein werde, sich zu beherrschen. Er hatte einundzwanzig Menschen getötet. Mit dem Nahen der Morgendämmerung kehrte die Erinnerung daran mit aller Lebhaftigkeit zurück. Einundzwanzig! Männer und Frauen, deren einziges Verbrechen gewesen war, daß ein Wütrich ihr Leben fehlgeleitet hatte. Als er aufblickte, sah er neben sich Linden stehen.

Sie war noch unsicher auf den Beinen, noch immer ziemlich schwach, aber sie vermochte sich wieder aufrecht zu halten. Ernst betrachtete sie ihn. »Du solltest etwas essen«, sagte sie mit einem Echo ihrer alten Strenge in der Stimme, als er den Blick senkte. Er konnte sich ihr nicht widersetzen, bemächtigte sich eines Stücks Dörrfleisch. Sie nickte, dann entfernte sie sich mit lahmen Bewegungen, um Cail zu untersuchen. Covenant kaute in versonnener Geistesabwesenheit, während er zuschaute. Cail wirkte gleichermaßen gesund wie krank. Allem Anschein nach hatte er sich von der Sonnenübel-Erkrankung erholt, seine angeborene, charakteristische Widerstandskraft und Unerschütterlichkeit zurückgewonnen. Aber seine Wunde war unvermindert stark entzündet; gegen das Gift vom Sporn des Landläufers hatte der *Voure* offenbar keine Wirkung.

Linden begutachtete die Verletzung mit einer Miene, als trample jemand auf ihren Nerven herum, dann verlangte sie Feuer und heißes Wasser. Kommentarlos erfüllten Hergrom und Ceer ihre Wünsche. Während das Wasser kochte, lieh

Linden sich Hollians Messer, desinfizierte es in den Flammen und verwendete es, um Cails Entzündung zu öffnen. Er ertrug den Schmerz in stoischer Ruhe; nur eine leichte Verspannung zwischen seinen Brauen deutete an, was er empfand. Blut und gelbliche Flüssigkeit troffen in den Sand und bildeten einen Feuchtigkeitsfleck. Trotz ihrer Schwächlichkeit waren Lindens Hände sicher. Sie wußte genau, wo und wie tief sie zu schneiden hatte. Als das Wasser fertig war, ließ sich Linden von Brinn eine Decke geben. Sie riß sie in Streifen und benutzte einige davon, um die Wunde zu waschen; mit anderen legte sie Cail einen behelfsmäßigen Verband an. Kleine Schweißtröpfchen an Cails Stirn spiegelten den Feuerschein wider; dennoch hielt er still. Er schien nicht mehr zu atmen. »Wenn wir die Infektion behoben haben, wirst du wieder in Ordnung sein.« Lindens Stimme besaß einen unpersönlichen Klang, als läse sie aus einem Lehrbuch der Medizin vor. »Du bist kräftig für fünf.« Plötzlich geriet ihre Kaltblütigkeit ins Wanken. »Es wird weh tun. Hätte ich eine Möglichkeit, den Schmerz zu vermeiden, ich würde sie wahrnehmen. Aber ich habe keine. Es ist alles in meiner Arzttasche geblieben.«

»Sei unbesorgt, Linden Avery«, antwortete Cail gleichmütig. »Ich bin wohlauf. Ich werde dir zu Diensten stehen.«

»Kümmere dich lieber um dich selbst«, raunzte sie ihn sofort an. »Gib auf den Arm acht.« Sie überzeugte sich, während sie sprach, vom festen Sitz des Verbandes. Dann goß sie kochendheißes Wasser über den Stoff. Cail ließ keinen Laut vernehmen. Wacklig richtete sich Linden auf, drehte ihm den Rücken zu und setzte sich wieder rücklings an die Böschung, als könne sie den Anblick seiner Tapferkeit nicht verkraften.

Einen Moment später erregte Hohl die Aufmerksamkeit Covenants. Die ersten Sonnenstrahlen rührten an Hohls Kopf, hoben seine Umrisse aus der Dunkelheit, machten ihn zu einem Inbegriff der Schwärze und Geheimnisse. Eilends suchten

Sunder und Hollian sich steinigen Untergrund. Covenant half Linden beim Aufstehen. Die *Haruchai* verharrten, wo sie sich befanden. Alle erwarteten den Anbruch des Tageslichts. Die Sonne schob sich über den Rand der Böschung, trug Braun wie ein schmuddliges Totenhemd der ganzen Welt. Sie verhieß Durst und Halluzinationen, gebleichte Knochen, Fieber und Hitzeblasen. »Es ist schwächer!« Linden keuchte unwillkürlich auf. Doch da stöhnte sie, ehe Covenant verstand, was sie meinte, vor Enttäuschung. »Nein. Ich werde wohl allmählich verrückt. Es hat sich nicht verändert.«

Verändert? Ihre Bitternis erzeugte in Covenant einen Strudel von Befürchtungen, während man das Lager abbrach, die Landläufer bestieg und nach Osten ritt. Stand sie so sehr unterm Eindruck ihrer Furcht, daß sie ihrer Sicht nicht länger trauen konnte? Durch die erlittenen Anfälle war ihr Haar dunkel von Schweißnässe, wie von Strähnen feuchter Pein durchzogen. Aber sie war anscheinend wirklich auf dem Wege zur Besserung. Ihre Kopfwunde war relativ harmlos gewesen. Die Gefährten ritten in die von der Sonne verödete Wüstenei der Nordlandebenen hinaus, als überquerten sie einen Amboß. Warum wußte er so wenig über Linden? fragte sich Covenant.

Aber am darauffolgenden Morgen war Linden gefestigter und selbstsicherer. Sie hielt den Kopf hoch, als bereite er ihr kein Unbehagen mehr. Als sie den Aufgang der dritten Sonne der Seuchen erwartete und die Sonnenscheibe erblickte, spannte sich ihre ganze Körperhaltung an. »Ich habe recht gehabt«, knirschte sie. »Es *ist* schwächer.« Im nächsten Moment schrie sie auf. »Da!« Sie richtete den Arm wie zur Anklage auf den Horizont. »Habt ihr's gesehen? Es hat sich verändert. Erst war's schwächer, dann ist es wieder stärker geworden. Als hätte es irgendeine Begrenzung überwunden.« Niemand sagte etwas. Sunder und Hollian beobachteten Linden, als befürchteten sie, die Sonnenübel-Erkrankung hätte ihren Verstand beeinträchtigt. Die *Haruchai* musterten sie aus ausdruckslosen Mienen. »Ich hab's gesehen.« Ihr Tonfall klang schroffer. »Ich bin nicht verrückt.«

Covenant zuckte zusammen. »Wir haben nicht deine Sicht.«

Für einen Moment starrte sie ihn an, dann machte sie auf dem Absatz kehrt und entfernte sich zu den bereitstehenden Landläufern. Danach ritt sie dahin, als wäre sie verärgert. Trotz der trockenen Grausamkeit der Sonne und der Anstrengung, die sie aufbieten mußte, um sich auf Clashs Rücken zu halten, kehrten ihre Kräfte zurück. Und mit ihr gewann sie auch ihre frühere Härte wieder. Die Fähigkeit, den Zustand des Landes erkennen zu können, hatte sie bereits soviel gekostet; und nun zweifelten ihre Gefährten allem Anschein nach an dem, was sie sah. Sogar Covenant glaubte ihr bestenfalls halb. Jede Schwächung des Sonnenübels war ein Anzeichen von Hoffnung. Sollte ihre Beobachtung deshalb falsch sein? Nach allem, was sie durchgemacht hatte?

Als die kleine Gemeinschaft sich zur Nacht lagerte, verzehrte sie eine Mahlzeit, behandelte nochmals Cails Wunde und legte sich schlafen. Aber schon lange vor der morgendlichen Dämmerung stapfte sie auf den verdorrten Schollen des Untergrunds hin und her, als zähle sie die Sekunden, während sie einer Offenbarung harre. Ihre Anspannung verriet deutlich, wie sehr sie es nötig hatte, recht zu behalten, wie stark sich ihr zermürbtes Gemüt nach Erleichterung sehnte. An diesem Morgen ging in rotem Glanz eine Sonne der Seuchen auf. Sie färbte die herben Umrisse der Ödnis karmesinrot, machte die Wüstenei nahezu lieblich rosig, fremdartig wie einen rotvergoldeten Friedhof. Aber obwohl er seine Augen anstrengte, bis Bilder von Feuer sein Hirn durchgaukelten, konnte Covenant beim besten Willen keine Abschwächung des Sonnenübels feststellen. Linden jedoch nickte nachdrücklich, als sei ihre

Erkenntnis bestätigt worden. »Die Auserwählte ist von weitreichender Sicht«, sagte Brinn in der Tat einen Moment später in gleichmütigem Tonfall. Er verwendete ihren Titel wie in Anerkennung von Autorität. »Die Verderbtheit der Sonne ist vermindert.«

»Dergleichen ist mir über«, bemerkte Sunder leise und in hörbarer Frustration. »Ich kann eine solche Milderung nicht erkennen.«

»Du wirst's noch können«, sagte Linden. »Wir kommen der Sache näher.«

Covenant schwindelte auf einmal vor Hoffnung. »Näher? An was?« Ließ das Sonnenübel wahrhaftig nach?

»Das frage die Auserwählte.« Mit einem Schulterzucken wies Brinn alle Verantwortung für das, was er sah, von sich. »Wir wissen nichts davon.«

Covenant drehte sich Linden zu. »Ich werd's dir sagen.« Sie mied seinen Blick. »Wenn ich mir sicher bin.«

Covenant verkniff sich einen Fluch und riß sich zusammen. *Es ist zuviel verlangt,* hatte sie gesagt. *Aber ich will's versuchen.* Er hegte für sie Verständnis. Sie versuchte es. Sie wollte dem trauen können, was sie sah; sie fürchtete einen Irrtum, neue Pein. Doch es bereitete ihm Mühe, sie in Ruhe zu lassen.

Linden spähte ununterbrochen ostwärts, während die *Haruchai* Nahrung, Wasser und *Voure* austeilten. Linden aß desinteressiert, achtete noch immer nicht auf Brinns Männer, als sie schon die Landläufer zum Aufbruch fertigmachten. Aber im gleichen Moment, als Sunder die Reittiere brachte, hob sie ruckartig den Arm. »Da!« schrie sie.

Brinn schaute empor zur Sonne. »Ja. Die Verderbtheit wird wieder stärker.«

Insgeheim stöhnte Covenant. Kein Wunder, daß sie nicht erklären mochte, was sie beobachtete. Wie sollte sie so etwas nur ertragen? Mürrisch stieg er hinter Linden und Brinn auf

Clash. Der Trupp zog hinaus in die wüste Öde. Unter der Sonne der Seuchen verwandelten sich die Ebenen in eine Landschaft der Stille und Skorpione. Nur das Geklapper, das die Hufe der Landläufer hervorriefen, durchdrang die windstille Luft; und bald war auch dies Geräusch zu einem unauffälligen Bestandteil der Stille geworden. Insekten flitzten über das Gestein oder staksten durch den Sand, ohne einen Laut zu erzeugen. Der Himmel war jeglichen Lebens so bar, als wäre er ein Grabgewölbe. Mit der Zeit verfiel Covenant in düstere, fatale Stimmung. Die Ebenen schienen gespenstisch mit all dem Blut getränkt zu sein, das er vergossen hatte. Unwissentlich spielte er an seinem Ring, drehte ihn um den Finger, als jucke es ihm in den Knochen nach weißem Feuer. Doch er verabscheute Töten, war sich selbst zuwider. Und er empfand Furcht. *Wir müssen uns so annehmen, wie wir sind.* Wo hatte er sich die Arroganz oder zumindest die Geschmacklosigkeit angeeignet, um solche Dinge von sich geben zu können?

In der folgenden Nacht führten seine Erinnerungen und Träume dazu, daß ihm die Haut brannte, als begehre er die eigene Opferung, eine Chance, seine alte Schuld im Feuer zu tilgen. Lena stand vor seinem geistigen Auge, als wäre ihr Abbild den Rückseiten seiner Augäpfel eingeätzt worden. Trotz der Frühreife ihres Körpers ein Kind. Er hatte sie geschlagen, seine Fäuste in ihr Kleid gekrallt, es zerrissen … Die Erinnerung an ihren Schrei war für ihn das Destillat eines Alptraums. *Er war moralisch ein Aussätziger.*

Du bist mein. Ein Geschöpf der wilden Magie und des Zweifels war er; und die lange Nacht war, so wie das ganze Land, das wehrlos unter dem Sonnenübel lag, gleichfalls eine Wüste.

Aber am nächsten Morgen, als die Sonne in ihrer karmesinroten Verpestung aufging, konnte auch er sehen, ihre Aura war schwächer. Sie wirkte fahler, beinahe in Frage gestellt.

Auch Sunder und Hollian erkannten nun die Veränderung. Und diesmal behob sich die Schwächung erst gegen Mitte des Vormittags. Sobald die Sonne den ersten Viertelkreis des Himmels verließ, überwand die Aura anscheinend irgendeine Art von Schwelle; und das Sonnenübel stülpte sich über die Ebenen wie ein Kuppeldach. Intuitive Einsichten versuchten sich in Covenants Kopf Durchbruch zu verschaffen; er hatte das Gefühl, dicht vor Erkenntnissen zu stehen. Aber sie kamen ihm nicht. Da ihm Lindens Durchblick fehlte, blieb er allem Anschein nach auch dazu außerstande zu interpretieren, was sich seinen Augen darbot. Eine seltsame Form von Blindheit behinderte ihn …

Am Abend erreichten die Gefährten den Landbruch. Nun wußte Covenant, wo er sich befand. Der Landbruch war jener jähe, steile Abgrund, der das im Westen gelegene Oberland vom östlichen Unterland trennte. Er verlief von weit im Südlandrücken in grob nordnordwestlicher Richtung bis hinauf zu den unerforschten Nordlandhöhen. Etliche Kilometer weiter südlich lag der Donnerberg, auch Gravin Threndor genannt, ragte über die Klippe auf, die Knie im Unter-, die Ellbogen im Oberland. Tief in seinen finsteren Eingeweiden war der Ort, an dem man den Weltübel-Stein entdeckt hatte. Und tief in seinem düsteren Herzen war auch die verborgene Höhle namens Kiril Threndor, in der Lord Foul der Verächter nun seine Wohnstatt genommen haben sollte. Die Sonne sank bereits, als die Gefährten ihren abendlichen Halt machten. Der Schatten des Landbruchs, in dieser Gegend achthundert bis neunhundert Meter hoch, verdunkelte alles, was es im Osten zu sehen gab. Doch Covenant wußte, was sich dort unten erstreckte: das mörderische Sumpfland der Sarangrave-Senke. Schon in längst dahingegangenen Zeitaltern war die Sarangrave-Senke zu dem geworden, was sie heute war – eine Welt aus einer Wirrnis von Wasserläufen, exotischen Lebens und tückischer Gefahren –, und zwar durch die Einwirkung des Stroms, der Unflatfluß hieß. Dessen Fluten kamen aus den Katakomben im Innern des Berges zwischen den Knien des Donnerbergs zum Vorschein, nachdem sie die Brut- und Zuchthöhlen der Höhlenschrate und Dämondim-Nachfahren, Leichen- und Abfallgruben, Laboratorien und Schmieden durchflossen hatten und dabei mit nicht mehr zu beseitigendem Schmutz und Unrat verunreinigt worden waren; und indem der Fluß diese Verpestung durch die ganze Senke trug und verbreitete, verdarb er einen einst wunderschönen Landstrich, verwandelte eine marschige Heimat von Reihern und Orchideen in einen verwilderten Zufluchtsort für alles Mißratene. Während der vergangenen Kriege hatte Lord Foul vieles vom Rohmaterial für seine Armeen in der Sarangrave-Senke gefunden. Covenant kannte sich bezüglich der Sarangrave-Senke aus, weil er sie schon einmal – südlich des Donnerbergs, vom Landbruch herab – mit eigenen Augen gesehen hatte. Mit durch das Land geschärftem Blick hatte er sie betrachtet, einer Art des Sehens, über die er diesmal nicht verfügte. Aber auch aus anderen Quellen besaß er gewisse Kenntnisse über diese Region. Während seiner Aufenthalte zu Schwelgenstein hatte er einiges über sie gehört. Und noch mehr hatte er von dem Bluthüter Runnik erfahren; Runnik hatte mit Korik zwei Lords, Hyrim und Shetra, zur Wasserkante begleitet, wo sie gegen Lord Foul den Beistand der Riesen einholen sollten; Lord Shetra war in der Sarangrave umgekommen, und Runnik war mit Mühe und Not mit dem Leben entronnen, um zu Schwelgenstein Bericht erstatten zu können.

In Covenants Magengegend breitete sich ein mulmiges Gefühl aus, als er sich die Sarangrave-Senke unter einer Sonne der Seuchen ausmalte. Ohne Zweifel würde er Runniks Erzählung an seine Gefährten weitergeben müssen. Die *Haruchai* schlugen das Lager einen Steinwurf weit vom Rande der gewaltigen Klippe entfernt auf, weil Covenant sich weigerte, im Dunkeln näher heranzugehen; er fühlte sich zu schwach gegenüber der Verlockung von Abgründen. Sobald er gegessen und sich mit *Metheglin* gestärkt hatte, kauerte er sich dicht ans ruhelose Wabern des Lagerfeuers, vertiefte sich in seine Erinnerungen und bat seine Begleiter um Gehör. Linden saß auf der anderen Seite der Flammen. Covenant hätte sie gern in seiner unmittelbaren Nähe gespürt; aber das Feuer, das zwischen ihnen lohte, hielt sie auf Distanz. Sunder und Hollian sah er undeutlich an den Grenzen seines Blickfelds. Seine Konzentration richtete sich auf das Knistern des Brennholzes und seine Erinnerungen an Runniks Bericht.

Faust und Felsenfest-Treue, hatten die Bluthüter gesagt. *Wir werden nicht scheitern.* Aber sie waren gescheitert. Soviel wußte Covenant. Sie hatten versagt, waren der Verderbtheit verfallen und in den Tod gegangen. Ihr Eid war gebrochen, die Riesen waren hingemetzelt worden. Diese Ereignisse waren jedoch gar kein Bestandteil dessen, was er erzählen mußte. Um den alten Schmerz des Erinnerns zu unterdrücken, stellte er sich Runniks Gesicht vor. Mit einer Andeutung von Kummer und Weh in den Augen hatte der Bluthüter vor Hoch-Lord Elena, Lord Mhoram, Hile Troy und dem Zweifler gestanden. Der Flammenschein eines Lagerfeuers hatte die Nacht schroff erhellt. Covenant entsann sich noch der genauen Worte Runniks. *›Die Anschläge des Lauerers. Daß Lord Shetra gefallen ist.‹ Hölle und Verdammnis!* In mattem Ton gab er den wesentlichen Gehalt der Geschichte wieder. Als er die Sarangrave-Senke das erste Mal sah, war sie eine Gegend siecher Üppigkeit und unterschwelligen Todes gewesen; scheues Wassergetier und maliziöse Bäume hatte es dort gegeben; Tümpel klaren Gifts hatten sie geziert; durch Treibsand war sie schon damals streckenweise unpassierbar gewesen; Blumen der Lieblichkeit und Abartigkeit hatten überall geblüht. Sie hatte sich als Landstrich enthüllt, in der die Natur in weiten Zügen arglistig geworden war, verseucht und gierig. Aber nicht schlecht. Sie war trotzdem auf die gleiche Weise schuldlos geblieben, wie Unwetter und Raubtiere als unschuldig galten. Die Riesen, die vorsichtig zu sein verstanden, waren stets dazu imstande gewesen, die Senke unbeschadet zu durchqueren. Doch vierzig Jahre danach, als Korik und seine Truppe vom Landbruch herab über sie ausgeschaut hatten, war die Sarangrave verändert gewesen. Schlummerndes Übel war geweckt worden. Und dies Übel, von Runnik ›Lauerer der Sarangrave‹ genannt, hatte Lord Shetra der Mitte und dem Schutz von fünfzehn Bluthütern entrissen und zu Tode gebracht. Von fünfzehn Bluthütern ... Der Lauerer war für Stärke empfindsam gewesen, von Macht angelockt worden. Erst hatten die Ranyhyn, dann die Bluthüter selbst unwissentlich die Gefahr auf Koriks Truppe gezogen. Und von den Boten, die Korik ausgeschickt hatte, um den Hoch-Lord zu benachrichtigen, war nur Runnik lebend durchgekommen.

Nachdem Covenant verstummt war, schwiegen seine Begleiter für eine Weile. »Können wir diesen gefahrvollen Landstrich«, meinte dann Hollian verunsichert, »nicht umrunden?«

Covenant blickte nicht auf. »Früher war das ein Umweg von hundert Längen. Ich weiß nicht, wie weit er heute sein könnte.« Hatte die Sarangrave-Senke sich unterm Sonnenübel ausgedehnt, oder war sie geschrumpft?

»Soviel Zeit haben wir nicht«, sagte unverzüglich Sunder. »Oder sollten wir's etwa wagen, einen zweiten *Zorn* über uns kommen zu lassen? Derweil wir reden, beobachtet uns die Sonnengefolgschaft. Wenn ich die Hand an dies Eisen lege, spüre ich in meinem Herzen die Augen des Sonnenfeuers. Sie verheißen nichts als Unheil.«

»Die Sonnengefolgschaft kann nicht ...«, begann Linden, unterbrach sich jedoch mitten im Satz.

»Die Sonnengefolgschaft«, äußerte Covenant, »tötet Tag für Tag Menschen, um das verdammte Sonnenfeuer am Brennen zu halten. Was glaubt ihr wohl, wie viele Menschenleben ein Umweg von hundert Längen kosten dürfte?«

Hollian wand sich unbehaglich. »Mag's sein, daß es diesen Lauerer nicht mehr gibt? Das Sonnenübel wandelt alles. Kann's nicht sein, daß auch die Sarangrave-Senke verändert worden ist?«

»Nein«, sagte Linden. Aber als Covenant und die Steinhausener sie scharfen Blicks ansahen, gab sie nur gemurmelt eine ausweichende Antwort. »Näheres kann ich morgen früh sagen.« Indem sie Decken um sich wickelte, als wären sie ein Schild gegen fremde Berührungen, wandte sie sich ab.

Nachdem auch Sunder und Hollian sich zur Nachtruhe gebettet hatten, saß Covenant noch für einige Zeit am Feuer und sah zu, wie die Flammen niederbrannten, rang mit sich selbst, versuchte der Lästigkeit zu widerstehen, mit welcher der Landbruch an den unteren Schichten seines Bewußtseins saugte, suchte zu erraten, was Linden in bezug auf das Sonnenübel entdeckt haben mochte, und bemühte sich außerdem, den Mut zu sammeln, den er zum Betreten der Sarangrave benötigen würde.

Du bist mein.

Er erwachte, gequält von Macht und verhärmt, kurz vor Anbruch der Morgendämmerung und stellte fest, daß sich Linden, die Steinhausener sowie Cail, Harn und Stell bereits erhoben und an den Rand des Landbruchs begeben hatten. Die Luft war kühl, und Covenants Gesicht fühlte sich starr und dreckig an, als befände es sich im Griff seiner Träume, die es mit unreinen Fingern berührten. Er schauderte und stand auf, schlackerte mit den Armen, um sie zu erwärmen, dann nahm er von Brinn einen Becher *Metheglin* entgegen. »Ur-Lord«, sprach Brinn ihn an, als Covenant trank. Seine Haltung erregte Covenants Aufmerksamkeit, als habe er ihm eine Hand auf die Schulter gelegt. In der Düsternis wirkte Brinn so unerschütterlich wie Stein; doch sein Gebaren vermittelte einen Eindruck von Wichtigkeit. »Wir mißtrauen den Landläufern.« Covenant runzelte die Stirn. Brinn hatte ihn überrascht. »Die alten Erzähler«, erläuterte Brinn, »kennen den Bericht, den der Bluthüter Runnik Hoch-Lord Elena gegeben hat. Wir haben vernommen, daß die Abgesandten, die man zu den Riesen der Wasserkante geschickt hat, dem Lauerer der Sarangrave-Senke durch Erdkraft verraten worden sind. Die Erdkraft, die den Ranyhyn innewohnte, war allen offenbar, die sie ritten. Auch der Eid der Bluthüter stand im Zusammenhang mit der Erdkraft. Wir jedoch haben keinen Eid geschworen, der unser Leben bestimmt. Die wilde Magie braucht nicht angewendet zu werden. Der Steinmeister und die Sonnenseherin brauchen sich nicht ihrer Kenntnisse zu bedienen. So läßt sich vermeiden, daß der Lauerer unserer gewahr wird.«

Covenant nickte, als er verstand, was Brinn meinte. »Die Landläufer«, sagte er gedämpft, »sind Geschöpfe des Sonnenübels. Du befürchtest, sie könnten unsere Anwesenheit preisgeben.«

»Ja, Ur-Lord.«

Covenant buckelte die Schultern, dann zuckte er mit den Achseln. »Wir haben keine Wahl. Zu Fuß würden wir zuviel Zeit verlieren.« Brinn nahm die Antwort mit einer knappen Verbeugung auf. Für einen Augenblick wirkte der *Haruchai* Bannor dermaßen ähnlich, daß Covenant beinahe laut aufstöhnte. Auch Bannor hätte seine Bedenken vorgetragen – und dann ebenso Covenants Entscheidung ohne Fragen akzeptiert. Plötzlich befiel Covenant das Gefühl, als träten seine Toten wieder ins Leben, daß Bannor in Brinn gegenwärtig sei, gleichmütig und tadellos treu; daß Elena in Linden wiedergeboren sei. Die Vorstellung drohte ihm das Herz zu sprengen. Doch da ließ ein Ausruf ihn zum Landbruch herumwirbeln.

Die Sonne ging auf. Indem er sich innerlich gegen das Schwindelgefühl stählte, das ihm bevorstand, eilte Covenant zu seinen Gefährten am Rande der Klippe. Im Osten schob sich die Sonne in fahlem Rot über den Horizont, als habe sie gerade Blut zu verströmen begonnen. Licht fiel auf die Höhe der Steilwand, ließ jedoch das gesamte Unterland im Dunkeln, als wäre sie ein ausgedehntes Gebiet, dessen Erdreich die Nacht langsam aufsauge. Aber wenngleich Covenant die Senke nicht erkennen konnte, schaute er doch mit aller Deutlichkeit die Sonne. Ihre Aura war schwächer. Schwächer noch als am vorherigen Morgen. Linden betrachtete sie einen Moment lang eindringlichen Blicks, dann fuhr sie herum und ließ ihn nach rechts und links über die Länge des Landbruchs schweifen. Covenant hörte Insekten summen, als hätten sie sich soeben aus dem leblosen Untergrund erhoben. »Mein Gott!« Linden war aufgeregt. »Ich *habe* recht gehabt.« Covenant blieb ruhig, wagte kaum auszuatmen. »Hier ist die Grenzlinie.« Linden sprach durch die Erregung plötzlichen Begreifens in abgehackten Sätzen. »Der Landbruch. Er ist wie eine Schranke.« Ihre Hände deuteten anscheinend irgendwelche Konsequenzen in der Luft an. »Ihr werdet's sehen. Wenn die Sonne die Klippe überquert … heute mittag … dann wird das Sonnenübel wieder so stark wie vorher sein.«

Schwerfällig schluckte Covenant. »Wieso?«

»Weil die Atmosphäre anders ist. Das Ganze hat überhaupt nichts mit der Sonne zu tun. Diese Korona ist bloß ein visueller Eindruck. Wir sehen sie, weil wir die Sonne durch die Atmosphäre anschauen. In Wirklichkeit ist das Sonnenübel in der Luft. Die Sonne verändert sich gar nicht. Aber die *Luft* …« Covenant unterbrach sie nicht; aber im Hintergrund seines Bewußtseins erwog er, was sie äußerte. Irgendwie kam es ihm einleuchtend vor; eine Macht, die ausreichte, um die Sonne zu beeinflussen, war eigentlich undenkbar. »Das Sonnenübel ist wie ein Filter. Eine Methode, um die normalen Strahlen der Sonne negativ zu verändern. Ihnen eine schädliche Wirkung zu verleihen.« Sie richtete ihre Worte an ihn, als versuche sie, ihm trotz seiner Blindheit etwas einsichtig zu machen. »Die Wirkung besteht nur westlich von hier. Im Oberland. Was man dort unten sieht« – sie nickte ostwärts – »ist bloß so was wie ein Überlappen. Deshalb wirkt die Korona von hier aus so schwach. Hier sind wir außerhalb der Reichweite der Sonnengefolgschaft. Und es kann durchaus sein, daß die Sarangrave-Senke noch so ist, wie du sie in Erinnerung hast.«

Nur westlich …? dachte Covenant. Aber wie war das möglich? Es *gibt Wind … Stürme* … Linden bemerkte die unausgesprochene Frage in seiner Miene. »Es ist in der Luft«, beharrte Linden. »Aber es ist wie eine Strahlung. Sie muß vom Erdboden ausgehen. Irgendwo muß sie mit der Erdkraft zusammenhängen, von der du dauernd redest. Das Sonnenübel ist in Wahrheit eine Entartung der Erdkraft.«

Eine Entartung der Erdkraft! Sobald er das vernahm, schien sich um Covenants Kopf alles zu drehen, als all seine vagen Ahnungen sich unversehens verdichteten. Sie hatte recht. Vollständig recht. Er hätte selbst darauf kommen müssen. Der Stab des Gesetzes war vernichtet … Und Lord Foul hatte sich im Donnerberg niedergelassen, der am Rande des Landbruchs emporragte, westlich des Unterlands. Natürlich konzentrierte der Verächter das Sonnenübel auf das Oberland. Den Großteil des Ostens hatte er ohnehin in der Gewalt. Alles war völlig klar. Nur einem Blinden konnten solche Dinge entgehen. Für einen langen Moment beschäftigten ihn Einzelheiten der neuen Erkenntnis. Lord Foul hatte die Erdkraft selbst gegen das Land gewendet. Die Reichweite des Sonnenübels war begrenzt. Aber wenn es einmal stark genug, die Wirkung einmal tief genug sein sollte … Doch da kam ihm erstmals etwas anderes, das Linden gesagt hatte, richtig zu Bewußtsein. *Und es kann sein, daß die Sarangrave-Senke …* Er zwang sich zum Nähertreten, nötigte seine widerwilligen Gliedmaßen dicht an den Landbruch, um in die Tiefe blicken zu können. *Hölle und Verdammnis!*

Der vom Horizont geworfene Schatten hatte sich mittlerweile bis in die untere Hälfte der Steilwand abgesenkt. Auf den Gewässern der Sarangrave-Senke begann sich schwaches, rosarotes Licht widerzuspiegeln. Bläßliche Juwelen, rosig und zart, schienen sich aus dem Grunde des ausgedehnten Schattenlandes auszubreiten, schimmerten und glitzerten, bildeten ein Netzwerk von Linien, als schäle sich aus dem Dunkel eine riesenhafte Einlegearbeit, eine Karte der im Weichen begriffenen Nacht. Oder ein Fangnetz. Während die Sonne höherstieg, verfärbten die Edelsteine sich gelblicher, ihr Netz gestaltete sich dichter. In seinen Querverbindungen und Verzweigungen enthüllten sich die Lebensadern der Sarangrave – Ausdruck ihres Lebens, Falle und Anatomie in einem. Dann leuchteten plötzlich sämtliche Wasserläufe weißlich auf, als die Sonne auf die Senke zu scheinen anfing. Nach fünf Tagen Aufenthalt in den verödeten Ebenen empfand Covenant all das Wasser und üppige Grün dort unten als regelrecht erquicklich, lieblich und faszinierend, etwa auf die Weise, wie Nattern und Belladonnen es sein konnten. Linden jedoch stand neben ihm und starrte aus geweiteten Augen über das Marschland aus. *O mein Gott*, sagten ihre Lippen immer wieder; aber sie erzeugten keinen Laut. Bang krampfte sich Covenants Herz zusammen. »Was siehst du?«

»Dort hinunter willst du?« Entsetzen erstickte Lindens Stimme. »Bist du verrückt?«

»Linden!« brauste er auf, als wäre ihr Grauen ein Vorwurf, den er nicht hinnehmen konnte. Covenants Handrücken brannten wie von Gift, schwelgten in gieriger Lust nach der Gewalt wilder Magie. War sie blind für den Druck, der in ihm anwuchs? Taub gegenüber den Opfern der Sonnengefolgschaft? »Ich kann nicht sehen, was du siehst.«

»Ich bin Ärztin«, keuchte Linden, als leide sie an inneren Blutungen. »Oder ich war's. Soviel *Schlechtigkeit* kann ich nicht ertragen.«

Nein! Angesichts ihrer Qual verflog Covenants Ärger. *Sag so etwas nicht. Du würdest uns beide ins Unheil stürzen.* »Ich verstehe. Besser als sonstwer. Sag mir, was es ist.«

Linden hob nicht die Augen, vermied es, ihn anzuschauen. »Sie lebt.« Ihre Stimme sprach in einem Flüstern des Schauderns. »Die ganze Gegend ist lebendig.« Gibbon hatte ihr verheißen, sie werde das Land vernichten. »Sie ist voller Gier.« Covenant wußte nichts über sie. »Wie ein Wütrich.«

Ein Wütrich? Covenant fühlte sich der Versuchung ausgesetzt, mit ihr herumzubrüllen. *Was für eine Art von Mensch bist du? Weshalb hat Foul gerade dich ausgesucht?* Aber er brachte sich mit einer brutalen Willensanstrengung zur Ruhe. »*Ist* es ein Wütrich?«

Linden schüttelte den Kopf. Sie schüttelte ihn immerfort weiter, als fände sie kein Ende all der Dinge, die sie zu leugnen gedachte. »Wütriche sind ...« Sie mußte sich erst eine passende Beschreibung überlegen. »Sie sind typischer. Sie haben Bewußtsein. Aber es *ist* eine Form von *Besessenheit.*« Sie sprach das letzte Wort aus, als werde ihr davon übel. Ihre Hände tasteten nach ihrem Mund. »Hilf mir.«

»Nein.« Er weigerte sich nicht aus bösem Willen; seine Arme schmachteten regelrecht danach, sie zu umfangen. Doch das war nicht die Hilfe, die sie nötig hatte. »Du kannst es aushalten. Der Alte hat dich mit gutem Grund ausgewählt.« Er suchte nach Möglichkeiten, um sie zu überzeugen. »Konzentrier dich darauf. Benutze das, was du siehst, um dir selber zu helfen. Um zu erkennen, womit du's zu tun hast. Kann dieses Etwas dort unten uns wahrnehmen? Kannst du das feststellen? Wird's uns bemerken, wenn wir versuchen, die Senke zu durchqueren?«

Linden schloß die Augen, verschloß sie dem, was sie sehen konnte. Dann jedoch zwang sie sich wieder zum Hinschauen. »Ich weiß nicht«, sagte sie abgehackt, während sie gegen den Abscheu ankämpfte. »Es ist so groß. Wenn's uns nicht bemerkt … Wenn wir keine Aufmerksamkeit erregen …«

Wenn wir nicht die Art von Kräften zeigen, vollendete Covenant an ihrer Stelle, *von der es sich nährt. Ja.* Aber eine plötzliche Vision wilder Magie suchte ihn heim wie Lähmung. Er wußte nicht, wie lange er den Druck niederhalten konnte. Mit einem Ruck setzte er sich in Bewegung, wandte sich an Brinn, zuckte aufgrund der Emotionen zusammen, die in seinem Tonfall zum Ausdruck kamen. »Macht die Landläufer bereit. Sucht einen Weg nach unten. Sobald wir was gegessen haben, ziehen wir los.« Als er sich von dem *Haruchai* abkehrte, prallte er beinahe gegen Sunder und Hollian. Die beiden lehnten aneinander, als müßten sie sich stützen. An den Seiten von Sunders Kinn traten die Muskelstränge knotig hervor; ein Runzeln der Anspannung oder des Unbehagens furchte seine Stirn. Die Gesichtszüge der jungen Sonnenseherin waren aus Beunruhigung fahl. Einen Moment lang war der Anblick des Paars mehr, als Covenant zu verkraften vermochte. Weshalb war er dazu verurteilt, anderen Menschen stets nur Kummer und Schmerz zu bereiten? »Ihr müßt ja nicht mitkommen«, herrschte er die zwei mit unbeabsichtigter Grobheit an.

Sunder straffte sich ruckartig. Hollian blinzelte Covenant an, als habe er ihr eine Ohrfeige gegeben. Aber noch ehe Covenant sich soweit zusammenreißen konnte, um sich zu entschuldigen, streckte sie einen Arm aus und legte eine Hand auf seinen Unterarm. »Ur-Lord, du mißverstehst uns.« Ihre Stimme glich im Klang der schlichten Geste ihrer Berührung.

»Schon längst haben wir aller Erwägungen entsagt, uns dir etwa zu verweigern.«

Mit Mühe löste Sunder die Verkrampfung seiner Kiefer. »Das ist wahr. Hast du das nicht erkannt? Die Gefahren bedeuten uns nichts. Wir befinden uns bereits so weit jenseits unserer gewohnten Erfahrungen, daß eine Gefahr uns nicht mehr als die andere besagt. Und Linden Averys Worten zufolge wird die Bedrohung durch die Sonnengefolgschaft alsbald von uns genommen sein.« Covenant musterte den Steinmeister, die Sonnenseherin. »Nein, Covenant«, fügte Sunder hinzu. »Unsere Besorgnis ist gänzlich anderer Natur. Wir stehen davor, eine Gegend des Landes aufzusuchen, wo das Sonnenübel keine Macht besitzt. Keineswegs lieben wir das Sonnenübel. Wir sind nicht von Sinnen. Aber ohne es ...« Er zögerte, sprach dann weiter. »Welchem Zweck dienen wir noch? Welchen Wert haben wir für dich? Wir haben Andelain nicht vergessen. Das Sonnenübel hat uns zu dem gemacht, was wir sind. Unter einer anderen Sonne werden wir dir vielleicht nur zur Last fallen.«

Das offene Eingeständnis der Verunsicherung, die das Paar empfand, rührte Covenant. Er war Leprotiker; er verstand vollkommen, was die beiden sagten. Aber er glaubte, daß das Sonnenübel sich beheben ließ, er mußte glauben, daß es für sie nicht die ganze Wahrheit ihres Lebens bleiben konnte. Wie sonst könnte er weitermachen? »Ihr seid meine Freunde«, sagte er durch die plötzliche Kloßigkeit in seiner Kehle. »Wir wollen's versuchen und abwarten, was sich ergibt.« Indem er um Beherrschung rang, wandte er sich ab, um etwas zu essen. Die Gefährten scharten sich um ihn. Sie aßen in völligem Schweigen, als ob sie auf dem Schrot ihrer inneren Angespanntheit kauten.

Wenig später meldete Ceer, daß man einen Weg gefunden hatte, der über die Klippe nach unten führte. Hergrom und Cail begannen die Landläufer wieder zu beladen. Lange bevor

Covenant genug Mut gesammelt hatte, waren sie allesamt von neuem aufgesessen und unterwegs. Ceer, Hergrom und Cail ritten auf Annoy voran. Dank der von Linden vorgenommenen Behandlung und der angeborenen Gesundheit der *Haruchai* hatte Cail sich von seiner Verletzung im großen und ganzen erholt. Brinn, Linden und Covenant folgten auf Clash. Danach kamen Harn und Hollian auf Clangor sowie Stell und Sunder auf Clang. Wie üblich machte Hohl den Schluß. Sie ritten eine halbe Länge weit nordwärts, bis sie einen breiten, aus der Steilwand des Landbruchs gehauenen Pfad erreichten. Es handelte sich dabei um einen Bestandteil der Wege, die einst die Riesen im Bereich der Sarangrave-Senke angelegt und auf denen die Entwurzelten das Gebiet zwischen der Wasserkante und Schwelgenstein bereist hatten. Covenant klammerte die Hände in Clashs Fell und widersetzte sich, als man sich an den Abstieg machte, dem bedrohlichen Schwindelgefühl. Die nahezu senkrechte Tiefe, in der das Unterland lag, schien ihn fortwährend anzuziehen. Aber der Pfad war von Riesen geschaffen worden; obwohl er steil und verwinkelt verlief, war er für die großen Landläufer breit genug. Dennoch vermittelte das Geschaukel von Clashs Rücken Covenant ununterbrochen das Empfinden, er müsse jeden Moment in den Abgrund stürzen. Sogar während einer kurzen Verschnaufpause, als Brinn anhalten ließ, um aus einem Rinnsal, das aus der Felswand sickerte, die Wasserschläuche aufzufüllen, hatte er den Eindruck, als wirbelte die Senke ihm von drunten entgegen wie ein grüner Sturm. Schweißbedeckt bewältigte er unter ständigem Schwanken das letzte Stück Gefälle und schlurfte mit einem Schmerz in der Brust in die klamme Luft der Vorhügel hinaus, als hätte er vergessen, wie man atmete.

Eine gewisse Strecke weit waren die Vorhügel von Vegetation frei, bis sie abwärts in die gefahrvolle Zone der Sarangrave-Senke übergingen. Brinn versetzte die Landläufer in einen schwungvollen Galopp, als wolle er sich nachgerade kopfüber ins grüne Meer der Sarangrave werfen. Doch die Reiter hielten am Rande des dichten Sumpfgrases, das die Hügel säumte. Einen Moment lang betrachtete Brinn seine Begleiter, musterte flüchtig Hohl, als frage er sich, was von dem Dämondim-Abkömmling zu erwarten sei. Dann wandte er sich an Linden. »Auserwählte«, sagte er in tonloser Förmlichkeit, »die alten Erzähler berichten, daß die Bluthüter Augen besaßen, die deinen glichen. Für uns jedoch gilt das nicht. Wir verstehen vorsichtig zu sein. Aber gleichfalls haben wir verstanden, daß deine Art des Sehens unser Augenlicht bei weitem übertrifft. So mußt du denn mit mir gemeinsam achtgeben, damit wir den Fährnissen der Sarangrave nicht zum Opfer werden.«

Linden schluckte. Ihre Haltung war verkrampft, durch Grausen in solchem Maß angespannt, daß sie außerstande war zu sprechen. Aber sie antwortete mit einem ruckhaften Nicken. Von da an zog Clash voran. Covenant schaute an Linden und Brinn vorüber, über Clashs wuchtigen Kopf hinweg, in die Sarangrave-Senke aus. Der Abhang mündete in eine vom Wind gekräuselte Ausdehnung von Sumpfgras, und hinter dem Gras stand das erste knorrige Gehölz der Senke. Düsteres Strauchwerk wucherte vor Reihen von Bäumen, die den Horizont verbargen. Das Grün des Laubs wirkte unter der bläßlichroten Sonne irgendwie giftig. In der Ferne schrie ein Vogel, verstummte schlagartig. Die Sarangrave-Senke lag still vor den Reitern, als warte sie mit angehaltenem Atem. Covenant selbst brachte lediglich mit Mühe ein einziges Wort heraus. »Vorwärts.«

Brinn trieb Clash an. In dichtgedrängter Gruppierung, wie eine geballte Faust, drangen die Reiter in die Sarangrave-Senke vor. Clash betrat das Sumpfgras und sank umgehend bis zu den Knien in unerkennbaren Schlick ein. »Auserwählte«, sagte

Brinn leise und wie im Vorwurf, während der Landläufer rückwärts stapfte, um sich aus dem Morast zu befreien.

Linden fuhr zusammen. »Entschuldigung. Ich bin nicht …« Sie schöpfte tief Atem und straffte ihren Rücken. »Links ist fester Boden.« Clash bog nach dieser Seite ab. Diesmal gelangte er auf begehbaren Untergrund. Gleich darauf pflügte das Tier durch das Gras, das ihm bis zur Brust reichte. Unvermutet wand sich ein Vieh von der Größe eines Krokodils zwischen Clashs Hufen davon, ein Raubtier, dem nach so großer Beute nicht der Sinn stand. Clash scheute; aber der *Rukh* bändigte ihn sofort wieder. Covenant hielt sich angestrengt auf dem Rücken des Landläufers fest und spähte angelegentlich nach vorn, darum bemüht, nicht zu glauben, daß er in eine Sumpflandschaft hinausritt, aus der es keine Flucht und keinen Ausweg mehr geben mochte.

Geleitet durch Lindens Sinne, führte Brinn die Gefährten in die Richtung der Bäume. Trotz all der früheren Sonnen der Fruchtbarkeit besaß die Vegetation hier eine normale Größe; doch sogar für Covenants unzureichendes Gespür war die Atmosphäre dumpfig und faulig, als wäre sie die Ausdünstung einer Krankheit, eine wahrnehmbare Leprose aus Verunreinigung. Sobald die Reiter zu den Bäumen gelangten, gerieten sie in nach und nach immer tieferen Schatten. Anfangs erstreckte sich oft freies Gelände zwischen den Baumstämmen; vom Wind durchwallte Schwaden faden Grases verhehlten Dinge, von denen Covenant sich nicht einmal eine Vorstellung machen konnte. Doch während die Reiter den Weg fortsetzten, verminderten sich die Abstände zwischen den Bäumen. Das Gras wich flachen Tümpeln, Flächen von Schlamm, der wie hungrig an den Hufen der Landläufer saugte. Astwerk und Ranken zeichneten sich gegen den Himmel ab. Leise machten sich die Geräusche von Wasser bemerkbar, fast noch unterschwellig, als tränken aus einem nahen Teich übervorsichtig irgendwelche Ungeheuer. Die Klammheit der Sarangrave setzte sich in Covenants Brustkorb fest wie eine Ansteckung.

Urplötzlich flatterte aus dem Unterholz ein schillernd-bunter Vogel mit Gekrächze himmelwärts. Mulmigkeit befiel Covenants Magengegend. Er schaute schweißüberströmt rundum. Der Dschungel war nun an allen Seiten dicht; in keiner Richtung konnte man weiter als etwa fünfzehn Meter sehen. Die Landläufer nahmen einen Weg, dessen fernerer Verlauf immer zwischen stämmigen gräulichen Bäumen mit aufgequollenen Stämmen und geborstener Rinde außer Sicht blieb. Doch als sich Covenant umblickte, sah er nichts mehr von dem zuvor beschrittenen Weg. Die Sarangrave schien sich hinter den Gefährten zu versiegeln. Irgendwo, nicht allzu weit entfernt, hörte Covenant Wasser sickern; es klang in seinen Ohren wie das letzte Blut aus Marids Kehle. Auch die Nerven seiner Begleiter waren aufs äußerste belastet. Sunders Augen ruckten unablässig hin und her. Hollians Gesicht trug einen Ausdruck unbewußter Furcht, wie bei einem Kind, das befürchtete, erschreckt werden zu können. Linden saß vornübergebeugt an Brinns Schultern geklammert. Wenn sie sprach, klang ihre Stimme schwächlich und gepreßt, beeinträchtigt durch ihre Empfänglichkeit für all das Scheußliche ringsumher. Nur Hohl wirkte so gleichgültig wie ein ohnehin Verfluchter, unbeeindruckt selbst durch die Aussicht etwaiger Greulichkeiten. Covenant hatte das Gefühl, als füllten sich seine Lungen mit Nässe.

Allem Anschein nach hatten die Landläufer ähnliche Schwierigkeiten. Er hörte sie heiser schnaufen. Allmählich zeigten sie wachsende Nervosität, man merkte ihrer Gangart mit der Zeit Unsicherheit an; sie stapften mal wildentschlossen, mal wacklig dahin. *Was kann sie nur …?* dachte Covenant. Doch die Fragestellung flößte ihm zuviel Mißbehagen ein, und er beendete sie nicht einmal in Gedanken.

Zur Mittagszeit veranlaßte Brinn auf einem von Pimpernellen bewachsenen Geländehöcker, an zwei Seiten umgeben von einem See aus zähflüssigem Matsch, der wie Teer roch, eine Rast. Blasse, geißeltierchenartige Kreaturen schwammen darin; sie durchbrachen die Oberfläche, verursachten träge Ringe, tauchten wieder unter. In der Trübheit der dunklen Brühe wirkten sie wie bleiche, von Verwesung befallene Leichen. Dann deutete Linden durchs Geäst hinauf zur Sonne. Als Covenant in die schwache Aura zwinkerte, sah er, wie sie sich veränderte, so wie Linden es vorhergesagt hatte. Die volle Stärke des Sonnenübels kehrte zurück, bescherte der Sarangrave-Senke neue Pestilenz. Bei diesem Anblick packte unbeschreibliches Grauen Covenant. Die Sarangrave unter einer Sonne der Seuchen …!

Hollians Keuchen lenkte die Aufmerksamkeit ihrer Begleiter auf sie. Die Knöchel ihrer Finger zwischen die Zähne gestoßen, starrte sie hinaus auf den See. An jeder Stelle, wo Sonnenschein die dunkle Oberfläche berührte, stiegen fahle Geschöpfe auf. Sie hoben blinde Häupter ans Licht, schienen sich nach den Sonnenstrahlen zu recken. Leichter Wind wehte durch die Bäume, und Flecken aus Sonnenlicht gaukelten auf dem Flüssigkeitsspiegel hin und zurück. Die Wesen wanden sich wild durch das Naß, um dem Licht zu folgen. Jedes der Geschöpfe begann sich auszudehnen, wenn es den Kopf einige Sekunden lang in die Helligkeit gehalten hatte, schwoll an wie eine Frucht beim Reifen, platzte schließlich und verspritzte grüne Tropfen in den See. Jene Tropfen, die in den Schatten fielen, färbten sich rasch schwarz und verschwanden. Die Tropfen jedoch, die ins Licht gerieten, schimmerten heller und … Covenant schloß die Augen; dennoch vermochte er den Anblick, der sich bot, nicht loszuwerden. Hinter seinen Lidern tanzten vor rotem Hintergrund grüne Flecken. Er schaute wieder hin. Die Tropfen sahen lumineszent und unheilvoll aus wie flüssiger Smaragd. Sie wuchsen, während sie umhertrieben, mästeten sich an Schmutz und Verseuchung.

»Guter Gott!« Entsetzen dämpfte Lindens Stimme. »Wir müssen fort!« Ihr Tonfall besaß restlose Überzeugungskraft. Die *Haruchai* handelten sofort. Sunder rief die Landläufer. Cail hob und schob zuerst Linden, dann Covenant auf Clashs Rücken, so daß das Tier nicht erst hinknien mußte. Stell und Harn taten das gleiche mit den zwei Steinhausenern. Brinn führte die Landläufer, so schnell wie es gewagt werden konnte, um den See ostwärts und tiefer in die weitläufige Landschaft der Sarangrave-Senke.

Glücklicherweise übte das Sonnenübel anscheinend eine beruhigende Wirkung auf die Landläufer aus, weil es den Einfluß von Sunders *Rukh* festigte. Ihre grobklotzige Bockigkeit ließ nach. Sie ließen sich unter Kontrolle halten, wenn deformiertes Getier unter ihren Hufen beiseite flitzte oder Vögel mit Gekreische an ihren Köpfen vorüberflatterten. Nachdem sie eine halbe Länge zurückgelegt hatten, waren die Reiter dazu imstande, ein Mahl zu verzehren, ohne abzusteigen. Beim Essen überlegte Covenant, wie er sich bei Linden am besten nach Näherem erkundigen könne. Aber sie kam ihm zuvor. »Frag nicht!« Gespenstische Eindrücke wallten im Hintergrund ihrer Augen. »Es war furchtbar. Ich habe auf Anhieb erkannt, daß Gefahr droht. Ich will gar nicht wissen, was das gewesen ist.«

Er nickte. Die Gefährdung des Trupps zwang sie dazu, den Blick auf Dinge zu richten, die ihre Seele zermarterten. Sie war all dem Abscheulichen uneingeschränkt ausgesetzt. Und er konnte ihr in keiner Weise helfen.

Die *Haruchai* reichten einen Lederschlauch mit *Voure* reihum. Während er sich den scharfen Saft im Gesicht und auf den Armen verrieb, bemerkte Covenant, daß es in der Luft von Schmetterlingen wimmelte. In Rot und Blau tanzten sie einher, in Gelb wie purer Sonnenschein, Glanzlichtern in Lila und schillerndem Pfauengrün gleich, bevölkerten den Raum zwischen den Bäumen wie bunter Schnee, munter und lieblich im Tanz der Sarangrave – der Sarangrave-Senke unter einer Sonne der Seuchen. Die Insekten machten Covenant sonderbar versonnen und ließen ihn gleichzeitig nach Gewalt lüstern. Sie waren schön; und sie verdankten ihre Existenz dem Sonnenübel. Das Gift in Covenant bewirkte, daß er angesichts ihrer Zauberhaftigkeit – wider Willen – danach lechzte, jeden in Sichtweite befindlichen hübschen Flügel mit wilder Magie in Asche zu verwandeln. Er merkte kaum, wie die Landläufer ihren Marsch durch den Morast des Sumpflandes erneut aufnahmen. Einmal hatte er hilflos zusehen müssen, wie Flammengeister Andelains den Tod fanden. Nun verstärkte jede Regung in der Luft ringsum seinen inneren Druck, drängte ihn zur Freisetzung von energetischer Macht. Aber in dieser Umgebung lief seine Macht auf Selbstmord hinaus.

Unter der Wegweisung von Brinns Vorsicht und Lindens Wahrnehmung setzte der Trupp den Weg ostwärts fort. Für einige Zeit strebte er an einem von Lilienpflanzen nahezu verstopften Wasserlauf entlang. Später jedoch führte der Wasserlauf nach Norden, und die Gefährten standen vor einer Entscheidung. Linden behauptete, das Wasser sei ungefährlich. Brinn sorgte sich allerdings, die Beine der Landläufer könnten sich in den Stengeln der Liliengewächse auf fatale Weise verfangen. Doch die Wahl entfiel. Hergrom lenkte die allgemeine Aufmerksamkeit Richtung Nordwesten. Im ersten Moment vermochte Covenant durch das Gewirr des Dschungels nichts zu erkennen. Aber dann erspähte er etwas: Fragmente von lebendem Grün, dem gleichen Grün, das er in dem teerähnlichen See entstehen gesehen hatte. Es bewegte sich; kam näher …

Linden stieß eine nachdrückliche Verwünschung aus.

»Kommt.« Sie drückte Brinns Schultern. »Hinüber. Wir müssen von diesen Dingern auf Abstand bleiben.« Brinn trieb Clash ohne weiteres Zögern ins Wasser. Unverzüglich wickelten sich Stengel um die Beine des Landläufers. Aber das Gewässer war so flach, daß die Füße des Tiers sofort Grund fanden. Clash kämpfte sich mit einer Reihe kraftvoller Sprünge hindurch, verspritzte Gischt nach allen Seiten. Die anderen Reittiere folgten ihm ans östliche Ufer. Sie trabten, während Wasser aus ihrem dicken Fell troff, so zügig weiter, wie das Gelände der Sarangrave-Senke es erlaubte, durch streckenweise so dichten Dschungel, daß die Bäume nach den Reitern zu greifen schienen. Ranken baumelten herab wie Galgenstricke. Sie durchmaßen tückisch mit Treibsand durchsetzte Grasflächen, zogen an den Rändern schwarzer Torfgruben vorbei, die wie Aasfresser stanken, an Tümpeln, die heftig schäumten. Sie wateten durch klare Flüsse, mit Schleim überzogene Bäche und meisterten verjauchte Pfade. Wohin die Reiter kamen, ergriffen Tiere vor ihnen die Flucht; Vögel bezeugten mit heiseren Schreien der Furcht oder Empörung verräterisch ihre Anwesenheit; Insekten schwärmten umher und umschwebten sie, nur vom Geruch des *Voure* ferngehalten. Und hinter den Gefährten mehrte sich das Auftauchen flüchtiger grüner Gebilde, nur selten und auch kaum sichtbar, als würden Smaragde den Trupp belauern.

Den ganzen Nachmittag hindurch rangen die Gefährten mit den Hindernissen der Sarangrave-Senke; für Covenants Empfinden jedoch erlangten sie unterdessen nichts als ein wachsendes Gefühl der Panik. Es erwies sich als unmöglich, die schillernd-grünen Flecken abzuhängen. Covenant spürte zwischen seinen Schulterblättern das kalte Rieseln von Bedrohung. Ab und zu zuckten seine Hände, als gierten sie nach Kampf, als wüßte er auf Furcht keine andere Antwort als Gewalt.

Im düsteren Abendlicht des Sonnenuntergangs ließ Brinn zwecks Einnahme einer Mahlzeit halten. Aber niemand schlug vor, ein Lager herzurichten. Die Verfolgung war mittlerweile offenkundig.

Grüne Gestalten in der Größe von Kleinkindern, die inwendig wie Sumpflichter leuchteten, krochen verstohlen durchs Unterholz, Wesen von smaragdener Heimlichkeit und Zielbewußtheit. Sie näherten sich langsam, so wie ein alter Fluch sich ohne Hast erfüllte. Leichter Regen fing an zu fallen, als begänne die Bösartigkeit der Sarangrave aus Begierde zu schwitzen.

Einer der Landläufer schnob. Annoy stampfte mit den Hufen, schwenkte den Kopf hin und her, warf ihn auf und nieder. Covenant stöhnte. Shetra war einer der fähigsten Lords in Elenas Großrat gewesen, überaus tüchtig in der Handhabung ihrer Kräfte. Fünfzehn Bluthüter und Lord Hyrim hatten sie nicht retten können. Covenant krallte sich ins Fell seines Reittiers und richtete sein gesamtes Denken und Trachten nach vorn, während Linden und Brinn weiterhin den Weg durch den Nieselregen suchten. Langsam tränkte der Regen ihm das Haar und rann ihm in die Augen. Das Säuseln des Geniesels erfüllte die Luft wie ein Geseufze. Alles andere war still geworden. Die Annäherung der leuchtgrünen Kreaturen geschah so stumm, als wären sie Grabsteine. Sunder begann gedämpft auf die Landläufer einzureden, ermahnte sie zum Gehorsam.

»Treibsand«, knirschte Linden. »Rechts.« In den Knien spürte Covenant, wie Clash zitterte. Für einen Moment gab der Treibsand ein Schmatzgeräusch von sich. Dann nahm das Geplätscher des Regens zu. Es verwandelte sich in einen Ausfluß feuchter Gelüste. Hinter dem Nieselregen konnte man die Sarangrave lauern spüren. Die Kreaturen befanden sich nur noch einen Steinwurf weit von den Gefährten entfernt und rückten immer näher.

Mit einem Aufkeuchen straffte sich Linden. Covenant richtete den Blick mit einem Ruck voraus, erforschte das Dunkel des Abends. In der Ferne erstreckte sich eine Reihe grüner Lichter. Sie schnitt den Trupp vom Osten ab, reichte bis in den Norden und dehnte sich aus, um sich mit den Verfolgern zu vereinen. *Hölle und Verdammnis!* Die Gefährten waren in eine Falle geritten. Die Lichter glommen zwischen Bäumen, Gesträuch und Regen, schickten sich an, sich um die Reiter zusammenzuziehen wie eine Schlinge, sie südwärts abzudrängen. Clangor stolperte und sackte auf die Knie, raffte sich auf, schnob furchtsam. Linden keuchte unterdrückte Flüche vor sich hin. In Covenants Ohren klangen sie wie die Stimme des Regens. Linden war verzweifelt, der Hysterie gefährlich nah. In dieser Umgebung ihre Sinne allem rundum zu öffnen, mußte für sie sein wie eine Vergewaltigung.

Ein Fluß, den man nicht sehen konnte, erzeugte eine Zeitlang im Regen ein Nebengeräusch, verstummte jedoch bald wieder. Für eine Weile platschten die Reittiere zwischen knorrigen Zypressen durch flaches Wasser. Das Nieseln fiel wie Öl, das die Gefährten für ihre Opferung salbte. Covenant verspürte keinerlei Lust, hier und jetzt zu sterben, ohne vollbracht zu haben, was er vollbringen mußte, ohne Sinn. Seine Halbhand schloß und lockerte sich um seinen Ring wie zum Ausdruck einer unbewußten Prophezeiung.

Linden erteilte Brinn fortgesetzt Aufschluß über die Geländebeschaffenheit, schnauzte ihm ins Ohr, was sie sah, als wäre das ihr einziger Schutz gegen den Anbruch dieser irrsinnigen Nacht; aber Covenant hörte nicht länger zu. Er verdrehte den Hals, versuchte den Ablauf der Verfolgung zu beobachten. Der Regen klang wie das Zischen von Wasser auf heißen Edelsteinen. Falls Covenant von Clashs Rücken stürzte, würden die Wesen im Handumdrehen bei ihm sein.

»Himmel und Erde!« krächzte Sunder von hinten aus der

Dunkelheit. Hollian entfuhr ein Laut, der einem Wimmern glich. Covenant wandte sich um und sah nun auch den Süden von grünen Lichtern gesäumt. Der Trupp war nun von allen Seiten eingeschlossen.

Das Terrain war nunmehr rundum frei; nichts verbarg noch die Vollständigkeit der Umzingelung. An einer Seite spiegelte sich auf einem kleinen Tümpel Grün in langen Streifen. Das Wasser schien hämisch zu grinsen. Die Geschöpfe drangen vor wie Leprose. Die angebrochene Nacht entbehrte aller Geräusche; nur das Seufzen des Regens war zu hören.

Clang tänzelte wie ein nervöser junger Hengst. Annoy schnaufte schwerfällig, schaukelte nach rechts und links. Aber Sunder behielt die Landläufer in der Hand. Er lenkte sie weiter, bis sie sich in der Mitte der Umkreisung aus grünen Lichtern befanden. Dort ließ er sie stehenbleiben.

»Halte deine Macht zurück«, sagte Brinn ausdruckslos zu Covenant. »Der Lauerer darf uns nicht gewahren.« Linden keuchte, als könne sie kaum noch atmen.

Lautlos kamen die Wesen durch die Finsternis herangewimmelt. Jene von ihnen, die sich hinter der Wasserfläche aufhielten, verharrten an deren Rand; die anderen dagegen näherten sich weiter. Sie waren gleichermaßen eigenschaftslos wie zielstrebig, glichen phosphorgrünem Wundbrand. Sie ähnelten ganz entsetzlich kleinen Kindern.

Hergrom stieg ab, verwandelte sich in einen Schatten, der den Wesen entgegenhuschte. Einen Moment lang umgab ihn etwas wie modriger Glanz. Der Regen betonte seine Umrisse. »Nicht!« röchelte auf einmal Linden. »Nicht anfassen!«

»Auserwählte.« Brinns Stimme war wie Stein. »Wir müssen die Einkreisung durchbrechen. Hergrom wird erproben, auf welche Weise wir zu kämpfen haben.«

»Nein.« Lindens Eindringlichkeit erdrosselte sie nahezu. »Sie sind aus Säure. Aus Säure bestehen sie.«

Hergrom blieb stehen. Gegenstände aus Dunkelheit flogen ihm aus Ceers Richtung zu. Er fing sie auf: es waren zwei Stück Holz aus dem Brennholzvorrat des Trupps. Er packte sie an den Enden und ging den Geschöpfen weiter entgegen. Scharf umrissen gegen ihr grünes Leuchten abgezeichnet, schwang er einen der Knüttel wie eine Keule und schlug nach der am nächsten gekommenen Kindsgestalt. Sie platzte wie ein mit Wasser gefüllter Luftballon, und smaragdgrüne Säurebrühe ergoß sich auf die Erde. Hergroms Holz flammte auf. Die Kreaturen zu beiden Seiten machten sich anscheinend nichts daraus, daß er eine der Ihren gefällt hatte. Sie rückten lediglich näher zusammen, um die Lücke zu schließen. Hergrom drosch mit dem anderen Knüppel zu und brachte noch eine der Gestalten zum Platzen. Dann kam er zurück, trug die Hölzer wie Fackeln.

Im Feuerschein sah Covenant, daß er und seine Begleiter auf einer Fläche größtenteils freien, grasigen Untergrunds standen. Hinter den leuchtgrünen Kindern waren gedrungene schwarze Bäume zu sehen, ähnelten feigen Unholden. Der See zur Linken war größer als zunächst vermutet. Nur Zentimeter unter dem Wasserspiegel erstreckte sich zäher, dunkler Schlick. Treibsand. Die grünen Geschöpfe verfolgten die Absicht, die Gefährten hineinzudrängen. »Ur-Lord«, sagte Brinn im Ton einer Warnung, als habe er Covenants Gedanken gelesen. »Bewahre Zurückhaltung.« Covenant wollte etwas antworten, war jedoch nicht dazu in der Lage. Seine Lungen waren wie verschleimt. Sein Brustkorb hechelte nach Luft. Ihm war zumute, als müsse er am Regen ersticken. Wasser rann ihm übers Gesicht wie blutiger Schweiß. Nein, es war nicht der Regen. Die Luft selbst nahm ihm den Atem.

Langsam gewann das Geräusch des Nieselns eine gewisse grelle Schärfe. Es fing wie ein Schrei zu klingen an. Aus der Tiefe der Nacht erhob sich ein Heulen gen Himmel. Es tönte bis in Covenants Lungen. Die Luft als solche heulte. Er hörte Sunder keuchen und spürte die ruckhaften Bewegungen von Lindens Muskeln, während sie um Atem rang, kostete die Ranzigkeit der eigenen Furcht. Der Lauerer! *Hölle und Verdammnis!* Der Schrei steigerte seine Schrillheit und Leidenschaftlichkeit, bekam den Charakter eines gegurgelten Johlens. Covenant spürte ihn tief in der Brust wie Klauen, fühlte ihn seinen Mut absaugen, als würde er bereits vom Treibsand verschlungen. Panik drohte. Der Trupp stand da wie für ein Opfer bestimmtes Vieh; die Gefährten zitterten und warteten wie benommen, während sich die Säurewesen näherten.

Im folgenden Augenblick verfiel Clash aus seiner bloßen Furchtsamkeit unvermittelt in Raserei. Indem er sich wüst aufbäumte, schleuderte der Landläufer Linden und Covenant ins Gras, dann rammte er mit irrsinniger Wucht Clang. Während sich Brinn noch an seinen Nacken klammerte, warf das Tier Sunder und Stell von Clangs Rücken. Dann versuchte der ins Toben geratene Landläufer, über Clang hinwegzuspringen. Covenant kam rechtzeitig genug wieder auf die Füße, um zu sehen, wie Tollwut auch Clangor heimsuchte. Ohne auf Hollians Geschrei und Harns Befehle zu achten, rempelte der Landläufer Clash und Clang an, so daß sie auf die Knie niedersackten. Plötzlich waren alle vier Reittiere allem Anschein nach von dem wilden Drang besessen, Sunder und Stell anzugreifen. Annoy stürzte sich mit Gejaul ins Getümmel der übrigen Landläufer. Ceer und Harn sprangen ab und begaben sich auf sicheren Abstand. Stell und Harn rissen Hollian unter Clangors Hufen weg. Hohl lungerte am Rande des Sees herum und beobachtete den Wirrwarr, als habe er daran Vergnügen.

Covenant verstand nicht, weshalb die Säuregeschöpfe nicht angriffen. Sie rückten zusehends immer näher, nutzten die gegenwärtige Gelegenheit jedoch nicht zu einer Attacke.

Brinn hielt sich noch an Clashs Nacken fest, wehrte mit

seiner freien Hand die Zähne der anderen Landläufer ab. Inmitten des Rasens der Tiere wirkten sogar die *Haruchai* unzulänglich und hilflos. In Covenants Innerem schwoll Finsternis wie Gift. Wie instinktiv ballte sie sich um seinen Ring. Das Weißgold. Die Macht der wilden Magie. Covenant wollte brüllen, vermochte es jedoch nicht, weil er zuwenig Luft bekam. Das Heulen des Lauerers versetzte den Regen ins Schwingen und Klingen, schnürte Covenants Brustkorb ein, überzog seine Haut mit Gekribbel. Er winkelte den Arm an. Aber Linden packte seine Halbhand mit beiden Fäusten. »Nein!« keuchte sie ihm nachgerade hysterisch ins Gesicht.

Das Maß ihrer Verzweiflung schlug Covenant mit Starre und Kälte. Ein eisiger Wind schien durch sein Bewußtsein zu brausen. *Ich muß den Ring verwenden!* Der innere Druck drohte übermächtig zu werden. *Den Ring. Aber ich darf nicht! Der Lauerer …* Doch der Lauerer war bereits auf sie aufmerksam geworden. *Er ist schon …* Wieso war es dazu gekommen? Was hatte seine Aufmerksamkeit geweckt?

Geduckt stürmte Ceer ins Gewühl und stieß zwischen den Landläufern zu Brinn vor. Gemeinsam begannen die beiden Säcke mit Vorräten und Bündel von Brennholz auf die Erde zu werfen. Aber ehe sie ihre Aktion beenden konnten, entwirrte sich plötzlich das Knäuel der Landläufer. Clangor raffte sich hoch, kam wieder auf die Beine, gefolgt von Annoy. Clash und Clang stemmten sich ebenfalls empor. Vom Regen und durchdringenden Heulen des Lauerers in den Wahnsinn getrieben, wandten die Landläufer sich gegen Sunder.

Der Steinmeister unterlief Clangor und wich Annoy aus, so daß die beiden Tiere gegeneinanderprallten. Aber der Grasboden unter seinen Füßen war glitschig. Als er beiseite zu springen versuchte, glitt er aus. Sofort umwirbelte ihn ein Chaos aus Hufen.

Linden umschlang Covenants Arm, als hätte er sich losreißen wollen. Aber das war nicht der Fall gewesen, er hätte sich gar nicht mehr rühren können, um sein Leben zu retten. *Die Säure-Kinder … Das Heulen …!* Die Landläufer tobten. Regentropfen prasselten auf Covenants Haut. *Wodurch war der Lauerer …?*

Irgendwie war auf einmal auch Stell mitten zwischen den Tieren, stand über Sunder, stieß Beine zur Seite, schubste Köpfe, suchte die Tiere von Sunder abzulenken und aufeinanderzuhetzen. Auch Brinn und Ceer gaben sich alle Mühe, um Sunder zu schützen. Aber ihre gegen Sunder gerichtete Wut beherrschte die Landläufer vollständig. Der Steinmeister wälzte sich, um den Tritten zu entgehen, im Matsch. Doch die entfesselte Wildheit der Tiere war zu ungeheuerlich.

Die Landläufer! Covenant entfloh ein Aufröcheln. Das Erstickungsgefühl ließ ihm die Augen aus dem Kopf treten. Ihm schwindelte. Sie waren Geschöpfe des Sonnenübels. Verderbter Erdkraft. Der Lauerer war für solche Kraft empfindsam. Folglich mußte die Attacke den Landläufern gelten. Und sie spürten es. Sie waren vor Furcht völlig von Sinnen. Warum flohen sie nicht? Weil sie unterm Bann des *Rukh* standen. *Hölle und Verdammnis!* Mit einem Ruck, der Linden in den Dreck schmiß, fuhr Covenant auf. Sein Blick fiel auf Sunder. Er gierte nach Atem und konnte nicht atmen. Das Heulen erfüllte seine Lungen und drohte ihm mit Ersticken. Aber er durfte Sunder nicht umkommen lassen. Eine krampfhafte Willensanstrengung ermöglichte es ihm endlich, seiner Brust Worte zu entringen. »Der *Rukh!* Wirf ihn weg!« Sunder konnte ihn nicht hören. Das Kreischen des Lauerers übertönte jeden anderen Laut. Der Steinmeister krümmte sich vornüber, als sei er von einem Huf getroffen worden, rappelte sich von neuem auf. Den *Rukh* in den Händen. Stell entriß ihm den eisernen Stab, warf ihn; er flog in hohem Bogen über die Landläufer hinweg und klatschte mitten in den Treibsand. Augenblicklich wirbelten die Tiere herum. Sie stürzten dem Eisen hinterdrein, als wäre es der Köder ihres Untergangs. In ihrem Entsetzen waren sie blindlings darauf aus, den Gegenstand zu vernichten, der sie an der Flucht hinderte.

Eines von ihnen rannte Hohl über den Haufen. In seiner gewohnten Haltung stand er da, als könne keine Macht auf Erden ihm irgend etwas anhaben, und tat nichts, um dem Zusammenprall auszuweichen. Doch das Tier war eine Schöpfung des Sonnenübels und durch seine Furcht in äußerste Wütigkeit versetzt worden. Die Wucht des Anpralls schmetterte Hohl rücklings nieder. Er kippte in den See. Die Landläufer stampften hinterdrein, trampelten ihn mit ihren Hufen in den Schlick. Dann gerieten sie gleichfalls in den Treibsand. Sofort begann das Wasser zu brodeln. Turbulenzen wogten über die Oberfläche, entlockten den Landläufern Schreie; der Treibsand schwoll empor, als stünde eine Eruption bevor. Eines nach dem anderen zog der Treibsand die Tiere hinab; sie verschwanden in dunklem Schaum, der Blut glich. Aus dem Teich drang Geglucker, als wäre er ein Abfluß. Wenige Momente später endete der Tumult. Das Wasser glättete sich mit einem Seufzen wie von Sättigung. Als das Gewässer sich beruhigt hatte, stand Hohl allein inmitten des Sees.

Er sank mit gleichmäßiger Langsamkeit ein. Doch im Fackelschein war die Blicklosigkeit seiner Augen so blind wie stets. Das Wasser stieg ihm bis an die Brust. Aber er gab keinen Ton von sich, unternahm nichts. »Brinn!« krächzte Covenant. Die *Haruchai* waren allerdings schon dabei, Maßnahmen zu ergreifen. Harn holte ein zusammengerolltes Seil aus einem der geretteten Säcke und warf es Brinn zu. Ohne Verzug, jedoch auch ohne Hast, wickelte Brinn ein Ende des Seils ab und schleuderte es hinüber zu Hohl. Das Seil fiel auf Hohls Schulter. Er blinzelte nicht, ließ sich nicht einmal ansehen, ob er es bemerkte. Die Arme blieben an seinen Seiten baumeln.

Die Geistlosigkeit seiner Augen war so unerbittlich wie der Treibsand.

»Hohl!« Lindens Aufschrei klang wie ein Schluchzen. Der Dämondim-Abkömmling beachtete sie nicht. Brinn riß das Seil zurück und knüpfte rasch eine Schlinge mit einem Laufknoten. Das Wasser umschwappte bereits Hohls Hals, als der *Haruchai* zu einem neuen Wurf ausholte. Schwungvoll ließ er das Seil in Hohls Richtung schnellen. Die Schlinge landete um Hohls Kopf. Vorsichtig zupfte Brinn sie zu, dann stemmte er die Beine auf den Erdboden, um das Seil einzuziehen. Ceer und Harn packten mit an. Da versank Hohl auf einmal vollends. Als die *Haruchai* am Seil zerrten, kam es leer zum Vorschein. Die Schlinge war unverändert vorhanden.

Covenant merkte nicht, daß er wieder atmen konnte, bis er sich fluchen hörte. Das Heulen des Lauerers war verstummt. Die Säurewesen waren fort. Sie waren in die Nacht entschwunden. Nur der Regen blieb.

24
Die Sucher

Covenant preßte die Arme gegen die Brust, um seinen zittrig gewordenen Herzschlag zu beruhigen. Seine Lungen schnappten nach Luft, als schmecke der Regen der Sarangrave wie eine Süßigkeit. Durch die Stille vernahm er, wie Hollian Sunders Namen stöhnte. Als Sunder laut ächzte, keuchte sie auf. »Du bist verwundet!« Covenant blinzelte sich das Wasser aus den Augen und spähte im Fackelschein hinüber zu dem Steinmeister. Schmerz verzerrte Sunders Gesicht. Gemeinsam zogen Hollian und Linden ihm das Wams aus. Sobald sie seine Rippen entblößten, zeigte sich an einer Stelle, wohin ein Landläufer ihn getreten hatte, ein schwerer Bluterguß.

»Halt still«, wies Linden ihn an. Ihre Stimme bebte auf abgehackte Weise, als wolle sie schreien. Aber ihre Hände waren sicher. Sunder fuhr unwillkürlich vor ihrer Berührung zurück, faßte sich jedoch, als ihre Finger seine Haut abtasteten, ohne ihm Schmerzen zu verursachen. »Zwei Rippen gebrochen«, sagte sie leise. »Drei angebrochen.« Sie legte die rechte Handfläche auf seine Lunge. »Atme ein. Bis es schmerzt.« Er holte Luft; dann verkrampften Zuckungen seine Miene. Linden aber nickte ihm ermutigend zu. »Du hast Glück gehabt. Die Lunge ist unverletzt geblieben.« Sie verlangte von einem der *Haruchai* eine Decke, wandte sich erneut an Sunder. »Ich werde dir die Brust umwickeln … die Rippen möglichst unbeweglich machen. Das wird zwar weh tun, aber du wirst dich rühren können, ohne daß es dir weiter schadet.« Stell reichte ihr eine Decke, und sie begann unverzüglich, sie in breite Streifen zu reißen. Sunder zu behandeln, übte offensichtlich eine beruhigende Wirkung auf Linden aus. Die Zerrüttung schwand aus ihrer Stimme.

Covenant überließ sie ihrer Tätigkeit und trat an das Feuer, das zu schüren sich Hergrom und Ceer gerade bemühten. Da überfiel ihn plötzlich eine verspätete Reaktion auf das, was sich vorhin zugetragen hatte, und er mußte sich ins durchnäßte Gras kauern, vorgebeugt die Arme über den Bauch legen, um zu verhindern, daß er anfing zu wimmern. Er konnte hören, wie Sunder heftig den Atem durch die Zähne zischte, während Linden ihm den Brustkorb verband; aber der Laut glich dem Geräusch des Regens, und Covenant war bereits von Nässe durchtränkt. Er konzentrierte sich auf die Mühsal, mit der sein Herz sich vom einen zum nächsten Schlag schleppte, und rang um Beherrschung. Nachdem er den Schwächeanfall überwunden hatte, raffte er sich auf und suchte in den Vorräten nach *Metheglin*.

Brinn und Ceer hatten nur die Hälfte des Proviants retten können; aber Covenant bediente sich reichlich am noch vorhandenen Rest des Metgetränks. Die Zukunft würde selber für sich kämpfen müssen. Er hingegen schwankte an den äußersten Grenzen seiner selbst dahin und wollte nicht fallen. Um ein Haar hätte er wilde Magie angewendet – und damit dem Lauerer verraten, daß die Landläufer nicht die einzige Beute waren, die sich in seiner Reichweite befand. Hätte Linden ihn nicht daran gehindert … Er empfand das Geniesel auf seiner Haut wie eine Kasteiung. Wäre er nicht von ihr daran gehindert worden, möglicherweise hätten er und seine Gefährten inzwischen das gleiche Schicksal wie Lord Shetra erlitten. Seine Freunde … Für sie war er ein Gefahrenherd, eine Art von Totenuhr, die sie ständig begleitete. Wie viele von ihnen würden sterben müssen, bevor Lord Fouls Pläne Früchte trugen?

Er trank *Metheglin,* als habe er einen Brand zu löschen, das Feuer, in dem zu verbrennen sein Geschick ihn verurteilte, das

Feuer, das er selbst verkörperte. Leprotiker-Aussätziger-Unrein. Macht und Zweifel. Ihm war, als spüre er, wie das Gift begierig an den Randbereichen seines Verstandes fraß.

Gleichgültig sah er zu, wie die *Haruchai* aus den verbliebenen Decken provisorische Regendächer aufbauten, damit die Menschen, die sie unter ihren Schutz genommen hatten, nicht im Regen zu liegen brauchten. Als Linden empfahl, daß Sunder und Hollian sich zur Ruhe begeben sollten, streckte Covenant sich ebenfalls aus.

In der Morgenfrühe erwachte er mit ziemlich benommenem Schädel. Die beiden Frauen schliefen noch – Linden lag da wie eine Mißhandelte, die feuchten Haare klebten in ihrem Gesicht –, doch Sunder war bereits aufgestanden. Es hatte zu regnen aufgehört. Sunder schlenderte langsam durchs Gras hin und her, ging mit seinen Rippen vorsichtig um. Die Zerfurchtheit seiner Stirn spiegelte tiefe Konzentration oder Schmerzen wider.

Covenant verließ den längst klatschnassen Unterschlupf und schlurfte zu den Vorräten, um einen Schluck Wasser zu trinken. Danach gesellte er sich, weil er das Bedürfnis nach Gesellschaft verspürte, zu dem Steinmeister. Sunder begrüßte ihn mit einem Nicken. Die Falten über seiner Nase schienen seine Sicht zu behindern. Covenant erwartete, er werde etwas über den *Rukh* oder die Landläufer sagen; aber Sunder schwieg davon. »Covenant«, meinte er statt dessen leise und bedrückt, »die Sarangrave mißbehagt mir ungemein. Ist ohne das Sonnenübel alles Leben so wie sie?«

Bei diesem Gedanken zog Covenant die Schultern ein. Er erinnerte ihn an Andelain. Das Land war wie die Toten; nur in Andelain lebte es noch, solange das Sonnenübel – zumindest für einige Zeit – dort nichts verunreinigen oder entstellen konnte. Er entsann sich an Caer-Caverals Lied.

»Solang ich's kann, lausch ich dem Ruf
Von Grün und Baum. Auf ihr Geheiß
Richt' ich des Gesetzes Schwert wider all den Erdenkreis.«

Die Erinnerung an das Klagende jenes Gesangs rief in Covenant von neuem Gram und alten Zorn wach. War er nicht Thomas Covenant, der den Verächter schon einmal geschlagen und Fouls Hort ins Meer gestürzt hatte? »Wenn's sein muß«, gab er selber sich Antwort, »reiß' ich dem Halunken das Herz aus dem Leib.« Sein Tonfall sprach von Trauer und Gift.

»Ist Haß eine so gute Sache?« entgegnete der Steinmeister versonnen. »Und hätten wir dann nicht zu Schwelgenstein verbleiben und den Kampf mit der Sonnengefolgschaft aufnehmen sollen?«

Covenants Zunge versuchte sich mit einer Erwiderung; doch Erinnerungen lähmten sie. Unvermutet sah er vor sich den Wütrich *Turiya* in der Gestalt Triocks, des Steinhauseners, der Lena geliebt hatte. *Nur jene, die hassen, sind unsterblich,* hörte er den Wütrich sagen. Covenants Grimm verebbte. Haß? Mit einiger Anstrengung nahm er sich zusammen. »Nein. Was auch geschehen mag, meine Hände sind schon mit viel zuviel unschuldigem Blut besudelt.«

»Ich höre und verstehe deine Worte«, antwortete Sunder kaum vernehmlich. In seinen Augen standen Bilder seiner Frau und seines Sohnes; er verstand Covenants Weigerung nicht ohne Grund.

Durch die Bäume begann schräg Sonnenschein auf die Lichtung zu fallen, warf Streifen quer durch die von Feuchtigkeit dunstige Luft. Es war ein Sonnenaufgang ohne Sonnenübel. Covenant starrte einen Moment lang in die Helligkeit; doch sie sagte ihm nichts.

Die Sonne weckte Linden und Hollian. Bald darauf traf man Vorbereitungen für den Weitermarsch. Niemand erwähnte

Hohls Namen, aber sein Verlust bewirkte nichtsdestotrotz am Lagerplatz eine düstere Stimmung. Bis jetzt hatte Covenant versucht, nicht darüber nachzudenken. Der Dämondim-Abkömmling war skrupellos und gefährlich gewesen. Er hatte über ungebändigte Macht gelächelt. Gleichzeitig jedoch war er ein Geschenk Salzherz Schaumfolgers gewesen. Und Covenant fühlte sich auf irrationale Weise durch die Vorstellung beschämt, daß er einen Gefährten – was für eine Art von Gefährte er auch gewesen sein mochte – in dem Treibsand hatte versinken lassen, auch wenn Linden versichert hatte, Hohl lebe überhaupt nicht.

Wenig später luden die *Haruchai* sich die Vorräte über die Schultern, und der Trupp machte sich erneut auf den Weg. Niemand redete. Sie befanden sich nun zu Fuß in der Sarangrave-Senke unterwegs, umgeben von allerlei Gefahren und den Ohren des Lauerers. Hinter jedem Baum, in jedem Wasserlauf schien Entlarvung zu harren. Keiner der Gefährten brachte den Mut zum Sprechen auf.

Brinn und Cail strebten voran, zwischen sich Linden. Sie wandten sich ungefähr nach Nordosten, verließen die Lichtung und drangen abermals in den Dschungel vor. Für eine Weile war der Morgen strahlend hell von durch Sonnenschein wie vergoldetem Nebel. Er verschleierte die Bäume wie mit Zuckerwatte. Der Trupp schien völlig allein in der Senke zu sein, als hätten sämtliche anderen Formen von Leben den Rückzug angetreten. Doch indem sich der Nebel in Schwaden feuchten Dunstes auflöste und dann zerstob, begann sich im Marschland wieder Regung zu zeigen. In bräunlichen Schwärmen oder vereinzelter Buntheit schwangen sich Vögel in die Luft; scheue Tiere flitzten vor den Menschen davon. An einer Stelle begegnete die Kolonne einer Schar großer, graufelliger Affen, die in einem Dickicht Beeren von nachgerade giftigem Scharlachrot futterten. Die Affen besaßen langgestreckte, hundeartige Gesichter und stießen bedrohliches Geknurre aus. Aber Brinn stapfte, nicht einmal die Andeutung irgendeines Ausdrucks in seinen Augen, geradewegs auf sie zu. Die Affen flüchteten, indem sie bellten wie Hyänen, auf die Bäume.

Für den Großteil des Vormittags durchquerten die Gefährten eine Dschungelgegend, in der sie festen Boden unter den Füßen hatten. Am Nachmittag allerdings mußten sie sich langsam und umsichtig durch ein ausgedehntes Torfmoor bewegen, in dem Anhöhen, bewachsen mit nassem, schäbigem Gras, und unkenntliche Teiche und Tümpel voller Treibsand einander abwechselten. Manche Gewässer waren klar; andere sahen zäh und verpestet aus. Im einen oder anderen entstand in unregelmäßigen Zeitabständen Unruhe, als hielte sich am Grund etwas auf, das nicht so recht geheuer sein mochte. Linden und Brinn waren bei ihren Bemühungen, einen sicheren Weg durch diese Umgebung zu finden, erheblichem Druck ausgesetzt.

Hinter ihnen stieg in der Ferne die Sonne über den Landbruch und färbte sich mit der blauen Aura einer Sonne des Regens. Aber über der Sarangrave-Senke blieb der Himmel tiefblau, unbefleckt und ohne Beeinträchtigung.

Bei Sonnenuntergang hatte der Trupp kaum mehr als fünf Längen zurückgelegt. Es wäre besser gewesen, überlegte Covenant, während er trostlos auf Bissen des Abendessens kaute, auf den Landläufern um die Senke zu reiten. Doch ihm war klar, daß derartiges nachträgliches Bedauern keinerlei Sinn hatte. Noch besser wäre es gewesen, er hätte Lena oder Elena niemals Schaden zugefügt ... oder Joan nicht verloren ... oder sich niemals Lepra zugezogen. Die Vergangenheit war so unwiderruflich dahin wie ein amputiertes Glied. Bloß wäre die Langsamkeit ihres Vorankommens für ihn leichter zu verkraften gewesen, hätten nicht soviel Menschenleben, hätte nicht so vieles vom Lande auf dem Spiel gestanden. Im Laufe des Abends fing es zu regnen an. Der Regen füllte die Dunkelheit der Nacht aus, überschwemmte die morgendliche Dämmerung und hörte nicht auf, ehe die Gefährten schon einen halben Vormittag lang durch Schlick gestapft waren. Am Nachmittag mußten sie durch eine überflutete Landschaft voller Schilf und hoher Binsen waten. Das Wasser reichte Covenant bis zu den Oberschenkeln; die Binsen wuchsen ihm bis über den Kopf. Eine unablässige Furcht vor unsichtbaren Löchern und versteckten Raubtieren zermürbte seine Nerven. Doch der Trupp hatte keine Wahl; der Sumpf lag vor ihm auf dem Weg nach Osten, so weit die *Haruchai* sehen konnten.

Die Dichte der Binsen zwang die Gefährten dazu, sich im Gänsemarsch fortzubewegen. Brinn machte den Vordermann, dichtauf gefolgt von Linden und Cail; danach kamen Harn, Hollian, Stell, Sunder, Covenant, Ceer und Hergrom. Das Wasser war dunkel und ölig; Covenants Beine verschwanden darin, als wären sie in Höhe des Wasserspiegels abgesägt worden. Stechmücken schwärmten durch die Luft; und der Sumpf stank schwach, als wäre sein Grund mit Kadavern übersät. Der Sack, den Stell hoch auf den Schultern trug, versperrte Covenant die Sicht nach vorn; er wußte nicht, wie lang er sich auf diese Art und Weise noch weiterzuquälen hatte. Instinktiv versuchte er, sich zu beeilen, aber seine Füße fanden im Morast nie richtig Halt, und das Wasser war so dick wie Blut. Der Schlick zog seine Beine abwärts, verdreckte ihm die Kleidung. Oft klammerten seine Hände sich unwillkürlich an Schilfrohr; das hätte ihm, wäre er ausgerutscht, jedoch nicht geholfen. Insgeheim fluchte er vor sich hin, wenn er an Hohl dachte. Der Dämondim-Abkömmling hatte den Menschen, die ihn zu retten versuchten, nicht einmal einen einzigen Blick geschenkt. Covenants Pulsschlag pochte in seinen Schläfen.

Plötzlich und ohne jede Warnung begannen neben ihm die Binsen zu knistern. Gebrodel brachte das Wasser zum Gischten. Die Windung eines langen Schlangenleibes, so dick wie Covenants Schenkel, durchbrach die Wasserfläche. Im selben Augenblick riß etwas Sunder hinab und außer Sicht. Sechs Meter entfernt kam er wieder aus dem Wasser zum Vorschein, den dicken Leib der Schlange um Hüften und Hals geschlungen. Die glänzenden Schuppen des Tiers bedeckten genug Kraft, um ihm den Rücken zu brechen wie ein trockenes Reisig. All die Schnelligkeit der *Haruchai* schien Covenant auf einmal unzureichend zu sein. Er sah Stell den Sack abwerfen, sich ducken, zu einem weiten Sprung ansetzen, als wäre jede einzelne dieser Handlungen von diskreter Natur und brauche ihre Zeit. Ceer trug keine Last; er war um einen Sekundenbruchteil schneller als Stell. Hollian verzog den Mund, um einen Schrei auszustoßen. Jedes einzelne Schilfrohr zeichnete sich unversehens durch krasse Deutlichkeit aus. Dem Wasser war die Beschaffenheit schmutziger Wolle zu eigen. Covenant sah alles: nasse Schuppen; die Windungen des Schlangenleibes, die zermalmen konnten; Ceer und Stell, wie sie sich anschickten, flache Sprünge zu tun; Hollians Mund …

Marid! Ein Mann ohne Mund, Pein in den Augen, Schlangen statt Arme. Fänge, die nach Lindens Gesicht gierten. Sunder. Marid. Fänge, die sich wie Kreuzigungsnägel in Covenants rechten Unterarm bohrten. Gift. In diesem Moment verwandelte sich Covenant in eine Flamme der Wut. Bevor Ceer und Stell nur die Hälfte des Abstands zurückgelegt hatten, röstete Covenant die dicken Leibeswindungen, die Sunders Rücken krümmten; wilde Magie verbrannte das Fleisch in greller Transparenz, entflammte Rückgrat, Rippen, Eingeweide in heller Glut. Linden stieß einen Schrei des Schreckens aus. In ihrem Todeskampf zerrte die Schlange Sunder unter Wasser.

Ceer und Stell tauchten unerschrocken mitten in das Tosen. Sie verschwanden in der aufgewühlten Brühe, richteten sich auf, hielten in ihrer Mitte den Steinmeister, der keuchte und um Atem rang. Leblose Längen des Schlangenleibes sackten hinter ihren Rücken ins Wasser, während die zwei *Haruchai* Sunder aus dem Gefahrenbereich brachten.

Covenants Macht war schlagartig erloschen, restlos beseitigt durch Lindens Aufschrei. Eisigkeit drang Covenant bis ins Mark der Knochen. Bilder von grünen Kindsgestalten und Erinnerung an Erstickungsgefühl suchten ihn heim. *Hölle und Verdammung!* Seine Begleiter betrachteten ihn. Linden preßte die Hände an die Seiten ihres Kopfes, bemühte sich um Meisterung ihrer Furcht. Covenant rechnete damit, sie werde ihn wegen seiner Unvernunft anschreien. Doch sie tat es nicht. »Es war meine Schuld.« Sie sprach in dumpfem, heiserem Ton. »Das Vieh hätte mir auffallen müssen.«

»Nein.« Stell antwortete, als wäre er über jeden Widerspruch erhaben. »Es kam erst, als du bereits vorüber warst. Die Schuld ist mein. Der Steinmeister steht unter meiner Obhut.«

Hölle und Verdammnis, greinte Covenant insgeheim sinnlos vor sich hin. *Hölle und Verdammnis!*

Mit einiger Anstrengung gab sich Linden einen Ruck, nahm die Hände vom Kopf und zwang sich dazu, Sunders Seite aufzusuchen. Der Steinmeister saugte den Atem mit abgehackten Keuchlauten durch den Schmerz in seiner Brust. Linden untersuchte ihn einige Augenblicke lang, runzelte über das, was sie feststellte, die Stirn. »Du wirst's überleben«, erklärte sie dann mit gedämpfter Stimme. Widerwille und Hilflosigkeit ließen ihre Stimme bitter wie von äußerster Verärgerung klingen.

Die *Haruchai* begannen sich wieder zu rühren. Stell barg den abgeworfenen Sack. Brinn stellte die Marschordnung wieder her. Linden nahm darin, starr und verkrampft, ihren Platz ein. Man setzte die Durchquerung des Sumpflandes fort.

Die Gefährten versuchten, schneller vorwärtszukommen. Aber das Wasser vertiefte sich und vereitelte die Absicht. Covenants Haut empfand die kühle Schalheit der Brühe als beinahe so peinlich wie eine schamlose Aufdringlichkeit. Hollian vermochte nicht auf den Füßen zu bleiben; sie mußte sich an den Sack klammern, den Harn auf den Schultern schleppte, und sich mitziehen lassen. Infolge seiner Verletzungen röchelte und pfiff Sunders Atmung, als befände er sich bereits in den letzten Atemzügen. Zu guter Letzt jedoch lichteten sich das Schilf und die Binsen, und die Kolonne gelangte in einen offenen Wasserlauf; ein kurzes Stück weiter erhob sich geschrägt eine mit Sumpfgras bewachsene Böschung. Der Untergrund fiel ab. Die Gefährten mußten schwimmen.

Sobald sie wieder festen Boden unter den Füßen hatten, sahen sie, daß ihr Äußeres gänzlich bedeckt war mit schmierigem braunem Schlick. Himmelschreiender Gestank stieg Covenant in die Nase. Linden konnte ihren Ekel nicht aus ihrer Miene fernhalten. Die *Haruchai* ignorierten die eigene Verdrecktheit mit der für sie charakteristischen Leidenschaftslosigkeit. Brinn stand am Ufer und spähte westwärts. Hergrom entfernte sich, bis er einen Baum ausfindig machte, den er erklettern konnte; als er wiederkam, meldete er wie beiläufig, es seien keine der grünen Säurewesen in Sichtweite.

Beschleunigt nahmen die Gefährten den Marsch von neuem auf. Jenseits des Ufers gerieten sie in eine Wirrnis aus Hainen verkrüppelter Bäume und schmalen, mit Gift gefüllten Bächen, die überall zu verlaufen und doch nicht zu fließen schienen. Abendliches Zwielicht brach an, während sie noch durch diese Gegend zogen, sich unterdessen an Lindens strikte Mahnung hielten, keinen Tropfen Wasser an ihre Körper zu lassen. In der Abenddämmerung bemerkten sie die ersten Anzeichen von erneuter Verfolgung. Weit hinter ihnen ließ sich zwischen der Vegetation smaragdgrünes Geschimmer erkennen. Es verschwand sofort wieder. Aber niemand zweifelte an der Bedeutung. »Guter Gott«, stöhnte Linden. »Ich kann nicht mehr.«

Covenant widmete ihr einen eindringlichen Blick. Aber die Trübnis verdunkelte ihr Gesicht. Die Düsterkeit des Abends schien ihre Gesichtszüge zu zerfressen. Stumm verzehrten die Gefährten ein Mahl und bereiteten sich darauf vor, die ganze Nacht hindurch auf der Flucht zu bleiben. Ringsum verdichtete sich die Dämmerung zur Finsternis, als die Sonne hinter den Landbruch sank. Doch da begannen die Wasserläufe der Sarangrave ein fremdartiges Licht zu verstrahlen. Aus den Gewässern glomm ein wie brandiger, gespenstisch fahler Glanz wie von schimmliger Phosphoreszenz. Und dies Licht, das perlige, filigrane Helligkeit in die Gehölze warf und die Umrisse der Gewächse betonte, schien dahinzuströmen, obwohl das Wasser selbst wirkte, als ob es stillstünde. Das Leuchten durchlief die gesamte Region, floß ineinander, dann auseinander, als wäre es ein Netzwerk aus Mondschein; allgemein jedoch neigte es dazu, sich nach Nordosten zu bewegen. In dieser Richtung – noch in einiger Entfernung – beherrschte ein grelles Gleißen die Sarangrave-Senke. Geisterhafter Lichtschein verriet das Vorhandensein einer starken Strahlungsquelle. Covenant berührte Brinns Arm und nickte dorthin, wo die helle Glut gloste. Brinn sorgte wieder für eine Marschordnung, dann strebte er von neuem voran.

Die Dunkelheit machte das Schätzen von Entfernungen zu einer trügerischen Sache; das Licht war weiter fort, als Covenant auf den ersten Blick angenommen hatte. Noch ehe der Trupp nur die Hälfte der Distanz zurückgelegt hatte, begannen sich hinter ihm kleine smaragdgrüne Glanzlichter zu sammeln. Indem sie immerzu außer Sicht gerieten, um sogleich wieder sichtbar zu werden, während sie durch die Vegetation huschten, schlichen die Säurewesen den Gefährten hinterdrein. Covenant verschloß der Verfolgung sein Bewußtsein, heftete den Blick auf das Silberleuchten, das vor ihnen lag. Er vermochte es schlichtweg nicht zu ertragen, an den bevorstehenden Angriff zu denken – den Angriff, den er selbst unabwendbar gemacht hatte. Brinn folgte den glühenden Strängen der Wasserläufe, als wären sie eine Straßenkarte, und führte die Kolonne westwärts, so schnell es seine Vorsicht gestattete.

Unvermittelt blieb er stehen. Von perligem Helligkeitsschein umrahmt, deutete er nach vorn. Im ersten Moment sah Covenant nichts. Dann biß er um seine Atemzüge die Zähne zusammen, um keinen Ton von sich zu geben. Zwischen dem Lichtquell und den Gefährten ließen sich die Silhouetten dunkler, verstohlener Gestalten erspähen. Wenigstens zwei waren es, so groß wie junge Bäume.

Nachdrücklich veranlaßte Hergrom Covenant zum Hinkauern. Die Gefährten duckten sich an den Untergrund. Covenant sah Brinn als Schemen durch das geisterhafte Licht davongleiten. Dann verschluckten Gehölz und Finsternis den *Haruchai*.

Covenant verlor die Gestalten, die sich durch die Helligkeit bewegt hatten, aus den Augen. Er starrte dort hinüber, wo er sie zuletzt gesehen hatte. Wie lange würde Brinn brauchen, um die Lage zu klären und zurückzukommen?

Urplötzlich hörte er ein Geräusch, das nach einem heftigen Ausstoßen von Atem klang. Unwillkürlich wollte er aufspringen. Hergrom hielt ihn fest. Etwas Schweres fiel ins Unterholz. Man tauschte Hiebe aus. Der Abstand dämpfte sie; aber Covenant hörte die Wucht, die hinter ihnen stak. Er widersetzte sich Hergroms Griff. Einen Moment später ließ der *Haruchai* ihn los. Die Gefährten gaben die Deckung auf. Cail und Ceer rückten vor. Stell und Harn schlossen sich mit den Steinhausenern an. Covenant nahm Lindens Hand und zog sie mit, indem er Sunder folgte.

Sie durchquerten die Breite zweier Bäche, und danach erstreckten sämtliche leuchtenden Stränge sich nur noch zur Rechten. Das silbrige Strömen sammelte sich in drei Kanälen, die verwunden in die Richtung der hauptsächlichen Lichtquelle verliefen. Doch der Trupp betrat nun wieder festen Untergrund. Das Unterholz zwischen den Bäumen war dicht. Hier konnten sich nur *Haruchai* lautlos bewegen.

Hinter dem nähergelegenen Bach stießen sie in Ufernähe zu Brinn. Er stand mit in die Hüften gestemmten Fäusten da. Seine ausdrucksarmen Augen spiegelten das kränkliche Phosphoreszieren wider, als empfände er Freude. Vor ihm ragte eine Gestalt auf, die doppelt so groß war wie er; eine Gestalt, die für Covenants Begriffe im unheimlichen Licht wirkte wie eine Reinkarnation. Ein zum Leben erwachter Traum. Oder einer der Toten. Es war ein Riese!

»Die alten Erzähler haben die Wahrheit gesprochen«, sagte Brinn. »Ich bin erfreut.«

Der Riese verschränkte die dicken Arme auf seiner Brust, die so umfangreich war und wuchtig wie der Stamm einer Eiche. Er trug ein Panzerhemd, das aus aneinandergefügten Granitscheiben bestand, und schwere lederne Beinkleider. Auf dem Rücken trug er ein großes Bündel mit Vorräten. Er besaß einen Bart wie eine Faust. Seine Augen schimmerten wachsam unter wuchtigen Brauen. Der offenkundige Argwohn, der in seiner Haltung zum Ausdruck kam, zeigte an, daß er und Brinn sich geschlagen hatten – und daß er Brinns Freude keineswegs teilte. »Dann hast du Wissen, dessen ich entbehre.« Seine Stimme grollte wie Gestein in einer unterirdischen Höhle. »Du und deine Begleiter.« Er blickte den Gefährten entgegen. »Und was deine Freude angeht ...« Mit einer Hand betastete er sein Kinn. »... so ist sie eine gewichtige Sache.«

In Covenants Augen standen plötzlich Tränen. Sie blendeten ihn; er vermochte die Erinnerungsbilder Salzherz Schaumfolgers nicht fortzublinzeln – Schaumfolger, dessen Lachen und reines Herz mehr getan hatten, um Lord Foul zu schlagen und dem Land Heil zu bringen, als jede andere Macht, trotz der Tatsache, daß seine Artgenossen von einem Riesen-

Wütrich mit einem Bruchstück des Weltübel-Steins bis zum letzten Kind hingemetzelt worden waren, auf welche Weise sich die bis dahin unklare Prophezeiung erfüllte, die ihre Heimstatt an der Wasserkante betraf, die Stadt, die sie *Coercri* genannt hatten, Herzeleid. Alle Entwurzelten waren abgeschlachtet worden. Sie waren einem Seefahrervolk entsprungen, hatten während ihrer ausgedehnten Fahrten den Kontakt zu Heimat und Volk verloren. Deshalb errichteten sie an der Wasserkante eine neue Niederlassung, die sie jahrhundertelang bewohnt hatten, bis drei ihrer stolzen Söhne der Gewalt der Wütriche unterlagen, sich in Diener des Verächters verwandelten. Darum hatten sie sich niedermachen lassen, statt das Dasein eines Geschlechts zu verlängern, das zu dem werden konnte, was es haßte. Covenant weinte um sie, um den Verlust von soviel Treue und Liebe. Er weinte um Schaumfolger, dessen Tod mit einem solchen Maß an Tapferkeit einhergegangen war, daß niemand die Hoffnung hegen durfte, ihm jemals nacheifern zu können. Er weinte, weil der Riese, den er nun vor sich stehen sah, keiner der Entwurzelten sein konnte, keiner jener Riesen, die er so zu schätzen gelernt hatte; und er weinte, weil es – trotz allem – noch immer Riesen in der Welt gab. Er wußte nicht, daß er laut weinte, bis Hollian ihn anfaßte. »Ur-Lord, was bekümmert dich?«

»Riese«, rief Covenant. »Kennst du mich nicht?« Er torkelte an Linden vorüber und zu der übergroßen Gestalt. »Ich bin Thomas Covenant!«

»Thomas Covenant.« Der Riese sprach wie das Murmeln eines Berges. Mit sanftmütiger Höflichkeit, als rühre ihn der Anblick von Covenants Tränen, vollführte er eine Verbeugung. »Es ehrt mich, deinen Namen zu erfahren. Ich grüße dich als einen Freund, auch wenn's mich sonderlich anmutet, in einem so trostlosen Landstrich Freunden zu begegnen. Ich bin Grimme Blankehans.« Sein Blick erforschte Covenant. »Doch mich bestürzt dein Wissen. Mich dünkt, du hast Riesen gekannt, Riesen, die nie zurückgekehrt sind, um ihrem Volk die Geschichte ihrer Fahrt zu erzählen.«

»Nein«, stöhnte Covenant. »Ja.« *Nie zurückgekehrt? Sie konnten es ja nicht. Sie hatten sich verirrt, und später sind sie hingemordet worden.* »Ich habe dir soviel zu berichten.«

»Zu anderer Zeit«, brummte Blankehans, »wäre mir eine lange Geschichte willkommen, wie traurig sie auch sein mag. Wir Sucher sind an Geschichten verarmt. Aber uns naht sich Gefahr. Sicherlich habt ihr die *Skest* bemerkt? Zu unserem Unglück sind wir mit dem Hals in eine Schlinge geraten. Es ist an der Zeit zum Kampf oder geschickten Entweichen, nicht zum Erzählen von Geschichten.«

»Skest?« wiederholte Sunder mit durch den Schmerz in seiner Brust hervorgequetschter Stimme. »Sprichst du von den Säuregeschöpfen, die Kindlein aus glutvollem Smaragd gleichen?«

»Grimme Blankehans.« Brinn sprach, als wäre Sunder nicht anwesend. »Die Geschichte, welche der Ur-Lord erwähnt hat, ist auch uns geläufig. Ich bin Brinn von den *Haruchai*. Ferner siehst du hier von unserem Volke Cail, Stell, Harn, Ceer und Hergrom. Ich nenne dir unsere Namen im Gedenken an eine stolze Überlieferung.« Er erwiderte Blankehans' Blick. »Riese«, fügte er leise hinzu, »du bist nicht allein.«

Covenant achtete weder auf Brinn noch auf Sunder. Unwillkürlich, sich nur halb darüber im klaren, was er tat, streckte er einen Arm empor und berührte die Hand des Riesen, um sich dessen zu vergewissern, daß Blankehans nicht etwa bloß ein Gebilde aus Silberglanz und Trauer war, ein von seinem verstörten Hirn fabriziertes Trugbild. Aber seine Hände waren gefühllos, für immer abgestorben. Es kostete ihn alle Anstrengung, seinen Gram zu meistern. Der Riese musterte ihn voller Mitgefühl. »Gewißlich ist die Geschichte, welche du zu berichten wünschst«, sagte er gedämpft, »eine Geschichte großen Jammers. Ich werde sie anhören, sobald die Zeit es erlaubt.« Er wandte sich ruckartig ab. »Brinn von den *Haruchai,* deinen Namen und die Namen deiner Männer zu vernehmen, ehrt mich. Der angemessene und feierliche Austausch von Namen und Geschichten ist ein Vergnügen, für das auch uns gegenwärtig die Zeit mangelt. In der Tat, ich bin nicht allein.« Er wandte den Kopf. »Kommt«, rief er über die Schulter.

Auf diesen Zuruf hin traten drei weitere Riesen aus der Dunkelheit der Bäume und kamen herüber. Der erste Riese, der Blankehans' Seite erreichte, war eine Frau. Sie war von herber Schönheit; ihr Haar ähnelte feiner Drahtwolle, und ihre Miene spiegelte ernste Zielstrebigkeit wider. Obwohl sie schlanker und etwas kleiner war als Blankehans, war sie ausgerüstet wie eine Kriegerin. Sie trug einen Brustpanzer und Beinkleider aus Kettengliedern sowie Armschienen; an ihrem Gürtel baumelte ein Helm, um ihre Schultern hing ein runder eiserner Schild. In einer Scheide an ihrer Hüfte stak ein Pallasch, der fast so lang war wie Covenant groß. Blankehans begegnete ihr mit Respekt. Er nannte ihr die Namen, die ihm die Gefährten verraten hatten. »Sie ist die Erste der Sucher«, erklärte er ihnen anschließend. »Ich stehe ihr zu Diensten.«

Der dritte Riese hatte keinen Bart. Eine alte Narbe, anscheinend von einem Schwertstreich, verlief unter seinen Augen quer über die Nase. In seinem Äußeren und seinem Auftreten war er Blankehans ziemlich ähnlich. Sein Name lautete Ankertau Seeträumer. Wie Blankehans war er unbewaffnet und führte lediglich eine beachtliche Last an Vorrat mit.

Die vierte Gestalt jedoch ragte um kaum mehr als eine Armlänge über Covenant auf. Sie war offensichtlich verkrüppelt. In der Mitte des Rückens verkrümmte sich der Oberkörper nach vorn, als wäre das Rückgrat abgeknickt, und machte eine aufrechte Haltung unmöglich. Die Gliedmaßen dieses Riesen waren in geradezu groteskem Maße bepackt mit Muskeln; sie glichen dicken, knotigen, von Schlingpflanzen eingeschnürten Ästen. Und auch seine Miene war grotesk; Augen und Nase waren mißgebildet, der Mund saß schief. Das kurze Haar auf seinem bartlosen Schädel stand senkrecht wie im Schock. Aber er grinste, und sein Blick wirkte freundlich und gutmütig; seine Häßlichkeit trug das Antlitz einer immensen Wohlgelauntheit. Blankehans stellte den deformierten Riesen vor. »Pechnase.«

Pechnase? fragte sich Covenant in seinem alten Mitgefühl für alle Benachteiligten und Verkrüppelten. *Hat er nicht einmal zwei Namen?*

»Pechnase, fürwahr«, bekräftigte der zu kleine Riese, als könne er Covenant ins Herz schauen. Sein leises Lachen klang wie das Gluckern einer klaren Quelle. »Zuhauf hat man mir andere Namen vorgeschlagen, doch keiner gefiel mir nur halb so sehr.« In seinen Augen funkelte insgeheime Belustigung. »Denkt drüber nach, und ihr werdet's verstehen.«

»Wir verstehen's.« Die Erste der Sucher sprach wie gehärtetes Eisen. »Im Augenblick jedoch gilt's Flucht oder Kampf.«

Covenant drohte von Fragen überzuquellen. Er wollte wissen, woher diese Riesen kamen, warum sie sich hier aufhielten. Aber der Tonfall der Ersten erinnerte ihn an die Gefahr. In der Ferne sah er grüne Leuchterscheinungen huschen, sich weithin zur Einkreisung aufreihen.

»Der Sinn einer Flucht unterliegt Zweifeln«, sagte Brinn leidenschaftslos. »Die Wesen, die uns verfolgen, sind überaus zahlreich.«

»Die *Skest,* ja«, grollte Blankehans' Stimme. »Sie sind drauf aus, uns vor sich herzutreiben wie Vieh.«

»Dann müssen wir uns zur Verteidigung einrichten«, sagte die Erste.

»Einen Moment mal!« Covenant suchte seine verworrenen

Gedanken zu ordnen. »Diese *Skest.* Ihr kennt sie. Was wißt ihr über sie?«

Blankehans sah die Erste an, dann zuckte er mit den Schultern. »Wissen ist ein heikel Ding. Wir wissen nichts von diesem Landstrich und seinen Lebewesen. Doch wir haben die Worte dieser Wesen belauscht. Sie selbst nennen sich *Skest.* Ihre Aufgabe ist's, Opfer für ein anderes Wesen zu besorgen, das sie verehren. Selbiges Wesen nennen sie bei keinem Namen.«

»Uns ist's bekannt ...« – Brinns Ton deutete Abneigung an – »als der Lauerer der Sarangrave-Senke.«

»Es *ist* die Sarangrave.« Lindens Stimme klang rauh und nach Zerrüttung. Tagelanges innerliches Ausgeliefertsein hatte sie anfällig und wehrlos gemacht. »Diese ganze Gegend ist irgendwie lebendig.«

»Aber wie könnt ihr das wissen?« wollte Covenant von Blankehans erfahren. »Wieso versteht ihr ihre Sprache?«

»Auch das hat mit Wissen nichts zu schaffen«, erwiderte Blankehans. »Wir besitzen, was Sprachen anbetrifft, eine gewisse Begabung, um die wir ausgiebig mit den *Elohim* gefeilscht haben. Doch was wir vernommen haben, ist uns in dieser Stunde von keinem Nutzen.«

Elohim. Covenant entsann sich an die Bezeichnung. Das erste Mal hatte er sie von Schaumfolger gehört. Aber solche Erinnerungen verstärkten nur sein Gefühl für die drohende Gefahr. Er hatte gehofft, Blankehans' Kenntnisse würden ihnen einen Fluchtweg eröffnen; doch diese Hoffnung war vergeblich gewesen. Mit einem inwendigen Ruck klärte er seine Gedanken. »Verteidigung wird auch nicht viel nutzen.« Er versuchte, seinem Blick so etwas wie Nachdrücklichkeit zu verleihen. »Ihr müßt fliehen.« *Schaumfolger ist meinetwegen umgekommen.* »Man wird euch gar nicht weiter beachten, wenn ihr die Einkreisung durchbrecht. Ich bin's, auf den sie's abgesehen haben.« Seine Hände vollführten eindringliche Gesten, ohne daß er sie daran hindern konnte. »Nehmt meine Freunde mit.«

»Covenant!« schalt Linden, als hätte er die Absicht verkündet, Selbstmord zu begehen.

»Mich will deuchen«, sagte Pechnase und lachte leise, »Thomas Covenants Kenntnis der Riesen ist weniger genau, als er vermeint.«

Brinn regte sich nicht; seine Stimme blieb völlig ausdruckslos. »Der Ur-Lord weiß, daß sein Leben unter dem Schutz der *Haruchai* steht. Wir werden ihn nicht im Stich lassen. Auch die Riesen früherer Zeiten pflegten keinen Freund der Gefahr zu überlassen. Doch ihr seid durch nichts an uns gebunden. Es müßte uns mit Kummer erfüllen zu sehen, wie Unheil euch ereilt. Deshalb müßt ihr fliehen.«

»Jawohl!« bekräftigte Covenant.

»Warum glaubt der Ur-Lord«, erkundigte sich Blankehans mit gerunzelter Stirn bei Brinn, »daß die *Skest* sich wider ihn zusammenrotten?«

Brinn erläuterte in knappen Worten, was die Gefährten über den Lauerer der Sarangrave-Senke wußten. »So steht mein Entschluß denn fest«, sagte sofort die Erste. Mit entschlossenen Handgriffen löste sie den Helm vom Gürtel und setzte ihn sich auf den Kopf. »Dem können wir Sucher nicht den Rücken zukehren. Wir werden eine Stätte suchen, die sich zur Verteidigung eignet.« Brinn wies mit einem Nicken in den Nordosten. Die Erste spähte in die gedeutete Richtung. »Das mag angehen.« Augenblicklich wandte sie sich auf dem Absatz um und entfernte sich. Unverzüglich bewogen die *Haruchai* Covenant, Linden und die Steinhausener dazu, sich gleichfalls in Bewegung zu setzen. Flankiert von Blankehans und Seeträumer, gefolgt von Pechnase, schlossen die Gefährten sich der Ersten an.

Covenant kam gar nicht dazu, irgendeinen Widerspruch zu erheben. Die Furcht lähmte ihn. Der Lauerer wußte über seine Anwesenheit Bescheid, gierte nach ihm; er hatte keine Wahl, als unterzugehen oder zu kämpfen. Doch seine Begleiter … die Riesen … Um Covenants willen war Schaumfolger in die unvorstellbare Marter der Glutasche geschritten. Sie durften auf keinen Fall …! Sollte einem seiner Freunde seinetwegen etwas zustoßen, würde er, spürte Covenant, bald den Verstand verlieren.

Die *Skest* folgten ihnen vollständig unbeirrbar. Aus der Weite der Senke zogen sie in Massen heran, bildeten gegen jeden Fluchtversuch einen lückenlosen Wall. An den Seiten schlossen sie ihre Reihen immer enger. Blankehans hatte den Vorgang treffend beschrieben: die *Skest* waren dabei, die Sucher auf den Lichtquell zuzutreiben. *Hölle und Verdammnis!* Die Helligkeit lohte nun vor ihnen, durchgloste die Nacht mit ihrer Brandigkeit, schimmerte in der Farbe von Covenants Ring. Er vermutete, daß das Wasser eben infolge des Vorhandenseins seines Ringes so leuchtete. Sie näherten sich einer Stelle, wo die drei von Glutbahnen durchglommenen Bäche zusammenflossen. Links wich der Dschungel auf einem weitläufigen Hang zurück in den Hintergrund, und das Gelände wies zwar eine Steigung auf, war aber frei, soweit er sehen konnte; doch der Boden war wegen eines Gewirrs aus Rankengewächsen und aus der Erde ragender Wurzeln schwer zu begehen. An der rechten Seite vereinten sich die Bäche zu einem See, der die volle Länge des Abhangs zur Linken einnahm. Über der Wasserfläche schwebte ein widernatürlicher, silbriger Dunst. Auf diese Art und Weise konzentriert, gab das Licht der Dunkelheit ringsumher eine unselige, wie verwunschene Färbung, als gehöre so ein Glanz ganz speziell zum Klagen und Jammern der Verfluchten. Der Anblick war in seiner Gesamtheit gleichermaßen lieblich und scheußlich.

Eine kurze Strecke weiter längs des Abhangs versperrte eine Horde von *Skest* den Gefährten den Weg. Vom Rande des Sees bis zur Anhöhe hinauf, wo sie einen Bogen bildeten, der bis in den Rücken der Freunde reichte, harrten dicht an dicht Kindsgestalten, in denen tückisches grünes Feuer leuchtete. Die Erste blieb stehen und hielt in die Umgebung Ausschau. »Wir müssen durch den See.«

»Nein!« schrie sofort Linden. »Das wäre unser Tod.«

Mit strenger Miene hob die Erste die Brauen. »Dann will ich meinen«, sagte sie nach einem Moment des Abwägens, »daß der Ort der Verteidigung bereits für uns auserwählt ist.«

So etwas wie ein entstelltes Schweigen folgte. Pechnases Atem pfiff gedämpft in seine beengten Lungen und heraus. Sunder drückte Hollian gegen den Schmerz in seinem Brustkorb. Die Gesichter der *Haruchai* glichen Totenmasken. Linden mußte jeden Moment, so hatte es den Anschein, in Panik verfallen.

Allmählich und mit spürbarer Gehässigkeit begann die Atmosphäre zum erneut angestimmten Geheul des Lauerers wieder zu schwitzen. Das Heulen schwoll an, als stiege in Covenants Kehle Wasser empor, steigerte sich langsam in Lautstärke und Schrillheit. Die *Skest* wimmelten in unüberschaubaren Massen durch das schwüle Tönen des anhaltenden Schreis. Schweiß kribbelte wie Ameisen auf Covenants Haut. In ihm pulste das Gift wie ein Fieber.

Ankertau Seeträumer preßte die Hände auf die Ohren, senkte sie jedoch wieder, sobald er bemerkte, daß er sein Gehör dem Heulen nicht verschließen konnte. Ein stummes Aufknurren entblößte seine Zähne. Durchaus bedächtig, als sähen sie keinen Grund zur Hast, packten die *Haruchai* die wenigen noch verbliebenen Bündel Brennholz aus. Sie teilten jedem ihresgleichen einige Stücke zu und boten den Rest den Riesen an. Seeträumer betrachtete das Holz begriffsstutzig; Pechnase hingegen nahm ein paar Knüttel und gab, was übrig war, an Blankehans weiter. In den Fäusten der Riesen glichen die Holzstücke lediglich Zweigen.

Linden bewegte den Mund, als wimmere sie, aber das Jaulen und Johlen des Lauerers übertönte alle derartigen Laute. Die *Skest,* grün wie die Verderbnis, schoben sich heran. »Müssen wir das erdulden?« meinte Brinn, indem er dem schweißigen Glitzern der Atemnot auf seinem Gesicht trotzte. »Laßt uns wider diese *Skest* vorgehen.«

Die Erste schaute ihn an, blickte sich dann um. Nachgerade blitzartig zog sie den Pallasch, dessen Klinge sich, als sie ihn um ihren Kopf wirbelte, mit eigenen Schwingungen dem Geheul zu widersetzen schien. »Stein und See!« keuchte die Erste einen seltsamen Schlachtruf.

Und Covenant, der Riesen gekannt hatte, antwortete ihr.

»Stein und See sind tief im Leben,
Sind die Wahrzeichen der Welt ...«

Er zwang die Worte durch sein Erstickungs- und Schwindelgefühl über die Lippen, so wie er sie von Schaumfolger gelernt hatte.

»Dauerhaft verharrend, dauerhaft sich regend,
Teilhaber der Kraft, die ewig währt.«

Obwohl ihm war, als müsse die Anstrengung ihm die Augäpfel zum Bersten bringen, sprach er so laut, daß die Erste ihn hören und verstehen konnte. Ihre Augen maßen ihn aus schmalen Lidern. »Du hast in der Tat Riesen gekannt«, stieß sie heiser hervor. Das Heulen schien ihr die Kehle zu verstopfen. »Ich nenne dich Riesenfreund. Wir sind Gefährten auf Gedeih und Verderb.«

Riesenfreund! Der Name verschlug Covenant nahezu vollends den Atem. Die Wasserkanter Riesen hatten diesen Titel Damelon gegeben, Loriks Vater. Damelon, der ihren Untergang vorausgesagt hatte. Doch Covenant fand keine Zeit, um Einspruch zu erheben. Die *Skest* waren da. Er erlitt einen Hustenanfall. Smaragdgrünes Schillern machte ihn benommen, während er nach Luft schnappte. Das Geheul schien sich bis ins Mark seiner Knochen zu fressen. Sein Verstand begann zu trudeln. *Riesenfreund, Damelon, Kevin.* In seinem Kopf drehte sich ein Karussell von Namen. *Linden-Marid-Gift. Gift-Gift-Gift.*

Knüppel in Bereitschaft, traten Brinn und Ceer am Ufer des Sees entlang den *Skest* entgegen. Die anderen *Haruchai* geleiteten die Gefährten in dieselbe Richtung. Der Schweiß, der Pechnase in die Augen rann, ließ ihn blinzeln und zwinkern wie ein Verrückter. Die Erste packte ihr breites Schwert mit beiden Fäusten.

In seinem Schwindelgefühl ganz und gar handlungsunfähig, schloß sich Covenant nur an, weil Hergrom ihn vorwärts drängte. *Marid. Fänge. Leprotiker-Aussätziger-Unrein.* Sie befanden sich nahe bei den leuchtenden Kindsgestalten. Zu nah.

Plötzlich stürmte Seeträumer wie ein Berserker an Brinn vorbei und stürzte sich auf die *Skest.* »Riese!« krächzte Brinn und sprang ihm nach. Mit wuchtig-schwerem Fuß trat Seeträumer auf eines der Wesen. Es platzte, verspritzte Säure und Glut. Seeträumer taumelte, als Schmerz sein Bein emporschoß. Seine Kiefer klafften, aber kein Laut drang aus seiner Kehle. In unvermitteltem Geistesblitz begriff Covenant, der Riese war stumm. Nun drohte Seeträumer zum allgemeinen Entsetzen mitten zwischen die *Skest* zu fallen. Die Stimme des Lauerers gurgelte und zischelte wie gieriger Treibsand.

Brinn ließ seine Hölzer fallen und ergriff Seeträumers

Handgelenk. Indem er mit aller Kraft das Körpergewicht des Riesen rückwärts zerrte, riß er Seeträumer aus der Richtung der Kreaturen. Im nächsten Moment erreichte Pechnase die beiden. Mit unfaßbarer Leichtigkeit warf der Krüppel sich den verwundeten Kameraden über die Schulter. Seeträumers Gesicht zeugte von Schmerz, aber er klammerte sich an Pechnases Schultern und ließ sich von ihm aus der Nähe der *Skest* schleppen.

Zur gleichen Zeit begann Ceer es mit den Geschöpfen aufzunehmen. Durch einen seitwärts geführten Hieb mit einem Knüttel zerdrosch er eines der Säure-Kinder. Ein Aufflammen zerspellte das Holz zur Hälfte in Splitter. Ceer schleuderte das restliche Stück auf den nächsten *Skest*. Als auch diese Kreatur barst, hielt seine Faust bereits eine andere Länge Holz. Stell und Brinn stießen zu Ceer. Mit einem Aufbrüllen schwang Blankehans eine doppelte Handvoll Brennholz gegen die Reihen der *Skest* und machte fünf von ihnen nieder, ehe das Holz aufloderte und sich in seinen Fäusten in Späne verwandelte. Gemeinsam schlugen der Riese und die *Haruchai* eine Bresche in die Umkreisung des Lauerers.

Aus Grimm gellte das Heulen immer schriller empor, stach wie mit Klauen in die Lungen der Gefährten. Hergrom hob Covenant von den Füßen und brach mit ihm durch die geschaffene Lücke aus. Cail folgte, trug Linden. Brinn und Ceer hielten die Bresche mit Hilfe des letzten Brennholzes offen; Blankehans und die Erste stapften durch das Aufflammen, vertrauten auf ihre den Riesen eigentümliche Immunität gegen Feuer. Pechnase watschelte hinterdrein, Seeträumer auf dem Rücken. Dann ging den *Haruchai* das Holz aus. *Skest* drängten heran, um die Bresche zu schließen, angetrieben vom unablässigen Kreischen des Lauerers. Stell sprang ihnen aus dem Weg, entzog sich der Einkreisung. Harn warf Hollian zu Stell hinüber, danach tat er das gleiche mit Sunder. Fast gleichzeitig setzten Brinn, Ceer und Harn über die Kreaturen hinweg. Schon hatten die *Skest* sich umgedreht, um sich erneut an die Verfolgung zu machen. Die Stimme des Lauerers überschlug sich vor Wut.

»Kommt!« schrie die Erste, würgte fast infolge der Anstrengung, die sie aufbieten mußte, um sich durch das Gellen Gehör zu verschaffen. Die Riesen rannten am Ufer des Sees entlang. Pechnase trug Seeträumer mit einer geschmeidigen Beweglichkeit, als wäre er ein *Haruchai.* Die Gefährten suchten das Weite. Sunder und Hollian flohen gemeinsam, an ihren Seiten Harn und Stell. Covenant stolperte in Begleitung Brinns und Hergroms über die Ranken und Wurzeln dahin.

Linden jedoch rührte sich nicht von der Stelle. Vor Entsetzen und Ersticken war ihr Gesicht wie von Alabaster. Covenant erkannte, als er seinen Blick mit einem Ruck in ihre Richtung zwang, in ihrem Gesicht den gleichen Ausdruck, den es zeigte, als sie das erste Mal Joan gesehen hatte. Ihre Miene spiegelte völlige innere Lähmung wider.

Cail und Ceer faßten ihre Arme, um sie mitzuziehen. Sie widersetzte sich; ihr Mund öffnete sich zu einem Schrei. »Habt acht!« keuchte die Erste in eindringlichem Ton. Ein Gewimmer zwängte sich aus Hollians Kehle. Brinn und Hergrom wirbelten herum, verharrten dann und wandten sich dem See zu. Covenant taumelte, als auch er den Anblick sah, der sich bot, und wäre gestürzt, hätten ihn die *Haruchai* nicht abgefangen.

Die Oberfläche des Sees schwoll. Das Wasser verfestigte sich zu einer Art von Fangarm, der aus einer Verdichtung geisterhaften Glanzes zu bestehen schien – zu einem Fangarm mit Dutzenden dünnerer Ausläufer, die Fingern glichen. Er reckte sich in die Höhe und wuchs, griff in die Luft empor, als wäre er eine Manifestation des Geheuls, das der Lauerer ausstieß. Der Fangarm entrollte sich wie eine Schlange und zuckte auf die Gefährten herab, auf die Menschen, die sich ihm am nächsten befanden. Er schnappte nach Linden. Ihr Mund formte hilflos Laute des Grauens. Sie rang darum, sich aus der Starre zu befreien, um die Flucht ergreifen zu können. Cail und Ceer zerrten an ihr. Unbewußt leistete Linden Gegenwehr.

Mit einer aufdringlichen Überdeutlichkeit wie in einem Alptraum sah Covenant, wie sich Lindens Fuß in der Gabelung eines Wurzelstrunks verfing. Die *Haruchai* gedachten sie mit sich zu ziehen. Linden bäumte sich vor Pein auf, als ihr Fußknöchel brach. Durch das Wüten des Lauerers war das Geräusch nicht zu hören. Der phosphoreszierende Fangarm drohte Linden zu umschlingen. Cail warf sich ihm entgegen, versuchte ihn fortzustemmen. Der Fangarm wuchtete ihn beiseite. Kopfüber torkelte Cail vor den wieder im Näherrücken begriffenen *Skest* in den Dreck. Langsam kamen die Wesen von neuem heran, schoben sich näher wie eine Flut. Linden wollte schreien und konnte es nicht. Noch einmal schoß der Fangarm nieder, warf diesmal Ceer zur Seite. Blankehans eilte an Covenant vorbei, hastete zu Linden. Mit aller Kraft bemühte sich Covenant, dem Riesen zu folgen, aber Brinn und Hergrom hielten ihn fest.

Im nächsten Augenblick loderte Covenant inwendig vor Zorn. Eine Aufwallung von Gift durchpulste ihn. Wilde Magie eruptierte. Seine Macht schleuderte die *Haruchai* beiseite, als würfe eine Explosion sie über den Haufen.

Der Fangarm des Lauerers packte zu. Blankehans sprang geduckt dagegen, wehrte ihn ab. Sein Gewicht preßte ihn inmitten eines Feuerwerks grellweißer Funken an den Erdboden. Aber er vermochte ihn nicht zu bändigen. Der Arm umschlang ihn, hob ihn hoch. Die Schmerzhaftigkeit der Umklammerung schien Blankehans' Gesicht zu zerbrechen. Bösartig schmetterte der Fangarm ihn auf den Untergrund. Der Riese schlug wuchtig auf den harten Boden, prallte hin und blieb reglos liegen. Und schon wand sich der Fangarm wieder in Lindens Richtung.

Covenant lohte wie eine Fackel, während er die Hälfte des Abstands zurücklegte, der ihn von Linden trennte. Sein Bewußtsein war ein Chaos aus Bildern und Schwindel. Er sah Hergrom und Brinn gefällt, womöglich verletzt, vielleicht tot; sah Fänge in seinen Unterarm gebohrt werden, fühlte Gift Morde begehen, die er nicht abwenden konnte. Der leuchtende Fangarm bewegte sich auf seinen Fingern auf Linden zu. Für einen Moment, einen schwerfälligen Herzschlag lang, bestand Covenants Innenleben aus nichts als Entsetzen. Alle seine Ängste und Befürchtungen vereinten sich nun in seiner Furcht vor dem Gift, der wilden Magie, die er nicht meistern konnte, vor ihm selbst. Wenn er jetzt etwas gegen den Fangarm unternahm, würde er wahrscheinlich auch Linden Schaden zufügen. Die in Covenant angeschwollene Energie verlief sich wie eine Flamme, die verflackerte.

Die Ausläufer am Fangarm des Lauerers verwickelten sich in Lindens Haar. Sie zerrten sie hinüber zum See. Ihr gebrochener Fußknöchel hing noch in der verzweigten Wurzel. Der Fangarm zog, dehnte Lindens Glieder. Dann ruckte ihr Fuß aus der Gabelung der Wurzel. *Linden!* Covenant stürmte erneut vorwärts. Das Heulen schien seine Lungen vollends zersetzt zu haben. Er fand keinen Atem mehr.

Unterwegs riß er Loriks *Krill* aus dem Gürtel, ließ die Umhüllung fallen, krallte seine Finger um den Griff der Waffe. Mit gehörigem Schwung ging er zum Angriff über und stieß die Klinge wie einen Strahl weißer Glut in den Fangarm. Die Luft verwandelte sich in eine Detonation von Pein. Der Fangarm gab Linden frei, bog sich zurück, riß den *Krill* beinahe aus Covenants Faust. Silber strömte aus der Wunde wie eine Flamme von Mondlicht, warf fahles Wabern der Schmerzen an den dunklen Himmel. In Qual und Wut wand sich der

Fangarm um Covenant, schnellte ihn empor. Einen Augenblick lang schwebte er in fürchterlichem Zugriff mitten in der Luft; der Lauerer reckte ihn in wüster Umklammerung himmelwärts. Dann schmiß er ihn ins Wasser.

Der Fangarm tauchte Covenant unter, als besäße der See keinen Grund und kein Ende. Kälte brannte auf seiner Haut, stopfte ihm den Mund; Druck stach ihm in die Ohren, als hämmere man ihm Nägel in den Schädel; Finsternis umfing Covenants Geist. Ihm war, als risse der Lauerer ihn entzwei. Aber der Edelstein des *Krill* leuchtete hell und voller Kraft für Covenant. Des *Krill*, den Lorik als Waffe gegen alles Schlechte geschmiedet hatte. Als Waffe. Mit beiden Händen trieb Covenant die Klinge in die Windung des Fangarms auf seiner Brust. Eine Zuckung lockerte die Umklammerung. Blut des Lauerers sprudelte Covenant ins Gesicht. Aber unverändert zog der Fangarm ihn in die Tiefe, immer tiefer hinab in die Abgründe, in denen der Lauerer sein Reich hatte. Die Atemnot schien Covenants Eingeweide zu zerfleddern. Wasser und Kälte drohten ihm die Knochen zu zersplittern. Infolge des Drucks tanzten vor seinen Augen Flecken und Punkte, die wie Narben der Hinfälligkeit und des Versagens wirkten. Scheitern. Das Sonnenübel. Lord Foul lachte in vollkommenem Triumph. *Nein!* Linden in ihrer Marter. *Nein!*

Covenant drehte sich, bevor der Lauerer seinen Griff wieder festigen konnte, direkt dem Arm zu, der sich anschickte, ihn für immer in die unergründliche Tiefe zu befördern. Der unüberwindliche Glanz des *Krill* leuchtete ihm ins Gesicht. Mit allem leidenschaftlichen Aufbegehren seines Herzens – mit allem, was er vom *Krill* wußte, mit wilder Magie, Zorn und Gift – hieb er die Klinge in den Fangarm des Lauerers. Die heiße Schneide schnitt in das Fleisch, durchtrennte den Fangarm, als bestünde er nur aus Flüssigkeit. Im selben Moment begann die Tiefe des Sees insgesamt zu lodern. Das Wasser lohte und gloste; weiße Entladungen durchfuhren die Fluten wie Schreie. In diesem Gleißen glich der Lauerer bloß noch Zunder. Plötzlich war sein Arm fort, seine Gegenwart als Ganzes nicht länger vorhanden.

Obwohl Covenants Fäuste noch immer den *Krill* hielten, konnte er nichts mehr sehen. Die Pein des Lauerers hatte ihn geblendet. Allein schwamm Covenant in Tiefen, die so finster waren, daß es darin niemals irgendwelches Licht gegeben haben konnte.

Er lechzte nach Luft.

25
»Im Namen des Reinen«

Ebenso kläglich wie verbissen verschloß Covenant dem Wasser die Zähne und begann sich nach oben zu kämpfen. Er fühlte sich versengt von den Kräften, die im See getobt hatten, selbst dagegen völlig entkräftet, und ihm war, als könne er sich nicht im mindesten durch die schale Tiefe aufwärts bewegen. Seine Gliedmaßen waren vom Sauerstoffmangel wie abgestorben. Er hatte keine Aussicht mehr außer der letzten Konvulsion seiner Lungen, die ihm den Mund aufreißen würde – keine außer dem Tod und die Erinnerung an Linden, wie sie mit gebrochenem Fußknöchel zu schreien versuchte. In stummer Weigerung ruderte er weiter mit Armen und Beinen, als flehe er den Himmel um ein baldiges Erreichen der Oberfläche an.

Da plötzlich packte ihn aus der Dunkelheit eine Hand, drehte ihn. Rauhe Handflächen umfaßten sein Gesicht. Ein Mund preßte sich auf seine Lippen. Die Hände zwangen seine Kiefer auseinander; der Mund hauchte ihm Atem ein. Diese karge Zufuhr von Luft hielt ihn am Leben. Die Hände zogen ihn aufwärts. Endlich durchbrach er den Wasserspiegel, fing schlagartig an zu japsen. Arme umfaßten ihn, während er mit Gekeuche um Luft rang. Eine ungewisse Zeitspanne verstrich, in der ihm die Besinnung mehrmals schwand und wiederkehrte, zurückgeholt durch sein hartnäckiges Herz. »Brinn?« vernahm er wie von fern eine bange Stimme – Hollians Stimme? »Brinn?«

Brinn antwortete irgendwo hinter Covenants Kopf. »Der Ur-Lord lebt.«

»Gepriesen seien die *Haruchai*«, sagte eine andere Stimme.

Sie klang, als gehöre sie der Ersten der Sucher. »Gewißlich stand euer Name bei den Riesen, die euer Volk gekannt hat, in hohen Ehren.«

»Deshalb hat das Wasser so mörderisch ausgesehen«, hörte Covenant danach Linden äußern, als spräche sie vom Grund eines Teichs der Qual herauf. »Der Lauerer ist darin gewesen.« Sie zwängte die Worte in abgehackten Schwallen durch die Zähne, versuchte mit ihrem Klang angestrengt den Schmerz zu unterdrücken. »Jetzt ist er fort.« In der Stille jenseits ihrer Stimme schrie sie.

Fort. Allmählich wich die heiße Stickigkeit des Luftmangels aus Covenants Wahrnehmung. Der Lauerer war fort, hatte sich zurückgezogen, war aber bestimmt nicht tot; nein, das war unmöglich; es war ausgeschlossen, daß er ein Lebewesen getötet hatte, das so groß war wie die Sarangrave. Im See leuchtete keinerlei Licht mehr. Die Feuer, die durch das Vergießen von *Skest*-Säure aufgeflammt waren, hatten keine weitere Nahrung gefunden und waren daher inzwischen erloschen. Nacht lag über der Sarangrave-Senke. Aber irgendwie hatte Covenant nach wie vor den *Krill* in der Hand. Dessen Helligkeitsschein erlaubte es ihm, etwas zu sehen.

Es stand außer Frage, daß der Lauerer noch lebte. Während Brinn mit Covenant ans Ufer schwamm und ihm aufs Trockene half, merkte Covenant, daß die Atmosphäre noch viel zu dick war, um sich wieder einigermaßen wohl fühlen zu können. In der Ferne hörte er das Geschöpf im Schmerz winseln; leise Schluchzer schienen die Luft zu durchglucksen, als schwelgten Dämonen in Selbstmitleid. An beiden Seiten sah Covenant schwach die *Skest* schimmern. Sie waren auf Abstand gegangen; aber sie hatten die für den Lauerer bestimmte Beute keineswegs aufgegeben. Covenant hatte das Wesen lediglich verletzt. Nun würde es nicht mehr damit zufrieden sein, zu futtern zu bekommen. Ohne Zweifel sann es jetzt auf Rache.

Jemand entzündete eine Fackel. Im unerwarteten Fackelschein sah er Hergrom und Ceer mit stapelweise Holz, das sie anscheinend von den Bäumen längs des Abhangs gebrochen hatten, bei Blankehans stehen. Blankehans hielt einen großen steinernen Topf voller Glut, an der Ceer eine Fackel nach der anderen entfachte. Indem Hergrom Fackeln an die übrigen *Haruchai* weiterreichte, verbreitete sich langsam Helligkeit zwischen den Gefährten.

Benommen betrachtete Covenant den *Krill*. Der Edelstein funkelte in klarem Licht, als könne er niemals und durch nichts getrübt werden. Aber sein Leuchten brachte in Covenant erneut die Wut zum Schwellen, mit der er damals, als Elena Hoch-Lord gewesen war, die Klinge zu neuem Leben erweckt hatte. Als was Lorik den *Krill* auch geschaffen haben mochte, durch Covenant war er in einen Gegenstand der Wildheit und des Feuers verwandelt worden. Der pure Glanz stach schmerzhaft in Covenants Augen.

In wortloser Versonnenheit streckte Brinn ihm die weggeworfene Umhüllung entgegen. Brinn nahm den *Krill* und wickelte ihn und seine Hitze wieder sorgsam ein, als könne er damit für Covenant die Wahrheit erträglicher machen. Doch Covenant starrte fortgesetzt die eigenen Hände an. Sie waren heil geblieben; nicht einmal die Hitze des *Krill* hatte ihnen geschadet. Seine eigene Macht hatte ihn davor bewahrt; selbst sein Fleisch hatte sich schon so an die wilde Magie gewöhnt, daß er sich ihrer instinktiv bediente, um sich zu schützen, ohne daß es ihn etwas kostete, außer daß er damit Unheil über seine Seele brachte. Und wenn es tatsächlich so war … Er stöhnte vor sich hin. Wenn es sich wirklich so verhielt, dann war er bereits ein Verdammter. Denn was bedeutete Verdammnis denn anderes, als daß man frei war vom Preis, den Sterbliche für ihre Macht entrichten mußten? War es nicht genau das, was Lord Foul zu dem machte, was er war? Die Verdammten erwarben Macht mit ihrer Seele; die Unschuldigen bezahlten dafür mit dem Leben. Darin lag Sunders wahre Unschuld, obwohl er mit eigenen Händen Frau und Kind getötet hatte – und ebenso lag darin Covenants Schuld. Sogar in Fouls Hort hatte er sich davor gedrückt, den vollen Preis zu zahlen. Damals hatte nur seine Zurückhaltung ihn gerettet, seine Weigerung, Lord Fouls vollkommene Ausmerzung zu versuchen. Ohne diese Zurückhaltung wäre er ein zweiter Kevin Landschmeißer geworden.

Aber wie stand es jetzt um irgendwelche inneren Schranken? Seine Hände wiesen keine Brandwunden auf. Gefühllos durch die Leprose, taub und unzulänglich, schlecht zu gebrauchen, gewiß; und doch hatten sie energetische Macht angewendet, ohne darunter zu leiden.

Brinn bot ihm das Bündel mit dem *Krill* dar, als enthielte es seine Zukunft und sein Schicksal. Covenant nahm es. Was hätte er anderes tun sollen? Er war Leprotiker; er konnte das, was er war, nicht leugnen. Weshalb sonst wäre er auserwählt worden, um die Not des Landes als Bürde auf seinen Schultern zu tragen? Er ergriff den eingewickelten *Krill* und schob ihn sich wieder unter den Gürtel, als könne er auf diese Weise wenigstens verhindern, daß seine Freunde mit ihm der Verdammnis anheimfielen. Dann zwang er sich dazu – mit einer Anstrengung, als müsse er einem Verhängnis ins Auge blicken –, seine Aufmerksamkeit seinen Begleitern zu widmen.

Trotz einiger Schrammen wirkte Blankehans im wesentlichen unversehrt. Seeträumer konnte immerhin bereits wieder auf dem von Säure verätzten Bein stehen; Pechnase erweckte ganz den Eindruck, als hätte er seinen Sturmlauf durchs Feuer längst vergessen. Der Anblick der Riesen erinnerte Covenant ans *Caamora,* das rituelle Feuer des Grams, das er einst bei den Wasserkanter Riesen kennengelernt hatte. Er entsann sich daran, wie Schaumfolger einmal seine blutigen Hände in die

Kohlen eines Lagerfeuers stieß, um sie zu reinigen und zu läutern. Schaumfolger war entsetzt über die Lust gewesen, mit der er Höhlenschrate niedergemetzelt hatte, und deshalb hatte er seine Hände einer Behandlung mit Feuer unterzogen. Die Flammen hatten ihm Schmerz bereitet, ihn jedoch nicht verbrannt; als er seine Hände aus dem Feuer zog, waren sie heil und rein gewesen. *Rein,* dachte Covenant. Er sehnte sich geradezu nach einer Läuterung durch Feuer. Aber er lenkte seinen Blick an den Riesen vorüber. Als er Brinn direkt ansah, entfuhr ihm beinahe ein Aufschrei. Sowohl Brinn wie auch Hergrom waren von dem Ausbruch seiner wilden Magie versengt worden; ihre Brauen und ihre Kopfbehaarung waren verkohlt, ihr Äußeres wies stellenweise dunkle Verbrennungen auf. Wenig hatte gefehlt, und er hätte den beiden ernsthaft etwas angetan ... Wie Blankehans sahen auch Cail und Ceer mitgenommen aus, waren jedoch unverletzt geblieben. Sie hielten ihre Fackeln über Linden in die Höhe.

Linden lag am Erdboden, ihr Kopf ruhte in Hollians Schoß. Neben ihr kniete Sunder, hielt ihr Bein still. Die Anstrengung ließ die Knöchel seiner Finger weißlich hervortreten; und er schnitt eine düstere Miene, als befürchte er, Linden um ihres Blutes willen opfern zu müssen. Die Erste stand in der Nähe, die Arme auf ihrem Kettenpanzer verschränkt, ähnelte von Groll erfülltem Mondlicht, während sie die auf Abstand befindlichen *Skest* beobachtete. Linden hatte die ganze Zeit hindurch nicht zu reden aufgehört; die Fetzen ihrer Stimme kontrapunktierten in unregelmäßiger Weise das Stöhnen des Lauerers. Immer wieder versicherte sie, vom Wasser gehe nun keine Gefahr mehr aus, der Lauerer habe sich zurückgezogen, er könne jetzt praktisch überall sein, er sei die Sarangrave selbst, vorwiegend wäre er jedoch ein Geschöpf des Wassers, die größte Gefahr müsse man stets im Wasser vermuten. Sie redete ununterbrochen weiter, um nicht zu schluchzen. Ihr linker Fuß stand in unmöglichem Winkel vom Bein ab. Knochensplitter hatten die Haut des Fußknöchels durchstoßen, und trotz des Drucks, den Sunders Hände ausübten, quoll aus den Wunden Blut.

Ihr Anblick drehte Covenant den Magen um. Auf einmal kniete er, ohne zu wissen, wie er hingelangt war, an ihrer Seite. Seine Kniescheiben schmerzten, als wäre er auf sie gefallen. Lindens Hände schlossen sich neben ihr zu Fäusten, lockerten sich wieder, als trachte sie nach irgend etwas, das ihr genug Halt geben konnte, um den Schmerz zu ertragen.

Unvermittelt kehrte die Erste den *Skest* den Rücken zu. »Riesenfreund«, sagte sie, »ihre Verletzung ist schwer. Wir haben *Diamondraught.* Einem jeden, der nicht die Größe von Riesen hat, kann er zu baldiger Linderung verhelfen.« Covenant wandte seinen Blick nicht von Lindens verkrampfter Miene. Er kannte *Diamondraught;* es handelte sich dabei um ein Getränk der Riesen. »Auch hat der Trank eine starke Heilwirkung«, ergänzte die Erste, »und wir verwenden ihn bei uns zu Zwecken der Genesung.« Covenant hörte in ihrem ehernen Tonfall einen Anflug von Mitleid. »Doch keine Art des Heilens, die wir kennen, vermag einen solchen Bruch von Bein zu beheben. Es wird so verwachsen, wie's nun ist. Sie …«

Sie würde körperbehindert bleiben. *Nein.* Zorn kam in Covenant auf, Ärger über die eigene Hilflosigkeit, Wut über Lindens Qual. Seine innerliche Ausgelaugtheit verlor alle Bedeutung. »Linden.« Er beugte sich vor, um ihren Blick auf sich zu ziehen. »Wir müssen mit deinem Fuß etwas unternehmen.« Ihre Finger krallten sich in die Erde. »Du bist Ärztin. Sag mir, was zu tun ist.« Ihr Gesicht glich einer Maske, war wächsern und schmerzlich. *»Linden!«*

Ihre Lippen waren weiß wie Gebein. Ihre Muskeln stemmten sich gegen Sunders Gewicht. Sie war am Ende ihrer Leidensfähigkeit angelangt. »Das Bein muß geschient werden«, antwortete sie mit leiser, heiserer Stimme. Klagelaute entstanden in ihrer Kehle; sie unterdrückte sie. »Bis übers Knie.«

Sofort machte Sunder Anstalten, dementsprechend zu verfahren. Doch die Erste winkte ihn beiseite. »Dazu bedarf's der Kraft eines Riesen.« Sie nahm Lindens Bein zwischen ihre beiden großen Hände, hielt es wie in einem steinernen Schraubstock.

»Laßt nicht zu, daß ich mich bewege.« Die Gefährten befolgten ihre Anweisung. Lindens Qual duldete kein Verweigern. Ceer faßte sie an den Schultern. Harn packte ihren einen, Sunder den anderen Arm. Brinn kauerte sich über ihr unversehrtes Bein. »Gebt mir was zum Draufbeißen.« Hollian riß aus dem Saum ihres Kleids einen Streifen, faltete ihn mehrfach zusammen, hielt ihn bereit. »Jetzt nehmt den Fuß.« Tränenlose Furcht erfüllte Lindens Augen. »Zieht ihn von der Bruchstelle weg. Kräftig. Ihr müßt ziehen, bis die Splitter alle wieder unter der Haut verschwunden sind. Dann dreht den Fuß in die richtige Stellung, so daß er mit der Lage des Beins übereinstimmt. Haltet den Fuß so, daß die Knochen sich nicht mehr verschieben. Wenn ich das Gefühl habe, daß alles seine Richtigkeit hat ...« – sie keuchte wie im Fieber, aber ihre ärztliche Ausbildung half ihr dabei, sich zu beherrschen – »werde ich nicken. Dann laßt den Fuß los. Schient das Bein. Bis über das Knie. Das ganze Bein muß geschient werden.« Nach diesen Erläuterungen schloß sie unverzüglich fest die Augen, öffnete den Mund, um auf Hollians Tuch zu beißen.

Eine Übelkeit, die von Furcht herrührte, rumorte in Covenants Eingeweiden; aber er achtete nicht darauf. »Na schön«, knurrte er. »Laßt mich das machen.« Lindens Tapferkeit erschreckte ihn. Er näherte sich ihrem Fuß. Cail schob ihn zurück.

Flüche fuhren durch Covenants Zähne. »Ich werde das für sie tun.« Cail antwortete ohne besondere Betonung.

Covenants ganzer Bauch bebte. In seinen Händen hatte er

genug Macht gehabt, um den Lauerer zu verstümmeln und mit heiler Haut davonzukommen. »Ich habe gesagt, *ich will's tun.*«

»Nein.« Cails Ablehnung kannte keinen Widerspruch. »Du besitzt nicht die Körperkräfte eines *Haruchai.* Und ich trage die Schuld am Entstehen dieser Verletzung.«

»Begreifst du denn nicht?« Covenant fand keine passenden Worte für seine Einwände. »Alles was ich berühre, wird zu Blut. Ich kann nichts als töten.« Die einzelnen Wörter schienen wie durch die entfernte Selbstbejammerung des Lauerers belebte Tropfen auf den Erdboden zu fallen. »Sie ist hier, weil sie versucht hat, mir das Leben zu retten. Ich muß ihr helfen.«

Unerwartet hob Cail den Kopf und erwiderte Covenants gekränkten Blick. »Ur-Lord«, entgegnete er, als habe er Covenant bis ins Mark durchschaut, »dir ermangeln die Körperkräfte.«

Du verstehst mich nicht! versuchte Covenant zu brüllen. Aber kein Ton drang durch den Kloß des Selbstabscheus in seiner Kehle. Cail hatte recht; mit seiner Halbhand würde Covenant Lindens Fuß niemals richtig fassen können; er konnte gar nicht behilflich sein, ihm fehlten tatsächlich die Kräfte. Und dabei waren seine Hände doch unbeschadet geblieben. Covenant war außerstande zu widerstehen, als Pechnase ihn von der um Linden gescharten Gruppe zur Seite zog. Wortlos geleitete der verunstaltete Riese ihn zu dem Lagerfeuer, mit dessen Anfachung sich Blankehans gerade beschäftigte. Seeträumer saß bereits an der Feuerstelle, ruhte seinen von Säure verbrannten Fuß aus. Mit gleichmütigen, stummen Augen musterte er Covenant. Blankehans warf Covenant einen scharfen Blick zu, dann entnahm er seinem Gepäck einen Steinbecher, goß etwas hinein und reichte ihn Covenant. Am Geruch erkannte Covenant, daß der Becher *Diamondraught* enthielt, die stärkste denkbare Wohltat, die man flüssig zu sich nehmen konnte. Ihm war klar, wenn er jetzt davon trank, würde er vielleicht erst am nächsten oder übernächsten Tag aufwachen. Aber Bewußtlosigkeit empfand keine Bürden, litt nicht an Selbstvorwürfen. Er trank nicht. Statt dessen stierte er in die Flammen, ohne sie zu sehen, ohne zu spüren, wie der Gram seine Gesichtszüge verkrampfte. Er tat nichts, außer auf die Laute der Nacht zu lauschen: den Lauerer, der in seiner Pein dumpf vor sich hin gurgelte; Pechnases leicht asthmatisches Atmen; Lindens erstickten Schrei, als Cail an ihrem Fuß zog. Ihre Knochen erzeugten, als sie aneinanderrieben, ein Geräusch, als bräche eine Handvoll nasses Reisig.

»Es ist vollbracht«, sagte schließlich die Erste mit gepreßter Stimme.

Der Feuerschein warf orangerote und gelbe Streifen in Covenants Tränen. Er wünschte, nie wieder sehen zu können, für immer taub und blöde zu sein. Doch er wandte sich Pechnase zu und streckte dem Riesen den steinernen Becher hin. »Hier. Sie kann's besser gebrauchen.«

Pechnase brachte den Becher Linden. Covenant folgte ihm, als wehe dem Riesen abgestorbenes Laub hinterdrein. Bevor Covenant sie erreichte, traten Brinn und Cail ihm entgegen. Sie versperrten ihm den Weg; aber sie sprachen ihn mit Respekt an. »Ur-Lord.« Brinns fremdartiger Zungenschlag verriet seine Schwierigkeiten, die er damit hatte, eine Entschuldigung vorzutragen. »Es war vonnöten, dich zurückzuweisen. Wir hatten keine Absicht, dir unseren Dienst zu verweigern.«

Covenant rang mit der Enge seiner Kehle. »In Andelain bin ich Bannor begegnet. ›Erlöse mein Volk‹, hat er zu mir gesagt. ›Sein Schicksal ist ein Greuel. Und es wird dir nutzreich zu Diensten sein.‹« Doch es gab keine Worte, mit denen sich ausdrücken ließ, was er wirklich meinte. Er schob sich an den *Haruchai* vorüber und kniete an Lindens Seite nieder.

Soeben leerte sie den Becher, den die Erste ihr hinhielt. Die

Haut ihres Gesichts wirkte so blutleer wie Marmor; eine Patina der Pein trübte ihren Blick. Aber ihre Atemzüge gingen regelmäßig, und die Verkrampftheit ihrer Muskulatur hatte sich zu lockern begonnen. Mit gefühllosen Fingern wischte Covenant sich die Tränen aus den Augen, um Linden deutlicher sehen zu können, und versuchte daran zu glauben, daß sie gesunden werde. Die Erste blickte ihn an. »Vertrau auf den *Diamondraught,*« sagte sie ruhig. »Sie wird genesen.«

Mühsam suchte und fand Covenant seine Stimme. »Sie braucht einen Verband. Eine Schiene. Man müßte die Verletzung säubern.«

»Wir werden dafür sorgen.« Das Zittern inneren Drucks, das in Hollians Stimme mitschwang, zeugte von ihrem Drang, Beistand zu leisten. »Sunder und ich …« Covenant nickte nur wortlos, blieb an Lindens Seite, während die Steinhausener sich daran machten, Wasser zu erhitzen sowie das Schienen und Verbinden vorzubereiten. Linden wirkte in ihrer Schwäche unansprechbar. Covenant kniete mit verschränkten Armen auf dem Erdboden und sah zu, wie der *Diamondraught* sie in tiefen Schlaf entschlummern ließ. Er beobachtete die Sorgfalt, mit der Hollian, Sunder und Stell Lindens Fußknöchel wuschen und verbanden, das Bein anschließend fest schienten. Zur gleichen Zeit jedoch befiel eine sonderbare inwendige Zweiteilung Covenant – eine innerliche Spaltung, als weite sich die Kluft zwischen seiner Nutzlosigkeit einer- und seiner Machtfülle andererseits. Mittlerweile war er davon überzeugt – obwohl er sich davor fürchtete, es sich einzugestehen –, daß er, als er ins Land versetzt worden war, auf dem Kevinsblick seine Stichwunde, durch die ihm das Blut aus der Brust strömte, mit wilder Magie selber geheilt hatte. Er entsann sich des Widerwillens, den ihm Lord Fouls Refrain eingeflößt hatte. *Du bist mein.* Er erinnerte sich an Hitze und weißes Feuer … Weshalb konnte er jetzt für Linden nicht das gleiche bewerkstelligen, ihre Knochen auf die gleiche Weise heilen, wie er seine Wunde geschlossen hatte? Aus demselben Grund, warum er kein Wasser aus der Erde holen oder das Sonnenübel vom Himmel fegen konnte. Weil seine Sinne zu stumpf waren für derartige Taten, unempfänglich für den Geist innerhalb der physischen Bedürfnisse ringsumher. Dahinter stak eindeutig Absicht, das mußte ein entscheidender Bestandteil der Pläne des Verächters sein. Offenbar versuchte Lord Foul bei jeder Gelegenheit, die sich bot, sowohl Covenants Macht wie auch seine Hilflosigkeit zu erhöhen, ihn so auf ein Streckbett des inneren Widerspruchs und der Zweifel zu spannen. Aber warum? Welchen Zweck strebte er damit an?

Darauf wußte Covenant keine Antwort. Er hatte zuviel Hoffnung auf Linden gesetzt, in ihre Fähigkeit zu heilen. Und Lord Foul hatte sie auch aus genau diesem Grund ausgewählt. Covenant vermochte nicht richtig nachzudenken. Das alles war zuviel für ihn. Er fühlte sich schwach und seines Seelenlebens beraubt. Einen Moment lang lauschte er dem Gejammer des Lauerers. Dann verließ er benommen Lindens Seite und kehrte zurück ans Lagerfeuer, um dort seine ausgekühlten Gliedmaßen zu wärmen.

Sunder und Hollian schlossen sich ihm an. Die beiden hielten einander, als empfänden auch sie die eisige Schwere der Bürde, die auf ihm lastete. Einige Augenblicke später brachten Hergrom und Harn Nahrung und Wasser. Covenant und die Steinhausener aßen wie die Überlebenden eines Schiffbruchs. Trotz des Essens nahm Covenants Abstumpfung zu. Sein Kopf war ihm so schwer wie in vollständiger Demütigung; ein gewaltiges Gewicht lag auf seinem Herzen. Er merkte kaum, wie die Erste der Sucher ans Feuer kam und sich mit Blankehans besprach. Er stand gebeugt an den Flammen wie jemand, der über die eigene Auflösung nachgrübelte. Als Blankehans sich an ihn wandte, verdunkelten Schleier der

Müdigkeit den Sinn der Äußerungen des Riesen. »Die Erste hat gesprochen«, sagte Blankehans. »Wir müssen aufbrechen. Der Lauerer lebt noch, und die *Skest* weichen nicht. Wir müssen diese Stätte verlassen, solange sie verstreut sind und wir noch wider sie anzukommen vermögen. Sollte der Lauerer nun von neuem angreifen, hätte der Einsatz all deiner Macht – und aller Schmerz der Auserwählten – uns keinen Gewinn erbracht.«

Aufbrechen, wiederholte Covenant bei sich. *Nun.* Die Bedeutung dieser Begriffe blieb ihm verborgen. Sein Gehirn schien zu einem Grabstein geworden zu sein.

»Du sprichst die Wahrheit«, erwiderte Brinn an Covenants Stelle. »Es wäre uns eine Freude, mit euch Riesen zu ziehen, so wie in vergangenen Zeiten, den Berichten der alten Erzähler zufolge, oftmals *Haruchai* gemeinsam mit Riesen gezogen sind. Doch mag's sein, wir haben getrennte Wege zu beschreiten. Wohin gedenkt ihr zu gehen?« Die Erste und Blankehans schauten Seeträumer an. Seeträumer schloß die Augen, als wolle er die beiden unbeachtet lassen; aber dann deutete er mit seinem langen Arm nach Westen. »So müssen wir uns denn trennen.« Brinn sprach, als wäre er gegen Enttäuschung gefeit. »Unser Weg führt in den Osten, und unsere Sache ist dringlich.«

Trennen? Ein Aufwallen von Betroffenheit schreckte Covenant aus seinem Stumpfsinn. Er legte großen Wert auf die Gesellschaft der Riesen. Es gab eine ganze Welt von Dingen, die er ihnen erzählen mußte. Und sie waren ihm zudem in einer anderen Beziehung wichtig, in einer Hinsicht, die er nicht so recht in Worte zu kleiden vermochte. Er schüttelte den Kopf. »Nein.« Blankehans hob die Brauen. Die Erste musterte Covenant mit gerunzelter Stirn. »Wir sind uns eben erst begegnet«, meinte Covenant gedämpft. Aber das war nicht das, was er zu sagen hatte. Er bemühte sich um geistige Klarheit. »Warum nach Westen?« Diese Frage behob seine Umnachtung in gewissem Umfang. »Weshalb seid ihr überhaupt hier?«

»Riesenfreund«, antwortete die Erste mit einem Anklang erzerner Härte, »diese Geschichte ist lang, und dies ist eine Stunde der Gefahr. Der Lauerer ist eine zu arge Bedrohung, als daß wir leichtfertig sein dürften.«

Covenant verkrampfte die Hände zu Fäusten, versuchte sich durchzusetzen. »Sagt's mir.«

»Thomas Covenant ...«, begann Blankehans im Tonfall nachsichtigen Überzeugungswillens.

»Ich hab's diesem Etwas einmal gezeigt«, krächzte Covenant. »Wenn's sein muß, zeig ich's ihm noch mal.« *Versteht ihr denn nicht? Hier haben alle Riesen den Tod gefunden.* »Sagt mir, warum ihr ins Land gekommen seid.«

Die Erste betrachtete ihre Begleiter. Blankehans zuckte mit den Achseln. Seeträumers Augen blieben geschlossen, als rätselte er über einen Schmerz tief in seinem Innern nach. Pechnase verbarg sein Gesicht hinter einem Becher mit *Diamondraught.* »Sprich, Grimme Blankehans«, sagte die Erste barsch. »Aber faß dich kurz.«

Blankehans verneigte sich in Anerkennung ihres Rechts, ihm Befehle zu erteilen. Dann wandte er sich Covenant zu. Seine Gestalt nahm eine feierlich-formelle Haltung ein, als ob sogar seine Muskeln und Sehnen glaubten, daß auch eine Erzählung etwas war, das man mit Respekt behandeln mußte. Seine Ähnlichkeit mit Schaumfolger war für Covenant schmerzlich augenfällig. »So lausche nun, Thomas Covenant«, sagte Blankehans mit einem besonderen Rhythmus in der Stimme. »Wir sind die Vorhut und Führer der Sucher – der Sucher der Riesen, so genannt aufgrund des Zwecks, der uns aus unserer Heimat fern in der weiten Welt in dies Land gebracht hat. In unserem Volk wird von Zeit zu Zeit, während sich die Geschlechterfolgen eine um die andere ablösen, jemand geboren, der eine Gabe besitzt, die wir Erd-Sicht heißen – eine Gabe des Gesichts, wie allein die *Elohim* sie zu begreifen vermögen. Selbige Gabe ist von seltsam übermächtiger Natur, und sie läßt sich weder voraussehen noch beherrschen, so daß jener, der sie empfängt, sich ihr lediglich unterwerfen kann. Vielerlei Geschichten wünschte ich dir nunmehr berichten zu können, auf daß du die Bedeutsamkeit dessen verstehen möchtest, was ich sage. Doch ich muß mich damit bescheiden, dir diesbezüglich nur dies eine Wort zu sagen: Die Erd-Sicht ist für alle Riesen zu einem Gebot geworden, das niemand von uns leichten Mutes scheuen, dem sich kein Riese mutwillig widersetzen würde. Deshalb sind wir hier. Zu unseren Lebzeiten erblickte ein Riese das Licht der Welt, Bruder meines Beins und Blutes, und in ihm war die Erd-Sicht. Sein Name lautet Ankertau Seeträumer, und so ist er benannt worden um seiner Gabe des Gesichts willen, die ihn bindet, und er ermangelt der Stimme, da die Ungeheuerlichkeit und Gräßlichkeit dessen, was er dank der Erd-Sicht geschaut hat, ihn mit Stummheit schlug. Mit den Augen seiner Gabe erblickte er in der Erde eine Wunde, entsetzlich und grauenvoll – eine Wunde, die einer großen Grube voller Maden gleicht, die sich vom Fleisch des Herzens der Welt nähren. Und er ersah, daß selbige Wunde, sollte sie ungesäubert, ungeheilt bleiben, sich ausweiten muß, bis sie jegliches Leben und alle Zeit verschlungen, die Grundfesten und Ecksteine der Erde zerfressen, Stein und See selbst einander entrissen und letztendlich ein Chaos geschaffen hat. Angesichts dessen veranstaltete man ein Riesen-Palaver und betraute die Sucher mit ihrer Aufgabe. Man erteilte uns die Weisung, die Stätte dieser Wunde aufzusuchen, sie zu bekämpfen und somit die Erde zu verteidigen. Aus diesem Grunde setzten wir in unserer Heimat die Segel an Bord der stolzesten *Dromond* aller Riesen-Schiffe, Sternfahrers Schatz. Aus selbigem Grunde sind wir Seeträumers Blick über die Weite der Weltmeere gefolgt – wir und zweimal zwanzig der unseren, die unserer *Dromond* Mannschaft sind. Und aus demselben Grunde sind wir hier. Die Erdwunde liegt in diesem Land, im Westen. Unser Trachten ist, ihrer ansichtig zu werden, ihre Natur zu ergründen, so daß wir Sucher sie einzudämmen oder auszumerzen vermögen.« Blankehans verstummte, stand da und wartete auf eine Antwort Covenants. Die anderen Riesen musterten den Zweifler, als sähen sie in ihm den Schlüssel zu einem Geheimnis, die Erste grimmig, Seeträumer so eindringlich wie ein Orakel, Pechnase mit einem Blick, der wie ein Lachen der Erheiterung oder des Verlusts wirkte. Die Mienen der Steinhausener zeugten von der Einsicht in bislang ungeahnte Möglichkeiten, als sie zu verstehen begannen, warum Covenant darauf beharrt hatte, die Erklärung der Riesen zu hören. Covenant jedoch schwieg. Auch er sah die neuen Aussichten, die sich aufgetan hatten; Blankehans' Bericht hatte in seinem Verstand eine kleine Zone der Klarheit geschaffen, und innerhalb dieser Zone lagen Antworten. Aber ihn beanspruchte ganz ein alter Kummer. Schaumfolgers Völkchen hatte sterben müssen, weil es ihm nie gelungen war, den Weg nach Hause zu finden.

»Ur-Lord«, meldete sich Brinn zu Wort, »die Zeit drängt. Wir müssen aufbrechen.«

Aufbrechen. Covenant nickte. *Ja. Hoffentlich habe ich genug Kraft.* Er schluckte. »Wo ist euer Schiff?« erkundigte er sich schwerfällig bei den Riesen.

»Die *Dromond* Sternfahrers Schatz«, gab Blankehans zur Antwort, als läge ihm daran, daß Covenant fortan den Namen des Schiffs verwende, »liegt vorm Mündungsgebiet der Flüsse jenes ausgedehnten Sumpfes im Osten vor Anker. Die Entfernung beträgt etwa siebenmal zwanzig Längen.«

Covenant schloß die Augen. »Bringt mich hin. Ich brauche euer Schiff.«

Der Atem der Ersten fauchte durch die Zähne. Pechnase sackte angesichts der Unverfrorenheit des Ur-Lords der Unterkiefer herab. Blankehans zögerte für einen langen Moment, ehe er in bedächtiger Gedehntheit antwortete. »Die Erste hat dich Riesenfreund genannt. Es ist unser Wunsch, dir beizustehen. Aber wir können keineswegs …«

»Thomas Covenant«, unterbrach ihn die Erste mit einer Stimme, die an ihren Pallasch erinnerte, »was sind deine Absichten?«

»Ach, wahrlich!« Pechnase lachte. »Laßt diesen Lauerer treiben, was er mag, und laßt uns seiner in guter Bereitschaft harren. Wir werden uns nicht zur Hast drängen lassen.« Seine Äußerungen hätten sarkastisch sein können; aber er tat sie im Tonfall unverkennbaren Vergnügens. »Sind wir etwa keine Riesen? Sind Geschichten uns nicht teurer als das liebe Leben?«

»Friede, Pechnase«, sagte die Erste ruhig, beinahe sanft. Auf ihre Weisung hin schwieg Pechnase; doch sein Grinsen spottete auch weiter dem Lamento des Lauerers.

Im Kern seiner Benommenheit klammerte sich Covenant an die wenigen Dinge, die er verstand, hielt die Lider fest geschlossen, um nicht abgelenkt zu werden. Durch Dunkelheit und Konzentration vom eigenen Selbst abgesondert, hörte er kaum, was er sagte. »Ich kenne diese Wunde. Ich weiß, um was es sich handelt. Deshalb sind meine Freunde und ich hier. Ich brauche euch … euer Schiff, euer Wissen … eure Unterstützung.« *Wenn du erkannt hast, wessen das Land bedarf, mußt du das Land verlassen, denn was du suchst, befindet sich nicht in ihm.* Der Stab des Gesetzes. Ein Einholzbaum. *Laß dich von des Landes Notstand nicht täuschen,* hatte Mhoram allerdings auch gesagt. *Was du suchst, ist nicht, was es zu sein scheint.*

»Ankertau Seeträumer bittet dich«, sagte Blankehans versonnen, »du mögest dich deutlicher erklären.«

Deutlicher? Vorübergehend ging Covenant der Halt an seinem bißchen Klarheit vollends verloren. *Muß ich hier erst breittreten, daß alles meine Schuld ist? Daß ich es war, der dem Unheil Tür und Tor geöffnet hat?* Aber im Mittelpunkt all dessen, was er nicht verstand, verschaffte er sich neue Standfestigkeit und begann zu sprechen. Inmitten der Nacht, die Augen dem Feuerschein und dem makellosen Glanz der Sterne verschlossen, beschrieb er das Sonnenübel und den Zweck, für den Lord Foul es hervorgerufen hatte. Er verwies auf die Zerstörung des Stabes des Gesetzes als den Ursprung des Sonnenübels, schilderte seine eigene Rolle beim Verlorengehen des Stabes, damit die Riesen begreifen konnten, wieso die Herstellung eines neuen Stabes des Gesetzes in seiner Verantwortung lag. Und er gab das wieder, was er in Andelain erfahren hatte. All diese Angelegenheiten liefen in seinem Bewußtsein einfach ineinander; er hatte keine Ahnung, ob die Worte, die er laut sprach, für seine Zuhörer einen Sinn besaßen. Sobald er fertig war, verstummte er und bewahrte Schweigen.

»Du ersuchst um die Benutzung der Sternfahrers Schatz«, sagte die Erste nach einem Weilchen ziemlich nachdenklich, »um rings in der Welt nach diesem Einholzbaum zu suchen. Du ersuchst um unseren Beistand und um unsere Kenntnis des Erdkreises, so daß du bei deiner Suche Unterstützung hast.« Covenant schlug die Augen auf, ließ seine Gebrechlichkeit und Ermüdung für sich sprechen. *Ja. Sieh mich an. Wie sonst sollte all das geheilt werden?*

»Stein und See!« stieß die Erste unterdrückt hervor. »Das ist eine schwerwiegende Sache. Wenn du die Wahrheit sprichst, dann liegt der Weg unserer Suche auf deinem Weg.«

»Der Ur-Lord«, versicherte Brinn ohne Betonung, »spricht die Wahrheit.«

Die Erste reagierte auf seine Behauptung mit einem schroffen Schulterzucken. »Ich bezweifle nicht, daß er, was seine Überzeugungen anbelangt, die Wahrheit sagt. Aber sind Überzeugungen bereits unanfechtbares Wissen? Er fordert, wir sollen uns Sucher vollauf der Führung seiner Hand anvertrauen – ohne daß wir wahrhaft wissen, was es ist, das wir beginnen. Gewiß, er hat Macht, und er hat die Freundschaft von Riesen gekannt. Aber Macht und Wissen sind nicht immer Kinder derselben Eltern.«

»Wißt ihr …« Covenant empfand Verzweiflung, weil er spürte, wie der zuvorige Stumpfsinn ihn von neuem zu übermannen drohte. »Wißt ihr, wo sich der Einholzbaum befindet?«

»Nein«, antwortete die Erste barsch. Sie zögerte für einen Augenblick. »Aber wir wissen, wo solche Kenntnis zu erlangen ist.«

»Dann bringt mich dorthin.« Seine Stimme klang aus Flehentlichkeit heiser. »Das Sonnenübel wird immer schlimmer. Jeden Tag werden Menschen geopfert, um es zu verstärken. Das Land liegt im Sterben.« *Ich habe geschworen, nie mehr zu töten – es im Namen von Schaumfolgers* Caamora *geschworen. Aber ich kann nicht aufhören.* »Bitte.«

Die Erste zeigte Unentschlossenheit. Sie erwog das Dilemma, in das Covenant sie gebracht hatte. Blankehans kniete am Feuer und schürte es, als hätte er lediglich das Bedürfnis, irgendwie seine Hände zu beschäftigen. Seeträumers Miene spiegelte Schmerz wider, als ob seine Stummheit ihn zermalme. In seiner Nähe warteten Sunder und Hollian in höchster Spannung. Indem er leise durch die Zähne vor sich hinpfiff, machte sich Pechnase daran, die Bündel der Riesen neu zu packen. Seine Gesichtszüge drückten vollständiges Vertrauen darauf aus, daß die Erste die richtige Entscheidung zu treffen verstand.

Plötzlich und ohne jede Warnung schoß ein weißes Aufblitzen durch die Tiefen des Sees. Es verflackerte, erlosch; leuchtete erneut auf. Sofort begann der ganze See silbern zu schimmern. Geisterhafter Lichtschein fiel hinaus in die Nacht. Das Wasser fing an zu schäumen. In der Ferne ging das

Jammern des Lauerers wieder in Töne der Wut über. Von neuem schien die Luft sich wie von Furcht zu verdichten.

Sunder gab einen rauhen Fluch von sich; Harn und Hergrom liefen zu den Vorräten der Gefährten. Pechnase warf Blankehans ein Bündel zu. Blankehans fing es auf, lud es sich an den Riemen über die Schultern. Die Erste hatte schon das Lagerfeuer zertreten. Sie und Blankehans ergriffen nun brennendes Holz, um es als Fackel zu verwenden. Das andere Bündel warf Pechnase hinüber zu Seeträumer, dann bemächtigte er sich auch einer Fackel. Ceer und Cail hatten inzwischen Linden aufgehoben. Aber Lindens geschientes Bein machte sie für die beiden zu einer problematischen Last. Trotz seiner Verstörtheit sah Covenant, daß die *Haruchai* sie nicht tragen, nicht mit ihr laufen können würden, ohne daß sich nachteilige Folgen für Lindens gebrochenen Fuß ergaben.

Covenant wußte nicht, was er tun sollte. Seine Lungen schmerzten. Das Geheul des Lauerers, das nun erneut anschwoll, riß in ihnen die Narben vorangegangener Attacken wieder auf. Der Schweiß schien Covenant direkt aus den Schädelknochen zu quellen. Die *Skest* hatten sich von neuem in Bewegung gesetzt, zogen ihren Ring aus Glut enger um die Gefährten. Es gab nichts, was Covenant tun konnte. Seeträumer gesellte sich zu Cail und Ceer. Der Riese übernahm Linden; seine großen Arme hoben sie so sanft und sicher, als läge sie auf einer Tragbahre. Dieser Anblick löste Covenant aus seiner Erstarrung. Er schenkte dem Riesen gefühlsmäßig volles Vertrauen. Die Gefährten begannen in nördlicher Richtung den Hang zu ersteigen. Covenant wandte ihnen den Rücken zu, drehte sich zum Wasser um. *Versuch's nur!* Seine Fäuste schüttelten dem fahlen Glanz und schaurigen Heulen stumme Drohungen entgegen. *Nur zu! Versuch uns noch mal in die Quere zu kommen!*

Brinn riß ihn vom Ufer fort, zerrte ihn den Hang hinauf,

und Covenant stolperte mit. Ihm schwindelte infolge der Anstrengung und aus Sauerstoffmangel, während er sich abmühte, auf den Beinen zu bleiben. Düstere Bäume glitten im kränklichen Licht durch sein Blickfeld wie aufgescheuchte Tänzer. Wiederholt strauchelte er; aber Brinn hielt ihn aufrecht. Das Schreien des Lauerers schärfte sich selbst an Schmerz und Enttäuschung wie an einem Wetzstein, gellte immer schriller in Covenants Ohren. Am Rande seines Blickfelds sah er die *Skest.* Sie nahmen die Verfolgung auf, als wäre das Kreischen des Lauerers eine Geißel, die sie antrieb. Dann drängte Brinn Covenant über den Kamm der Anhöhe. Sofort verschwand der gespenstische Lichtschein. Vor Covenant drangen Fackeln in den Dschungel ein. Er schleppte sich hinterdrein, als jage er Sumpflichtlein. Nur Brinns Hilfe bewahrte ihn davor, gegen Baumstämme zu rennen, in dichtes Gesträuch zu taumeln, sich in Ranken, so dicht wie Taue, zu verfangen.

Das Geheul steigerte sich zu einem Jaulen, dann nahm es einen leicht tieferen Tonfall an, der eher von so etwas wie tückischer Schläue zeugte. Aber unverändert durchdrang der anhaltende Laut Covenant, als würde er gepfählt. Er würgte nach Luft; die Nacht verwandelte sich zusehends in einen einzigen Schwindelanfall. Er wußte nicht, wohin er lief.

Jenseits der Fackeln erspähte Covenant einen unheimlichen grünen Helligkeitsschimmer. Die *Skest* rückten an der linken Seite näher, zwangen die Gefährten zum Ausweichen nach rechts. Mehr *Skest* tauchten auf. Die Fackeln, die Covenant vorauseilten, wandten sich noch deutlicher zur rechten Seite. Covenant mangelte es an Atem, Kraft und Mut, und er vermochte kaum noch das eigene Körpergewicht zu tragen. Seine Gliedmaßen wollten nur noch hinsinken, seine Brust sehnte sich übermächtig nach Vergessen. Doch Hergrom packte seinen anderen Arm. Indem er zwischen den zwei *Haruchai* dahinwankte, folgte Covenant seinen Gefährten. Für lange Momente durchplatschten sie den Verlauf eines eiskalten Flusses, der zwischen den Haufen von *Skest,* die von allen Seiten herankamen, wie ein Mittelgang hindurchführte; dann aber mündete der Fluß in Treibsand. Die Gefährten verloren Zeit, weil sie rund um den Schlick nach festem Untergrund suchen mußten. Sie gelangten auf ein Gelände aus völlig kahlem Boden, einer so toten Erde, daß darauf nicht einmal Sumpfgras gedeihen konnte. Sie begannen schneller zu laufen. Brinn und Hergrom schleiften Covenant weit rascher mit, als er aus eigener Kraft voranzukommen vermochte.

Urplötzlich kam die gesamte Gruppe zum Stehen, als wäre sie gegen eine unsichtbare Mauer gerannt. Die Erste fauchte einen Fluch, als zische ein Schwertstreich. Sunder und Hollian japsten nach Luft. Pechnase preßte die Hände an seinen deformierten Brustkorb. Blankehans drehte sich im Kreis, spähte ringsum in die Nacht aus. Seeträumer stand da wie ein Baum, während Linden auf seinen Armen schlief, und starrte in die Dunkelheit, als habe er nun auch das Augenlicht verloren. Covenant schwankte mit eckigen Bewegungen, die Atmung so schmerzhaft wie eine innere Verletzung, nach vorn, um zu schauen, weshalb man die Flucht nicht fortsetzte. Sie waren abermals eingekreist. *Hölle und Verdammnis!*

Der unbewachsene Untergrund erstreckte sich wie eine Halbinsel in eine Schlammregion hinaus: an drei Seiten verlegte unpassierbarer Morast den Weg mehr als einen Steinwurf weit. Der Schlick stank wie ein Massengrab und brodelte schwach, als würden in seinen Tiefen Leichen gesotten. Die Brühe machte einen so zähen, gefährlichen Eindruck, als könnten selbst Riesen darin spurlos untergehen. Schon scharten sich am Zugang zur Halbinsel wahre Massen von *Skest* zusammen, schnitten den Flüchtigen den Rückweg ab, schlossen die Falle des Lauerers. Es waren Hunderte, ja dutzendfach

Hunderte von *Skest.* Sie verfärbten die Nacht grün, so daß sie wie in einem Gesang der Verehrung und Anbetung zu pulsieren schien. Nicht einmal wenn ihnen ein ganzer Berg von Knüppeln zur Verfügung gestanden hätte, wäre es den Riesen oder den *Haruchai* möglich gewesen, diesen Ring zu durchbrechen; und der Trupp besaß kein Holz mehr, nur noch die Fackeln. Ununterdrückbare Flüche erschwerten Covenant die Atmung zusätzlich.

Er betrachtete seine Freunde. Smaragdgrüner Glanz hob ihre Gestalten so deutlich gegen die Finsternis ab, als seien sie allesamt Verdammte. Linden keuchte auf Seeträumers Armen, als würde Alpdrücken ihren Schlummer stören. Hollians Gesicht war unter ihrem schwarzen Haar völlig blutleer, fahl wie eine schlechte Prophezeiung. Sunders ganze Miene krampfte sich ums Knirschen seiner Zähne zusammen. Die Wehrlosigkeit der Steinhausener griff Covenant ans Herz. Die *Haruchai* und ebenso die Riesen konnten zumindest, ehe sie fielen, eine gewisse Gegenwehr leisten. Aber was blieb Linden, Sunder und Hollian anderes übrig, als sich von vornherein mit dem Tod abzufinden?

»Ur-Lord.« Im grünen Licht wirkten Brinns verkohltes Haar und seine Leidenschaftslosigkeit wahrhaft entsetzlich. »Der Ring aus Weißgold. Läßt er sich dazu verwenden, diese *Skest* zurückzudrängen?«

Tausende? wollte Covenant ihm entgegenhalten. *Mir fehlt es an Kraft.* Aber seine Brust vermochte keine Worte hervorzupressen.

Eine von Blankehans' Fackeln brannte in seiner Faust nieder. Indem er eine Grimasse schnitt, schleuderte er das Holz, so daß es Funken sprühte, in den Schlick. Im selben Augenblick flammte die Oberfläche des Schlammes auf. Flammen tanzten wie gemarterte Seelen über den Morast. Wie ein Vorgeschmack der Hölle schlug den Gefährten eine Hitzewelle entgegen, trieb sie in dichtgedrängter Gruppierung zurück zur Mitte der Halbinsel. Die Erste ließ ihre Fackeln fallen, zückte ihr Schwert und versuchte etwas zu rufen. Der Lauerer erstickte ihre Stimme. Doch die anderen Riesen verstanden, auf was es ihr ankam. Sie stellten sich rund um Covenant und seine Freunde auf, um sie mit den eigenen Leibern gegen die Hitze abzuschirmen. Die Erste, Blankehans und Pechnase blieben dem Feuer zugekehrt; Seeträumer wandte ihm den Rücken zu, schützte auf diese Weise Linden. Im nächsten Moment erschütterte eine Detonation die Erde. Pechnase wankte. Sunder, Hollian und Covenant maßen der Länge nach den Erdboden. Als Covenant sich wieder hochraffte, sah er aus dem Schlamm eine gewaltige Flamme emporschießen. Sie erhob sich wie ein Feuersturm und wirbelte himmelwärts. Ihr Brausen durchtobte die Nacht mit der Heftigkeit eines Unwetters. Sie loderte hoch über die Halbinsel auf, neigte sich, um auf die Gefährten heranzuwuchten. Das Heulen des Lauerers verwandelte sich in das Tosen einer Feuersäule.

Nein! Covenant entwand sich Brinns Griff, drängte sich an Blankehans vorbei. Er zwang sich hinaus in den Hitzeschwall, der feurigen Eruption entgegen. Er entblößte den *Krill* und reckte ihn in die Höhe, so daß der Glanz des Edelsteins hell erstrahlte. Reinstes silberweißes Licht stach ins Orangerot der Glut, die aus dem Schlick fuhr, traf sie mit der Gewaltsamkeit eines Blitzschlags. Im Schweigen seiner wie verstopften Lungen zeterte Covenant lautlos Worte, die er selbst nicht verstand: Worte der Macht. *Melenkurion abatha! Duroc minas mill khabaal!*

Unverzüglich zerbarst die Feuersäule. Wie aus Furcht brach sie mit unregelmäßigem Sprühen und Flackern zusammen, als hätte Covenant dem Lauerer noch einen Fangarm abgetrennt. Flammen liefen wie in sinnlosem Grimm über den Schlamm. Schlagartig war die Luft wieder frei von aller Beklemmung.

Wind ohne Geheul fachte die Flammen an. Covenants Begleiter husteten und röchelten, als wären sie aus den Klauen eines Würgers gerettet worden. Er selbst kniete am öden Untergrund. Dröhnen von Leuchterscheinungen hallte in seinem Kopf, läutete Sieg oder Niederlage; ob das eine oder andere, bedeutete keinen Unterschied; Triumph und Schändung waren die gleiche Sache. Ihm schwanden die Sinne …

Aber Hände kamen ihm zu Hilfe. Ihr Zugriff war ebenso fest wie behutsam. Sie verhüllten den *Krill,* nahmen ihn aus Covenants von Macht verkrampften Fäusten. Annähernd vollkommene Finsternis ergoß sich in Covenants Augen, als besäße er nur noch leere Höhlungen, die der Nacht offenstanden. Die Dunkelheit sprach mit Brinns Stimme. »Der Lauerer hat Pein erlitten. Er fürchtet neue Pein.«

»Fürwahr«, meinte die Erste leise, aber erbittert. »Daher hat er unseren Tod in die Hände seiner Gesellen gelegt.«

Brinn half Covenant beim Aufstehen. Covenant blinzelte gegen zahllose *Krill*-Nachbilder an, die vor seinen Augen gaukelten, versuchte etwas zu sehen. Doch das Geflimmer war noch zu grell. Es färbte sich gerade erst smaragdgrün, als er Hollian keuchen hörte. Die Riesen und auch die *Haruchai* erstarrten. Unwillkürlich gruben sich Brinns Finger in Covenants Arm. Nach und nach nahmen die weißen Flecken in Covenants Blickfeld eine orangerote und grüne Färbung an – die des Schlammfeuers und der *Skest.* Die Säurewesen drängten sich am Zugang der Halbinsel, schimmerten wie in religiöser Verzückung. Sie bewegten sich langsam näher, nicht etwa, als ob sie Furcht hätten, sondern eher, als läge ihnen daran, die Erwartung, die mit ihrer Langsamkeit verbunden war, voll auszukosten. Covenants Begleiter spähten in die Richtung der *Skest.* Doch nicht die *Skest* waren es, denen ihre Aufmerksamkeit galt.

Inmitten der grünen Gestalten, als wäre er wider jede

denkbare Art von Säure gefeit, stand gänzlich unversehrt niemand anderes als Hohl. Seine Haltung vereinte wie gewohnt Entspanntheit und Bereitschaft; die Arme hingen leicht gebeugt an seinen Seiten. In gewissen zeitlichen Abständen jedoch tat er ein oder zwei Schritte vorwärts, näherte sich allmählich der vordersten Reihe der *Skest.* Sie streiften seine Beine, ohne irgendeine Wirkung auf ihn zu haben. Sein Blick war unmißverständlich auf Linden gerichtet. In plötzlicher Erinnerung sah Covenant, wie Hohl entschlossen Linden in seine Arme riß und mit ihr hinab in ein Meer aus Glutgestein sprang. Der Dämondim-Abkömmling war aus Treibsand und Verschollensein zurückgekehrt, um Linden zu retten.

»Wer …?« begann die Erste.

»Sein Name lautet Hohl«, erklärte Brinn. »Der Riese Salzherz Schaumfolger, einer der Toten Andelains, hat ihn Ur-Lord Thomas Covenant zum Begleiter gegeben.«

Die Erste räusperte sich, überlegte anscheinend, welche Fragestellung ihr zu einer aufschlußreicheren Antwort verhelfen könne. Doch bevor sie etwas äußern konnte, vernahm Covenant ein leises Schmatzgeräusch, als platze auf dem Morast eine Blase. In derselben Sekunde blieb Hohl stehen. Sein Blick schweifte an den Gefährten vorbei ins Weite, verlor dann seinen Brennpunkt.

Covenant drehte sich noch rechtzeitig genug um, so daß er sah, wie sich aus dem feurigen Schlamm eine gedrungene Gestalt löste und schlabbrig das Ufer betrat. Sie war kaum größer als die *Skest* und ihnen ähnlich, glich einem mißgebildeten Kind ohne Augen und Gesichtszüge. Aber sie bestand aus Lehm. Flämmchen züngelten auf ihr, während sie aus dem Feuer stieg, erloschen dann, enthüllten ein mattbraunes Wesen in der Form einer stümperhaft aus Ton geschaffenen Skulptur, in deren Innerem rötliche Einschlüsse dunkel glommen. Vom Moment des Wiedererkennens wie gelähmt, beobachtete Covenant, wie eine zweite Lehmgestalt, einer feuchten Zunge ähnlich, dem Schlick entstieg. Sie sah aus wie ein von einem Blinden geformtes Krokodil. Die beiden Wesen verharrten am Ufer vor den Gefährten. Irgendwo in ihrem Innern erzeugten sie von einem bestimmten Tonfall durchzogene Quietschlaute, die sich nach einer unheimlichen Sprache anhörten, einer Lehmsprache.

Die Erste und Pechnase starrten die Geschöpfe an, sie ernst, er mit einem Glanz wie von Übermut in seinen Augen. Blankehans dagegen trat vor und machte eine formelle Verbeugung. Seine Lippen brachten Laute hervor, die denen der zwei Lehmgestalten ungefähr ähnelten. In gedämpftem Ton setzte Pechnase die Gefährten vom Verlauf der Unterhaltung in Kenntnis. »Sie nennen sich *Sur-Jheherinn.* Sie fragen, ob wir Beistand wider die *Skest* wünschen. Blankehans erwidert, daß wir in großer Not sind.« Die Lehmwesen gaben Blankehans Antwort. In Pechnases Miene machte sich Verwunderung bemerkbar. »Die *Sur-Jheherinn* versichern, daß sie uns retten werden. ›Im Namen des Reinen.‹« Er zuckte die Achseln. »Was das bedeutet, verstehe ich nicht«, fügte er hinzu.

Die *Jheherinn.* Covenant geriet innerlich ins Wanken, als Erinnerungen ihn befielen wie mit Faustschlägen. *O mein Gott.* Die Weichen. Sie hatten in Höhlen und Schlammgruben am Rande von Fouls Hort gehaust. Sie waren die Abfallprodukte des Verächters gewesen, die verworfenen Fehlentwicklungen seiner Zuchtstätten. Weil die Qual ihres kriecherischen Daseins ihn belustigte, hatte er ihnen das Leben gelassen. Doch er hatte sich in ihnen getäuscht. Ihrer eingefleischten Zaghaftigkeit zum Trotz hatten sie Covenant und Schaumfolger vor Lord Fouls Schergen bewahrt, den beiden die Geheimnisse von Fouls Hort verraten, es ihnen ermöglicht, Fouls Thronsaal zu erreichen und den Verächter zum Endkampf zu stellen. *Im Namen des Reinen …* Offenbar waren die *Sur-Jheherinn* Nachkommen der Weichen. Wie ihre alten Sagen ihnen vorausgesagt hatten, waren sie aus der Sklaverei erlöst worden. Doch nicht durch Covenant, obwohl er es gewesen war, der die dazu erforderliche Macht aufbot. Die Erinnerungen schienen in Covenants Bewußtsein wie Drähte zu glühen; er konnte sich hören, wie er damals sagte, weil er keine andere Wahl gehabt hatte: *Seht mich an! Ich bin nicht rein. Ich bin verderbt.* Die Bezeichnung *Jheherinn* bedeutete nichts anderes als ›die Verderbten‹. Seine Auskunft hatte die Kreaturen in Verzweiflung gestürzt. Und doch hatten sie ihm geholfen. Schaumfolger dagegen … Der Reine, das war er gewesen. Geläutert durch das *Caamora* der Glutasche, hatte er das Seine getan, um den Verächter niederzuwerfen, hatte damit ihr Verhängnis von den *Jheherinn* genommen. Und heute lebten ihre Nachfahren in Schlick und Schlamm der Sarangrave-Senke. Covenants Blick haftete auf den *Sur-Jheherinn*, als wäre ihr Erscheinen ein himmlischer Akt der Gnade, die Frucht von Schaumfolgers großem, so reinem Herzen, das man hier nach Jahrhunderten, in denen die Erinnerung der Menschen an das Land von einst dahin war, noch immer zu schätzen wußte.

Die Säurewesen schoben sich unaufhaltsam näher, schenkten weder Hohl noch den *Sur-Jheherinn* Beachtung. Die vordersten *Skest* waren nur noch fünf Schritte weit entfernt, leuchteten in bösartigem Smaragdgrün. Hergrom, Ceer und Harn standen bereit, um den Angreifern einen möglichst schweren Kampf zu liefern, obwohl ihnen klar sein mußte, daß auch *Haruchai* gegen soviel grüne Säure letzten Endes keine Chance hatten. Im grünen Schein wirkte ihre Gefaßtheit nahezu dämonisch.

Die beiden *Sur-Jheherinn*, die sich mit Blankehans unterhielten, rührten sich nicht von der Stelle. Aber sie erfüllten ihr Versprechen. Unvermutet begann der Schlick an den Rändern der Halbinsel zu brodeln. Der Schlamm schwappte wie eine

Flutwelle ans Ufer, zerlief dann in zahlreiche einzelne Gestalten, in *Sur-Jheherinn*, die wie verkrüppelte Affen, deformierte Reptilien oder mißgestaltete Hunde aussahen. Triefnaß klommen sie zu Dutzenden an Land, auf den Leibern Flämmchen, die gleich darauf erloschen. Mit verblüffender Geschwindigkeit eilten sie an den *Haruchai* vorüber. Und es kamen immer mehr. Aus dem vom Feuer des Lauerers greulich erhellten Schlick erhoben sie sich, um die Gefährten zu verteidigen.

Die Haufen der *Sur-Jheherinn* und *Skest* prallten aufeinander, Säure und Lehm trafen sich in grobschlächtigem Konflikt. Es gab kein Ringen, kein gegenseitiges Ausspielen von Kraft oder Geschicklichkeit. *Skest* und *Sur-Jheherinn* boten ihre jeweilige ureigene Natur gegeneinander auf. Die *Skest* waren dazu geschaffen worden, grüne Säure auf alles zu verspritzen, was sich ihnen entgegenstellte. Aber die Lehmwesen vermochten sowohl Säure wie auch Feuer zu absorbieren. Jeder *Sur-Jheherinn* umarmte einen *Skest,* saugte das Säurewesen einfach auf. Einen Moment lang schimmerte der Lehm smaragdgrün, dann war das Grün erstickt, und der *Sur-Jheherinn* wandte sich dem nächsten *Skest* zu.

Covenant beobachtete die Auseinandersetzung, als beträfe sie ihn gar nicht. Für seine widersprüchlichen Leidenschaften blieb sie ohne Bedeutung, für ihn zählten ausschließlich die *Sur-Jheherinn* selbst. Während seine Augen den Zwist verfolgten, lauschten seine Ohren jedem Wort des Gesprächs zwischen Blankehans und den zwei zuerst aufgetauchten Lehmgestalten. Blankehans stellte immer weitere Fragen, als sorge er sich, der Ausgang des Kampfes könne unsicher und das künftige Schicksal der Sucher in Wirklichkeit davon abhängig sein, wieviel er in Erfahrung bringen konnte.

»Blankehans fragt«, verdolmetschte Pechnase laufend, während *Skest* und *Sur-Jheherinn* ihren lautlosen Konflikt austrugen, »ob's möglich sei, so viele *Skest* zu schlagen. Die *Sur-Jheherinn* antworten, daß sie ihnen an Zahl stark unterlegen sind. Dennoch wagen sie im Namen des Reinen das Unterfangen, uns einen Weg aus dieser Falle zu bahnen und uns bei der Flucht aus der Sarangrave zu helfen.«

Weitere Lehmwesen entstiegen dem Treibsand, um ihre Artgenossen zu unterstützen. Die Verstärkung war dringend erforderlich. Die *Sur-Jheherinn* konnten die *Skest* nicht ganz ohne nachteilige Folgen aufsaugen. Je mehr Säure jedes der Lehmgeschöpfe in sich aufnahm, um so deutlicher entstand in ihrem Innern ein grüner Glanz, und die lehmige Gestalt begann ihre Form zu verlieren. Die am längsten im Einsatz befindlichen *Sur-Jheherinn* zerschmolzen mittlerweile wie Wachs. Mit ihrem letzten Rest an Festigkeit wichen sie vom Schauplatz des Geschehens und flossen an den Rändern der Halbinsel zurück in den Schlick.

»Blankehans fragt die *Sur-Jheherinn*, ob jene von ihnen, die sich zurückziehen, dem Tode geweiht sind. Die Antwort lautet, daß diese *Sur-Jheherinn* leiden, aber nicht sterben müssen. Indem die Säure sich auflöst, werden sie genesen.«

Jede Lehmgestalt verzehrte eine ganze Anzahl von *Skest*, ehe sie zum Rückzug gezwungen war; und weiter stiegen noch mehr *Sur-Jheherinn* aufs Land, ersetzten jene, die aufgeben mußten.

Ein entlegenerer Teil von Covenants Innerem wußte, daß er die Arme auf die Magengegend gedrückt hielt, hin- und herschaukelte, wie ein Kind, das Bauchweh hat. Das alles war für ihn zu überwältigend. Vergangenheit und Gegenwart kollidierten in ihm: Schaumfolgers Agonie in der Glutasche; die Verzweiflung der Weichen; unschuldige Männer und Frauen hingeschlachtet; Linden hilflos auf Seeträumers Armen; Bruchstücke von Wahnsinn. Trotzdem hörte er Pechnases gedämpfte Stimme so deutlich, wie man die Empfindlichkeit eines entblößten Nervs spüren konnte. »Blankehans fragt, wie die *Sur-Jheherinn* in solcher Nähe des Lauerers zu überdauern vermögen. Sie erwidern, daß sie Geschöpfe aus Lehm sind, daheim in Treibsand, Schlamm und Schlick, so daß der Lauerer sie nicht sehen kann.«

Im Verlauf ihres Vordringens erreichten die *Sur-Jheherinn* schließlich Hohl, stießen neben seinen Waden weiter vor, an ihm vorbei. Der Dämondim-Abkömmling würdigte sie keines Blicks. Er blieb völlig reglos, als bedeute Zeit ihm nichts. Die Lehmwesen hatten inzwischen die Hälfte der Halbinsel von *Skest* gesäubert.

»Blankehans erkundigt sich bei den *Sur-Jheherinn*, ob sie den Mann kennen, den du Hohl nennst. Er möchte wissen, ob Hohl sie zu Hilfe gerufen hat. Sie entgegnen, daß er ihnen unbekannt ist. Er hat ihre Lehmgruben im Westen betreten und ist ohne Umschweife in diese Richtung gezogen, hat ihr Reich durchmessen, als seien ihm darin alle Wege geläufig. Deshalb sind sie ihm gefolgt, um dies Rätsel zu ergründen.« Wieder machte Pechnase einen recht erstaunten Eindruck. »Dadurch haben sie, so hat's den Anschein, zufällig davon Kenntnis erhalten, daß sich Fremde aus dem Volk des Reinen in der Sarangrave-Senke befinden und dieselben in Gefahr schweben. Sofort verwarfen sie die Fragen, welche sich durch die Gegenwart Hohls ergeben hatten, und widmeten sich der Aufgabe, ihre alte Schuld zu begleichen.«

Von hinten in Smaragdgrün, im Gesicht vom Orangerot des Lauerer-Feuers beleuchtet, stand Hohl still da und starrte rätselhaft mitten durch die Gefährten, gab nichts preis. In seinem Rücken begannen die *Skest* nunmehr in ihrer Entschlossenheit nachzulassen. Anscheinend war mittlerweile so etwas wie ein Gefühl für die Gefahr in ihren trüben Verstand durchgedrungen; statt weiter achtlos der Auflösung durch die *Sur-Jheherinn* entgegenzutrotten, machten sie jetzt Anstalten zurückzuweichen. Die *Sur-Jheherinn* dagegen gingen beschleunigt vor.

Blankehans' Lippen erzeugten Laute. »Blankehans stellt den *Sur-Jheherinn* die Frage«, erläuterte Pechnase leise, »wer dieser vielgenannte Reine ist, von dem er nichts weiß.«

»Nein«, ordnete die Erste über die Schulter an. »Solche Angelegenheiten müssen wir zu einer anderen Zeit erforschen. Vor uns wird der Weg frei. Die *Sur-Jheherinn* haben uns ihren Beistand angeboten, damit wir von diesem Ort fliehen können. Nun müssen wir uns für die Richtung entscheiden, die wir zu nehmen gedenken.« Mißmutig wandte sie sich an Covenant, als habe er sie vor ein Dilemma gestellt, an dem sie absolut keinen Gefallen finden konnte. »Mein Wort lautet, daß die Herausforderung der Sucher im Westen liegt. Was ist deine Antwort?« An ihrer Seite stand Seeträumer, der Linden mühelos auf den Armen hielt. Seine Haltung verriet eine innere Anspannung, die von entschieden persönlicherer Art war als die Frage von Ost oder West.

Covenant schlang die Arme um seine Brust, dazu außerstande, mit dem Schaukeln des Oberkörpers aufzuhören. »Nein.« Sein Verstand ähnelte einem Durcheinander von Scherben, wie ein zerbrochener Steinguttopf, jede Scherbe so spürbar scharf wie ein Vorwurf. »Du irrst dich.« Die Steinhausener schauten ihn an; aber er konnte ihre Gesichter nicht erkennen. Er wußte kaum, wer er selbst war. »Du mußt über den Reinen Bescheid wissen.«

Der Blick der Ersten spiegelte erhöhte Härte wider. »Thomas Covenant«, sagte sie barsch, »treibe hier mit mir keinen Spott. Das Überleben und die Pflichterfüllung der Sucher liegt in meinen Händen. Ich muß nun eine geschwinde Entscheidung fällen.«

»Dann entscheide dich.« Plötzlich ballten sich Covenants Hände zu Fäusten, die der unverletzbaren Luft Schläge versetzten. »Entscheide dich und bleibe unwissend.« Seine Schwäche bereitete ihm in der Kehle Pein. »Ich rede von einem Riesen.«

Die Erste zuckte zusammen, als hätte er ihr unerwartet einen Stich ins Herz beigebracht. Sie zögerte, spähte an den Gefährten vorbei, um die Schnelligkeit einzuschätzen, mit der die *Sur-Jheherinn* vordrangen. In wenigen Augenblicken würde der Zugang zur Halbinsel frei sein. »Nun wohl, Riesenfreund«, sagte die Erste streng zu Covenant. »Berichte mir von diesem Reinen.«

Riesenfreund! Schmerz übermannte Covenant. Am liebsten hätte er aus Gram sein Gesicht bedeckt; aber das Leid seiner Erinnerungen ließ sich nicht stillen. »Salzherz Schaumfolger. Ein Riese. Der letzte aller Riesen, die einmal hier im Land gelebt hatten. Sie konnten nicht mehr den Weg zurück in die Heimat finden.« Vor sich sah Covenant Schaumfolgers Gesicht. Blankehans' Gesicht. Alle seine Toten kamen wieder. »Es gab keine andere Hoffnung mehr. Foul hatte das Land in der Gewalt, konnte machen, was er wollte. Nichts war geblieben. Außer mir. Und Schaumfolger. Er hat mir geholfen. Schaumfolger hat mich nach Fouls Hort gebracht, damit ich den Kampf wenigstens aufnehmen, zumindest ein gewisses Maß an Wiedergutmachung leisten, wenn's sein mußte, sterben konnte. Er ist in ...« Covenant schauderte zusammen und bemühte sich, die Geschichte in der richtigen Reihenfolge zu erzählen. »Ehe wir Fouls Hort erreichten, gerieten wir in eine Falle, aber die *Jheherinn* – die Vorfahren der *Sur-Jheherinn* – haben uns gerettet. Im Namen des Reinen. Sie hatten eine Sage, die sich um den Reinen rankte ... er war ihre Hoffnung, an der sie festhielten. Sie glaubten, eines Tages würde ein Reiner kommen – jemand, in dessen Seele Foul nicht seine Krallen geschlagen hatte – und sie befreien. Falls sie dessen würdig waren. Würdig! Sie litten so sehr. In der ganzen Welt gab es nicht genug Tränen, um auszudrücken, wie sehr sie's verdient hatten. Und ich konnte ihnen nicht …« Seine Stimme erstickte an seinem Grimm über Opfer aller Art, all die unerlöst Dahingegangenen und Beraubten. »Ich hatte Macht, aber ich war nicht rein. Ich war dermaßen voller Krankheit und Gewalttätigkeit …« Seine Hände fuchtelten in der Luft herum, kehrten leer an seine Brust zurück. »Trotzdem haben sie uns geholfen. Sie dachten, es gäbe nichts, für das es sich zu leben lohnte, aber trotzdem haben sie uns geholfen …« Der Gedanke an die Tapferkeit der *Jheherinn* ließ ihn zeitweilig stocken. Doch seine Freunde warteten; die Erste wartete. Die *Sur-Jheherinn* entfernten sich aus dem Bereich der Halbinsel, saugten noch immer *Skest* auf. Covenant zwang sich zum Weitersprechen.

»Sie konnten uns aber nicht sagen, wie es möglich wäre, die Glutasche zu überqueren. Das war ein Lavastrom. Es gab keinen Weg hinüber. Also hat Schaumfolger …« *Ich bin der letzte Riese,* hatte Schaumfolger geschnauzt. *Ich gebe mein Leben hin, wie's mir beliebt.* Covenants Erinnerung an diese Worte würde niemals heilen. »Er hat mich hinübergetragen. Er ist ganz einfach in die Lava hinausgestapft und hat sich versinken lassen. Vorher hat er mich an die andere Seite geworfen.« Seine Trauer klang in ihm nach wie ein Drohen wilder Magie, ungebändigter Kräfte. »Ich habe ihn für tot gehalten.« Die Erinnerung an das Magma brannte in seinen Augen. »Er war aber nicht tot. Er kam wieder zum Vorschein. Ich hätte es nie allein schaffen können, ich wäre nie in Fouls Hort gelangt, gar nicht davon zu reden, wie ich den Thronsaal hätte finden sollen, das Land retten. Er kam zurück, um mir zu helfen. Geläutert. Rein. All sein Schmerz war ausgebrannt, sein ganzer Haß, seine Lust am Töten und seine Selbstverachtung waren dahin. Als mir nichts mehr blieb, gab er mir, was ich benötigte, Freude, Lachen und Mut. Damit ich vollbringen konnte, was ich tun mußte, ohne eine zweite Schändung heraufzubeschwören. Obwohl ihm klar war, daß es ihn das Leben kosten mußte.« *Ach, Schaumfolger!* »Er ist der Reine gewesen. Der Erlöser der *Jheherinn.* Er hat das Land gerettet. Durch sein Lachen. Ein Riese.«

Er starrte die Gefährten an. Inmitten der Einsamkeit seiner Erinnerungen war er mit aller Entschiedenheit dazu bereit, sich für die Hochachtung einzusetzen, die Schaumfolger verdiente. Doch seine Heftigkeit fand kein Ziel. Auf Blankehans' Wangen warfen Tränen orangeroten und grünen Lichtschein zurück. Pechnases Miene glich geballtem Gram. Die Erste schluckte kloßig, rang um die Aufrechterhaltung ihrer Strenge. Als sie den Mund öffnete, klangen ihre Worte durch die Mühe der Selbstbeherrschung schroff. »Ich muß mehr von jenen Riesen vernehmen, die du gekannt hast. Thomas Covenant, von nun an werden wir dich begleiten.«

Eine Zuckung insgeheimen Kummers verzerrte Seeträumers Gesicht. Die Narbe unter seinen Augen wirkte wie ein stummer Widerspruch; aber er hatte keine Stimme.

Wortlos nahm Brinn Covenant am Arm und führte ihn zum landwärtigen Ende der Halbinsel. Die Freunde folgten. Vor ihnen hatten die *Sur-Jheherinn* eine breite Bresche durch die Phalanx der *Skest* gefressen. Brinn beeilte sich, zog Covenant im Laufschritt mit sich durch die freigekämpfte Nacht. Sobald sie die *Skest* hinter sich gelassen hatten, wandten die *Haruchai* sich ostwärts. Während die Gefährten die Flucht antraten, durchgellte ein Kreischen der Wut die Dunkelheit, hallte wüst durch die Sarangrave. Aber vor Covenant und Brinn sammelten sich in orangenem und rotem Glanz *Sur-Jheherinn.* Geleitet von Lehmgestalten, begannen die Gefährten zu laufen.

26
Coercri

Fünf Tage später erreichten sie am späten Nachmittag unter einem wolkenlosen Himmel den Ostrand der Sarangrave und verließen den Dschungel und das Marschland der Senke. Die *Sur-Jheherinn* bewegten sich unvermutet schnell fort, und sie kannten die Landschaft der Sarangrave in- und auswendig; sie legten ein Marschtempo vor, dem Covenant sich als nicht gewachsen erwies. Sunder und Hollian waren in kaum besserer Verfassung. Nur auf die eigenen Kräfte gestützt, wären die Gefährten erheblich langsamer vorangekommen. Vielleicht hätten sie die Durchquerung der Sarangrave gar nicht überlebt.

Aber für einen Großteil des Tages trugen die Riesen sie. Seeträumer hatte noch immer Linden auf den Armen, um ihr Bein zu schonen. Sunder kauerte, indem er ihren Schild als Sitzgelegenheit benutzte, im Rücken der Ersten; Hollian saß auf Pechnases gebeugten Schultern; und Covenant hockte in der Beuge von Blankehans' Ellbogen. Niemand erhob gegen dieses Verfahren Einwände. Covenant war viel zu müde, um wegen seiner Hilfsbedürftigkeit Scham zu verspüren. Und die Gefahr verbot jeden Stolz.

Im Verlauf dieser fünf Tage verwandelte sich in gewissen Abständen die Luft wieder in feucht-schwüles Geheul, das den Gefährten atavistische Furcht einjagte, gegen die es keine Abhilfe gab als Flucht. Viermal drohte ihnen erneut akute Gefahr. Zweimal erschienen *Skest* aus dunklen Strömen und Teertümpeln; zweimal griff der Lauerer selbst an. Doch dank der Unterstützung der *Sur-Jheherinn* sowie des reichlich greifbaren Holzes konnten die *Haruchai* und Riesen die *Skest* jedesmal zurückschlagen. Und dem Lauerer trat Covenant mit dem Glanz des *Krill* entgegen, indem er dem zu diesem Zweck entblößten Edelstein der Waffe weißes Feuer entrang, bis der Lauerer von dem Trupp abließ und wich, dabei wie irrsinnig grölte.

Wann immer sich dazu die Gelegenheit ergab, etwa während einer Rast oder bei weniger gehetztem Marsch, stellte Blankehans den *Sur-Jheherinn* weitere Fragen, um ihnen mehr neues Wissen zu entlocken. Ihre Auskünfte waren eher kurz und bündig, umrissen ihre vergangene Geschichte jedoch klar genug.

Für eine Zeit, die Jahrhunderte gedauert haben mußte, hatten sich die *Jheherinn* nach der Zerstörung von Fouls Hort furchtsam in ihren Behausungen verborgen, weil sie es nicht wagten, an ihre Erlösung zu glauben, den Glauben zu finden, ihrer endlich als wert befunden worden zu sein. Zu guter Letzt aber hatten sie dafür Beweise entdeckt, die ihren zaghaften Herzen genügten. Von der Herrschaft des Verächters und der verderbnisträchtigen Macht des Weltübel-Steins befreit, hatten die *Jheherinn* schließlich die Fähigkeit zur Vermehrung wiedererlangt. Darin erblickten sie den wahren Inbegriff ihrer Befreiung. Sie nannten ihre Kinder *Sur-Jheherinn*, um der neuen Freiheit Ausdruck zu verleihen. Im darauffolgenden Zeitalter begannen die Weichen ihre lange Auswanderung, während der sie den Ort ihres früheren Grauens verließen. Von Höhle zu Schlammgrube, von unterirdischer Quelle zu Flußbett, von Treibsand zu Sumpf breiteten sie sich im Laufe der Jahre nach Norden aus, erschlossen immer neue Gegenden, in denen sie leben und gedeihen konnten. Sie fanden, was sie brauchten, in der Sarangrave-Senke. Für sie war die Senke ein sicherer Aufenthaltsort: aufgrund ihres Lehmfleischs und ihrer Beweglichkeit, ihres Vermögens, in den Tiefen von Treibsand und Flüssen zu existieren, war die Sarangrave für ihre Bedürfnisse bestens geeignet. Und in dieser Sicherheit heilten sie die

Wunden ihres alten Grausens, entwickelten sich zu Wesen, die sich, falls nötig, fortan auch Schmerzen und Risiken zu stellen vermochten. Infolgedessen wuchs die Dankbarkeit, die sie dem Reinen entgegenbrachten, statt abzunehmen, von Generation zu Generation noch weiter an. Und so war es gekommen, daß sie, als sie nun Riesen gefährdet sahen, den für alle *Sur-Jheherinn* der Sarangrave gültigen Entschluß fällten, ihnen zu Hilfe zu eilen.

Und mit dieser Unterstützung erreichte der Trupp endlich den schmalen Geländestreifen offenen Heidelandes, der sich zwischen der von der Zeit geschwollenen Sarangrave-Senke und dem Rande der Wasserkante erstreckte. Die Sucher und die Gefährten befanden sich in verbissener Flucht vor der bislang unnachgiebigsten Attacke der *Skest.* Aber auf einmal teilten sich vor ihnen die Bäume, und über ihnen weitete sich der tiefblaue Himmel wie verheißener Lohn. Der Geruch von Farnkraut löste den schalen Gestank und die Ängste der Sarangrave ab. Voraus erhoben sich die mit Gras bewachsenen Hügel wie die Zinnen einer Bastion. Wie Ranyhyn, die ihre Freiheit auskosteten, liefen die Riesen ein Stück weit in die Heide hinaus, dann drehten sie sich um und schauten zurück. Die *Skest* waren verschwunden. Die Luft war still, weder Lust noch Wut malträtierten sie, und außer dem Säuseln des Windes und Vogelrufen ließ sich kein Laut vernehmen. Schon die Festigkeit des Untergrunds selbst war wie eine Befreiung von Gefahr und Furcht.

Auch die *Sur-Jheherinn* zogen sich zurück in die Sarangrave, als wollten sie jedem Dank aus dem Wege gehen. Sofort rutschte Covenant von Blankehans' Ellbogen und suchte den Rand des Dschungels auf, darum bemüht, die Worte zu finden, deren es bedurfte. Doch sein Herz war eine Ödnis geworden, in der kaum noch Worte gediehen. Er konnte nichts als entgeistert zwischen die Bäume starren, die Sonne im Gesicht.

Schaumfolger wäre stolz, dachte er, als sei der Gedanke ein Schmerz.

Die Erste gesellte sich zu ihm und blickte mit ungewohnter Sanftheit in den Augen in die Sarangrave aus. Brinn trat zu ihnen; alle Begleiter Covenants kamen noch einmal herüber, verweilten mit ihm für einen langen Moment, als ehrten sie die unanzweifelbare Würdigkeit der *Sur-Jheherinn* mit einer Schweigeminute. Anschließend packten die *Haruchai* die Vorräte aus und bereiteten ein Mahl. Zwischen Sarangrave und Wasserkante aßen die Gefährten und versuchten, ihre jetzige Situation einzuschätzen.

Linden hatte sich erholt, saß unbeholfen an Seeträumers Schienbein gelehnt; wegen der festen Schiene an ihrem linken Bein brauchte sie diese Stütze. Eineinhalb Tage nach Erleiden des Bruchs war sie erwacht; seitdem versicherte sie ihren Gefährten mit Nachdruck, ihr Knöchel füge sich wieder tadellos zusammen. Der *Diamondraught* besaß in der Tat eine starke Heilwirkung. Aber Covenant hatte inzwischen noch keine Gelegenheit gefunden, um mit ihr zu sprechen. Obwohl Seeträumer ein immerzu kummervolles Gesicht machte, sorgte er für Linden, als wäre sie ein Kind. Covenant verspürte das dringende Bedürfnis, mit ihr zu reden. Aber gegenwärtig, während er im Heidekraut saß, die nachmittägliche Sonne sich über seinen Schultern dem Abend zuneigte, beschäftigten ihn andere Fragen. Die Riesen hatten ihn hierhergebracht; sie waren allerdings noch nicht wirklich davon überzeugt, daß es richtig war, ihm die Hilfe zukommen zu lassen, die er forderte. Und er hatte versprochen, ihnen die Geschichte der Entwurzelten zu erzählen. Er konnte sich jedoch nicht vorstellen, jemals soviel Mut zu finden, wie er dafür benötigte.

Dennoch mußte er nun irgend etwas sagen. Sunder und Hollian entfernten sich bei Anbruch des Abends gemeinsam in die Dunkelheit, suchten in zweisamem Alleinsein Zuflucht.

Covenant konnte die beiden gut verstehen. Nach all den Verlusten, die sie bereits hatten hinnehmen müssen, lag nun eine Welt vor ihnen, für die sie keine Voraussetzung mitbrachten – eine Welt ohne Sonnenübel, das Sonnenübel, das ihnen in bezug auf ihre Gefährten einen gewissen Wert gegeben hatte. Die Riesen dagegen saßen erwartungsvoll ums Lagerfeuer, um zu hören, wie Covenant sie von der Notwendigkeit und Richtigkeit ihres Beistands überzeugte. Um zu hören, was er zu sagen hatte. Aber die Worte, die er brauchte, waren noch nicht in ihm.

Schließlich brach die Erste das Schweigen. »Riesenfreund.« Sie benutzte den Titel, den sie ihm verliehen hatte, mit bemerkenswertem Sanftmut. »Du hast Riesen gekannt, Volksgenossen deines Freundes Salzherz Schaumfolger. Aufs stärkste verspüren wir den Wunsch, ihre Geschichte zu erfahren. Wir haben in dir ersehen, daß es keine frohe Geschichte ist. Doch es heißt bei den Riesen, daß Freude in den Ohren ist, die hören, nicht in dem Mund, der spricht. Wir werden verstehen, dir mit Freuden zu lauschen, auch wenn das Erzählen dir Pein bereiten wird.«

»Freude.« Covenants Stimme brach, kaum daß er den Mund geöffnet hatte, und er schluckte mühsam. Die Äußerungen der Ersten, so empfand er, nahmen ihm den letzten Rest seiner Standhaftigkeit. Er wußte, was die Riesen tun würden, nachdem sie seine Erzählung gehört hatten. »Nein. Noch nicht. Ich bin innerlich noch nicht bereit.«

»Diese Geschichte ist auch unter den alten Erzählern der *Haruchai* bekannt«, sagte Brinn, der in Covenants Rücken stand. Er trat näher ans Feuer, betrachtete den Ausdruck des Mißbehagens in Covenants Gesicht. »Ich kann sie an deiner Stelle erzählen, wenngleich man mich die Kunstfertigkeit des Erzählens nicht gelehrt hat.« Trotz seiner Leidenschaftslosigkeit offenbarte seine Miene, daß er ein Geschenk anbot, die Bereitschaft besaß, Covenant diese Bürde abzunehmen.

Aber Covenant kannte die Geschichte zu gut. Das Schicksal der Bluthüter und ihres Eids hing mit dem Verhängnis der Wasserkanter Riesen untrennbar zusammen. In seiner *Haruchai*-Aufrichtigkeit würde Brinn Bestandteile der Geschichte enthüllen, die Covenant nicht preiszugeben beabsichtigte. Brinn würde berichten, daß Korik und Lord Hyrim, Überlebende der zum Wohnsitz der Entwurzelten geschickten Gesandtschaft, *Coercri* genau zu dem Zeitpunkt erreichten, als ein Riesen-Wütrich sämtliche Riesen abgeschlachtet hatte. Zu guter Letzt waren drei Bluthüter mit dem Leben davongekommen, hatten den Riesen-Wütrich töten können und ein Bruchstück des Weltübel-Steins erbeutet. Aber der Stein hatte sie verderbt, zu Dienern Lord Fouls gemacht. Und diese unheilvolle Wandlung hatte die Bluthüter so entsetzt, daß sie ihren Eid brachen, die Lords im Stich ließen, während das Land in der ernstesten Gefahr schwebte. Bestimmt würde Brinn diese Vorgänge so schildern, als wäre sie bei seinem Volk keineswegs die Ursache großen Kummers, nicht der Grund, weshalb eine Gruppe von *Haruchai* nach der anderen sich ins Land begeben hatte, nur um der Schlächterei der Sonnengefolgschaft zum Opfer zu fallen. Und das könnte Covenant nicht ertragen. Immer hatten die Bluthüter sich an Maßstäben gemessen, die gewöhnliche Sterbliche nicht erfüllen konnten.

»Nein.« Covenant stöhnte beinahe. Er wandte sich an Brinn, gab ihm die einzige Antwort, die er darauf wußte. *Du brauchst das nicht zu tun. Das alles ist vorbei. Es war nicht ihre Schuld.* »Die Verderbnis hat viele Gesichter.« Er zitierte Bannor. »Das Angesicht der Schuld ist verführerischer als andere Gesichter, aber trotzdem ist es nur eine Maske des Verächters.« *Weißt du überhaupt, daß Foul jene drei Bluthüter verstümmelt hat? Zu Halbhänden gemacht?* »Ich werd's erzählen.« *Das ist meine*

Sache. »Wenn ich bereit bin.« Wie in einer Anwandlung von Hellsichtigkeit sah er voraus, daß seinetwegen *Haruchai* in den Tod gehen mußten.

Für einen Augenblick musterte Brinn ihn. Dann zuckte der *Haruchai* andeutungsweise mit den Schultern und zog sich zurück an seinen Platz hinter Covenants Rücken. Nichts blieb noch zwischen Covenant und den eindringlichen Blicken der Riesen.

»Riesenfreund«, sagte die Erste bedächtig, »derlei Geschichten entfalten sich, indem man sie erzählt. Eine unerzählte Geschichte läßt das Herz verwelken. Doch geht's mir nicht darum, dein Herz zu erleichtern. Ich frage um meiner selbst willen nach deiner Geschichte. Sie betrifft mein Volk. Und ich bin die Erste der Sucher. Du hast von dem Sonnenübel gesprochen, das die Erde mit solchem Entsetzen heimsucht. Ihm gilt meine Pflicht. Das Übel liegt im Westen. Seeträumers Erd-Sicht ist eindeutig. Wir müssen selbiges Übel aufspüren und bekämpfen. Doch du verlangst unseren Beistand. Du forderst die Verwendung unserer stolzen *Dromond* Sternfahrers Schatz. Du versicherst, dein Weg sei der wahre Weg der Sucher. Dennoch weigerst du dich, uns von den Riesen zu berichten, die hierzulande gelebt haben. Thomas Covenant, ich muß deine Geschichte vernehmen, weil mir eine Entscheidung obliegt. Nur in Geschichten findet man die Wahrheit, die den rechten Weg weist. Ohne das Wissen, das dein Herz bewegt, ermangelt's mir an den Mitteln, um über deinen Weg und deine Wünsche zu befinden. Du mußt sprechen.«

Ich muß? In seiner emotionalen Verarmung hätte Covenant am liebsten aufgeschrien. *Ihr wißt nicht, was ihr mir zumutet!* Aber die Riesen betrachteten ihn aus Augen, die fragten und forschten. Blankehans' Ähnlichkeit mit Schaumfolger wirkte, als wäre diese entfernte Vorfahrenschaft eine Auszeichnung. Seeträumers Blick war übervoll von Erd-Sicht. Mitgefühl machte Pechnases Lächeln vielschichtig. Inwendig stöhnte Covenant. »Diese Hügel …« Er deutete ostwärts, bewegte seine Halbhand wie jemand, der die einzigen Worte pflückte, die sich finden ließen. »Sie sind die westliche Grenze der Wasserkante. Dort haben die Riesen früher gewohnt. Sie hatten am Meer eine Stadt gebaut. *Coercri.* Herzeleid. Dorthin will ich.« Die Erste antwortete nicht, zuckte mit keiner Wimper. Covenant ballte Fäuste und rang darum, nicht an Ort und Stelle zu zerbrechen. »Sie sind dort ermordet worden.«

Blankehans' Augen funkelten auf. Pechnases Atem fauchte durch seine Zähne. »In ihren Wohnungen?«

»Ja.«

Die Erste der Sucher starrte Covenant an. Er erwiderte ihren Blick, sah Bestürzung, Zweifel und Strafgericht hinter ihren Augen branden wie Schatten einer Flut. Trotz seiner Furcht fühlte er sich seltsam sicher, daß ihr Zorn ihm zu dem verhelfen würde, was er nötig hatte. »Blankehans wird zur *Dromond* Sternfahrers Schatz zurückkehren«, sagte sie in einem Ton, als klänge ruhendes Eisen. »Er wird das Schiff nach Norden leiten. Wir werden uns in diesem *Coercri* wiedertreffen. So treffe ich Anstalten, um deinen Bestrebungen gerecht zu werden – falls deine Geschichte mich zu überzeugen vermag. Und auch den anderen Suchern wird daran gelegen sein, in diesem entlegenen Land eine einstige Stadt von Riesen zu schauen. Thomas Covenant, ich werde warten. Wir werden dich zur Wasserkante begleiten. Aber …« – ihre Stimme warnte ihn, als wäre sie ein Schwert in ihrer Hand – »ich muß diese Geschichte des Mordens vernehmen.«

Covenant nickte. Er verschränkte die Arme auf den Knien, verbarg das Gesicht zwischen den Ellbogen; er wollte mit seinem sinnlosen Bedauern allein sein. *Du wirst sie hören. Hab Erbarmen mit mir.* Ohne ein Wort begann Blankehans zu packen, was er an Proviant mitzunehmen gedachte. Bald darauf zog er los, strebte zügig in die Richtung zum Meer, als könnten seine Riesengliedmaßen in alle Ewigkeit ohne Rast auskommen. Die Geräusche von Blankehans' Aufbruch schienen Covenants Erschöpfung irgendwie zu dehnen, bis sie alles zudeckte. Covenant bettete sich zur Ruhe, als hoffe er, er werde nie wieder aufwachen.

Doch unterm hellen Schein des Mondes kehrte er aus seinen Träumen zurück. Im Licht der letzten Flämmchen des Lagerfeuers sah er die Riesen und die Steinhausener im Schlummer liegen. Schwach erkannte er die schattenhaften, allzeit bereiten Gestalten der *Haruchai.* Hohl stand am Rande des Helligkeitskreises und starrte ins Nichts wie ein entrückter Prophet. Ein rot-orangener Widerschein in Lindens Augen zeigte, daß sie wach war wie Covenant. Er verließ seine Decken. Sein Wunsch, in den Schlaf zu fliehen, war stark, aber noch stärker war sein Verlangen, mit Linden zu reden. Still begab er sich an ihre Seite. Sie empfing ihn mit einem Nicken, sagte jedoch nichts. Als er neben ihr Platz nahm, starrte sie unverändert nur in die Glut der Feuerstelle. Er wußte nicht, wie er sie ansprechen sollte; ihm fiel nichts ein, wodurch er sie hätte zugänglicher machen können. »Wie steht's mit deinem Bein?« fragte er schließlich versuchsweise nach.

Ihr Flüstern drang aus der Dunkelheit wie eine Stimme aus einer anderen Welt. »Jetzt weiß ich, wie Lena zumute gewesen sein muß.« *Lena?* Überraschung und Scham bewirkten, daß Covenant kein Wort herausbrachte. Er hatte ihr sein Verbrechen gestanden, als sie davon gar nichts hatte hören wollen. Welche Bedeutung besaß es jetzt für sie? »Du hast sie vergewaltigt. Aber sie hat an dich geglaubt und es deshalb durchgehen lassen. Genauso verhält's sich bei mir.«

Sie verstummte. Er wartete einen langen Moment. »Erklär's mir«, bat er dann in barschem Murmeln.

»Fast alles, was ich sehe, ist wie Vergewaltigung.« Sie sprach so leise, daß es ihn Mühe kostete, sie zu verstehen. »Das Sonnenübel. Die Sarangrave. Und es war so, als der Wütrich mich berührt hat. Da hatte ich das Gefühl, als wäre das Sonnenübel in meinem Innern. Ich begreife nicht, wie du mit dem Gift in dir leben kannst. Manchmal kann ich nicht einmal deinen Anblick ertragen. Die Berührung des Wütrichs hat alles, was in mir war, zunichte gemacht. Mein halbes Leben habe ich damit verbracht, Ärztin zu werden. Aber als ich Joan gesehen habe, war ich derartig entsetzt … Ich konnte es nicht ertragen. Ich hatte den Eindruck, mein Leben sei eine Lüge. Das ist der Grund, warum ich dir gefolgt bin. Der Wütrich … das war wie die Begegnung mit Joan, nur tausendmal schlimmer. Davor konnte ich zumindest mit dem leben, was ich sah – das Sonnenübel, seine Folgen für das Land –, weil ich davon ausgegangen war, das alles sei wie eine Krankheit. Aber als er mich angefaßt hat, ist alles in mir zu Schlechtem geworden. Mein ganzes Leben. Genauso muß Lena sich gefühlt haben.« Covenant verklammerte seine Hände ineinander und wartete. Nach einem Weilchen sprach Linden weiter. »Mein Fuß heilt. Ich spür's. Als er gebrochen war, konnte ich sein Inneres wahrnehmen, ich habe gesehen, was getan werden, wie man die Knochen richten mußte. Ich habe es gemerkt, als sie wieder richtig saßen. Und jetzt kann ich fühlen, wie sie heilen. Sie wachsen so zusammen, wie sie's müssen. Das Gewebe, die Blutgefäße und Nerven …« Sie schwieg für einen Augenblick, als könne sie all ihre Empfindungen gar nicht in diesem Flüsterton zusammenfassen. »Und der *Diamondraught* beschleunigt den Heilungsprozeß. In ein paar Tagen werde ich wieder laufen können.« Sie wandte sich ihm zu. »Lena muß das alles auf vergleichbare Weise empfunden haben. Sonst wäre sie nicht dazu imstande gewesen, dich einfach davonkommen zu lassen. Covenant …« Ihr Tonfall bat ihn um Verständnis. »Ich muß heilen. Ich muß. Deshalb bin ich Ärztin geworden, und darum kann ich all das Schlechte hier nicht verkraften. Es ist etwas, das ich nicht heilen kann. Ich kann keine Seelen heilen. Und ich kann auch nicht mich selbst heilen.«

Covenant hätte sie gerne verstanden, er verspürte den Wunsch, sie zu begreifen. Ihre Augen spiegelten die restliche Glut des Lagerfeuers wider wie ein Nachhall von Flehentlichkeit. Doch er wußte so wenig darüber, wer sie war, wie sie zu einer solchen Person geworden war. Vordergründig jedoch sah er ihren Notstand deutlich genug. Mühselig würgte er seine Unsicherheit, seine Furcht hinab. »Der Einholzbaum«, sagte er gedämpft. »Wir werden ihn finden. Die Riesen wissen, wen man fragen kann, wo er steht. Dann werden wir einen neuen Stab des Gesetzes anfertigen. Danach wirst du zurückkehren können. Irgendwie.«

Linden schaute fort, als wäre das nicht die Antwort, auf die es ihr ankam. »Glaubst du«, erkundigte sie sich nichtsdestotrotz, »die Riesen werden uns helfen? Seeträumer jedenfalls will's nicht. Ich merk's ihm an. Seine Erd-Sicht ist ähnlich wie meine Wahrnehmung. Aber sie ist ständig in ihm da. Entfernung hat darauf keinen Einfluß. Das Sonnenübel frißt ständig an seinem Innern. Er will es ausfindig machen. Es bekämpfen. Das beenden, was mit ihm geschieht. Und die Erste vertraut ihm völlig. Meinst du, daß du sie überreden kannst?«

»Ja.« Welche andere Antwort hätte er ihr bieten können? Er machte Versprechungen, von denen er nicht wußte, wie er sie halten sollte, weil er nichts anderes vorzuweisen hatte. »Sie wird sich vermutlich nicht gerne darauf einlassen. Aber mir wird was einfallen, um sie zu überzeugen.«

Linden nickte wie zu sich selbst. Eine Zeitlang schwieg sie, sann still an der Glut vor sich hin, als wäre sie eine Frau, die Mut brauchte und sich lediglich darauf verstand, nur allein welchen zu finden. »Ich kann nicht unters Sonnenübel zurück«, erklärte sie dann. Ihr Geflüster war kaum vernehmlich. »Ich kann's nicht.«

Du wirst es nicht zu tun brauchen, wollte Covenant erwidern. Doch das war eine Zusage, die zu geben er sich fürchtete. *Was du suchst,* hatte Mhoram ihn in Andelain gewarnt, *ist nicht, was es zu sein scheint. Am Ende mußt du ins Land zurückkehren.* Ist nicht …? Nicht der Einholzbaum? Der Stab des Gesetzes? Diese Überlegungen vertrieben ihn von Lindens Seite; er vermochte sich ihnen nicht zu stellen. Wie ein Feigling schlurfte er wieder zu seinen Decken. Er lag da, geschmiegt an die eigene innere Anspannung, bis die Müdigkeit ihn von neuem in Schlaf sinken ließ.

Am folgenden Morgen, während der Sonnenaufgang noch ausstand, die Sonne noch verführerisch hinter den Hügeln glomm, stiegen die Gefährten hinauf zur Wasserkante. Trotz Covenants Mattigkeit erklommen sie die Steigung mit beträchtlichem Schwung, und als sie oben waren, standen sie auf der Höhe und schauten in die morgendliche Dämmerung und den weitflächigen Landstrich aus, in dem Salzherz Schaumfolger daheim gewesen war; kühler Wind wehte ihnen ins Gesicht; und im makellosen Licht der Morgenfrühe erkannten sie, daß der Herbst ins zauberhafte Land der Wasserkante Einzug gehalten hatte. Unterhalb ihres Standorts sahen sie Haine den Rundungen der Hügel folgen: Eiche, Ahorn und Platane, deren Blattwerk sich herbstlich zu färben anfing; Güldenblattbäume ragten in herrlicher Pracht empor. Und jenseits der Gehölze erstreckten sich gewelltes Grasland und üppiges Grün wie die letzten Schönheiten des Sommers.

Covenant, der die Wasserkante zum erstenmal sah – das erste Mal, seit er Andelain verlassen hatte, wieder etwas erblickte, das sich durch Schönheit und Gesundheit auszeichnete –, fühlte sich sonderbar ausgehöhlt und von allem losgelöst. Wesentliche Teile seines Innenlebens schienen abgestorben zu sein. Der Ring hing schwer an seiner Halbhand, als hätte er, als man ihm die zwei Finger amputierte, auch die Antwort auf seine Zweifel an sich selbst verloren. Zu Schwelgenstein tötete man Tag für Tag unschuldige Männer und Frauen, um das Sonnenfeuer zu nähren. Solange man dies Verbrechen betrieb, konnte keine Gesundheit in aller Welt für ihn irgendeinen Unterschied ausmachen. Allerdings befremdete es ihn ein wenig, daß sich Sunder und Hollian allem Anschein nach über das, was sie sahen, nicht freuten. Sie betrachteten die frühherbstliche Landschaft, als läge vor ihnen Andelain – ein Sirenengesang, verlockend und falsch, verborgener Wahnsinn. Sie hatten gelernt, sich von der natürlichen Schönheit der Erde bedroht zu fühlen. Sie wußten nicht, wer sie in einer solchen Umgebung waren; mit dem Sonnenübel hatte Lord Foul mehr erreicht als nur das Verderben der Natur. Er hatte Menschen wie diese Steinhausener der schlichten menschlichen Fähigkeit beraubt, sich durch Schönes rühren zu lassen. Abermals sah Covenant sich gezwungenermaßen dazu veranlaßt, sie mit Leprotikern zu vergleichen.

Alle anderen jedoch waren merklich erfreut über den Ausblick, der sich bot. Wohlgefallen milderte die übliche Ruppigkeit der Ersten; Pechnase lachte leise vor sich hin, als könne er sein Vergnügen unmöglich für sich behalten; sogar Seeträumers Grämlichkeit wich ein wenig, so daß er sich zu einem Lächeln imstande fühlte. Die *Haruchai* richteten sich etwas höher auf, als nähmen sie in Gedanken – in Erinnerung an die Treue, die einst an der Wasserkante gewohnt, das Unheil, das sie heimgesucht hatte – eine Habachthaltung ein. Und Linden schaute in den Sonnenaufgang, als gäbe dieser Herbst ihr eine gewisse Entschädigung für ihre persönliche, unglückliche Lage. Nur Hohl zeigte keine Reaktion. Der Dämondim-Sproß scherte sich anscheinend um nichts unter irgendeiner Sonne.

Schließlich beendete die Erste das allgemeine Schweigen. »Laßt uns den Weg fortsetzen. Mein Herz hat ein starkes Verlangen, diese Stadt zu sehen, die von Riesen Herzeleid genannt worden ist.«

Pechnase ließ ein Lachen vernehmen, das wie der Schrei eines Turmfalken klang, seltsam einsam und doch wohlgemut. Mit seinen Schaukelschritten entfernte er sich hinaus in den Morgen. Ceer und Hergrom folgten ihm. Die Erste schloß sich an. Seeträumer setzte sich in Bewegung, als würde ein Koloß verschoben, steif und wie steinern in seiner insgeheimen Pein. Sunder runzelte argwöhnisch die Stirn; Hollian kaute auf ihrer Unterlippe. Doch sie gingen den Riesen zusammen nach, an ihren Seiten Stell und Harn. Und Covenant ließ sich mitziehen wie jemand, dessen Geist längst keinen eigenen Willen mehr kannte. Während sie zu den Bäumen hinunterstiegen, fing Pechnase zu singen an. Seine Stimme war heiser, als hätte er zuviel Zeit seines Lebens damit zugebracht, Klagelieder zu singen; doch sein Gesang erhob das Herz wie Posaunenschall. Die Melodie war voller Wind und Wellen, Salz und Strapazen, voll vom Triumph über jeden Schmerz. Er sang so klar wie der neue Tag.

»Mögen Brecher an die Küste donnern,
Kliffs bekränzt sein mit Gischt und Tang,
Mag der Sturm die Klippen ausmeißeln,
Mag Flaute die Fluten stillen
Oder Wind die Wellen aufschrecken und brausen,
und brausen –
Nichts stört das Gleichmaß von See und Stein.
Die Felsen und Deiche der Heimat bestehen.
Wir sind die Riesen,
Geboren zum Leben,
Und folgen kühn, wohin unsere Träume schweifen.

Mag die Welt weiter sein, als Glaube reicht,
Das Meer so endlos wie die Zeit,
Mögen Reisen enden oder scheitern,
Segler in Eis oder Unwetter bersten,
Soll Irrfahrt auf immer währen, wie Seefahrt,
wie Seefahrt –
Nichts anficht das Gleichmaß von See und Stein.
Die Herde und Häfen der Heimat bestehen.
Wir sind die Riesen,
Geboren zum Segeln,
Und folgen kühn, wohin unsere Träume schweifen.«

Immer weiter erscholl sein Lied, klang durch die Bäume und die feurigen Farben des Laubs, das zu fallen begonnen hatte, sprach von Härten, Sehnsucht und von der Bereitwilligkeit, jede Geschichte anzuhören, die die Welt zu erzählen hatte. Es drängte die Gefährten vorwärts, erhellte Seeträumers Blick; es linderte das Unbehagen der Steinhausener wie eine Ermutigung gegen all das Unbekannte, das vor ihnen lag, verlieh sogar den gleichgültigen Schritten der *Haruchai* etwas Federndes. In Covenants Bewußtsein hallte es wie die aneinandergereihte Herrlichkeit der Bäume, beschwichtigte für einige Zeit sein trostloses Herz, so daß er den Landstrich, der Schaumfolgers Heimat gewesen war, durchqueren konnte, ohne zu wanken.

Zu lange hatte er sich unter dem Sonnenübel aufgehalten, zu lange nichts von dem Land gesehen, an das er sich entsann. Seine Augen tranken geradezu vom Anblick der Bäume und Weiden, von den Bildern und Ausblicken der Landschaft, als bereiteten diese Dinge in ihm einem eingefleischten Durst ein Ende, stellten seine Kräfte für die Zwecke seiner Expedition wieder her. Hinter den Hügeln verwandelte sich die Wasserkante in ein üppiges Gewucher von Rankengewächsen, ähnelte einem jahrhundertelang verwilderten Weingarten; es wimmelte darin von Vögeln, allerlei Getier hatte dort seine Bauten und Nester. Hätte ihm nicht Lindens Wahrnehmungsvermögen gefehlt, er würde hier Tage damit verbracht haben, bloß sein Gespür fürs Gesunde wiederzubeleben.

Aber er war dazu verdammt, nur die Oberfläche all dessen, was er sah, betrachten zu können. Während sich vor ihm Kilometer um Kilometer enthüllte – bis zur Küste mußten es noch sechzig oder mehr Längen sein –, machte sich erneut sein vorheriger innerer Drang bemerkbar. Hinter seinem Rücken mußten für jeden Tag seines Umherreisens Menschen sterben. Aber er vermochte nicht schneller zu gehen. In seinem Innern braute sich eine Krise zusammen. Macht; Gift; Zorn. Die Unmöglichkeit, mit der wilden Magie zu leben. Die Unmöglichkeit, ohne sie auszukommen. Es war unmöglich, all die Versprechen zu halten, die er gegeben hatte. Er wußte keine Lösung. Er war so hinfällig wie jeder Leprotiker. Seine Erregung war sinnlos. Darauf aus, den Zeitpunkt hinauszuzögern, an dem die Krise ausbrach, das Gewitter, erzeugt von Gift und Zweifeln, zum Ausbruch kam, suchte er nach irgend etwas, das ihn ablenken konnte.

Linden war vollauf davon beansprucht, sich von den Grausamkeiten zu erholen, die das Sonnenübel und die Sarangrave-Senke ihr angetan hatten. Sunder und Hollian zeichneten sich durch gemeinsames Mißbehagen aus, als wüßten sie nicht mehr, was sie eigentlich taten. Also griff Covenant auf die Riesen zurück, auf Pechnase, der so redselig war wie die Erste ernst.

Seine mißgestalteten Gesichtszüge bewegten sich auf groteske Weise, wenn er sprach; doch sein hellwacher Blick und sein ununterdrückbarer Humor bildeten zu seiner äußeren Erscheinung einen bemerkenswerten Gegensatz. Schon nach einer anfänglichen Frage erzählte er über die ursprüngliche

Heimat der Riesen, die Weite der Weltmeere, die Wunder und Rätsel, die sich Seefahrern zu offenbaren pflegten. Als er sich richtig ins Reden hineinsteigerte, pfiff der Atem in seinen beengten Lungenflügeln; aber bei ihm klangen selbst diese Laute der Mühsal wie eine Form der Kommunikation, wie eine Bemühung, eine wesentliche Aussage über die eigene Person zu machen. Seine Darlegungen waren ausgedehnt und voller Abschweifungen, voll mit den für Riesen typischen Umschreibungen bezüglich der ewigen Großartigkeit von Felsen und Meer; allmählich jedoch kam er auf die Sucher zu sprechen, und auf die Riesen, die sie anführten. Ankertau Seeträumers Rolle bedurfte keiner Erklärung mehr; seine Erd-Sicht wies den Suchern die Richtung. Und seine Stummheit, das ungeheuerliche Grauen, das ihm die Stimme genommen hatte, als wäre ihm durch den Versuch, das Geschaute zu schildern, die Kehle versiegelt worden, machte seinen Anspruch auf Teilnahme an der Suche, auf Beeinflussung ihres Verlaufs, nur um so nachhaltiger. Die Tatsache, daß er Seeträumers Bruder war, gab jedoch nicht den Grund für Grimme Blankehans' Anwesenheit ab. Das Riesen-Palaver hatte ihn hauptsächlich deshalb ausgesucht, weil man ihn wegen seiner Tüchtigkeit als Lotse und Kapitän kannte; er war der Schiffsmeister der *Dromond* Sternfahrers Schatz und fand Stolz im Stolz seines Schiffs. Was die Erste betraf, so war sie eine Schwertfechterin, zählte zu den wenigen Schwertkämpfern, die es unter der gegenwärtigen Generation von Riesen gab, die seit Jahrtausenden ein Kader solcher Kämpfer unterhielten, um ihren Nachbarn und Freunden im Notfall zu Hilfe kommen zu können. Sie war ausgewählt worden, weil man wußte, sie war so resolut wie Stein und so energisch wie die See – und weil sie jeden anderen interessierten Schwertkämpfer, um mit der Führung der Sucher betraut zu werden, hart und bis zum Nachgeben bedrängt hatte.

»Aber warum?« hakte Covenant ein. »Warum lag ihr soviel an diesem Auftrag?«

»Warum?« Pechnase grinste. »Nun, fürwahr, warum nicht? Sie ist Schwertfechterin und hat das Kämpfen gelernt. Sie weiß, so wie wir alle es wissen, daß jene Wunde in der Erde wachsen und die ganze Welt verschlingen wird, wenn niemand dagegen einschreitet. Und sie glaubt, daß das Übel bereits drüben in den Landen unserer Heimat wirksam ist, unruhige See und verdorbene Ernten hervorbringt. Und Krüppel.« In seinen Augen funkelte Heiterkeit, verwehrte es Covenant, ihn wegen seiner Mißgebildetheit zu bemitleiden.

»Na schön.« Covenant unterdrückte die Verärgerung, die er stets empfand, wenn er jemandem begegnete, dessen Glück anscheinmäßig abgesondert war von den harten Tatsachen des Leids. »Nun zu dir. Weshalb bist du mitgeschickt worden?«

»Ach, das ist kein großes Geheimnis. Jedes Schiff, wie stolz es auch sein mag, braucht einen Pechwart, und ich bin in der Kunst bewandert, sowohl Binsen wie auch Schiffsstein zu verpechen. Ferner gestattet's mir mein geringerer Wuchs, an Stellen meine Arbeit zu verrichten, an denen's anderen Riesen an Bewegungsfreiheit mangeln müßte. Und aus einem anderen Grund bin ich dabei, der schwerer wiegt als andere Erwägungen.« Er senkte die Stimme, sprach im Ton der Vertraulichkeit zu Covenant. »Ich bin der Gemahl unserer Ersten der Sucher.« Unwillkürlich sackte Covenant der Unterkiefer herab, während er den Riesen anstarrte. Im ersten Augenblick dachte er, Pechnase reiße einen ironischen Scherz. Aber der Humor des Riesen blieb ganz persönlicher Natur. »Für mich«, flüsterte er, so daß die Erste ihn nicht hören konnte, »ist sie Seidensommer Glanzlicht. Ich vermöchte es nicht zu ertragen, daß sie sich ohne mich auf eine solche Suche begibt.«

Covenant schwieg, weil ihm keine angemessene Erwiderung einfiel. *Ich bin der Gemahl* … Erinnerungen an Joan kamen ihm; aber als er versuchte, sich an ihr Gesicht zu entsinnen, sah er vor sich nur Bilder von Linden.

Am Abend des dritten Tages der Gefährten in der Wasserkante lieh Linden sich Hollians Messer, um die Schiene von ihrem Bein zu entfernen. Ihre Begleiter schauten zu, wie sie probeweise das Knie beugte, dann den Fußknöchel bewegte. Man sah Regungen leichten Schmerzes in ihrem Gesicht, aber sie schenkte ihm keine Beachtung, konzentrierte sich vielmehr auf die innere Verfassung von Knochen und Gewebe. Einen Moment später entspannten sich ihre Gesichtszüge. »Es ist bloß steif. Morgen werde ich versuchen, wieder selbst zu laufen.« Ein allgemeines Aufseufzen der Erleichterung ging durch die Umstehenden. »Das ist vorzüglich«, sagte die Erste sanft. Sunder nickte in bärbeißiger Zustimmung. Hollian beugte sich über Linden, drückte sie. Linden nahm die Freude zur Kenntnis; aber ihr Blick suchte Covenant, und ihre Augen waren voller Tränen, auf die er keine Antwort wußte. Er war nicht dazu imstande, sie zwischen dem Guten und Schlechten ihrer Sinneswahrnehmung für das Heile und Gesunde unterscheiden zu lehren.

Am nächsten Morgen belastete Linden ihren Fuß vorsichtig mit dem eigenen Körpergewicht, und tatsächlich hielten die verheilten Knochen. Lange Strecken konnte sie allerdings noch nicht wieder laufen; deshalb mußte Seeträumer sie größtenteils weiterhin tragen. Sie begann am Tag danach jedoch langsam neue Kräfte in den Beinen zu entwickeln, und am darauffolgenden Tag konnte sie – mit Unterbrechungen – fast für die halbe Dauer des Tagesmarsches, den die Gefährten zurücklegten, auf eigenen Beinen bleiben.

Mittlerweile hatte Covenant bemerkt, daß sie sich dem Meer näherten. Schon seit Tagen wies die Landschaft ein leichtes Gefälle auf, nahm zwischen zerklüfteten Erhebungen und weiten, wilden Grasflächen, über Auen hinweg, die wie für Riesen geschaffene Terrassen wirkten, an Höhe ab. Reihenweise Haine düsterer alter Bäume standen etwas geneigt da, als lauschten sie dem Meer; und die Frische der Luft war nun einer Feuchtigkeit und Schwere gewichen, durch die jeder Atemzug einem Seufzen der See ähnelte. Noch konnte Covenant kein Salz riechen; aber er wußte, ihm blieb nur noch eine kurze Frist.

In der folgenden Nacht beunruhigte das Schäumen von Brechern seine Träume. Ihr Tumult verwandelte seinen Schlaf in einen Alptraum der Schlächterei, von Grauen, dessen Verwaschenheit es um so unerträglicher machte, denn ihm entging, wer da wen abschlachtete und warum, er sah keine Einzelheiten, nur Blut, überall Blut, das Blut Unschuldiger, Blutvergießen einer Selbstgerechtigkeit, die mordete. Er war dem Schreien nah, als er aufwachte, und stellte fest, daß ein Gewitterregen ihn durchnäßt hatte. Er vermochte nicht mit dem Zittern aufzuhören, so sehr war er durchgefroren.

Nach einer Weile verzogen sich das Gerumpel des Donners und das bläuliche Zucken der Blitze, wehten auf kräftigem Wind nach Westen weiter; der Regen jedoch hielt an. Die Morgendämmerung brach an, verschleiert durch Ströme von Regen, die die Gefährten völlig durchtränkten, bis Covenant sich fühlte, als wären selbst seine Knochen aufgeweicht, und sogar die Riesen bewegten sich, als trügen sie eine zu große Last. Pechnase erhob seine Stimme durch das Rauschen und schlug vor, einen Unterschlupf zu suchen oder irgendwie herzurichten, um das Ende des Wolkenbruchs abzuwarten. Aber Covenant war zum Warten außerstande. Jeder Tag seiner Expedition kostete Menschen das Leben, die keine andere Hoffnung kannten als den Glauben an die Sonnengefolgschaft; und die Sonnengefolgschaft war ein Betrug. Mit einem Grimm, der die Nerven seines rechten Arms erglühen ließ, als könnten sie die heiße Bürde seines Rings spüren, trieb er seine Begleiter vorwärts. Die Gefährten setzten den Weg fort wie vereinzelte Wracks, die in einem Sturm trieben, durch das Herabgießen des Regens voneinander abgesondert.

Und als das Unwetter schließlich vollends schwand, sich aus dem Osten ein Schwaden klaren Himmels heranschob, da ragte gegen den Horizont der vereinsamte Stumpf von Herzeleids Leuchtturm empor. Erhoben wie ein steinerner Unterarm, dem die Faust abgehauen worden war, trotzte er Wetter und Verfall, als wäre er der letzte Grabstein der Entwurzelten; der Riesen, die Gelächter, Kinder und Treue geliebt hatten, die in ihren Behausungen dahingemetzelt worden waren, weil sie es vorgezogen hatten, sich nicht zu wehren.

Während der Regen nach Westen davonprasselte, konnte Covenant Wogen gegen die Grundfesten Herzeleids rollen hören. Hinter dem Rand der Klippe erstreckte sich ein grauer Streifen Meer; darüber hatten sich im Gefolge des Unwetters einige abgehärtete Seeschwalben bereits wieder hinauf in die Lüfte geschwungen, schrien wie Verdammte.

Covenant stapfte weiter, bis er die tote Stadt erblickte. Sie wandte ihm die Rückseite zu; *Coercri* war zur See hin erbaut worden. Die Entwurzelten hatten die steile Klippe oberhalb der Brandung ausgehöhlt, so daß ihre Stadt dem Osten und der Hoffnung zugekehrt stand. An der Landseite besaß Herzeleid nur drei Eingänge, drei Tunnel, die als Stollen durch den Fels führten, nun für immer in granitenem Gram über den Schicksalsschlag klafften, der die Stadt ihrer Bewohner und ihres Sinns beraubt hatte.

»Thomas Covenant.« Die Erste war neben Covenant getreten, in ihrem Rücken Pechnase und Seeträumer. »Riesenfreund.« Ihre Stimme klang, als hielte sie ein Schwert, ohne zu drohen, jedoch bereit zum Kampf. »Du hast von Riesen und *Jheherinn* gesprochen, und in unserer Hast haben wir nicht nach jenen Dingen gefragt, die wir nicht verstanden. Und geduldig haben wir jener Geschichte geharrt, die zu erzählen du uns versprochen hast. Doch nun müssen wir dir Fragen stellen. Diese Stadt ist unzweifelhaft von Riesen geschaffen worden – eindeutig erkennen wir die Handwerkskunst unseres Volkes. Derlei Künste sind für uns das Blut und Bein unserer Heimat. Darin ist kein Irrtum möglich.« Als sie weitersprach, geschah es in härterem Tonfall. »Aber diese Stadt, die du Herzeleid genannt hast, ist offenbar seit vielen Jahrhunderten ausgestorben. Und auch die *Jheherinn*, von denen du Rede geführt hast, gehören zu einer Geschichte, die etliche Jahrhunderte alt ist. Doch du bist ein Mensch und deshalb kurzlebiger als die Angehörigen anderer Völker der Erde. Wie ist es erklärlich, daß du Riesen gekannt hast?«

Covenant verzog das Gesicht; in seinem Herzen war kein Platz für derartige Fragen. »Woher ich komme«, erwiderte er unterdrückt, »dort läuft die Zeit anders ab. Hier bin ich noch nie gewesen. Aber ich habe Salzherz Schaumfolger gekannt. Vielleicht besser als mich selbst. Vor dreieinhalbtausend Jahren.« Urplötzlicher Schmerz in seiner Brust ließ ihn laut aufkeuchen. *Dreiundeinhalb …!* Es war zuviel; eine so breite Kluft mochte ohne Boden sein. Wie sollte er hoffen können, es wäre möglich, nach so vielen Jahren noch Wiedergutmachung zu leisten? Er krampfte sich zusammen, um sein Keuchen zu unterbinden, und strebte den Hang hinunter, nahm die Richtung zum mittleren Tunnel, dem landseitigen Haupteingang von *Coercri*.

Die Wolken waren nach Westen entschwunden und hatten die Sonne wieder enthüllt. Sie schien beinahe direkt in den steinernen Gang, wies Covenant den Weg in den Wall der Klippe. Er eilte in den Stollen, als wolle er sich am anderen Ende, sobald er es erreichte, in einen Abgrund stürzen. Brinn und Hergrom jedoch hielten sich an seinen Seiten; sie wußten, was er wußte. Seine übrigen Begleiter folgten stumm, blieben still, als brächte er sie auf einen mit altem Blut befleckten Friedhof. Sie wagten sich nur mit einer gewissen Feierlichkeit nach Herzeleid hinein.

An seinem Ende ging der Stollen in einen aus dem östlichsten Bereich der Klippe gehauenen Erker über. *Coercri* lag in schwungvollem Halbrund, das sich nach Norden und Süden erstreckte, vor den Gefährten, als sähe man es wie ein Schiff vom stumpfen Bug aus. Von diesem Standort herab konnte Covenant in beiden Richtungen ganz Herzeleid überblicken. Das Innere der Stadt war abgestuft angelegt, über Erker um Erker gelangte man abwärts auf stets neue Terrassen und verschiedene Ebenen, bis hinab zum Meer; die einzelnen Stufen ragten vor oder wichen zurück, waren auf diese Weise den Umrissen des Felsgesteins angepaßt worden. Infolgedessen erweckte die Vorderseite der Stadt einen knotigen Eindruck, wirkte wie knorrige, dem Wetter und dem zersetzenden Anbranden der See entgegengereckte Fäuste. Die salzigen Ablagerungen der Jahrhunderte verstärkten diesen Eindruck zusätzlich. Die Schutzwälle der unteren Erker waren mit grauweißen Klumpen überzogen, so fest wie Kalktuff; und sogar die höchstgelegenen Ebenen waren mit Salz gesprenkelt, als besäßen sie Altersflecken, angesammelten Gries des Grams. Hinter den Brustwehren der Erker lagen, Stockwerk um Stockwerk, die Zugänge in die Wohnungen und Versammlungshallen, Werkstätten und Küchen, die Säle, bestimmt zum Singen von Liedern, Geschichtenerzählen und Veranstalten von Riesen-Palavern. Und zu Füßen der Klippe, vom flachen Felssockel aus, der die Stadt seewärts säumte, ragten mehrere wuchtige steinerne Molen hinaus ins Meer. Die Mehrzahl war längst zertrümmert; ungefähr in der Mitte jedoch hatten zwei Hafendämme und die dazwischen befindliche Anlegestelle überdauert. Sturzwellen wogten wie eine Gefolgschaft des

Sturms gegen die Anlegestelle, als wären sie in Erbitterung und Hartnäckigkeit unbeirrbar dazu entschlossen, den Pier einzureißen, die Felsen zu zerbrechen, *Coercri* zu stürmen, selbst wenn die Belagerung, um Erfolg zu haben, während der ganzen Lebensdauer der Erde währen müßte.

»Wahrlich, dies ist eine Wohnstatt, wie sie Riesen würdig ist.« Die Erste, die Herzeleid betrachtete, sprach in einem Ton, als wolle sie ihre Rührung verheimlichen. »Unser Volk beginnt ein solches Werk nicht leichtfertig oder ohne Bedacht. Mag sein, die Riesen dieser Städte wußten, ihrer Heimat waren sie verloren. Doch sich selbst hatten sie nicht verloren. Sie haben ihrem Volk Anlaß zum Stolz gegeben.« In ihrer Stimme schwang etwas mit, das an ein schwaches Schimmern erinnerte, den Glanz heißen Eisens.

Und Pechnase hob den Kopf, als könne er seine innere Aufgewühltheit nicht länger im Zaum halten, und sang, als wolle er den Riesen Herzeleids über die Zeitalter hinweg nachträglich seine Anerkennung bekunden.

»Wir sind die Riesen,
Geboren zum Segeln,
Und folgen kühn, wohin unsere Träume schweifen.«

Covenant vermochte nicht hinzuhören. *Sich selbst nicht verloren. Nein. Bis zum Ende, als sie den Tod fanden.* Auch er entsann sich an Lieder. *Nun sind wir Entwurzelte, ohne Wurzeln, Sprößlinge, Artverwandte.* Er packte seine Leidenschaft sozusagen mit beiden Händen, um sie zu bändigen, sie noch für eine Weile niederzuhalten, und überquerte den Erker. Unterwegs zwang er sich dazu, einen Blick in einige der Räumlichkeiten und Korridore zu tun, als wäre das gegenüber den Toten seine Pflicht.

Alles in den Räumen, was aus Stein bestand – Sitzgelegenheiten, Utensilien, Tische –, war noch unbeschädigt vorhanden, wogegen alles, was man einst aus Holz oder Fasern angefertigt hatte, seit langem zerfallen war. Doch sämtliche Flächen waren von Salz bedeckt; Salz lag in Wirbeln und Strudeln am Fußboden; Salz verkrustete in Streifen die Wände; Salzkrusten umrandeten die Bettgestelle; das Salz bildete langsam willkürliche Muster, hübsch wie Eisblumen und destruktiv wie Schuld. Staub und Spinnweben hätten die Verlassenheit Herzeleids nicht passender zum Ausdruck bringen können.

Angetrieben von seinem inneren Drang wandte sich Covenant wieder zur Stadtmitte. Er stieg eine verwinkelte Treppe hinab, die zunächst in die Richtung der Klippe verlief, dann jedoch zum Meer; die Gefährten folgten ihm. Die Stufen waren für Riesen bemessen worden; er mußte jede einzelne Stufe unbeholfen halb hinunterspringen, und jedesmal, wenn er aufkam, spürte sein Herz den Ruck. Doch die Helligkeit des Tages hatte sich zu trüben begonnen, und er hatte es eilig. Er stieg noch drei Stockwerke tiefer hinab, bevor er nochmals einige Räumlichkeiten von innen anschaute.

Der erste Eingang, den er nahm, mündete in eine weiträumige Halle, groß genug für Dutzende von Riesen. Die zweite Tür jedoch, ein Stück weiter an der Vorderseite der Stadt gelegen, war geschlossen. Sie mußte schon sehr lange verschlossen sein; sämtliche Spalten zwischen Tür und Türrahmen sowie die Angeln und Scharniere waren vom Salz versiegelt und zugekrustet. Covenants Instinkte waren seinem Verstand voraus. »Macht diese Tür auf«, schnauzte er Brinn aus Beweggründen an, die er nicht zu erläutern imstande gewesen wäre. »Ich will sehen, was dahinter ist.«

Brinn machte sich daran, die Anweisung zu befolgen; doch das Salz verhinderte, daß er einen Ansatzpunkt fand. Sofort gesellte sich Seeträumer zu ihm, kratzte das verbackene Salz fort, als könne er verschlossene Türen und Geheimnisse nicht erdulden. Gleich darauf konnten Brinn und er an den steinernen Kanten mit ihren Fingern Halt ertasten. Plötzlich zerrten sie die Tür mit einem heftigen, unvermittelten Ruck auf. Aus der Türöffnung drang Luft, die so lange eingeschlossen gewesen war, daß sie keine Spur von Moder oder Verderbtheit mehr enthielt. Dahinter befand sich ein Wohnraum. Einen Moment lang ließ sich in der Düsternis, die darin herrschte, nichts erkennen. Doch indem Covenants Augen sich ihr anpaßten, erspähte er eine dunkle Gestalt, die aufrecht und steif in einem steinernen Lehnstuhl am Kamin saß. Einen Riesen, mumifiziert durch trockene Luft, Zeit und die unaufdringliche Wirkung des Salzes. Seine Hände umklammerten die Armlehnen des Stuhls, bezeugten für immer seinen Todeskampf. Zwischen seinen Fingern staken noch Splitter alten Steins. Oberhalb seiner leeren Augenhöhlen fehlte die Stirn; die ganze Schädeldecke fehlte. Der Schädel war leer, als wäre das Gehirn explodiert und hätte den Kopf halb zerrissen. *Hölle und Verdammnis!*

»Es ist so geschehen, wie die alten Erzähler berichten.« Brinns Stimme klang wie die schale, leblose Luft. »So sind sie vom Riesen-Wütrich erschlagen worden. In ihren Heimen, ohne Widerstand zu entbieten.«

Hölle und Verdammnis!

Seeträumer trat vor, bebte am ganzen Leibe. »Seeträumer«, sagte die Erste vom Eingang her, um ihn zur Zurückhaltung zu mahnen. Er blieb nicht stehen. Er faßte eine Hand des toten Riesen, versuchte die starren Finger zu lösen. Doch in seinem Griff verwandelte das uralte Fleisch sich in Staub und rieselte auf den Fußboden wie Schweigen. Eine Zuckung verzerrte Seeträumers Gesicht. Für einen Moment glommen seine Augen wie im Wahnsinn. Er ballte die Hände neben seinem Kopf zu Fäusten, als wolle er an seiner Erd-Sicht Vergeltung üben. Dann fuhr er herum und stürzte auf Covenant zu, als habe er vor, ihm die Geschichte der Entwurzelten gewaltsam zu entringen. »Riese!« Der Zuruf der Ersten wirkte auf Seeträumer wie ein Fausthieb, brachte ihn zum Stehen. Er taumelte seitwärts, schleppte sich zur Wand und lehnte sich an sie, bemühte sich um Selbstbeherrschung.

Durch Covenants Kopf hallten Schreie, die er nicht verdrängen konnte, Flüche ohne Sinn. Er zwängte sich an seinen Gefährten vorüber aus dem Wohnraum nach draußen, machte sich erneut mit aller Eile an seinen Abstieg zum Hafen von *Coercri*. Er betrat den flachen Felsvorsprung des Hafengeländes zur gleichen Zeit, als die Seeschwalben sich zur Nachtruhe niederließen und das letzte Rosa des Sonnenuntergangs auf dem Meer verblaßte. Die Wellen schwollen dunkel, wenn sie zur Anlegestelle emporwogten, zerbrachen dann am Stein in Schaum und Phosphoreszenz. *Coercri* ragte unheilvoll über Covenant auf; sobald die Sonne dahinter verschwunden war, schien sich die Stadt zur See zu neigen, als stünde sie vor Zusammenbruch und Untergang.

Covenant konnte die Gesichtszüge seiner Begleiter kaum noch unterscheiden. Linden, die Riesen, Sunder und Hollian, die *Haruchai,* sogar Hohl – sie alle waren für ihn Nacht und Gericht, eine Versammlung gesichtsloser Schöffen, zu dem Zweck zusammengetreten, Zeugen der Krise seines Ringens mit der Vergangenheit zu werden, mit Erinnerungen und Macht, und um zuletzt einen verhängnisvollen Urteilsspruch zu fällen. Er wußte, was geschehen würde, als hätte er es mit bloßen Ahnungen im voraus gespürt, während seine Gedanken zu sehr verrannt gewesen waren in Leidenschaft, um irgend etwas zu ersehen außer der eigenen Notlage. Er hatte Versprechungen abgegeben ... »Nun ist die Zeit gekommen, Thomas Covenant.« Ihm war, als hätte er die Erste bereits sprechen gehört, bevor sie wirklich den Mund auftat. »Nach deinem Willen haben wir Herzeleid geschaut. Nun müssen wir die

Geschichte unserer verschollenen Volksgenossen vernehmen. Es kann weder Freude noch eine Entscheidung für uns geben, ehe wir dieser Geschichte unser Ohr geliehen haben.«

Das Wasser schwappte in seinem unablässigen Rhythmus gegen die Anlegestelle wie ein salziges Echo auf die Pein der Ersten. Covenant antwortete, ohne auf die eigene Stimme zu achten. »Entzündet ein Feuer. Ein großes Feuer.« Er wußte, was die Riesen tun würden, wenn sie gehört hatten, was sie zu hören wünschten. Was er unternehmen würde, war ihm ebenso klar.

Die *Haruchai* gehorchten. Mit Holz, das sie in der Wasserkante gesammelt hatten, und Seeträumers Glutsteintopf entfachten sie in der Nähe der Anlegestelle ein Feuer, trugen dann Treibholz zusammen, um es weiter zu nähren. Bald loderten die Flammen so hoch auf, wie die Riesen maßen, und Schatten tanzten über die Brustwehren wie Erinnerungen. Nun konnte Covenant wieder sehen. Sunder und Hollian beherrschten ihre Spannung mit allem Ernst. In den Mienen der Riesen vermischten sich Feuerschein und Erwartung, Hunger nach Abhilfe. Die ausdruckslosen Gesichter der *Haruchai,* auf denen sich das Lohen der Flammen spiegelte, wirkten unbeeindruckt und bereit, unberührt wie die hohen Berge, in denen sie ihre Heimat hatten. Und Hohl – Hohls Umrisse standen vor der Nacht, die ringsum alles umgab, ohne irgend etwas zu offenbaren. Aber nichts von alldem zählte für Covenant. Die Sinnlosigkeit seiner Verwünschungen spielte keine Rolle mehr. Nur das Feuer besaß Bedeutung; nur *Coercri* und die endlos-einsame Wiederholung des Geräuschs der Wellen. In den Flammen sah er Schaumfolger. Worte überkamen ihn, die er während langer Tage der Furcht und Unsicherheit unterdrückt hatte, und er begann zu sprechen, als hätte er ein Kredo zu verkünden.

Er erzählte, was er über die Entwurzelten erfahren hatte, und versuchte, das Unheil ihrer Hinmetzelung zu heilen, indem er ihre Geschichte weitergab. *Freude ist in den Ohren, die hören. Schaumfolger! Hast du die Deinen sterben lassen, weil du wußtest, ich würde dich benötigen?!* Die Nacht verdichtete sich rund um ihn, während er sprach, und allein die Sterne verhinderten, daß sie eine solche Schwärze annahm wie Herzeleid. Das Licht des Feuers vermochte weder die Finsternis der Stadt noch die Finsternis in Covenants Herz zu mildern. Nichts als das Auf und Ab der See – ihr Schwellen und Sinken, Klagen und Trauern – drang zu ihm vor, der er den Toten zur Entschädigung ihre Geschichte anbot.

In nahezu förmlichem Ton schilderte er in vollem Umfang ohne Auslassungen, wie die Riesen während ihrer Odyssee schließlich die Wasserkante erreichten. Er berichtete, wie Damelon die Entwurzelten im Lande willkommen hieß und ihnen prophezeite, ihre Heimatlosigkeit werde enden, sobald ihnen drei Söhne geboren werden würden, Brüder derselben Geburt. Und er sprach von der Treue und Freundschaft, die sich zwischen den Riesen und dem Großrat der Lords entfaltet hatten, wie daraus Trost und Unterstützung für beide Seiten entstand; von der außerordentlichen Dankbarkeit und Geschicklichkeit der Riesen, mit denen sie für die Lords Schwelgenstein errichteten; über die Sorge, die Kevin dazu bewog, die Sicherheit der Riesen zu gewährleisten, bevor er seine wahnwitzige Verabredung mit Lord Foul einhielt und das Ritual der Schändung vollzog; von der Treue, aufgrund der die Riesen nach der Schändung ins Land zurückkehrten und den Ersten Kreis des Wissens mitbrachten, den ersten von Kevins Sieben Kreisen des Wissens, so daß die neuen Lords die Erdkraft wieder meistern lernen konnten. All diese Dinge beschrieb Covenant mit allen Details so, wie er selbst sie zu hören bekommen hatte.

Dann jedoch wandte sein Bericht sich Salzherz Schaumfolger zu, wie er in einem Boot gegen die Strömung den Seelentrostfluß hinaufschwamm, nach Schwelgenstein, um den Lords die Mitteilung von der Geburt dreier Söhne zu überbringen. Das war damals eine Zeit der Hoffnung für die Entwurzelten gewesen, eine Zeit allgemeiner Freude, in der sie neue Schiffe bauten. Nachdem er bei der Suche nach dem Stab des Gesetzes geholfen hatte, war Schaumfolger zur Wasserkante zurückgekehrt; und die Riesen hatten sich auf die langersehnte Heimfahrt vorbereitet. Zunächst war alles gut verlaufen. Aber vierzig Jahre später vernahm man von der Wasserkante nichts mehr als Schweigen. Die Lords sahen sich den Heeren des Verächters und der Macht des Weltübel-Steins gegenüber. Ihre Lage war sehr ernst, und sie wußten nicht, was aus den Riesen geworden war. Deshalb schickten sie die Lords Hyrim und Shetra, begleitet von Korik und einer Anzahl anderer Bluthüter, nach *Coercri,* um an Beistand zu geben und zu erbitten, was im Bereich des Möglichen lag. Die wenigen Bluthüter, die diese Mission überlebten, hatten den Lords eben jene Geschichte erzählt, die Schaumfolger später an Covenant weitergab. Und Covenant erzählte sie nun seinerseits weiter, als wäre sie der untröstliche Klagegesang der See. Seine Augen waren voll von Feuerschein, der ihn für die Gefährten blind machte. Er vernahm nichts als die Brecher, die sich gegen die Anlegestelle wälzten, und die eigene Stimme. Tief in seinem Innern wartete er auf die Krise, sich darüber im klaren, daß sie kommen mußte, ohne zu wissen, in welcher Form.

Ein Verhängnis hatte die drei Brüder ereilt; ein Schicksal, das für die Riesen schlimmer war als der Tod oder der Verlust ihrer Heimat. Die drei waren unter die Gewalt Lord Fouls geraten, zu Gefangenen der Macht des Weltübel-Steins geworden; die Wütriche hatten sie gemeistert. Sie verwandelten sich in die mächtigsten Diener des Verächters. Und einer von ihnen suchte Herzeleid heim.

Schaumfolgers Worte gingen Covenant wie Echos durch

den Kopf. Er wiederholte sie, ohne absehen zu können, was sie auslösen mochten. »Stolz«, hatte der Riese gesagt, »Stolz auf die Zuversicht, die unsere einzige Antwort auf das Aussterben war, das uns drohte. Wir hätten unseren Niedergang nicht ertragen können, wäre uns nicht unser Stolz erhalten geblieben. Und so war mein Volk erfüllt von Entsetzen, als es sich um seinen Stolz beraubt sah, ihm entrissen wie morsche Segel im Wind. Sie sahen das Omen ihrer Hoffnung auf die Rückkehr in die Heimat – die drei Brüder – vom Zeichen ihrer Zuversicht durch nur einen kleinen Streich von des Verächters Bosheit für sie zum größten Übel gedeihen. Wer im Lande konnte darauf hoffen, einem Riesen-Wütrich zu widerstehen? So waren die Heimatlosen zum Werkzeug der Zerstörung dessen geworden, dem sie stets die Treue bewahrt hatten. Und vor Entsetzen über die Nichtigkeit all ihrer Zuversicht und Treue, ihrer Torheit langer Jahrhunderte eitlen Stolzes, verfielen sie in einen Bann. Ihr Schaudern beließ in ihrem Innern keinen Platz für Überlegungen. Statt sich den Folgen ihres Scheiterns zu stellen, das Wagnis einzugehen, daß noch mehr von ihnen zu des Seelenpressers Knechten würden, zogen sie's vor, sich erschlagen zu lassen.« In Covenants Erinnerung sprach Schaumfolgers Stimme immerzu weiter, verlieh ihm Worte. »Sie legten ihre Werkzeuge beiseite.« Doch inmitten der Nacht machte sich nun eine Veränderung bemerkbar. Die Luft zog sich irgendwie zusammen. Ihre Ballung dämpfte die Geräusche der Wogen. Mitten in der Stadt sammelten sich seltsame Kräfte. »Sie löschten die Feuer.« Die Brustwehren wimmelten von Schatten, und die Schatten begannen Gestalt anzunehmen. Lichterscheinungen, so unheimlich und flüchtig wie die Phosphoreszenz der See, erzeugten in den Gassen und Gängen von *Coercri* etwas, das einem Anschein tatsächlicher Geschehnisse glich. »Sie bereiteten ihre Heime vor ...« Andeutungen von Phänomenen, die Covenant schon einmal gesehen hatte, glommen in den Räumen der Stadt auf, verfestigten sich, verbreiteten einen hellen, warmen Glanz wie von Perlen. Hohe Geistergestalten begannen in Bernsteingelb und Qual durch die Korridore zu wallen. »… wie zur Auswanderung.« Die Toten Herzeleids waren gekommen, um durch die Nacht zu spuken.

Für einen Moment des Schweigens begriff Covenant nicht, was sich ereignete. Seine Gefährten standen auf der anderen Seite des Feuers, beobachteten die Gespenster; die Schatten der Toten klagten ihn von den Mauern Herzeleids herab an. Stimmte es wirklich, daß Schaumfolger die Seinen um Covenants willen im Stich gelassen hatte? Daß Lord Foul die Entwurzelten nur aus einem Grund ausgerottet hatte, nämlich um ihn, Covenant, in die Verzweiflung zu treiben?

Da kam in ihm die Krise endlich zum vollen Durchbruch, und er verstand. Die Toten hatten, als bestünden sie aus dem Fleisch des Lebens, Sichtbarkeit angenommen, wie in einer Maskerade der Trauer wieder ihre Wohnstätten aufgesucht. Und dort, hoch droben auf der südlichsten Brustwehr Herzeleids, erschien der Riesen-Wütrich, um sie ins Entsetzen zu stürzen. Er schimmerte in greulichem Grün, und seine rechte Faust umklammerte einen smaragdgrünen Gegenstand, der Dampf verströmte, ein totes Abbild eines Stücks vom Weltübel-Stein. Mit genüßlicher Begierde, die im Gegensatz zu seiner Behendigkeit stand, trat er zu seinem ersten Opfer. Die Riesin unternahm keinerlei Anstrengungen, zu fliehen oder sich zu verteidigen. Faust und Stein des Wütrichs senkten sich in ihren Schädel, ihren Geist; eine Eruption von Macht riß beides fort. Lautlos und mörderisch näherte sich der Riesen-Wütrich dem nächsten Riesen.

Die Toten Herzeleids führten ihre Abschlachtung noch einmal auf. Das Fließen ihrer Bewegungen, das Schreiten des Riesen-Wütrichs vom einen zum anderen Opfer, lief mit der feierlichen Stattlichkeit einer Gavotte ab; und das Aufblitzen jeder vollzogenen Mordtat leuchtete ohne Laut und Ende über die Wellen, durchwaberte den Geistertanz der Entwurzelten mit gespenstischem Glanz. Verdammt infolge der Art und Weise, wie sie des Sinns ihres Lebens entsagt hatten, vermochten sie in der Stadt, die zu ihrem gewaltigen Grab geworden war, nichts anderes zu tun, als ihren Untergang zu wiederholen, ihm im Laufe der Zeitalter immer wieder Ausdruck zu verleihen, sobald es in *Coercri* Augen gab, die ihr Elend schauen konnten. Von Raum zu Raum ging der Riesen-Wütrich, setzte sein altes Verbrechen erneut in die Tat um. Bald überzog ein Strang smaragdgrünen Schimmerns die höhergelegenen Brustwehren, wobei jeder neue grüne Ausbruch in Covenants Augen stach, sein Augenlicht und Bewußtsein durchbohrte wie die Nägel der Kreuzigung.

Und während das Schauspiel seinen Fortgang nahm, die Greuel sich vervielfachten, entrangen die lebenden Riesen sich ihrer Erstarrung, so wie Covenant es abgesehen hatte. In seinem Grausen hatte er es vorausgesehen. *Freude ist in den Ohren, die hören.* Gewiß, aber manche alten Geschichten konnten nicht durch den bloßen Mut der Zuhörer wiedergutgemacht werden, durch die Bereitwilligkeit eines offenen Herzens. Ein Sterben wie dies, das grausam Tod auf Tod häufte – Jahrhundert um Jahrhundert –, verlangte nach einer anderen Antwort. In ihrer Verzweiflung griffen die lebenden Riesen nach dem Ausweg, den Covenant ihnen bereitet hatte.

Pechnase machte den Anfang. Mit einem wilden Laut des Jammers sprang er zum Feuer und stieß beide Arme bis zu den Schultern ins brennende Holz. Lohe schlug ihm ins Gesicht, bog seinen Kopf in stummem Geheul vom anomalen Winkel seines deformierten Brustkorbs rückwärts. Linden entfuhr ein Schrei. Aber die *Haruchai* verstanden, was geschah, und regten sich nicht. Die Erste tat es Pechnase gleich. Sie kniete sich aufs Felsgestein, umklammerte mit den Händen einen glühenden Scheit, hielt ihn fest. Seeträumer blieb nicht am Rande des Feuers. Indem er vorwärtsstürzte, als habe die Erd-Sicht ihn um alle Selbstkontrolle gebracht, warf er sich mit dem ganzen Körper in die Glut, stand hochaufgerichtet in ihrem Lodern, von Flammen umflackert, als seien sie eine Manifestation seiner Pein. *Caamora* – das rituelle Feuer des Grams. Nur durch so heftigen körperlichen Schmerz konnten die Riesen Erleichterung und Erlösung von der Kränkung ihrer Seelen finden. Covenant hatte darauf gewartet, es im voraus gesehen und gefürchtet. *Caamora.* Feuer. Schaumfolger war selbstlos ins Magma der Glutasche gestiegen und war als der Reine wieder hervorgekommen.

Die Aussicht auf eine vergleichbare Maßnahme entsetzte Covenant. Aber er wußte keine andere Hilfe gegen das Gift in seinen Adern, die Macht, die zu meistern er außerstande war, hatte keine andere Antwort auf die seit langem angestaute Schuld der Vergangenheit. Über ihm in Herzeleid wiederholten die Toten das ihnen widerfahrene Verhängnis, dazu verdammt, in alle Ewigkeit dabei zu bleiben, falls er nicht irgendwie für sie Gnade erwirkte. Schaumfolger hatte sein Leben freudig hingegeben, damit Covenant und das Land leben durften. Covenant setzte sich in Bewegung, näherte sich dem Feuer. Brinn und Hergrom versperrten ihm den Weg. Doch dann erkannten sie die Verwüstung und die Hoffnung in seinen Augen. Sie traten beiseite.

»Covenant!« Linden hastete zu ihm. Aber Cail fing sie ab, hielt sie zurück.

Hitze brauste Covenant ins Gesicht wie die Stimme seines Schicksals; aber er zögerte nicht. Er konnte nicht stehenbleiben. Sein innerer Drang trieb ihn wie unter einem Bann, als schwämme er auf dem Klagen der See, nach vorn. Ins Feuer.

Augenblicklich verwandelte er sich in einen Inbegriff der wilden Magie und des Grams, brannte in grellweißer Flamme, gegen die keine andere feurige Glut bestehen konnte. Er leuchtete wie der Edelstein des *Krill,* als er durch Brennholz und Asche an Seeträumers Seite trat. Der Riese bemerkte ihn nicht, war zu sehr aufgegangen in seiner Marter, um ihn zu beachten. Covenant entsann sich an Schaumfolgers Qual und gab Seeträumer einen Stoß. Wilde Magie schleuderte den Riesen aus dem Feuer, so daß er der Länge nach auf den kalten Stein fiel. Langsam schaute sich Covenant nach seinen Gefährten um. Durch die Flammen boten sie einen verzerrten Anblick; sie starrten ihn an wie ein Gespenst. Lindens entsetzter Blick tat ihm weh. Weil er keine andersartige Antwort für sie wußte, wandte er sich seiner Absicht zu. Er unterwarf die wilde Magie seinem Willen, formte sie danach, so daß sie zu seinem eigenen Ritual geriet, einer Artikulation der Leidenschaft und Wut, gerichtet gegen alle Qual, allen Verlust. Selbst entflammt, öffnete er sich den Flammen, die ihn umgaben. Sie loderten höher empor, um ihn zu verschlingen. Er meisterte das Feuer mit silberweißer Energie, beeinflußte es nach seinem Wunsch. Flammen und wilde Magie schossen gemeinsam in die Höhe, so daß ihr vereintes Lodern mit fürchterlicher Gewalt in die Nacht auflohte. Covenant breitete, der Stadt zugewandt, die Arme aus, reckte sich, als wolle er ganz Herzeleid in eine sehnsüchtige Umarmung schließen. *Kommt!* schrie er in der Sprache der wilden Magie, weißer Macht ohne Laute. *Hier ist euer* Caamora! *Kommt und werdet geheilt!*

Und sie kamen. Seine Machtfülle und sein Wille unterbrachen das Schauspiel, den Bann, der die Toten in ihrer unseligen Verdammung gefangenhielt. Sobald sie ihn hörten, drehten sie sich um, als hätten sie während all der langen Zeitalter ihrer Pein auf diesen Ruf geharrt. In Reih und Glied begannen sie durch die Gänge und Gassen von *Coercri* herabzusteigen. Wie ein Fluß strömten sie auf den Felsvorsprung der Hafenanlagen. Auf das Feuer zu.

Der Riesen-Wütrich versuchte, ihnen zu folgen. Doch die Beendigung des bisherigen Kreislaufs nahm ihm anscheinend die Gewalt über sie, brach die Macht seines boshaften Vergnügens. Seine Gestalt zerfiel, während er sich bewegte, verflüchtigte sich, bis er auf den Umrissen Herzeleids nur noch ein wabriger grüner Fleck einer Erinnerung war – schließlich in der Nacht vollends verflackerte und verschwand. Und die Toten rückten weiter dem Feuer entgegen.

Die *Haruchai* wichen zurück, zogen Linden und die Steinhausener mit sich. Pechnase und die Erste machten sich mit schmerzerfüllten Gliedmaßen daran, sich um Seeträumer zu kümmern. Hohl rührte sich nicht. Er stand den Toten mitten im Weg und beobachtete Covenants Opfer mit Belustigung in den Augen. Doch die Toten zogen beiderseits an ihm vorüber, drängten vorwärts. Not und Hoffnung schimmerten aus ihren perligen Gesichtern.

Covenant streckte ihnen seine Arme entgegen, als wären sie allesamt eins, niemand anderes als Schaumfolger in vielfacher Gestalt, und während er sie in seiner Umarmung umfing, weinte er weißes Feuer. Die wilde Magie fuhr mit Schmerzen in sie, versengte sie auf die Weise, wie eine körperliche Verbrennung ihre Leiber versengt hätte. Ihre Gestalten verkrampften sich starr, Kiefer klafften, Augen traten hervor: Geister schrien ihre Seelenqual hinaus. Aber ihre Schreie waren zugleich Gelächter. Und das Leben gewann die Oberhand.

Covenant vermochte die toten Heimatlosen nicht in seinen Armen zu halten. Sie kamen in seine Arme, aber sie besaßen keine Körper, die er hätte an sich drücken können. Nichts füllte seine Umarmung aus; keine Berührung, kein Segen verhalf ihm zu sich selbst zurück. Er hätte ebensogut allein im Feuer stehen können.

Doch das Lachen verblieb ihm. Es zeugte von froher Heiterkeit, Freude und Wiederaufrichtung, und Schaumfolger hätte es mit den toten Riesen zu teilen verstanden. Es drang in seine Ohren wie die Fluten der See und hielt ihn aufrecht, bis alles andere dahin war – bis er seine gesamte Kraft an den Himmel verlodert hatte und sich die Nacht über ihm schloß wie alle Wasser der Welt.

27
Riesenfreund

Die *Dromond* Sternfahrers Schatz traf am folgenden Morgen im Glanz ihrer weißen Segel ein, als wäre sie gerade erst aus der Spiegelung der Sonne auf dem blauen Meer erschaffen worden. Sie schob sich in Sicht wie ein steinernes Kastell, das kühn mit dem Wind dahinschwebte, auf sonderbar schöne Weise sowohl geschwind wie auch wuchtig, ganz in Übereinstimmung mit der Anmut und Stärke der Riesen. Covenant beobachtete von der Klippe oberhalb Herzeleids herab, wie sie sich näherte. Er saß weit genug entfernt vom Rande des Abgrunds, um seine Höhenangst bändigen zu können, und nahe genug, um einen guten Ausblick zu haben. Linden, Sunder und Hollian befanden sich bei ihm, obwohl er nur die beiden Steinhausener darum gebeten hatte, ihn auf die Klippe zu begleiten. Brinn, Cail, Harn und Stell waren ebenfalls anwesend. Und Hohl war Covenant und Linden ohnehin durch Herzeleid nach oben gefolgt; seine Schwärze gab keinerlei Aufschluß über seine Beweggründe. Nur Hergrom und Ceer waren drunten bei den Riesen geblieben.

Einige Zeit zuvor hatte Sunder Covenant berichtet, wie er gerettet worden war, als seine Macht schwand. Linden hatte ihn, während er im Feuer stand, unter Beobachtung gehabt, seine wilde Magie mit ihrem Wahrnehmungsvermögen ausgelotet, die Grenzen seiner Ausdauer eingeschätzt. Einen Moment bevor die weiße Glut flackerte und erlosch, hatte sie einen Warnruf ausgestoßen. Seeträumer war in die Flammen gestürmt und hatte sie auf der anderen Seite des Feuers mit Covenant in den Armen verlassen. Nicht einmal Covenants Kleidung war angekohlt worden.

In der Morgendämmerung war er zu sich gekommen, als erwache er aus dem ersten friedlichen Schlummer seines Lebens. Die Sonne hatte aufs Felsgestein geschienen und die Gesichter Lindens und der Ersten erhellt, die bei ihm saßen und ihn betrachteten. Die eherne Schönheit der Ersten hatte gewirkt, als verberge sich dahinter tiefe Zärtlichkeit. Lindens Blick jedoch hatte Zwiespältigkeit und Unentschiedenheit bezeugt.

»Weshalb hast du mir nicht verraten«, hatte sie in ernstem Ton gefragt, »was du dir vorgenommen hattest?«

»Ich hab's nicht gewagt«, war seine wahrheitsgemäße Antwort gewesen. »Ich habe mich zu sehr davor gefürchtet. Ich konnte es nicht einmal mir selbst eingestehen.«

Sie hatte ihre Haltung verändert, war ein wenig mehr auf Abstand von ihm gegangen. »Ich dachte, du wärst verrückt geworden.«

Er hatte geseufzt, es sich gestattet, seiner Einsamkeit wenigstens soviel Ausdruck zu geben. »Vielleicht bin ich's. Manchmal ist's schwierig, den Unterschied festzustellen.«

Linden hatte die Stirn gerunzelt und weggeschaut, hinaus aufs Meer der Sonnengeburt. Einen Moment später stand die Erste auf und richtete das Wort an Covenant. »Thomas Covenant«, hatte sie gesagt, »ich weiß nicht, ob der wahre Weg der Suche fürwahr bei dir liegt. Weder habe ich mit eigenen Augen das Sonnenübel gesehen, noch selbst die Bösartigkeit jenes Mächtigen erlebt, den du den Verächter nennst, noch bislang in meinem eigenen Herzen die Natur dessen gefühlt, was es zu beginnen gilt. Doch Pechnase rät mir, dir zu vertrauen. Ankertau Seeträumer hat ein Gesicht der Heilung geschaut, als er bereits zu wissen vermeinte, in der ganzen Welt wäre kein Heil mehr zu finden. Und was mich anbetrifft …« Sie schluckte mühsam. »Gerne wollte ich einem Mann folgen, der auf solche Weise Verdammten Frieden bescheren kann.« Sie überwand ihre Gefühlsaufwallung mit Förmlichkeit. »Riesenfreund«, hatte sie hinzugefügt, »wir Sucher werden dich ins Land der *Elohim* bringen. Wir glauben, daß dort Wissen über den Einholzbaum zu erlangen sein mag. Wenn's uns möglich ist, werden wir dich zu selbigem Baum begleiten, in der Hoffnung, daß er auf die Gefährdung des Erdkreises eine Antwort bietet. Im Namen der Verschollenen unseres Volks gedenken wir so zu verfahren, die von dir aus ihrer Verdammnis erlöst worden sind.« Sie hatte mit der Hand die Tränen fortgewischt und sich dann entfernt, ihn erleichtert zurückgelassen, als wäre diese Erleichterung das Ergebnis seiner Träume. Aber er war aufgestanden, weil es noch immer Dinge gab, die er erledigen mußte; Anforderungen waren zu erfüllen, Verantwortlichkeiten abzuwägen. Er hatte mit den Steinhausenern gesprochen, war mit ihnen zur Höhe Herzeleids hinaufgestiegen – Linden, die drei zuständigen *Haruchai* und Hohl hatten sich angeschlossen – und hatten sich auf die Klippe gesetzt, dem Morgen, der See und den unbekannten Teilen der Erde zugewandt.

Nachdem er sein *Caamora* durchgestanden hatte, wäre er eigentlich am liebsten allein gewesen. Doch der Zeitpunkt, an dem er das Land verlassen mußte, war nah. Er sah ihn im selben salzigen Wind herankommen, der ihm Haar und Bart zauste, und ihm war klar, daß er keine Wahl hatte. Mit jedem Tag vergoß man Menschenblut, um das Sonnenübel zu stärken. Der Notstand des Landes war eine Bürde, die er unmöglich allein tragen konnte.

Für einige Zeit herrschte zwischen ihm und seinen Gefährten Schweigen. Endlich brachte er ausreichende Willenskraft auf, um sich zu äußern. »Sunder ... Hollian.« Das Paar saß in wacher Aufmerksamkeit da, als wäre er zu einer verehrungswürdigen Persönlichkeit geworden. »Ich möchte nicht, daß ihr mich begleitet.« Als er das sagte, kam er sich vor wie ein Ungeheuer.

Die Sonnenseherin riß die Augen auf, als hätte er sie ohne Warnung oder Grund geohrfeigt. »Ur-Lord?!« fuhr Sunder schmerzlich überrascht auf.

Covenant zog die Schultern ein, bemühte sich um eine Entschuldigung. »Verzeihung. Es war nicht so gemeint, wie's sich angehört hat. Es ist schwierig, das richtig auszudrücken.« Er nahm sich zusammen. »Ich möchte etwas anderes von euch getan haben.« Er blickte aufs Meer aus, sprach weiter, als fürchte er die Reaktion seiner Freunde. »Ich wünsche, daß ihr ins Oberland zurückkehrt. Die Dörfer aufsucht … jedes Steinhausen und jedes Holzheim, das sich finden läßt. Erzählt den Menschen die Wahrheit über die Sonnengefolgschaft. Überzeugt sie. Sorgt dafür, daß sie sich vor den Gefolgsleuten nicht mehr ducken. Damit das Sonnenübel nicht alles zerstört, bevor ich wiederkomme.«

»Thomas Covenant.« Sunder ballte seine Hände zu Fäusten, als müsse er insgeheime Entrüstung niederringen. »Hast du Steinhausen Mithil vergessen? Und Holzheim Steinmacht? Des Landes Menschen vergießen das Blut Fremder, weil sie dringlich Blut benötigen. Wir werden niemanden überzeugen können. Im ersten Steinhausen, das wir zu betreten wagen, wird man uns erschlagen.«

»Nein.« Entschieden schüttelte Covenant den Kopf. Er wußte, um was es ihm ging, und er war sich seiner Sache sicher. »Ihr werdet etwas bei euch haben, das die Menschen dazu bewegen wird, euch zuzuhören. Und wenn's sein muß, könnt ihr euch damit auch verteidigen.« Mit beiden Händen zog er den eingewickelten *Krill* aus seinem Gürtel und streckte ihn Sunder hin.

»Covenant?« Erstaunt blickte der Steinmeister Linden an; Hollian; zuletzt wieder Covenant. Linden saß mit gesenktem Blick da, betrachtete ihre Finger, wie sie den steinernen Untergrund berührten. Doch Hollians Miene hellte sich wie in plötzlichem Begreifen auf. »Der *Krill* ist dein«, sagte Sunder leise, als bäte er um eine Erklärung. »Ich bin nur Steinmeister, mehr nicht. Welchen Wert könnte ein solches Machtwerkzeug für mich haben?«

Hartnäckig bewahrte Covenant seine Hoffnung. »Ich gehe davon aus, daß es dir gelingen kann, dich auf den *Krill* einzustellen. So wie du's mit Memlas *Rukh* gemacht hast. Ich nehme an, du wirst den *Krill* ähnlich wie den Sonnenstein verwenden können. Und wenn du beide zusammen anwendest, dürftest du kein Blut zu vergießen brauchen, um Macht zu erzeugen. Du kannst mit dem *Krill* den *Orkrest* aktivieren. Du wirst dazu imstande sein, Wasser aus der Erde zu holen, Pflanzen wachsen zu lassen, zu allem. Ohne Blut. In jedem Dorf wird man dir zuhören, wenn du zu so etwas in der Lage bist. Niemand wird versuchen, euch umzubringen. Alle werden versuchen, euch zum Bleiben zu überreden. Und das ist noch nicht alles. Ihr besitzt *Macht*. Den Beweis, daß das Sonnenübel nicht die ganze Wahrheit ist. Er zeigt, daß es eine Wahl gibt. Daß die Menschen der Sonnengefolgschaft nicht gehorchen, sich nicht abschlachten lassen müssen.« Mit einer ruckartigen Bewegung seiner Hände befreite er den *Krill* zum Teil von der Umhüllung, so daß der Edelstein den Gefährten ins Gesicht leuchtete. »Sunder«, beschwor er sie, »Hollian, nehmt ihn! Überzeugt die Menschen. Wir sind alle dafür verantwortlich, daß sie überzeugt werden – wir alle, die wir wissen, daß der na-Mhoram ein Wütrich ist. Laßt nicht zu, daß die Sonnengefolgschaft weiter Menschen tötet.« Der Glanz des *Krill* blendete seine Augen; er konnte nicht erkennen, wie die zwei Steinhausener reagierten. »Gebt mir eine Chance, sie zu retten.«

Einen Moment lang befürchtete er, die Steinhausener würden die Zumutung zurückweisen, die er ihnen antrug. Doch da entnahm jemand den *Krill* seinen Händen. Sunder verhüllte den Edelstein. Sorgsam wickelte er die Klinge wieder ein und schob sie unter sein ledernes Wams. Seine Augen glänzten wie vom Widerschein weißen Feuers. »Thomas Covenant«, sagte er, »Ur-Lord, Zweifler und Träger des Weißgoldes, ich danke dir. Es ist tröstlich, daß mein Herz kein Verlangen nach dieser Reise über unbekannte Meere und in niegesehene Lande verspürt. Ich habe keinerlei Kenntnis von derlei Dingen und zuwenig Kraft dafür. Du hast an deiner Seite Riesen, *Haruchai* und die Macht des Rings aus Weißgold. Ich dagegen wäre für dich ohne Nutzen. Ich habe erfahren, daß das Sonnenübel eine große Schandtat ist. Aber es ist ein Unheil, das ich nun verstehe und wider das ich handeln kann.« Hollians Haltung bekräftigte seine Worte. Ihre Erleichterung glich inniger Dankbarkeit. »Ich hege den Wunsch, für das Volk des Landes einzutreten – und wider die Sonnengefolgschaft zu streiten, die uns das Leben mit solchem Verderben erschwert.« Covenant blinzelte gegen die silberweißen Nachbilder an, die vor seinen Augen tanzten. Er war zu stolz auf Sunder und Hollian, um sprechen zu können. Beide erhoben sich. »Ur-Lord«, sagte der Steinmeister, »wir werden tun, was du wünschst. Wenn Sterbliche wie wir wider Sonnengefolgschaft und Sonnenübel einen Schlag zu führen vermögen, so werden wir ihn führen. Du hast mir den Glauben an meinen Vater Nassic wiedergegeben. Solange wir leben, darfst du unseres Beistands sicher sein.«

»Dennoch spute dich«, ergänzte Hollian. »Wir sind nur zwei, und das Sonnenübel ist so groß wie das Land selbst.«

Covenant hatte nicht bemerkt, wie Stell und Harn unauffällig die Klippe verließen; nun sah er sie zurückkehren, auf dem Rücken Proviant. »Das Sonnenübel ist in der Tat groß«, sagte Brinn, ehe Covenant oder die Steinhausener das Wort ergreifen konnten, »aber ihr werdet euch ihm nicht allein entgegenstellen müssen. Die *Haruchai* werden ihren Dienst nicht aufgeben. Und ich sage euch, auch mein Volk wird der Sonnengefolgschaft Widerstand leisten. Haltet nach Unterstützung Ausschau, wohin ihr geht, besonders im Umkreis Schwelgensteins.«

Sunder schluckte schwerfällig, fand seine Stimme nicht. In Hollians Augen spiegelte Nässe den Sonnenschein wider. Der Anblick der beiden, wie sie da im Bewußtsein künftiger Gefahren und doch voller Mut standen, drohte Covenant aus seiner mühsam gewahrten Ruhe zu bringen. »Zieht los«, sagte er heiser. »Wir kommen wieder. Verlaßt euch drauf.« In einer Aufwallung von Gefühl trat Hollian zu ihm, beugte sich über ihn, schlang die Arme um seinen Hals und küßte ihm das Gesicht. Dann ging sie zu Linden, die ihre Umarmung etwas verkrampft erwiderte. Dann wandten die Steinhausener sich ab, um ihres Weges zu gehen. Sie verließen die Klippe, begleitet von Stell und Harn. Covenant schaute ihnen nach. Die zwei *Haruchai* bewegten sich, als könnte nichts etwas daran ändern, wer sie waren. Sunder und Hollian hingegen wirkten wie Menschen, denen man den Sinn ihres Lebens zum Geschenk gemacht hatte. Sie waren ganz gewöhnliche Menschlein, bedauernswert klein im Vergleich zu der Aufgabe, die sie übernommen hatten; doch ihre Tapferkeit war schön anzuschauen. Als sie über den Höhenzug entschwanden, an dessen Ende die Ruine des Leuchtturms stand, hatten sie die Arme umeinandergelegt.

Einen Moment später brach Linden das Schweigen. »Du hast richtig gehandelt.« Ihre Stimme bediente sich der Strenge wie einer Maske. »Seit wir vom Landbruch gestiegen sind, haben sie sich nicht mehr so recht wohl gefühlt ... Die Welt unter dem Sonnenübel ist die einzige Welt, die sie verstehen. Und alles andere haben sie verloren. Es ist ihnen ein Bedürfnis, eine persönliche Sache anzufangen, die wichtig ist. Aber du ...« Sie musterte ihn, als wäre er in ihren Augen ein Gegenstand sowohl der Furcht wie auch des Verlangens geworden. »Dich begreife ich nicht. Ich weiß nicht, ob du der stärkste oder der kränkste Mensch bist, dem ich je begegnet bin. Trotz all des Gifts in dir bist du noch immer … Und ich weiß nicht, was ich eigentlich hier mache.« Übergangslos sprach sie weiter, als würfe sie noch dieselbe Frage auf. »Weshalb hast du ihnen den *Krill* gegeben? Ich dachte, du bräuchtest ihn. Als Waffe gegen Foul.«

Ja, überlegte Covenant. *Und als Alternative zur wilden Magie,* dachte er. *Das habe ich auch angenommen.* Doch Sunder und Hollian hatten den *Krill,* indem sie ihn in ihren Gewahrsam nahmen, wieder zu einem Werkzeug der Hoffnung gemacht. »Ich brauche keine Waffen mehr«, sagte er leise zu Linden. »Ich bin schon viel zu gefährlich.«

Linden erwiderte seinen Blick. Die plötzliche Klarheit ihrer Miene verriet Covenant, daß von allem, was er je zu ihr gesagt hatte, das endlich etwas war, das sie verstand.

Da hallte über die Seeseite von *Coercri* ein Ruf herauf. »Riesenfreund!« Die Stimme gehörte Pechnase. »Komm! Sternfahrers Schatz läuft ein!« Die Echos hallten noch in Covenants Bewußtsein nach, als der Riese schwieg. *Riesenfreund.* Er war, wer er war, ein Mann, den Einsamkeit, Verantwortung und Reue halb verkrüppelt hatten. Aber den Titel, der ihm von der Ersten verliehen worden war, hatte er sich nun verdient.

Die *Dromond* lief langsam und sicher auf die Hafendämme zu. Die Takelage war voller Riesen, die die Segel refften. So vorsichtig wie jemand, der nicht zu sterben wünschte, erhob sich Covenant. Mit Linden, Brinn, und Cail und den übrigen kletterte er von der Klippe. Sie stiegen hinunter, dem Schiff entgegen.